SOLEDAD

DU MÊME AUTEUR

Chez le même éditeur

L'Espionne de Tanger, 2012
Demain à Santa Cecilia, 2014

MARÍA DUEÑAS

SOLEDAD

traduit de l'espagnol par Eduardo Jiménez

roman

Titre original : LA TEMPLANZA
© Misorum, S. L., 2015
© Editorial Planeta, S. A., 2015
Traduction française : © Éditions Robert Laffont, S. A., Paris, 2017

ISBN : 978-2-221-19103-2
(édition originale ISBN 978-84-08-13909-6, Editorial Planeta, Barcelona)

Dépôt légal : mai 2017

*À mon père, Pablo Dueñas Samper,
qui s'y connaît en mines et aime le vin.*

I
MEXICO

1.

Cet homme habitué à vaincre, quand il voit ses pires craintes confirmées un soir de septembre, comment réagit-il ?

Ni geste inconvenant ni juron. Un simple frémissement, fugace et imperceptible, le long de sa colonne vertébrale, puis de ses tempes jusqu'à la pointe de ses pieds. Pourtant, rien dans son attitude ne le trahit. Il resta ainsi, impénétrable. Une main appuyée contre le noyer massif de son bureau, les pupilles rivées sur les messagères : sur leurs visages creusés par la fatigue, sur leurs lugubres vêtements de deuil.

— Finissez votre chocolat, mesdames. Je suis désolé de vous avoir causé ce contretemps et je vous remercie d'avoir tenu à m'informer personnellement.

Les Américaines obtempérèrent comme s'il s'agissait d'un ordre dès que l'interprète eut traduit ces mots un à un. La légation de leur pays avait fourni aux deux femmes cet intermédiaire afin que, débordantes de fatigue, de mauvaises nouvelles et d'ignorance linguistique, elles parviennent tout de même à se faire comprendre et à remplir l'objectif de leur voyage.

Elles portèrent leur tasse à leurs lèvres sans envie ni plaisir. Sans doute par déférence. Pour ne pas le contrarier. En revanche, elles ne touchèrent pas aux biscuits des nonnes de San Bernardo, et il n'insista pas. Tandis que les visiteuses ingurgitaient l'épais breuvage visiblement à contrecœur, le silence s'insinua dans la pièce tel un reptile : glissant sur le parquet verni et les tentures qui recouvraient les murs, frôlant les meubles de facture européenne et les tableaux de paysages et de natures mortes.

L'interprète, un jouvenceau imberbe, paraissait interloqué ; ses mains moites croisées à hauteur du bas-ventre, il se demandait sans doute ce qu'il faisait là. L'air bruissait de mille sonorités. De la cour parvenait l'écho des domestiques rinçant les dalles à l'eau de laurier-cerise ; depuis la rue, à travers la grille de fer forgé, montaient le martèlement des sabots des mules et des chevaux, la plainte des mendiants et le cri du vendeur ambulant vantant sa marchandise : *empanadas* sucrées, *tortillas*, pâtes de goyave, gâteaux au maïs.

Les dames s'essuyèrent les lèvres avec les impeccables serviettes brodées ; la cloche sonna cinq heures et demie. Ensuite, elles ne surent plus que faire.

Le maître de maison brisa alors la tension.

— Permettez-moi de vous offrir l'hospitalité pour cette nuit, avant que vous entrepreniez votre voyage de retour.

— Merci infiniment, monsieur ! s'écrièrent-elles presque à l'unisson. Mais nous avons déjà retenu une chambre dans une auberge recommandée par notre ambassade.

— Santos ! hurla-t-il.

Il ne s'adressait pas à elles, pourtant elles frémirent.

— Dis à Laureano d'accompagner ces dames. Qu'elles récupèrent leurs bagages et qu'elles s'installent à l'hôtel Iturbide. Et qu'on mette tous les frais sur ma note. Après, va chercher Andrade, arrache-le à sa partie de dominos et ordonne-lui de venir tout de suite.

Le serviteur à la peau basanée reçut ces instructions avec un simple : « À vos ordres, patron. » Comme si, depuis l'autre côté de la porte, l'oreille bien collée contre le bois, il n'avait pas compris que le destin de Mauro Larrea, jusqu'à présent puissant et riche propriétaire de mines d'argent, s'était soudain brisé.

Les femmes se levèrent de leurs fauteuils et leurs jupes crissèrent tels les froissements d'ailes de sinistres corbeaux. Elles suivirent le domestique et gagnèrent la fraîcheur du patio, celle qui s'était désignée comme étant la sœur, devant, puis la veuve. Elles avaient laissé derrière elles les documents qui attestaient, noir sur blanc, de la réalité d'une prémonition. L'interprète s'apprêtait à leur emboîter le pas quand le maître de maison l'arrêta.

Sa main, grande et noueuse, rêche, encore puissante, se posa sur la poitrine de l'Américain, avec la fermeté de qui sait commander et se faire obéir.

— Un instant, jeune homme, s'il vous plaît.

L'interprète eut à peine le temps de réagir.

— Vous vous appelez Samuelson, n'est-ce pas?

— En effet, monsieur.

— Parfait, Samuelson, dit Mauro Larrea en baissant la voix. Inutile de préciser que cette conversation est d'ordre strictement privé. Un seul mot à quiconque, et je vous fais réexpédier chez vous et enrôler dans l'armée. D'où êtes-vous, l'ami?

Le gosier du garçon s'assécha comme de l'amadou.

— De Hartford, Connecticut, monsieur Larrea.

— Tant mieux! Comme ça vous pourrez contribuer à cette foutue victoire des Yankees contre les Confédérés.

Quand il eut estimé que les visiteuses avaient enfin atteint le vestibule, Larrea souleva le rideau de l'un des balcons et les observa qui sortaient de chez lui et grimpaient dans sa propre berline. Laureano, le cocher, stimula de la voix les juments; celles-ci démarrèrent, fringantes, évitant de respectables passants, des marmots en haillons et pieds nus, des hordes d'Indiens enveloppés dans des ponchos et vendant à tue-tête suif, napperons de Puebla, viande séchée, avocats, glaces aux fruits et représentations de l'Enfant Jésus. Dès qu'il eut vérifié que l'attelage tournait vers la rue de Las Damas, il s'écarta du balcon. Elías Andrade, son fondé de pouvoir, n'arriverait pas avant une demi-heure, et il savait comment occuper son temps.

À l'abri de tout regard étranger, passant d'une pièce à l'autre, Mauro Larrea ôta sa veste d'un geste rageur. Puis il dénoua sa cravate, défit ses boutons de manchette, retroussa jusqu'au-dessus des coudes les manches de sa chemise en chambray. Arrivé à destination, les avant-bras nus et le col ouvert, il inspira avec force et fit tourner le porte-queues

13

circulaire qui maintenait les queues de billard en position verticale.

— Dieu du ciel, marmonna-t-il.

Son choix fut inattendu. Il possédait des queues plus récentes, plus sophistiquées et plus chères, accumulées au fil des ans telles des preuves tangibles de son inexorable ascension. Plus précises, plus équilibrées. Pourtant, dans la lumière déclinante de cette fin d'après-midi qui avait détruit sa vie, tandis que les serviteurs allumaient lampes et lustres dans tous les coins et recoins de sa vaste demeure, pendant que les rues conservaient leur activité trépidante et que le pays se déchirait en d'interminables luttes intestines, il déjoua toutes les attentes. Sans la moindre logique apparente et sans aucune raison, il choisit la queue de billard vieille et rudimentaire qui le rattachait à son passé et se prépara à lutter rageusement contre ses démons.

Il exécuta ses coups avec une efficacité implacable. D'abord un, puis un autre, puis encore un, accompagné par le seul bruit des boules qui s'entrechoquaient ou rebondissaient contre les bandes. Contrôlant, calculant, décidant comme toujours, ou presque. Soudain, une voix résonna derrière lui, depuis la porte :

— Je n'imagine rien de bon, en te voyant avec cette queue de billard entre les mains.

Mauro Larrea continua à jouer comme s'il n'avait rien entendu : tournant le poignet pour un coup précis ou formant une énième fois un solide chevalet qui révélait, à sa main gauche, deux doigts aux extrémités broyées ainsi qu'une obscure cicatrice partant de la naissance du pouce. Des blessures de guerre, disait-il, ironique. Les séquelles de son passage par les profondeurs de la terre.

Il avait entendu la voix de son mandataire, bien sûr. La voix modulée de cet homme à l'élégance délicieusement surannée, qui cachait derrière son front limpide un esprit alerte et sagace. Elías Andrade, outre qu'il veillait sur ses finances et ses intérêts, était aussi son ami le plus proche : le frère aîné qu'il n'avait jamais eu, la voix de sa conscience lorsque le tourbillon des journées agitées lui faisait perdre sa sérénité.

Se penchant avec souplesse au-dessus du tapis, Mauro Larrea frappa la dernière boule de plein fouet et mit fin à sa partie solitaire. Puis il rangea la queue avant de se retourner lentement vers le nouvel arrivant.

Ils se regardèrent les yeux dans les yeux, comme tant d'autres fois. Quelle que fût l'occasion, bonne ou mauvaise, il en avait toujours été ainsi. Face à face. Sans subterfuges.

— Je suis ruiné, mon vieux.

Elías Andrade ferma les paupières avec force, sans répondre. Il se contenta de tirer un mouchoir de sa poche et de s'essuyer le front – il avait commencé à transpirer.

Dans l'attente d'une réponse, Larrea souleva le couvercle d'un humidificateur et en sortit deux cigares. Ils les allumèrent à l'aide d'un briquet en argent et l'air se remplit de fumée ; alors seulement le mandataire réagit à l'effroyable nouvelle.

— Adieu à Las Tres Lunas.

— Adieu à tout. *Al carajo*! Tout est allé se faire foutre !

Vivant entre deux mondes, Mauro Larrea s'exprimait parfois dans le plus pur castillan, parfois dans un mexicain plus authentique que le château de Chapultepec. Quelque vingt-cinq années s'étaient écoulées depuis son arrivée dans cette vieille « Nouvelle Espagne », désormais transformée en une jeune république à la suite d'un long et douloureux processus d'indépendance. Il traînait avec lui une blessure au cœur, deux responsabilités absolues et l'impérieuse obligation de survivre. Aucune chance de voir son chemin croiser celui d'Elías Andrade, ultime maillon d'une ancestrale saga créole aussi noble qu'appauvrie par le déclin de la colonie. Néanmoins, comme souvent quand soufflent les vents du hasard, les deux hommes s'étaient retrouvés dans l'infâme gargote d'un campement minier à Real de Catorce, alors que les affaires de Larrea – plus jeune d'une douzaine d'années – commençaient à prendre leur envol et que les rêves d'Andrade avaient déjà atteint des abîmes. Et malgré les mille vicissitudes qu'ils avaient dû l'un et l'autre affronter, malgré les revers et les victoires, les joies et les déceptions que la fortune leur avait réservés, ils ne s'étaient plus jamais séparés.

— Le gringo t'a joué un sale tour ?

— Pire que ça : il est mort.

Andrade haussa un sourcil interrogateur.

— Les Sudistes l'ont liquidé à la bataille de Manassas. Sa femme et sa sœur sont venues de Philadelphie pour me l'apprendre. Ç'a été sa dernière volonté.

— Et le matériel ?

— Ses associés l'avaient confisqué avant pour les mines de charbon de la vallée de Lackawanna.

— Mais nous l'avions intégralement payé, murmura Andrade, stupéfait.

— Jusqu'à la dernière vis ! On ne nous a pas laissé le choix. Rien n'a été embarqué, pas la moindre pièce.

Le mandataire s'approcha d'un balcon sans piper mot. Il ouvrit de part en part les deux vantaux, peut-être dans l'espoir illusoire qu'un peu d'air chasserait ce qu'il venait d'entendre. De la rue ne montèrent cependant que les voix et les bruits habituels : le constant brouhaha de ce qui avait été autrefois la plus grande métropole des Amériques. La plus riche, la plus puissante, l'ancestrale Tenochtitlán.

— Je t'avais prévenu, grommela-t-il sans se retourner, le regard perdu dans l'agitation de la rue.

Pour toute réponse, Mauro Larrea tira une longue bouffée de son havane.

— Je t'avais dit qu'il était trop hasardeux de reprendre l'exploitation de cette mine, qu'il ne fallait pas choisir cette concession diabolique, investir ces sommes astronomiques dans des machines étrangères. Je t'avais dit de chercher d'autres actionnaires pour partager les risques... De te sortir de la tête cette maudite folie.

Un pétard retentit près de la cathédrale, le bruit d'une rixe entre deux cochers s'éleva, puis le hennissement d'un cheval. Mauro expulsa la fumée de son cigare sans répliquer.

— Je t'ai répété cent fois qu'il était inutile de miser aussi gros, insista Andrade d'une voix de plus en plus âpre. Et malgré tout, en dépit de mes conseils et du bon sens le plus élémentaire, il a fallu que tu joues jusqu'à ta dernière chemise. Tu as hypothéqué l'hacienda de Tacubaya, tu as vendu celle du district de Coyoacán, les fermes de San Antonio Coapa, les entrepôts de la rue Sepulcro, les vergers de Chapingo, les élevages près de l'église de Santa Catarina Mártir.

Andrade récita la liste des propriétés comme s'il crachait de la bile, puis ce fut le tour du reste :

— En plus, tu t'es débarrassé de toutes tes actions, des bons du Trésor, des titres de créance et de participation. Et non content de risquer tout ce que tu avais, tu t'es endetté jusqu'au cou. Je me demande vraiment comment tu penses t'en tirer !

Mauro l'interrompit enfin :

— On n'a pas tout perdu...

Il ouvrit les mains comme pour embrasser l'endroit où ils se trouvaient. Et ce même geste parut traverser les murs et les plafonds, englober les patios, les escaliers et les toits.

— N'y pense même pas ! hurla Andrade en s'étreignant le crâne.

— Il nous faut du capital, d'abord pour payer les dettes les plus criantes, ensuite pour reprendre l'initiative.

Le visage de son ami n'aurait pas manifesté plus d'épouvante s'il avait vu un fantôme.

— Reprendre l'initiative, pour quoi faire ?

— Je n'en sais rien, mais en tout cas je suis obligé de m'en aller. Je n'ai pas d'autre solution, mon vieux. Ici, je suis grillé, impossible de recommencer quoi que ce soit.

— Attends, reprit Andrade en essayant de lui insuffler un peu de sérénité. Attends, je t'en supplie. Avant tout, nous devons réévaluer la situation, peut-être pourra-t-on cacher pendant un certain temps la vérité tandis que je pare au plus pressé et que je négocie avec les créanciers.

— Tu sais comme moi que de cette manière nous n'arriverons à rien. Au bout de tes comptes et de tes bilans, il n'y aura que du sang et des larmes.

— Réfléchis, Mauro. Du calme. N'agis pas tout de suite et, surtout, ne touche pas à cette maison. C'est ton dernier bien et le seul atout dont tu disposes pour préserver les apparences.

Il faisait allusion à l'imposante bâtisse de la rue de San Felipe Neri. Le vieux palais baroque acheté aux descendants du comte de Regla, autrefois le plus important propriétaire de mines de la vice-royauté, et donc membre éminent de la société urbaine. L'unique avoir que Mauro Larrea n'avait pas gagé afin d'obtenir la monstrueuse quantité d'argent nécessaire à la relance de la mine Las Tres Lunas, le seul reliquat d'un patrimoine édifié au fil des ans. Au-delà de sa simple valeur matérielle, ils savaient tous les deux ce que représentait cette demeure : un point d'appui – quoique précaire – sur lequel reposait sa respectabilité publique. La conserver le préserverait des railleries et de l'humiliation ; s'il s'en séparait, il apparaîtrait aux yeux de tous comme un perdant.

Le silence s'installa de nouveau entre les deux hommes. Les amis autrefois gâtés par le sort, triomphants, admirés, respectés et séduisants, se regardaient à présent tels deux naufragés au milieu de la tempête, traîtreusement précipités dans les eaux glacées par un coup de mer.

— Tu as été foutrement irresponsable, reprit Andrade au bout d'un moment, comme si ruminer ses pensées allait atténuer le choc.

— Tu m'avais accusé de la même chose quand je t'avais raconté mes débuts avec la Elvira. Et quand je me suis occupé de la Santa Clara. Et à l'époque de la Abundancia et de la Prosperidad. Pourtant, j'ai fini par tirer le meilleur parti de chacune de ces mines et par en extraire de l'argent par tonnes.

— Mais tu n'avais pas trente ans ! Tu étais un vrai sauvage perdu au bout du monde, et tu pouvais prendre tous les risques, espèce de toqué ! À présent que tu frises la cinquantaine, tu penses réellement être capable de repartir de zéro ?

Larrea laissa Andrade se défouler à grands cris.

— On t'a proposé de passer des accords avec les plus grandes entreprises du pays ! Tu as été approché par les libéraux et les conservateurs, tu aurais pu être ministre dans n'importe quel gouvernement si tu avais manifesté le moindre intérêt ! Tu es reçu partout et tu t'es assis aux tables les plus illustres de la nation. Et maintenant tu fiches tout en l'air à cause de ton obstination. Ta réputation est sur le point de voler en éclats, ton fils n'est rien sans ton argent et tu vas déshonorer ta fille !

Lorsqu'il eut cessé de pester, Andrade écrasa son cigare à demi fumé dans un cendrier en cristal de roche et se dirigea vers la porte. La silhouette de Santos Huesos, le serviteur indigène, se dessina alors sous le linteau : il transportait sur un plateau deux verres taillés, une bouteille d'eau-de-vie catalane et une de whisky de contrebande provenant de la Louisiane.

Andrade ne lui laissa pas le temps de le déposer. L'interceptant au passage, il se servit un verre rageusement, le but d'un trait et s'essuya la bouche du revers de la main.

— Laisse-moi réviser les comptes, pour voir si on peut sauver quelque chose. Mais je te le redis encore une fois : pas question de te défaire de cette maison. C'est ta seule chance de regagner la confiance de quelqu'un. Ton alibi. Ton bouclier.

Mauro Larrea feignit de l'écouter, il acquiesça même d'un hochement de tête, mais il avait déjà choisi une voie radicalement différente.

Il fallait tout recommencer du début.

Il avait donc besoin de liquidités sonnantes et trébuchantes et de pouvoir y réfléchir.

2.

Incapable de dîner après que Andrade fut parti en l'invectivant sous les arcades de la magnifique galerie, Mauro décida de prendre un bain ; il pourrait ainsi réfléchir en oubliant les reproches cinglants de son fondé de pouvoir.

Plongé dans sa baignoire, il songea d'abord à Mariana. Comme toujours, sa fille serait la seule à apprendre de sa propre bouche ce qui était arrivé. Car même s'ils menaient désormais des vies séparées, ils restaient en contact permanent. Ils se voyaient presque quotidiennement, le plus souvent pour une promenade à Bucareli, ou bien chez lui. Pour la domesticité, a fortiori dans son nouvel état, c'était une fête de la voir franchir le porche, et tous s'extasiaient devant sa beauté, insistaient pour qu'elle reste un peu plus, lui apportaient des meringues, des petits pains et du sucre candi.

En ce qui concernait Nicolás, son pire tourment, la situation était différente. Par chance pour tout le monde, la catastrophe allait le frapper alors que son fils se trouvait en Europe. En France, dans les mines de charbon du Pas-de-Calais, où Larrea l'avait expédié sous l'aile protectrice d'un vieil ami, afin de l'éloigner temporairement du Mexique. Nicolás était un étrange mélange de sangs : ange et démon, astucieux mais irréfléchi, impétueux, fantasque. Sa bonne étoile et l'ombre tutélaire de son père l'avaient toujours accompagné, jusqu'à ce qu'il dépasse les bornes. À dix-neuf ans, ce fut une passion torride pour l'épouse d'un député de la république. Quelques mois plus tard, une bringue monumentale qui provoqua l'effondrement d'un parquet. Lorsque Nicolás fêta ses vingt ans, Mauro Larrea avait perdu le compte du nombre de fois où il avait dû le tirer du pétrin. Par bonheur, ils étaient finalement convenus d'un mariage prometteur avec la fille des Gorostiza. Et pour que Nicolás parachève sa formation avant d'entrer dans les affaires paternelles, et évite en même temps de commettre d'autres bêtises avant la cérémonie, Mauro avait réussi à le convaincre d'aller passer une année au-delà de l'océan. Tout allait changer, désormais – il faudrait soupeser chaque décision avec la plus grande prudence. Face à l'imminence de son effondrement, son fils occupait à présent la place d'honneur dans la liste des soucis de Mauro Larrea.

Il ferma les yeux et essaya de s'abstraire de toute contingence, du moins momentanément : du gringo mort, du matériel qui ne parviendrait jamais à destination, de l'échec monumental de son entreprise la plus ambitieuse, de l'avenir de son fils et de l'abîme qui s'ouvrait sous ses pieds. Il lui fallait absolument avancer. Et, tout bien considéré, il n'avait qu'une seule issue. Réfléchis bien, abruti, se dit-il. Même si c'est dur à admettre, il n'y a qu'un choix possible, répliqua sa seconde voix. Tu ne peux rien faire ici sans que tout le monde l'apprenne. Tu es obligé de partir. Décide-toi donc une bonne fois pour toutes.

Comme tant d'hommes qui s'étaient bâtis en luttant sans relâche, Mauro Larrea avait développé une stupéfiante aptitude à la fuite en avant. Les mines d'argent de Guanajuato avaient forgé son caractère durant ses premières années américaines : onze heures par jour à trimer dans les entrailles de la terre, à se battre contre la roche à la lueur des torches, muni, pour tout vêtement, d'une misérable culotte en cuir et d'un bandeau crasseux autour de la tête pour se protéger les yeux d'une infecte mixture faite de sueur, de poussière et de saleté. Creuser à la force du poignet onze heures par jour et six jours sur sept, dans les ténèbres de l'enfer, l'avait doté d'un sang-froid dont il ne s'était plus jamais départi.

C'était sans doute pour cette raison qu'il n'était pas homme à se morfondre dans les regrets, même au fond de cette superbe baignoire émaillée importée de Belgique, dont il n'aurait jamais osé rêver à son arrivée au Mexique. Il se lavait alors sous un figuier, dans un tonneau à moitié rempli d'eau de pluie, avec une simple éponge grattoir pour ôter la crasse, faute de savon. Pour se sécher, il disposait de sa propre chemise et des rayons du soleil; en guise d'eau de toilette, l'air cinglant. Son plus grand luxe était un grossier peigne en bois et de la pommade à la mélisse qu'il achetait par demi-pinte les jours de paie, et grâce à laquelle il réussissait plus ou moins à remettre en ordre une chevelure rebelle qui possédait alors la couleur des châtaignes. Des années atroces. Puis la mine l'avait blessé dans sa chair et il avait estimé que le moment était venu de changer d'endroit.

Et voilà qu'à présent la mauvaise fortune le condamnait à un retour au passé, unique façon d'échapper au désastre. Malgré les sages conseils d'Elías Andrade, c'était la condition sine qua non pour éviter toute indiscrétion dans les milieux qu'il fréquentait, pour prendre la fuite avant que tout se sache et qu'il n'ait plus aucune possibilité de rebondir. Le dernier recours, le plus ingrat; celui qui, en dépit des années et après de multiples avatars, l'obligeait à s'engager sur un chemin obscur semé d'embûches.

Il rouvrit les yeux. L'eau s'était refroidie, de même que son âme. Il sortit de la baignoire, attrapa une serviette. Les gouttes d'eau glissèrent sur sa peau nue jusqu'au sol en marbre. Comme un hommage à ses titanesques efforts de jadis, son organisme n'avait pas trop souffert des outrages du temps. À quarante-sept ans, mis à part bon nombre de traces de blessures, la spectaculaire cicatrice de sa main gauche et ses deux doigts écrabouillés, il conservait des bras et des jambes musclés, un ventre plat et des épaules solides qui ne passaient jamais inaperçues auprès des tailleurs, des ennemis ou des femmes.

Il finit de se sécher, se rasa rapidement, s'enduisit les mâchoires d'huile de Macassar, choisit les vêtements qu'il souhaitait porter pour l'occasion. Foncés, résistants. Il s'habilla dos à la glace, fixa à ses hanches les instruments qui l'accompagnaient toujours en cas de situation hasardeuse : son couteau, son pistolet. Finalement, il sortit d'un tiroir un dossier attaché avec des rubans rouges, en extirpa plusieurs feuillets qu'il plia sans hésiter et rangea contre sa poitrine.

Une fois prêt, il se retourna vers le grand miroir de l'armoire.

— Ton ultime partie, mon vieux, annonça-t-il à sa propre image.

Puis il souffla la lanterne, héla Santos Huesos et gagna le couloir.

— Demain matin à l'aube, tu iras chez Elías Andrade et tu lui diras que je suis allé là où il me le déconseillait.

— Où donc, don Mauro ? demanda le Chichimèque, décontenancé.

Mais son patron était déjà parti d'un pas rapide vers les écuries, et le garçon dut allonger sa foulée pour le suivre. Sa question resta sans réponse tandis qu'il subissait un flot d'instructions.

— Si Mariana passe par là, pas un mot. Et à quiconque pointe son nez pour avoir de mes nouvelles, tu racontes la première entourloupe qui te traverse l'esprit.

Le serviteur faillit ouvrir la bouche, mais il fut coupé dans son élan.

— Et non, cette fois, tu ne viendras pas avec moi, mon gars. Quel que soit le dénouement de cette folie, je m'y engage seul, et je m'en sortirai seul.

Il était vingt et une heures passées et les rues continuaient à bouillonner d'une activité endiablée. Juché sur son cheval mexicain, le visage à demi caché sous un chapeau à larges bords et engoncé dans une cape de Querétaro, Mauro Larrea s'efforça d'éviter les croisements et les endroits les plus fréquentés. D'habitude, cette fourmilière humaine l'amusait, car elle marquait le prélude de son arrivée à une réunion importante ou à un dîner profitable pour ses affaires. À quelque rendez-vous auprès d'une femme. Cette nuit, en revanche, il n'aspirait qu'à tout laisser derrière lui.

— Fripouille de gringo, grommela-t-il en éperonnant sa monture.

Mais ce n'était pas la faute du gringo, et il le savait parfaitement. Ce dernier, ancien militaire ayant appartenu au corps du génie de l'armée américaine, et puritain jusqu'à la moelle, avait rempli ses obligations, au point même d'avoir la décence posthume d'expédier sa femme et sa sœur au Mexique, afin de lui annoncer ce qu'il n'était plus en mesure de communiquer, enterré comme il était dans une fosse commune, avec un œil crevé et le crâne en miettes.

— Saloperie de guerre, maudits esclavagistes !

Pourquoi une telle accumulation de coups durs en si peu de temps ? Pourquoi le sort lui avait-il joué un si mauvais tour ? Ces questions le torturaient tandis qu'il parcourait au trot la chaussée des Misterios plongée dans l'obscurité.

*

Le Yankee s'appelait Thomas Sachs et, en dépit de sa rancœur momentanée, Mauro Larrea était conscient qu'il s'était toujours bien conduit, en bon et responsable méthodiste. Il avait surgi dans sa vie treize mois auparavant, envoyé par un vieil ami de San Luis Potosí. Larrea finissait alors son petit-déjeuner, la maison était encore sens dessus dessous et du fond des cuisines jaillissaient les voix des domestiques hachant les oignons ou moulant le maïs. Santos Huesos l'avait accompagné jusqu'au bureau et lui avait demandé d'attendre. Le gringo était resté debout, les yeux baissés, se balançant d'un pied sur l'autre.

— On m'a dit que vous seriez intéressé par l'achat de matériel pour une exploitation.

Ce furent ses premiers mots quand il vit entrer Mauro Larrea. Avant de répondre, ce dernier l'examina : l'homme était massif, rougeaud, et s'exprimait dans un espagnol plutôt acceptable.

— Tout dépend de votre offre.

— Des machines à vapeur dernier cri. Fabriquées dans nos usines d'Harrisburg, Pennsylvanie, par la société Lyons, Brookman & Sachs. Sur commande, conformément aux spécifications du client.

— Capables de pomper l'eau à sept cents pieds ?

— Et même jusqu'à huit cent cinquante.

— Dans ce cas, je veux bien vous entendre.

Et, tout en l'écoutant, il sentit se réveiller en lui ce qui dormait depuis des années : l'envie de rendre sa splendeur à la vieille mine Las Tres Lunas, de l'exploiter à nouveau.

Le potentiel du matériel que Sachs lui mit sous les yeux lui parut stupéfiant. Personne n'était jamais allé aussi loin dans tout le Mexique. Ni les anciens mineurs espagnols de l'époque de la vice-royauté, ni les Anglais installés à Pachuca et à Real del Monte, ni les Écossais établis à Oaxaca. Il sut d'emblée qu'il s'agissait de quelque chose de différent. Gigantesque. Formidablement prometteur.

— Donnez-moi un jour pour y réfléchir.

Il le reçut le lendemain matin en lui tendant sa main calleuse de mineur. De cette lignée que l'étranger connaissait bien : celle de ces hommes toujours ballottés entre le hasard et la providence, intrépides et intuitifs, qui savent que leur métier n'est qu'une succession ininterrompue de victoires et de défaites, qui prennent au débotté des décisions provocatrices, voire téméraires. Des individus dotés d'un pragmatisme et d'une intelligence naturels avec lesquels le gringo s'entendait souvent très bien.

— Nous allons négocier, l'ami.

L'accord fut conclu, les autorisations demandées auprès de la direction des Mines. Mauro Larrea conçut un plan de financement audacieux sous l'œil réprobateur d'Andrade et dès lors, selon des échéances convenues à l'avance, il commença à débourser périodiquement de grosses quantités d'argent, jusqu'à faire fondre la totalité de ses capitaux et de ses investissements. En contrepartie, toutes les trois semaines il était dûment informés de l'avancement du projet en Pennsylvanie : le montage compliqué des machines, les tonnes de matériel qui s'empilaient dans les hangars ; les chaudières, les grues, les équipements auxiliaires.

Puis les lettres cessèrent d'arriver du Nord.

*

Une année et un mois s'étaient écoulés depuis ces journées remplies d'espoir ; à présent, sa haute silhouette noire chevauchait sous un ciel sans étoiles, par des chemins déserts, en quête d'une solution qui lui permettrait, au moins, de reprendre son souffle.

Les premières lueurs de l'aube pointaient quand il s'arrêta devant un massif portail en bois. Il arrivait engourdi, la bouche sèche et les yeux rougis, sans s'être accordé le moindre répit, ainsi qu'à sa monture. Néanmoins, il mit aussitôt pied à terre. Fourbu et assoiffé, le cheval plia ses jambes de devant en bavant des flots d'écume, puis roula sur le sol.

Mauro se trouvait près d'un chemin qui longeait les flancs de la colline de San Cristóbal, à un jet de pierres des installations de Mineral de Pachuca. Personne ne l'attendait dans cette hacienda isolée – qui aurait pu imaginer qu'il débarquerait à cette heure ? Seuls les chiens réagirent, l'ouïe, peut-être, ou bien le flair.

Un chœur d'aboiements frénétiques déchira la paix de l'aube.

Presque immédiatement, il perçut des pas, des claquements et des cris pour faire taire le charivari. Quand le vacarme se fut atténué, une voix jeune et bourrue retentit :

— Qui va là ?

— Je viens voir don Tadeo.

Deux verrous grincèrent, lourds, mangés par la rouille, puis un troisième, qui s'interrompit à mi-chemin, comme si celui qui l'actionnait avait changé d'avis à la dernière seconde. Après un bref silence, Larrea entendit des pas qui s'éloignaient en crissant sur le gravier.

Trois ou quatre minutes plus tard, il y eut de nouveau une présence humaine de l'autre côté de la porte – deux individus au lieu d'un.

— Qui va là ?

La question n'avait pas varié, pas plus que la voix. Mauro Larrea ne l'avait pas entendue depuis des lustres, mais il l'aurait reconnue entre mille.

— Quelqu'un que tu ne pensais plus jamais revoir.

Le verrou fut tiré jusqu'au bout et le portail s'entrouvrit. Les chiens reprirent leur concert de hurlements féroces. Soudain, un coup de feu retentit. Le cheval, à moitié endormi après sa galopade dans les ténèbres, dressa les oreilles et se releva subitement. Les ombres des chiens, sales, efflanqués et le poil en bataille, s'éloignèrent, la queue entre les jambes, en poussant des jappements plaintifs.

Les deux hommes l'attendaient de pied ferme. Le plus jeune, un simple gardien de nuit, tenait à mi-hauteur le tromblon qui venait de tirer. L'autre le transperça de ses yeux bouffis de sommeil. Derrière eux, au fond d'une vaste esplanade, le contour de la maison commençait à se découper sur le ciel du petit jour.

Le plus âgé et le visiteur échangèrent un regard tendu. Dimas Carrús se tenait là, maigre et triste, comme toujours, avec une barbe de plus d'une semaine, tout juste tiré par le gardien de la paillasse où il dormait. À droite, collé à son corps, pendait le bras sans vie qu'une raclée paternelle avait abîmé dans son enfance.

Sans cesser de fixer Mauro Larrea, il expulsa un épais crachat, avant de le saluer.

— Ça alors, Larrea ! Je ne pensais pas que tu serais assez fou pour revenir !

Une rafale d'air froid souffla.

— Réveille ton père, Dimas. Je dois lui parler.

L'homme hocha la tête de gauche à droite, médusé par sa présence. Après si longtemps... Il se retourna et partit sans un mot en direction de l'hacienda, son bras inerte pendant de son épaule telle une anguille morte. Larrea le suivit jusqu'au patio, écrasant les cailloux sous ses bottes. Puis il attendit, tandis que l'héritier de tous ces biens se faufilait à l'intérieur par l'une des portes latérales. Il n'était venu dans cette maison qu'une seule fois après que tout eut sauté en l'air, lorsque l'époque de Real de Catorce n'était plus qu'un souvenir. La propriété paraissait avoir peu changé, bien que son délabrement fût évident malgré le manque de lumière. Le même bâtiment imposant, austère, aux murs épais et sans élégance. Des outils inutiles entassés, des gravats et des déchets, des excréments d'animaux.

Dimas réapparut bientôt par une autre porte.

— Entre et attends. Tu l'entendras arriver.

3.

Dans la pièce basse de plafond où Tadeo Carrús gérait ses affaires, rien ne semblait non plus avoir changé. La même table grossière recouverte de papiers en désordre et de dossiers ouverts. Des encriers à moitié secs, des plumes ébréchées, une ancienne balance avec ses deux plateaux. Depuis le mur marronnasse et écaillé, la même image de Notre-Dame de Guadalupe observait Mauro, indienne et brune, nimbée de rayons vieil or, les mains croisées sur la poitrine, avec sa lune et son ange à ses pieds.

Des pas lents se traînèrent sur les dalles en terre cuite du couloir, sans que Larrea devinât qu'ils appartenaient au maître de maison. Quand ce dernier pénétra à l'intérieur du bureau, il le reconnut à peine. Il ne restait pas la moindre trace dans ce corps de son ancienne vigueur et fermeté. Sa taille impressionnante de jadis paraissait même avoir rapetissé d'au moins une paume et demie. Il n'avait pas encore soixante ans, pourtant il ressemblait à un nonagénaire décrépit. Grisâtre, fragile, misérablement vêtu, protégé de la fraîcheur nocturne par une couverture grise râpée.

— Depuis le temps que tu m'avais oublié, tu aurais pu attendre midi.

Mauro Larrea fut envahi d'un torrent de souvenirs et de sensations. Le jour où ce prêteur sur gages était allé le chercher dans les galeries qu'il voulait exploiter ; la petite boutique de marchandises qu'il tenait près des puits de Real de Catorce. Ils étaient assis face à face, chacun sur son tabouret, avec une bougie et un pichet de pulque entre eux, quand l'usurier avait offert son aide au jeune mineur débordant d'ambition qu'était alors Mauro Larrea. Je vais te soutenir à fond, l'Espingouin, lui avait-il déclaré en agrippant son épaule d'une poigne énergique. Ensemble, nous ferons fortune, tu vas voir. Et, sans méconnaître les termes léonins de l'accord, comme il manquait de capitaux et avait un trop-plein d'aspirations, Larrea avait accepté. Par chance pour tous les deux, il en avait tiré des bénéfices confortables et avait ainsi pu respecter ses engagements. Soixante-dix pour cent du minerai pour le bailleur de fonds et trente pour cent pour lui.

Lorsqu'il se lança dans un nouveau projet incertain, il fit encore appel aux capitaux de don Tadeo. Cinquante-cinquante, se hasarda-t-il à proposer. À parts égales, cette fois-ci. Tu risques ton argent et moi mon travail. Et mon flair. Et ma vie. L'autre s'esclaffa. Tu es devenu fou, mon petit ? Soixante-dix et trente, sinon pas de contrat. Le filon se révéla lui aussi généreux, ils s'enrichirent. Et le partage fut toujours scandaleusement inégal.

La fois suivante, Mauro Larrea prit le temps de faire ses comptes. Il constata qu'il n'avait plus besoin de personne ; il se suffisait à lui-même, expliqua-t-il à son créancier dans sa propre boutique, devant deux nouveaux verres de pulque. Mais Carrús ne l'entendait pas de cette oreille. Ou tu t'effondres tout seul, connard, ou je m'en chargerai personnellement. Le harcèlement fut féroce. Il y eut des menaces, des soupçons, des bassesses, des obstructions. Le sang coula entre leurs partisans, on assiégea Larrea, on le bloqua. On brisa les pattes de ses mules, on essaya de lui voler son fer et son mercure. Il sentit plus d'une fois la lame d'un poignard contre sa gorge, un soir de pluie ce fut le frôlement d'un canon sur sa nuque. Son ennemi remua ciel et terre pour le perdre. En vain.

Il ne l'avait pas revu depuis dix-sept ans. Et à présent, au lieu du bravache au torse massif et dénué de scrupules qu'il avait osé défier, il découvrait un squelette ambulant, aux côtes saillantes, à la peau jaunâtre comme du beurre rance et à l'haleine fétide perceptible à cinq pas.

— Assieds-toi là où tu trouveras de la place, ordonna Carrús en se laissant lourdement tomber derrière la table.

— C'est inutile, je vais être bref.

— Assieds-toi, bordel! insista le vieil homme d'une voix asphyxiée.

Sa poitrine résonnait comme une flûte à deux trous.

— Si tu as chevauché une nuit entière, tu peux bien me consacrer un quart d'heure avant de repartir.

Larrea obéit en s'installant sur une étroite chaise en bois, sans s'appuyer au dossier ni montrer le moindre signe de confort.

— Il me faut de l'argent.

L'usurier fit mine d'éclater de rire, mais ses glaires l'en empêchèrent. La tentative s'acheva par une violente quinte de toux.

— Tu veux qu'on redevienne associés, comme au bon vieux temps?

— On n'a jamais été associés, toi et moi : tu t'es contenté de mettre ton pognon dans mes affaires pour te remplir les poches. C'est plus ou moins ce que je te propose aujourd'hui. Et comme tu continues à m'en vouloir, je sais que tu accepteras.

Une moue cynique se dessina sur le visage émacié du vieillard.

— On m'a dit que tu étais devenu quelqu'un d'important, *gachupín*.

— Tu sais aussi bien que moi comment ça marche, le business. Ça monte et ça descend.

— Ça monte et ça descend, murmura le vieux, ironique.

Puis il y eut un silence seulement entrecoupé par les sifflements de sa respiration.

— Ça monte et ça descend, répéta-t-il.

Un rai de lumière matinal filtra à travers un interstice du volet, accentuant les contours et la décrépitude du décor.

Cette fois-ci, il n'y eut pas de rire faux.

— Et je te fournirais ce capital en échange de quoi?

— Le titre de propriété de ma maison.

Tout en parlant, Mauro Larrea porta une main à sa poitrine. Il tira une liasse de papiers de ses vêtements, la posa sur la table.

Le sac d'os qu'était devenu Tadeo Carrús bomba le sternum avec un sifflement aigu, comme s'il espérait, à tort, se gonfler d'énergie.

— Tu dois être sur la corde raide, mon salaud, pour être prêt à balancer ton bien le plus précieux. Je connais parfaitement la valeur du vieux palais de don Pedro Romero de Terreros, ce comte de Regla de mes deux. Je t'ai suivi à la trace pendant toutes ces années. Sans que tu t'en doutes.

Larrea l'avait subodoré, mais il se garda bien d'acquiescer. Il préféra laisser le vieil usurier continuer.

— Je sais où tu vis et avec qui tu fricotes; je suis au courant de tes investissements; je sais que tu as honorablement marié ta Marianita et que maintenant tu essaies d'en faire autant avec ton gamin.

— Je suis pressé.

Il n'avait pas envie de l'entendre mentionner ses enfants, ni d'apprendre que le vieux se doutait de son calamiteux dernier projet.

— Pourquoi tant de hâte, si on peut savoir?

— Je dois partir.

— Où donc?

Comme s'il le savait lui-même, songea Mauro amèrement.

— Ça ne te regarde pas.

Un sourire abject se dessina sur le visage de Tadeo Carrús.

— Tout me regarde chez toi, à présent. Pourquoi serais-tu venu, sinon?

— J'ai besoin de la somme inscrite sur le document. Si je ne te la rends pas dans les délais que nous fixerons, tu gardes la maison. Entière.

— Et si tu reviens avec le fric?

— Je te restituerai la totalité du prêt, outre les intérêts dont nous conviendrons aujourd'hui.

— D'habitude, je demande la moitié du montant à mes clients, mais tu vas avoir droit à un traitement différent.

— Combien?

— Cent pour cent, parce que c'est toi.

Cupide et misérable, comme le jour où sa pauvre mère l'avait mis au monde. Tu t'attendais à quoi, mon vieux ? Qu'avec le temps il se soit transformé en bonne sœur ? Jamais le vieil usurier ne résisterait à la tentation de le tenir dans son poing, au cas où il pourrait encore lui assener un bon coup de griffe.

— J'accepte.

Mauro eut l'impression que des mains invisibles lui passaient une corde rêche autour du cou.

— Abordons à présent le sujet des échéances, reprit l'usurier. En général, j'accorde une année.

— Parfait.

— Mais puisque c'est toi, ce sera différent.

— Et ?

— Tu me paieras en trois versements.

— Je préférerais la totalité à la fin.

— Pas moi. Un tiers dans quatre mois, le deuxième, quatre mois après, et le solde dans un an.

Mauro sentit la corde imaginaire lui serrer la gorge au point de l'asphyxier.

— D'accord.

Les aboiements frénétiques des chiens retentirent au loin.

Ainsi fut conclu le contrat le plus inique de l'existence de Mauro Larrea. Le vieux caïman disposait désormais des titres de propriété de son ultime bien. En contrepartie, dans deux sacs crasseux en cuir, Mauro emportait l'argent nécessaire au paiement de ses plus grosses dettes et aux prémices d'un nouveau départ. Comment et où ? Il l'ignorait encore. Quant aux conséquences à moyen terme d'une tractation si désastreuse, il préféra les oublier pour l'instant.

À peine l'accord scellé, il se tapa sur la cuisse de la paume de la main.

— Parfait, donc, annonça-t-il en ramassant sa cape et son chapeau. Tu auras de mes nouvelles le moment venu.

Il avait presque atteint la porte quand la voix haletante lui transperça le dos.

— Tu n'es qu'un pouilleux d'Espagnol à la poursuite du veau d'or, comme tous les illuminés de cette saloperie de mère patrie.

Il répondit sans se retourner :
— J'étais dans mon bon droit, ou non ?
— Tu ne serais arrivé à rien sans moi. Je vous ai même nourris, toi et tes enfants, lorsque vous creviez de faim.

Du calme. Ne l'écoute pas, il est égal à lui-même, ce n'est qu'une canaille. Tu as obtenu ce que tu voulais. Pars sans rester une seconde de plus. Tire-toi.

Mais il ne parvint pas à se contrôler.

— Tu souhaitais une seule chose, vieille crapule, répondit-il en se retournant, que je sois endetté jusqu'à la fin des temps, comme tu y es déjà arrivé avec des dizaines de pauvres malheureux. Tu proposais des prêts à des taux extravagants, tu abusais des gens, tu les trompais, et puis après tu exigeais une fidélité perpétuelle alors que tu te contentais de les sucer jusqu'à la moelle. Moi en particulier, qui t'ai enrichi plus que les autres. C'est pour ça que tu as refusé de me laisser partir.

— Tu m'as trahi, fils de pute.

Larrea se rapprocha de la table, y posa brusquement les mains et se pencha en avant, collant son visage contre celui du vieux. L'odeur était nauséabonde, mais il la remarqua à peine.

— Je n'ai jamais été ton associé. Jamais ton ami. Je ne t'ai jamais apprécié. Alors arrête tes reproches pathétiques, mets-toi en paix avec Dieu et avec les hommes pendant le peu de temps qu'il te reste à vivre.

Le vieillard lui jeta un regard rempli de rage.

— Je ne suis pas en train de mourir, contrairement à ce que tu penses. Ça fait une bonne dizaine d'années que je suis mal fichu, avec ces bronches patraques ; ça ne m'empêche pas d'être toujours vivant, à la surprise de tout le monde, en commençant par mon crétin de fils et en finissant par toi. D'ailleurs, je m'en ficherais si la Camarde débarquait à ce moment du bal.

Il regarda le tableau de la Vierge métisse, et ses poumons émirent un sifflement semblable à celui de deux cobras en chaleur.

— Mais au cas où, je jure devant Dieu que je réciterai désormais trois *Ave Maria* chaque soir pour ne pas être enterré avant de t'avoir vu rouler dans la poussière.

Le silence s'épaissit.

— Si dans quatre mois à compter d'aujourd'hui, Mauro Larrea, tu n'es pas de retour avec le premier versement, je ne te piquerai pas ton palais, non.

Il marqua une pause, haleta, reprit son souffle.

— Je le démolirai. Je le ferai exploser avec des charges de poudre, des fondations jusqu'aux toits, comme toi-même au fond de la mine quand tu n'étais qu'un sauvage mal dégrossi. Ce sera peut-être la dernière chose que je ferai, mais je me planterai au beau milieu de la rue de San Felipe Neri et je regarderai tous tes murs s'effondrer un par un et entraîner dans leur chute ton nom et le peu ou le beaucoup de crédit et de prestige qu'il te restera.

Les pitoyables menaces de Tadeo Carrús lui entrèrent par une oreille et sortirent par l'autre. Larrea ne retint que deux mots, imprimés en lettres de feu dans son cerveau : « Quatre mois. » Il avait le tiers d'une année pour trouver une solution. Quatre comme les quatre coups de tonnerre qui l'assourdirent tandis qu'il abandonnait cette loque humaine, montait sur son cheval sous le tiède soleil du matin et entreprenait ce voyage vers l'inconnu.

Quand il arriva chez lui, la nuit était tombée. Une fois dans le vestibule, il appela à grands cris Santos Huesos.

— Occupe-toi de la bête et dis à Laureano de préparer la berline en dix minutes.

Sans s'arrêter, il traversa la cour à grandes enjambées en direction des cuisines, réclamant de l'eau à tue-tête. Effrayés, les domestiques, qui avaient deviné la mauvaise humeur de leur patron, s'empressèrent de lui obéir. Vite, vite, les houspilla la gouvernante. Sortez les baquets, apportez des serviettes propres.

Son corps engourdi exigeait un répit, mais cette fois-ci il n'avait plus le temps de se prélasser dans son bain. De l'eau, du savon et une éponge lui suffirent pour arracher rageusement l'épaisse couche de poussière et de transpiration collée à son corps. Pendant que la lame aiguisée du rasoir passait sur sa mâchoire à une vitesse impressionnante, il ordonnait sa chevelure de l'autre main, enfilait presque en même temps une manche de chemise et une jambe de pantalon. Boutonnage, col, bottes en cuir verni. Il finit de nouer sa cravate dans la galerie, mit sa redingote tout en dévalant l'escalier.

Lorsque Laureano, le cocher, arrêta la berline près du Grand Théâtre Vergara, au milieu d'un tohu-bohu d'attelages, Mauro ajusta ses manchettes, lissa les revers de sa redingote et arrangea de nouveau ses cheveux mouillés. Le retour au présent, à la nuit agitée d'une première, réclamait toute son attention : répondre aux saluts, se rappeler les noms. Il fallait qu'on le voie, lever tous les soupçons.

Il entra dans le hall le port altier, le frac impeccable et une pointe supplémentaire d'arrogance dans la démarche. Ensuite il se plia aux règles de la bienséance avec un naturel apparent : il échangea des formules de politesse avec des politiciens et des individus aspirant à le devenir, il distribua des poignées de main énergiques à ceux qui possédaient un nom, de l'argent ou du potentiel. Comme d'habitude, une population mélangée s'agitait au milieu d'un épais nuage de fumée. Disséminés dans le grandiose foyer, les descendants des élites créoles qui s'étaient débarrassés de la vieille Espagne se mêlaient à présent aux riches commerçants d'origine modeste ; s'y ajoutaient une abondante cohorte de militaires couverts de décorations, des beautés aux yeux noirs et aux décolletés laiteux, ainsi qu'un groupe fourni de diplomates et de hauts fonctionnaires. En somme, des gens à la page et très importants.

Il tapota les épaules masculines qui en valaient vraiment la peine, puis baisa galamment les mains gantées d'une poignée de femmes qui fumaient leurs cigarettes et jacassaient, enveloppées dans la soie, les plumes et les perles de Ceylan. Et comme si son monde continuait à tourner autour du même axe, le prétendu prospère exploitant minier apparut tel qu'en lui-même : la copie exacte de celui qu'il était lors de toutes les soirées de la meilleure société de Mexico. Apparemment, personne ne remarqua ses douloureux efforts pour conserver sa dignité.

— Mon cher Mauro, tu te montres enfin !

Il fut encore capable d'ajouter à sa dissimulation une dose supplémentaire d'artifice.

— Un tas d'obligations, d'invitations, tu sais ce que c'est..., répondit-il en administrant une vigoureuse accolade au nouvel arrivant. Et toi, comment vas-tu, Alonso ? Comment allez-vous ?

— Bien, bien, dans l'attente... mais Mariana vit de plus en plus mal l'interdiction pour les femmes enceintes de participer aux soirées mondaines.

Ils éclatèrent de rire – celui du fils de la comtesse de Colima eut une tonalité sincère et celui de Larrea n'eut apparemment rien à lui envier. Plutôt mourir que manifester la moindre inquiétude devant le mari de sa fille. Le moment venu, cette dernière saurait tenir sa langue, mais chaque chose en son temps, songea-t-il.

Deux messieurs s'approchèrent alors, d'anciens associés en affaires, mettant fin à leur conversation. Ils bavardèrent de choses et d'autres, puis Alonso fut réclamé ailleurs ; le gouverneur du Zacatecas, l'ambassadeur du Venezuela et le ministre de la Justice arrivèrent ensuite. Peu après, une veuve de Jalisco vêtue de satin rouge, qui cherchait à le séduire depuis des mois, sollicita son attention. Un moment s'écoula ainsi, dans un brouhaha de ragots politiques mélangés à des conversations plus sérieuses au sujet des sombres perspectives de la nation. Jusqu'à ce qu'on annonce le début imminent du spectacle.

Une fois dans sa loge, tandis qu'il prenait place, il continua à saluer ses connaissances, s'efforçant de toujours trouver le mot juste, la parole précise ou le compliment judicieux, selon son interlocuteur. Les lumières s'éteignirent enfin, le chef d'orchestre brandit sa baguette et la musique envahit la salle.

Quatre mois, se répéta-t-il.

Protégé par la dramatique ouverture de *Rigoletto,* il put cesser de feindre.

4.

Mauro Larrea passa voir Elías Andrade, son fondé de pouvoir, chez lui, en face de l'église Santa Brígida, pour lui gâcher son premier café matinal.

— Si tu as décidé tout seul de t'étrangler, je n'y peux pas grand-chose, lui répondit sèchement Andrade. Dieu veuille que tu n'aies pas à le regretter.

— Avec ça nous réglerons les dettes les plus urgentes, et le solde me servira à investir.

— Je suppose qu'il n'y a plus de retour en arrière possible, conclut son ami.

Sachant qu'il était inutile de se plaindre, il choisit de canaliser sa colère vers quelque chose de plus constructif.

— Commençons par le commencement. D'abord, l'hacienda de Tacubaya : c'est la plus éloignée de la ville, nous pourrons donc agir en toute discrétion. Nous en sortirons tous les meubles et les outils pour les vendre au plus vite, ce qui nous rapportera une assez jolie somme. Dès qu'on aura fini, j'irai voir Ramón Antequera, le banquier. Je lui dirai que la propriété lui appartient désormais, puisque nous ne pouvons plus rembourser le crédit hypothécaire que nous avons contracté. C'est un homme discret, il saura mener cette affaire sans susciter les commérages.

Peu après, deux serviteurs de confiance poussaient une commode ventrue, tandis que Santos Huesos leur indiquait le chemin vers la charrette stationnée au rond-point. S'y trouvaient déjà une armoire à deux corps et quatre têtes de lit en chêne. Près des roues, une douzaine et demie de chaises en cuir clouté, qui avaient accueilli les invités de Larrea en des temps meilleurs, attendaient d'être chargées.

Loin de l'agitation domestique, Mauro Larrea achevait de communiquer à sa fille les tristes nouvelles. Ruine, départ, recherche, destination encore inconnue : ce furent les mots qu'il employa. Mariana comprit.

Il était passé la prendre après avoir quitté Andrade ; juste avant, il lui avait envoyé un message la priant de se tenir prête. Ensemble, ils s'étaient rendus en berline dans la maison de campagne et parlaient à présent sous une pergola du grand jardin de devant.

— Et Nico ? Qu'allons-nous faire de lui ?

La première réaction de Mariana fut cette question à peine murmurée. Une question dénotant de l'inquiétude pour son frère : la troisième composante d'une famille réduite à trois membres le jour même de la naissance du petit, lorsqu'une fièvre puerpérale avait emporté celle qui les avait toujours réunis – la mère de Mariana et de Nicolás, la compagne de Mauro Larrea, sa femme. Elle s'appelait Elvira. Comme le nom de la première mine qu'il avait achetée après sa mort. Comme l'écho résonnant dans ses nuits d'insomnie avant que le temps ne l'eût dilué puis effacé. Elvira, la fille d'un paysan qui n'avait jamais accepté qu'elle soit engrossée par le petit-fils, né de père inconnu, d'un maréchal-ferrant basque, ni qu'elle l'épouse un matin à l'aube sans témoins, ni qu'elle vive à ses côtés jusqu'à son dernier souffle dans la misérable forge, là-bas où le village castillan cessait d'être village et se transformait en chemin.

— Le lui cacher, bien sûr.

*

Le père et la fille s'étaient toujours entendus pour préserver Nicolás : surprotéger dès le début ce petit être fragile comme le cristal. Du coup, Mariana avait été obligée de grandir très vite. Maligne comme un singe, audacieuse et responsable, à l'instar de ceux qui ont passé les quatre premières années de leur vie au milieu des chargements, des rats et des dockers du port de Bordeaux, elle s'était occupée d'un enfant qui savait à peine marcher tandis que son père transportait dans deux ballots les maigres possessions de la famille. À une époque de tensions entre l'Espagne et le Mexique, ils s'apprêtaient à embarquer dans un navire français délabré chargé de fer de Biscaye et de vin de Gironde, qui répondait au nom poétique et un tantinet ironique de *La Belle Étoile*. En revanche, la traversée n'eut rien de lyrique : soixante-dix-neuf éprouvantes journées pour traverser l'Atlantique, dans l'ignorance la plus totale de ce que le sort leur réservait de l'autre côté de l'océan. Les hasards de la vie, joints à l'optimisme de plusieurs mineurs de la corniche galloise rencontrés dans le port de Tampico, les conduisirent à Guanajuato. Pour commencer.

Mariana avait alors sept ans. Elle s'occupait tant bien que mal de la misérable cabane en pisé grisâtre et à toit plat qu'ils habitaient près du campement minier de la Valenciana. Elle préparait tous les jours une nourriture rudimentaire dans la cuisine commune, avec des gamines qui la dépassaient de deux têtes, et, lorsque l'une d'elles ou la femme d'un mineur lui proposait de jeter un coup d'œil sur Nico, elle courait jusqu'à l'école pour apprendre à épeler les mots et, surtout, à compter. Ainsi, le propriétaire de l'épicerie, un vieux compatriote aragonais, ne la grugerait plus en lui rendant la monnaie des pesos que son père lui remettait chaque samedi pour subvenir à leurs besoins quotidiens.

Un an et demi plus tard, ils remballèrent leurs affaires et déménagèrent à Real de Catorce, poussés par cette virulente fièvre de l'argent qui, pour la seconde fois, se déchaînait dans ce lieu perdu au milieu des montagnes. Juste un mois après leur arrivée, Mauro Larrea disparut pendant quatre jours et quatre nuits, happé par le gouffre de la mine Las Tres Lunas, avec une main fracassée entre deux rochers et de l'eau jusqu'au menton. Des vingt-trois ouvriers qui travaillaient à plus de cinq cents pieds sous terre au moment de cette formidable explosion, seuls cinq en réchappèrent. Mauro Larrea fut l'un d'eux. Quand on les récupéra, torses nus et ornés de scapulaires et des médaillons de la Vierge qui les avaient bien peu protégés, ils avaient des visages bleus, les muscles du cou tendus comme des cordes et l'expression épouvantée des noyés.

La catastrophe obligea à fermer l'exploitation. Las Tres Lunas resta dès lors dans la mémoire collective telle une mine maudite et elle fut abandonnée, considérée comme inaccessible sans que quiconque ose désormais s'y risquer. Mais Larrea savait qu'elle contenait dans ses profondeurs d'énormes quantités de minerai d'une riche teneur en argent. À ce moment-là, pourtant, rendre la vie à ce qui avait failli mettre fin à la sienne était un projet démentiel qui ne lui traversa même pas l'esprit.

Cette expérience atroce inspira au mineur Larrea la volonté inébranlable de retourner la situation à son profit. Refusant désormais de rester un simple travailleur, il décida de tenter sa chance : de plus en plus souvent, des rumeurs frénétiques se propageaient au sujet de filons mirifiques surgissant au milieu du néant, les puits se multipliaient et l'euphorie montait en flèche. Ce fut ainsi qu'il se lança, à l'aveuglette, dans sa première et modeste entreprise. Vous m'avancez la somme nécessaire pour commencer à creuser, acheter des mules et embaucher quelques hommes, disait-il en montrant une motte de terre brune dans sa main calleuse. Puis il soufflait dessus pour la faire briller. Et du minerai brut comme celui-ci que j'en tirerai, la moitié sera pour vous et l'autre moitié pour moi. Voilà ce qu'il proposait dans les cantines et les estaminets, au voisinage des campements, aux croisements des routes et aux carrefours des bourgades. Ensuite il ajoutait :

— Et que chacun raffine à la grâce de Dieu.

Il ne tarda pas à obtenir la confiance d'un investisseur rachitique mais opportuniste, un tricheur à la petite semaine ; ce dernier crut à son entreprise, si l'on pouvait appeler ainsi l'humble puits inondé où Mauro plaçait tous ses espoirs – son intuition lui avait soufflé qu'en direction du couchant celui-ci pouvait encore porter ses fruits. Il le baptisa du nom de sa défunte femme, dont le visage s'était déjà presque estompé dans sa mémoire, puis il se mit au travail.

Il creusa des puits dans la Elvira et fit tourner les mules : les plus vieux disaient que ses façons leur rappelaient ses compatriotes, les mineurs espagnols de la colonie, et d'autres temps. À tâtons. Perforant dans l'ignorance la plus absolue, ne se fiant qu'à son flair tel un chien. Sans se fonder sur des calculs plus ou moins réfléchis, sans la moindre rigueur scientifique. Avec d'énormes erreurs, allergique à la prudence. Ses seuls atouts étaient sa froide détermination, la vigueur de son corps et deux enfants à élever.

Tadeo Carrús entra dans sa vie lors du projet suivant : la Santa Clara. Deux entreprises, trois années et beaucoup de désagréments plus tard, il parvint à s'en débarrasser et recommença à opérer pour son propre compte. Malgré les provocations et les tortueuses machinations de l'usurier pour causer sa ruine, il n'arrêta plus jamais. Il connut des revers, se lança parfois dans des aventures insensées et frôla la catastrophe, aveuglé par l'urgence, mais finalement la déesse Fortune de la géologie veilla sur lui, disséminant des filons sous ses pas dans les replis de terrain. À la Buenaventura, le sort lui fut toujours favorable ; à la Prosperidad, il découvrit que la meilleure façon de gagner de l'argent quand une excavation commençait à devenir risquée était de savoir se retirer à temps. Enfin, dans le canyon de la Abundancia, le minerai était si riche que des raffineurs indépendants d'autres contrées vinrent lui en acheter.

Cependant, il ne fut pas le seul à se distinguer. À cette époque, et après trois décennies d'interruption, Real de Catorce était redevenue comme au bon vieux temps de la vice-royauté : un lieu assourdissant, rempli d'explosions et de coups de masse et de barre à mine, un endroit sauvage, chaotique, convulsif, où conserver le calme et l'ordre relevait de la plus pure illusion. Cette renaissance de la mine fit couler l'argent à flots et entraîna, comme de bien entendu, des conflits en pagaille : ambitions et tensions démesurées, échanges d'horions, tumultes incessants, couteaux brandis, rixes à coups de pelle et de jets de pierre. Jusqu'à ce samedi au soir où, de retour chez lui, euphorique après avoir vendu un lot de minerai à un Allemand, il entendit de la rue Mariana crier et Nico pleurer. Et un vacarme anormal à l'intérieur.

À la suite de ses premiers succès, il avait acheté une maison à peu près convenable à proximité du village. Il avait également engagé une vieille cuisinière, qui restait là jusqu'à la tombée du soir, ainsi qu'une petite bonne qui, à ce moment-là, était partie danser le fandango. En outre, pour veiller sur ses enfants, il comptait sur Delfina, une jeune Otomi. Comme si Mariana et Nico ne savaient plus prendre soin d'eux-mêmes ! Pourtant, à en juger par les cris et les pleurs, ils avaient besoin d'une aide beaucoup plus efficace que celle de cette douce Indienne aux chatoyants cheveux noirs.

Il grimpa les marches quatre à quatre. Épouvanté, il supputa ce qui l'attendait en découvrant les meubles renversés, les rideaux arrachés de leurs tringles et une lampe brûlant par terre dans une flaque d'huile, mais la réalité dépassait ses craintes : la scène se révélait un cauchemar bien pis. Sur son lit, un homme, le pantalon baissé, s'acharnait sauvagement sur le corps inerte de Delfina. Acculée dans un coin de sa chambre, Mariana, sa chemise de nuit déchirée, une éraflure sanglante dans le cou et brandissant le pique-feu en guise d'arme, portait des estocades rageuses et maladroites à un second homme de toute évidence saoul. Nicolás, pelotonné dans un coin et en partie caché derrière un matelas en laine que sa sœur avait mis là pour le protéger, pleurait et criait comme un possédé.

Rempli d'une force et, surtout, d'une fureur incontrôlées, Mauro Larrea saisit l'individu par les cheveux de sa nuque et lui écrasa le visage contre le mur. Une fois, une autre, encore et encore, avec des coups secs et violents, sous les regards abasourdis de ses enfants. Il le laissa ensuite glisser par terre, tandis qu'une coulée de sang, aussi noir que la nuit qui entrait par le balcon, souillait les innocents motifs floraux du papier peint. Après avoir vérifié que ses rejetons n'étaient pas gravement blessés, il s'élança dans la chambre voisine pour s'occuper de l'agresseur de Delfina, qui s'escrimait toujours en haletant sur le corps de la jeune fille terrorisée. Il s'y prit de la même façon et le résultat fut identique : le visage écrasé, le sang épais sortant à gros bouillons de la bouche et du nez. Impossible de savoir si ces brutes étaient mortes ou inconscientes – d'ailleurs il s'en fichait éperdument.

Il ne perdit pas de temps à s'en assurer : il attrapa aussitôt ses enfants et, Delfina en larmes réfugiée contre sa poitrine, il alla demander à ses voisins de les garder. Un groupe de curieux alarmés par le vacarme s'était rassemblé devant chez lui. Parmi eux, un gamin qui travaillait depuis deux mois dans un de ses puits, un jeune Indien intelligent et secret, avec de longs cheveux jusqu'au bas du dos, qui, de congé ce soir-là, revenait d'un bal populaire. Mauro ne se souvenait pas de son nom mais il le reconnut quand ce dernier s'avança promptement.

— À votre service, patron, pour tout ce que vous voudrez.

D'un mouvement du menton, Larrea lui intima d'attendre un instant. Il confia d'abord Delfina, Mariana et Nicolás à deux femmes, puis il raconta à l'assistance que les deux bandits s'étaient échappés par une fenêtre. Dès que les badauds se furent dispersés, il chercha le jeune Indien dans la pénombre.

— Il y a deux types, dedans, je ne sais pas s'ils sont toujours vivants. Emporte-les par-derrière et occupe-toi d'eux.

— Et si je les laissais comme ça bien peinards près du mur du cimetière ?

— Ne perds pas une minute, allez !

Santos Huesos Calderón apparut ainsi dans la vie de Mauro Larrea ; il abandonna son travail sous terre et devint son ombre.

Et pendant que l'Indien remplissait sa première mission au cours de cette aube sinistre, Mario Larrea enfourchait son cheval et partait chercher Elías Andrade, qui à cette époque gérait déjà les comptes et le personnel. Après l'avoir arraché au sommeil, il lui confia deux tâches : rendre Delfina à ses parents, avec une bourse pleine d'argent comme vaine compensation pour la perte de sa virginité, et emmener le soir même et à jamais sa famille hors du village.

*

— Mais il existe bien un contrat de mariage en bonne et due forme entre Nicolás et Teresa, non ?

Des années plus tard, la Mariana qui avait grimpé, meurtrie, sale et en chemise de nuit, à bord d'une carriole posait cette question, inquiète, vêtue de mousseline brodée, le ventre arrondi, tout en tirant une cigarette d'un étui en nacre.

Les bruits du démantèlement de la bâtisse se poursuivaient : agitation et cris, hâte, vacarme et bousculade entre les magnolias et les fontaines du jardin. Sortez ! Emballez ! Préparez ! Grouillez-vous, flemmards ! Chargez ces vitrines dans une autre charrette ! Attention à ces socles en albâtre, pour l'amour de Dieu ! On emportait même les poêles à frire et les marmites, pour les mettre en gage ou les revendre, du moins en tirer un profit immédiat afin de commencer à colmater les brèches. C'était Andrade qui hurlait les ordres ; pendant ce temps, le père et la fille bavardaient sous la lumière tamisée filtrant à travers les volubilis de la pergola. Mariana assise dans un fauteuil qui avait échappé au déménagement, les mains posées sur la rondeur de son ventre ; Mauro Larrea debout.

— Je crains qu'il puisse être annulé à la demande de l'un des conjoints. A fortiori s'il existe une raison valable.

Mariana était enceinte de près de sept mois – comme sa mère au moment de la naissance de Nicolás, enfant prématuré, malingre comme un oisillon, dans cette Espagne où ils n'étaient jamais revenus. Une bourgade du nord de la Vieille Castille, le rire joyeux et sonore de la jeune femme qui les avait abandonnés, tordue de douleur, baignée de sueur et de sang, sur une paillasse, la croix en fer plantée dans la terre du cimetière un matin de brouillard épais. L'incrédulité, le désarroi, la désolation : quelques bribes d'une mémoire qu'ils sollicitaient très rarement.

Mexico était à présent leur univers, leur quotidien, leur point d'ancrage à tous trois. Nico avait cessé d'être un mioche souffreteux pour se transformer en un adolescent plein de vitalité et de fougue, un séducteur né, aussi charismatique qu'irresponsable et fantasque. Ils avaient réussi à l'expédier durant un temps en Europe, pour qu'il cesse de commettre des bêtises jusqu'à son mariage avec l'un des meilleurs partis de la capitale.

— J'ai croisé avant-hier Teresita et sa mère dans les boutiques de Porta Coeli, ajouta Maria en expulsant la fumée. Elles achetaient du velours de Gênes et de la dentelle de Malines : elles préparent déjà leurs toilettes pour la noce.

La promise de Nico s'appelait Teresa Gorostiza Fagoaga et descendait de deux branches de vieille et bonne souche.

Pas très jolie ni très drôle, mais extrêmement agréable. Et sensée. Et follement amoureuse. Exactement ce qu'il fallait pour son écervelé de fils, songeait Mauro Larrea : une attache, une sécurité qui lui mettraient du plomb dans la cervelle tout en contribuant à asseoir sa propre famille à la place qui lui revenait dans la société, une place gagnée à la force du poignet. L'argent frais et coulant à flots d'un riche mineur espagnol associé à une brillante et ancestrale lignée créole. Impossible d'imaginer alliance plus prometteuse. Sauf que cet attrayant projet venait de tomber à l'eau : les Gorostiza avaient encore de l'aristocratie à revendre, tandis que la fortune des Larrea s'était volatilisée, victime des aléas d'une guerre étrangère.

Et sans un sou en poche, sans compte ouvert auprès du meilleur tailleur de la rue Cordobanes, sans une berline capitonnée de satin pour se rendre aux réunions, aux fêtes et aux ventes de charité, à défaut d'un fringant coursier pour courtiser les jeunes filles, et dépourvu de la fermeté de caractère de son père, Nicolás Larrea partirait en fumée. Un garçon attirant et aimable, mais sans métier ni biens, rien de plus. Un gandin, une gouape, comme on appelait ces présomptueux sans patrimoine férus de mondanité. Le fils d'un mineur ruiné reparti comme il était arrivé.

— Les Gorostiza ne doivent pas être mis au courant, bougonna Mauro, le regard perdu au loin. Et ta belle-famille non plus. Cela reste entre toi et moi. Et Elías, bien sûr.

Depuis cette nuit agitée où Elías Andrade les avait emmenés hors de Real de Catorce, le simple comptable des mines de leur père était devenu, pour Mariana et Nicolás, ce qui se rapprochait le plus du parent qu'ils n'avaient jamais eu. L'idée de les installer à Mexico, dont il était originaire et connaissait à fond les codes et les clés, était venue de lui. De lui aussi, le conseil d'inscrire Mariana au collège des Vizcaínas. Quant à Nicolás, il l'avait installé chez l'un de ses proches, rue des Donceles, dans l'un des derniers vestiges de la gloire éteinte des Andrade, dont ne subsistaient que les toiles d'araignée.

Maintenant, la voix du fondé de pouvoir, indifférente à leur conversation, déversait dans le lointain des tombereaux de directives. Ces plats de Talavera, emballez-les bien pour éviter qu'ils se cassent ; les matelas, je les veux roulés ; vous ne voyez pas que ce rocking-chair va se renverser, abrutis ? Les domestiques, effrayés par la fureur de don Elías ce matin où tout allait de travers, s'affairaient pour obéir à ses ordres, courant de toutes parts et transformant ce qui avait été une délicieuse maison de campagne en un capharnaüm.

Mariana se redressa, se tenant les reins à deux mains pour alléger le poids de son ventre.

— Tu n'aurais pas dû être si ambitieux. On se serait contentés de moins, d'une vie plus simple.

Larrea hocha la tête en signe de dénégation. Il n'avait jamais prétendu imiter ces légendaires mineurs de l'époque coloniale qui n'hésitaient pas à suborner et à soudoyer des vice-rois insatiables et des fonctionnaires corrompus pour assurer leur place au sein de l'aristocratie. Acheter des titres de noblesse et afficher ostensiblement sa richesse était alors un comportement courant, or il était un homme d'une autre trempe et d'un autre temps. Il souhaitait simplement s'enrichir.

— J'avais à peine trente ans et j'étais entré par la grande porte dans le commerce de l'argent. Pourtant, il n'était pas question de m'échiner à accumuler des richesses pour finalement me conduire comme une brute sans classe ni moralité. Je ne voulais pas passer le restant de mes jours au milieu des sauvages, dans une belle maison où j'irais seulement dormir, ou à me pavaner dans les bordels devant des grues et des petits malfrats. Incapable de me comporter dignement et d'apprendre ce qui se passait dans le monde. J'avais peur que toi et Nico, qui viviez déjà à Mexico, n'ayez honte de moi.

— Mais on n'a jamais...

— J'ai eu des cauchemars pendant des années. J'avais vu la mort en face et je n'arrivais pas à me débarrasser complètement de cette angoisse au cœur. D'où, sans doute, mon obstination à défier cette mine implacable qui avait failli vous laisser orphelins.

Il aspira à pleins poumons l'air frais et pur qui avait fait de Tacubaya la villégiature préférée des élites de la capitale. Ils savaient l'un et l'autre qu'ils ne reviendraient plus jamais dans cette magnifique propriété où ils avaient vécu tant de bons moments : le bal des débutantes de Mariana, les chaleureuses soirées entre amis, les après-midi de bavardages à l'ombre des saules, du chèvrefeuille et des limettiers tandis qu'en ville on crevait de chaleur.

Des salves d'artillerie crépitèrent dans le lointain, sans les inquiéter : ils s'étaient déjà habitués à leur vacarme au cours de ces journées tumultueuses qui avaient suivi la fin de la guerre civile. Étranger à tout ce qui l'environnait, Andrade déversa derrière son dos un nouveau chapelet de vociférations. Dégagez la sortie ! Poussez-vous de là ! Ce buffet, oh hisse !

Mauro Larrea quitta alors l'abri de la pergola et s'approcha de la balustrade de la terrasse, bientôt suivi par Mariana. Ensemble, ils contemplèrent la vallée et les sommets majestueux des volcans, puis elle lui prit le bras et posa la tête sur son épaule, comme pour lui dire qu'elle était avec lui.

— Après tant d'années passées à lutter, on a du mal à prendre du recul, vois-tu. Le corps te réclame d'autres défis, d'autres aventures. Tu deviens ambitieux, tu résistes à la tentation de t'arrêter.

— Mais cette fois-ci, ça t'a échappé des mains.

La voix de sa fille était exempte de reproches – ce n'était qu'une réflexion sereine et lucide.

— Ce jeu est ainsi, Mariana, ce n'est pas moi qui ai écrit les règles. Parfois on gagne, parfois on perd. Et plus tu mises gros, plus dure est la chute.

5.

Mauro l'aida à sortir de la berline, l'attrapa par les épaules et lui déposa un baiser sur le front. Ensuite, il la serra dans ses bras. Il n'aimait pas afficher ses sentiments en public. Ni avec ses enfants ni avec les femmes qui avaient traversé sa vie ; mais ce jour-là, il ne se retint pas. Peut-être parce qu'il était encore bouleversé par la grossesse de Mariana. Ou bien parce qu'il savait que le temps leur était désormais compté.

Contrairement à d'autres fois, il s'éloigna du palais de la rue Capuchinas, où résidait maintenant sa fille, sans aller saluer la belle-mère de Mariana. Non qu'il voulût esquiver la vieille comtesse de Colima, ses titres ronflants et son caractère exécrable ; simplement, d'autres urgences le réclamaient. Il avait hâte de reconstruire sa vie ; il lui fallait chercher des voies différentes, imaginer une issue honorable au cas où la nouvelle de sa déroute se répandrait. Pour ne pas se retrouver sans défense, à nu, face à une réalité désastreuse commentée et déformée par tous. Et même fêtée par d'aucuns, comme toujours lors des échecs d'autrui. En outre, les quatre mois accordés par Tadeo Carrús étaient déjà entamés – le compte à rebours avait commencé.

Au milieu de l'après-midi, il se rendit au café del Progreso, qui était alors à son apogée – avant la débandade provoquée par les dîners mondains ou familiaux, et jusqu'au moment où il se remplirait à nouveau des noctambules oisifs qui le fréquentaient faute de mieux. C'était le lieu de rencontre le plus sélect du moment, où se croisaient les gens les plus importants. Des hommes à son image, des hommes d'argent, d'affaires, de pouvoir. Sauf que la plupart n'étaient pas encore ruinés.

Il n'avait rendez-vous avec personne, mais savait clairement ceux dont il désirait la présence et ceux qu'il préférait éviter. Son but était d'écouter. De surprendre des informations. Et peut-être d'en laisser tomber lui-même quelques miettes au bon endroit, et au bon moment.

Affalée sur des canapés ou dans des fauteuils en brocatelle, la fine fleur des milieux économiques de la capitale mexicaine fumait et buvait du café noir à l'unisson. On lisait la presse, on débattait avec ardeur de questions politiques, on parlait affaires sans oublier la banqueroute permanente du pays. On s'intéressait également aux événements du monde, on se plaignait de ces lois toujours changeantes au gré des différents grands hommes de la patrie, on évoquait les amourettes, les altercations ou les ragots mondains s'ils présentaient quelque intérêt.

À peine entré, Mauro analysa d'un coup d'œil la situation. La plupart étaient des habitués, des familiers. Ernesto Gorostiza, le futur beau-père de son fils, ne paraissait pas être là ; tant mieux. Il n'aperçut pas non plus Eliseo Samper, ce qui, au contraire, lui déplut. Les deux hommes étaient plus que quiconque au fait des politiques gouvernementales en matière de finances et d'emprunts, d'où l'utilité de les sonder. Autre absent, Aurelio Palencia, grand connaisseur des arcanes de la banque et de ses tentacules. En revanche, il découvrit la présence imposante de Mariano Asencio. Commençons par lui, décida-t-il.

Il s'approcha de la table comme si de rien n'était : distribuant des saluts, s'arrêtant parfois pour échanger quelques mots, commandant son café à la demande d'un garçon.

— Quelle surprise, Larrea! s'exclama Asencio sans ôter son cigare de sa bouche, avec sa grosse voix et sa désinvolture coutumière. Ça fait un bout de temps qu'on ne t'avait vu !

Ancien ambassadeur du Mexique à Washington, le géant Asencio s'était reconverti depuis son retour dans un tas d'affaires avec les voisins du Nord et tous ceux qu'il croisait sur sa route. Il était en outre marié à une Yankee deux fois plus petite que lui et en savait beaucoup sur le pays de sa femme. Justement, la conversation tournait autour de sa guerre fratricide.

— Le fait de combattre sur son propre territoire représente un avantage énorme pour le Sud, affirma quelqu'un à l'autre bout de la table. Il paraît que leurs soldats se battent avec courage et qu'ils conservent un moral excellent.

— Mais ils sont aussi beaucoup moins nombreux, rétorqua un autre.

— Exact. D'ailleurs l'Union, le Nord, pourrait tripler ses effectifs rapidement.

Mauro Larrea se fichait plus ou moins du nombre de soldats et de leur moral ; il feignit néanmoins de s'intéresser au débat et glissa subrepticement sa question.

— D'après toi, Mariano, la guerre va encore durer combien de temps ?

Tout laissait prévoir un conflit long et sanglant, ce dont il ne doutait pas. Mais il se raccrochait désespérément à l'espoir d'un dénouement rapide. Dans ce cas, il pourrait essayer de reprendre possession de son matériel. Ou du moins d'une partie. Il chercherait l'endroit où il était stocké, embaucherait un avocat gringo, réclamerait des dédommagements...

— Je crains que ce ne soit très long, l'ami. Un bon nombre d'années, à coup sûr.

On entendit des murmures approbateurs. Tous paraissaient du même avis.

— Il s'agit d'un conflit plus complexe que nous ne l'imaginons vu d'ici, ajouta le colosse. En arrière-plan, c'est le combat entre deux mondes opposés, deux philosophies de vie et deux économies radicalement différentes. Ils s'entrebattent pour quelque chose de plus profond que l'esclavage. Le Sud revendique tout simplement son indépendance. À présent, ce sont les États-Désunis. On devrait les appeler comme ça, ces crapules.

Les rires fusèrent : les blessures dues à l'invasion subie quelques années auparavant restaient ouvertes, et rien ne plaisait autant aux Mexicains qu'une attaque frontale contre leurs voisins. Mauro Larrea, lui, s'en moquait ; il ne tira de cette conversation qu'une seule conclusion : l'inanité de ses efforts. Même en rêve, il n'existait pas la moindre chance de récupérer un seul écrou de ses machines ni un simple peso de ses investissements.

La majorité du groupe allait quitter le café quand Mariano Asencio l'attrapa soudainement par le bras et le retint.

— Ça fait plusieurs jours que je cherche à te voir, Larrea. Mais pour je ne sais quelle raison, on n'arrive jamais à se croiser.

— En effet, je suis très occupé ces temps-ci.

Des paroles creuses, mais que pouvait-il répondre? Par chance, Asencio suivit son idée.

— Je voudrais ton avis sur un problème.

Ils attendirent le départ de leurs confrères pour sortir à leur tour. Laureano l'attendait dans sa berline, à l'inverse d'Asencio qui ne semblait disposer d'aucun attelage. Larrea sut tout de suite pourquoi.

— Ce charlatan de Van Kampen, ce médecin allemand du diable dont mon épouse m'oblige à écouter les sermons, a décidé qu'il fallait que je bouge. Du coup, elle a ordonné à mon cocher de ne plus venir me chercher nulle part.

— Je peux t'emmener où tu voudras...

Asencio refusa en levant les bras au ciel.

— Pas question! elle m'a déjà pincé hier soir quand je suis rentré à la maison dans le landau de Teófilo Vallejo, et tu ne peux pas imaginer le barouf qu'elle a fait. Quelle idée de me marier avec une blondasse épiscopalienne du New Hampshire! En revanche, je te serais très reconnaissant de m'accompagner en marchant, si tu n'es pas pressé. J'habite rue de la Canoa, ça ne nous retardera pas beaucoup.

Larrea congédia Laureano après lui avoir indiqué la nouvelle adresse, puis il s'apprêta à écouter cet homme qui lui avait toujours inspiré des sentiments contradictoires.

Les rues regorgeaient de passants aux mille nuances de peau qui se croisaient dans un bouillonnant va-et-vient. Femmes indigènes avec d'énormes bouquets de fleurs dans les bras et leurs bébés attachés dans le dos, hommes au visage cuivré transportant sur leur tête des récipients en terre cuite remplis de sucreries ou de paquets de saindoux empilés, mendiants, braves gens, soldatesques et charlatans qui déambulaient du matin au soir dans une ronde sans fin.

Asencio se frayait un chemin au milieu de la foule telle l'étrave d'un paquebot ; il écartait à coups de canne les importuns et les miséreux en haillons qui, sur un ton geignard ou larmoyant, leur demandaient l'aumône pour le sang très pur de Notre Seigneur Jésus-Christ.

— Un groupe d'investisseurs britanniques a pris contact avec moi. Ils avaient tout organisé pour entreprendre une prometteuse campagne minière dans les Appalaches. Mais la guerre a coupé court à leurs ambitions. À présent, ils songent à transférer leurs intérêts au Mexique et me demandent donc des informations.

Une farce ! Une répugnante farce du destin ! Telle fut la première pensée de Mauro Larrea en apprenant la nouvelle. Il avait été réduit à la misère par la faute de cette guerre dont il se fichait éperdument, et Asencio, à cet instant précis, lui annonçait que les Anglais, vieux cousins de ces gringos qui maintenant s'entre-tuaient, envisageaient de s'installer sur les territoires laissés vacants à la suite de sa chute.

Ignorant l'angoisse qui étreignait le cœur du mineur, Asencio continuait à parler, avançant tel un pachyderme, insensible aux supplications des aveugles aux orbites vides et des dizaines d'indigents qui arboraient sans pudeur leurs tares et leurs moignons.

— Je leur ai répété que le moment était mal choisi pour investir au Mexique, reprit-il en ronchonnant. Même si les gouvernements leur promettent monts et merveilles depuis des années pour attirer des capitaux étrangers.

— Leurs compatriotes de la Compañía de Aventureros avaient déjà tenté le coup à Real del Monte et à Pachuca. Et ils ont échoué, répondit Mauro en essayant de paraître naturel malgré l'inquiétude qui le taraudait. Ils n'ont pas réussi à s'adapter à la façon de travailler des Mexicains, ils ont refusé de leur accorder...

— Ils sont au courant, ils sont au courant, le coupa Asencio. Mais il semblerait qu'ils soient mieux préparés, à présent. Leur matériel est prêt à être embarqué à Southampton. Pour moi, c'est tout bénéfice : ils le livrent ici et j'utilise le même bateau pour expédier mes marchandises vers l'Angleterre. Ils ont seulement besoin d'une bonne zone de pêche, si tu me pardonnes cette expression : je n'y connais rien dans votre domaine. Une bonne mine qui n'aurait pas été exploitée ces derniers temps, disent-ils, mais à fort potentiel.

Larrea se retint pour ne pas laisser échapper un éclat de rire sardonique, empreint d'amertume. Las Tres Lunas. Sans le savoir, ces Anglais cherchaient exactement le modèle de Las Tres Lunas, son grand rêve. Les fripouilles !

— Je leur ai promis d'effectuer quelques vérifications, poursuivit Asencio. Et j'ai pensé à toi. Sans nuire à tes propres intérêts, bien entendu.

Le plus ironique, le plus terrible, aussi, c'était que Las Tres Lunas, soumise aux règles en vigueur dans les sites miniers, ne lui appartenait pas. Sinon, il aurait pu la vendre aux Anglais ou la louer et en tirer quelque chose. Ou bien s'associer à cette hypothétique future entreprise. Mais il ne possédait aucun titre de propriété sur la mine en raison de vieilles ordonnances jamais abrogées datant de l'époque de la vice-royauté. Une concession, un permis qui l'autorisait à en prendre possession et à l'exploiter, voilà tout ce qu'il avait. Un document qui serait frappé de nullité, en toute légalité, s'il ne commençait pas l'exploitation rapidement – dans le cas contraire, la voie serait ouverte à un éventuel successeur.

Asencio l'attrapa de nouveau par le bras, cette fois-ci pour qu'ils s'arrêtent à un coin de rue, en face d'un stand de nourriture suintant la crasse. La vieille tenancière réchauffait sur un brasero les tortillas qu'elle avait pétries de ses mains aux longs ongles noircis. Même en le faisant exprès, il n'aurait pu choisir une échoppe plus immonde parmi les milliers de vendeurs qui sillonnaient les rues.

— Ce crétin de Van Kampen a aussi dit à ma femme que je dois moins manger, et à eux deux ils me font crever de faim.

Il fouilla dans les poches de son gilet à la recherche de quelques pesos.

— Pourquoi n'ai-je pas épousé une bonne matrone mexicaine, du genre de celles qui t'attendent toujours avec une table bien garnie ? Tu as envie d'un petit taco de porc, l'ami ? Ou d'une quesadilla au saindoux ?

Ils continuèrent leur chemin tandis qu'Asencio, tout à son idée, engloutissait la nourriture ; il parlait sans discontinuer et repoussait les mendiants avec une dextérité inégalable.

En passant, il décorait son poitrail des restes poisseux qui lui tombaient de la bouche.

— Je suppose que cette guerre t'affecte aussi, risqua Mauro Larrea. Avec les ports des Confédérés bloqués par l'Union.

— Pas du tout, mon cher, rétorqua Asencio sans cesser de mâcher à pleines dents. À cause du blocus, les Sudistes ont commencé à commercer depuis le port de Matamoros, où je dispose de quelques intérêts. Et comme le Nord n'achète plus de coton au Sud, ce qui représentait l'essentiel de leurs échanges, je me suis mis à en fournir aux Yankees ; je possède dans le coin des propriétés que j'avais acquises pour des clopinettes avant que le conflit n'éclate.

Il avala la dernière bouchée de son troisième taco et s'essuya sans aucune gêne la bouche avec la manche de sa redingote. Il lâcha ensuite un rot sonore.

— Pardon, dit-il par pur réflexe. Bon, revenons à nos moutons. Que me conseilles-tu de répondre aux sujets de Sa Gracieuse Majesté ? Ils attendent de mes nouvelles dans les plus brefs délais, ils s'impatientent. Je continuerai à chercher de mon côté, j'irai voir par exemple Ovidio Calleja, aux archives de la Junta de Minería. Il me doit certaines faveurs. Ce connard, il est au courant de tout, surtout s'il peut en retirer un petit bénéfice. Mais j'aimerais connaître ton opinion : l'argent, entre nous, ça reste une bonne affaire, non ?

— Pas si sûr, improvisa nerveusement Mauro. Les problèmes s'accumulent sans cesse et les coûts dépassent souvent les rendements. Le mercure et la poudre, dont il faut des tonnes, changent de prix d'un jour à l'autre. Le brigandage est un cauchemar et on est obligés de payer des escortes militaires pour le transport du métal. Le minerai a une teneur de plus en plus faible, les ouvriers deviennent hargneux comme des teignes...

Il ne mentait pas, mais il exagérait. Toutes ces complications existaient depuis qu'il était entré dans ce monde, elles n'avaient rien de nouveau. Et il les avait affrontées pendant des années.

— En fait, ajouta-t-il, imaginant un mensonge au fil de la conversation, je songe moi-même à diversifier mes opérations à l'extérieur du pays.

— Pour les réorienter vers où ? demanda Asencio sans cacher sa curiosité.

Outre sa connaissance du Nord, son verbe impétueux et l'extravagante hétérogénéité de ses affaires, l'hercule avait également la réputation d'être toujours prêt à sauter sur une bonne occasion.

Mauro Larrea n'avait jamais su mentir – il agissait toujours de face. Néanmoins, pressé par son interlocuteur, il fut obligé d'inventer à partir de bribes de conversation pêchées çà et là.

— Ce n'est pas tout à fait clair, j'étudie diverses offres. J'aimerais trouver une ouverture vers le Sud, investir dans des plantations d'indigo au Guatemala. Un de mes anciens associés m'a également fait une proposition liée au cacao, à Caracas. En plus...

L'énorme paluche d'Asencio retomba alors sur son bras, l'obligeant à s'arrêter au milieu de la rue.

— Sais-tu ce que ferait cette personne qui te parle, si elle avait tes liquidités, Mauro ?

Sans attendre la réaction de Larrea, Asencio approcha de son oreille son haleine chargée de relents d'oignons, de piments et de porc, et lui débita une série de phrases qui le firent réfléchir.

6.

Andrade, avec son crâne luisant et ses besicles au bout du nez, l'attendait devant une pile de documents.

— Saleté d'opportuniste ! grommela le mineur après avoir claqué la porte pour s'isoler de l'extérieur.

Le fondé de pouvoir leva les yeux des comptes qu'il examinait.

— J'espère que tu ne parles pas de moi.
— Non, de Mariano Asencio.
— Le géant ?
— Le géant crapuleux.
— Rien de nouveau sous le soleil.
— Il est en affaires avec des Anglais. Une bande d'aventuriers prêts à suivre les conseils qu'on leur donnera. Ils apportent de gros moyens et de l'argent frais, et ils ne vont pas perdre leur temps avec des mines vierges. Ils écouteront ce qu'il dira, et ce maudit requin remuera ciel et terre pour leur offrir quelque chose d'appétissant et prendre ensuite sa part du gâteau.
— Tu peux en être certain.
— Il m'a déjà annoncé que le premier endroit où il fourrera son gros nez sera les archives de la Junta de Minería, où il trouvera des projets à gogo.
— La plupart insuffisants pour les ambitions de ces gens. Sauf...

— Sauf le nôtre.
— Ce qui signifie que...
— ... que dès qu'Asencio aura découvert que nous n'avons pas démarré à Las Tres Lunas, il leur ouvrira la voie derrière nous.
— Et quand ils apprendront que tu as flairé l'éventualité d'un bon filon, ils s'y installeront en trois jours.

Le silence devint tendu, tel un arc prêt à se rompre. Andrade le brisa.

— Le pire, c'est qu'ils agiront en toute légalité, nous avons dépassé les délais, déclara-t-il d'un ton lugubre.
— Largement.
— Et cela implique que Las Tres Lunas peut être déclarée...

Deux mots sinistres retentirent aussitôt.

— ... vacante et abandonnée.

Dans le jargon de l'industrie minière, ces adjectifs, placés dans cet ordre précis, annonçaient des lendemains désolants : si les engagements n'étaient pas tenus à la date stipulée, si les travaux ne débutaient pas ou qu'ils étaient interrompus pendant une durée prolongée sans raison valable, n'importe qui aurait la possibilité de solliciter une nouvelle concession, privant ainsi l'ancien exploitant du contrôle du gisement et l'empêchant d'en prendre possession.

— Comme quand il fallait demander l'autorisation au roi d'Espagne pour installer des manèges à chevaux sur les propriétés de la Couronne, maudite soit-elle !

Mauro Larrea ferma les yeux un instant en pressant ses paupières du bout des doigts. Dans ces ténèbres momentanées, il revit les douze feuillets de papier timbré qu'il avait signés puis déposés auprès des archives de la Junta de Minería. Respectueux des règles, il y sollicitait une concession officielle pour exploiter la mine abandonnée et exposait consciencieusement ses objectifs : le périmètre qu'il voulait explorer et son orientation, la profondeur, les différents puits par où y pénétrer.

Comme s'il lisait dans ses pensées, Andrade murmura :

— Que Dieu nous pardonne !

En s'emparant de leur matériel, des étrangers les avaient menés à la ruine absolue. Et s'ils n'y remédiaient pas à temps, d'autres allaient leur subtiliser leurs idées et leurs compétences, la dernière bouée à laquelle se raccrocher si le vent tournait.

Les deux hommes se regardèrent et acquiescèrent en silence : la même solution leur était venue à l'esprit. Ils devaient à tout prix soustraire le dossier des archives, pour que ni Asencio ni les Anglais ne puissent mettre la main dessus. Et, afin d'éviter toute curiosité malsaine ou suspicion, il leur fallait agir avec une prudence extrême.

La conversation se poursuivit pendant la nuit, après le retour d'Andrade qui avait effectué diverses vérifications et en avait informé Larrea. Celui-ci jouait seul au billard depuis deux heures, unique façon de chasser ses démons quand il devait prendre une décision.

— Calleja sera absent pendant plusieurs semaines, il fait sa tournée annuelle en province.

Inutile de préciser qu'Ovidio Calleja était le surintendant des archives de la Junta de Minería : une vieille connaissance du secteur avec laquelle ils avaient eu autrefois maille à partir, pour un problème de tracé entre des puits, par exemple, ou bien à cause d'une livraison de mercure. Calleja n'avait jamais gagné et Larrea et Andrade s'étaient presque toujours taillé la part du lion. Du coup, et bien que de l'eau eût coulé sous les ponts, leur ancien adversaire éprouvait une rancune tenace à leur égard. Ils ne devaient s'attendre à aucune générosité de sa part, bien au contraire.

Éloigné des campements miniers à la suite d'investissements infructueux, Calleja avait finalement obtenu ce poste bureaucratique ; en principe, il ne lui rapportait pas de gros bénéfices, mais sa morale peu scrupuleuse lui permettait d'en tirer quelques prébendes.

— Son absence pourrait jouer en notre faveur, poursuivit Andrade. S'il était ici, le simple fait de vouloir retirer notre projet aiguiserait sa curiosité. Il traînerait pour nous le rendre, afin qu'un scribe en réalise une copie, ou bien il noterait lui-même les détails et les garderait sous la main.

— Ou alors il les partagerait avec quiconque manifesterait de l'intérêt.

— Cela va sans dire, rétorqua le fondé de pouvoir en portant à ses lèvres le verre de brandy à moitié plein que son ami avait laissé sur un bord de la table – il ne lui demanda pas la permission, c'était inutile.

Leurs deux cerveaux fonctionnaient à l'unisson. Désespérément.

— On pourrait en profiter pour acheter l'un des subalternes. Le petit maigre presque imberbe. Ou celui qui a des lunettes fumées. Leur suggérer de subtiliser le dossier dans les archives moyennant une bonne récompense. Quelque chose de valeur, avant qu'on ne se soit dépouillé de tout. Un tableau de maître, une paire de chandeliers en argent massif, deux juments...

Andrade parut fixer toute son attention sur l'endroit où il déposait son verre en cristal gravé : la place exacte qu'il occupait auparavant, indiquée par une marque humide sur l'acajou.

— Calleja ne dispose que de deux employés, qu'il connaît bien et qu'il a dressés comme des chiens savants. Ils ne font jamais rien derrière son dos, ils n'osent pas trahir la main qui les nourrit. À moins de leur mettre sous le nez le trésor de Moctezuma, ce qui me semble assez complexe, ils y gagneront davantage à rester loyaux envers leur supérieur.

Inutile de demander comment il le savait. Dans le labyrinthe de la bureaucratie officielle, il suffisait de poser quelques questions à bon escient.

— Attendons demain, conclut Larrea. Mariano Asencio m'a confié quelque chose d'autre et j'aimerais que tu sois au courant.

Il répéta alors à Andrade l'ultime conseil qui était sorti de la bouche du géant au milieu des relents graisseux de son repas. Et il ajouta que ce n'était peut-être pas la pire des possibilités. Andrade, comme chaque fois qu'il avait l'impression que son ami marchait à l'aveuglette au bord du gouffre, sortit un mouchoir de sa poche et s'essuya le front. Il était en nage.

*

Ils arrivèrent du côté du Palacio de Minería sur le coup de onze heures et demie du matin. Camouflant leur anxiété. Faisant comme s'ils passaient par hasard devant l'imposant bâtiment abritant les archives, ou comme s'ils avaient trouvé un moment de creux fortuit au milieu de leurs multiples obligations. Transportant les sempiternels rouleaux de papier propres à leur métier et un cartable en cuir supposément remplis de documents. Sûrs d'eux-mêmes, élégamment vêtus de leur redingote en laine d'alpaga anglaise, la cravate soigneusement repassée, et coiffés d'un chapeau melon qu'ils ôtèrent en entrant – leur tenue quand la fortune les courtisait encore et leur décochait un clin d'œil complaisant.

Il régnait peu d'activité dans les locaux : on n'enregistrait pas beaucoup de projets miniers à cette époque. Ils ne croisèrent que les deux employés prévus, plongés dans leurs tâches quotidiennes et protégés de l'encre et de la poussière par des manchettes en percaline. Tout autour, une multitude de vitrines avec des portes en verre allant du sol au plafond. Et bien fermées à clé, ainsi qu'ils le constatèrent d'un simple coup d'œil. À l'intérieur, serrés les uns contre les autres et le plus souvent jaunis, des milliers de liasses de papier, de titres de créance et d'actes de propriété à même d'offrir, à celui qui aurait la patience de les lire, une promenade détaillée à travers la longue histoire des mines mexicaines, de la période coloniale jusqu'à aujourd'hui.

Ils se saluèrent avec une certaine familiarité ; en réalité, ils en avaient assez de se revoir tous les quatre au moins deux fois par an. Sauf que, en d'autres occasions, les subalternes n'intervenaient en rien : Ovidio Calleja les recevait lui-même, avec un formalisme exagéré, révélateur de son antipathie.

Les deux sous-fifres se levèrent cérémonieusement.

— Le surintendant est absent...

Larrea et Andrade feignirent d'être contrariés.

— ... mais si nous pouvons vous être de quelque utilité...

— Je suppose que oui : vous jouissez de la confiance absolue de don Ovidio et vous connaissez cette maison à fond, comme lui, ou même mieux encore.

Ce fut le fondé de pouvoir qui posa la première pierre, non sans y ajouter une dose de flatterie ; Larrea posa la seconde.

— Nous avons besoin de consulter un dossier de demande de concession à mon nom, Mauro Larrea. J'ai apporté le récépissé de dépôt, pour que vous retrouviez facilement la référence.

Le plus grand des employés, celui aux lunettes teintées, se racla la gorge. L'autre, l'avorton, mit les mains derrière son dos et baissa les yeux.

Il y eut un silence gêné, seul résonnait le tic-tac de l'horloge murale située dans le grand bureau vide de leur supérieur défaillant.

Le grand employé se racla de nouveau la gorge, avant de débiter la phrase à laquelle ils s'attendaient :

— Je regrette infiniment, messieurs, mais je crois que ça ne va pas être possible.

Les messieurs en question se montrèrent très surpris. Andrade leva un sourcil étonné, le mineur fronça légèrement les siens.

— Et pour quelle raison, don Mónico ?

Celui-ci haussa les épaules en signe d'impuissance.

— Ordres du surintendant.

— Je n'en crois pas mes oreilles ! rétorqua Andrade, forçant le trait.

Le maigre vola alors au secours de son collègue.

— Ce sont des ordres que nous devons respecter, messieurs. D'ailleurs, nous n'avons pas les clés.

Pas même une plume ne bougeait dans ces archives sans l'autorisation expresse d'Ovidio Calleja. Inflexibles, ils campaient sur leur position, impossible de les en déloger.

Et maintenant que fait-on ? s'interrogèrent du regard les deux amis. Ils n'avaient pas prévu de plan de rechange : il ne leur restait qu'à subir une déroute humiliante et à repartir les mains vides. Décidément, tout se compliquait, le sort s'acharnait contre eux.

Ils hésitaient encore entre insister un peu plus ou se résigner à leur échec quand une porte latérale grinça au fond du local. Les quatre paires d'yeux se tournèrent vers elle, comme aimantées. Dès qu'elle s'entrebâilla, trois chats se glissèrent tel un souffle d'air dans la pièce. Ensuite apparut le volant d'une jupe moutarde et, finalement, lorsque la porte fut complètement ouverte, on vit entrer une femme sans âge. Ni jeune ni vieille, ni laide ni belle. Indéfinissable.

Andrade fit un pas en avant, cachant derrière un sourire rusé son immense soulagement : il avait trouvé un prétexte pour s'attarder.

— Enchanté de vous rencontrer, mademoiselle Calleja.

De son côté, Mauro Larrea se retint d'ironiser à voix haute sur le talent de son ami. Tu as bien enquêté, vieux roublard ! songea-t-il. Non content de trouver le nom des employés, tu as aussi découvert l'existence d'une fille.

Un certain désarroi se peignit sur les traits de la nouvelle arrivante, comme si elle ne s'attendait pas à croiser quelqu'un à cette heure. Sans doute n'avait-elle quitté qu'un court moment le logement occupé par la famille du surintendant dans ce même bâtiment. Sans s'habiller pour sortir, en simple tenue d'intérieur.

Elle fut néanmoins obligée de faire face à la situation et leur adressa un timide bonjour.

Andrade s'avança un peu plus.

— Don Mónico et don Severino nous informaient en cet instant précis de l'absence de monsieur votre père.

Visage rond, cheveux tirés en arrière sur la nuque, la trentaine largement dépassée, un corps sans grâce, vêtue d'une banale robe d'intérieur ornée d'un chaste col ivoire. Une femme comme des centaines d'autres, de celles dont rien n'attire le regard des hommes qui les croisent. Mais jamais repoussantes ou déplaisantes. Fausta Calleja leur offrait cette image vue de loin : mademoiselle Tout-le-monde.

— En effet, il est en voyage. Cependant, il a prévu de rentrer bientôt. Je venais m'en enquérir. A-t-on reçu la lettre confirmant son retour ?

— Pas encore, mademoiselle Fausta, répondit le binoclard. Rien n'est arrivé.

À l'exception des quelques pas effectués par le fondé de pouvoir pour se rapprocher de la fille du surintendant, tous restaient immobiles, comme cloués sur le parquet, tandis que les chats batifolaient sous les meubles et autour des jambes des employés. L'un des félins, d'un roux flamboyant, sauta sur une table et piétina allégrement folios et chemises.

Andrade reprit un semblant de conversation.

— Et madame votre mère, mademoiselle, comment va-t-elle, ces jours-ci ?

En d'autres circonstances, Mauro Larrea aurait éclaté de rire. Crapule, où vas-tu chercher un tel intérêt pour la famille d'un type qui se couperait une oreille plutôt que de nous donner un coup de main ?

Bien entendu, la fille ne perçut pas l'hypocrisie de la question.

— Elle est pratiquement rétablie, merci beaucoup, monsieur... ?

— Andrade, Elías Andrade, un grand admirateur de monsieur votre père, à son entière disposition. Et cet autre monsieur, également très attaché à votre papa, est don Mauro Larrea, un riche mineur veuf que j'ai l'honneur de représenter et dont je peux attester l'honnêteté, la bonté et les grandes qualités morales.

Tu es devenu fou, mon vieux ? Où veux-tu en venir, avec ce langage de roman à l'eau de rose ? Qu'attends-tu de cette pauvre femme en lui mentant sur nos relations avec son père, en dévoilant ma vie intime et en me couvrant de louanges grotesques ?

Aussitôt, il comprit que toute réponse était inutile : il lui suffit de croiser le regard de Fausta Calleja pour comprendre instantanément les intentions son ami. Tout se lisait dans ses yeux, dans l'intensité avec laquelle elle dévorait son corps, ses vêtements, son visage et son allure distinguée. Enfant de salaud ! Alors, comme ça, tu as appris que la fille est célibataire, et tu as soudain l'idée de jouer notre va-tout, de m'offrir sur un plateau en qualité de prétendant potentiel ?

— Nous sommes absolument ravis, mademoiselle, que votre maman ait recouvré la santé. Et de quel mal souffrait-elle, si je ne suis pas indiscret ?

Le fondé de pouvoir avait repris son absurde conversation là où il l'avait laissée, avec le même style ampoulé. Elle, prise sur le fait, détourna prestement le regard.

— Un gros rhume, heureusement guéri.

— Dieu veuille que cela ne se reproduise plus !

— C'est ce que nous espérons, monsieur.

— Et... et... est-elle à présent en état de recevoir des visites ?

— Eh bien, il se trouve que des amies sont justement venues la voir ce matin.

— Croyez-vous qu'elle pourrait recevoir votre serviteur ? Accompagné de M. Larrea, naturellement.

Ce dernier reprit alors l'initiative. Il s'était décidé : l'enjeu était trop important pour faire la fine bouche. Et il avait déjà gaspillé deux précieuses journées sur les quatre maudits mois accordés par son créancier.

Sans la moindre pudeur, au culot, il darda sur la jeune femme un regard impérieux et prolongé qui la transperça.

Elle baissa les yeux, rougissante. Le chat rouquin se frotta contre les plis de sa jupe ; elle se pencha, le prit dans ses bras et le gratifia d'une caresse sur le nez, en lui murmurant quelque chose qu'ils n'entendirent pas.

Dans l'attente d'une réponse, le cerveau en ébullition, les deux amis conservèrent la plus digne des apparences. Si les employés refusaient obstinément de leur sortir le dossier des archives, l'épouse et la fille pourraient peut-être les tirer de ce mauvais pas. Les mêmes mots résonnaient, lancinants, dans leurs têtes : Allez, allez, allez... Vas-y, ma petite, dis oui.

Finalement, elle s'accroupit pour libérer le chat. En se redressant, les joues légèrement rosies, elle prononça enfin la phrase tant attendue :

— Ces messieurs seront cordialement reçus dans notre humble demeure, quand ils le jugeront opportun.

7.

La mère et la fille étaient en train de déjeuner d'un pot-au-feu de bœuf et de mouton quand leur parvint le somptueux carton. MM. Larrea et Andrade annonçaient leur visite l'après-midi même à six heures tapantes.

Deux heures plus tard, parmi les plus belles pièces du mobilier domestique disséminées dans tous les coins du salon, l'épouse du surintendant pressa une énième fois la missive contre sa volumineuse poitrine. Et si c'était vrai...

— Tu ne peux pas imaginer son regard, maman, de quelle façon...

L'écho des paroles de sa fille, lorsqu'elle était revenue tourneboulée des archives, retentissait encore aux oreilles de doña Hilaria.

— Et il est veuf. Et beau garçon.
— Et avec du bien, ma fille, avec du bien...

La prudence l'obligea néanmoins à réfréner ses espoirs. Depuis que son époux avait été nommé à son poste, rares étaient les semaines où ne parvenait pas jusqu'à leur porte quelque présent. Des invitations à des goûters ou à des soirées, un immense plateau de gâteaux, une discrète bourse contenant des onces d'or. Quelques mois auparavant, ils avaient même eu la surprise, fort agréable au demeurant, de recevoir une calèche. Il suffisait tout bonnement que son Ovidio, parmi les douzaines de papiers qui passaient quotidiennement entre ses mains, ajoute ou enlève une date ici, un timbre là, déclare un dossier égaré ou regarde ailleurs si nécessaire.

Pour cette raison, la première réaction de l'épouse fut la méfiance.

— Tu en es sûre, ma chérie ? Il t'a vraiment regardée comme ça ?

— Aussi sûre que deux et deux font quatre, maman. D'abord droit dans les yeux, et ensuite...

Elle se tordit les doigts, pudibonde.

— Ensuite... il m'a regardée... comme un homme véritable regarde une femme.

Doña Hilaria n'était toujours pas convaincue. Il y a anguille sous roche, rumina-t-elle. Sinon, pourquoi un spécimen tel que Mauro Larrea s'intéresserait-il à Fausta ? C'était un sacré lascar, d'après son mari. Il y avait un bon bout de temps que lui et son ami Andrade traînaient leurs bottes, et ils salivaient dès qu'ils flairaient une bonne occasion. Elle savait aussi que le mineur était comme un poisson dans l'eau quand il se frottait au grand monde, ces gens de la haute à laquelle les Calleja n'appartenaient malheureusement pas. Et dans ces milieux, les candidates empressées à le sortir de son veuvage étaient légion. Il devait donc y avoir un autre motif, très sérieux, qui expliquait son comportement. Quelque chose que seul son époux était susceptible de faire pour lui. Il est ignoble, cet Espagnol de merde, répétait son Ovidio chaque fois qu'on évoquait son cas. Il renifle les bonnes affaires, on dirait un renard affamé. Il ne laisse jamais échapper sa proie.

Mais... Et si... Les doutes la taraudaient tandis qu'elle cherchait dans le coffre la nappe la plus adaptée. Celle en fil d'Écosse brodée au point de croix ? Ou celle en dentelle Richelieu ? Après tout, quelle importance si ce n'était que par intérêt ? songea-t-elle. Que représentaient quelques passe-droits par rapport à un soutien permanent pour la petite, à un corps viril introduit dans sa vie insipide et son lit glacé ? Un mari, enfin ! Dans la situation actuelle ! Elle se débrouillerait pour qu'Ovidio oublie leurs désaccords passés. Qui n'avaient pas été des broutilles, certes, se rappela-t-elle en faisant de la buée sur une cuiller en argent : le malheureux avait souffert d'épouvantables maux de ventre, il avait même vomi du sang plus d'une fois quand ils se querellaient pour des puits ou des lots de mercure, ou... ou n'importe quoi.

— Il faut tout oublier, bredouilla-t-elle pour elle-même en soulevant le couvercle du sucrier des grandes occasions. En plus, il vaut mieux profiter de son absence. Il sera ainsi plus facile de le convaincre si l'affaire tourne bien.

Doña Hilaria en était là tandis que Fausta, le visage enduit d'une pommade aux amandes et au lait d'avoine pour se blanchir la peau, donnait des instructions aux domestiques sur le repassage de sa robe en mousseline la plus fragile. À quelques pâtés de maisons, étranger aux préparatifs faits en son honneur, Mauro Larrea, enfermé dans son bureau sans redingote ni cravate, vautré dans un fauteuil, un cigare entre les doigts, avait délibérément chassé de son esprit le goûter qui les attendait cet après-midi-là. Il ressassait la fin de la conversation qu'il avait eue la veille avec Mariano Asencio.

Les mimiques et la grosse voix imprégnée de relents de piment et de graisse de cochon résonnaient encore dans sa mémoire ; il sentit presque le poids de l'énorme main retombant sur son bras. Si celui qui te parle avait des liquidités, tu sais ce qu'il ferait ? En guise de réponse, il avait obtenu ce mot de quatre lettres qui l'obnubilait. Le même qu'avait évoqué Andrade. Asencio était certes un arriviste capable de vendre son père pour un plat de petits pois, n'empêche, son œil aiguisé décelait la moindre occasion de s'enrichir.

— Et s'il avait raison ? grommela Mauro une énième fois.

Il mâchonna de nouveau son cigare à moitié consumé. Si c'était mon destin ?

Il fut ramené à la réalité par des coups vigoureux donnés contre la porte, qui s'ouvrit aussitôt.

Désormais, sa décision était prise.

— Tu es encore comme ça ? Sinistre, en train de fumer et pas habillé ? brailla Andrade en le voyant.

Six heures sonnaient lorsqu'ils descendirent tous deux de la berline rue San Andrés, devant l'imposante façade du Palacio de Minería.

Un serviteur les attendait face au portail grand ouvert. Quand il les vit arriver, il interrompit sa conversation animée avec le concierge. Laissant de côté la majesté du perron, il les dirigea depuis la cour principale vers l'aile ouest du rez-de-chaussée. Les deux amis lui en furent reconnaissants : malgré leur habitude de se déplacer à travers les dédales du bâtiment, ils ignoraient tout des dépendances privées. Le jeune Indien, pieds nus, glissait sur les dalles, silencieux comme un serpent. À l'inverse, leurs pas, bottes anglaises et cadence rythmée, claquaient sur la pierre grise.

Ils ne croisèrent presque personne en cette fin d'après-midi. Les étudiants avaient déjà terminé leurs cours de physique souterraine et de chimie du règne minéral et devaient sans doute flirter avec les filles dans la Alameda. De leur côté, les professeurs et les employés vaquaient à leurs propres occupations après avoir rempli leurs tâches quotidiennes. Ils furent soulagés de ne rencontrer ni le recteur ni le vice-recteur.

— Si don Florián était encore en activité, il nous aurait donné un coup de main.

Mais le chapelain, un vieux ronchonneur d'une mauvaise foi attendrissante qu'ils avaient connu à l'époque de Real de Catorce, avait depuis longtemps jeté son froc aux orties, en accord avec la nouvelle atmosphère anticléricale de la nation.

— Il aurait peut-être fallu apporter quelque chose à la demoiselle, marmonna Mauro Larrea au milieu d'un couloir désert.

— Quoi, par exemple?

— J'en sais rien, mon vieux...

Sa voix exprimait à la fois ennui et indifférence.

— ... des camélias, ou des sucreries, ou un recueil de poèmes.

— De la poésie, toi? s'esclaffa Andrade. Trop tard, je crois qu'on est arrivés ; tiens-toi bien.

Un escalier latéral les avait menés à l'entresol, où s'alignaient les logements du personnel. La troisième porte à gauche était entrouverte ; une petite Indienne aux tresses luisantes les y attendait pour les conduire au salon.

— Bien le bonsoir, mes chers amis!

En sa qualité de convalescente, Mme Calleja resta assise dans son fauteuil. En tenue sombre et portant de discrètes perles autour du cou, elle se contenta de leur tendre une main, qu'ils baisèrent cérémonieusement. Deux pas en arrière, Fausta cachait ses doigts dans les plis d'une robe fadasse qui conservait les marques du fer à repasser.

Tous prirent place aux endroits stratégiques prévus par doña Hilaria.

— Vous, ici, à côté de moi, don Elías, indiqua-t-elle en tapotant le bras du siège situé près d'elle. Et vous, monsieur Larrea, ayez l'amabilité de vous installer sur le canapé.

Sa fille se posa à l'extrémité droite de ce dernier, cela va de soi.

Un bref coup d'œil suffit aux deux hommes pour jauger leur environnement. Une pièce pas trop haute de plafond et aux dimensions peu généreuses, des meubles banals et une absence de décorum. Néanmoins, on observait çà et là des signes d'opulence. Deux appliques en cristal sur un socle de cèdre, un magnifique vase en albâtre bien mis en valeur. Même un piano neuf et pimpant comme une donzelle. Ils devinèrent aisément l'origine de ces détails : des preuves de gratitude pour services rendus. Parce que le surintendant avait su fermer les yeux, jouer les intermédiaires ou bien livrer des informations confidentielles.

La conversation démarra par des futilités. Doña Hilaria les informa avec force détails de sa santé et ils l'écoutèrent avec un intérêt feint, lançant de temps à autre un regard en coin en direction de l'horloge. Splendide, par ailleurs, en marqueterie de bois de citronnier – un autre pot-de-vin pour quelque faveur, sans aucun doute. Tandis qu'à travers la pièce voletaient des phrases au sujet de symptômes et de remèdes miracles, la sonnerie du mécanisme leur rappelait tous les quarts d'heure que le temps passait sans qu'ils enregistrent le moindre progrès. Après les tourments du corps, la maîtresse de maison continua à monopoliser la parole, évoquant à présent les faits divers les plus significatifs des derniers jours : le crime non résolu du pont de la Lagunilla, puis le vol perpétré dans les bas-fonds de Porta Coeli.

L'après-midi s'écoula ainsi, passionnante, et il était déjà sept heures et quart. Mauro Larrea, excédé par ce verbiage, ne parvenait plus à contenir son impatience. Inconsciemment, il bougeait sa jambe droite comme si elle était mue par un ressort. Son fondé de pouvoir avait sorti un mouchoir de sa poche : la sueur perlait à son front.

Finalement, doña Hilaria décida de se lancer, mine de rien.

— Mais cessons de parler de choses qui ne nous regardent pas et dites-nous, chers messieurs, à ma Fausta et à moi, quels sont vos projets ?

Andrade n'eut pas le temps de proférer un de ses bobards emberlificotés.

— Un voyage.

Les deux femmes fixèrent le mineur. Andrade passa son mouchoir sur son crâne chauve et brillant.

— Je vais bientôt l'entreprendre, bien que j'ignore la date exacte.

— Un voyage long ? demanda Fausta, la voix brisée.

Elle avait à peine eu l'occasion de parler jusqu'à présent, muselée par la logorrhée de sa mère. Mauro Larrea se tourna vers elle pour lui répondre, en essayant de donner à ses mots un semblant d'optimisme.

— Les affaires... J'espère que non.

Elle sourit, soulagée, sans que son visage lisse parvienne à s'illuminer complètement. Il se sentit un peu coupable.

Doña Hilaria, incapable de renoncer longtemps au premier rôle, poursuivit :

— Et où donc va vous conduire ce voyage, don Mauro, si vous me permettez cette curiosité ?

Le fracas de la tasse, de la cuiller et du plat tombant par terre interrompit net la conversation. La nappe fut souillée par de grosses taches de chocolat, de même que la jambe droite du pantalon marron clair d'Andrade, parsemé de gouttes épaisses.

— Dieu du ciel ! Que je suis maladroit !

Ce n'était qu'une manœuvre pour faire taire son ami, mais le fondé de pouvoir s'efforça de paraître sincère.

— Pardonnez-moi, madame, je suis un vrai rustre.

Les conséquences du prétendu accident se prolongèrent pendant une éternité : Andrade s'accroupit afin de ramasser les débris de porcelaine de Chine éparpillés sous la table pendant que la maîtresse de maison insistait pour qu'il cesse. Ensuite, malgré cette dernière qui lui affirma que le remède serait pire que le mal, il essuya soigneusement son pantalon avec une serviette.

— Appelle Luciana, ma chérie. Dis-lui d'apporter une bassine d'eau avec du jus de citron, ordonna la mère.

Fausta, profitant de l'incident et lassée de l'accaparement abusif de sa génitrice, venait de concevoir un plan tout différent. C'est moi qu'on est venu voir, maman, laisse-moi jouir d'une minute de gloire, aurait-elle voulu lui crier, mais elle feignit simplement de ne pas avoir entendu l'ordre. Elle se pencha pour attraper un morceau de porcelaine. Tandis que Mauro Larrea écoutait, effaré, le pathétique dialogue entre son ami et la maîtresse de maison, Fausta, à l'abri des plis de sa jupe, glissa soigneusement le bord aiguisé d'un bout de tasse sur la pulpe de son pouce.

— Par tous les saints ! Je me suis coupée, murmura-t-elle en se redressant.

Assis à côté d'elle, le mineur fut le seul qui parut l'entendre. Il détourna son attention de la scène de bataille contre les taches qui se déroulait devant lui.

Elle lui montra son doigt.

— Je saigne.

Elle saignait, en effet. Peu, juste assez pour qu'une goutte solitaire glisse sur le canapé.

Prévenant, il s'empressa de sortir un mouchoir de sa poche.

— Permettez-moi, s'il vous plaît…

Il saisit sa petite main molle, enveloppa soigneusement son pouce à l'ongle émoussé, pressa doucement.

— Tenez-le comme ça, le sang cessera bientôt de couler.

Il pressentit qu'Andrade les observait du coin de l'œil et ne s'étonna donc pas de le voir poursuivre son extravagant échange verbal avec doña Hilaria afin qu'elle ne leur prête pas attention.

— Alors vous me conseillez de ne pas frotter le tissu ? l'entendit-il demander, comme si les tâches domestiques et l'entretien de ses vêtements le passionnaient.

Mauro faillit éclater de rire et se retint à grand-peine.

— Il paraît qu'il n'y a rien de mieux que la salive…

Fausta avait repris la parole.

— … pour empêcher le sang de couler.

À voix basse. Basse, mais ferme, sans hésitation.

Mon Dieu ! pensa Mauro Larrea en devinant les intentions de la jeune fille. Celle-ci avait dénudé son doigt et, telle

Salomé offrant la tête coupée de saint Jean-Baptiste sur un plateau, elle le lui tendit.

Il fut obligé de le porter à sa bouche. Il n'y avait pas de temps à perdre : Andrade avait épuisé son potentiel dramatique. Fausta, peut-être par esprit de révolte contre la volubilité de sa mère, ou bien pour s'assurer que le mineur s'intéressait à elle en tant que femme, exigeait un contact avec ses mains et sa bouche, un frôlement charnel, si bref fût-il. Il ne pouvait pas la décevoir.

Il entoura le bout du pouce de ses lèvres et y passa la langue. Les yeux de la jeune fille étaient à demi fermés. Il attendit deux secondes, le lécha de nouveau. La gorge épaisse de Fausta exhala un son rauque. Tu es un vrai salaud, lui souffla la voix de sa conscience. Sans l'écouter, il serra la pointe du pouce entre ses lèvres et glissa sa langue humide une troisième fois.

— J'espère que cela vous fait du bien, murmura-t-il d'une voix sourde en rendant sa main à sa propriétaire.

Elle n'eut pas le loisir de répondre : le toussotement d'Andrade les força à tourner la tête. Doña Hilaria les contemplait, sourcils froncés. Elle semblait se demander soudain ce qu'elle avait loupé.

La nuit était presque tombée, ils ne pouvaient guère attendre davantage de cet après-midi gâché.

— Nous vous avons assez dérangées, dirent-ils, résignés. Merci pour ce délicieux goûter et pour votre généreuse hospitalité.

Tout en débitant une litanie de banalités, et pendant que la mère insistait pour qu'ils restent encore un moment, les deux amis se demandaient de quelle fichue manière ils se débrouilleraient à l'avenir.

Comme de bien entendu, l'épouse du surintendant se chargea de reprendre l'initiative.

— Mon mari a pratiquement terminé son travail à Taxco, annonça-t-elle avec une lenteur perverse, tandis qu'elle se levait péniblement de son fauteuil. Nous venons d'apprendre à l'instant qu'il ne tardera pas plus de trois jours à rentrer. Quatre, peut-être.

C'était un avertissement en bonne et due forme, ou du moins l'interprétèrent-ils ainsi. Bougez-vous un peu, messieurs, leur disait-elle. Si vous désirez vraiment gagner les faveurs du père, décidez-vous pour la fille. Et dans votre propre intérêt, si vous voulez éviter que le surintendant vous éjecte de la maison à coups de pied, dépêchez-vous de tout laisser bien ficelé avant qu'il ne puisse intervenir.

Un obscur couloir les conduisit à la sortie du logement. Andrade et doña Hilaria échangèrent de nouvelles phrases vides et obséquieuses.

Ils allaient gagner la galerie quand le chat roux apparut soudain en miaulant. Fausta se pencha pour le prendre et le cajoler, comme le matin. Ta dernière chance, mon vieux, songea Mauro Larrea. Il l'imita donc, comme mû par une irrépressible envie de caresser le minet. Et dans cette position, accroupis l'un et l'autre, il lui susurra :

— Je reviendrai demain matin à l'aube, quand il n'y aura pas âme qui vive. Envoyez-moi un message m'indiquant par où je peux entrer.

8.

Vingt-quatre heures après avoir abandonné le domicile des Calleja, Mauro Larrea portait un toast et se disposait à dévoiler ses intentions devant un public choisi. Exactement le contraire de ce que lui conseillaient Andrade et la prudence.

— Chère comtesse, chers enfants, chers amis...

La mise en scène de la salle à manger était parfaite. Les deux douzaines de lumières du lustre brillaient de mille feux au-dessus de l'argenterie et des verres en cristal, les vins étaient prêts, le dîner à la française sur le point d'être servi.

— Chère comtesse, chers enfants, chers amis, je vous ai invités ce soir car je souhaite vous communiquer une très bonne nouvelle.

L'amphitryon, lui, occupait une des extrémités de la table. En face, endeuillée, hautaine et impressionnante comme d'habitude, la belle-mère de sa fille : la magnifique comtesse de Colima, qui n'était plus ni comtesse ni aristocrate, mais qui s'obstinait à se faire appeler ainsi. Mariana, son mari Alonso et Andrade se tenaient à sa droite. À gauche, deux amis riches et connus accompagnés de leurs épouses respectives, expertes dans l'art de colporter les ragots et les nouveautés dans la bonne société. Juste ce qu'il lui fallait.

— Ainsi que vous le savez tous, la situation de ce pays est bien loin de s'apaiser pour les hommes d'affaires tels que moi.

Il ne mentait pas, il se contentait d'adapter la réalité à ses intérêts. Les mesures impulsées par les libéraux ces dernières années s'étaient révélées préjudiciables à l'ancienne noblesse créole, aux grands propriétaires terriens et à certains chefs d'entreprise. Mais pas tellement aux plus habiles. Quelques-uns avaient même fait preuve d'un talent indéniable pour tirer avantage des turbulences politiques, obtenant de juteuses prébendes et des contrats publics. Ce n'était pas exactement son cas. Et il n'était pas opposé à l'esprit libéral du moment, bien qu'il préférât être prudent et s'engager avec doigté sur ces questions qui enflammaient les esprits. Au cas où.

— Les tensions permanentes nous obligent à reconsidérer beaucoup de choses...

— Ce mécréant de Juárez nous mènera à la ruine ! s'écria la comtesse. Ce Zapotèque du diable plongera notre pays dans le désastre le plus horrible !

Deux énormes boucles d'oreilles en diamant se balançaient au rythme de la fureur de la vieille, resplendissant à la lueur des bougies. Les femmes invitées acquiescèrent avec des murmures approbateurs.

— Où donc, si ce n'est au séminaire, a-t-on appris à cet Indien à manger à table et avec une cuiller, insista-t-elle, furibonde, à chausser ses pieds et à parler espagnol ? Et le voilà maintenant avec ses fichues idées de mariage civil, d'expropriation des biens de l'Église et d'expulsion des moines et des sœurs de leurs couvents ! Mais jusqu'où va-t-on aller, grand Dieu ?

— Maman, s'il te plaît ! protesta Alonso d'un ton résigné, trop habitué qu'il était aux sorties de sa despotique mère.

Cette dernière se tut à contrecœur. Elle porta sa serviette à sa bouche et, les lèvres recouvertes par le tissu en fil, elle murmura, rageuse, deux autres phrases incompréhensibles.

— Merci beaucoup, ma chère Úrsula, poursuivit Mauro, imperturbable.

Il connaissait bien la vieille comtesse et n'était pas surpris de la véhémence de ses interventions.

— Bien, comme je vous le disais, et sans entrer dans de plus amples considérations politiques, ajouta-t-il, diplomate, je veux vous annoncer que j'ai décidé, à la suite de sérieuses réflexions, d'entreprendre de nouvelles affaires en dehors des frontières de la République.

Ils manifestèrent presque tous leur étonnement, sauf Andrade et Mariana, déjà au courant. Il avait informé sa fille le matin même, alors qu'ils parcouraient ensemble la promenade de Bucareli dans la calèche qu'elle utilisait d'habitude. La surprise s'était d'abord dessinée sur le visage de Mariana, laissant place à une mimique de compréhension et d'approbation qu'elle avait soulignée d'un sourire. Ça va sans doute dans le bon sens, avait-elle acquiescé. Tu y arriveras, c'est sûr. Ensuite elle s'était caressé le ventre, comme si elle voulait transmettre à son enfant à naître la sérénité qu'elle simulait devant son père. Son inquiétude, qui était grande, elle la garda pour elle.

— Chère comtesse, chers enfants, chers amis, répéta Mauro Larrea une troisième fois d'un ton théâtral. Après avoir soupesé différentes possibilités, j'ai pris la décision de transférer tous mes capitaux à Cuba.

Les convives s'exclamèrent, et l'étonnement se mua en approbation. La vieille s'esclaffa aigrement.

— Bravo! hurla-t-elle en assenant un sonore coup de poing sur la table. Pars dans les colonies de la mère patrie! Retourne dans les possessions espagnoles où continuent à régner l'ordre et la loi, où il y a une reine à respecter et des honnêtes gens au pouvoir!

De chaque côté de la table fusèrent les commentaires stupéfaits, les applaudissements et les louanges tandis que Larrea et sa fille échangeaient un regard furtif. Ils savaient que ce n'était qu'un premier pas. Rien n'était fixé, la route était encore longue.

— Cuba offre toujours beaucoup d'opportunités, mon cher ami, déclara Salvador Leal, puissant chef d'entreprise textile. Tu as pris une décision très sage.

— Si je parvenais à convaincre mes frères de vendre nos exploitations, crois bien que je t'imiterais, renchérit Enrique Camino, gros producteur de céréales.

La conversation se poursuivit au salon entre le café et les liqueurs. Chacun y alla de ses prévisions jusqu'à la tombée de la nuit. Mauro Larrea ne baissa la garde à aucun instant; il se consacrait à ses invités avec sa cordialité habituelle, répondait par des mensonges adroits à des douzaines de questions. Oui, oui, presque toutes ses propriétés étaient déjà vendues; en effet, évidemment, il disposait de contacts très intéressants aux Antilles; c'est exact, il avait tout planifié depuis des mois; bien entendu, il avait prévu depuis un certain temps que le négoce de l'argent métal tirerait à sa fin sans rémission au Mexique. Oui, oui, oui. Naturellement. Cela va sans dire. Sans aucun doute.

Il les raccompagna finalement jusqu'au vestibule, où il reçut de sonores adieux et d'autres vœux de réussite. Quand le crépitement des sabots des derniers chevaux se fut perdu dans l'obscurité, et qu'avec lui eurent disparu les attelages et les invités, il rentra. Il ne traversa pas toute la cour, il s'arrêta au milieu et, les mains enfoncées dans les poches, il leva les yeux au ciel et inspira avec force. Il retint l'air un moment puis l'expulsa sans baisser le regard, cherchant peut-être parmi les étoiles un astre capable d'éclairer son avenir incertain.

Il resta ainsi plusieurs minutes, immobile entre les arcades en pierre calcaire. Pensant à Mariana, aux conséquences pour elle s'il ne réussissait pas à remonter la pente et que tout s'écroulait définitivement; à Nico et à son caractère fantasque, à son futur mariage dont la célébration paraissait assurée et qui désormais se trouvait en terrain glissant.

Soudain, il perçut derrière lui des pas feutrés et une présence. Il n'eut pas besoin de se retourner pour découvrir de qui il s'agissait.

— Bonsoir, mon garçon. Tu as tout entendu, n'est-ce pas?

Santos Huesos Quevedo Calderón, son vieux compagnon de route. Le Chichimèque à moitié analphabète qui, par le fruit du hasard, portait des patronymes d'écrivains espagnols. Il était là, protégeant les arrières de Larrea, comme si souvent.

— Texto, patron.
— Et tu n'as rien à me dire?
La réponse fut immédiate.
— J'attends que vous m'annonciez quand on part.
Un sourire amer se dessina sur le visage de Mauro. Une loyauté à l'épreuve des bombes.

— Bientôt, mon garçon. Mais avant, cette nuit, il me reste quelque chose à faire.

Larrea refusa toute compagnie. Ni domestique, ni cocher, ni fondé de pouvoir. Il savait qu'il jouait son va-tout et était prêt à improviser, selon l'accueil de Fausta Calleja. La fille du surintendant lui avait fait parvenir, le matin, un message qui sentait la violette. Elle lui indiquait comment entrer dans le Palacio de Minería. Le mot se terminait par un «Je vous attends.» Le mineur assumait donc, à l'aveuglette, le risque d'être surpris en train de pénétrer clandestinement à l'intérieur d'un lieu où rien ne justifiait sa venue. Ce serait la cerise sur le gâteau!

Il préféra y aller en marchant : son ombre passerait plus inaperçue que sa berline. Lorsqu'il eut atteint la chapelle de Nuestra Señora de Belén, il emprunta l'obscure ruelle des Betlemitas. Enveloppé dans sa cape, le chapeau enfoncé sur la tête.

Et si quelqu'un s'était comporté ainsi avec Mariana? pensa-t-il. Si on avait suscité chez sa fille d'innocentes illusions? Si une canaille l'avait utilisée égoïstement avant de la jeter comme un vieux mégot? Il ne l'aurait pas laissé s'échapper, bien entendu. Il lui aurait arraché les yeux de ses propres ongles. Arrête de ressasser, se dit-il. Les choses sont comme elles sont, tu n'y peux rien. À ton âge, tu ne peux plus te permettre d'être sentimental.

Un peu plus loin, à la lueur ténue d'un réverbère, il aperçut ce qu'il cherchait. Une porte de service par où entraient rapidement et directement les employés du palais, rien à voir avec l'imposant portail donnant sur San Andrés. Elle avait l'air fermée, mais il lui suffit de la pousser un peu pour constater, après un grincement, que tel n'était pas le cas.

Il commença à monter silencieusement, tâtant la rampe en fer forgé, attentif aux marches qu'il ne voyait pas et aux craquements du bois sous ses pieds. Il n'y avait pas même une minable bougie pour éclairer l'escalier, c'est pourquoi il sentit son dos se contracter en entendant un murmure vibrant depuis l'étage du dessus.

— Je vous souhaite une très bonne nuit, don Mauro.

Il préféra ne pas répondre. Pas encore. Un pied, puis l'autre. Il était à moins d'une volée de marches du palier quand il perçut le grattement d'une allumette. La petite flamme grossit aussitôt : Fausta avait allumé une lampe à huile. Il se taisait, elle reprit la parole :

— Je n'étais pas sûre que vous viendriez.

Il leva les yeux et découvrit la jeune femme en haut, éclairée par une lumière jaunâtre. Qu'est-ce que tu fous là! lui cria la voix réprobatrice de sa conscience alors qu'il n'avait plus que quatre marches à gravir. Ne complique pas la situation, il est encore temps, cherche une autre façon de résoudre tes problèmes. Ne donne pas de faux espoirs à cette pauvre fille.

Mais la pression était trop forte – il ravala donc ses doutes. En atteignant l'étage, il chassa de son esprit ses scrupules moraux et fit preuve de la plus hypocrite courtoisie.

— Bonne nuit, ma chère Fausta. Je suis très heureux de vous revoir.

Elle sourit, intimidée, le regard toujours éteint.

— Je vous ai apporté un cadeau. Une babiole, rien d'extraordinaire. J'espère que vous me pardonnerez.

Juste avant le dîner, alors que les serviteurs mettaient au point les derniers détails et s'activaient à travers les pièces et les couloirs, les bras chargés de carafes d'eau fraîche et de bouquets de fleurs, il était revenu dans la chambre de Mariana, pour la première fois depuis le départ de sa fille. Beaucoup de ses affaires étaient toujours là : des poupées en porcelaine, un métier à broder, le bureau aux multiples tiroirs. S'efforçant de ne pas laisser libre cours à la mélancolie, il s'était directement dirigé vers la vitrine où elle conservait quantité de bricoles. Les vitres des portes avaient tinté quand il les avait ouvertes sans ménagement. Le porte-monnaie de perles qu'il lui avait autrefois acheté à Morelia? Le petit miroir avec un cadre en turquoise offert pour ses seize ans? Sans trop y réfléchir, il attrapa un banal éventail à la monture en corne trempée et le fourra dans sa poche.

Fausta le reçut la main tremblante.

— Don Mauro, quelle merveille! chuchota-t-elle.

De nouveau submergé par le remords, il continua malgré tout : il était trop tard pour céder à la pitié.

— Vous avez songé à un endroit où nous installer?

Ils se trouvaient encore sur le palier, parlant tout bas.

— J'avais pensé à une salle d'étude du premier étage. Elle donne sur une cour de derrière, personne ne verra la lumière.

— C'est parfait.

Elle esquissa une petite moue modeste.

— Mais on pourrait peut-être envisager un lieu plus discret, plus privé, suggéra-t-il, cynique. Moins accessible. Pour sauvegarder votre réputation, surtout.

La jeune fille serra les lèvres, songeuse. Il prit les devants.

— Les archives, par exemple.

— Les archives de...? répéta-t-elle avec étonnement.

— Exactement. Elles sont loin des logements et des dépendances universitaires. Nul ne nous entendra.

Prudente, elle réfléchit un long moment. Finalement elle murmura :

— C'est sans doute une bonne idée.

Il eut un frisson d'excitation, eut du mal à s'empêcher de lui dire : « Eh bien qu'attends-tu, ma beauté ? Allons-y ! »

— Sauf que j'imagine que votre papa, en fier garant de ses plus nobles devoirs, les garde fermées à double tour.

— Avec deux clés, en effet.

Tu fais du zèle, mon salaud, marmonna-t-il sans ouvrir la bouche en pensant au surintendant.

— Et... et vous croyez que vous pourriez obtenir ces clés facilement? demanda-t-il avec un toussotement.

Fausta réfléchit, pesant le pour et le contre.

— Je veux juste que nous soyons plus à l'aise. Sans le moindre souci.

Il attendit un instant puis reprit :

— Ensemble. Tous les deux.

— Cette nuit, impossible. Les clés sont rangées dans un tiroir de la commode de sa chambre, et ma maman dort là.

— Demain, peut-être?

Elle serra de nouveau les lèvres, à moitié convaincue.

— Éventuellement.

Lentement, il approcha la main de sa joue et caressa son visage sans charme. Les yeux de Fausta étaient mi-clos. Elle se laissa faire avec un sourire niais.

Pas si vite ! lui hurla de nouveau sa conscience. Ce n'est pas la peine. Mais il se rappela aussitôt les maudits quatre mois moins deux jours de Tadeo Carrús.

— Je reviendrai donc demain, lui souffla-t-il à l'oreille.

Cette déclaration ramena la jeune fille à la réalité.

— Vous partez déjà ? demanda-t-elle, bouche bée.

— Je crains que oui, ma chérie.

Il porta la main à la poche de son gilet, sortit sa montre, pensa qu'il serait sans doute obligé de la vendre elle aussi.

— Il est près de trois heures du matin. Une journée difficile m'attend au réveil.

— Je comprends, je comprends, don Mauro.

Il lui caressa encore la joue.

— Il n'est pas nécessaire que tu m'appelles don Mauro. Ni que tu me vouvoies.

Elle pinça les lèvres une fois de plus, acquiesça d'un mouvement du menton. Il commença alors à redescendre l'escalier. Sans précaution, désormais – il avait hâte de respirer l'air frais du petit matin.

Sur le point d'atteindre la rue, il entendit la voix de Fausta. Il s'arrêta, se retourna. Elle dévalait les marches dans l'obscurité pour le rattraper. Bon Dieu ! Qu'est-ce qu'elle me veut, à présent ?

— Dors paisiblement, très cher Mauro, et sois sûr que je vais t'obtenir les clés des archives, lui dit-elle en reprenant sa respiration.

Elle saisit une de ses mains maltraitées par la mine et la vie, la posa ouverte sur son cœur. Il ne sentit ni palpitations ni battements, rien qu'une poitrine molle, totalement dépourvue de la turgescence qu'elle avait peut-être connue jadis. Ensuite, elle la pressa doucement de ses propres mains.

Puis elle se dressa alors sur la pointe des pieds et murmura :

— Pense à ce que toi, en échange, tu feras pour moi demain.

9.

— Je te souhaite une très bonne journée. J'espère que ce n'est pas mon message qui t'a tiré du lit.

— Pas du tout, chère comtesse. Je suis plutôt lève-tôt.

Il s'était à peine assoupi deux heures. Il avait eu du mal à s'endormir et l'aube l'avait surpris les yeux ouverts, les bras nus croisés sur l'oreiller et le regard dans le vague, tandis que les souvenirs et les sensations se bousculaient dans sa tête. Des chiens aboyant dans le petit matin, du chocolat répandu sur le sol, Nico toujours imprévisible, le visage ingrat de Fausta, le contour d'une île des Antilles, un enfant qui n'était pas né.

Ce ne fut donc pas Santos Huesos qui le réveilla quand il entra dans sa chambre un peu avant huit heures.

— Madame la belle-mère de votre petite Mariana a annoncé qu'elle voulait vous voir, patron. Chez elle, le plus vite possible.

Il arriva vers neuf heures, alors que les domestiques se hâtaient de vider les pots de chambre et que résonnaient les cloches des églises voisines.

Grande et d'une maigreur quasi cadavérique, avec son épaisse chevelure blanche impeccablement coiffée, Úrsula Hernández de Soto y Villalobos le reçut dans son cabinet, vêtue d'une robe en dentelle noire, un camée autour du cou et des boucles en forme de poire suspendues à ses oreilles.

Un monocle accroché à une chaîne en or sur sa poitrine plate comme une limande complétait le tableau.

— As-tu déjà pris ton petit-déjeuner, mon cher? Je viens de finir le mien, mais je peux demander qu'on nous rapporte quelque chose.

Mauro déclina l'offre sous prétexte d'une copieuse et imaginaire collation; en réalité, il s'était contenté d'une tasse de café tant il avait un nœud à l'estomac.

— L'âge me fait dormir de moins en moins, poursuivit la comtesse, et c'est une bonne chose pour un tas de raisons. Les petites jeunettes sont encore dans les bras de Morphée alors que moi j'ai déjà assisté à la messe, réglé quelques factures et t'ai fait venir. J'imagine que tu dois être étonné.

— Bien entendu, d'autant plus que nous nous sommes quittés voici peu.

Il l'avait toujours traitée avec une courtoisie infinie et une attitude bienveillante, sans pourtant se sentir inférieur. Il n'avait jamais été impressionné par le caractère et les origines aristocratiques de la veuve de l'illustre Bruno de la Garza y Roel, héritière de plein droit d'un titre nobiliaire octroyé à son aïeul, un siècle auparavant, par le roi Carlos III, en échange de quelques milliers de pesos. Comme toutes les distinctions accordées durant la vice-royauté, celle-ci avait été rayée d'un trait de plume par les lois de la nouvelle République mexicaine à la suite de l'indépendance, ce qui n'empêchait pas la vieille de s'y accrocher bec et ongles.

— Eh bien, me voici, reprit-il en s'installant dans un fauteuil, prêt à t'écouter.

Comme si elle souhaitait ajouter une dose de solennité à ses paroles, la comtesse se racla la gorge et vérifia de ses doigts semblables à des sarments de vigne que le camée était bien à sa place. Derrière elle, une grande tapisserie des Flandres reproduisait une scène de bataille bariolée, avec un fouillis d'armes entremêlées, des soldats barbus pleins de fougue et quelques Maures égorgés. Sur les autres murs, des portraits à l'huile de ses ancêtres : d'imposants militaires bardés de décorations et de grandes dames d'aspect robuste et au lignage éteint.

— Tu sais que je t'apprécie, Mauro. Malgré toutes nos différences, je t'apprécie. Et je te respecte, en plus, car tu appartiens à la race de ces formidables mineurs de la Nouvelle-Espagne qui ont entrepris le développement économique de cette nation à l'époque de la colonie. Leurs immenses capitaux ont servi à développer l'industrie et le commerce, ils ont nourri des milliers de familles et permis d'élever des palais et des villages, des hôpitaux, des asiles et une multitude d'œuvres de charité.

Où veux-tu en venir, vieille sorcière, avec ce beau discours ? pensa-t-il. Mais il la laissa poursuivre son évocation du passé.

— Tu es intelligent, comme tes prédécesseurs. En revanche, tu n'es guère enclin à la piété et on ne te voit qu'à de rares occasions à l'église.

— Je n'ai foi qu'en moi-même, ma chère Úrsula, et malheureusement je commence à la perdre. Si j'avais cru en Dieu, je ne serais jamais devenu ce que je suis.

— Tout comme eux, tu es tenace et ambitieux, continuat-elle en faisant la sourde oreille à son blasphème. Je n'en ai jamais douté, et ce dès le jour où je t'ai connu. Je comprends donc parfaitement ta décision de partir. Et je l'applaudis. Néanmoins, j'estime qu'hier soir tu ne nous as pas avoué toute la vérité.

Larrea s'efforça de rester impassible devant ce reproche. Les jambes croisées, en harmonie avec son seyant costume en drap anglais. Pourtant, il sentit son ventre se contracter. Elle était au courant. Elle avait appris sa débâcle. D'une façon ou d'une autre, elle avait éventé le secret. Peut-être un domestique indiscret entendant une bribe de conversation, ou un contact d'Andrade qui n'aurait pas su tenir sa langue. Les fils de pute !

— Je suis convaincue que tu ne quittes pas le Mexique à cause des tensions internes de ce pays de fous ou d'une crise de l'industrie minière. Tu en as tiré de bons profits jusqu'à aujourd'hui et les puits ne s'assèchent pas en deux jours. Tout le monde le sait, moi y compris. Non, tu pars pour un tout autre motif.

On lancerait à Mariana des regards insolents chaque fois qu'elle sortirait dans la rue. Nico ne s'assagirait jamais. Il deviendrait un pathétique bouffon dès l'annulation de son contrat de mariage. L'effondrement de la famille nourrirait les ragots de la plupart des bonnes maisons, des cercles d'amis et des cafés. Même les fiers soldats de la tapisserie des Flandres paraissaient avoir momentanément interrompu leur combat contre les infidèles ; tournés vers Larrea et brandissant leurs épées, ils lui jetaient des regards moqueurs. Alors comme ça tu es au fond du trou, l'Espingouin ?

Finalement, il récupéra un peu d'aplomb.

— J'ignore à quoi tu fais allusion, ma très chère amie.

— Ta fille m'a mise sur la piste.

Il exprima son étonnement et son incrédulité par un froncement de sourcils. Impossible ! Jamais Mariana ne confesserait à sa belle-mère ce qu'il voulait cacher. Jamais elle ne le trahirait. Et elle n'était pas assez imprudente pour laisser échapper une telle information.

— Hier soir, quand nous rentrions dans ma calèche, et ton fondé de pouvoir peut en témoigner, elle a dit quelque chose qui m'a fait réfléchir : elle m'a rappelé que, malgré les longues années passées de ce côté-ci de l'océan, tu continuais à te considérer comme un vrai citoyen espagnol.

Exact. En dépit de sa résidence prolongée au Mexique, il n'avait jamais demandé sa naturalisation. Sans raison précise, d'ailleurs. Il ne se vantait pas de ses origines mais ne les cachait pas non plus. Quel que fût son passeport, tout le monde savait qu'il était espagnol de naissance, et il le reconnaissait aisément. En même temps, il avait conscience que rien ne le rattachait désormais à sa lointaine patrie.

— Et tu crois donc que ça a quelque chose à voir avec mes intentions ?

Il y avait une pointe d'agressivité dans son ton, mais la vieille comtesse ne s'en offusqua pas.

— Beaucoup. Tu es au courant, comme moi : Juárez a suspendu le paiement de la dette extérieure, et cela affecte l'Espagne. La France et l'Angleterre également, mais surtout l'Espagne.

— Et en quoi cette dette me concerne-t-elle ?

— La dette elle-même ne te concerne pas, tu as raison. Contrairement à cette suspension de paiement. J'ai entendu dire que l'Espagne va sans doute prendre des mesures en réponse à la décision de Juárez : des représailles, voire une invasion de son ancienne vice-royauté par la mère patrie, en vue de la reconquérir.

Mauro l'interrompit brusquement :

— Úrsula, mon Dieu ! Où es-tu allée chercher de telles sornettes ?

— Ensuite, poursuivit la comtesse, imperturbable, en lui imposant d'un geste de la main patience et attention. Ensuite, donc, cela pousserait ces démons de libéraux à réagir de façon agressive envers vous, les sujets espagnols qui résidez ici. Ça s'est déjà produit : il y a eu jusqu'à trois décrets d'expulsion contre les *gachupines,* qui ont tous été fichus à la porte en quatre jours. J'ai vu de mes propres yeux comment se brisaient des familles entières ou s'écroulaient des patrimoines...

— Ça a eu lieu il y a plus de trente ans, quand l'Espagne refusait encore d'accorder l'indépendance. Bien avant mon arrivée au Mexique, en tout cas.

En effet, après une guerre sanglante et de longues années d'aveuglement – entre le « cri » poussé par Hidalgo et le traité de paix et d'amitié de 1836 –, la couronne espagnole avait fini par reconnaître la nouvelle nation mexicaine. Dès lors, la vieille métropole et la jeune république avaient mis en œuvre une politique de réconciliation visant à surmonter la défiance mutuelle et ancestrale des créoles vis-à-vis des péninsulaires. Pour les créoles, les Espagnols avaient été durant des siècles une bande de fanfarons cupides, arrogants et tyranniques, qui venaient leur voler leurs terres et leurs richesses. Pour les Espagnols, les créoles étaient des êtres inférieurs par le seul fait d'être nés en Amérique ; ils étaient paresseux et inconstants, d'une prodigalité extravagante et trop enclins à l'oisiveté et au plaisir. Pourtant, leur fraternité de sang avait fini par s'imposer : ils avaient vécu côte à côte, étaient tombés amoureux les uns des autres, avaient célébré d'innombrables unions, engendré des milliers d'enfants communs, pleuré ensemble leurs morts. Des traits d'identité semblables s'étaient irrésistiblement insinués dans leurs existences.

— Tout peut recommencer, Mauro, insista la comtesse. Tout. Et même davantage. S'il pouvait en être ainsi ! Si l'ordre ancien renaissait et que nous redevenions une vice-royauté !

Mauro sentit ses muscles se relâcher et exprima son soulagement par un sonore éclat de rire.

— Úrsula, tu es une immense nostalgique.

Chaque fois que la vieille dame exhumait ses souvenirs du temps jadis, de l'époque coloniale, tous se mettaient à trembler autour d'elle. Du fait de son caractère obsessionnel et de sa fermeture d'esprit, mais aussi parce qu'elle passait des heures à déterrer un monde qui, pour les Mexicains, avait cessé d'exister une cinquantaine d'années auparavant. Quant à lui, pour l'heure il s'en fichait. Elle pouvait bien continuer à chanter les louanges de l'Empire jusqu'à plus soif, il était à l'abri, c'était le plus important. Sain et sauf. Indemne. Elle ne connaissait rien de son désastre. N'éprouvait pas même l'ombre d'un soupçon. Restait convaincue que son départ obéissait à la volonté d'échapper à d'hypothétiques et improbables aléas politiques.

— Tu te trompes, mon cher.

Elle attrapa de sa main osseuse son étui à cigarettes en or orné de pierreries, il approcha une allumette.

— Je ne suis pas du tout mélancolique, poursuivit-elle en expulsant la fumée du coin de la bouche. Mais j'admets que je ne suis pas une femme d'aujourd'hui et que je préfère le passé. Toutefois, je suis une personne pratique, surtout en matière d'argent. Depuis le décès de mon époux, il y a trente-deux ans, c'est moi qui m'occupe des plantations d'agaves de la famille à Tlalpan et Xochimilco, tu le sais.

Bien sûr. S'il n'avait pas constaté la salubrité des finances de la comtesse ainsi que la rentabilité de ses productions de maguey, à la campagne, et de pulque, dans la capitale, il n'aurait pas accepté de si bon cœur le mariage de Mariana avec son fils Alonso. Et elle le savait. Ils étaient l'un et l'autre pleinement conscients d'avoir tous deux gagné avec ces épousailles.

— Voilà pourquoi j'ai décidé de te demander une faveur.

— Tout ce qui sera en mon pouvoir, comme toujours...

— Je veux que tu emportes une toute petite partie de mes capitaux à Cuba. Que tu les investisses là-bas.

Il ne put contrôler la brusquerie de sa réponse.

— Pas question !

Elle fit semblant de ne pas l'avoir entendu.

— Là où tu placeras de l'argent, mets également le mien. J'ai confiance en toi.

Juste à cet instant, alors qu'il allait réitérer son refus, Mariana arriva, le ventre proéminent enveloppé dans une tunique en tulle, les cheveux retenus en arrière et les yeux bouffis de sommeil – un laisser-aller domestique qui soulignait sa grâce naturelle.

— Je viens de me réveiller, on m'a dit que vous bavardiez depuis tôt ce matin. Bonjour à tous les deux. Que Dieu vous bénisse.

— Je lui ai simplement donné quelques nouvelles, l'interrompit sa belle-mère.

Mariana déposa un baiser éthéré sur la joue de son père.

— C'est une idée formidable, n'est-ce pas ? Nos familles unies dans une entreprise commune.

Ensuite elle s'étendit, languide, sur un canapé en velours grenat tandis que Mauro lui jetait un regard interloqué.

— Tu seras un privilégié, à Cuba, continua la comtesse. L'île appartient encore à la Couronne, et toi, en qualité de citoyen espagnol, tu trouveras une multitude de portes ouvertes.

— Ce n'est pas une bonne idée que j'emporte ton argent, Úrsula. Je te suis très reconnaissant de ta confiance mais il s'agit d'une trop grosse responsabilité. Plus tard, peut-être, quand mes affaires seront consolidées.

La vieille dame se leva en poussant sur ses bras. Sourde à ses objections, elle s'approcha de la table en balsa qui lui servait de bureau, où un amoncellement de plis et de livres de comptes, sous la protection d'un grandiose crucifix en marbre, prouvait que ses activités ne se limitaient pas à ses bonnes œuvres et à ses nostalgies poussiéreuses. Tout en farfouillant dans ce désordre, elle poursuivit son propos sans le regarder :

— J'aurais pu imiter nombre de mes amis : sortir mes capitaux du Mexique et les investir en Europe, au cas où la situation désastreuse de ce pays démentiel empirerait encore.

Mauro Larrea profita de l'instant pour chercher hâtivement des yeux ceux de sa fille. Il haussa les épaules et leva les mains en signe d'interrogation, l'inquiétude peinte sur le visage. Elle répondit en posant un doigt sur ses lèvres. Tais-toi, lui intimait-elle.

— Dieu sait que je n'ai jamais été encline aux aventures spéculatives, marmonna la comtesse, encore de dos. Le commerce du pulque a toujours produit des revenus fixes. Le maguey pousse facilement, l'extraction en est simple, il fermente seul et les gens en consomment jour et nuit, aussi bien les Indiens que les autres castes ou les chrétiens de vieille souche. Et la vente du pulque en bouteilles nous procure un bon revenu supplémentaire.

Elle se retourna alors, ayant enfin trouvé ce qu'elle cherchait : deux bourses rebondies en cuir, qu'elle tendit à Mauro. Mariana, étendue sur le canapé, se caressait le ventre, comme étrangère à la scène.

— Nous dégageons de maigres bénéfices depuis des années, mais telles que sont les choses ici à présent, je ne réussis pas à les rentabiliser. C'est pourquoi je t'en confie une partie. Je te demande d'investir cet argent en qualité de belle-mère de ta fille et de future grand-mère de cet enfant que mon fils a engendré en elle. En définitive, en tant que membre de ta famille.

Il refusa fermement, en remuant la tête de droite à gauche. Elle s'obstina tel un marteau-pilon.

— Un pourcentage te revient, évidemment, ainsi que tu as coutume de faire dans tes mines. Il paraît que l'usage, chez vous, les mineurs, est d'exiger un huitième.

— Un huitième, c'est exact, mais cette affaire n'a rien à voir avec les mines.

— Aucune importance. Moi, je t'offre le double pour tes efforts, pour ton rôle d'intermédiaire. Le quart des gains que tu auras obtenus avec mon argent, tu le gardes pour toi.

Chacun campait sur ses positions. Bien qu'en apparence absente et à peine consciente de ce qui se tramait, Mariana décida d'intervenir :

— Pourquoi ne pas accepter, père ? Tu rendrais un grand service à Úrsula. Et pour toi, c'est un honneur de jouir de sa confiance.

Elle étouffa un bâillement et ajouta, comme en passant :

— Je suis sûre que tu es capable d'en tirer un profit enviable. C'est juste assez pour démarrer; ensuite, si tout marche bien, les investissement pourraient augmenter.

Mauro l'observa, ébahi, et la vieille dame lui décocha un sourire ironique.

— Je vais être complètement sincère avec toi, Mauro. Oui, je l'avoue, au début j'étais plus attirée par la dot de ta fille que par sa beauté et sa vertu. Puis j'ai appris à la connaître. J'ai compris qu'en plus du considérable soutien matériel qu'elle a apporté à son couple, et du fait qu'elle rende mon fils heureux, Mariana est une femme intelligente, intelligente comme toi. Elle a très vite songé à passer des accords financiers entre nos deux lignées. Sans elle, je n'aurais pas même pensé à te demander ce service.

Un serviteur entra soudain, s'excusa et accapara sa maîtresse avec le récit précipité de quelque désastre domestique survenu dans les cours ou les cuisines. Deux autres se présentèrent ensuite, développant d'autres explications. La comtesse sortit sur la galerie en grommelant et se consacra entièrement à l'incident pendant un moment.

Mauro en profita pour se lever, et se planta devant Mariana en deux enjambées.

— Comment as-tu pu concevoir une telle sottise ? marmonna-t-il.

Malgré l'avancement de sa grossesse et son apparente langueur, Mariana se redressa, rapide comme un chaton. Elle s'assura, du coin de l'œil, que sa belle-mère était occupée à distribuer des ordres à la domesticité avec son despotisme habituel.

— Pour que tu démarres dans ta nouvelle vie d'un pas ferme. Tu n'imaginais tout de même pas que je te laisserais partir sans aucun appui ?

Contredire sa fille lui brisait le cœur, pourtant Mauro Larrea quitta le palais de la comtesse les mains vides.

10.

Son départ de la demeure de Capuchinas laissa à Mauro un arrière-goût amer dans la bouche : il avait rejeté l'initiative de Mariana et fâché la mater familias de la lignée à laquelle elle appartenait dorénavant.

— Santos !

L'ordre était impératif.

— Commence à faire les valises. Nous partons.

Tout était décidé et dûment programmé. Il ne lui restait qu'à régler le problème des archives, mais Fausta était déjà pratiquement subjuguée par ses minables ruses de Casanova au petit pied. Il était à peu près sûr d'atteindre son objectif le soir même.

Entre-temps, il valait mieux ne pas traîner. Il s'enferma donc dans son bureau avec Andrade, afin de mettre un point final aux affaires en cours. Depuis son retour de chez la comtesse, ils n'avaient pas arrêté : actes notariés, dossiers divers, livres de comptes, tasses de café à moitié vides.

— Plusieurs paiements sont encore en suspens, dit le fondé de pouvoir en parcourant un document couvert de chiffres. Par conséquent, tous les meubles et ustensiles de la propriété de Tacubaya seront expédiés dans des boutiques d'achat-vente et de prêt sur gage ; nous obtiendrons ainsi les liquidités nécessaires pour faire face à nos obligations. Ici, à San Felipe Neri, nous laisserons un strict minimum afin que le palais conserve son décorum apparent, mais nous nous débarrasserons des objets de grande valeur : les plus beaux tableaux, la vaisselle en cristal de Bohême, les sculptures, les ivoires. On en fera autant avec tes objets personnels et tes vêtements, hormis ceux que tu emporteras avec toi. Ça représentera un peu plus d'argent pour boucher des trous. Désormais, Mauro, tes seuls biens voyageront avec toi.

— Sois discret, Elías, s'il te plaît.

Andrade leva les yeux par-dessus ses lunettes.

— Ne crains rien. Je déposerai le tout chez des gens de confiance, chez des prêteurs et dans des monts-de-piété de petites villes. Toujours par le biais d'intermédiaires et en quantités réduites, ainsi personne ne soupçonnera leur provenance. On éliminera tes initiales gravées ou brodées, il ne subsistera pas la moindre trace.

On frappa à la porte, qui était soigneusement fermée. Une tête pointa sans attendre l'autorisation d'entrer.

— Don Ernesto Gorostiza vient d'arriver, patron, annonça Santos Huesos.

Les deux amis échangèrent un regard contrarié. Quelle guigne ! Il ne manquait plus que lui !

— Qu'il monte, bien entendu. Accompagne-le.

Andrade commença à ranger à pleines poignées les documents les plus compromettants dans des tiroirs tandis que Mauro Larrea renouait sa cravate et sortait accueillir le nouvel arrivant dans la galerie.

— Je veux avant tout te présenter mes excuses pour le déplorable état de ma demeure, Ernesto, dit-il en lui tendant la main. Tu sais sans doute que je suis sur le point de partir en voyage. Parmi mes projets les plus immédiats, j'avais précisément l'intention de vous rendre visite afin de prendre congé de toi, de Clementina et de notre petite Teresita.

Il était d'une sincérité absolue : il aurait été incapable de quitter la ville sans avoir vu les futurs beaux-parents de son chenapan de fils Nicolás. Sauf qu'il aurait préféré un autre moment.

— Tout Mexico est au courant, mon cher ami. La belle-mère de ta fille s'est chargée de répandre la nouvelle à la porte de La Profesa, juste après que don Cristobal eut prononcé l'*Ite missa est.*

Ça sent mauvais, maugréa Mauro en son for intérieur. Derrière le dos de don Ernesto, le fondé de pouvoir fit semblant de se tirer une balle dans la tempe. Don Ernesto avait-il eu des échos de sa ruine ? Venait-il exiger la rupture de l'engagement entre leurs enfants ?

Les idées les plus noires envahirent Mauro Larrea : Nico rejeté par les parents de sa promise et soumis à la vindicte publique ; Nico frappant à des portes qui ne s'ouvriraient jamais ; Nico haillonneux et sans avenir, transformé en l'un de ces gandins qu'on expulse à coups de pied des cafés le soir.

Malgré tout, rien dans son attitude extérieure ne trahit ses angoisses. Au contraire ; cordial, comme d'habitude, Mauro Larrea offrit un siège à son invité, que ce dernier accepta, et une tasse de café, qu'il refusa. Un jus de papaye ? Une anisette française ? Merci infiniment, mon ami, mais je repars tout de suite ; tu es occupé et je ne veux pas te retarder.

Andrade, de son côté, prétexta une vague excuse pour s'éclipser. Il sortit discrètement, ferma la porte sans bruit. Une fois seuls, Ernesto Gorostiza prit la parole :

— Voilà, il s'agit d'une question où se rejoignent un aspect matériel et un aspect personnel.

Il était tiré à quatre épingles et prenait son temps en articulant ses mots, les doigts joints. Des doigts très différents de ceux de Mauro : manucurés, n'ayant jamais touché un autre outil que le coupe-papier ou la fourchette.

— J'ai une sœur à Cuba, tu le sais peut-être, Carola, la plus petite. Elle s'est mariée très jeune avec un Espagnol tout juste arrivé de la Péninsule, et ils sont partis ensemble aux Antilles. Depuis lors, nous avons reçu très peu de nouvelles. Nous ne les avons jamais revus. Mais à présent...

Mauro Larrea faillit serrer don Ernesto dans ses bras, avec un brin d'émotion au creux de l'estomac. Tu n'es pas là pour enfoncer mon fils, tu ne vas pas réduire en miettes mon vaurien, tu penses encore qu'il est digne d'épouser ta fille. Merci, Ernesto, merci. Du fond du cœur, merci beaucoup.

— ... à présent, Mauro, il faut que tu me rendes un service.

Après un tel soulagement, le mot « service » le mit sur ses gardes. La canaille, il va me présenter la facture !

— Nous avons vendu il y a quelques semaines à peine la propriété maternelle à El Bajío. Tu te souviens du décès de ma mère ?

Comment oublier ces funérailles en grande pompe ? Le luxueux catafalque, le corbillard tiré par quatre chevaux empanachés de noir, le gratin de la ville disant adieu à la grande dame de l'illustre maison.

— Et maintenant que nous avons tout liquidé, je dois faire parvenir à Carola la part de la vente qui lui revient. Le cinquième, puisque nous sommes cinq frères et sœurs.

Mauro commençait à deviner la suite mais se garda bien d'interrompre Ernesto.

— Malgré les difficultés de ce genre de transaction en ce moment, ça représente une jolie somme. J'avais d'abord songé à utiliser un intermédiaire quand j'ai eu vent de tes projets. Alors je me suis dit que si toi, homme de pleine confiance qui appartiens presque à notre famille, tu pouvais t'en charger, je serais infiniment plus tranquille.

— C'est comme si c'était fait.

La sereine assurance que Mauro Larrea voulait transmettre par ces mots ne reflétaient évidemment en rien le fond de sa pensée. Grosse corvée. Davantage d'obligations. Davantage de liens. Une moindre marge de liberté pour agir à sa guise. Tant pis, s'il consolidait ainsi la position de Nico chez les Gorostiza.

— Nous n'entretenons plus beaucoup de relations avec elle depuis des années. Elle s'est mariée très jeune avec un Espagnol, je te l'ai déjà dit ?

Mauro acquiesça d'un discret mouvement du menton, de peur de vexer son interlocuteur en lui signalant qu'il radotait.

— C'était un garçon qui avait fière allure, et arrivé en Amérique pourvu de capitaux rondelets. Réservé, quoique extrêmement correct. Il provenait d'une famille andalouse distinguée, avec laquelle il avait rompu pour des raisons que nous avons toujours ignorées. Malheureusement, il n'a jamais manifesté une grande envie de se lier à la nôtre. Dommage, nous l'aurions accueilli à bras ouverts. Comme ton fils quand il épousera Teresita.

Mauro acquiesça de nouveau, cette fois avec une mimique de gratitude malgré le désordre de ses entrailles. Que Dieu t'entende, mon frère ! Qu'il t'entende et t'éclaire pour que jamais tu ne regrettes ce que tu viens de dire !

— Nous leur avions offert des dépendances dans notre palais de la rue de la Moneda, mais il a préféré couper les ponts et déménager à Cuba. Carola l'a suivi, bien entendu. Pour que tu sois pleinement informé, je dois t'avouer que ç'a été des noces un tant soit peu précipitées et non exemptes d'un parfum de scandale : elle était enceinte avant les épousailles, du coup on s'est dépêchés. Bien que cette grossesse ne soit finalement pas arrivée à terme, ils étaient mariés trois mois après s'être connus. Une semaine plus tard, nous les avons vus partir en direction des Caraïbes. On a appris ensuite qu'il avait acheté une plantation de café, qu'ils s'étaient installés dans une belle maison et intégrés à la bonne société de La Havane. C'est tout.

— Je comprends, murmura Mauro.

Que répondre d'autre ?

— Zayas.

— Pardon ?

— Gustavo Zayas Montalvo. C'est le nom de l'époux de Carola. Tu auras l'adresse en même temps que l'argent.

Gorostiza lui toucha mollement l'épaule et se frotta les mains : l'affaire était conclue.

— Parfait. Tu ne peux imaginer à quel point je suis rassuré.

Tandis qu'ils descendaient le perron, ils convinrent de confier les détails pratiques de l'opération à leurs fondés de pouvoir respectifs. Dans la cour, ils discutèrent un moment du séjour de Nico en Europe. Il reviendra transformé en un homme de bien, ce sera un mariage magnifique. Teresita passe ses journées à prier pour que tout aille bien. Mauro Larrea sentit de nouveau ses tripes se nouer.

Ils se séparèrent dans le vestibule après une accolade sonore.

— Ma reconnaissance éternelle, mon cher ami.

— Pour vous, je suis prêt à tout, répondit le mineur en lui donnant une tape dans le dos.

Dès que l'attelage eut démarré, il revint dans la cour et appela Santos Huesos d'un hurlement qui fit trembler les vitres.

Il fallait achever au plus vite les préparatifs. Partir immédiatement, s'éloigner pour empêcher qu'on vienne encore dresser des obstacles sur sa route.

Mais les choses ne tournent pas toujours comme on l'espère – une formule qui se matérialisa par l'intrusion de la vieille comtesse après le déjeuner. Fidèle à ses habitudes, elle débarqua à l'improviste, quand tout était sens dessus dessous. Mauro Larrea eut une bouffée de colère en apprenant son arrivée. Il croulait encore sous les papiers et les objets, le cheveu en bataille et la chemise à moitié déboutonnée. La sorcière ! Qu'est-ce qu'elle peut bien vouloir, maintenant ?

— Tu t'imaginais bien que j'insisterais, non ?

Elle transportait les deux grosses bourses en cuir remplies d'onces d'or qu'il avait refusées quelques heures auparavant. Elle les déposa bruyamment sur le bureau, en en soulignant le poids et le tintement. Ensuite, sans attendre que le maître de maison l'invite à s'asseoir, elle écarta plusieurs documents d'un fauteuil voisin, rajusta sa jupe et s'installa.

Il la contempla sans cacher sa mauvaise humeur, debout, les bras croisés et la mine furibonde.

— Je te rappelle, comtesse, que j'ai considéré l'affaire comme réglée ce matin.

— Parfaitement, mon cher. Toi, oui, mais moi, non.

Il lâcha un soupir de lassitude. En ce moment, au milieu du capharnaüm de la maison et avec son allure négligée, il se contrefichait des bonnes manières.

— Je t'en supplie, Úrsula, laisse-moi tranquille !

— Tu dois m'aider.

Pour une fois, la voix de l'impérieuse dame avait perdu de son arrogance. Elle était presque humble. S'armant de patience, il s'obligea à réprimer sa colère et à écouter ses explications.

— Je vais être plus sincère avec toi qu'avec mon propre fils, Mauro. J'ai peur. Très peur. Une peur profonde et viscérale.

Il la regarda, ironique. Peur, l'intrépide et hautaine aristocrate accoutumée à avoir le monde à ses pieds ? À d'autres !

— Ma famille a toujours été loyale à la Couronne, j'ai grandi en rêvant de traverser l'Atlantique, de connaître Madrid et le palais royal, la Tolède impériale, l'Escorial... Jusqu'à ce que tout s'écroule quand nous avons cessé d'être une partie de l'Espagne. Après, nous nous sommes adaptés, par la force des choses. Et aujourd'hui... Aujourd'hui, je suis épouvantée par ce pays, ses gouvernements insensés, les abus des dirigeants.

— Et le sacrilège de Juárez, et ses outrages à l'Église. Je connais déjà cette rengaine, ma chère.

— Je ne fais confiance à personne. J'ignore comment cette folie va se finir.

Elle baissa les yeux et tordit ses doigts longs et noueux. Nul ne prononça un mot durant un moment qui parut interminable.

— C'est Mariana qui t'a convaincue, n'est-ce pas?

Devant le mutisme de la vieille dame, Mauro s'accroupit à sa hauteur. Étrange couple formé par l'illustre comtesse enveloppée dans son deuil éternel et le mineur débraillé, les jambes fléchies pour lui parler dans le creux de l'oreille.

— Dis-moi la vérité, Úrsula.

Elle fit claquer sa langue, comme si elle était prise la main dans le sac.

— Ta fille a une de ces têtes, mais alors une de ces têtes plus que bien remplies. Elle n'a pas cessé d'insister depuis ton départ, et j'ai cédé.

Mauro Larrea s'esclaffa, sarcastique, puis se releva en s'appuyant sur ses genoux. Mariana, toujours si habile et déterminée! Un instant, il avait failli tomber dans le piège, croire qu'Úrsula était vraiment devenue une petite vieille apeurée. En réalité, sa fille tirait les ficelles.

— En fin de compte, lorsque mes yeux se fermeront, poursuivit la comtesse, tout ce que j'ai appartiendra à Alonso; à Mariana aussi, par conséquent. À elle et au bébé qu'ils attendent, mélange de nos sangs.

Il y eut un silence tandis que chacun pensait à une jeune Mariana différente. Elle la jaugeait d'un œil froid et perspicace, commençant à entrevoir que l'épouse de son fils deviendrait une formidable garante des intérêts matériels de la famille. Lui, de son côté, raisonnait en père – il avait accompagné sa fille à tous les instants de sa vie, depuis qu'il avait bercé son petit corps enroulé dans une serviette grossière pour le réchauffer, jusqu'au jour où il l'avait conduite à l'autel de Los Reyes, au son du grand orgue de la cathédrale.

Ne rejette pas ta propre fille, crétin, se dit-il. Elle est intuitive et clairvoyante, et surtout elle veille sur toi. Et malgré la succession de malheurs qui te frappent, tu t'entêtes, tu la repousses. Fais-le pour elle. Écoute-la.

— Entendu. J'essaierai de ne pas vous décevoir.

Il avait déjà comme corvée la commission de Gorostiza. Une de plus ou une de moins...

La comtesse se leva péniblement.

— Maudits rhumatismes, grommela-t-elle.

Puis, à son grand étonnement et embarras, elle s'approcha de lui et le prit dans ses bras, collant contre son corps ses os arthritiques aiguisés comme des poignards. Elle sentait la lavande et une autre odeur qu'il ne parvint pas à identifier. Peut-être la vieillesse, tout simplement.

— Le bon Dieu te le rendra, très cher ami.

Ensuite, retrouvant immédiatement son humeur habituelle, elle ajouta :

— Sais-tu que plusieurs de mes connaissances voulaient aussi te confier leurs capitaux ? Mais sois sans crainte, je les ai arrêtées net.

— Je te suis très reconnaissant de ta délicatesse, répliqua-t-il ironiquement.

— C'est l'heure de partir. J'ai compris que je gênais.

Il se dirigea vers la porte.

— Inutile de me raccompagner, mon Indienne Manuelita m'attend dans la cour et mon cocher dans le vestibule.

— J'y tiens absolument, ma chère.

Un coup d'œil avisé l'en dissuada. La prétendue comtesse était redevenue égale à elle-même. Quelle idée saugrenue de l'avoir imaginée transformée en une grand-mère craintive et vulnérable !

Elle sortait dans la galerie quand elle s'arrêta brusquement, comme si elle venait de se rappeler quelque chose. Elle le toisa des pieds à la tête puis esquissa un demi-sourire.

— Je me suis toujours demandé pourquoi tu ne t'étais jamais remarié, Mauro.

Il aurait pu fournir plusieurs réponses à cette question insolente : parce qu'il préférait vivre seul, que la sauvagerie des campements de mineurs ne convenait pas aux femmes respectables, et qu'il ne voulait pas d'une intruse dans le triangle formé par Mariana, Nicolás et lui. Ou bien parce que, malgré le nombre relativement important de femmes qui étaient passées dans sa vie après Elvira, il n'en avait jamais rencontré aucune capable de lui faire franchir le pas. Telle une ombre noire, l'image de Fausta Calleja plana au-dessus de la pièce.

Mais la comtesse ne lui laissa pas le temps d'ouvrir la bouche. Tyrannique et nostalgique, raide comme un manche à balai dans sa magnifique robe en dentelle noire, elle empoigna le pommeau en ivoire de sa canne et la brandit à la façon d'un fleuret.

— Si j'avais trente ans de moins, Dieu m'est témoin que tu ne m'aurais pas échappé.

11.

Il parcourut à grandes enjambées la ruelle des Betlemitas et grimpa les marches quatre à quatre. Il n'était plus temps pour la prudence ni les remords : ou il arrivait à ses fins cette nuit, ou il lui faudrait partir en laissant une brèche béante derrière lui. Brèche par laquelle s'engouffreraient Asencio et les Anglais – ce n'était qu'une question de jours. Le coup de grâce asséné au grand projet de sa vie ne se ferait pas attendre.

— Vous avez obtenu les clés ?

Pressé par l'urgence, il s'était adressé à elle d'un ton brusque.

— Vous doutiez de ma parole, don Mauro ?

Fausta, éclairée par une lampe à huile, l'avait de nouveau vouvoyé, mais il ne se donna pas la peine de la corriger. Elle aurait même pu lui dire «Votre Excellence», son seul souci était d'entrer le plus vite possible dans ces maudites archives.

— Mieux vaut se dépêcher.

Elle le guida à travers un dédale de couloirs secondaires, loin des galeries centrales et des vastes dégagements. À pas de loup, rasant les murs et sans piper mot, ils parvinrent finalement à l'autre extrémité du bâtiment. La fille du surintendant sortit alors des plis de sa jupe un anneau en fer portant deux clés de taille identique. Mauro Larrea fut pris d'une envie féroce de les lui arracher, mais il se retint. Elle les mit devant ses yeux et les fit tinter.

— Vous voyez?

— Très habile. J'espère que doña Hilaria ne s'est rendu compte de rien, ni de votre absence ni de celle des clés.

Elle sourit dans l'ombre, avec une rouerie un peu maladroite. Peut-être avait-elle passé tout l'après-midi à s'exercer devant la glace.

— Je ne crois pas, j'ai versé quelques gouttes dans sa tisane.

Le mineur préféra ne pas en demander la composition.

— Voulez-vous que j'ouvre?

La jeune femme refusa la proposition d'un mouvement de la tête tout en introduisant la première clé dans la serrure du haut. Lui tenait la lampe. Mais la clé ne s'emboîta pas.

— Essayez l'autre, ordonna-t-il.

Malgré lui, il avait parlé sèchement. Du calme, abruti! Tu vas tout gâcher alors qu'on est près de réussir. La seconde tentative fut la bonne et il crut entendre les anges chanter. Bon, passons à l'autre.

Soudain, alors que Fausta allait introduire la clé, elle s'arrêta, en alerte.

— Que se passe-t-il? demanda-t-il à voix basse.

Depuis les profondeurs du bâtiment, quelqu'un sifflotait tant bien que mal la mélodie nonchalante d'une vieille danse populaire.

— Salustiano, murmura-t-elle. Le gardien de nuit.

— Ouvrez, vite!

Mais, perturbée par cette présence inattendue, Fausta ne parvint pas à enfoncer la clé.

— Dépêchez-vous, bon Dieu!

Le sifflotement se rapprochait.

— Laissez-moi faire.

— Non, attendez...

— Laissez-moi!

— Un moment, j'y suis presque...

Le porte-clés tomba par terre, rebondissant sur les dalles, tandis qu'ils se disputaient. Le son du métal contre la pierre les paralysa. Le sifflotement s'interrompit.

Mauro Larrea retint sa respiration et baissa doucement la lampe à huile, presque à ras du sol. Fausta, angoissée, commença à s'accroupir pour ramasser le trousseau.

— Ne bougez pas! chuchota-t-il en la prenant par le bras.

Il promena la lampe autour d'elle. La flamme éclaira ses propres bottes, l'ourlet de sa robe, les intervalles entre les dalles. Les clés n'apparaissaient nulle part.

Le sifflotement reprit, lourd de menaces.

— Relevez votre jupe!

— Mon Dieu, don Mauro!

— Relevez-la, Fausta, je vous en supplie.

Les mains de la jeune femme commencèrent à trembler à la lueur pâle de la flamme. Mauro Larrea, dans un éclair soudain de lucidité, devina qu'elle allait pousser un cri.

Trois gestes rapides lui suffirent. Il mit une main sur sa bouche, déposa la lampe sur le sol puis agrippa la jupe et la souleva sans ménagement. Terrorisée, Fausta ferma les yeux.

Les clés se trouvaient là, entre les escarpins de satin.

— Je voulais juste les trouver et elles sont ici, vous voyez? lui souffla-t-il au creux de l'oreille sans ôter la main de sa bouche. Et maintenant, s'il vous plaît, pas un bruit. Nous allons entrer. D'accord?

Elle acquiesça d'un hochement de tête tremblant. Le sifflement enfla. Toujours aussi discordant, mais plus enthousiaste, plus proche.

Mauro introduisit une clé au hasard dans la seconde serrure; en vain. Il poussa un juron. La mélodie se rapprochait dangereusement. L'autre clé fonctionna enfin. Un premier tour, un deuxième, ça y était! Il poussa Fausta à l'intérieur et la suivit, son corps pratiquement collé au sien. Les sifflotements et les pas du gardien résonnaient tout près quand il referma la porte. Dans l'obscurité, appuyé contre les boiseries, il retint son souffle, la fille du surintendant frissonnant à côté de lui.

Les ténèbres étaient épaisses, pas un rayon de lune ne filtrait à travers les fenêtres. Plusieurs minutes lourdes d'anxiété s'écoulèrent. Finalement le gardien frôla la porte avant de continuer son chemin, et sa piteuse mélodie s'éteignit dans le lointain.

— Je regrette vraiment de vous avoir fait violence, dit Mauro.

Ils étaient encore l'un près de l'autre, le dos contre la porte. Fausta tremblait toujours.

— Votre intérêt pour moi n'est pas sincère, n'est-ce pas ?

Il était presque arrivé à ses fins, il devait juste regagner sa confiance. Qu'elle recommence à le croire, qu'elle se berce à nouveau d'illusions. Le veuf élégant et prospère séduit par une vieille fille, alors que pour elle tout espoir de mariage n'était plus qu'une chimère : avec trois caresses et deux mensonges supplémentaires, elle lui mangerait de nouveau dans la main.

Mais quelque chose en lui se révolta.

— Mon unique objectif était de parvenir jusqu'ici.

Il regretta aussitôt son accès de sincérité. Et maintenant, tu en es où, espèce de fou ? Tu vas l'attacher sur une chaise pendant que tu cherches ce que tu veux ? La bâillonner ? La forcer ? Ou bien as-tu monté toute cette comédie démentielle pour devenir finalement un satané bon Samaritain ?

— D'abord, j'ai bêtement rêvé, je l'avoue. Mais après, en réfléchissant, j'ai compris que c'était impossible. Les hommes tels que vous ne courtisent jamais des femmes telles que moi.

Il ne desserra pas les lèvres mais sa salive avait un arrière-goût amer.

— Moi aussi j'ai eu des prétendants, savez-vous, don Mauro ?

Sa voix était calme, quoique un peu altérée.

— Un jeune tailleur, quand j'avais dix-sept ans, avec lequel je n'ai échangé que quelques billets doux. Des années plus tard, un capitaine de milice, cousin germain d'une amie d'enfance. Enfin, quand j'avais près de trente ans et qu'on me considérait désormais comme trop vieille, un dessinateur industriel. Mais aucun n'a trouvé grâce aux yeux de mes parents.

Tout en parlant, elle s'écarta de la porte sur laquelle elle était restée appuyée et se déplaça au milieu des meubles. À présent accoutumés à l'obscurité, ils pouvaient en distinguer les contours.

— Maigres salaires, familles médiocres... Ils avaient toujours une bonne raison pour refuser. Le dernier, le dessinateur, habitait même ici, dans ce palais, et nous nous voyions en cachette dans ses appartements. Puis un jour, malheureusement, il a osé demander à mon père la permission de m'emmener promener à la Alameda. La semaine suivante, il était muté à Tamaulipas.

Elle était arrivée près du bureau du surintendant. Mauro Larrea restait immobile, l'écoutant et tâchant de déchiffrer ses réactions.

Fausta fouilla dans les tiroirs et les compartiments ; la lueur d'une allumette déchira les ténèbres et elle s'en servit pour enflammer une lampe à huile posée sur un coin de la grande table.

— Vous n'avez donc pas été le premier, mais à coup sûr le plus convenable ; au moins pour ma mère. Mon père n'aurait sans doute pas apprécié, mais elle se serait chargée de le convaincre.

Une lumière ténue s'était répandue dans la salle des archives, faisant jouer les ombres.

— Je regrette mon comportement.

— Cessez vos sottises, don Mauro, le coupa-t-elle aigrement. Vous ne regrettez rien du tout : vous êtes parvenu là où vous vouliez. Allez, dites-moi, qu'est-ce qui vous intéresse précisément dans ces archives ?

— Un dossier, reconnut-il.

À quoi bon continuer de mentir ?

— Vous savez où il se trouve ?

— Plus ou moins.

— Peut-être dans une de ces armoires ?

La lampe à hauteur de la poitrine, Fausta s'était approchée de la longue rangée d'étagères protégées par des portes en bois vitrées. Sur la table la plus proche, celle de l'employé aux lunettes fumées, elle attrapa de sa main libre un objet qu'il ne put distinguer. Ensuite, elle tapa sur l'une des portes d'un coup sec, provoquant la chute d'une cascade de bouts de verre sur le sol.

— Fausta, Dieu du ciel !

Il n'eut pas le temps de la rejoindre.

— Ou peut-être dans celle-ci ?

Un autre coup, une autre cascade de morceaux de verre sur les dalles. Elle utilisait un presse-papiers en jaspe. La tête d'un coq ou d'un renard. Quelle importance ? Elle l'empoigna de nouveau.

Il s'approcha en deux enjambées, tenta d'interrompre son geste, mais elle lui échappa.

— Arrêtez, sacrebleu !

Le troisième coup produisit le même effet.

— Le gardien de nuit va vous entendre, tout le monde va vous entendre !

Elle finit par résister à cette pulsion irrationnelle et se retourna vers lui.

— Cherchez ce que vous voulez, mon cher. Servez-vous.

Par tous les démons ! Il n'y comprenait plus rien.

— Rien que pour voir la tête de papa, ça vaut la peine de tout casser.

Elle éclata d'un rire aigre.

— Et vous imaginez celle de maman quand elle découvrira ce qui s'est passé entre nous dans les archives, cette nuit ?

Calmons-nous, calmons-nous.

— Il n'est peut-être pas nécessaire qu'elle l'apprenne.

— Pour vous, sans doute. Mais pour moi, si.

Il inspira une bouffée d'air à pleins poumons.

— Vous êtes sûre ?

— Absolument. Ce sera ma petite vengeance. Pour ne m'avoir pas permis de connaître une vie semblable à celle de toutes les autres jeunes filles, pour avoir rejeté des hommes à qui je plaisais vraiment.

— Et moi ? Quel est mon rôle dans cette histoire ? Comment allez-vous expliquer ma présence à vos parents ?

Elle leva la lampe et le contempla d'un œil cynique. Une lueur brillait enfin dans son regard.

— Je n'en ai pas la moindre idée, don Mauro. J'y réfléchirai. Pour le moment, prenez ce qui vous intéresse et déguerpissez avant que je change d'avis.

Il ne perdit pas une seconde. S'emparant de la boîte d'allumettes qu'elle avait laissée sur le bureau, il se précipita vers les armoires.

Il savait vaguement où trouver le document, sans être sûr de rien. Au fond, probablement avec les plus récents. De gauche à droite, enflammant une allumette après l'autre et s'éclairant avec jusqu'à se brûler le bout des doigts, il parcourut promptement les rayons. De nombreux dossiers étaient rangés ensemble ; sur la large bande qui les entourait, on lisait l'affaire ou la date qui les concernait.

Ses pupilles et son cerveau s'activaient fiévreusement. Mars ? Mars, oui ; ou avril ? Avril, c'est ça, avril de l'**année** dernière. Finalement, à la lumière vacillante d'une allumette presque consumée, il découvrit la section correspondant à ce mois. La porte était fermée. Demanderait-il son ustensile à Fausta ? Non, surtout ne pas l'exciter à présent qu'elle s'était calmée.

Il brisa la vitre d'un coup de coude. Elle s'esclaffa derrière son dos.

— Papa va se payer une de ces frayeurs !

Il sortit une grosse liasse de documents, la déposa sur la table de l'employé le plus jeune. Ses mains anxieuses fouillèrent dans le tas. Pas ça, ça non plus, non plus... Soudain, il faillit pousser un hurlement de joie. Le dossier était là, avec son nom et sa signature.

Il ne voyait pas Fausta mais entendait sa respiration bruyante.

— Satisfait ?

Il se retourna. Quelques mèches s'étaient détachées de son chignon.

— Fausta, j'ignore comment...

— Il y a une trappe qui conduit au sous-sol, de là vous pourrez sortir dans la ruelle en face de l'hôpital. Je crois qu'on va bientôt arriver, le gardien a dû réveiller la moitié du bâtiment.

— Que Dieu vous le rende !

— Vous savez, don Mauro ? Je ne regrette pas d'avoir été si naïve. Cela m'a au moins donné l'occasion de rêver un peu.

Il enroula les feuilles de papier, les glissa prestement sous sa redingote.

Ensuite, le verre crissant sous ses pieds, il prit le visage de Fausta entre ses mains désormais libres et l'embrassa comme si elle était le grand amour de sa vie.

12.

Le départ de Mauro Larrea vers l'inconnu fut à la hauteur de son existence des dernières années, comme si son monde ne s'était pas brisé en deux à la façon d'une gigantesque pastèque. Il prit la route dans son propre attelage avec Andrade, Santos Huesos et deux malles, protégé par une escorte de douze hommes, douze farouches baroudeurs armés jusqu'aux dents pour affronter l'inévitable banditisme. Tous à cheval, les carabines posées en travers de leurs selles et les pistolets à la ceinture, le visage tanné, tels les guérilleros de la guerre de la Réforme, et dûment payés par Ernesto Gorostiza.

— Le minimum que je puisse faire pour toi, mon cher ami, avait-il écrit, c'est veiller, en signe de reconnaissance, à ta protection jusqu'à Veracruz. Les bandes de malandrins sont lot quotidien, et ni toi ni moi ne souhaitons courir de risques supplémentaires.

Depuis son retour au petit matin du palais de la Minería, le dossier de Las Tres Lunas en sécurité contre sa poitrine, les événements s'étaient précipités. Allez, Santos! nous partons! Bouscule les garçons, il faut se dépêcher. Les malles, les capes de voyage, de l'eau et de la nourriture pour les premières étapes, tout était prévu. Dès lors, hennissements des chevaux, chuchotements sonores, pas qui se croisent sur les dalles et yeux embrumés de sommeil d'une foule de domestiques ébahis en constatant que le patron s'en allait vraiment.

Il rappelait à la gouvernante la consigne de fermer à double tour les étages supérieurs quand il entendit prononcer son nom derrière lui. Il sentit le sang lui battre les tempes; il se raidit.

Nul besoin de se retourner pour savoir qui le réclamait.

— Qu'est-ce que tu fous ici?

L'homme qui le contemplait de ses yeux taciturnes attendait ce moment depuis une journée et demie : tapi contre un mur voisin, à demi caché sous une couverture crasseuse, le visage dissimulé par le rebord du chapeau. Réchauffé par une misérable flambée et mangeant sur le pouce, comme tant d'âmes sans toit ni loi de cette populeuse cité.

Dimas Carrús, le fils du prêteur sur gages, avec son éternelle allure de chien battu par son père et par la vie, s'avança vers le mineur.

— Je suis venu à la capitale avec une mission.

Mauro Larrea, les muscles bandés, fronça les sourcils, sur ses gardes. Ce fut son tour de faire un pas en avant.

— Quelle mission, salopard?

— Mesurer ta maison. Compter ses ouvertures et ses fenêtres; les balcons et les Indiens à ton service.

— Et tu l'as fait?

— J'ai même ordonné à un scribouillard de le noter, au cas où j'oublierais.

— Eh bien alors, dégage!

— Je suis aussi venu pour te rafraîchir la mémoire.

— Santos!

Le domestique accourrait déjà, en alerte.

— Sur les quatre mois que tu as pour régler la première traite...

— Vire-le!

— ... tu en as consommé...

— À coups de pied s'il le faut!

Cet avorton estropié d'un bras ne possédait ni l'ambition effrénée ni le caractère volcanique de son géniteur, mais Mauro Larrea savait que ce corps chétif renfermait une âme aussi vile. Tel père, tel fils. Et si Tadeo Carrús exhalait finalement son dernier soupir sans avoir reçu la somme convenue, son rejeton Dimas se chargerait, d'une façon ou d'une autre, de la lui faire payer.

Lorsque le bruit des sabots commença à résonner sur les pavés, Mauro Larrea baissa la tête à l'intérieur de la voiture pour jeter un ultime regard sur sa demeure : le magnifique palais érigé un siècle auparavant par le comte de Regla, le mineur le plus riche de la colonie. Ses yeux parcoururent la façade baroque en tezontle et en pierre taillée avec son superbe portail encore grand ouvert. À première vue, ce n'était peut-être qu'un vestige de la grandeur de la défunte vice-royauté, la résidence d'un magnat de la meilleure société. Pour lui et pour son avenir, en revanche, la signification en était beaucoup plus profonde.

Deux grandes lanternes en fer forgé flanquaient l'entrée ; leur lumière filtrait capricieusement à travers les vitres poussiéreuses de la berline, malgré tout Mauro l'aperçut : appuyé contre le mur, à droite, observant fixement son départ, Dimas Carrús caressait le museau d'un chien galeux.

Ils firent un arrêt rue des Capuchinas. Mariana et Alonso l'attendaient dans le vestibule, dépeignés, vêtus d'une superposition de vêtements de nuit et d'extérieur. Mais ils étaient jeunes et agréables à regarder, et ce qui, chez d'autres, eût été un amalgame hétéroclite de nippes dégageait ici de la grâce et de la spontanéité.

À l'étage, la comtesse ronflait bruyamment, étrangère à tout, satisfaite d'être arrivée à ses fins.

Mariana se jeta au cou de son père ; il fut de nouveau surpris par la fermeté de son ventre.

— Tout se passera bien, lui murmura-t-elle au creux de l'oreille.

Le mineur acquiesça, à demi convaincu.

— Je t'écrirai dès que j'aurai une adresse.

Ils se détachèrent l'un de l'autre et échangèrent leurs dernières phrases à la lueur pâlotte des bougies. Au sujet de Nico, de la maison et de toutes les petites affaires en suspens dont elle se chargerait. Soudain, Andrade, qui était resté à l'extérieur, se racla la gorge. C'était l'heure de partir.

— Garde ceci en lieu sûr, demanda Mauro à Mariana en tirant de sa poitrine le dossier de Las Tres Lunas.

Pas de meilleure vigilance que celle de sa propre fille.

Elle n'avait pas besoin d'explication : la volonté de son père lui suffisait. Celui-ci posa ses grandes mains sur la rondeur de son ventre. Rebondi et plein. Encore haut.

— Nous t'attendons, mon petit, dit-il.

Il tenta d'esquisser un sourire, en vain. C'était la première fois qu'il frôlait du bout des doigts cette vie palpitante. Il ferma les yeux, la sentit. Une émotion indicible lui noua la gorge.

Il avait un pied dans la rue lorsque Mariana l'étreignit de nouveau et lui chuchota quelque chose que lui seul entendit. Il grimpa dans l'attelage en serrant les lèvres ; il conservait au fond du cœur la sensation de la chair de sa chair. Les dernières paroles de sa fille résonnaient encore dans sa tête : Puise dans le capital d'Úrsula si tu en as besoin. N'aie pas de scrupules.

Les rues à angle droit du centre-ville devinrent peu à peu des ruelles plus sales, plus étroites et plus répugnantes à mesure que leurs noms changeaient : Plateros, Don Juan Manuel, Donceles ou Arzobispado se transformèrent en Bizcochera, Higuera, Navajas ou Cebollón – les rues des Orfèvres, Don Juan Manuel, des Damoiseaux ou de l'Archevêque devenant les rues des Biscuits, du Figuier, des Couteaux... Finalement, ils cessèrent de voir des noms et des lumières et abandonnèrent la ville des palais pour entamer les quatre-vingt-neuf lieues castillanes du vieux Camino Real qui les séparaient de leur destination.

Trois journées entières de chemins cailloutexux, de cahots et de secousses, de roues coincées dans les ornières et, à certains moments, d'une chaleur étouffante : voilà ce qui les attendait. D'immenses étendues sans âme qui vive s'ouvraient sur leur passage, des précipices et des ravins, les montures glissaient en escaladant les coteaux escarpés et rocailleux parsemés de broussailles. Une hacienda çà et là, des cahutes et des champs de maïs isolés et d'innombrables stigmates des destructions provoquées dans les villages et les églises par plusieurs décennies de guerre civile. Parfois une ville qu'ils laissaient de côté, un cavalier, quelque Indien à qui acheter une grenade pour se rafraîchir, une misérable chaumière en pisé où une vieille au regard éperdu caressait une poule dans son giron.

Ils s'arrêtèrent juste le temps nécessaire pour le repos des chevaux, épuisés et assoiffés, et de leur escorte. Mauro Larrea, lui, aurait volontiers continué d'une seule traite jusqu'au bout. Il aurait pu aussi loger dans l'hacienda d'un propriétaire ami : il aurait alors disposé d'un matelas en laine et de draps propres, d'un repas savoureux, de bougies en cire blanche et d'eau fraîche pour se débarrasser de la poussière et de la saleté. Mais il préférait aller de l'avant sans perdre de temps – avalant de simples tortillas avec du sel et des piments là où se trouvaient un brasero et une Indienne accroupie pour les vendre, plongeant une gourde dans l'eau des torrents pour se désaltérer, dormant sur des nattes étendues à même le sol.

— C'était pire quand on trimait dans l'équipe de nuit à Real de Catorce, tu te souviens, mon vieux ?

Il tournait le dos à Andrade. Une mince couverture couvrait son corps imposant. En guise d'oreiller, un gros sac en cuir contenant les commandes de la comtesse et de Gorostiza. Les bottes aux pieds, le pistolet à la ceinture et le couteau à portée de main, au cas où. Cloués autour de lui, une poignée de flambeaux de poix allumés pour éloigner les coyotes.

— On aurait dû s'arrêter à l'hacienda San Gabriel, elle n'est qu'à quelques lieues d'ici, maugréa le fondé de pouvoir, incapable de trouver la bonne position.

— Tu deviens douillet, Elías. Ça fait du bien de se rappeler de temps en temps d'où nous venons.

Il me surprendra toujours, cette fripouille ! pensa Andrade avant que l'épuisement ne lui ferme les yeux. Et c'était vrai : il avait beau le connaître, il était abasourdi par la force morale de Mauro Larrea face à ce monumental échec. Dans ce monde en perpétuel changement où ils se mouvaient depuis plusieurs décennies, ils avaient l'un et l'autre assisté à bien des catastrophes : des individus au sommet de la société qui, dans leur chute, perdaient tout jugement et commettaient les folies les plus extravagantes, des êtres inflexibles pliant comme des joncs quand ils étaient dépouillés de leurs richesses.

Très peu se comportaient comme Mauro lorsque le sort les frappait de façon aussi atroce qu'imprévue. À l'occasion des capricieux et dévastateurs aléas des entreprises minières,

Andrade n'avait jamais vu quiconque perdre autant, et le perdre avec autant de panache que l'homme qui dormait par terre à côté de lui, privé de tout confort. Comme les muletiers, comme les bêtes, comme les *chinacos* qui les escortaient – ces paysans transformés subitement en guérilleros durant la guerre d'indépendance, aussi braves qu'indisciplinés, aussi féroces que loyaux.

À peine entrés dans Veracruz, ils constatèrent les ravages de la fièvre jaune, le fléau de ces côtes. Une puanteur effroyable flottait dans l'air, partout gisaient des cadavres de mules et de chevaux en putréfaction et, posés sur les poteaux et les auvents, les sempiternels urubus – noirs, gros, laids – se tenaient prêts à fondre sur les dépouilles.

Le cocher les conduisit à l'hôtel de Diligencias comme s'il avait le diable aux trousses.

— Quelle chaleur, sainte Vierge ! s'écria Andrade dès qu'il mit pied à terre.

Mauro Larrea ôta le foulard qui lui couvrait le bas du visage et s'essuya le front avec, puis il scruta attentivement la rue et s'assura, sans beaucoup de discrétion, de la présence du pistolet à sa place. Ensuite, agrippant bien fort le sac en cuir contenant l'argent, il serra à tour de rôle la main des *chinacos* en guise d'adieu.

Andrade et Santos Huesos se chargèrent des bagages et du transfert des montures ; pendant ce temps, dans une vaine tentative pour se montrer présentable avant de pénétrer à l'intérieur de l'hôtel, Mauro essaya d'arranger ses vêtements froissés et se passa la main dans les cheveux.

Une heure plus tard, il attendait son ami sous les magnifiques arcades de l'entrée, au milieu de clients anonymes. Assis dans un fauteuil en rotin, il buvait de l'eau dans une grande carafe sans parvenir à étancher sa soif. Il en avait déversé un bidon entier sur son corps peu avant, alors qu'il se frottait furieusement pour effacer les traces de ces trois journées d'un voyage infernal. Il avait enfilé ensuite une chemise en batiste blanche et le plus léger de ses costumes afin de combattre les dernières vagues de chaleur. Sa chevelure humide enfin domptée, et vêtu d'une tenue qui lui donnait une allure décontractée, il ne ressemblait plus à un hors-la-loi ni à un habitant d'une grande ville extravagant et incongru.

Cacher le sac sous son lit et laisser Santos Huesos à la porte de sa chambre armé de son pistolet lui avaient ôté un poids, au sens propre et au sens figuré. Et, tout compte fait, quitter la ville de Mexico contribuerait peut-être à apaiser son âme : plus de pressions, plus de harcèlements, plus de mensonges.

Ils étaient convenus d'employer le temps qui leur restait avant l'embarquement à effectuer diverses formalités sous couvert d'anonymat. Ils souhaitaient vendre les chevaux et l'attelage, ainsi que plusieurs effets personnels. Ils voulaient en outre étudier plus à fond la situation à Cuba, pays avec lequel Veracruz entretenait de nombreux échanges, et l'évolution de la guerre en Amérique du Nord, au cas où il y aurait des nouvelles fraîches. Peut-être même prendre congé avec un gigantesque gueuleton, en mémoire du temps passé et dans l'espoir que souffleraient des vents favorables dans ce futur plus qu'incertain.

L'attente se révéla cependant plus courte que prévue.

— Tu prends la mer demain, je reviens de l'embarcadère.

Andrade arrivait de son pas décidé, sans s'être encore lavé. En dépit de sa saleté, de ses vêtements fripés et de sa fatigue, ses manières dénotaient de l'élégance. Il se laissa tomber dans un fauteuil identique à celui de Mauro, passa un mouchoir pas très propre sur son crâne chauve et brillant, attrapa le verre de son ami. Sans autorisation, comme toujours, il le porta à sa bouche et le vida.

— J'ai également vérifié si nous avions reçu du courrier ; tous les sacs postaux en provenance d'Europe transitent par ici. On me dira demain ce qu'il en est, en échange d'une poignée de pesos.

Le mineur acquiesça en faisant un signe au garçon pour qu'il les serve, puis ils attendirent en silence, absorbés dans leurs pensées respectives. Peut-être les mêmes, d'ailleurs, tant ils étaient complices.

Que restait-il de l'époque où ils étaient, l'un, un séduisant entrepreneur de l'argent métal, et l'autre, son fondé de pouvoir ? Comment la gloire leur avait-elle échappé, tel le sable coulant entre les doigts ? Maintenant, dans ce port ouvrant sur le Nouveau Monde, face à face et muets, ils n'étaient plus que deux âmes usées, reprenant leurs esprits après la chute et cherchant de quelle manière s'en relever. Et comme la seule chose qu'ils avaient conservée à peu près intacte était leur lucidité, ils ravalèrent leurs envies de pester contre le sort, gardèrent leur dignité et acceptèrent les deux verres de whisky au maïs déposés à cet instant-là sur leur table.

— Du bourbon, le meilleur de la maison pour nos deux distingués hôtes tout juste arrivés de la capitale, souligna le serveur sans la moindre raillerie.

Ensuite il leur apporta le dîner et ils se retirèrent tôt, afin d'en découdre, chacun à sa façon et entre les draps, avec leurs démons particuliers.

Mauro Larrea dormit mal, comme presque toutes les nuits au cours des derniers mois. Il déjeuna seul en attendant que son fondé de pouvoir daigne enfin descendre de sa chambre. Mais quand ce dernier apparut, ce ne fut pas en bas de l'escalier communiquant avec les chambres : il entra par la porte principale de l'hôtel.

— J'ai fini par obtenir le courrier, annonça-t-il sans s'asseoir.

— Et alors ?

— Des nouvelles d'outre-mer.

— Mauvaises ?

— Horribles.

Mauro décolla son dos du dossier du fauteuil, un frisson hérissa sa peau.

— Nico ?

Andrade approuva d'un hochement de tête, puis il s'installa à côté de son ami.

— Il a abandonné l'appartement de Christophe Rousset à Lens. Il s'est contenté de laisser un mot disant qu'il étouffait dans cette petite ville, qu'il se contrefichait des mines de charbon et qu'il discuterait avec toi, le moment venu, au sujet de ce qu'il allait faire.

Mauro Larrea hésita entre partir d'un éclat de rire, le plus amer et bestial de sa vie, blasphémer comme un condamné à mort devant le poteau d'exécution, renverser la table avec ses tasses et ses assiettes, ou abattre d'un coup de poing l'un de ces innocents clients qui, à cette heure matinale, absorbaient en somnolant leur premier chocolat.

Face au doute, il s'efforça de garder son calme.

— Où est-il ?

— Il aurait pris le train à Lille, pour Paris. Un employé de Rousset l'a aperçu à la gare de chemins de fer.

Mauro Larrea aurait voulu dire à Andrade : larguons les amarres, l'ami. Faisons un tour ensemble, toi et moi. Il n'est que huit heures du matin, mais quelle importance ? Buvons jusqu'à en perdre la raison, il y a sûrement des bistrots ouverts depuis hier soir. Allons jouer notre dernière partie de billard, se vautrer avec les putains dans les bordels du port, perdre dans les combats de coqs le peu qui nous reste. Oublier l'existence du monde et tous les problèmes qui m'étranglent.

Il eut le plus grand mal à reprendre son sang-froid. Malgré le battement de ses tempes, il en revint au vif du sujet.

— Quand lui a-t-on envoyé de l'argent pour la dernière fois ?

— Six mille pesos par l'intermédiaire de Pancho Prats quand il a emmené sa femme prendre les eaux à Vichy. Je suppose qu'il les aura reçus il y a quelques semaines.

Mauro serra les poings et planta ses ongles dans sa chair jusqu'à ce qu'elle blanchisse.

— Dès qu'il les a touchés, il a pris la poudre d'escampette, ce vaurien.

Andrade acquiesça d'un hochement de tête – sûrement.

— S'il s'avise de revenir à Mexico quand il n'aura plus un sou vaillant, je me suis mis d'accord avec le receveur du port : il contrôle tous les chargements et passagers en provenance d'Europe. Ça va nous coûter du pognon, mais il m'a promis d'ouvrir l'œil.

— Et s'il l'attrape ?

— Il le retiendra et m'avertira.

Gorostiza et sa fille à marier priant le Très-Haut pour son gredin de fiston, sa maison à moitié fermée, Tadeo Carrús... tous hantèrent de nouveau le cerveau de Mauro Larrea, tels des fantômes échappés d'un cauchemar.

— Ne le laisse en aucun cas retourner là-bas en mon absence. Que personne ne le voie, qu'il ne parle à personne, qu'il ne se mêle de rien, qu'il ne s'étonne pas de mon départ. Avertis Mariana dès que tu seras rentré ; qu'elle se tienne sur ses gardes si elle entend des ragots de la part d'un voyageur de retour de France.

Et Andrade, pour qui le garçon était comme son propre fils, approuva.

À midi, l'épaisse masse de nuages gris ardoise qui recouvrait le port empêchait de distinguer la limite entre le ciel et la mer.

Tout était grisâtre. Les visages et les mains des employés, les voiles des bateaux ancrés, les piles de bagages et les filets, l'humeur de Mauro Larrea. Même les cris des dockers, le clapotis de l'eau contre les coques et le grincement des rames paraissaient cendreux. Les planches de la jetée montaient et descendaient sous ses pieds à mesure qu'il s'éloignait de son ami et se rapprochait de l'embarcation qui le conduirait à bord du *Flor de Llanes*, le brick battant pavillon espagnol, cette Espagne dont les affaires lui étaient si étrangères.

Il contempla une dernière fois Veracruz depuis le pont, avec ses urubus et ses bancs de sable : porte ouverte sur l'Atlantique pour les voyageurs et les marchandises à l'époque coloniale, témoin muet des aspirations de ceux qui, des siècles durant, avaient débarqué avec de folles ambitions, le rêve d'un avenir meilleur ou de simples chimères.

Dans les environs, la forteresse légendaire et à demi abandonnée de San Juan de Ulúa, ultime bastion de la métropole d'où étaient partis, plusieurs années après la déclaration d'indépendance mexicaine, les derniers soldats espagnols – malades, affamés, haillonneux et le cœur en berne – qui avaient lutté vainement pour conserver à jamais la vieille viceroyauté au sein de la Couronne.

Les paroles d'Elías Andrade l'accompagnaient encore dans la barque.

— Prends soin de toi, l'ami. Les problèmes que tu laisses en suspens, je m'en charge. Toi, essaie seulement de réécrire ton histoire. À trente ans à peine, tu as creusé des mines qui effrayaient tout le monde, et tu y as gagné le respect de tes hommes et de tes concurrents. Tu as été honnête au bon moment, et tu as prouvé que tu avais des couilles quand il le fallait. Tu es devenu une légende, Mauro Larrea, ne l'oublie pas. Tu n'es donc plus obligé de faire tes preuves. Il te suffit de recommencer.

II

LA HAVANE

13.

Ils se reconnurent de loin mais aucun ne le montra. Un peu plus tard, au moment des présentations, ils échangèrent un bref regard, chacun semblant se dire la même chose sans l'exprimer à voix haute : c'est donc vous.

Malgré tout, en lui tendant sa main gantée de satin, elle feignit une indifférence hautaine et glaciale.

— Carola Gorostiza de Zayas, enchantée, murmura-t-elle d'un ton neutre, celui qu'on utilise pour réciter un poème poussiéreux ou les prières d'une messe dominicale.

Elle ressemblait vaguement à son frère, peut-être à cause de la forme carrée de sa bouche quand elle parlait, ou bien de son nez aquilin. D'une beauté éclatante, peut-être un peu trop, pensa Mauro Larrea en lui baisant le bout des doigts. Son buste était orné d'une cascade de topazes ; deux exotiques plumes d'autruche, assorties à la couleur de sa robe, sortaient de son épaisse chevelure noire ramassée sur la tête.

— Gustavo Zayas, à vos pieds.

Voilà ce qu'il entendit ensuite, bien que le dénommé Zayas ne fût pas précisément à ses pieds mais debout devant lui, aux côtés de son épouse. Des yeux clairs, délavés, et des cheveux grisonnants peignés en arrière. Grand, d'aspect agréable, plus jeune que prévu. Mauro l'avait imaginé du même âge que le futur beau-père de son fils, lequel avait sept ou huit ans de plus que lui. L'homme qui se tenait devant lui avait tout juste dépassé la quarantaine ; néanmoins, son visage anguleux trahissait une vie marquée par de nombreuses épreuves.

Leur rencontre se limita à ces quelques mots. Après le salut protocolaire, le couple Zayas Gorostiza lui tourna le dos et se fraya un passage parmi les invités pour entrer dans le salon de bal. En tout cas, les intentions de la dame ne faisaient aucun doute : elle ne voulait à aucun prix que son mari sût qui était cet inconnu.

À vos ordres, si tel est votre bon plaisir, chère madame. Elle doit avoir de bonnes raisons, pensa Mauro Larrea. J'espère seulement qu'elle ne tardera pas à me révéler ce qu'elle attend de moi.

Il serra les mains des invités à mesure qu'ils lui étaient présentés par la maîtresse de maison, s'efforçant de graver dans sa mémoire les visages et les noms des nombreux créoles et péninsulaires de poids, des Espagnols de deux mondes étroitement liés. Arango, Egea, O'Farrill, Bazán, Santa Cruz, Peñalver, Fernandina, Mirasol. Très heureux, oui, de Mexico, enchanté ; non, pas cent pour cent mexicain, espagnol. Très honoré, merci beaucoup, tout le plaisir est pour moi, encore merci.

Le luxe régnait dans la somptueuse villa d'El Cerro, le quartier chic où la plupart des membres de l'oligarchie havanaise avaient érigé leurs grandes demeures, après avoir abandonné les vieux palais intra-muros habités pendant des générations par leurs familles. Le gaspillage et la magnificence étaient palpables dans les étoffes et les bijoux arborés par les dames, dans les garnitures de boutons en or, les galons et les bandes honorifiques ornant les poitrines des messieurs, dans les meubles en bois exotique, les lourdes tentures et les lustres d'un éclat éblouissant. Le luxe indécent de l'ultime bastion d'un Empire espagnol en pleine décrépitude, songea le mineur. Dieu seul savait pour encore combien de temps !

Le salon s'était rempli de couples bercés par un orchestre de musiciens noirs ; tout autour, les invités bavardaient, disséminés en groupes fluctuants. Une armée d'esclaves vêtus d'uniformes chamarrés couraient de l'un à l'autre, servant le champagne à flots et transportant en équilibre des plateaux en argent chargés de friandises.

Il se contenta de contempler la scène : les tailles souples des créoles au rythme de la musique doucereuse, la langueur enjôleuse des longues jupes tournoyantes. Tout cela, en réalité, lui importait peu. Il attendait simplement que Carola Gorostiza lui fasse un signe en dépit de son indifférence apparente.

Moins d'une demi-heure plus tard, il sentit une épaule féminine lui frôler le dos avec une certaine effronterie.

— Je n'ai pas l'impression que vous ayez très envie de danser, monsieur Larrea. Peut-être l'air du jardin vous conviendra-t-il davantage. Sortez discrètement, je vous attends.

Dès qu'elle lui eut soufflé son message au creux de l'oreille, la Mexicaine s'éloigna d'une démarche ondulante, agitant en cadence un spectaculaire éventail en plumes de marabout.

Il parcourut le salon du regard avant de lui obéir. Il aperçut le mari au milieu d'un groupe important – un peu absent, comme s'il se trouvait ailleurs, très loin. Tant mieux.

Mauro se glissa alors vers l'une des sorties et franchit la grande porte ornée de vitres multicolores ouvrant sur la nuit. Dans l'obscurité, au milieu des cocotiers et des badamiers, allongés sur les balustrades ou assis sur les bancs en marbre, des couples épars parlaient à voix basse : ils se séduisaient, se rejetaient, se réconciliaient ou se juraient de fausses amours éternelles.

Il devina à quelques pas la silhouette inimitable de Carola Gorostiza : la jupe richement bouillonnée, la taille comprimée, la poitrine généreuse.

— Vous savez sans doute que je suis chargée d'une commission pour vous, dit-il tout de go. À quoi bon perdre notre temps ?

Comme si elle ne l'avait pas entendu, elle se dirigea vers le fond du jardin, sans vérifier s'il la suivait ou non. Quand elle fut certaine de s'être assez éloignée de la maison, elle se retourna.

— Et moi, j'ai quelque chose à vous demander.

Il ne fut pas surpris : il pressentait des ennuis depuis qu'il avait reçu sa carte dans son logement de la rue des

Mercaderes. Il s'y était installé la veille, tout juste débarqué à La Havane après plusieurs journées d'une traversée infernale. Il aurait pu choisir un hôtel, nombreux dans ce port qui chaque jour accueillait et expédiait des foules de voyageurs. Mais quand on lui avait signalé une maison d'hôtes confortable et bien située, il n'avait pas hésité : moins chère pour un séjour d'une durée indéterminée, et idéale pour prendre le pouls de la ville.

Dès l'aube de son premier matin dans l'île, tentant de s'habituer à l'humidité poisseuse ambiante, et pressé de se débarrasser des corvées, il avait envoyé Santos Huesos rue du Teniente Rey, muni d'un bref message pour Carola Gorostiza. Il y demandait à être reçu le plus tôt possible et s'attendait à une réponse immédiate. À sa grande surprise, son domestique lui apporta un refus en bonne et due forme, écrit dans une belle calligraphie. « Mon cher ami, je regrette infiniment de ne pas pouvoir recevoir votre visite ce matin... » Figurant parmi toute une litanie de fausses excuses, une surprenante invitation à un bal donné le soir même. Au domicile particulier de la veuve de Barrón, amie intime de la signataire, ainsi que le précisait la missive. Une calèche appartenant à l'amphitryonne viendrait le prendre chez lui à vingt-deux heures.

Il relut le message plusieurs fois devant une seconde tasse de café noir, au milieu des palmiers exubérants du patio où les clients prenaient leur petit-déjeuner. Perplexe, il essaya de l'interpréter. Il en déduisit que la sœur d'Ernesto Gorostiza voulait à tout prix l'éloigner de chez elle, tout en se réservant la possibilité de le voir, raison pour laquelle elle lui suggérait un territoire moins privé, donc plus neutre.

Il était près de minuit quand ils se retrouvèrent enfin face à face, dans la pénombre du jardin.

— Un simple délai, voilà ce que je vous demande, déclara-t-elle. Conservez pour le moment entre vos mains l'envoi de mon frère.

La mimique de contrariété du mineur fut sans doute évidente malgré le manque de lumière.

— Deux ou trois semaines tout au plus. Jusqu'à ce que mon mari mette un point final à certaines affaires en suspens. Il hésite à effectuer ou non un voyage. Et je préfère qu'il ne sache rien avant de se décider.

Il ne manquait plus que ça, pensa Mauro. De fichus problèmes matrimoniaux.

— Au nom de l'amitié qui unit nos familles, insista-t-elle, je vous supplie de ne pas refuser, monsieur Larrea. D'après ce que j'ai retenu de la lettre d'Ernesto, un mariage va bientôt être célébré.

— Je l'espère, répliqua-t-il sobrement.

Et il eut un pincement au cœur en se rappelant la fugue de Nicolás.

Un rictus amer se dessina sur le visage poudré de Carola.

— Je me souviens de la promesse de votre fils quand elle venait de naître ; je la revois dans son berceau, enveloppée de dentelles. Teresita est la seule à qui j'ai dit adieu avant mon départ du Mexique. Chez moi, personne n'était très enthousiaste à l'idée de me voir épouser un péninsulaire et déménager à Cuba.

Tandis qu'elle dévoilait sans pudeur ces détails intimes que lui avait déjà racontés son frère, Carola Gorostiza se retourna plusieurs fois vers la maison. À distance, à travers les grandes portes vitrées, on distinguait les silhouettes des invités sous les lumières dorées des lustres et des candélabres. Les échos des voix et des éclats de rires, les accents mélodieux des contredanses leur parvenaient aussi, apportés par la brise.

— Pour éviter de plus grands problèmes, poursuivit-elle, mon époux doit absolument ignorer l'existence du moindre lien entre vous et les miens au Mexique. Je vous prie donc d'éviter tout contact avec moi.

Vlan, dans les dents ! Sans les délicates fioritures du billet reçu ce matin même. Ainsi, sans ménagement, elle lui imposait ses conditions.

— En compensation de la gêne causée éventuellement par ma demande, je vous propose de vous rétribuer généreusement, disons le dixième de la somme que vous m'apportez.

Il faillit éclater de rire. À cette allure, s'il acceptait toutes les offres, il finirait par redevenir riche sans avoir bougé le petit doigt. D'abord la belle-mère de sa fille, et maintenant cette Carola pleine de surprises.

Il l'observa de plus près au milieu des ombres. Gracieuse, séduisante sans nul doute avec son décolleté provocant et sa prestance. Elle n'avait pas l'air d'être la victime d'un mari tyrannique, mais il avait peu d'expérience en matière de tensions conjugales. La seule femme qu'il avait vraiment aimée était morte dans ses bras à moins de vingt-deux ans, dans un bain de sueur et de sang, après avoir mis au monde son fils.

— D'accord.

Il fut lui-même étonné par la rapidité de sa réponse. Tu es fou, se reprocha-t-il dès qu'il eut fermé la bouche. Mais il était trop tard pour reculer.

— J'accepte de rester discret et de garder votre argent le temps nécessaire. Mais pas en échange d'une contrepartie financière.

Elle fronça les sourcils.

— Que voulez-vous, alors?

— Moi aussi, j'ai besoin d'aide. Je cherche des opportunités, quelque chose de rapide qui n'exige pas des investissement démesurés. Vous connaissez bien cette société, vous fréquentez des gens qui ont les moyens. Vous savez peut-être où trouver une affaire qui rapporte gros.

Elle éclata d'un rire aigre. Ses yeux noirs étincelèrent dans les ténèbres.

— S'il était si facile de faire pousser de l'argent, mon époux serait sans doute déjà parti, et moi je ne serais pas obligée de supporter tous ses maudits atermoiements.

Mauro ignorait où devait se rendre son mari et il s'en moquait. Mais cette conversation inattendue le mettait de plus en plus mal à l'aise et il avait hâte qu'elle se termine. La brise leur apporta un murmure de voix pas très lointaines, Carola baissa le ton – ils n'étaient pas les seuls à s'être réfugiés à l'abri des oreilles et des regards dans l'obscurité du jardin.

— Laissez-moi un peu de temps, chuchota-t-elle. En revanche, n'essayez pas d'entrer en contact avec moi, c'est moi qui le ferai. Et rappelez-vous : nous ne nous connaissons pas.

Carola Gorostiza repartit en direction des lumières, de l'orchestre et de la foule, dans des froufroutements de taffetas moiré. Les mains dans les poches et sans bouger des épaisses frondaisons, Mauro la contempla alors qu'elle franchissait les portes-fenêtres avant d'être engloutie par la fête.

Désormais seul, il prit conscience de l'ampleur du problème. Au lieu de se libérer d'un poids, il venait d'en endosser un autre encore plus lourd. Et impossible de revenir en arrière. Si cette question de la remise de l'héritage avait pu se régler en un clin d'œil, il l'aurait fêtée en dansant avec une belle Havanaise à la chair ferme, ou bien dans les bras d'une mulâtresse couleur chocolat, même s'il devait d'abord fixer avec elle le prix de ses caresses. Mais le sol n'était pas stable sous ses pieds, et il le regrettait amèrement.

Imprudemment, sans réfléchir, il s'était allié à une épouse déloyale qui avait coupé les ponts avec sa famille depuis longtemps, et qui, en lui demandant de cacher de l'argent au fond de son armoire, mentait à son mari. Dieu du ciel, tu as perdu le peu de jugeote qu'il te restait! cria Andrade à l'intérieur de sa tête, faisant preuve de son habituel bon sens ravageur.

Mauro Larrea entra de nouveau dans la demeure alors que les derniers invités s'en allaient et que les musiciens rangeaient leurs instruments au milieu des bâillements. Le marbre du sol, là où s'étaient effectués d'innombrables pas de danse, était jonché de mégots, de reliefs de nourriture écrabouillés et de plumes détachées des éventails. Sous les hauts plafonds du salon, parmi les stucs et les miroirs, les esclaves de la maison, hilares, avalaient goulûment le fond des bouteilles de champagne.

Le couple Zayas Gorostiza s'était volatilisé.

14.

Il se réveilla en repensant à ce qui s'était passé la veille. Il envisagea diverses hypothèses puis décida de cesser de réfléchir. Il n'avait plus le temps, il fallait agir. Et ressasser ce qu'il ne pouvait défaire ne le mènerait nulle part.

Il sortit tôt avec Santos Huesos. Il devait avant tout trouver un endroit sûr pour y déposer l'argent de la comtesse, ses propres capitaux, bien que modestes, et l'héritage de la sœur de Gorostiza. Il aurait pu demander à la propriétaire de son logement si elle connaissait une cabinet commercial digne de confiance, mais il préféra ne pas attirer l'attention. Le désordre semblait régner dans ce port, mieux valait ne dévoiler que le strict minimum.

Ses vêtements d'un excellent drap anglais furent vite inconfortables par ces températures tropicales, ce qu'il constata tandis qu'il parcourait le vaste quadrillage de rues étroites constituant le cœur de La Havane. Elles ne ressemblaient en rien à celles qu'il empruntait quotidiennement à Mexico, malgré la langue commune. Empedrado, Aguacate, Tejadillo, Aguiar, et soudain une place ou une autre – San Francisco, Cristo, Vieja, Catedral –, dans un capharnaüm architectural et humain d'échoppes de morue séchée au rez-de-chaussée des demeures les plus huppées, de friperies et de quincailleries jouxtant de grandes maisons de haut lignage.

Il descendit par la rue Obispo, bourrée de passants, de voix et d'odeurs puissantes, traversa celle de San Ignacio, remonta par la très cotée rue O'Reilly où, disait-on, les terrains et les édifices coûtaient plus d'une once d'or les trois pieds. Des voies encaissées se coupant à angle droit et sur lesquelles flottaient des odeurs de mer et de café, d'oranges amères, celle de la transpiration des peaux mêlées à celles du poisson, du salpêtre et du jasmin. De toutes ces ruelles, sans aucune exception, suintait une humidité poisseuse, si épaisse qu'on aurait presque pu la couper au couteau. Un charivari endiablé remplissait l'air de cris et d'éclats de rire : d'un croisement au suivant, d'un attelage à l'autre, de balcon à balcon.

Les stores des boutiques – de grands morceaux de tissus multicolores – filtraient la lumière écrasante et répandaient une ombre des plus appréciables. Se faufilant dans les rues parallèles et d'autres perpendiculaires, Mauro Larrea dut esquiver toutes sortes de piétons – des enfants, des chiens, des porteurs, des coursiers, des vendeurs de fruits et de bibelots, des employés qui sortaient des boutiques pour livrer des paquets dans ces attelages haut perchés, espèces de cabriolets ou de calèches, où les attendaient des dames et des jeunettes ne daignant pas même poser un pied à terre pour faire leurs emplettes.

Après deux maisons de commerce qui lui déplurent par simple intuition, la troisième fut la bonne. La Casa Bancaria Calafat, comme l'indiquait une plaque émaillée, était située dans une grande bâtisse de la rue de Los Oficios. Il fut reçu par le propriétaire lui-même ; moustache à la mongole, chevelure blanche et cotonneuse, marqué par les années, il se tenait derrière une imposante table en acajou. Derrière lui, une huile représentant le port de Palma de Mallorca rappelait la lointaine origine de son nom.

— J'ai l'intention de déposer temporairement chez vous une somme importante, déclara Larrea.

— En toute modestie, vous ne pouviez pas rêver meilleur endroit dans toute l'île, l'ami. Veuillez vous asseoir, je vous prie.

Ils discutèrent commissions et intérêts, chacun plaidant sa cause de façon très courtoise. Une fois l'affaire conclue, ils vérifièrent le montant du dépôt, puis apposèrent leurs signatures. Ils prirent enfin congé, après un accord où les deux parties y gagnaient quelque chose et où personne ne perdait rien.

— Il va sans dire, monsieur Larrea, que je reste à votre entière disposition pour vous conseiller sur toute affaire locale liée aux opérations que vous souhaiteriez réaliser chez nous.

Le flair du banquier lui avait soufflé que cet individu au passeport espagnol, avec sa carrure de docker, son parler à mi-chemin entre Lope de Vega et l'arrière-petit-fils de Moctezuma, et ses talents de négociateur dignes d'un boucanier de la Jamaïque, pourrait à la longue devenir un client fidèle.

Je vendrais mon âme au diable pour connaître ces opérations, marmonna le mineur en son for intérieur.

— Nous aborderons cette question plus tard, répondit-il évasivement. Pour le moment, je me contenterai de l'adresse d'un bon tailleur.

— L'Italien Porcio, de la rue Compostela, sans l'ombre d'un doute. Dites-lui que vous venez de ma part.

— Parfait. Je vous en suis très reconnaissant.

Il était debout, prêt à partir.

— Et une fois réglé le problème de votre tenue, mon cher don Mauro, seriez-vous également intéressé par un bon conseil en matière d'investissement?

Il aurait volontiers éclaté de rire devant l'imposante moustache de don Julián Calafat. Savez-vous, cher monsieur, que je ne possède pas le cinquième des capitaux que je dépose chez vous et qui donnent de moi l'image d'un étranger prospère pour qui l'argent coule à flots? Et pour obtenir ce cinquième, j'ai dû hypothéquer ma maison auprès d'un usurier insatiable qui rêve de me voir rouler dans la fange. Voilà ce qu'il aurait pu répondre au banquier. Néanmoins, aiguillonné par la curiosité, il se retint et le laissa continuer :

— Bien entendu, cet argent, placé dans des opérations judicieusement choisies, produirait un rendement très élevé.

Calafat, en vieux renard, offrit à son interlocuteur quelques instants de réflexion. Il sortit d'une boîte deux cigares des plaines de Vueltabajo. Prenant son temps, il les pressa doucement pour en apprécier le degré d'humidité, les huma, puis en tendit un à Mauro Larrea, qui accepta, toujours debout.

Sans un mot, ils coupèrent les extrémités avec une guillotine en argent. Ensuite, en silence, chacun alluma le sien à l'aide d'une longue allumette de cèdre.

Mauro Larrea, cachant l'anxiété qui lui nouait les tripes, se rassit devant le bureau.

— Alors ? J'attends.

— En fait, poursuivit le banquier en exhalant les premières volutes, nous finalisons ces jours-ci une transaction dont s'est retiré l'un des commanditaires, et cela pourrait vous intéresser.

Le mineur croisa les jambes, posa les coudes sur les bras du fauteuil. Dans cette position, il tira une autre bouffée de son havane. Puissante, entière, comme s'il était le maître du monde. Il parvint ainsi à dissimuler son moral en berne sous un masque de cynique assurance. Allez ! pensa-t-il, vas-y, mon vieux ! Je ne perds rien à t'écouter.

— Je suis tout ouïe.

— Un bateau congélateur.

— Pardon ?

— La formidable invention d'un Allemand. Les Anglais travaillent à la même technique mais ils ne se sont pas encore lancés. Pour transporter de la viande fraîche d'Argentine aux Caraïbes. Conservée dans des conditions parfaites, prête à la consommation sans être préalablement salée, comme cette répugnante viande séchée qu'on donne aux Noirs.

Il suçota de nouveau son cigare. Goulûment.

— Quelle est votre proposition précise ?

— Que vous entriez dans notre société en commandite pour le cinquième du total. Nous serions donc cinq associés si vous nous rejoignez. Dans le cas contraire, j'assumerai moi-même cette part.

Larrea ignorait le potentiel de cette affaire mais, à en juger par le calibre de l'investissement, il s'agissait d'une grosse opération. Son instinct le plus primaire lui soufflait d'avoir une confiance aveugle en Calafat. Il calcula donc à la vitesse de l'éclair. Et, comme il fallait s'y attendre, il était loin du compte. Même en additionnant l'argent de la comtesse et le sien.

Mais... Peut-être que oui... Sur la table de Calafat, les doublons d'or, dans les sacoches en cuir que lui avait remises Ernesto Gorostiza, semblaient l'appeler avec la force de l'attraction terrestre.

Et s'il proposait à Carola d'investir avec lui à parts égales, d'être associés ?

Fou, fou, fou! lui aurait hurlé Andrade s'ils avaient été ensemble. Tu ne peux pas courir ce risque, Mauro. Ne t'aventure pas dans une affaire que tu n'es pas en mesure d'assumer. Pour tes enfants, mon vieux, je t'en supplie! Pour tes enfants, commence pas à pas et ne tombe pas dans le premier gouffre ouvert devant toi.

Cesse de me seriner tes conseils de prudence, et écoute-moi, protesta-t-il mentalement. Ce n'est peut-être pas aussi insensé qu'il y paraît à première vue. Cette femme est perturbée, je l'ai constaté hier soir, mais elle n'a pas l'air d'avoir absolument besoin d'argent. On dirait qu'elle veut seulement le cacher à son mari. Sans doute pour éviter qu'il ne le gaspille, ou bien pour qu'il ne l'emporte pas avec lui dans un éventuel voyage.

Et si son frère l'apprenait? Si Carola se livrait à des confidences auprès du futur beau-père de Nicolás? C'est ce qu'aurait répliqué Andrade. Là aussi, le mineur avait une réponse toute prête : en ce qui la concerne, elle se taira. Sinon, je réglerai la question avec Ernesto le moment venu. À mon avis, il me fait plus confiance qu'à sa sœur. Je peux proposer à Carola un placement sûr à l'insu de tous à La Havane ; je peux mettre son argent définitivement hors de portée de son époux, l'investir à bon escient. Veiller sur ses intérêts, en somme, sans que nul ne l'apprenne.

Tous ces arguments, il les aurait exposés à son ami s'il avait été là. Comme ce n'était pas le cas, il se tut et écouta Calafat.

— Voyez-vous, Larrea, je vais être clair, si vous me le permettez. Notre île ne va pas tarder à partir à vau-l'eau. Je dois donc commencer à me débrouiller en dehors d'elle, à tout hasard. Ici, ils vivent heureux, certains qu'ils sont à jamais la clé du Nouveau Monde, convaincus que la canne à sucre, le tabac et le café assureront notre richesse pour les siècles des siècles, amen. Personne, à l'exception d'un ou deux visionnaires, ne paraît se rendre compte de ce qui menace le plus riche fleuron de la Couronne. Toutes les colonies espagnoles d'outre-mer sont devenues indépendantes, elles ont emprunté leur propre voie, et tôt ou tard nous sommes voués à couper nous aussi ce cordon ombilical. Le seul problème, c'est comment...

Les chiffres continuaient à danser dans la tête du mineur sous forme d'opérations mathématiques : combien j'ai, combien je dois, combien j'obtiendrai. L'avenir de Cuba, il s'en fichait. Mais il feignit une certaine curiosité, par pure courtoisie.

— Je suppose que la situation est la même qu'au Mexique avant l'indépendance. La métropole lève probablement des impôts excessifs en maintenant un contrôle rigoureux, et tout le monde est soumis aux lois qu'elle édicte à sa guise.

— Tout à fait. Pourtant, cette île est beaucoup moins complexe que le Mexique. À cause de ses dimensions, de sa société, de son économie. Tout est infiniment plus simple ici, et nous n'avons que trois vraies possibilités d'avenir. Et, franchement, j'ignore quelle est la pire.

L'investissement, don Julián ! L'affaire du congélateur. Arrêtez de divaguer et parlez-moi de lui, je vous en supplie !

Mais le banquier ne semblait pas avoir le don de lire dans les pensées d'autrui, de sorte qu'il poursuivit sa digression sur le futur aléatoire de Cuba, étranger aux préoccupations de son nouveau client.

— La première solution, celle défendue par l'oligarchie, supposerait que nous restions éternellement liés à la Péninsule, mais avec des pouvoirs propres de plus en plus étendus et une plus grande représentation au sein des Cortes espagnoles. De fait, les propriétaires des grandes fortunes de l'île investissent déjà des millions de réaux pour acheter des influences à Madrid.

De nouveau, la politesse imposa à Mauro d'intervenir :

— Pourtant, ce sont eux qui profiteraient davantage de l'indépendance : ils cesseraient de payer des impôts et des droits de douane, et ils commerceraient plus librement.

— Non, mon ami. L'indépendance serait pour eux le pire des choix car elle impliquerait la fin de l'esclavage. Ils perdraient les énormes sommes dépensées dans l'approvisionnement en esclaves et, sans le robuste bras africain trimant seize heures par jour dans les plantations, leurs affaires ne tiendraient pas trois semaines. Paradoxalement, vous saisissez l'ironie, ils sont, en quelque sorte, réduits eux-mêmes à l'esclavage par leurs esclaves. Leurs propres Nègres les empêchent de courir le risque d'être indépendants.

— Personne ne veut l'indépendance, alors ?

— Bien sûr que si, mais presque comme une utopie : une république libérale et antiesclavagiste, laïque si possible. Un bel idéal soutenu par des patriotes illuminés depuis leurs loges maçonniques, avec leurs réunions secrètes et leur presse clandestine. Toutefois il s'agit d'une illusion platonicienne, je le crains : la réalité est différente. Pour le moment, nous ne possédons ni les forces ni les structures pour vivre sans tutelle. Nous tomberions bien vite sous un nouveau joug.

Le mineur fronça les sourcils.

— Les États-Unis d'Amérique, mon distingué ami, poursuivit Calafat. Cuba est leur principal objectif au-delà de leur territoire continental. Nous avons toujours été dans leur ligne de mire, une espèce d'obsession. En cet instant précis, tout est freiné par leur guerre civile, mais quand ils auront fini de s'entre-tuer, seuls ou séparés, ils tourneront de nouveau leur regard vers nous. Nous occupons une position stratégique en face des côtes de la Floride et de la Louisiane, et plus des trois quarts de notre production sucrière vont vers le Nord. Chez nous, on les admire et ils s'y sentent à leur aise. D'ailleurs, ils ont proposé plusieurs fois à l'Espagne de nous racheter. Ça ne les amuse pas du tout que la plupart des innombrables dollars qu'ils paient pour sucrer leur thé et leurs biscuits échouent dans les coffres de la Couronne bourbonienne sous forme d'impôts. Vous me comprenez, n'est-ce pas ?

— Ces pourritures de gringos, encore une fois !

— Parfaitement, monsieur Calafat. Autrement dit, le dilemme de Cuba est le suivant : ou bien rester attaché à la cupide mère patrie, ou bien tomber entre les mains des margoulins du Nord.

— Sauf si on assiste au pire.

Le banquier ôta ses lunettes, comme si elles le gênaient malgré la légèreté de la monture en or. Il les posa soigneusement sur la table, puis il regarda Mauro de ses yeux de myope avant de préciser sa pensée :

— Le soulèvement des Noirs, l'ami. Une révolte des esclaves, quelque chose de semblable à ce qui est arrivé en Haïti au début du siècle, quand ils ont arraché leur indépendance aux Français. C'est la principale crainte de l'île, notre fantasme permanent : que les esclaves nous massacrent. Le cauchemar récurrent dans toutes les Caraïbes.

Le mineur acquiesça.

— Par conséquent, on est baisés dans tous les cas de figure, ajouta le Cubain, si vous me passez l'expression.

Mauro Larrea ne fut pas choqué par le mot. En revanche, il le fut davantage par la lucidité sans fard de Calafat.

— Et pendant ce temps-là, reprit ce dernier sur un ton railleur, nous restons ici, dans la Perle des Antilles, batifolant dans le luxe de nos salons et dansant un soir, oui, et le lendemain aussi, écrasés par l'indolence, le goût de paraître et l'étroitesse de vues. Tout est comme ça, dans cette île : aucune conscience, nulle existence d'un ordre moral. On trouve toujours des excuses à tout, une justification ou un prétexte. Nous ne sommes qu'un vaste rassemblement de négociants frivoles et irresponsables, exclusivement soucieux du présent. Personne ne veille à fournir une solide éducation à ses enfants, il n'y a pas de petites propriétés, presque tous les commerçants sont étrangers, les fortunes fondent comme neige au soleil sur les tables de jeu et il est extrêmement rare qu'une entreprise survive jusqu'à la seconde génération. Nous sommes vifs, sympathiques et généreux, voire passionnés, mais la négligence nous mangera finalement par la racine.

Intéressant, songea Larrea. Un bon portrait de l'île, succinct et pertinent. Et maintenant, monsieur Calafat, venez-en au fait, s'il vous plaît !

Cette fois-ci, son vœu fut exaucé.

— Voilà pourquoi je vous propose de vous joindre à nous en qualité d'actionnaire. Parce que vous êtes mexicain. Ou un Espagnol mexicanisé, ainsi que vous me l'avez expliqué, ce qui revient au même. En tout cas, votre fortune est d'origine mexicaine, là où vous retournerez, un pays frère et indépendant, et c'est ce qui m'importe avant tout.

— Pardonnez mon ignorance, je ne comprends pas encore très bien la raison.

— Si je vous tends la main aujourd'hui et que je vous associe ici à mes affaires, mon ami, je suis certain que vous en ferez autant chez vous à mon égard, au cas où la situation se détériorerait dans l'île et que je sois obligé de me rabattre sur d'autres territoires.

— La situation au Mexique n'est pas des plus favorables, en cet instant précis, pour de gros investissements, si vous me permettez cette remarque.

— Je ne le sais que trop. Pourtant elle s'arrangera à un moment ou à un autre. Et vous possédez de gigantesques richesses inexploitées. Je vous fais donc cette proposition de vous rallier à nous. Chacun son tour, comme on dit.

Des décennies de guerre civile, les coffres de l'État envahis par les toiles d'araignée, des tensions avec les puissances européennes... tel était en réalité ce que Mauro avait laissé dans sa patrie d'adoption. Si le banquier prévoyait un avenir plus lumineux, ce n'était pas à lui de lui ouvrir les yeux à son propre détriment.

— D'après vous, quand commencerait-on à toucher des intérêts dans cette affaire de bateau de viande congelée ? demanda-t-il en ramenant la conversation à son niveau le plus pragmatique. Excusez ma franchise, mais j'ai besoin de le savoir au plus vite : j'ignore la durée de mon séjour à Cuba.

— Environ trois mois, le temps de recevoir le premier chargement. Trois mois et demi, peut-être, selon la mer. En tout cas, tout est prêt : les machines ont été installées, les permis accordés...

Trois mois, trois mois et demi. Juste ce dont il avait besoin pour faire face à la première échéance de sa dette. Il pensa à Tadeo Carrús, hâve et rapace, priant la Vierge de Guadalupe de le laisser vivre assez longtemps pour contempler sa ruine. Et Dimas, son fils contrefait, comptant les balcons de sa maison au milieu de la nuit. Et Nico, vagabondant à travers l'Europe ou sur le point de rentrer.

— Et quels sont les bénéfices envisagés, don Julián ?
— Cinq fois la somme investie.

Il faillit s'exclamer : comptez sur moi, mon vieux ! Ce pourrait être la solution définitive. Son salut. Le projet semblait prometteur et sérieux, Calafat également. Et le délai, parfait pour toucher l'argent et revenir au Mexique.

Les chiffres et les dates menaient une ronde effrénée dans son cerveau, tandis que la voix de son fondé de pouvoir tonnait à nouveau dans le lointain. Soudoie un fonctionnaire du port pour qu'il te donne des tuyaux sur un chargement, livre-toi à la contrebande s'il le faut ; on a fait bien pis, toi et moi, en d'autres temps, quand on truandait sans arrêt avec le mercure pour les mines. Mais pas question d'entraîner avec toi une femme que tu connais à peine, et qui plus est dans le dos de son mari ! Ne joue pas avec le feu, bon Dieu !

— Vous m'accordez combien de temps pour me décider ?

— Pas plus de deux jours, je le crains. Deux des associés vont embarquer pour Buenos Aires et tout doit avoir été réglé avant leur départ.

Mauro se leva en s'efforçant de calmer le charivari de chiffres et de voix qui encombrait son cerveau.

— Je vous donnerai ma réponse le plus tôt possible.

Calafat lui serra la main.

— J'attends donc de vos nouvelles, mon cher ami.

Silence, Andrade, nom de Dieu ! cria Larrea à sa conscience tandis qu'il ressortait dans la chaleur et fermait à demi les yeux au contact brutal du soleil de midi. Il inspira avec force et sentit l'odeur de l'iode marin.

Tais-toi une bonne fois pour toutes, mon frère, et laisse-moi réfléchir.

15.

Mauro poursuivit ses calculs pendant qu'on prenait ses mesures et qu'il commandait deux costumes en coutil écru et quatre chemises en coton. Porcio, le tailleur italien recommandé par Calafat, se révéla aussi adroit à l'aiguille que bavard intarissable au sujet des modes en vogue dans l'île. Cet homme faisait preuve d'une habileté rare pour mesurer bras, jambes et dos, tout en dissertant d'une voix chantante sur les différences entre les vêtements portés par les Cubains eux-mêmes – tissus légers, couleurs claires, modèles simples – et ceux des péninsulaires qui allaient et venaient entre l'Espagne et sa dernière grande colonie, attachés à leurs redingotes aux larges revers et aux solides étoffes de la Meseta.

— Et à présent, monsieur n'a plus besoin que de deux panamas.

— Sur mon cadavre, grommela Mauro sans que le tailleur l'entende.

Il n'avait pas du tout l'intention d'imiter les Antillais, mais de lutter le mieux possible contre cette chaleur poisseuse en attendant d'y voir plus clair. Cependant, pour sa propre survie, il finit par céder en partie, remplaçant ses traditionnels chapeaux européens, avec une calotte moyenne en feutre et en castor, par un modèle plus clair et plus souple, d'une structure plus légère, avec un creux prononcé et un bord assez large pour se protéger de la canicule.

Cela fait, il se mit à réfléchir. Et à observer. Une partie de son cerveau continuait à analyser la proposition du banquier. L'autre disséquait l'atmosphère et étudiait les différents commerces alentour afin de voir ce qui se vendait et s'achetait à La Havane. Quelles transactions étaient réalisées, où l'argent s'échangeait-il, où trouver quelque chose d'accessible auquel Mauro pourrait se raccrocher. Il savait par avance que les mines de cuivre, rares et peu productives, ne représentaient pas une opportunité : elles étaient déjà entre les mains des grandes sociétés nord-américaines depuis que la Couronne espagnole avait assoupli ses réglementations, une trentaine d'années auparavant. Il savait aussi que la plus grande ressource de Cuba était le sucre. L'or blanc brassait des millions : d'immenses plantations consacrées à la culture de la canne à sucre, des centaines de raffineries pour son traitement et plus de quatre-vingt-dix pour cent de la production destinée aux exportations, une marchandise quittant ses ports en direction du monde entier et revenant sous forme d'abondants revenus en dollars, livres sterling ou *duros* d'argent. Le sucre était suivi de près par les productions de café et de tabac. D'où l'existence d'une richissime classe créole protestant souvent contre les impôts excessifs exigés par la mère patrie, mais n'envisageant jamais sérieusement son indépendance. Et, comme moteur nécessaire pour faire tourner la machine en permanence et continuer à générer de l'abondance à foison : des dizaines de milliers de bras esclaves trimant sans relâche du lever au coucher du soleil.

Ses flâneries le menèrent au-delà de la muraille par la porte de Monserrate, et il pénétra dans la zone la plus nouvelle et la plus vaste de la ville. Les ombres des arbres du Parque Central et les gargouillements de son propre ventre affamé le conduisirent jusqu'aux arcades d'un café qui s'appelait El Louvre, aux tables en marbre et aux fauteuils en rotin prêts pour le déjeuner. Il profita de la place abandonnée par un trio d'officiers en uniforme ; d'un geste, il indiqua au garçon qu'il prendrait en principe la même consommation que ce dernier venait d'apporter à deux étrangers assis à côté de lui, quelque chose qui avait l'air rafraîchissant et idéal pour combattre la chaleur torride.

— J'apporte tout de suite à monsieur son jus de sapote, répondit le jeune mulâtre.

En attendant, Mauro Larrea continua à penser, penser, penser.

— Monsieur souhaite-t-il déjeuner? demanda le garçon en observant le verre vidé en deux gorgées.

Pourquoi pas?

Il poursuivit ses cogitations avant qu'on lui serve un ragoût créole, et il fit de même en le mangeant accompagné de deux coupes d'un rosé français. À propos de l'offre de Calafat, à propos de Carola Gorostiza et des problèmes que lui posaient toutes les affaires liées à l'exploitation de la terre – canne à sucre, tabac, café. Outre le fait qu'il se sentait très éloigné de ce genre d'activité, il supportait difficilement la soumission au cycle naturel des récoltes. Finalement, une fois la ville plongée dans la somnolence des premières heures de l'après-midi et le ventre noué par le doute, il décida de regagner son hébergement.

— Vous avez une minute, monsieur Larrea?

La maîtresse de maison l'avait entendu entrer dans la fraîche galerie supérieure.

Répartis entre les hamacs et les rocking-chairs, et à l'abri de longs rideaux en fil blanc, les hôtes s'adonnaient de bon cœur au rituel de la sieste. Il avait partagé son dîner avec eux le soir de son arrivée : un Catalan représentant en papeterie, un robuste Nord-Américain qui avait bu à lui seul une carafe de vin rouge portugais, un prospère commerçant de Santiago de Cuba en visite dans la capitale, et une dame hollandaise, rondelette et à la langue incompréhensible, séjournant dans l'île pour une raison inconnue.

Doña Caridad l'avait arrêté alors qu'il se dirigeait vers sa chambre. Une femme mûre, bien en chair, vêtue de blanc des pieds à la tête comme la plupart des Havanaises, avec des cheveux noirs striés de quelques mèches grises et des manières dénotant beaucoup d'assurance malgré sa boiterie accusée. On lui avait dit qu'elle était l'ancienne maîtresse d'un chirurgien-major de l'armée espagnole. Elle n'avait pas reçu de pension de veuvage à la mort de ce dernier, mais avait hérité de cette maison, au grand dam de la famille légitime du défunt à Madrid.

— Quelque chose est arrivé pour vous.

Elle tira un pli cacheté d'un bureau voisin. Le nom de Mauro Larrea apparaissait à l'endroit, l'envers était vierge.

— Il a été remis à l'une de mes mulâtresses par un postillon, je n'en sais pas plus.

Il le glissa négligemment dans sa poche.

— Prendrez-vous un café avec le reste des hôtes, don Mauro ?

Il invoqua une vague excuse pour refuser. Il devinait l'expéditeur de la missive et brûlait d'envie d'en connaître le contenu.

Il s'enferma dans sa chambre ; il ne s'était pas trompé : Carola Gorostiza lui écrivait encore. À sa grande surprise, elle joignait un billet pour le soir même, au théâtre Tacón, où se donnait *La hija de las flores o Todos están locos*, de Gertrudis Gómez de Avellaneda. « J'espère que vous aimez les œuvres romantiques, disait-elle. Profitez-en bien. Je viendrai vous chercher le moment venu. »

Le romantisme ne lui faisait ni chaud ni froid. Il n'éprouvait même pas de curiosité à l'idée de découvrir le théâtre Tacón – magnifique, d'après la rumeur –, qui devait son nom à un ancien capitaine général espagnol, un de ces militaires vaincus à la bataille d'Ayacucho, dont l'ombre planait encore sur Cuba trois décennies après sa destitution.

— Encore invité à un bal de la haute à El Cerro, monsieur Larrea ?

La question résonna derrière son dos quelques heures plus tard. La nuit était tombée, on avait allumé les premières bougies dans la galerie et le patio dégageait une odeur de plantes fraîchement arrosées. Comment fichtre cette femme sait-elle où je vais et où je ne vais pas ? pensa-t-il alors qu'il se retournait. Mais doña Caridad lui coupa la parole avant qu'il n'ait eu le temps de répondre. Le détaillant d'un regard approbateur, elle lui dit :

— On est au courant de tout, dans cette médisante Havane, cher monsieur. D'autant plus s'il s'agit d'un gentleman avec votre prestance et vos moyens.

Mauro portait un frac, venait de se baigner ; ses cheveux étaient humides et sa peau sentait le rasoir et le savon. Mêlez-vous de vos affaires et fichez-moi la paix ! faillit-il répliquer à la maîtresse de maison, ce qui aurait détonné avec son apparence. Il ravala donc sa phrase pour cette raison, et aussi pour la conserver comme alliée au cas où il aurait besoin d'elle.

— Eh bien, ce gentleman avec sa prestance et ses moyens, comme vous dites, a le regret de vous annoncer qu'il ne se rend à aucun bal ce soir.

— Alors où, si vous me permettez cette indiscrétion ?

— Au théâtre Tacón.

Elle s'approcha, traînant la jambe sans complexe.

— Savez-vous qu'il existe une expression très havanaise que tous les visiteurs finissent par apprendre ?

— Je brûle de la connaître, répondit-il, goguenard.

— À La Havane, trois choses suscitent de l'admiration : El Morro, la Cabaña et le lustre du Tacón.

El Morro et la Cabaña – les forteresses défensives du port qui accueillaient et congédiaient tous les voyageurs –, il les avait contemplées en arrivant à La Havane à bord du *Flor de Llanes*, et il les apercevait de nouveau chaque fois que ses pas le rapprochaient de la baie. Pour découvrir le lustre du Tacón – une gigantesque lampe en cristal de fabrication française suspendue au plafond –, il lui suffit juste d'attendre qu'une voiture de louage le conduise au théâtre.

Il s'installa dans l'un des fauteuils d'orchestre conformément aux instructions de la missive ; il salua d'un hochement de tête courtois à gauche et à droite, puis il observa les détails autour de lui. Il ne fut guère ébloui par les décorations blanc et or des cinq étages imposants ou par les balustrades recouvertes de velours devant les loges ; il se désintéressa même du mythique lustre. Il cherchait uniquement, parmi les centaines de spectateurs occupant peu à peu leurs sièges, le visage de Carola Gorostiza, et il balaya donc d'un œil avide l'orchestre, les loges et les balcons, les promenoirs, le poulailler et même la scène. Il faillit emprunter les jumelles en bronze et en nacre que sa resplendissante et mûre voisine arborait sur les brocarts de son buste, tandis qu'elle susurrait des douceurs à l'oreille de son cavalier, un jeune homme aux favoris frisés, de quinze à vingt ans plus jeune qu'elle.

Il se retint de justesse. Du calme, mon vieux, du calme. Elle apparaîtra tôt ou tard.

Elle ne vint pas. En revanche, il eut de ses nouvelles par un mot qu'un placeur lui glissa au moment où l'immense salle commençait à s'obscurcir. Il déplia rapidement le papier et réussit à le déchiffrer avant l'extinction de la dernière lumière. «Petit salon de la loge des comtes de Casaflores. Entracte.»

Mauro aurait été incapable d'affirmer que la représentation avait été sublime, acceptable ou nulle. Un seul qualificatif lui vint à l'esprit : effroyablement longue. Telle fut du moins son impression, peut-être parce que, plongé dans ses pensées, il ne prêta attention ni à l'intrigue ni aux voix des comédiens. Dès que les applaudissements envahirent la salle, il se leva, soulagé.

Le salon où Carola Gorostiza lui avait donné rendez-vous se révéla être une pièce richement décorée, de taille moyenne, où les hôtes abonnés offraient, selon la coutume, des rafraîchissements à leurs amis et connaissances pendant l'entracte. Personne ne lui demanda qui il était ni qui l'avait invité alors qu'il franchissait l'épais rideau de velours. Les esclaves noirs, revêtus de leur luxueuse tenue, passaient des plateaux en argent remplis de liqueurs, de carafes d'eau où surnageaient des glaçons, ainsi que de verres taillés pleins de boissons à la goyave et à l'anone. L'auteure du message parut bientôt. Vêtue d'une magnifique robe en satin corail, une impressionnante parure de rubis autour du cou et son épaisse chevelure ornée de fleurs : pour que tout le monde la remarque. Surtout lui.

Si elle nota la présence de Larrea, elle se garda bien de le montrer et décida de l'ignorer un certain temps. Il se contenta d'attendre ; de temps à autre, il gratifiait d'un bref salut quelqu'un qu'il avait croisé au bal de Casilda Barrón, à El Cerro, ou dont le visage lui paraissait vaguement familier.

Elle s'approcha finalement, flanquée de deux amies ; tandis qu'elle amenait adroitement le groupe vers un des côtés de la salle, ils échangèrent formules de politesse et phrases convenues : sur la pièce, sur la magnificence du théâtre, sur le maintien de la vedette. Soudain, Carola se racla la gorge, et, à ce signal, ses deux compagnes s'éclipsèrent dans un tournoiement de soie et de taffetas. La sœur d'Ernesto en vint enfin au fait.

— Quelque chose pourrait éventuellement vous intéresser. Tout dépend de vos scrupules.

Il haussa un sourcil curieux.

— Nous ne sommes pas à l'endroit le plus indiqué pour entrer dans les détails, ajouta-t-elle en baissant la voix. Allez demain matin au magasin de vaisselle Casa Novás, rue de la Obrapía. Il y aura une réunion à onze heures pile. Déclarez que vous venez de la part de Samuel.

— Qui est Samuel ?

— Un Juif prêteur sur gages des environs. Annoncer qu'on vient de sa part, c'est comme se recommander de l'évêque ou du capitaine général : un contact faux mais sûr. Tout le monde connaît Samuel et personne ne doutera qu'il vous a mis sur le coup.

— Dites m'en un peu plus.

Elle soupira, ce qui accentua un décolleté plus profond et plus audacieux que celui des Mexicaines lors des soirées mondaines de la capitale.

— On vous mettra au courant.

— Vous-même, ou vous deux ?

Elle battit des cils, comme surprise de l'impudence d'une flèche aussi directe. Tout autour on entendait les bouchons sauter et les tintements des rires et du cristal ; l'air s'emplissait de voix et d'une chaleur dense et poisseuse comme le miel.

— Comment cela, nous deux ?

— Vous et votre époux participerez à ce négoce ?

Un rire cassant s'étrangla dans la gorge de Carola.

— Même pas en rêve, mon bon ami.

— Pourquoi pas ? S'il s'agit d'une bonne affaire.

— Parce qu'en théorie nous ne disposons pas des liquidités nécessaires.

— Je vous rappelle que vous avez votre héritage.

— Je vous rappelle que je m'efforce de le tenir hors de portée de mon mari pour des raisons personnelles, qu'avec votre permission je préfère garder pour moi.

Tout cela ne regarde que vous, en effet, chère madame. Loin de moi l'idée de m'immiscer dans vos problèmes conjugaux. En cet instant, je n'ai besoin que de votre argent,

Carola Gorostiza. Votre conjoint, vos manigances et vos incohérences me sont tout à fait étrangers, et je préfère qu'il en soit ainsi.

Voilà ce qu'il pensait, mais la phrase qu'il prononça fut toute différente :

— Je peux l'investir pour vous sans que lui ni personne ne le soupçonne. Le multiplier.

Le sourire de Carola Gorostiza se figea sur ses lèvres, qui pâlirent, et la stupeur se peignit sur son visage.

— Je vous propose de joindre votre capital au mien, de m'engager pour nous deux, précisa Mauro Larrea sans lui donner le temps de réagir. J'évaluerai en son temps cette transaction dont vous refusez de me donner les détails, mais je vous indique d'ores et déjà que j'en ai une autre en réserve. Sûre et rentable. Garantie.

— C'est une proposition excessivement risquée, je vous connais à peine, murmura-t-elle.

Elle manifesta son désarroi en agitant élégamment un magnifique éventail en plumes de marabout, d'un corail intense assorti à sa robe. Néanmoins elle parut récupérer son sang-froid en un éclair, le sang afflua à son visage et elle se remit à distribuer des saluts à la ronde.

Il continua à insister, insensible à ses efforts pour faire bonne figure au milieu des invités. Ferme, convaincu. C'était son unique atout. Et le meilleur moment pour l'abattre.

— Il est prévu un délai de trois mois pour commencer à toucher des intérêts, vos investissements augmenteront dans de larges proportions et entre-temps je vous garantis une confidentialité absolue. Il me semble que je vous ai déjà prouvé mon honnêteté. Si j'avais voulu vous gruger et vous voler, ce ne sont pas les occasions qui ont manqué depuis que votre frère m'a confié votre argent. Je vous offre juste de l'employer anonymement pour le faire fructifier comme mes propres capitaux. Nous y gagnerons tous les deux, n'en doutez pas.

Je t'ai vu poser un pistolet sur la table devant des vétérans rodés au combat pour négocier pied à pied le prix d'une escorte. Je t'ai vu affronter le diable lui-même dans un bras de fer féroce pour t'emparer d'une concession que tu avais repérée. Je t'ai vu soûler tes adversaires dans un bordel pour leur soutirer des informations sur le tracé d'un filon riche en minerai. Mais je ne te croyais pas capable d'acculer ainsi une femme pour lui rafler son argent! La voix d'Andrade martelait de nouveau sa conscience, comme lui-même avait cogné sur les parois des mines en son temps. Avec une force brute, avec rage. Les longues années qu'ils avaient passées ensemble avaient appris à Mauro à prévoir les réactions de son fondé de pouvoir, et à présent, tel un poids mort, elles l'empêchaient de se libérer de son emprise.

Je n'abuse de personne, mon vieux, lui rétorqua-t-il mentalement tandis que Carola Gorostiza, hésitante, se mordait la lèvre inférieure. Je ne suis pas en train de séduire une oie blanche comme Fausta Calleja. Cette femme n'est pas une douce brebis qu'un homme trompe pour la fourrer dans son lit ou lui voler son cœur. Elle sait ce qu'elle veut, où sont ses intérêts. Et rappelle-toi que c'est d'abord elle qui a essayé d'obtenir quelque chose de moi.

Et le mari, tu en fais quoi, du mari, espèce d'insensé? insista l'ombre d'Andrade. Qu'arrivera-t-il si ce requin de Zayas découvre tes manœuvres auprès de son épouse? J'y réfléchirai quand ça arrivera. Pour le moment, fiche le camp, je t'en conjure. Sors de ma tête une bonne fois pour toutes!

— Pensez-y calmement. Les participants à ce projet sont des gens absolument irréprochables, poursuivit-il, penché sur l'oreille de la jeune femme. Faites-moi confiance.

En même temps qu'il s'écartait d'elle, mû par un réflexe de prudence, il tourna les yeux vers l'entrée. Il aperçut alors Gustavo Zayas qui soulevait le rideau de velours et franchissait le seuil. Un gros cigare à la bouche, le port altier et une ombre indéchiffrable sur le visage – entre le trouble et la mélancolie.

Les deux hommes ne se dévisagèrent pas mais leurs yeux se croisèrent; à peine, d'une façon presque imperceptible quoique évidente pour les deux. Comme deux calèches en sens inverse dans n'importe quelle rue étroite de La Havane, ou deux personnes qui veulent passer ensemble par une porte. Des regards en coin, subreptices, qu'ils détournèrent aussitôt.

La foule avait envahi le salon et Carola Gorostiza s'était éclipsée. Les corps se frôlaient sans la moindre retenue :

épaules contre dos, hanches contre reins et bustes féminins contre bras masculins, dans un entassement humain qui ne paraissait gêner personne. Il était difficile de distinguer la composition des groupes et de saisir la teneur des conversations. Au milieu d'une masse aussi compacte, peut-être Gustavo Zayas n'avait-il pas surpris cette conversation privée entre sa femme et cet inconnu. Ou peut-être que si.

Mauro Larrea n'assista pas à la deuxième partie du spectacle. Il accepta un dernier verre, laissa sortir tout le monde avant lui. En se reprochant amèrement de ne pas avoir arraché un oui définitif à Carola, il contempla les planches accrochées aux murs : dessins à la plume de dons juans, bouffons, barytons dramatiques, damoiselles pâmées aux longues chevelures brunes baignées par les larmes de quelque jeune premier.

Quand il eut estimé que tous avaient rejoint leurs places, lorsqu'il fut certain que le légendaire lustre du Tacón avait éteint ses lumières et que le silence s'était étendu sur le théâtre tel un gigantesque manteau, il descendit à pas feutrés l'escalier en marbre et s'évapora dans la nuit tropicale.

16.

Pendant toute la matinée, il arpenta la rue de la Obrapía. Avec Santos Huesos en guise d'éclaireur.

— Vas-y, lui ordonna-t-il. Entre et décris-moi ce que tu as vu.

C'était la quatrième fois qu'ils passaient devant le magasin de vaisselle.

— Il faut que j'aie une bonne raison pour entrer, lui répliqua le Chichimèque avec sa prudence habituelle.

— Achète n'importe quoi, dit Mauro en fourrant la main dans sa poche et en lui donnant une poignée de pesos. Un sucrier, un pot, ce qui te passera par la tête. L'important, c'est que tu voies ce qu'il y a dedans. Et surtout qui.

Le domestique se faufila par la porte vitrée. Celle-ci portait une pancarte : « Casa Novás, Faïences fabrication maison et d'importation. » À sa gauche, derrière une vitrine, des étagères présentaient diverses pièces de vaisselle courante – des piles d'assiettes, une grande soupière, des cuvettes de plusieurs tailles, l'image du Sacré Cœur de Jésus. Rien d'exceptionnel, de la vaisselle banale, celle que tout chrétien utilisait chez lui au long de l'année.

Santos Huesos finit par sortir, tenant à la main un petit paquet enveloppé dans une page d'un vieux numéro du *Diario de La Marina*. Mauro Larrea l'attendait au coin de la rue de l'Aguacate.

— Quoi de neuf, mon garçon ? demanda-t-il avec sa familiarité habituelle quand ils se mirent à marcher – un don Quichotte sans barbe ni Rossinante et nettement plus jeune que l'original, et un Sancho Panza mince, la peau couleur bronze, foulant un territoire qui leur était totalement inconnu.

— Quatre employés et un monsieur qui pourrait être le propriétaire.

— Âge ?

— Je dirais celui de don Elías Andrade, plus ou moins.

— La cinquantaine ?

— Oui, environ.

— Tu l'as entendu parler ?

— Impossible, patron ; il avait la tête penchée sur des livres de comptes. Il n'a pas levé les yeux de tout le temps que j'ai passé à l'intérieur.

Ils continuèrent à se frayer un passage à travers la foule, à l'ombre des stores multicolores.

— Et les vêtements ? Comment était-il habillé ?

— Très bien, comme un vrai monsieur.

— Comme moi ?

Il avait reçu un des costumes du tailleur italien tôt ce matin-là. Appréciant sa légèreté et sa fraîcheur, il l'avait immédiatement enfilé, et doña Caridad l'avait gratifié d'un regard approbateur.

— Oui, avec une tenue tout comme vous, aussi beau qu'un de ces fichus Havanais. Dommage que la petite Mariana et le petit Nicolás puissent pas vous voir.

Ils ne ralentirent pas leur marche tandis que Mauro ôtait son chapeau et en assenait un coup sec mais inoffensif sur la tête de l'Indien.

— Un seul mot de plus et je te coupe les burnes puis je me les bouffe grillées au petit-déjeuner. Quoi d'autre ?

— Les employés étaient tous habillés pareil, avec une sorte de blouse grise boutonnée de haut en bas.

— Ils étaient blancs ou noirs ?

— Bien pâlichons, comme les murs.

— Et la clientèle ?

— Pas grand monde, mais ils mettaient du temps à être servis parce qu'un seul des employés s'occupait d'eux.

— Et le reste ?

— Ils remplissaient des caisses et préparaient des paquets. Des commandes, je dirais, pour les livrer ensuite à domicile.

— Et sur les rayons ? Dans les vitrines ?

— De la vaisselle et encore de la vaisselle.

— De la belle, comme celle qu'on avait à San Felipe Neri ? Ou de la courante, comme celle de Real de Catorce, avant de partir pour la capitale ?

— Moi, je dirais comme aucune des deux.

— Explique-toi.

— Ni aussi luxueuse que la première ni aussi simple que la seconde. Plutôt comme celle de maintenant chez doña Caridad.

Celle qu'on voit dans la devanture, conclut Mauro. Et il fut de nouveau taraudé par le doute. Quel genre de négoce rentable pourrait-on tirer de cet établissement anodin ? La Mexicaine voulait-elle qu'il s'associe avec un vendeur de vases et de pots de chambre, un vieillard cacochyme, qui plus est, dont il pourrait hériter ? Et pourquoi lui fixer un rendez-vous à onze heures du soir, alors que dans toute La Havane on commençait à se goinfrer, qu'on sortait les jeux de carte et que les musiciens accordaient leurs instruments pour les bals et les fêtes ?

Il dut attendre une journée pour obtenir une réponse. Le soir, il quitta la pension à onze heures moins vingt, de nouveau vêtu de son habituelle tenue sombre. Il régnait encore beaucoup d'agitation dans les rues en dépit de l'heure ; il lui fallut ainsi se jeter plusieurs fois sur les côtés pour ne pas être écrasé par une de ces extravagantes calèches découvertes qui sillonnaient la nuit antillaise, transportant vers quelque fête des messieurs très distingués et de belles Havanaises aux yeux noirs et aux épaules nues, aux rires insouciants et à la longue chevelure parsemée de fleurs. Certaines lui décochèrent une œillade provocatrice, une le salua d'un coup d'éventail, une autre lui sourit.

— Foutu Yankee ! marmonna-t-il en se rappelant l'origine de sa ruine.

Évoquer le mort lui permettait au moins de se défouler.

Santos Huesos l'accompagnait de nouveau, mais il resta dehors.

— Ne bouge pas de l'entrée, compris ? lui dit Mauro avant d'entrer.

— À vos ordres, patron. Je vous attendrai. Jusqu'à l'aube s'il le faut.

Il était vingt-trois heures deux quand il poussa la porte.

La boutique était plongée dans l'obscurité et apparemment vide ; il distingua néanmoins le reflet d'une lumière tout au fond et le bruit étouffé d'une conversation.

— Qui va là ?

La première réaction de Mauro Larrea fut de porter sa main au pistolet fixé à son ceinturon. Mais le ton peu hostile de son interlocuteur, sans doute un simple esclave, le rassura.

— Ou dites-moi seulement de la part de qui vous venez.

— De la part de Samuel.

— Allez-y, alors. Vous êtes chez vous, Votre Grâce.

Il dut traverser un large couloir rempli de grossières caisses en bois et de tas de paille empilés contre les murs avant d'arriver au lieu du rendez-vous – il devina que c'était là qu'on emballait les marchandises. Ensuite il atteignit une cour puis, à son extrémité, deux grandes portes entrouvertes.

— Bonsoir, messieurs, salua-t-il sobrement en franchissant le seuil.

— Bonsoir à vous, répondirent presque en chœur les présents.

Les cinq sens en alerte, il passa en revue la pièce.

La vue, d'abord, lui permit de constater que les rayonnages de cet endroit du magasin supportaient sans aucun doute ce qui constituait le véritable objet de ce commerce, au-delà de la façade de cuvettes, de vases bon marché et de figurines de saints miraculeux. Mesurant d'emblée la qualité des produits, il remarqua des dizaines d'articles sophistiqués en porcelaine fine provenant du monde entier. Statuettes de Derby et du Staffordshire détournées de leur destination, la Jamaïque anglaise, chevrotains porte-musc et scènes pastorales en porcelaine de Meissen, poupées en biscuit, bustes d'empereurs romains, pièces de majolique. Et même des potiches, des paravents et des personnages cantonais importés d'Orient via le port de Manille, après avoir échappé aux rigoureux contrôles douaniers établis par la Couronne entre ses dernières colonies.

Puis l'odorat lui fit flairer des relents de contrebande.

L'ouïe lui indiqua ensuite que les voix des personnes présentes – d'aspect très respectable – s'étaient arrêtées brusquement, dans l'attente que le nouvel arrivant se présente.

Le toucher, pour sa part, lui conseilla qu'il valait mieux retirer sur-le-champ ses doigts de la culasse de son revolver, une arme qu'il avait obtenue d'un trafiquant des années auparavant par des moyens guère plus honnêtes que les affaires traitées ici.

Et le goût lui ordonna enfin de ravaler immédiatement cette boule d'incertitude mâtinée de défiance qu'il remâchait depuis le matin.

Contrebande d'objets décoratifs de luxe, voilà donc le type d'affaire auquel Mme Zayas veut me mêler, songea-t-il. Rien qui n'éveille excessivement mes scrupules, d'ailleurs, c'est une activité ni trop louche ni spécialement honteuse. En revanche, avec autant d'associés, je doute que tout cela débouche sur de gros bénéfices. Ce genre de pensées occupait son esprit tandis qu'il tendait la main et saluait un à un les sept hommes présents. Mauro Larrea, à votre service ; Mauro Larrea, enchanté. À quoi bon cacher son nom : chacun pourrait aisément s'informer à son sujet dès le lendemain matin.

Ils ne dissimulèrent pas non plus qui ils étaient : un colonel de la milice, le patron du Le Grand, un célèbre restaurant français, un producteur de tabac, deux hauts fonctionnaires espagnols. À sa grande surprise, Mauro découvrit la présence de Porcio, le loquace tailleur italien à qui il devait le costume qu'il avait porté toute la journée. S'ajoutait à ces six individus Lorenzo Novás, le propriétaire.

Malgré la valeur indiscutable des pièces qui les environnaient, l'endroit n'était qu'une boutique aux murs écaillés. Le mobilier se réduisait à une grossière table en bois flanquée de deux bancs. Sur la table, une bouteille de rhum et quelques verres à moitié remplis, une botte de cigares attachés par un ruban en coton rouge et deux briquets à amadou – cadeau de la maison, supposa-t-il.

— Bien, messieurs...

Novás, cérémonieux, frappa du bout des doigts sur la table pour attirer l'attention. Les conversations s'interrompirent.

— D'abord, je tiens à vous remercier de la confiance que vous me témoignez pour mener à bien cette prometteuse aventure. Cela dit, permettez-moi de ne pas perdre plus de temps et de commencer tout de suite par les questions importantes que vous attendez tous. En premier lieu, je voudrais vous annoncer que notre futur bateau mouille d'ores et déjà au quai de Regla. Il s'agit d'un brick des chantiers de Baltimore, rapide et bien armé, comme la plupart des embarcations qui sortaient de là avant que les Yankees n'entrent en guerre. De ceux qui naviguent comme des cygnes lorsque soufflent des vents favorables et se défendent vaillamment quand ils sont contraires. Rien à voir avec un simple sloop de cabotage ou une vieille goélette de l'époque du siège de Pensacola : un excellent navire, je vous le garantis. Avec quatre canons modernes et des soutes réaménagées avec plusieurs entreponts pour optimiser l'arrimage des marchandises.

L'auditoire acquiesça à voix basse.

— J'ai également le plaisir de vous préciser que nous avons aussi un capitaine : il vient de Málaga, c'est quelqu'un d'expérimenté avec des contacts intéressants parmi les agents et les officiers des douanes de la zone. De confiance absolue, vous pouvez me croire ; une catégorie de plus en plus rare par les temps qui courent. Il s'occupe à présent du recrutement, vous savez de quoi je parle : le second, les pilotes, un sous-officier, le chirurgien. On hissera bientôt le drapeau et le second se mettra à chercher des marins. Pour ce genre d'activités, on recrute habituellement un équipage mixte...

— De la racaille, grommela quelqu'un.

— Des gens courageux et expérimentés, parfaitement adaptés à ce qui nous occupe, coupa net le faïencier. Je n'en voudrais pas comme gendres, mais ils ont toutes les capacités requises pour le travail qui les attend.

Des demi-sourires sardoniques se dessinèrent sur trois ou quatre visages ; le tailleur italien fut le seul à s'esclaffer. Mauro Larrea, lui, serrait les mâchoires, dans l'expectative.

— Quarante hommes décidés, en tout cas, poursuivit Novás, qu'on paiera quatre-vingts pesos par mois plus une gratification de trente-cinq pesos par pièce arrivant à bon port dans des conditions satisfaisantes, comme c'est l'usage.

À tout hasard, j'ai insisté auprès du capitaine pour qu'il choisisse avec un soin tout particulier le cuisinier – de bons repas limitent les risques de mutinerie.

— On pourrait peut-être leur donner une des délicieuses recettes du *Le Grand,* intervint de nouveau l'Italien, qui se voulait drôle.

Ce prétendu trait d'humour n'amusa personne, et encore moins le propriétaire du restaurant. Le faïencier fit comme s'il n'avait pas entendu et reprit la parole :

— On a commandé à un tonnelier deux cents barriques pour l'eau. Le reste du ravitaillement sera acheté ces jours-ci : des boucauts de mélasse et de liqueurs, des barils de lard, des sacs de pommes de terre, de haricots et de riz. La saintebarbe sera remplie de poudre à ras bord, et un forgeron prépare tout le matériel nécessaire pour… – il y eut un silence, puis un raclement de gorge – maintenir le chargement convenablement fixé, vous me comprenez.

Presque tous acquiescèrent, pour la troisième fois, par une mimique ou un son rauque.

— D'après vous, quand devraient être terminés les préparatifs ? s'inquiéta le restaurateur.

— Au plus tard dans trois semaines. Pour éviter le moindre soupçon, le bateau aura Puerto Rico pour destination officielle, même si ensuite il tracera sa route vers là où nous savons. Au retour, cependant, il n'est pas prévu d'accoster à La Havane : le débarquement s'effectuera dans une baie inhabitée, proche d'une raffinerie de sucre où l'on aura déjà mis au point l'accueil.

— Je ne veux pas précipiter les événements, mais le déchargement est-il déjà organisé ?

Maintenant, c'était l'un des Espagnols qui demandait davantage de détails.

— Bien entendu. On utilisera des canots et les actionnaires arriveront par la terre, en calèche, pour procéder à la répartition des lots dès qu'on apprendra leur arrivée. Après, en fonction de l'état du bateau, on décidera de le saborder et de le brûler, ou bien de le réaménager et de le revendre pour une nouvelle opération.

Des précautions bien excessives, pensa Mauro Larrea après avoir écouté attentivement. Mais c'était sans doute la façon de procéder dans cette île. Très différente de celle du Mexique, en tout cas, où les contrôles étaient beaucoup moins rigoureux pour ce genre d'opérations clandestines. Il supposa que les longs tentacules de la bureaucratie péninsulaire, menaçants et toujours omniprésents, exigeaient de telles dispositions.

— Quant à l'implication de chacun des associés, poursuivit Novás, je vous rappelle que le montant total de cette entreprise est divisé en dix parts égales...

Le cerveau de Mauro Larrea aligna les chiffres. Il n'y arrivait pas à lui tout seul. Il suffisait d'un rien. Un très gros rien.

— ... dont trois me reviennent, en ma qualité d'armateur.

Les paroles du faïencier furent saluées par des grognements approbateurs tandis que Larrea continuait ses conjectures. Il n'avait pas la somme nécessaire, en effet, mais si Carola Gorostiza acceptait...

— Et les délais, du début à la fin de l'expédition? demanda alors le colonel.

— Entre trois et quatre mois, environ.

Mauro eut un pincement au cœur : pareil que pour le congélateur. C'était jouable en cas d'accord de Carola. Risqué, certes, et il était pris à la gorge par les taux féroces de Tadeo Carrús. Mais même comme ça. Finalement. Pourquoi pas?

— Ça dépendra des conditions de navigation, bien sûr, reprit Novás tandis que le mineur cessait d'échafauder d'hypothétiques calculs pour l'écouter. En général, chaque trajet n'exige pas plus d'une cinquantaine de jours, mais la durée définitive est fonction de l'approvisionnement, selon qu'il s'effectue sur la terre ferme ou sur des plateformes flottantes proches des côtes. Il y a aussi une autre inconnue : la disponibilité de la marchandise au moment voulu. Parfois on a de la chance et on réalise d'excellents achats sans même avoir à toucher terre.

— À quel prix?

— C'est l'offre qui le détermine. Autrefois, on réalisait des opérations rentables en échange de quelques barils d'eau-de-vie, de coupons d'étoffes multicolores ou d'une demi-douzaine de tonneaux de poudre ; on pouvait même se contenter d'un sac rempli de miroirs et de verroterie pour décrocher quelque chose d'intéressant. Mais plus maintenant. Les officiers des douanes sont des intermédiaires impitoyables, et il est absolument impossible de les tenir à l'écart.

— Et combien... combien de pièces de marchandise arrivent à destination dans un état acceptable ? voulut savoir l'autre fonctionnaire avec son rude accent métropolitain.

— On estime les pertes à dix pour cent durant le voyage, ce qui nous fait un chiffre d'environ six cent cinquante.

Le faïencier paraissait avoir réponse à tout : il jouissait à l'évidence d'une solide expérience en la matière.

— Et le bénéfice une fois là ? demanda quelqu'un d'autre.

— Cinq cents pesos en moyenne et par unité.

Il y eut un murmure général qui n'était pas précisément de satisfaction. Maudits usuriers, songea Mauro. À quelle foutue somme s'attendaient-ils ? Pour lui, ça représentait une quantité non négligeable. Les chiffres recommencèrent leur ronde effrénée dans son esprit.

L'armateur interrompit de nouveau ses pensées.

— Dans certains cas, les gains seront bien sûr plus élevés. Le prix est variable, comme vous le savez, selon l'âge, la taille, l'état général. Il peut même atteindre le double pour celles qui portent des petits.

Certains détails échappaient à Mauro, il préféra néanmoins écouter et le laisser finir.

— Et dans d'autres ce sera le contraire, en particulier pour les produits endommagés. Il va sans dire que nous parlons toujours de pièces entières.

Logique. Personne ne voudrait d'un récipient ébréché ou d'un angelot manchot.

— Ce qui signifie vivantes.

Des pièces vivantes, qui avaient besoin d'eau, dont la valeur dépendait de l'état général, qui risquaient de périr pendant la traversée, qui avaient peut-être des petits dans le ventre. Rien ne collait avec les stocks entreposés sur les rayonnages de ce magasin.

À moins que... À moins que le négoce monté dans ce magasin n'eût pas exactement pour objectif le transport de colifichets en porcelaine dans la cale du brick de Baltimore.

Soudain il comprit, et sa bouche faillit lâcher un « bonté divine ! » atterré.

Ces individus ne parlaient pas d'un commerce de petites figurines et de porcelaine. Ils évoquaient des corps, des respirations.

La traite négrière dans toute son horreur.

17.

Il attendit le banquier en jetant des regards anxieux par-delà le portail grand ouvert. N'avaient pénétré jusqu'alors dans les bureaux du rez-de-chaussée que deux employés aux écritures et trois jeunes esclaves munies de serpillières et de balais.

Il avait très mal dormi et, pour atténuer les effets de l'insomnie, il avait déjà bu trois tasses de café à La Dominica, l'élégant établissement situé au coin de O'Reilly et de Mercaderes, à quelques centaines de mètres du domicile de Calafat.

Il commençait à pester contre la propension des riches Havanais à se lever tard quand, un peu après neuf heures et demie, il aperçut la silhouette inimitable du vieillard qui se profilait dans le vestibule.

— Monsieur Calafat ! l'appela-t-il d'une voix puissante tout en traversant la rue en trois enjambées.

Ce dernier ne parut pas surpris de sa présence.

— Enchanté de vous revoir, mon ami. Si vous venez donner une réponse affirmative à ma proposition, vous ne savez pas à quel point cela me réjouit. Le courrier qui emmène nos hommes en Argentine part cet après-midi même et...

Le mineur serra les poings. Il avait raté l'occasion, cette affaire lui échappait. Mais il y en aurait peut-être une autre. Pas sûr ! Ou bien si ?

— Pour le moment, je ne suis ici que pour une consultation rapide, dit-il sans s'engager.

— Je vous écoute.

— Rien de difficile ni de compliqué ; j'ai juste besoin d'informations sur une autre transaction. J'envisage en effet différentes possibilités.

Ils entrèrent dans le bureau, s'assirent de nouveau de part et d'autre de la table en acajou, dans la fraîche pénombre des volets à moitié tirés.

— Alors ? Que vous vous associiez ou non à notre projet de bateau congélateur, je suis dépositaire de vos biens, pour le moment, et donc à votre entière disposition.

Mauro n'y alla pas par quatre chemins.

— Que pensez-vous de la traite ?

Le banquier lui non plus ne se mordit pas la langue.

— Que c'est une activité louche.

Le qualificatif resta en suspens dans l'air. Louche. Une activité louche, avec tout ce que cet adjectif pouvait signifier.

— Poursuivez, je vous prie.

— Elle n'est pas proscrite par les lois espagnoles en application dans les Antilles, bien que nous soyons en principe convenus de son abolition avec les Britanniques, les premiers à l'avoir supprimée. Pour cette raison, les bateaux anglais surveillent l'application de leur loi avec beaucoup de zèle dans l'Atlantique et les Caraïbes.

— Malgré tout, elle continue à Cuba.

— Dans des proportions plus réduites qu'avant, mais c'est vrai, semble-t-il. Ses jours de gloire, si vous me permettez cette expression plutôt macabre, se sont déroulés au début du siècle. Aujourd'hui, tout le monde sait que ce trafic reste actif et qu'on débarque encore des milliers de malheureux sur nos côtes.

— Des chargements d'ébène, dit-on, n'est-ce pas ?

— Ou de charbon.

— Et qui s'en occupe, normalement ?

— Des gens comme ceux que vous avez déjà rencontrés, Larrea, si j'en crois vos questions. N'importe qui en mesure d'armer un bâtiment et de financer tout ou partie de l'expédition. Des commerçants ou des entrepreneurs mêlés en général à des affaires plutôt opaques. Parfois même un opportuniste prêt à jouer le tout pour le tout dans cette loterie.

— Et les grands propriétaires de plantations de canne à sucre ? Ceux du café et du tabac ? Ils n'y participent pas ? Ce sont pourtant eux les principaux bénéficiaires de la main-d'œuvre africaine.

— Les oligarques sucriers, comme les autres, sont de plus en plus opposés à la traite, si étonnant que cela puisse paraître. Mais ne vous y trompez pas : par peur et non par compassion. L'île connaît une croissance énorme de la population noire ; si des bateaux remplis d'esclaves continuent à arriver, eh bien, le risque de révolte augmentera proportionnellement. Voilà leur principale crainte, voyez-vous. D'où leur position, qui convient le mieux à leurs intérêts : ils refusent une nouvelle importation de bras noirs, mais rejettent catégoriquement l'abolition de l'esclavage.

Larrea fronça les sourcils, prit quelques secondes pour digérer l'information.

— C'est à la portée de tout le monde, don Mauro. Vous ou moi-même pourrions nous transformer en armateurs négriers avec une extrême facilité, si nous le voulions.

— Mais nous ne le voulons pas.

— Moi, je n'en ai pas la moindre intention. Vous, je l'ignore.

Avec l'objectivité propre à son métier, sans forcer le trait ni en rajouter dans la compassion, le vieux banquier poursuivit :

— Ce peut être une activité lucrative, certes. Mais répugnante, aussi. Et immorale.

Où es-tu à présent, Andrade, nom de Dieu ? Où sont tes reproches ? Je marche pieds nus près d'un gouffre, sur un rebord aussi fin qu'une lame de couteau fraîchement aiguisée, et je n'entends pas un mot de toi. Tu n'as rien à me dire, vieux frère ? Aucun blâme, aucune récrimination ? La conscience de Mauro interpellait son fondé de pouvoir tandis que Calafat le raccompagnait à la porte.

— C'est à vous de décider de vos investissements, cher ami, mais rappelez-vous en tout cas que mon offre reste valable.

Il leva les yeux vers l'horloge accrochée à l'un des murs.

— Quoique seulement pour quelques heures. Deux de mes associés embarquent ce soir pour le Río de la Plata, je vous l'ai déjà dit, et après il sera absolument impossible de revenir en arrière.

Mauro Larrea caressa la cicatrice de sa main.

— Une simple signature suffirait, conclut Calafat. J'ai votre argent à disposition. Vous paraphez un papier et vous êtes des nôtres.

En sortant de chez le banquier, Mauro Larrea était obnubilé par une seule pensée : convaincre Carola Gorostiza. La convaincre que cet investissement en valait la peine, qu'ils pourraient l'un et l'autre en tirer un bon pactole sans toucher à l'immonde négoce de la vente d'esclaves.

Mais comment la contacter? En compagnie de Santos Huesos, il parcourait les rues le nez au vent, sans prêter attention à son itinéraire. Pourtant, il voyait tout d'un œil différent autour de lui.

À proximité de la Plaza de Armas, des douzaines de nounous noires cajolaient ou allaitaient des petits enfants créoles confiés à leurs soins. Sur les quais, une multitude de corps sombres, vêtus d'une simple culotte, la musculature luisante de sueur, s'activaient parmi les ballots de marchandises et les embarcations, au rythme de chants lancinants. Dans les rues commerçantes, sous les stores bigarrés qui tamisaient la lumière, de jeunes mulâtresses aux lèvres charnues et à la démarche sensuelle plaisantaient sans complexe avec tous ceux – nombreux et de toutes les couleurs – qui leur lançaient des compliments.

Çà et là, sous les arcades de la Plaza Vieja, dans le marché du Cristo et dans la Cortina de Valdés, devant les portes des cafés et des églises, comme tous les jours et à toutes les heures, ils virent des Noirs à foison – d'après ce qu'on leur avait dit, ils représentaient au total près de la moitié de la population. Les tripières appuyées contre les façades qui échangeaient entre elles blagues et persiflages; les cochers vociférant, le fouet à la main, au milieu des claquements de sabots, fiers de leur tenue luxueuse et de la fougue de leurs chevaux; les charretiers avec leur pantalon retroussé et leur chapeau de paille; les vendeurs ambulants, torse nu, dont les annonces chantonnées d'une voix suave proposaient aussi bien d'aiguiser des couteaux que de vendre des cacahuètes. Et derrière les murs et les grilles de demeures imposantes ou plus modestes, il devina la présence d'une horde de domestiques noirs : vingt, trente, quarante, jusqu'à soixante ou soixante-dix dans les résidences les plus somptueuses, lui avait-on affirmé. Bien nourris et bien habillés, avec peu de travail et beaucoup d'espace pour y étendre leurs nattes en feuilles de palmier et passer le temps à bavarder ou à somnoler aux heures chaudes, se peigner les unes les autres au milieu des rires, et échanger des plaisanteries entre eux ou paresser dans l'attente de leur maître bien-aimé. Ma petite mulâtresse, ma petite négresse étaient des termes affectueux souvent employés par celui-ci. Certaines appellations pouvaient même témoigner de respect : m'sieur Domingo par ci, m'dame Matilde par là.

Ces esclaves ne semblent pas malheureux, se convainquit Mauro dans une tentative pour atténuer, grâce à ces images paisibles, l'abjection du négoce auquel il avait été invité à participer. Les mineurs mexicains mènent une vie infiniment plus dure, bien qu'ils n'appartiennent pas à un propriétaire et qu'ils perçoivent un salaire journalier. Il en était là de ces idées aberrantes quand soudain il le vit apparaître, au milieu de la rue du Teniente Rey.

Vêtu d'un élégant costume en coutil couleur café crème, Gustavo Zayas abandonnait le vestibule de ce qu'il supposa être son domicile, une canne sous le bras et mettant son chapeau. Il avait les mâchoires serrées et la mine tendue, sombre, comme la plupart du temps. Larrea ne l'avait encore jamais vu sourire.

Le tohu-bohu quotidien des rues de La Havane empêcha heureusement le mari de Carola de s'apercevoir de sa présence en face de chez lui. À tout hasard, Mauro Larrea redoubla néanmoins de prudence. Il tira Santos Huesos par le bras et ils se réfugièrent dans l'entrée d'une pharmacie.

— La sœur de don Ernesto habite ici ?

Il n'eut pas besoin de la confirmation de son domestique.

Il suivit du regard Gustavo Zayas, grand et distingué, fendant la foule avant de disparaître au coin de la rue. Il attendit deux minutes, puis estima que ce dernier était maintenant trop loin pour rebrousser chemin.

— Allons-y, mon gars.

Ils traversèrent la rue, pénétrèrent dans la cour par le portail ouvert. Une fois à l'intérieur, il s'enquit de Carola Gorostiza auprès d'une jeune mulâtresse qui secouait un tapis.

— Êtes-vous devenu fou ! s'exclama-t-elle à peine la porte refermée derrière lui.

Bien loin de l'inviter à s'asseoir dans les appartements familiaux, à l'étage supérieur, elle l'avait entraîné dans une pièce du rez-de-chaussée, une sorte de petit entrepôt où s'entassaient plusieurs sacs de café et un monceau de vieilleries. Elle portait un peignoir en gaze indigo négligemment noué à la taille, ses longs cheveux noirs étaient défaits. Sans bijoux ni maquillage, elle avait rajeuni de quelques années. Elle s'était sans doute levée depuis peu ; la domestique avait dit à Mauro Larrea que sa maîtresse était en train de déjeuner quand il l'avait fait appeler.

— Il faut que je vous parle.

— Comment osez-vous venir chez moi, espèce d'insensé ?

On entendit derrière la porte les aboiements plaintifs d'une petite chienne qui voulait entrer.

— Je viens de voir partir votre mari, ne vous inquiétez pas.

— Mais... mais... mais vous avez perdu la tête, dieu du ciel ?

Un poing cogna sur la porte au-dehors, une voix d'homme résonna, sans doute un esclave. Il demanda à sa maîtresse si tout allait bien. La chienne aboya de nouveau.

— Si vous refusez de m'écouter maintenant, retrouvez-moi dans un moment, là où cela vous conviendra le mieux. Il faut absolument que je vous voie.

Elle respira deux fois, angoissée, tentant de se calmer, tandis que son buste à peine couvert par la mousseline montait et descendait en cadence.

— À la Alameda de Paula. À midi. Et à présent disparaissez, je vous en supplie.

*

Le choix était judicieux : il y avait peu de monde sur cette belle promenade ouverte sur la baie. Elle se remplirait en fin d'après-midi, quand le soleil aurait décliné et que la chaleur s'accorderait une pause : couples et familles, soldatesque et officiers, jeunes Espagnoles fraîchement débarquées en quête de bonne fortune et superbes créoles en âge de se marier. Pour l'instant, en revanche, seules quelques silhouettes solitaires parsemaient l'esplanade.

Mauro Larrea l'attendit, accoudé au garde-fou en fer forgé séparant la terre ferme de l'eau, avec le battement des vaguelettes à ses pieds. Elle arriva une demi-heure plus tard dans une calèche, exhibant tous ses attributs de grande dame : visage poudré, cheveux ramassés, et l'ample jupe de sa robe jaune canari largement étalée sur le siège de son attelage, à tel point que l'extrémité en dentelle touchait presque le sol. Elle transportait dans son giron, ornée d'un ruban de satin entre les oreilles, la petite chienne qui avait aboyé frénétiquement derrière la porte lors de leur brève rencontre matinale.

En bonne Havanaise adoptive, et à l'instar de ses propres compatriotes mexicaines, descendre de sa voiture au beau milieu d'une voie publique, et permettre à ses escarpins en soie de fouler le sol poussiéreux, représentait pour Carola Gorostiza une situation presque aussi intolérable qu'apparaître nue devant le grand autel de la cathédrale. Elle congédia donc d'un geste son cocher et resta assise dans son véhicule.

Mauro Larrea, de son côté, se tint debout, dans l'expectative.

— Faites-moi le plaisir de ne plus jamais vous présenter chez moi, monsieur, jamais plus.

Ce fut ainsi qu'elle le salua.

Il n'y alla pas non plus par quatre chemins.

— Avez-vous étudié ma proposition du théâtre ?

L'épouse de Zayas répondit par une autre question, prononcée sur un ton cassant :

— Comment cela s'est-il passé avec le faïencier Novás ?

— Il s'agissait d'une réunion purement informative.

— Ce qui signifie que vous y réfléchissez.

Carola Gorostiza se montrait rusée et froide, il devait donc se débrouiller pour offrir une image encore plus glaciale. Immédiatement, il revint sur son terrain initial.

— Avez-vous envisagé mon offre de bateau congélateur ?

Elle attendit un peu avant de répondre, grattant du bout des doigts le poil dru de sa minuscule chienne. Pendant ce temps-là, elle le scrutait de ses yeux si énigmatiques et si noirs, des yeux dont on n'aurait su dire s'ils étaient beaux ou non, mais qui révélaient toujours une détermination sans faille.

— Plus ou moins.

— Vous pouvez être plus précise ?

— Je suis prête à m'associer à vous, monsieur Larrea, conformément à votre proposition. J'accepte de réunir nos capitaux pour notre profit mutuel.

— Mais ?

— Mais pas dans l'affaire que vous suggérez.

— Une affaire des plus rentables, je vous le garantis.

— C'est possible. Mais moi je préfère l'autre. Celle de...

Elle regarda son cocher du coin de l'œil, un svelte mulâtre vêtu d'une casaque rouge et coiffé d'un chapeau haut-de-forme, qui finissait de suçoter son cigare assis un peu plus loin sur un banc de pierre.

— L'affaire des bronzés. C'est là où je veux entrer. La seule pour laquelle je suis disposée à m'associer avec vous.

— Laissez-moi d'abord vous expliquer, madame.

La réplique retentit avec la même force qu'un coup de canon tiré du Morro.

— Non !

Maudite engeance de Gorostiza ! Et maudite soit la garce qui a engendré le faïencier ! Tandis que des horreurs traversaient son esprit, plus propres au rude langage des mineurs qu'à son actuel statut social, tandis que les vagues battaient doucement contre les rochers et qu'il serrait les lèvres dans un rictus sévère, sa tête commença une lente oscillation de gauche à droite puis de droite à gauche. Je m'y refuse, disait-il ainsi.

— Pourquoi ? demanda-t-elle avec une pointe de mépris. Pourquoi ne voulez-vous pas que nous participions ensemble à cette entreprise ? Mes capitaux sont aussi bons pour cette affaire que pour l'autre.

— Parce que ça ne me plaît pas, parce que non...

Un rire sarcastique s'échappa de sa gorge parée de bijoux. Des aigues-marines, ce matin-là.

— Vous n'allez pas me faire croire, Larrea, que vous êtes vous aussi un de ces grotesques libéraux abolitionnistes. Je pensais que vous aviez moins de préjugés, mon pauvre ami, avec votre allure et votre air sûr de vous. Les apparences sont trompeuses !

Il préféra ignorer ce commentaire et concentrer tout son pouvoir de persuasion sur son principal objectif.

— Permettez-moi de vous exposer les détails du négoce que je vous propose. Le temps est compté, ils sont sur le point d'appareiller.

Elle soupira, à l'évidence fâchée, puis elle fit claquer sa langue pour manifester son mécontentement. Comme inspirée par sa maîtresse, la chienne glapit furieusement tandis que le buste provocant de Carola s'élevait et s'abaissait au rythme de sa respiration.

— Je croyais qu'au Mexique et à Cuba nous parlions tous le même espagnol. Vraiment, vous ne comprenez pas ce que « non » signifie ?

Mauro aspira à pleins poumons une bouffée d'air marin, dans l'espoir que le sel insuffle dans son corps un peu de cette patience qui commençait à s'épuiser.

— Je vous demande seulement de réfléchir, insista-t-il sur un ton neutre destiné à cacher son exaspération.

Elle détourna la tête, dédaigneuse, vers la baie, se refusant à l'écouter.

— Au cas où vous changeriez d'avis, je ne bougerai pas de mon logement de tout l'après-midi, dans l'attente de votre réponse définitive.

— Je doute beaucoup que vous en ayez une autre, cracha-t-elle sans le regarder.

— Vous savez où me trouver, à tout hasard.

Il porta deux doigts au bord de son chapeau, mettant fin à leur conversation. Tandis que Carola Gorostiza restait juchée sur sa calèche, le visage figé et les yeux obstinément fixés sur les mâts des bricks et les voiles déployées des goélettes, il s'éloigna le long de la promenade.

Suspendu à un fil aussi fin qu'une toile d'araignée, Mauro Larrea attendait la décision de cette femme pour savoir s'il pouvait gagner sa vie avec un minimum de dignité ou s'il devait encore frôler l'abîme.

18.

Après le déjeuner, les clients commencèrent à se diriger vers les rocking-chairs de la galerie. Deux gamines à la peau brune effectuaient des va-et-vient de la salle à manger à la cuisine, transportant des plateaux avec des restes de dindon farci et de riz au lait : jeunes et belles, avec leurs bras fins et nus, leurs sourires tendres et leurs foulards multicolores noués avec une grâce extrême sur leur tête en guise de turban.

Pourtant, aucune d'entre elles ne lui apporta de message. Ni pour lui ni pour doña Caridad : rien en provenance de Carola Gorostiza dans les heures suivant leur rencontre. Peut-être plus tard. Qui sait?

— C'est incroyable, don Mauro! Vous êtes depuis peu de jours à La Havane, pourtant ce sont des journées bien remplies!

Déjà habitué aux indiscrétions de son hôtesse, il se contenta de murmurer quelques mots vagues tout en posant sa serviette, prêt à se retirer.

— Bals, pièces de théâtre, continua-t-elle sans se décourager, et même des réunions nocturnes des plus discrètes.

Il lui lança un regard glacial. Malgré tout, sur le point de se lever et de partir, il n'en fit rien. Il se dit en lui-même : Allez! Poursuivez, doña Caridad, lâchez-vous. Au point où j'en suis, tout est pratiquement perdu.

Celle-ci gagna du temps en donnant des ordres inutiles à ses esclaves, attendant que tous les convives aient disparu.

— Je suis surpris de l'intérêt que vous semblez porter à mes affaires, chère madame, déclara-t-il dès qu'ils furent seuls.

— Un intérêt superficiel, ne vous inquiétez pas. Mais quand un des hôtes que j'accueille sous mon toit se risque sur des terrains marécageux, les ragots ne tardent pas à parvenir jusqu'ici.

— Qu'ils vous parviennent ou non, ce que je fais en dehors de chez vous ne vous regarde pas, si je ne m'abuse ?

— Non, monsieur, bien sûr que non. Vous avez parfaitement raison sur ce point. Mais puisque vous me faites l'honneur de rester assis à ma table, permettez-moi de vous voler un tout petit moment.

Elle fit une pause un brin théâtrale et un sourire aussi béat que faux se dessina sur ses lèvres ridées.

— Pour que vous aussi sachiez un certain nombre de choses à mon sujet, ajouta-t-elle.

Allez au diable ! aurait-il pu lui dire, sentant un piège, mais il ne bougea pas.

— Je suis quarteronne. De Guanajay, fille d'un Canarien de la Gomera et d'une esclave de la raffinerie de sucre de San Rafael. Quarteronne signifie que j'ai un quart de sang noir, c'est-à-dire que mon père était blanc et ma maman mulâtre. Une belle mulâtre, ma petite maman, fille d'une négresse fraîchement arrivée de Gallinas, engrossée à treize ans par son maître qui en avait cinquante-deux. Un jour, il l'a attrapée par la taille tandis qu'elle coupait la canne, il l'a soulevée comme une plume tellement elle était maigre ; huit mois plus tard, ma maman est née. Et comme les maîtres n'avaient pas de descendance, et que la maîtresse était plus sèche en dedans qu'un manche à balai, ils ont décidé de la garder comme on garde une poupée en chiffon. La maman négresse, ma grand-mère, ils l'ont expédiée dans une autre plantation pour qu'elle ne s'attache pas à son bébé. Et là-bas, dans l'impossibilité de voir grandir sa fille, elle est devenue de plus en plus sauvage. Puis, à seize ans elle s'est enfuie dans la forêt. Vous savez ce qui leur arrive, aux esclaves qui s'enfuient dans la forêt, monsieur Larrea ?

— Je mentirais si je vous répondais oui.

Il ne remarquait pas la moindre trace de sang noir chez doña Caridad, qui avait la même couleur de peau que lui. Quoique, en y regardant de plus près, il eût pu déceler quelques signes. La texture des cheveux. La forme du nez, peut-être.

Assis à la table à présent débarrassée des assiettes et des couverts, Mauro Larrea continua à écouter son hôtesse en feignant l'indifférence.

— Eh bien, pour les esclaves marrons, il n'y a que trois issues. Excusez-moi, les marrons, au cas où vous ne le sauriez pas, ce sont les esclaves qui osent échapper à leurs maîtres et aux seize heures de travail quotidien en échange de quelques bananes, d'un peu de manioc et de misérables bouts de viande séchée. Souhaitez-vous connaître ces issues, cher monsieur ?

— Si vous avez l'amabilité de me l'expliquer, volontiers.

— La meilleure, pour eux, c'est de parvenir à atteindre La Havane ou un autre port, de se débrouiller sur les quais pour s'embarquer à destination de n'importe quel pays américain émancipé et de vivre libre. La deuxième, de se faire attraper et de subir les châtiments habituels : un mois de carcan dans le recoin le plus obscur d'un baraquement, une pluie de coups de fouet à en perdre la raison...

— Et la troisième ?

— D'être déchiqueté par les crocs des chiens. Des chiens de chasse dressés pour débusquer les fuyards dans la forêt et, normalement, pour les achever. Voulez-vous savoir le sort que connut ma grand-mère ?

— S'il vous plaît.

— J'aurais bien désiré le connaître, moi aussi. Mais on ne l'a jamais su. Jamais.

Il ne restait plus qu'eux autour de la table. Doña Caridad à une extrémité et lui sur le côté, tournant le dos aux rideaux blancs qui filtraient la lumière et les séparaient de la cour. De longues minutes de quiétude s'écoulèrent ; on n'entendait presque aucun bruit. Les gamines devaient lessiver les dalles et les hôtes somnolaient sans doute au milieu des lianes et des bougainvillées.

— La morale de cette histoire, doña Caridad, vous allez me la donner vous-même ou c'est à moi seul de la tirer ?

— Qui donc a parlé de morale, don Mauro ? répliqua-t-elle d'un ton légèrement moqueur.

Il aurait peut-être dû profiter de l'occasion pour l'expédier au diable, mais la maîtresse de maison le devança.

— Ce n'était qu'un exemple que je souhaitais vous raconter, un exemple parmi tant d'autres. Pour que vous sachiez comment vivent les esclaves en dehors de la capitale : ceux des plantations, des sucreries, des fabriques de café et de tabac. Ceux que vous ne voyez pas.

— Eh bien, c'est fait, et je vous en suis reconnaissant. Puis-je à présent regagner ma chambre, à moins que vous n'ayez une autre leçon de morale à me dispenser ?

— Vous ne préférez pas qu'on vous serve le café ici même ?

Malgré son aplomb apparent, il ressentait une espèce de gêne au creux de l'estomac. Mieux valait donc s'éclipser.

— Non, merci beaucoup, dit-il en se levant. Je bois trop de café, je me sens un peu barbouillé.

Debout, une main appuyée sur le dossier de la chaise, il la regarda : ni jeune ni belle, bien qu'elle l'eût été autrefois. Aujourd'hui âgée de plus de cinquante ans, avec la taille épaisse, des cernes profonds et des bajoues, elle offrait néanmoins une image de maturité et de plénitude, outre une sagesse naturelle acquise à force de traiter avec des individus de tout acabit. Depuis qu'elle avait transformé en une maison d'hôtes la bâtisse léguée par son vieil amant une vingtaine d'années auparavant, elle était plus qu'habituée à batailler d'égale à égal avec quiconque.

Mauro Larrea se rassit sans même s'en rendre compte.

— Puisque vous me connaissez si bien, et que vous paraissez encline à m'informer sur le côté obscur de mes affaires, peut-être pourriez-vous aussi m'aider à y voir plus clair sur un autre point.

— Dans la mesure de mes possibilités, bien entendu.

— Don Gustavo Zayas et son épouse.

Elle esquissa une moue ironique.

— Qui vous intéresse davantage, elle ou lui ?

— Les deux.

Le rire fut silencieux, assourdi.

— Ne me mentez pas, don Mauro.

— Loin de moi une telle intention !

— Si ç'avait été le mari, vous n'auriez pas profité de son absence, ce matin, pour vous faufiler chez lui et aller voir sa femme.

Ce fut elle qui se leva et s'approcha clopin-clopant d'un buffet. Fichue commère, pensa-t-il en la contemplant. Quelques heures à peine après qu'il eut osé entrer chez les Zayas, elle était déjà au courant : elle devait avoir un sacré réseau d'informateurs disséminés à chaque coin de rue.

Elle revint vers la table avec deux coupes et une dame-jeanne d'eau-de-vie, s'assit de nouveau.

— Servez-nous, je vous en prie. Cadeau de la maison.

Il obtempéra, remplissant les deux coupes. Une pour elle, une pour lui.

— Je les connais bien, dit-elle au bout d'un moment. Tout le monde se connaît, à La Havane. Mais seulement de vue. Nous ne nous saluons pas. Nous n'entretenons pas de relations de politesse. Mais je sais qui c'est.

— Racontez-moi, alors.

— Un couple comme tant d'autres. Avec ses hauts, ses bas et ses intrigues. Rien de particulier.

Elle but une petite gorgée d'eau-de-vie ; il l'imita en ingurgitant une quantité plus importante. Puis il attendit, convaincu qu'elle ne s'en tiendrait pas à ces banalités.

— Ils n'ont pas eu d'enfant.

— Ça, je le sais déjà.

— En revanche, ils ont une réputation.

— Laquelle, exactement ?

— Elle, d'être dépensière et exigeante, d'être un panier percé. En a-t-elle ou non les moyens par sa famille ? Je l'ignore.

Largement. Mais il se garda bien de le dire.

— Et lui ?

— On prétend qu'il a toujours été quelqu'un d'instable en matière d'entreprises et de finances, mais c'est assez fréquent par ici. On a vu des péninsulaires arrivés avec une seule chemise sur le dos bâtir des empires en cinq ans, et des potentats de grandes familles créoles mordre la poussière et s'appauvrir en un clin d'œil.

Cinq années pour s'enrichir. Une éternité. Mais il n'avait pas besoin de bâtir un empire, ainsi que l'avait souligné Andrade à son départ de Veracruz. Il lui suffisait de réunir la quantité nécessaire pour sortir la tête de l'eau et reprendre son souffle.

Quoi qu'il en soit, ils étaient en train de parler du couple, mieux valait ne pas s'écarter du sujet.

— Et dites-moi, doña Caridad, quelle est leur situation financière en ce moment ?

Elle sourit à nouveau, ironique.

— En monnaie constante ? Mes connaissances ne vont pas jusque-là, mon ami. Je sais seulement ce que j'entends et vois dans la rue, et ce que me racontent mes bonnes copines quand elles me rendent visite. En tout cas, ils fréquentent les meilleurs salons, vous êtes d'ailleurs au courant; lui, avec sa dégaine de monsieur important, elle, somptueusement attifée par la très chère Mlle Minett. Et toujours accompagnée de son bichon.

— Pardon ?

— Le bichon. La petite chienne qu'elle traîne partout.

— D'accord.

— On connaît pourtant certaines affaires liées dernièrement aux Zayas et je peux donc vous en informer sans que ça porte à conséquence...

Elle prit sa coupe, l'approcha de sa bouche, but une petite gorgée.

— En réalité, il ne s'agit que de l'un des multiples épisodes de cette île imprévisible où tout change au gré du vent. Vous me comprenez, don Mauro ?

— Parfaitement, chère madame.

Doña Caridad fit une grimace complice. Elle se sentait à l'aise.

— Ils ont hérité il y a peu. De propriétés, paraît-il.

Nouvelle pause.

— En Andalousie. C'est du moins ce que j'ai entendu.

Lassé de soutirer les informations au compte-gouttes, il décida de se servir un autre verre.

— Et de qui ont-ils hérité ?

— Ils ont reçu un invité pendant un certain temps, un de ses cousins à lui.

— Un Espagnol ?

— Un petit Espagnol. À cause de sa taille. Un homme minuscule, maladif, presque l'aspect d'un enfant. À La Havane, on l'appelait don Luisito. On les apercevait partout ensemble : bals, dîners, réunions ou spectacles. Mais d'après ce qu'on racontait, parce que moi, je ne l'ai pas vu personnellement...

Elle but une nouvelle gorgée d'alcool.

— D'après ce qu'on racontait, donc, car je n'en ai pas été témoin, c'était surtout elle qui se mettait en quatre pour le cousin. Elle éclatait de rire à chacune de ses plaisanteries, lui chuchotait des potins au creux de l'oreille, l'embarquait dans sa calèche chaque fois que son époux était occupé. Il y a même eu des racontars : qu'il existait une intimité excessive entre eux, qu'elle entrait et sortait de la chambre de Luisito à sa guise. Ces histoires qu'on colporte sans savoir, don Mauro, pour le simple plaisir de cancaner. Bien entendu, on en disait autant de son mari.

Intéressant, songea-t-il. Intéressant de découvrir les commérages en vogue à La Havane sur cette femme qui refusait de lui tendre la main. Il jeta un coup d'œil à l'horloge. Quatre heures et quart. Et pas de nouvelles. Il est encore tôt, ne désespère pas, pas encore.

— Et au sujet du cousin ? Que disait-on exactement ?

L'eau-de-vie paraissait avoir chauffé la langue de doña Caridad : elle s'exprimait plus librement, avec moins d'interruptions et moins d'efforts. Sauf que ce n'était peut-être pas dû à l'alcool, mais plutôt à la jouissance de se mêler des affaires d'autrui.

— Que le cousin était venu régler des comptes de la famille restés en suspens. Que don Gustavo s'était fourré dans de sales draps et qu'il avait donc été obligé de quitter la Péninsule il y a plusieurs années. Qu'il était tombé amoureux d'une femme dans sa jeunesse et qu'elle l'avait quitté pour un autre. Qu'il avait toujours eu envie de retourner dans sa patrie. De pures inventions la plupart du temps, je suppose. Vous ne croyez pas ?

— J'imagine que vous supposez bien, reconnut-il.

Ses histoires ressemblaient au livret d'une opérette digne du théâtre Tacón.

— Finalement, le cousin a disparu des promenades et des mondanités et, au bout de quelques semaines, on a appris sa mort. Dans leur plantation de café de la province de Las Villas, paraît-il.

— Et ils ont hérité de quelques propriétés ?

— Exactement.

— Et de l'argent, aussi ?

— Je n'en suis pas sûre. Mais depuis qu'il a été enterré, elle jacasse comme une pie sur les grandes propriétés qu'ils possèdent en Espagne. Des demeures seigneuriales, dit-elle. Et une plantation de raisins.

— Une vigne ?

Doña Caridad haussa les épaules.

— Peut-être. Je ne sais pas comment ça s'appelle dans la mère patrie. En tout cas, et pour clore ce chapitre...

Soudain, une esclave entra en courant. Elle avait quelque chose pour sa maîtresse et Mauro Larrea sentit son dos se tendre. Cela ressemblait à un pli. Le message de la Gorostiza qu'il espérait de toutes ses forces ? J'accepte votre proposition. Dépêchez-vous d'aller chez Calafat, dites-lui que oui. Il aurait donné les doigts valides de sa main gauche pour que ce fût la réponse. Hélas, non !

— Je crains de devoir interrompre cette agréable conversation, monsieur Larrea, déclara doña Caridad en se levant. Un problème familial me réclame, ma nièce va accoucher à Regla et je suis obligée d'y aller.

Il l'imita.

— Bien entendu, je ne veux pas vous faire perdre une minute.

Ils partaient chacun de leur côté, en direction de leur chambre, quand elle se retourna.

— Souhaitez-vous un conseil, don Mauro ?

— Venant de vous, ils seront toujours les bienvenus, répondit-il sans qu'elle remarque la moquerie.

— Réservez vos sentiments pour une autre. Cette femme ne vous convient pas.

Il eut beaucoup de mal à réprimer un rire sarcastique. Ses sentiments. Ses sentiments. Dieu du ciel !

Il passa l'après-midi dans sa chambre, à attendre. En manches de chemise, avec les volets laissant à peine filtrer quelques rais de lumière. Il écrivit à Mariana, lui parla d'abord de Nico. Tends des ponts, ma fille ; tu as des contacts un peu partout. Cherche, débrouille-toi pour avoir de ses nouvelles. Ensuite il brossa un vaste portrait de La Havane et des Havanais, de ses rues, de ses commerces, de ses odeurs. Il transcrivait toutes ces images sur le papier, tandis qu'il conservait pour lui seul ce qui le perturbait et le bouleversait ; ce qui sapait sa force, lui retournait l'estomac et ébranlait les piliers de sa personnalité. À un certain moment, se rappelant que sa fille était enceinte, il pensa à la petite négresse de treize ans engrossée par son maître. Il chassa rageusement cette idée, continua à écrire.

Quand il eut fini cette longue missive, il regarda l'heure. Presque dix-huit heures. Et toujours rien de Carola Gorostiza.

Il rédigea une autre lettre pour son fondé de pouvoir. Il serait beaucoup plus bref, en principe – trois ou quatre impressions générales et la description des deux transactions en cours. L'une propre et l'autre répugnante, l'une sûre et l'autre risquée. Mais les mots se bloquaient dans sa tête. Il ne savait pas comment s'expliquer sans écrire les termes qu'il refusait d'employer : obscénité, honte, inhumanité. Il parvint à griffonner deux pages remplies de ratures et de taches, puis il renonça. Il y mit le feu à l'aide d'un briquet à amadou, décida d'ajouter une note en bas de la lettre destinée à Mariana. Parle avec Elías, mets-le au courant, dis-lui que tout va bien.

Il regarda de nouveau sa montre : dix-neuf heures vingt. Pas de Gorostiza en vue.

La nuit tombait quand il ouvrit les volets et sortit sur le balcon pour finir de fumer, la chemise ouverte, les bras appuyés sur la balustrade en fer forgé. Il contempla encore une fois la cohue effrénée. Noirs et Blancs, Blancs et Noirs et toutes les nuances intermédiaires, déambulant au milieu des cris et des éclats de rire, vantant leurs produits, échangeant saluts et jurons. Ils sont fous, pensa-t-il. La Havane est folle, c'est une île de fous, le monde est fou.

Il prit un bain et s'habilla soigneusement. Par pur hasard, il quitta sa chambre en même temps que deux hôtes, le Catalan et la Hollandaise. Ils descendirent l'escalier ensemble, mais, à la différence de ces derniers, il ne gagna pas la salle à manger.

19.

Quand, du fort de la Cabaña, retentit le coup de canon de vingt et une heures, la fanfare militaire commença son concert. La Plaza de Armas était pleine à craquer, la moitié de La Havane s'apprêtait à jouir de la musique à l'air libre et de la brise fraîche soufflant de la mer. Certains étaient assis sur des bancs, d'autres flânaient entre les parterres de fleurs et les palmiers, autour du piédestal sur lequel trônait la statue du rébarbatif Fernando VII. Une longue file d'attelages entourait le périmètre des jardins, les demoiselles les plus distinguées y recevaient les hommages d'une cour de soupirants et d'admirateurs juchés sur les marchepieds.

Mauro Larrea s'appuya de tout son poids à l'une des colonnes du palais du comte de Santovenia, la mine sombre et les bras croisés. Tandis que les musiciens exécutaient des fragments d'opéras et des couplets à la mode, il avait conscience qu'à cet instant même deux des associés du banquier Calafat prenaient congé de leurs proches depuis le pont d'un vapeur de la Malle royale anglaise. Ils appareillaient à destination de Buenos Aires, munis d'un capital important et d'un projet financier riche de promesses. Un projet auquel il aurait pu participer. Et dont il serait définitivement absent.

La nuit était tombée d'un coup et, par ses balcons grands ouverts, le palais des Capitaines généraux révélait sous la lumière de douzaines de bougies sa somptueuse décoration. Mauro Larrea, Santos Huesos à ses côtés, continuait à contempler la scène, absent. Étant là sans y être, tuant le temps, découragé, le dos contre la pierre du pilastre. Un borgne lui offrit des billets pour le tirage au sort d'un cochon de lait. Un gamin avec des croûtes sur la tête lui proposa de cirer ses bottes, un autre essaya de lui vendre un canif. Il les repoussa tous sans ménagement et commençait à en avoir assez de tant de sollicitations quand il sentit une main se poser sur sa manche droite.

Sur le point de se dégager brutalement, il se retint en entendant son nom. Il se retourna et découvrit une jeune mulâtresse.

— Je vous trouve enfin, maître Mauro, grâce à Dieu ! s'écria-t-elle, haletante. Je vous ai cherché partout dans La Havane.

Il reconnut aussitôt la gamine qui secouait un tapis lorsqu'il s'était glissé chez les Gorostiza.

— Ma maîtresse m'envoie, elle veut vous voir, expliqua-t-elle en s'efforçant de reprendre son souffle. Un cabriolet vous attend derrière le Templete, dans la ruelle. Il vous conduira à elle.

Santos Huesos étira le cou, comme pour dire : Je suis prêt, patron. Mais la jeune fille capta sa mimique et le freina tout net. Elle était mince et gracieuse, avec une grande bouche et de très longs cils.

— Ma maîtresse souhaite que vous veniez seul.

Peut-être était-il encore temps. Une simple signature, voilà ce que Calafat attendait de lui. Un accord, une acceptation écrite. Et si le bateau n'avait pas encore levé l'ancre et que Carola Gorostiza avait changé d'avis ?

— Elle m'attend où ?

Il était presque sûr que c'était sur le quai de Caballería. En compagnie du vieux banquier ? Pourquoi pas, si elle s'était laissé convaincre.

— Comment voulez-vous que je le sache, maître Mauro ? Le cocher est au courant, moi je ne connais que ce que madame Carola me dit.

L'orchestre attaquait les premières notes de *La Paloma*,

d'Iradier. Il se fraya un passage dans la foule en jouant des épaules et s'empressa de rejoindre l'attelage.

À sa grande surprise, l'endroit choisi ne ressemblait pas du tout à un quai devant un bateau sur le départ. Il s'agissait, dans l'église du Cristo del Buen Viaje, d'une pièce voisine de la sacristie où, tous les mardis, les dames de la bonne société cousaient et raccommodaient du linge pour les miséreux. Carola Gorostiza l'attendait au milieu des étagères et des malles remplies de rouleaux de toile, à la lueur d'une lampe à huile.

— On a raconté à mon époux que vous étiez venu ce matin, lui décocha-t-elle dès qu'il apparut. Je vous ai donc envoyé une calèche de location et j'en ai pris une autre. Je me méfie de tout le monde, même de mon ombre.

Il répondit en ôtant son chapeau. Tout son corps était rongé par la déception, mais il réussit à rassembler le peu de fierté qui lui restait pour faire bonne figure.

— J'imagine que vous vous méfiez également de moi.

— Bien sûr, mais je n'ai pas intérêt à me passer de vous en ce moment. Ni vous de moi.

Il remarqua qu'elle tenait quelque chose dans la main ; un petit objet sombre qu'il ne put distinguer dans l'obscurité.

— Vos autres amis sont déjà partis, ceux du bateau glacier ? demanda-t-elle de sa voix coupante.

— Bateau congélateur.

— Ça revient au même. Alors ? Ils sont partis ou non ?

Il ravala sa salive.

— Je suppose que oui.

Elle ébaucha un sourire sarcastique.

— Par conséquent, il ne vous reste qu'une dernière carte à jouer. Celle de l'autre bateau, avec un chargement très différent.

Pas de quai, pas de signature in extremis, pas de navire levant l'ancre vers Mar del Plata : aucune de ces données n'entrait dans les projets de cette femme. Le brick chargé d'anneaux et de chaînes en route vers les côtes africaines représentait son ultime atout, en effet ; le sordide commerce des esclaves. S'il s'y refusait, il serait obligé d'envisager de nouvelles solutions sans elle. Seul et fauché comme les blés, une fois de plus.

Il essaya néanmoins de résister.

— Je ne suis toujours pas convaincu.

Elle l'interrompit d'un ton impatient, agitant nerveusement les doigts de la main droite à la lumière du quinquet. Elle semblait pincer quelque chose, le lâcher puis le pincer à nouveau.

— Les personnes intéressées, celles que vous avez rencontrées dans le magasin de faïences, ont déjà donné leur accord : on n'attend que vous. Mais la donne a changé depuis hier. Il ne reste plus qu'une participation disponible, celle que vous n'avez pas encore confirmée, sauf qu'il y a un nouveau candidat. Il s'appelle Agustín Vivancos, au cas où vous douteriez de ma parole, et tient la pharmacie rue de la Merced. Si vous renoncez, il est prêt à occuper votre place.

Il y eut un silence, puis on entendit, à travers la fenêtre fermée, le grincement des roues d'un attelage sur les pavés. Ils se turent. Le bruit s'atténua, disparut dans le lointain.

— Permettez-moi de vous dire, madame, que je suis très déconcerté par votre attitude.

Il fit un pas vers elle, déterminé.

— Au début, vous ne manifestiez aucun intérêt pour investir vos capitaux et, à présent, vous paraissez soudain dévorée par l'urgence.

— C'est vous qui me l'avez proposé, ne l'oubliez pas.

— Certes. Mais veuillez satisfaire ma curiosité, s'il vous plaît. Pourquoi un tel entêtement sur cette affaire ? Pourquoi agir de façon si impulsive ?

Elle fit une moue dédaigneuse et s'avança vers lui, provocante. Mauro Larrea distingua enfin l'objet qu'elle tenait dans la main : un étui à épingles semblable à ceux que les dames utilisaient dans cette pièce dédiée à la couture caritative. Un étui où elle enfonçait machinalement la même épingle.

— Pour deux raisons, monsieur Larrea. Deux raisons ô combien importantes. La première concerne le négoce lui-même. Ou plutôt ceux qui y sont impliqués. La fille aînée du faïencier est une bonne amie, quelqu'un d'une confiance absolue. Et cela me rassure, me garantit que mon argent sera entre de bonnes mains, qu'une personne proche me fournira des détails sur l'avancement de l'opération s'il vous prenait l'envie de disparaître. Quelqu'un... quelqu'un, disons, de la famille. Dans le cas contraire, si vous m'aviez fourrée dans ce machin de bateau à glace, je me retrouverais au milieu d'une bande de mâles astucieux plongés dans des affaires financières où je n'y entends goutte, et ils ne me traiteraient jamais d'égale à égal.

Sa réponse n'était pas dépourvue de sagesse, mais il supposa qu'elle mentait. Quoi qu'il en soit, il préférait ne pas se demander s'il la croyait ou non.

— Et la seconde raison ?

— La seconde, mon cher, est beaucoup plus personnelle.

Elle s'interrompit et il pensa qu'elle en resterait là, pourtant il se trompait.

— Êtes-vous marié, monsieur Larrea ?

— Je l'ai été.

Un autre attelage passa dans la rue, roulant plus rapidement sur les pavés.

— Vous conviendrez alors avec moi que le mariage est une alliance complexe, source de joies et d'amertumes... Et parfois aussi il se transforme en une lutte de pouvoir. Votre proposition m'a fait réfléchir. Et j'en suis arrivée à la conclusion qu'avec davantage d'argent entre les mains, j'obtiendrais peut-être plus de pouvoir au sein de mon propre couple.

Plus de pouvoir, pour quoi ? faillit-il lui répondre. Puis il se rappela les propos de doña Caridad. Le total dévouement de Carola Gorostiza au cousin espagnol de son mari, l'étrange trio qu'ils formaient, la femme à laquelle Gustavo Zayas avait donné son cœur de l'autre côté de la mer et qui l'avait quitté pour un autre, mille conflits du passé. Il s'abstint, malgré sa curiosité. Lui soutirer des détails exigerait une contrepartie, et il n'était pas d'humeur à se livrer.

Elle s'approcha encore, frisant les limites de la pudeur. Les volants de sa jupe s'emmêlèrent entre les jambes du mineur. Il sentit son buste pratiquement collé contre sa poitrine, sa respiration.

— C'est vous qui m'avez mis ces jolies idées dans la tête, dit-elle d'une voix suave. Multiplier mon héritage sans même y toucher. Je n'aime pas les hommes qui sous-estiment les femmes.

Ni moi les femmes qui vous saisissent à la gorge, comme vous, pensa-t-il. Il se garda bien de l'avouer et, sans s'éloigner d'elle, il lui posa une question à voix basse, gravement :

— Vraiment, Carola, la nature de ce commerce immonde ne vous rebute pas du tout ?

Elle inclina lentement la tête et approcha les lèvres de son oreille. Sa chevelure sombre lui frôla le visage tandis qu'elle lui chuchotait :

— Le jour où j'aurai des remords, cher ami, j'en parlerai à mon confesseur.

Il recula.

— Laissez les réticences aux grenouilles de bénitier et aux francs-maçons, mon Dieu ! poursuivit Carola Gorostiza avec sa fougue habituelle. Ce ne sont pas les scrupules qui vont vous remplir les poches, et vous n'avez pas d'autre choix. Retournez chez le faïencier demain matin, à onze heures pile ; entrez comme si vous alliez acheter quelque chose. Passez avant retirer l'argent chez le banquier, le mien et le vôtre, pour que nous réunissions à nous deux le montant de l'investissement. J'ai décidé que Novás serait au courant de ma présence. Nous vous attendrons ensemble.

Sur ce, elle lança l'étui à épingles sur la table et éteignit la lampe. Puis, sans un mot, elle se coiffa d'un châle posé sur le dossier d'une chaise et partit.

Il resta dans les ténèbres, parmi les étagères remplies de draps et de coupons de tissu. Il laissa s'écouler quelques minutes, pour être sûr qu'ils ne se croiseraient pas. En sortant silencieusement de l'église, il constata qu'aucune calèche ne l'attendait. Il s'achemina donc vers son logement par la rue de la Amargura, le cœur lourd.

La maison était silencieuse et obscure. Tous dormaient et, contrairement à d'habitude, son domestique ne l'avait pas attendu, ni dans le vestibule ni dans la cour. Il traversa la galerie en direction de sa chambre. Il était sur le point d'y parvenir quand il rebroussa chemin. Se déplaçant avec prudence pour ne pas faire de bruit, il entra dans la salle à manger et ouvrit les placards jusqu'à ce qu'il trouve ce qu'il cherchait. Jusqu'à frôler le verre. Il attrapa alors la dame-jeanne d'eau-de-vie par le goulot et l'emporta.

*

Mauro Larrea dormait sur le ventre, nu, en travers du lit, bras et jambes écartés comme des ailes de moulin ; son bras gauche débordait du matelas, ses doigts touchaient presque les dalles. Il sentit une pression sur une cheville : quelqu'un la serrait.

Il se réveilla en sursaut et, en se redressant, pris d'inquiétude, il eut l'impression que sa tête pesait une tonne. Sous la moustiquaire qu'il souleva, sans autre lumière que celle qui pénétrait par le balcon, il aperçut un visage familier.

— Que se passe-t-il, mon garçon ? Il est arrivé quelque chose ?

— Rien.

— Comment, rien, Santos ? Tu me réveilles... tu me réveilles à... Quelle heure est-il ?

— Cinq heures du matin, l'aube va bientôt poindre.

— Tu me réveilles à cinq heures du matin, imbécile, et tu me dis qu'il n'arrive rien ?

— Ne vous fourrez pas là-dedans, patron.

Mauro mit longtemps à déchiffrer ce qu'il entendait.

— Ne vous fourrez pas là-dedans.

Il se passa les doigts dans les cheveux, confus.

— Toi aussi, tu as trop bu ?

— Ils sont humains. Comme vous. Comme moi. Ils transpirent, ils mangent, ils pensent, ils baisent. Ils ont mal aux dents, ils pleurent leurs morts.

Fouillant avec un effort titanesque dans sa mémoire engourdie, il réussit à se rappeler la dernière fois qu'il avait vu Santos Huesos : Plaza de Armas, alors que le public commençait à entonner les premières mesures de *La Paloma*, au rythme des accords de la fanfare militaire – « Quand je suis parti de La Havane, mon Dieu... » Il l'avait laissé près de la mulâtresse mince au grand sourire, épaule contre épaule.

— L'esclave de doña Carola t'a tourné la tête ? Elle t'a raconté des histoires quand je suis parti en quête de sa maîtresse ? Elle t'a... ? Elle t'a... ?

— L'esclave a un nom. Elle s'appelle Trinidad. Ils en ont tous un, patron.

Santos Huesos parlait de sa voix habituelle. Calme et mélodieuse. Mais ferme.

— Vous vous rappelez quand on descendait dans les puits ? On travaillait comme des forcenés, mais on n'était jamais traités comme des animaux. Vous étiez toujours juste, même quand vous étiez obligé de nous serrer la vis. Celui qui voulait rester avec vous restait. Et celui qui avait envie d'aller voir ailleurs, il a toujours été libre de partir.

Mauro Larrea, sans se lever, se couvrit le visage de ses mains en essayant de retrouver un brin de lucidité. Sa voix prit une tonalité caverneuse.

— Nous sommes dans cette satanée Havane, espèce de fou, pas dans les mines de Real de Catorce. Cette époque est finie, maintenant nous avons d'autres problèmes.

— Ni vos hommes ni vos enfants ne voudraient vous voir faire cela.

La silhouette de Santos Huesos sortit de la chambre, floutée par la moustiquaire. Dès qu'il eut doucement refermé la porte, Mauro se laissa tomber comme une masse sur le lit. Il resta encore couché un long moment après le lever du jour, sans se rendormir. L'esprit confus, anesthésié par l'eau-de-vie subtilisée à la propriétaire de la pension pour noyer son chagrin. Sans savoir si l'apparition du Chichimèque n'était qu'un rêve grotesque ou une réalité infiniment triste. Il ne bougea pas durant des heures, avec un arrière-goût amer dans la bouche et un nœud d'angoisse dans les entrailles.

Ne réfléchis plus, imbécile, ne réfléchis plus, ne réfléchis plus ! Il se répétait mentalement ces mots tandis qu'il faisait sa toilette, s'habillait, et combattait son effroyable gueule de bois à coups de tasses de café. Il sortit du logement sans que l'ombre de Santos Huesos ne réapparût. La voix de son ami Andrade ne se manifesta pas.

Dix heures n'avaient pas encore sonné quand il se mit en route au milieu du tohu-bohu matinal habituel, traînant une effroyable migraine. L'opération ne présentait aucune difficulté : retirer l'argent, signer le reçu correspondant, et c'est tout. Simple, rapide, inoffensif. Ne réfléchis plus, mon vieux, ne réfléchis plus.

Il était tellement enfermé dans ses pensées, tellement obnubilé par son unique objectif qu'il faillit trébucher en entrant dans le vestibule et lâcha un juron. Son pied avait heurté un obstacle inattendu : une jeune Noire qui poussa un cri aigu.

Elle était assise par terre, le dos appuyé au pilier de la porte et un sein sorti de sa chemise blanche. Avant que la pointe de la botte du mineur n'eût frappé sa cuisse, elle était en train d'allaiter son bébé enveloppé dans un linge en coton. Mauro retrouva l'équilibre en prenant appui sur le mur. Et tout en le faisant, pendant qu'il écrasait la paume et les doigts de sa main sur le plâtre pour se retenir, il baissa les yeux.

Il découvrit une poitrine bien ronde et bien pleine. Collée à elle, une bouche minuscule suçotait le téton. Et soudain, confronté à la simple image d'une jeune mère à la peau sombre nourrissant son enfant, il sentit tout ce qu'il avait refoulé jusque-là le submerger. Ses mains extrayant Nicolás des entrailles ensanglantées d'Elvira ; ses mains posées sur le ventre de Mariana la nuit de son départ pour Mexico, palpant le nouvel être en gestation. La petite esclave violée par son vieux maître alors qu'elle coupait la canne à sucre ; la fillette qu'elle avait mis au monde quand elle n'avait que treize ans et qu'on lui avait ensuite arrachée sans le moindre remords. Des torrents de vie, de la vie à pleins poumons. Corps, sang, souffles, âmes. Des vies arrivant au milieu des cris et lâchées, précaires et fragiles, dans le monde ; des vies consolatrices face au désarroi, qui comblaient les vides et occupaient la place qui leur était due comme des réalités qu'on ne pouvait ni acheter ni vendre. De la vie humaine, de la vie pleine et entière. De la vie.

— Bonjour, Larrea.

La voix du banquier, qui le saluait depuis l'intérieur de la cour, le ramena au présent. Il venait sans doute de prendre son petit-déjeuner et regagnait son bureau.

Pour toute réponse, Mauro se redressa et leva un bras au-dessus de sa tête. Rien, je n'ai besoin de rien, voulait-il dire. Calafat le regarda en fronçant sa moustache.

— Sûr ?

Il acquiesça sans desserrer les lèvres. Sûr. Puis il fit demi-tour et se perdit au milieu de la foule.

Sa chambre était toujours dans l'état où il l'avait laissée, le ménage n'avait pas encore été effectué : lit défait, draps traînant par terre, linge sale en tas, cendrier plein et dame-jeanne d'eau-de-vie renversée, vide, sous la table de nuit. Il ôta sa veste, dénoua sa cravate et ferma les volets en bois. Ensuite il s'assit pour attendre.

Il entendit sonner dix heures et demie à l'horloge de la douane, onze heures, onze heures et demie. La lumière extérieure était de plus en plus vive dans la pénombre, dessinant de fines rayures horizontales sur le mur. Il était près de midi quand résonnèrent enfin des pas et des cris, des aboiements et les bruits d'une altercation qui se rapprochaient. Des coups, des grincements, des claquements de portes, comme si la maison était mise sens dessus dessous par une foule en colère. Finalement, sa porte s'ouvrit à deux battants sans que personne eût daigné frapper.

— Vous êtes un traître et un lâche ! Une canaille !

— Vous pouvez récupérer votre argent quand il vous plaira à la maison de banque Calafat, répondit-il, impassible.

Il l'attendait depuis longtemps et avait prévu sa réaction.

— Vous m'avez posé un lapin ! J'avais donné ma parole à Novás que vous viendriez.

Doña Caridad arriva sur ces entrefaites, claudicante et bafouillant mille excuses. Derrière elle, quatre ou cinq esclaves s'attroupèrent sur le seuil. Le bichon, contaminé par la fureur de sa maîtresse, aboyait comme s'il avait le diable aux trousses.

Carola Gorostiza inspira alors un grand coup et lui déversa son ultime avertissement.

— Vous aurez bientôt de mes nouvelles, monsieur Larrea, je vous le garantis.

20.

Sans aucune raison précise, il retourna ce soir-là au café du Louvre. Peut-être pour cesser de ressasser les mêmes idées. Ou bien pour adoucir sa solitude au milieu de la foule.

Il évita les tables sous les arcades, occupées par une jeunesse bruyante et m'as-tu-vu, et accéda à l'intérieur. Ornée de plantes luxuriantes et d'énormes miroirs multipliant les présences à l'infini, la salle à manger ne manquait pas non plus d'animation. On lui servit du pagre grillé et de nouveau un vin français, il refusa le dessert et prit un café à la cubaine, bien fort, avec peu d'eau et du sucre brun pour en limer les aspérités. Il n'avait pas hésité à mentir à son hôtesse la veille, quand il avait affirmé qu'il ne supportait plus le café : au contraire. Ce café si dense, si noir, était la seule boisson qui le stimulait depuis son arrivée.

Tout en faisant honneur à son poisson, il constata qu'un certain nombre de nouveaux arrivants se dirigeaient directement vers le grand escalier du fond.

— Il y a des tables en haut ? demanda-t-il au garçon alors qu'il payait sa note.

— Autant qu'il plaira à monsieur.

Le *monte* et le *tresillo* étaient les jeux de cartes en vogue et le salon de l'étage supérieur du Louvre s'y adonnait. Bien qu'il fût relativement tôt, deux parties avaient déjà démarré. Dans un coin, un joueur solitaire plaçait les pièces de dominos en les faisant claquer sur la table ; ailleurs cliquetaient des dés qui s'entrechoquaient. Mauro Larrea regarda vers le fond, vers un espace éclairé par de grands globes de cristal suspendus au plafond.

En dessous, trois tables de billard, dont deux inoccupées. Deux Espagnols jouaient sans grand enthousiasme à la troisième, reconnaissables à leur allure et à leur façon de parler : costumes en drap, manières plus formelles et ton de voix plus dur, plus âpre et plus coupant que celui des natifs du Nouveau Monde.

Mauro s'approcha de l'une des tables vides, glissa doucement la main sur le bois ciré des bandes. Il saisit ensuite une boule, éprouva la froideur de l'ivoire. Sans hâte, prenant largement son temps, il sortit une queue de son meuble de rangement et soudain, à son insu, comme une tendre caresse après un cauchemar ou une gorgée d'eau fraîche à la suite d'une longue marche sous le soleil, il ressentit un soulagement difficile à décrire. Depuis qu'il avait débarqué dans ce port, c'était peut-être la seule occupation qui lui instillait un brin de sérénité.

Il palpa le procédé, referma et rouvrit plusieurs fois la main sur le fût pour en apprécier le volume et la texture ; puis ses yeux se posèrent sur l'océan de feutrine verte. Il retrouvait enfin quelque chose de connu, de proche, de contrôlable. Un objet sur lequel il pouvait exercer ses capacités et sa volonté. Ses souvenirs s'envolèrent un instant des années en arrière, vers des recoins perdus dans les replis de sa mémoire : les nuits troubles et violentes des campements, les soirées dans des baraquements immondes remplis de mineurs vociférants, aux ongles crasseux, avides de tomber sur la veine principale, avec un coup de chance en forme de filon qui les arracherait à la misère et leur débloquerait la porte d'accès à un avenir sans pénuries. Des dizaines, des centaines, des milliers de parties jusqu'à l'aube, dans des bouges obscurs, avec des amis abandonnés en chemin, contre des adversaires qui se transformaient finalement en frères, face à des hommes dévorés un jour funeste par la terre ou victimes d'implacables déboires. Des temps terribles, sauvages, dévastateurs. Pourtant, il les regrettait à présent. Du moins avait-il à cette époque un objectif clair pour lequel lutter chaque matin.

Il plaça les boules en position, reprit la queue d'une main ferme. Il plia le bras droit, se pencha sur la table et y déploya le bras gauche sur toute sa longueur. Alors, loin de son monde et des siens, seul, frustré et désarçonné comme il n'aurait jamais imaginé l'être un jour, Mauro Larrea retrouva, pour quelques minutes, l'homme qu'il avait été jadis.

Le coup fut si précis, si lumineux, que les Espagnols de la table voisine plantèrent leurs queues par terre et cessèrent aussitôt leur conversation. Ce fut avec eux qu'il démarra la première partie, sans connaître ni leur nom ni leur métier, sans même se présenter. Au cours de la soirée, ils furent remplacés par d'autres joueurs plus ou moins expérimentés, mais qui tenaient absolument à se mesurer à lui. Spontanés, optimistes, sûrs d'eux, provocateurs. Il les vainquit les uns après les autres, tandis que l'étage supérieur du Louvre se remplissait, qu'il ne restait plus une place libre à aucune table et que la fumée et les éclats de voix montaient jusqu'aux poutres du plafond et ressortaient par les hautes fenêtres ouvertes sur le Parque Central.

Il visait à présent une boule blanche proche de lui, concentré, calculant le mouvement exact pour la projeter contre la rouge qui attendait, innocente, au fond. Quelque chose qu'il fut incapable de préciser détourna soudain son attention. Un geste brusque, une parole déconcertante. Ou peut-être la simple intuition d'une anomalie. Il leva brièvement les yeux sans changer de position, élargissant son horizon un peu au-delà de la bande. Ce fut alors qu'il l'aperçut.

Il sut aussitôt que Gustavo Zayas, à la différence des autres spectateurs, ne se contentait pas d'observer son jeu ; de son regard clair, cet homme lui transperçait la peau.

Il fit glisser doucement la flèche dans l'anneau formé par ses doigts et termina par un coup sec. Puis il se redressa, regarda sa montre, constata qu'il avait passé plus de trois heures sur le tapis. Face aux murmures réprobateurs de quelques-uns, il rangea la queue à sa place et se prépara à prendre congé.

— Permettez-moi de vous inviter à prendre un verre, entendit-il derrière son dos.

Volontiers. Il accepta d'un simple geste l'invitation inattendue du mari de Carola Gorostiza. Qu'est-ce que tu me veux ? pensa-t-il tandis qu'ils se frayaient un passage au milieu de la foule. Quelles sornettes a bien pu te raconter ta femme ?

Il but une coupe de brandy et demanda une carafe d'eau qu'il ingurgita en trois verres successifs ; il se rendit compte seulement alors de sa soif inextinguible, de son nœud de cravate à moitié dénoué et de ses vêtements trempés de sueur. Il avait aussi le cheveu en bataille et les yeux brillants, tandis que Zayas était impeccable, comme d'habitude : bien peigné, bien habillé et raffiné dans ses manières. Impénétrable, en outre.

— Nous nous sommes rencontrés à l'occasion de la soirée chez Casilda Barrón, vous vous rappelez ?

Ils s'étaient installés dans deux fauteuils près d'un grand balcon ouvert sur la nuit antillaise. Mauro Larrea le contempla un instant avant de lui répondre ; il observa le visage tendu, le rictus amer au coin des lèvres. Cet homme paraissait toujours rongé par une douleur secrète.

— Je m'en souviens parfaitement, répondit-il.

Leur échange fut aussitôt interrompu par plusieurs individus qui vinrent saluer Mauro et le féliciter pour la qualité de son jeu ; certains l'avaient croisé au bal, d'autres au théâtre. Ils lui demandèrent son nom, sa provenance – Espagnol, n'est-ce pas ? Oui, non, enfin plus ou moins. Ils lui offrirent leurs cigares, leurs salons et leurs tables. Au milieu de ces conversations spontanées et futiles, il sentait croître en lui la sensation d'exister de nouveau aux yeux du monde.

Zayas restait pratiquement muet, mais ni absent ni distant. Attentif, au contraire, l'œil aux aguets et les jambes croisées, dans l'expectative.

— Ç'a été un geste très élégant de sa part de vous céder la vedette ce soir, déclara l'un des messieurs – un agent portuaire, d'après les souvenirs de Mauro Larrea.

Il leva sa coupe.

— Pardon ?

— Manier sa queue de billard avec un tel brio doit être un don réservé aux péninsulaires. Nous, les créoles, nous ne sommes pas encore parvenus à les égaler, Dieu seul sait pour quelle raison !

Un éclat de rire unanime salua cette boutade, et Mauro Larrea s'y joignit sans enthousiasme, puis quelqu'un précisa :

— Depuis qu'il est arrivé à La Havane, voici déjà pas mal d'années, notre ami ici présent n'a trouvé aucun rival à sa mesure à aucune table de billard.

Tous les regards se tournèrent vers Zayas. C'était donc le meilleur joueur de ce port et c'était à lui, un arriviste, qu'il avait accordé le privilège de briller dans son propre fief.

Prudence, mon frère, prudence. La voix de son fondé de pouvoir surgit soudain dans sa tête, essayant de le remettre dans le droit chemin. Où étais-tu, bordel, quand j'avais besoin de tes conseils, pour répondre à cet immonde négrier ? Retiens-toi, Mauro, attends, insista Andrade. Presque à ton insu, tu viens de réussir un coup formidable dans un endroit très important. Tu t'es fait connaître par toi-même dans une capitale dévergondée et prodigue, où le jeu décide des destins et fortunes. Ce soir, tu commences à exister, tu as noué des contacts, les occasions s'offriront ensuite. Un peu de patience, vieux, juste un peu.

Bien que sensées, les paroles de son ami arrivèrent trop tard : une euphorie nouvelle coulait déjà dans ses veines. Les victoires faciles remportées contre des inconnus lui avaient redonné un peu d'assurance, une sensation très utile dans des circonstances aussi délicates. Il était content qu'on eût admiré ses coups ; l'espace de quelques heures, il avait cessé d'être un être transparent et déconfit. Il s'était senti estimé, apprécié. Il avait retrouvé un brin de dignité.

Mais il lui manquait quelque chose. Quelque chose d'imprécis, d'intangible.

Ni yeux fiévreux ni battement dans les tempes. Il n'avait pas ressenti de tension au creux de l'estomac ; il n'aurait pas défoncé le mur d'un coup de poing en cas de défaite, pas plus qu'il n'avait hurlé de joie en gagnant.

Pourtant, quand il découvrit que l'époux de celle qui avait refusé de l'aider était le meilleur joueur de La Havane, il éprouva dans ses entrailles une espèce de brûlure qui lui rappela le temps passé, quand il tentait le sort à l'aveuglette, qu'il se lançait dans des affaires téméraires ou défiait des adversaires chevronnés deux fois plus vieux que lui et cent fois plus riches et expérimentés.

Comme apportée par la brise marine à travers le balcon

ouvert, l'âme du jeune mineur qu'il avait été jadis – intuitif, indomptable, audacieux – s'introduisit de nouveau dans ses os.

Tu ne m'as pas invité à boire un verre pour rendre hommage à mon jeu, salopard. Tu as une idée derrière la tête. On t'a parlé de moi, on t'a dit des choses désagréables, mais peut-être pas tout à fait vraies.

Ce fut l'Espagnol qui reprit l'initiative.

— Vous permettez, messieurs ?

Ils étaient enfin seuls. On vint les resservir, Mauro Larrea se retourna vers le balcon en quête d'un souffle d'air, puis passa les doigts dans sa chevelure rebelle.

— Accouchez une bonne fois pour toutes !

— Fichez la paix à ma femme !

Mauro Larrea faillit s'étrangler de rire. Garce de Carola Gorostiza ! Quels mensonges avait-elle pu débiter à son mari ?

— Écoutez, l'ami, j'ignore les histoires qu'on vous a racontées...

— Ou bien risquez le coup pour elle, ajouta Zayas sans se départir de son calme.

N'y pense même pas ! La voix d'Andrade résonna dans sa tête. Dis-lui tout, révèle-lui la vérité. Tire-toi de là. Tu dois arrêter, espèce de fou, avant qu'il ne soit trop tard. Mais Mauro restait sourd aux objurgations de son fondé de pouvoir, tandis que son corps commençait à regorger d'adrénaline.

Finalement, il avala une dernière bouffée de son cigare, jeta le bout à travers le balcon.

Ensuite il décolla son dos du fauteuil et approcha lentement son visage de celui du mari prétendument outragé.

— En échange de quoi ?

21.

Il envoya Santos Huesos en éclaireur dès le lever du soleil.

— Un quartier pourri de la baie, rempli de racaille, patron, déclara le serviteur à son retour. Le Manglar est rien que ça, et la Chucha une négresse avec une dent en or et plus d'années que ma mule. Elle tient une affaire moitié bordel, moitié taverne, où elle reçoit tout le monde, des Noirs les plus bagarreurs du coin jusqu'au gratin de la ville. Ils viennent boire du rhum, de la bière et du whisky de contrebande. Danser, aussi, si l'occasion se présente, et sauter des putes de toutes les couleurs ou jouer leur chemise jusqu'au petit matin. Voilà, c'est tout ce que j'ai trouvé.

Le Manglar, à minuit. Zayas lui avait fixé ce rendez-vous la veille au matin. Vous et moi. Chez la Chucha. Une partie de billard. Si je gagne, vous ne reverrez plus jamais ma femme, vous lui ficherez définitivement la paix.

— Et si vous perdez? avait demandé le mineur avec une pointe d'agressivité.

Le mari de Carola Gorostiza l'avait fixé de ses yeux délavés.

— Je partirai. Je m'installerai définitivement en Espagne et elle restera à La Havane, seule et maîtresse de son avenir. Je vous laisserai le champ libre. Vous pourrez en faire votre amante aux yeux du monde ou agir comme ça vous chante. Je ne vous importunerai plus jamais.

Dieu du ciel !

S'il n'avait pas tant fréquenté les misérables bouges plantés près des mines, Mauro Larrea aurait peut-être pris cette proposition pour la fanfaronnade d'un détraqué rongé par la jalousie ou victime de sa stupidité. Mais parmi les joueurs habitués à risquer gros, au Mexique, à Cuba ou dans les chaudières mêmes de l'enfer, personne n'aurait douté de la sincérité de son interlocuteur, malgré l'extravagance de ses paroles. Mauro avait assisté à des paris beaucoup plus bizarres sur un tapis de jeu, au cours d'une fiévreuse partie de cartes ou lors d'un combat de coqs. Des patrimoines familiaux, des mines d'argent en activité, le revenu d'une année entière misé sur un seul coup... Jusqu'à la vertu d'une adolescente livrée par un père déboussolé à un tricheur sans une once de pitié. Il en avait été le témoin pendant d'innombrables nuits de bringue, d'où son absence de stupéfaction devant le défi de Zayas, si déraisonnable fût-il.

En revanche, il fut émerveillé par le talent de Carola Gorostiza pour embobiner son mari sans défaire une seule mèche de son abondante chevelure. Elle se montrait, à parts égales, maligne, menteuse, manipulatrice et perverse. Ton épouse m'accuse de lui avoir fait des avances, aurait-il aimé dire à son mari la veille, elle affirme que je te considère comme un obstacle, alors que c'est exactement le contraire : c'est elle qui veut te tromper, l'ami. Et à cause de ce mensonge éhonté, toi, Gustavo Zayas, tu me proposes une partie de billard. Je vais l'accepter. Je vais te répondre que oui. Tant pis si tu me bats. Ce que tu ignoreras toujours, avant que nous soyons empêtrés dans ce défi, c'est que jamais au grand jamais je ne me suis intéressé à cette vermine qu'est ton épouse.

Eh bien, si tu n'as rien à voir avec elle, ni aucune intention à son égard, à quoi bon relever le gant lancé par cet insensé, fou de rage parce qu'il se croit cocu ? aurait hurlé Andrade. Mais Mauro avait anticipé : il s'était muré dans sa conscience pour échapper aux remontrances de son fondé de pouvoir. Pour des raisons qui lui échappaient, il avait décidé de participer à ce jeu tordu – pas question de faire marche arrière.

Il avait donc expédié Santos Huesos en quête de renseignements le lendemain matin, avant de descendre pour le petit-déjeuner. Allez, va t'informer sur le Manglar et la Chucha, lui avait-il ordonné. Il obtint la réponse trois heures plus tard. Une zone isolée et fangeuse pleine de fripouilles, au-delà du quartier de Jesús María, où venaient s'encanailler les gens de la haute quand ils commençaient à se lasser des distractions de leur propre classe. C'était ça, le Manglar, et la Chucha, une vieille maquerelle propriétaire d'un boui-boui légendaire. Voilà ce que lui avait raconté le Chichimèque aux alentours de midi.

Après qu'il eut reçu ces informations, un sentiment de doute gagna Mauro, embrumant son cerveau.

Il déjeuna frugalement chez doña Caridad. Par chance, celle-ci ne s'assit pas à table. Elle devait être à Regla, avec sa nièce la parturiente. Ou n'importe où. Quoi qu'il en soit, il apprécia son absence : il n'était pas d'humeur à supporter les ragots ou le sans-gêne. Après le café, il s'enferma dans sa chambre, concentré sur ce qui l'attendait dans les heures suivantes. Comment était le jeu de Gustavo Zayas ? Que lui avait raconté sa femme, en réalité ? Qu'arriverait-il en cas de victoire ? Ou de défaite ?

Quand il eut constaté que La Havane s'éveillait et redevenait bouillonnante après la torpeur de la sieste, il sortit.

— Enchanté de vous revoir, monsieur Larrea, le salua Calafat. J'imagine toutefois qu'il n'est plus temps de me dire à quel point vous regrettez de ne pas vous être joint à notre entreprise.

— Ce sont d'autres affaires qui m'amènent aujourd'hui, don Julián.

— Prometteuses ?

— Je ne sais pas encore.

S'installant alors devant le superbe bureau en acajou qui lui paraissait de plus en plus familier, il lui exposa la situation sans détours.

— Il faut que je retire une certaine somme. Don Gustavo Zayas m'a défié au billard. En principe, il n'est pas question d'argent, mais je préfère être préparé, au cas où.

En guise de préalable à la conversation, le vieux banquier lui tendit un havane. Comme toujours. Ils les coupèrent à l'unisson et les allumèrent en silence.

— Je suis déjà au courant, annonça le vieillard après la première bouffée.

— Je m'en doutais.

— Tout se sait tôt ou tard dans l'indiscrète perle des Antilles, mon ami, ajouta Calafat avec une pointe d'ironie. Dans des conditions normales, je l'aurais appris en buvant mon petit café du matin à la Dominica, ou bien quelqu'un se serait empressé de le dire pendant la partie de dominos. Mais cette fois-ci les nouvelles ont volé plus vite : on est venu m'interroger à votre sujet à la première heure. Depuis lors, j'attendais votre visite.

Pour toute réponse, Mauro tira une autre longue bouffée de son cigare. Va te faire foutre, Zayas, c'est plus sérieux que je ne le pensais.

— D'après ce que j'ai compris, poursuivit le banquier, il s'agit d'un différend d'ordre sentimental.

— C'est ce qu'il croit, lui, bien que ça ne corresponde pas à la réalité. Mais avant de la dépeindre, une précision, s'il vous plaît. Qui était-ce et que vous a-t-on demandé sur moi ?

— Qui ? Trois amis de M. Zayas. Et quoi ? Un peu de tout, y compris la santé de vos finances.

— Et que leur avez-vous répondu ?

— Qu'il s'agit d'une question totalement privée, entre vous et moi.

— Je vous en suis reconnaissant.

— Inutile : j'y suis obligé. Confidentialité absolue à propos des affaires de nos clients, telle a été la règle de notre maison depuis que mon grand-père a abandonné sa Majorque natale pour la fonder au début du siècle – même si je me demande parfois s'il n'aurait pas dû conserver son métier de comptable dans le pacifique port de Palma, au lieu de s'aventurer dans ces extravagantes tropiques. Enfin, revenons à nos moutons, cher ami ; excusez mes réflexions séniles. Alors, si ce n'est pas une histoire d'amourette, éclairez-moi, Larrea. Que diable cache ce défi inattendu ?

Mauro soupesa les réponses possibles. Il pourrait mentir effrontément. Ou déguiser un peu la vérité, la retoucher à sa façon. Ou bien être franc avec le banquier et lui décrire sa situation exacte, sans faux-fuyants. Il opta pour la troisième solution après quelques secondes d'hésitation. Et ainsi, synthétisant les faits mais sans en occulter aucun, il exposa devant Calafat les aléas de son parcours, depuis le prospère exploitant minier qu'il avait été il y a peu jusqu'à ce statut de prétendu amant de Carola Gorostiza qu'on lui attribuait aujourd'hui. Il évoqua le gringo Sachs, la mine Las Tres Lunas, Tadeo Carrús et son abruti de fils, les sommes d'argent de la comtesse, Nico traînant Dieu sait où, Ernesto Gorostiza et la mission empoisonnée qu'il lui avait confiée, la maudite sœur de ce dernier et, finalement, Zayas et son défi.

— Sainte Vierge, l'ami ! À la fin, il va s'avérer que vous avez le sang aussi chaud que toute cette bande de Caribéens décérébrés qui nous entourent.

Andrade et toi auriez été copains comme cochons, toi avec tes précautions et Andrade, ce vieux sacripant ! pensa Mauro tout en accueillant ces paroles par un éclat de rire amer qui le surprit lui-même. Comme s'il avait envie de rire !

— Vous ne vous attendiez pas à ça de la part de vos clients, don Julián.

Le banquier fit claquer sa langue.

— Le jeu est quelque chose de très sérieux à Cuba, vous le savez ?

— Comme partout.

— Et, aux yeux des habitants de cette île écervelée, ce que vous a proposé Zayas est une espèce de duel. Un duel pour une affaire d'honneur, sans épées ni pistolets, mais avec des queues de billard.

— C'est ce que je crains.

— Il y a néanmoins des détails qui me chiffonnent.

Il tambourina du bout des doigts sur le bureau tandis qu'ils réfléchissaient en silence.

— Tout joueur extraordinaire qu'il soit, poursuivit Calafat, être convaincu de sa victoire contre vous serait bien trop dangereux, trop risqué et trop imprudent de sa part.

— J'ignore l'ampleur de son talent, évidemment, mais vous avez raison, il existe toujours de l'incertitude dans une bonne partie. Le billard est...

Mauro Larrea se donna quelques secondes pour trouver les mots justes. Malgré son expérience en la matière, il n'avait jamais eu l'idée de théoriser à ce sujet.

— Le billard est un jeu de précision et d'adresse, qui demande de l'intelligence et de la méthode, mais ce n'est pas de la pure mathématique. De nombreux autres facteurs interfèrent : son propre corps, son tempérament, l'environnement. Et, surtout, son adversaire.

— En tout cas, pour connaître le niveau exact de l'expertise de Zayas, je crains qu'il ne faille attendre jusqu'à ce soir. Ce qui me perturbe, pourtant, c'est ce qui se cache derrière ce défi.

— Je viens de vous le dire : sa femme l'a convaincu de...

Le banquier hocha la tête en signe de dénégation.

— Non, non, non. Non. En fait, oui et non. Il est possible que Mme Zayas veuille vous punir en même temps qu'elle rend jaloux son mari, et que ce dernier ait fini par admettre qu'il existe une relation entre vous deux... c'est une éventualité. Mais ce qui m'intrigue, c'est autre chose qui dépasse une simple affaire de cocufiage, si vous me passez l'expression. Un élément favorable pour lui, que son épouse a fait miroiter à ses yeux sans même s'en rendre compte.

— Je suis désolé, mais je continue à ne pas comprendre où vous voulez en venir.

— Voyez-vous, Larrea, Gustavo Zayas est loin d'être un tendre agneau, de ceux qui prennent peur dès qu'ils hument la présence du loup. C'est un type intelligent et solide, bien que n'ayant pas toujours réussi dans les affaires. Quelqu'un de torturé, peut-être du fait de son passé, ou à cause de cette femme dont il partage la vie, ou pour toute autre raison. Mais en aucun cas il ne s'agit d'un pantin ou d'un fanfaron.

— Je le connais à peine mais le portrait lui ressemble, en effet.

— Par conséquent, s'il n'est pas absolument certain de gagner ce soir, vous n'avez pas l'impression qu'il vous facilite un peu trop la tâche à vous, à sa femme et à cette hypothétique relation qui vous unit? S'il l'emporte, rien ne change. En revanche, s'il perd, ce qu'il peut provoquer lui-même sans grande difficulté, il s'engage à s'écarter et à vous ouvrir élégamment la voie vers un avenir radieux. Vous ne trouvez pas ça un peu bizarre ?

Canaille de Zayas, pensa-t-il. Le vieux pourrait bien avoir raison.

— Permettez-moi d'avoir mauvais esprit, continua Calafat. J'y ai réfléchi toute la journée et j'en suis arrivé à la conclusion suivante : en réalité, peut-être que Gustavo Zayas veut tout simplement se débarrasser de sa flamboyante épouse et tirer sa révérence. Dès que ses amis ont quitté mon bureau, ce matin, j'ai activé mes réseaux. Ils posséderaient certains biens en Espagne.

— En effet, j'ai entendu parler de l'héritage d'un cousin germain.

— Un cousin décédé dans la plantation de café du couple, peu après son arrivée de la métropole, et qui leur a légué quelque chose d'intéressant en Andalousie.

— Des propriétés immobilières. Des maisons, des vignes, ce genre-là.

— Vous remportez la partie ce soir, et l'épouse volage passera sous la protection de son prétendu amant mexicain. Lui, mari outragé mais homme de parole, s'en lavera les mains et s'envolera librement. Vers la mère patrie ou n'importe où. Sans poids mort, ni responsabilités, ni comptes à rendre. Et sans sa femme.

Trop complexe, trop précipité, trop embrouillé. Mais pourquoi pas ? Peut-être une part de véracité dans tout ce fatras.

— Quelle est sa situation, d'un point de vue financier ?

— Tempétueuse, je le crains. Comme celle de sa conjointe.

— Ils vous doivent de l'argent ?

— Un petit peu, répondit discrètement le banquier. Le couple semble habitué aux vicissitudes matérielles, de même qu'aux disputes et aux réconciliations. Lui paraît faire des efforts, mais il n'y arrive jamais, aussi bien dans sa plantation de café qu'avec son épouse. Et celle-ci dépense comme si l'argent poussait sur les bananiers, il suffit de voir son allure.

— Je comprends.

— Donc, en cas de défaite, demain matin il s'assurerait un digne adieu à Cuba. Rappelez-vous : il se libère de sa femme simplement en vous laissant gagner. Il vous la refile et prend la poudre d'escampette.

Un peu tiré par les cheveux, mais une certaine logique, tout de même.

— Un sacré couple, murmura alors le vieillard.

Cette fois-ci, ce fut lui qui accompagna ses paroles d'un rire sec.

— Enfin, je ne veux pas vous turlupiner plus que nécessaire, Larrea. Toutes ces supputations ne sont peut-être que les délires d'un vieux farfelu. Derrière cet affrontement, il n'y aurait rien d'autre que l'orgueil blessé d'un homme manipulé par sa femme, ou celui d'une femme réclamant à grands cris un peu d'attention à son mari.

Mauro allait lui répondre : que Dieu vous entende ! sans grande conviction, mais il en fut encore empêché par Calafat.

— En tout cas, le temps ne joue pas en votre faveur, mon ami. Je vous suggère donc de nous concentrer sur ce qui va arriver. Dites-moi, maintenant...

— Non, dites-moi, vous.

Le banquier leva les bras en l'air en signe d'acquiescement.

— Tout ce qu'il vous plaira.

— Pardonnez ma franchise, don Julián, mais pourquoi êtes-vous si concerné par cette vilaine affaire qui ne regarde que moi, et vous pas du tout ?

— Pour une simple question de procédure. En ce qui concerne Zayas, il s'agit d'une espèce de duel, n'est-ce pas ? Dans ce cas, comme dans tout bon duel, vous aurez besoin d'un témoin. Étant donné que vous êtes seul comme un chien dans cette île, et que je suis le gestionnaire de vos biens, je me sens dans l'obligation morale de vous accompagner.

L'éclat de rire de Mauro fut franc, cette fois. Ce que tu veux, c'est veiller sur moi, vieille fripouille. À mon âge !

— Je vous en remercie du fond du cœur, cher ami, toutefois je n'ai besoin de personne pour affronter un détracteur à une table de billard.

Aucun sourire ne pointa sous la moustache mongole de Calafat, mais un rictus sérieux.

— Voyons si je vais réussir à me faire comprendre. Gustavo Zayas est Gustavo Zayas, le Manglar est le Manglar et la maison de la Chucha est la maison de la Chucha. Moi je suis un banquier cubain réputé, et vous un Espingouin ruiné amené dans ce port par les vents du hasard. Je m'explique bien ?

Calafat avait raison. Il s'aventurait sur un terrain glissant, voire hostile, et la proposition du banquier était aussi simple que sage.

— Entendu. Et je vous en suis très reconnaissant.

— Il va sans dire qu'une grande partie de billard est une entreprise beaucoup plus honnête que l'abominable trafic de malheureux Africains.

L'ombre sinistre du faïencier Novás et de son navire de Baltimore rempli de carcans, de chaînes et de larmes avait momentanément disparu de l'horizon de Mauro Larrea. Dans sa tête s'entrechoquaient à présent d'autres soucis et conjectures ; l'excitation commençait à bouillonner dans ses veines.

Le vieillard se leva et s'approcha de la fenêtre ; il ouvrit les volets. L'après-midi était devenu gris. Gris et dense comme du plomb, sans un souffle d'air. La chaleur avait été suffocante dans la journée, l'atmosphère s'était chargée d'humidité au fil des heures. Il ne pleuvait pas encore mais le ciel menaçait de se déchaîner.

— Orage en vue, murmura-t-il.

Il se plongea ensuite dans un silence pensif, tandis qu'entraient à flots, depuis la rue, les grincements des roues des attelages sur les pavés, les cris perçants des cochers et des dizaines d'autres bruits et mélodies.

— Perdez.

— Quoi ?

— Perdez, laissez-vous vaincre, répéta Calafat, le regard apparemment rivé sur l'extérieur.

Sans bouger de sa place, contemplant le dos fragile du vieux devant la fenêtre, Mauro l'écouta sans l'interrompre.

— Tourneboulez Zayas, qu'il voie ses projets lui exploser entre les mains. Désarçonnez-le. Ensuite, exigez une revanche. Une seconde partie. Et là, battez-vous à mort.

Mauro accueillit cette suggestion comme on reçoit un rayon de lumière. De plein fouet, aveuglant.

— Il ne s'attend pas du tout à ce que vous ne luttiez pas bec et ongles, ajouta le banquier en se retournant. À part cette prétendue amourette avec sa propre épouse, il sait qu'une victoire éclatante vous servirait à réaffirmer votre présence à La Havane : nous aimons les héros, dans cette terre brûlante, même si la gloire ne dure qu'un jour.

Mauro Larrea se remémora alors les impressions de la nuit précédente. Se savoir de nouveau visible et estimé aux yeux d'autrui lui avait rappelé des sensations oubliées. Une sorte d'énergie, de courage, s'était insinuée dans son cœur ; ces victoires, quoique réduites au billard, étaient aussi douces que le chant des sirènes. Cesser d'être un fantôme et redevenir l'homme qu'il était, voilà qui justifiait peut-être tant de folies.

— À vrai dire, mon garçon, vous avez montré que vous en aviez une bonne paire en relevant le défi de Zayas dans cet imbroglio, déclara Calafat en s'écartant de la fenêtre et en revenant vers lui.

Il y avait des siècles que plus personne ne l'avait appelé mon garçon. Vieux, patron, maître, monsieur, c'étaient les formules les plus habituelles. Père, lui disaient Mariana et Nicolás, à la manière espagnole – ils n'avaient jamais employé ce « papa », plus tendre, si fréquent dans ce Nouveau Monde qui les avait reçus tous les trois. Mais nul ne l'avait nommé « mon garçon » depuis très longtemps. Et, malgré sa ruine et son trouble, et ses quarante-sept années de vie intense, ce mot ne lui déplut pas.

Il regarda l'horloge au-dessus de la tête blanchie du vieillard, près des huiles représentant cette baie majorquine d'où les prudents ancêtres de Calafat étaient partis pour ces folles Caraïbes. Huit heures moins vingt – il était temps de se préparer. Il frappa de la paume de sa main le bras de son fauteuil, se leva et attrapa son chapeau.

— Don Julián, puisque je vais être votre protégé, dit-il en le coiffant, si vous passiez me prendre et m'invitiez à dîner avant la bataille ?

Il se dirigea vers la porte sans attendre la réponse.

— Mauro, entendit-il alors qu'il avait déjà saisi la poignée.

Il se retourna.

— Il paraît que votre jeu a été éblouissant, au Louvre. J'espère que vous serez une nouvelle fois à la hauteur.

22.

Les premières gouttes tombèrent alors qu'ils sortaient du restaurant, promenade du Prado, et il pleuvait à verse à leur arrivée au Manglar. Les rues boueuses s'étaient transformées en un marécage, les rafales de vent arrachaient tout ce qui n'était pas solidement fixé. La colère de la mer des Tropiques avait décidé de l'emporter, ce soir ; les chiens hurlaient, on avait été obligé d'amarrer les bateaux et les rues s'étaient vidées de la moindre présence humaine.

Les seules lumières qui les accueillirent, quand ils pénétrèrent dans ce bourbier, se réduisaient à de rares lampadaires jaunâtres disséminés çà et là, comme si la main d'un fou les avait éparpillés au hasard. À la même heure, n'importe quel autre jour, ils auraient été témoins d'une foule se croisant sous la lune dans des rues flanquées de maisons basses : mulâtresses au rire provocateur exhibant généreusement leurs chairs, marins barbus tout juste débarqués, voyous, fiers-à-bras, entremetteuses et tricheurs professionnels, jeunes gens de la haute, Noirs à la démarche chaloupée et cachant dans leur manche un couteau, gamins à moitié nus aux trousses d'un chat ou en quête d'une cigarette, matrones ventrues faisant frire des rillons sous un porche. Tel était le catalogue des êtres qui peuplaient le Manglar tous les jours et toutes les nuits, de l'aube jusqu'à l'aurore suivante. Au moment où l'attelage du banquier s'arrêta devant le portail de la Chucha, il n'y avait néanmoins pas âme qui vive.

À l'intérieur, en revanche, ils étaient attendus. Un grand Noir enveloppé d'un ciré sortit à leur rencontre, un parapluie à la main. Une planche solide avait été placée par terre, pour éviter qu'ils ne s'enfoncent jusqu'aux chevilles dans la fange. Cinq pas après, ils étaient à l'intérieur.

Toute la vie qui, cette nuit, avait été balayée des rues havanaises par la bourrasque et la pluie paraissait s'être concentrée dans ce lieu. Et Santos Huesos, que Mauro avait envoyé en éclaireur, n'aurait pas pu être plus judicieux dans sa sobre description de l'établissement le matin même. C'était un bouge, à mi-chemin entre une taverne bondée de monde et un bordel de la pire espèce, à en juger par l'allure des femmes qui buvaient et riaient à gorge déployée avec les clients, totalement étrangères à des notions telles que pudeur, décence ou retenue.

En tout cas, en cet instant, Mauro se fichait bien des clients et des hétaïres : il ne s'intéressait qu'à l'objet qui l'avait amené ici.

— Quel temps de chien, maître Julián, dit le domestique dans un formidable éclat de rire tout en refermant le parapluie trempé.

Mauro aperçut une bouche remplie de dents immenses. Et, derrière la bouche, un homme d'âge mûr, plus grand que lui-même malgré sa bosse apparente après qu'il se fut débarrassé de son ciré.

— De chien et de dragon, Horacio, de chien et de dragon, marmonna le banquier.

Tout en parlant, celui-ci ôta son haut-de-forme et le secoua en tendant le bras, pour que les gouttes d'eau accumulées sur les bords retombent plus loin que ses pieds.

Don Julián est donc un vieux client de la maison, songea Mauro tout en imitant le geste de Calafat. Et si tout cela n'était qu'un mauvais tour, une embuscade, un piège ourdi par Zayas et mon prétendu protecteur ? Du calme, reste concentré, ordonna-t-il à son cerveau. Il sentit alors une présence familière se glisser près de lui.

— Rien à signaler, mon gars ? demanda-t-il presque sans décoller les lèvres.

— Il est en haut, il vient d'arriver.

Le dénommé Horacio s'adressa alors à lui avec une spectaculaire révérence qui accentua la difformité de son dos.

— Heureux de vous accueillir dans notre humble demeure, monsieur Larrea. Doña Chucha vous attend déjà dans le petit salon turquoise, allons-y.

— Zayas est-il venu avec quelqu'un d'autre? demanda-t-il à voix basse à Santos Huesos, tandis que le colosse leur frayait un passage à coups d'épaule au milieu de la cohue.

— Eh bien, je dirais sept ou huit messieurs, pas plus.

La fripouille! faillit-il s'exclamer. Mais il valait mieux se taire, au cas où l'un des présents se serait faussement senti atteint dans son honneur. Dans ce genre d'endroit, où l'usage des poings et des couteaux était aussi courant que la liqueur coulant depuis les barriques jusqu'au fond des gosiers, la prudence était de mise.

— Reste dans mon dos durant toute la soirée. J'espère que tu es bien équipé.

— Patron, vous n'en doutez pas! Surtout dans un moment pareil!

Julián Calafat et Mauro Larrea grimpèrent les marches en bois, derrière l'échine contrefaite d'Horacio, suivis de Santos Huesos en arrière-garde, un couteau et un pistolet cachés sous son poncho. Néanmoins, ils ne distinguèrent pas la moindre menace autour d'eux. Les clients vaquaient à leurs occupations : quelques solitaires noyant dans le rhum leurs démons et leur nostalgie, d'autres partageant des chopes de bière et bavardant haut et fort; beaucoup devant des tables de jeu où circulaient cartes, *duros* espagnols et onces d'or, et un bon nombre lutinant les grues avec une galanterie grossière, fourrant leurs mains sous les jupes et dans les décolletés tandis qu'elles se signaient, épouvantées, chaque fois qu'elles entendaient tomber la foudre. Au fond de la salle, juché sur une estrade, un quintette de musiciens mulâtres se préparait. Finalement, personne ne fit attention à eux, ce qui n'empêcha pas le Chichimèque d'occuper son poste à l'arrière avec une rigueur toute militaire.

À l'étage du dessus, ils découvrirent deux grandes portes en sabicu. Sculptées, magnifiques et incongrues dans ce lieu : un avant-goût du salon tendu de soie bleue qui restait fermé à double tour la plupart du temps, inaccessible au ramassis de menu fretin fréquentant le rez-de-chaussée.

Huit individus mâles patientaient à l'intérieur, en compagnie de l'hôtesse et de plusieurs spécimens de choix de la maison en tenues aguichantes. Ils étaient tous habillés comme Larrea : pantalon rayé, redingote dans diverses tonalités de gris, chemise blanche à col amidonné et jabot de soie – conformément aux bonnes manières dans cette capitale et partout ailleurs.

— Soyez les bienvenus dans mon modeste établissement, salua la Chucha d'une voix de velours, un peu défraîchie mais encore enjôleuse.

Et sa canine d'or scintilla. Soixante-cinq, soixante-dix, soixante-quinze... impossible d'estimer les années de vie accumulées sur son visage, avec ses cheveux tirés en arrière en un chignon. Pendant des décennies, elle avait été la putain la plus cotée de l'île : grâce à ses yeux en amande couleur mélasse et à son corps de gazelle, lui avait raconté Calafat pendant le dîner. Mauro en eut confirmation en observant la finesse de son ossature et ces étranges yeux encore étincelants entre les pattes-d'oie à la lueur des bougies.

Lorsque le temps avait dérobé de la splendeur à son port de reine africaine, l'ancienne esclave et maîtresse ultérieure de gentlemen de haute volée avait su se montrer aussi rusée que prévoyante. Elle avait fait bâtir ce local avec ses propres économies. Elle avait obtenu les meubles et objets qui décoraient cette pièce somptueuse et bigarrée de quelques messieurs tombés sous ses charmes, en gage de ses débiteurs ou en héritage de quelque apoplectique mort entre ses jambes – il y en eut plus d'un. Candélabres en bronze, vases cantonais, malles philippines, portraits d'aïeux d'autres lignées plus blanches, plus vieilles et plus laides que la sienne, fauteuils et miroirs encadrés de feuilles d'or, le tout mélangé sans la moindre concession au bon goût ou à l'équilibre esthétique. Un ensemble luxuriant et excessif, un tribut à l'ostentation la plus délirante.

La Chucha n'ouvrait ce salon qu'en des circonstances très particulières, lui avait appris le banquier. Par exemple, quand les riches propriétaires sucriers avaient terminé la récolte et arrivaient à La Havane les poches bien remplies.

Ou lorsqu'accostait au port un navire de guerre de Sa Majesté, ou qu'elle voulait présenter en société une livraison de jeunes prostituées tout juste débarquées de la Nouvelle-Orléans. Ou alors quand un client avait besoin d'un territoire neutre pour une affaire quelconque, comme ce soir-là.

— Enchantée de vous revoir, don Julián. Vous aviez bien oublié cette pauvre petite négresse, déclara la maquerelle en tendant sa main brune au banquier dans un geste aristocratique. Et je suis également heureuse de connaître notre invité, ajouta-t-elle en jaugeant Larrea d'un œil expert.

Discrète, pourtant, elle garda ses commentaires pour elle et poursuivit :

— Bien, messieurs, je crois qu'il ne manque plus personne.

Les hommes acquiescèrent en silence.

Au milieu d'un tel échange de salutations, de tant de visages inconnus et d'une telle profusion de meubles et d'ornementations, les regards de Mauro Larrea et de Gustavo Zayas ne s'étaient pas encore croisés. Ils le firent au moment où la Chucha les interpella :

— Don Gustavo, monsieur Larrea, si vous voulez bien.

Les autres présents, conscients de leur rôle secondaire dans cette scène, reculèrent d'un pas. Les deux adversaires se toisèrent enfin, sans subterfuges. Les voix se turent, comme coupées par le fil d'un rasoir. Depuis les balcons ouverts sur la nuit, on entendait le clapotement de l'averse sur la terre détrempée de la rue.

Les yeux clairs de Zayas restaient aussi impénétrables que la nuit précédente au Louvre. Clairs et aqueux, figés, ne permettant pas de déchiffrer ce qu'ils cachaient. Son allure dégageait de l'assurance. Grand, digne, soigné dans sa mise, le cheveu fin et impeccablement coiffé, le sang d'une noble famille coulant sans doute dans ses veines. Dépourvu de bijoux et d'accessoires – ni bague, ni épingle de cravate, ni chaîne de montre visible. Comme Mauro.

— Bonsoir, monsieur Zayas, dit ce dernier en lui tendant la main.

Le mari de Carola Gorostiza répondit sur le même ton. Tu as les nerfs bien trempés, mon salaud, pensa le mineur.

— J'ai apporté mes propres queues de billard, j'espère que vous n'y voyez pas d'inconvénient, annonça Gustavo Zayas.

Mauro Larrea acquiesça d'un geste.

— Je peux vous en prêter une, si vous le souhaitez.

Un autre geste bref marqua son refus.

— J'en utiliserai une de la maison, si doña Chucha y consent.

Elle accepta d'un discret hochement de tête, puis elle les accompagna vers la table au fond du salon. D'une qualité insolite pour un établissement d'un tel acabit, estima Mauro au premier regard. Grande, sans blouses, la surface parfaitement plane. Au-dessus d'elle, une imposante lampe en bronze avec trois éclairages, suspendue au plafond par de grosses chaînes. Tout autour, des crachoirs en laiton et un ensemble de chaises sculptées parfaitement alignées contre le mur. Le râtelier des queues de billard se trouvait dans un coin, sous une huile représentant une horde de nymphes nues comme le dos de la main ; il se dirigea vers lui.

Pendant ce temps, Zayas ouvrait une housse en peau et en tirait un magnifique fût en bois poli, avec flèche en cuir et son nom gravé sur la poignée. Mauro essaya les exemplaires fournis par la maison, cherchant celui qui aurait la grosseur et la texture exactes. Chacun prit alors un bout de craie et frotta le procédé, puis ils se poudrèrent généreusement les mains à l'aide de talc, afin d'absorber l'humidité. Concentrés l'un et l'autre. Comme deux duellistes fourbissant leurs armes.

Il fut à peine nécessaire de fixer les conditions du défi : tous les deux connaissaient parfaitement les règles du jeu. Billard français, carambole à trois bandes. Les termes du pari avaient déjà été fermement arrêtés la veille au soir.

Mauro Larrea ne s'interrogeait plus sur l'absurdité de cet affrontement. Ses soucis paraissaient s'être désintégrés, comme balayés par la tempête qui frappait encore les ténèbres du Manglar. L'épouse manipulatrice de son adversaire s'estompa dans la brume, et il en fut de même de son passé lointain et récent – ses origines, son infortune, ses espérances et son avenir incertain. Tout se dissipa dans son cerveau telle de la fumée : dès lors, il ne serait plus que bras et doigts, yeux aiguisés, tendons fermes, calculs, précision.

Quand ils annoncèrent qu'ils étaient prêts, les accompagnateurs et les prostituées se turent à nouveau et se tinrent à distance prudente de la table. Un silence religieux s'installa dans la pièce tandis que montait du rez-de-chaussée le rythme d'une contredanse mêlé au vacarme des voix de la clientèle et au furieux piétinement des danseurs sur le plancher.

La Chucha, avec ses yeux de miel et sa canine en or, revêtit alors le sérieux d'un juge de première instance. Comme s'ils se trouvaient dans une dépendance officielle du palais des Capitaines généraux, et non dans ce mélange de bordel et de bouge portuaire dans le faubourg le plus immonde de La Havane coloniale.

Un doublon en or sauta en l'air pour désigner le premier qui jouerait. Le royal profil de la très espagnolissime Isabelle II, en tombant dans sa paume, marqua le début.

— Don Mauro Larrea, c'est à vous de commencer.

23.

Les boules glissaient à une allure vertigineuse : elles tournaient sur elles-mêmes, heurtaient les bandes et s'entrechoquaient tantôt fort et tantôt doucement. Le jeu se transforma bientôt en une espèce de combat intense, sans qu'aucun des deux ne cède le moindre pouce de terrain : sans erreurs, ni ouvertures, ni concessions. Une partie passionnante, opposant deux hommes aux styles et aux natures clairement différents.

Gustavo Zayas était bon, vraiment très bon, reconnut Mauro Larrea. L'attitude un peu trop hautaine, mais efficace et brillant, avec de la justesse et de la précision dans ses attaques – des coups magnifiques élaborés par cet esprit hermétique. Lui, de son côté, parvenait à maintenir un équilibre fragile entre solidité et aisance, entre ses certitudes et la force dévastatrice de son intuition. Un jeu raffiné face à un jeu hybride, bâtard, révélant sans ambiguïté les écoles dont ils étaient issus : les salles urbaines opposées aux infâmes baraquements dressés près des puits et des galeries minières. Classicisme et tête froide contre passion impétueuse et brassage.

Ils étaient aussi différents de corps et de tempérament que dans leur façon de jouer. Zayas était stylisé, presque hiératique. Glacial, ses cheveux clairs impeccablement peignés en arrière, indéchiffrable derrière ses yeux transparents et ses mouvements calculés. Mauro Larrea, pour sa part, exsudait son humanité débordante par tous les pores. Son dos survolait la table avec désinvolture jusqu'à ce que son menton soit dans le prolongement de la queue, la frôle presque. Sa chevelure épaisse devenait de plus en plus indomptable, il fléchissait souplement les jambes et ses bras déployaient toute leur envergure en empoignant, en s'allongeant, en frappant.

Les points s'accumulèrent au fil des heures, chacun prenant la tête à tour de rôle, en quête de l'objectif convenu : le vainqueur serait le premier qui arriverait à cent cinquante.

Ils se suivaient pas à pas, tels deux loups affamés ; les rares fois où ils étaient séparés par plus de quatre ou cinq points, il leur fallait peu de temps pour recoller. Vingt-six, vingt-neuf, les mains sur le rebord en bois, d'innombrables va-et-vient autour de la table, davantage de bleu. Soixante-douze, soixante-treize, encore du talc sur les mains, le choc du procédé contre l'ivoire. L'un remontait, l'autre restait bloqué ; l'un prenait du retard, l'autre commençait à pointer en tête. Cent cinq, cent huit. L'écart se tint toujours dans des limites très étroites, jusqu'à ce qu'ils parviennent à la dernière ligne droite.

S'il n'avait pas été prévenu par Calafat cet après-midi même, dans son bureau, peut-être Mauro Larrea aurait-il poursuivi sa route imparable vers la victoire. Mais comme il se méfiait, il n'en fut rien ; derrière son jeu apparemment passionné, son esprit restait en alerte pour vérifier l'exactitude des soupçons du banquier – Gustavo Zayas ferait sans doute exprès de perdre. Et le vieux avait eu raison. En effet, en jouant le cent quarantième point, alors qu'il avait fait preuve jusqu'alors d'une virtuosité sans failles, le jeu du mari de la Gorostiza commença à décliner imperceptiblement. Rien de spectaculaire, aucune erreur grossière, juste une petite imprécision à un moment donné, un coup trop risqué qui s'égare, une boule ratant son objectif d'un ou deux millimètres.

Mauro Larrea prit largement la tête, avec quatre points d'avance. Soudain, quand il arriva à cent quarante-cinq, il se mit à commettre des erreurs surprenantes avec une subtilité équivalente à celle de son adversaire. Un écart insignifiant dans une contre-attaque, une boule qui s'arrête d'un souffle, un effet échouant par un manque infime de force.

Pour la première fois depuis le début de la nuit, alors qu'il avait égalisé à cent quarante-six et qu'il s'était rendu compte du ralentissement de son adversaire, Gustavo Zayas commença à transpirer. À grosses gouttes, du front, des tempes et de la poitrine. Sa craie tomba par terre et il grommela un juron, ses yeux trahirent sa nervosité. Ainsi que l'avait subodoré le vieux banquier, le comportement de Larrea le perturbait : il venait de découvrir que ce dernier n'avait pas du tout l'intention de se plier à ses désirs et de le laisser perdre à sa guise.

La tension était palpable, un silence presque total régnait dans le salon, hormis un raclement de gorge isolé, le son de la pluie sur les flaques à l'extérieur ou les bruits venant de la table et des corps des joueurs quand ils se déplaçaient.

À trois heures vingt du matin, alors qu'ils étaient à égalité avec un total de cent quarante-neuf, ce fut au tour de Mauro Larrea de jouer.

Il empoigna le fût, se pencha en avant. La flèche s'introduisit fermement dans l'anneau formé par ses doigts, faisant apparaître les séquelles laissées à sa main gauche par l'explosion de Las Tres Lunas. Il réfléchit, prépara son coup, visa. Et alors qu'il était sur le point de l'exécuter, il s'arrêta. Un silence à couper au couteau s'étendit au-dessus de la table tandis qu'il se redressait avec une lenteur inquiétante. Il attendit quelques secondes, se concentra un instant sur la queue de billard puis leva son regard : Calafat tortillait les extrémités de sa moustache, la Chucha l'observait de ses étranges yeux mélasse tout en agrippant le bras du bossu, quatre putains s'étaient regroupées et se rongeaient les ongles, les mines de certains des amis de Zayas exprimaient une sombre inquiétude. Il découvrit alors derrière eux d'innombrables corps entassés entre les murs, quelques-uns même juchés sur les meubles pour avoir une meilleure vision : hommes barbus et hirsutes, Noirs aux oreilles percées de boucles, prostituées de bas étage.

Il fut subitement conscient de l'absence de tumulte en provenance de la taverne : il n'y avait plus de musique ni de piétinements sur le plancher. Ni fandangos, ni rumbas, ni tangos congos. Le bouge s'était complètement vidé. Ils avaient tous grimpé les marches et franchi sans vergogne les portes en bois noble marquant la frontière entre le bas et le haut, entre le lieu dévolu à la plèbe et l'ostentatoire salon réservé aux distractions des individus bénis par le sort. Et à présent, en grappes, ils étaient absorbés dans la contemplation de la sauvage confrontation entre ces deux hommes, impatients d'en connaître le dénouement.

Mauro saisit de nouveau la queue, se repencha, glissa la flèche, frappa enfin. La boule blanche qui aurait pu lui offrir la victoire heurta les trois bandes de rigueur et s'approcha vaillamment des deux autres. Elle passa alors près de la rouge, à une distance plus étroite que l'épaisseur d'un écu, mais elle ne la frôla pas.

Un murmure étouffé parcourut la salle.

À Zayas.

Celui-ci saupoudra encore ses mains de talc : il suait sans discontinuer. Ensuite, il élabora sa stratégie sans hâte, les yeux fixés sur le tapis ; il eut peut-être même le temps d'envisager l'importance de ces dernières caramboles. Il n'avait pas du tout prévu l'attitude de Mauro Larrea, son refus délibéré de gagner et de garder Carola, son renoncement à voir son image de vainqueur se répandre dans La Havane. Malgré son désarroi, son coup fut net et efficace. La boule tapa contre les trois bandes dans le bon ordre, avant de se diriger vers les deux autres. Puis sa vitesse diminua insensiblement ; finalement, elle cessa de glisser quand il lui restait à peine une caresse pour les atteindre.

Le public eut beaucoup de peine à contenir un rugissement mi-admiratif, mi-consterné. Les sourcils se froncèrent, la tension était à son paroxysme. Score inchangé, au tour de Larrea.

Faudrait-il attendre devant cette table Noël, Pâques ou la Saint-Glinglin, Mauro n'avait pas l'intention de se rendre – il ne gagnerait en aucun cas. Une fois de plus, il évalua les angles, les possibilités et les réactions. Il disposa ses mains sur la queue, tourna son bassin, se plia. Il joua exactement le coup prévu. Au lieu de dessiner un triangle, la boule ne toucha que deux bandes. Elle se réfugia à l'ombre de la troisième et s'immobilisa.

Cette fois-ci, il n'y eut pas de retenue. Le hurlement du public s'entendit dans la moitié du Manglar. Blancs, Noirs, riches, pauvres, commerçants, marins, poivrots, filles de joie, grands propriétaires, délinquants, gens honnêtes ou voyous... tous crièrent d'une même voix, désormais conscients que le combat à mort entre ces deux individus n'avait qu'un seul objectif : perdre. Ils se moquaient éperdument des raisons secrètes d'un comportement aussi loufoque, leur unique souhait était d'assister, de leurs propres yeux, au triomphe de l'un des deux.

Quatre heures et demie du matin sonnaient quand Zayas comprit qu'il n'avait plus intérêt à prolonger ce bras de fer délirant. Il avait manigancé sa propre défaite, mais il n'avait pas escompté que les choses tourneraient mal. Ce maudit Mexicain, ou maudit compatriote espagnol, ou qui qu'il fût, le faisait sortir de ses gonds. Les veines du cou saillantes, les vêtements sur le point de se déchirer aux épaules, la tignasse en bataille et le jeu téméraire d'un individu habitué à longer des précipices dans l'obscurité, le dénommé Mauro Larrea paraissait disposé à lutter jusqu'à son dernier souffle et à transformer l'ancien roi du billard en la risée de l'île. Il sut alors qu'il ne lui restait qu'une issue moyennement digne : le vaincre.

Vingt minutes et quelques prouesses plus tard, de bruyants applaudissements saluèrent la fin de la partie. On félicita les joueurs tandis que la Chucha et son fidèle Horacio, qui jusqu'à présent s'étaient tenus vissés sur place au premier rang, chassaient sans ménagement du salon turquoise la foule qui s'y était faufilée. Les amis de Zayas congratulèrent le mineur en dépit de sa défaite ; les prostituées le comblèrent de câlins. Il lança un clin d'œil à Santos Huesos et à Calafat un regard complice. Bon travail, mon garçon, lut-il en retour sous la moustache du banquier. Il porta sa main droite à son cœur en signe de gratitude.

Il s'approcha ensuite de l'un des balcons et aspira à pleins poumons l'air frais du petit matin. La pluie s'était arrêtée, la tempête s'était éloignée en direction de la Floride ou des récifs des Bahamas, laissant une atmosphère purifiée. Le coup de canon de l'Ave María ne tarderait pas à retentir du port militaire, les portes de la muraille s'ouvriraient alors et l'on verrait entrer, par les poternes, les habitants allant au travail et les charrettes en route vers les marchés. Le port bouillonnerait d'agitation, l'activité reprendrait dans les commerces, les berlines et les calèches recommenceraient à rouler. Une nouvelle journée démarrerait à La Havane et l'abîme se rouvrirait sous ses pieds.

Il contempla du haut du balcon les derniers clients qui se perdaient dans l'ombre des rues embourbées. Il pensa qu'il devrait les imiter : retourner se coucher à sa pension dans l'attelage de Calafat. Ou bien rester ici et finir dans le lit de l'une des putains de la maison. Enfin libéré de la tension, il s'était rendu compte que certaines étaient particulièrement attirantes, avec leur décolleté voluptueux et leur taille de guêpe étroitement corsetée.

L'une ou l'autre de ces solutions aurait été, à coup sûr, la façon la plus judicieuse de terminer cette nuit enfiévrée : dormir seul dans son lit, rue des Mercaderes, ou se blottir contre le corps bien chaud d'une femme. Pourtant, aucune de ces deux possibilités ne se réalisa.

Lorsqu'il cessa de regarder la rue, il aperçut Zayas ; celui-ci tenait encore sa queue de billard tandis que ses amis bavardaient et riaient autour de lui. Il ne participait qu'en apparence à l'euphorie générale : il remerciait quand on le félicitait, se joignait au chœur des rires à l'occasion et répondait si on lui posait une question. Mais Mauro Larrea savait qu'il n'avait pas encore digéré cette défaite déguisée en victoire ; cet homme avait un pieu planté dans le cœur. Et lui, Mauro, connaissait la manière de l'en débarrasser.

Il s'approcha, lui tendit la main.

— Mes compliments et mon respect. Vous avez prouvé que vous étiez un excellent adversaire et un grand joueur.

Son interlocuteur murmura de sommaires paroles de remerciement.

— Je considère donc notre affaire comme réglée, ajouta Mauro en baissant la voix. Présentez mes hommages à Mme votre épouse.

La silencieuse fureur de Zayas s'exprima par une moue d'amertume.

— À moins que...

Il devina qu'il allait entendre un oui avant même d'avoir terminé sa phrase.

— À moins que vous ne m'accordiez une revanche et que nous ne fassions une vraie partie.

24.

Tout le monde fut surpris par l'annonce d'un nouvel affrontement, à l'exception de Calafat. C'était lui-même qui avait conseillé cette revanche. Et le moment venu, le mineur s'était dit : pourquoi pas ?

— Va chercher doña Chucha, petite, demanda Mauro à une prostituée aux traits enfantins et bien en chair.

La maquerelle fut de retour en un clin d'œil.

— M. Zayas et moi-même sommes convenus d'une seconde partie, déclara-t-il d'un ton imperturbable, comme s'il s'agissait de la chose la plus naturelle après cinq heures d'une confrontation épuisante.

— Bien entendu, chers messieurs, bien entendu.

Sa dent en or brilla tel le phare du Morro tandis qu'elle distribuait ses ordres à ses pupilles. Des boissons pour les invités, de l'eau et des glaçons, des bouteilles de liqueur. Balayez, nettoyez le tapis, remplissez le flacon de talc, montez des serviettes blanches. Remettez en ordre cette salle dégoûtante, par la très sainte Oshún !

— Et si ces messieurs souhaitent se rafraîchir un peu avant de recommencer, suivez-moi, s'il vous plaît.

On mit à la disposition de Larrea une salle de bains avec une grande baignoire au milieu et des fresques représentant un enchevêtrement de scènes licencieuses. De joyeuses bergères aux jupes retroussées et des chasseurs trop bien pourvus, des voyeurs, chausses baissées, guettant derrière les arbustes, des damoiselles pénétrées par de formidables jeunes gens et tout un tas d'images similaires de la main d'un peintre aussi médiocre dans le maniement du pinceau qu'échauffé dans son esprit.

— Sang Dieu, quelle horreur ! s'exclama-t-il, sarcastique, tout en se lavant torse nu dans une cuvette.

Le savon sentait le bordel et la violette, il se frotta les mains, les aisselles, le visage, le cou et le menton, bleui en l'absence d'un bon coupe-chou. Il se rinça ensuite la bouche et recracha l'eau avec force. Finalement, il passa ses doigts mouillés dans ses cheveux, essayant de redonner un semblant d'ordre à son épaisse tignasse.

L'eau lui fit du bien : elle débarrassa sa peau du mélange crasseux de sueur, de talc, de tabac et de craie. Il avait l'esprit plus clair. Il s'essuyait la poitrine avec une serviette quand on frappa à la porte.

— Un petit câlin, monsieur ? lui demanda une belle et aguichante mulâtresse, les yeux fixés sur son torse.

La réponse fut non.

Il secoua plusieurs fois par la fenêtre ouverte la chemise immaculée et raide d'amidon qu'il avait portée au début de la soirée, et qui ressemblait maintenant à un torchon. Il était en train de l'enfiler quand résonnèrent de nouveaux coups à la porte. Elle s'ouvrit – ce n'était ni une autre prostituée qui proposait ses charmes ni Horacio s'assurant que tout allait bien.

— Il faut que je vous parle.

C'était Zayas, une fois de plus tiré à quatre épingles, le ton sec et sans une once de cordialité. Larrea se contenta d'un simple geste de la main.

— Je veux parier avec vous.

Mauro glissa le bras droit dans la manche de sa chemise avant de répondre. Du calme, se dit-il. C'était prévu, non ? Eh bien, voyons où il veut en venir.

— Je m'y attendais.

— Néanmoins, je souhaite vous préciser que j'ai un problème de liquidités en ce moment.

Fichtre, pensa-t-il, si tu connaissais mon état !

— Annulons la partie, alors, proposa-t-il en enfilant la seconde manche. Aucune objection de ma part. Chacun chez soi et nous sommes quittes.

— Telle n'est pas mon intention : je ferai tout mon possible pour vous battre.

Le ton était sobre, sans fanfaronnade. Du moins Mauro Larra crut-il le percevoir tandis qu'il rentrait les pans de sa chemise dans son pantalon.

— On verra bien, rétorqua-t-il sèchement, apparemment concentré sur ses vêtements.

— Mais, comme je viens de le dire, je désire vous avertir de ma situation.

— J'écoute, donc.

— Je ne suis pas en mesure de parier une somme en liquide. En revanche, je peux vous proposer quelque chose de différent.

Un rire cynique jaillit de la gorge de Mauro Larrea.

— Voyez-vous, Zayas, je n'ai pas l'habitude de défier des hommes aussi compliqués que vous. Dans mon monde, chacun met sur la table ce qu'il a. Et s'il n'a rien, il se retire en tout bien tout honneur, et on n'en parle plus. Par conséquent, je vous prie de cesser de m'embrouiller.

— Ce que je peux me permettre de risquer, ce sont des propriétés.

Mauro se tourna vers le miroir pour arranger son col. Tu es dur à la détente, crapule !

— Dans le Sud de l'Espagne, poursuivit Gustavo. Une maison, un chai et une vigne, voilà ce que je parie, et je vous suggère en contrepartie de jouer la somme de trente mille *duros*. Il va sans dire que le montant total de mes immeubles dépasse largement cette somme.

Mauro Larrea faillit s'esclaffer avec une pointe d'amertume. L'héritage de son cousin, celui dont se targuait avec une telle suffisance son épouse. Tu es sans doute un péninsulaire, mais l'air des tropiques t'a fait perdre la boule, l'ami.

— Un pari à haut risque, non ?

— Énorme, mais je n'ai pas le choix, répondit froidement Zayas.

Larrea se tourna, triturant encore le col de sa chemise.

— J'insiste, restons-en là. Nous avons déjà joué une grande partie, théoriquement remportée par vous, mais dans les faits par moi. Annulons la suivante si vous en êtes d'accord, faisons comme si je ne vous avais jamais proposé une revanche. À partir de maintenant, chacun reprend son chemin, il n'y a aucune raison de forcer les choses.

— C'est une offre ferme.

Larrea fit un pas en avant. Les coqs chantaient déjà dans les poulaillers du Manglar.

— Savez-vous que je n'ai jamais cherché à séduire votre femme ?

— Votre obstination à perdre me le confirme.

— Savez-vous qu'elle possède cet argent qui vous fait si cruellement défaut ? Il s'agit de l'héritage de sa famille maternelle, je le lui ai moi-même apporté depuis le Mexique. Je suis un ami personnel de son frère. C'est là toute la relation qui existe entre votre épouse et moi.

S'il fut surpris par ces informations, Zayas n'en laissa rien paraître.

— Je le subodorais. Quoi qu'il en soit, Carola reste en dehors de mes projets immédiats. Et il en va de même pour ses finances.

Les paroles et le ton confirmèrent les soupçons du banquier : ce type aspirait à s'en aller loin et seul ; à prendre congé de Cuba, de sa femme et de son passé. Et il était prêt à jouer le tout pour le tout. S'il gagnait, il conserverait ses biens immobiliers et récupérerait en outre les liquidités nécessaires pour s'enfuir. S'il perdait, il se retrouverait définitivement enchaîné à cette vie et à une créature qu'à l'évidence il n'aimait plus. Mauro se rappela alors les propos de sa logeuse. Les histoires douteuses. Les affaires de famille réglées par le cousin. L'existence d'une autre femme qu'il n'avait jamais possédée.

— Après tout, vous devez savoir ce que vous faites...

La chemise était enfin en place – un tantinet fripée et sale, mais à peu près présentable. Il remonta ensuite ses bretelles.

— Trente-mille *duros*, de votre côté, et trois propriétés du mien. Cent caramboles et que le meilleur gagne !

Les bretelles sur les épaules, Mauro Larrea planta les mains sur ses hanches, dans cette attitude provocatrice, menaçante, qui le caractérisait quand il négociait à la force du poignet le prix de l'argent métal ou qu'il se battait comme un chien pour un gisement ou un filon.

Devant ses yeux défilèrent alors un triste navire négrier, les affronts de Carola Gorostiza, les nuits où il avait dormi par terre entouré de *Chinacos* et de coyotes, en route vers Veracruz, l'affaire honorable de Calafat qui lui avait définitivement échappé et son vagabondage, l'âme en peine, à travers les rues havanaises.

Et il pensa qu'il était temps de tenter sa chance une bonne fois pour toutes.

— Quelle garantie aurai-je?

Plusieurs voix s'entrechoquèrent soudain dans sa tête. Tapies jusqu'alors, dans l'attente du coup suivant. Andrade, Úrsula, Mariana. Comment! Tu comptes parier cinquante mille écus avec cet individu suicidaire, quand tes propres ressources atteignent à peine la moitié de la somme? Espèce de coquin, tu ne songes tout de même pas à soustraire une partie de mes fonds pour une telle folie! brailla la vieille comtesse en frappant le plancher du bout de sa canne. Dieu du ciel, père! N'oublie pas Nico, l'homme que tu as été, l'enfant que je porte dans mon ventre.

Et si je gagnais? leur rétorqua-t-il. À quoi bon ces propriétés en Espagne, quelle que soit leur valeur? s'écrièrent-ils à l'unisson. Pour les vendre, et avec l'argent rentrer au Mexique. Chez moi. Retrouver mon existence d'avant. Revenir vers vous. Sinon, à quoi servirait ma vie?

— Si ma parole ne vous suffit pas, choisissez un témoin.

— Je veux que don Julián Calafat agisse en qualité d'intermédiaire. Qu'il garantisse la mise et soit seul présent.

Sa voix était agressive, coupante, avec cette assurance autrefois naturelle chez lui, lorsque la simple idée de jouer son avenir dans un bordel havanais l'aurait fait se tordre de rire.

Zayas sortit parlementer avec le banquier, Mauro Larrea resta dans la salle de bains, immobile et droit, sous le regard des grossiers personnages se livrant à leurs ébats. Il sut à ce moment qu'il ne pourrait plus rebrousser chemin.

Il allait nouer sur sa chemise le jabot en soie grise quand il hésita.

— Bordel..., grommela-t-il.

En l'honneur du temps jadis dans les mines, de ces parties interminables dans des bouges où il avait tout appris du billard, il défit son col et gagna le salon turquoise.

Près d'un balcon, Calafat bavardait à voix basse avec Gustavo Zayas. Les amis de ce dernier lutinaient les dernières putains encore réveillées ; la Chucha et Horacio finissaient de redresser les tableaux déplacés à la suite de l'envahissement de la salle.

— J'espère que vous n'êtes pas choqués par mon débraillé.

Tous les regards se tournèrent vers lui. Il omit de leur préciser qu'il était presque six heures du matin et qu'ils se trouvaient dans un lupanar. Et que les attendait une lutte à mort.

Les deux adversaires s'approchèrent de la table et le banquier ôta son sempiternel cigare de dessous sa moustache.

— Mesdemoiselles, messieurs, par désir express des joueurs, cette partie sera privée. Les témoins se réduiront donc à la propriétaire de la maison, à Horacio comme auxiliaire et à votre serviteur, si les deux parties en sont d'accord.

Ils acceptèrent d'un hochement de tête, tandis que les amis de Zayas manifestaient ouvertement leur mauvaise humeur. Ils sortirent, cependant, accompagnés par les filles. Santos Huesos les suivit, après avoir échangé un regard complice avec son patron.

Les massives portes en sabicu se refermèrent et la Chucha remplit les coupes d'eau-de-vie.

— S'agit-il encore d'une simple revanche entre gentlemen, ou vos seigneuries ont-elles l'intention de parier quelque chose ? demanda-t-elle de sa voix restée sensuelle malgré son âge.

Les gamines avaient rapporté peu d'argent, ce soir, et elle espérait donc tirer des gains conséquents de cette prolongation inattendue.

— Je prends en charge les frais, chérie. Toi, contente-toi de lancer la pièce en l'air quand on te le demandera.

Don Julián récita alors les termes de l'enjeu de la façon la plus sérieuse et formelle qui soit. Trente mille *duros* au comptant, de la part de don Mauro Larrea de las Fuentes, contre un lot composé d'une propriété urbaine, d'un chai et d'une vigne dans la très illustre commune de Jerez de la Frontera, le tout appartenant à don Gustavo Zayas Montalvo. Les deux intéressés sont-ils d'accord pour jouer les biens décrits en cent caramboles, ainsi que l'atteste doña María de Jesús Salazar en qualité de témoin ?

Les deux hommes marmonnèrent leur acceptation tandis que la Chucha portait une main brune et osseuse à son cœur en prononçant un sonore « oui, monsieur ». Puis elle fit le signe de croix. Elle avait dû assister à bien des folies similaires depuis le temps qu'elle gérait son affaire.

Les premières lueurs de l'aube entraient par les balcons lorsque la reine d'Espagne fut de nouveau propulsée en l'air. Cette fois-ci, le sort désigna Zayas, et ainsi démarra la partie qui bouleverserait à jamais l'avenir des deux hommes.

Le duel se transforma rapidement en un affrontement féroce. Le feutre vert devint un véritable champ de bataille ; il y eut de nouveau des coups magistraux et des impacts à donner le vertige, des trajectoires stupéfiantes, des angles impossibles trouvés avec une désinvolture et une débauche de fureur à couper le souffle.

Au début, ils égalisèrent à tour de rôle. Mauro jouait avec les manches retroussées au-dessus des coudes, dévoilant ses cicatrices et les muscles d'acier de l'ancien mineur qu'il avait été. Malgré son habituelle retenue, Gustavo Zayas ne tarda pas à l'imiter et se mit également à l'aise. La lumière ténue de l'aurore avait cédé la place aux premiers rayons de soleil : les deux adversaires étaient en sueur, et c'était leur unique point de ressemblance. Les différences, par ailleurs, se révélaient abyssales. Mauro Larrea impulsif, presque animal, nerveux et mordant. Zayas, de nouveau sûr de ses coups, mais désormais sans fioritures. L'un et l'autre à la limite.

Ils continuaient à jouer fiévreusement, sous le regard de plus en plus épuisé et attentif de Calafat. Horacio avait fermé les volets et éventait la Chucha qui somnolait sur un canapé. Finalement, deux heures après le début de cette revanche démentielle, l'équilibre se rompit. Lorsqu'il eut dépassé la barrière des cinquante caramboles, Mauro Larrea commença à prendre ses distances ; la différence fut d'abord minime, puis elle s'élargit, tel le cristal d'une coupe se fendillant. Cinquante et un cinquante-trois, cinquante-deux cinquante-six. Quand il eut dépassé le score de soixante, Zayas se trouvait dépassé de sept points.

Il aurait sans doute pu remonter. Après avoir dormi quelques heures, par exemple, ou bu deux tasses de café. Ou s'il n'avait pas eu les yeux aussi brûlants, des crampes dans les bras ou des nausées. Mais il se révéla incapable de gérer la situation : en se voyant à la traîne, il se laissa submerger par la nervosité. Il se mit à commettre des erreurs. Il jouait avec un rictus amer au coin des lèvres. La mine renfrognée. Une faute infime entraîna une énorme bévue. L'écart se creusa.

— Une autre coupe, Horacio.

Comme s'il espérait trouver dans l'eau-de-vie la stimulation nécessaire pour rebondir.

— Vous aussi, don Mauro ? demanda le domestique.

Il avait cessé d'éventer la Chucha dès qu'il avait constaté qu'elle s'était endormie, ses longs bras noirs retombant de chaque côté de son corps et la tête posée sur un coussin de velours.

Le mineur refusa, le regard fixé sur l'extrémité de la queue. Zayas, au contraire, réclama encore une dose. Le bossu le servit de nouveau.

Manque de résistance mentale ou simple épuisement physique, ou pour une tout autre raison qu'il ignorait peut-être lui-même, Zayas se mit à boire exagérément. Pour se donner la force de gagner, ou en guise d'excuse à sa défaite de plus en plus évidente ?

Trois quarts d'heure plus tard, il jeta furieusement sa queue de billard par terre. Puis il appuya ses mains ouvertes sur le mur, fléchit le torse, laissa retomber sa tête entre ses épaules et vomit dans l'un des crachoirs en bronze.

Cette fois-ci, il n'y eut ni cris ni acclamations pour saluer le triomphe de Mauro Larrea ; ils étaient tous partis, la foule des spectateurs, les prostituées et les amis de son adversaire. Le mineur n'avait pas non plus envie de montrer sa joie : ses articulations étaient raides, il avait des bourdonnements dans les oreilles, les mâchoires douloureuses, les doigts tuméfiés et les idées confuses, enveloppées dans un épais brouillard semblable à celui qui montait de la mer le matin.

Quand Calafat le ramena à la réalité d'un tape chaleureuse sur l'épaule, il faillit hurler de douleur.

— Bravo, mon garçon.

Il commençait à sortir du trou.

Un avenir l'attendait par-delà l'océan.

III
JEREZ

25.

Les poignées des volets avaient du mal à tourner, par manque d'usage et d'huile. Quatre mains réunies parvinrent enfin à faire céder les espagnolettes et, au rythme du grincement des charnières, la pièce se remplit de lumière. Les formes des meubles cessèrent dès lors de ressembler à des fantômes et se dessinèrent nettement.

Mauro Larrea souleva l'un des draps et découvrit dessous un canapé tapissé d'un satin grenat flétri. Il en souleva un autre, et une table boiteuse en palissandre apparut. Il aperçut au fond une monumentale cheminée où l'on discernait les traces d'un ancien feu. Près d'elle, par terre, une colombe morte.

Seul résonnait le bruit de ses pas tandis qu'il parcourait l'imposante pièce; l'employé de l'étude, après l'avoir aidé à ouvrir le balcon central, s'était réfugié sous le linteau de la porte.

— Personne ne s'est donc occupé de cette maison ces derniers temps? demanda-t-il sans regarder le clerc.

Il arracha un nouveau drap; dessous, un fauteuil défoncé aux bras en noyer dormait du sommeil du juste.

— Personne, à ma connaissance. Depuis le départ de don Luis, personne n'est revenu ici. De toute façon, elle a commencé à se détériorer bien longtemps auparavant.

L'homme s'exprimait sur un ton mielleux et apparemment soumis, sans poser de questions directes, mais sans cacher la curiosité qui le dévorait depuis que le notaire lui avait confié cette tâche.

— Angulo, accompagnez M. Larrea à la maison de don Luis Montalvo, rue de la Tornería. Et ensuite, si vous avez le temps, vous le conduirez à la cave de la rue du Muro. Je suis pris par deux rendez-vous, je vous retrouverai ici dans une heure et demie.

Pendant que le nouveau propriétaire parcourait la demeure à grandes enjambées, la mine sévère, Angulo s'impatientait. Il avait hâte que la visite s'achève pour s'échapper vers son bistrot favori et répandre la nouvelle. De fait, il était en train, en cet instant précis, de réfléchir à la formulation la plus frappante. Un *Indiano* est le nouveau maître de la maison de Comino, voilà qui lui semblait être une bonne phrase. Ou bien devait-il annoncer d'abord le décès de Comino, puis la prise de possession de l'*Indiano*?

Quel que fût l'ordre des phrases, les deux mots clés étaient Comino et *Indiano*. Comino, parce que tout Jerez apprendrait ainsi le sort de Luis Montalvo, propriétaire du surnom et du palais : mort et enterré à Cuba. Et *Indiano*, car c'était l'étiquette qu'il avait immédiatement accolée à cet étranger au physique impressionnant, qui ce matin même était entré dans l'étude notariale d'un pas ferme et s'était présenté sous le nom de Mauro Larrea, provoquant un murmure d'étonnement parmi tous les présents.

Alors qu'Angulo, visage émacié et silhouette malingre, se réjouissait par avance de l'effet de surprise engendré par sa future révélation, ils continuèrent à passer ensemble d'une pièce à l'autre, sous les arcades de l'étage supérieur : deux salons supplémentaires peu meublés, une grande salle à manger avec une table pour dix-huit convives et des chaises pour moins de la moitié, un petit oratoire dépourvu d'ornementation et bon nombre de chambres avec des lits aux matelas défoncés. De timides rayons de soleil se glissaient parfois à travers les interstices, mais on avait surtout la sensation d'une pénombre qui exhalait des relents de renfermé mêlés à de l'urine animale.

— Dans les combles, j'imagine qu'il y a les chambres du personnel et les vieilleries habituelles.

— Pardon ?

— Les combles, répéta Angulo en désignant le plafond. Les mansardes, les greniers. On utilise aussi le terme de soupente.

Les sols, faits de dalles de Tarifa et de marbre de Gênes, étaient jonchés de saletés, certaines portes étaient plus ou moins sorties de leurs gonds, les vitres de plusieurs fenêtres étaient brisées et l'ocre jaune clair des embrasures s'était écaillé depuis longtemps. Une chatte qui venait de mettre bas les défia du regard depuis un coin de la grande cuisine. Elle se sentait menacée dans son rôle de propriétaire de cette pièce sinistre aux fourneaux éteints, aux plafonds enfumés et aux jarres vides.

Décadence, pensa Mauro en regagnant le patio aux colonnes envahies par les plantes grimpantes. C'était le mot qu'il cherchait. Cette demeure dégageait une impression de décadence, de longues années d'abandon.

— Vous voulez visiter le chai, à présent ? demanda l'employé sans grand enthousiasme.

Mauro Larrea sortit sa montre de sa poche tandis qu'il finissait d'inspecter sa nouvelle propriété. Deux palmiers longilignes, une multitude de pots d'aspidistras redevenus sauvages, une fontaine asséchée et deux fauteuils décrépits en osier témoignaient des agréables instants de fraîcheur que ce superbe patio, à une époque lointaine, avait dû dispenser à ses résidents. À présent, sous les arches en pierre de taille, ses pieds ne foulaient plus que de la boue séchée, des feuilles moisies et des crottes d'animaux. S'il avait été plus mélancolique, il se serait interrogé sur le sort des anciens habitants de cette demeure, sur les enfants courant çà et là, sur les adultes qui se reposaient, aimaient, bavardaient ou se disputaient dans chaque dépendance de la bâtisse. Comme les questions sentimentales n'étaient pas son fort, il se contenta de vérifier qu'il lui restait une demi-heure avant son rendez-vous.

— Je préfère remettre cela à plus tard, si ça ne vous ennuie pas. Je retournerai à l'étude en marchant, inutile de me raccompagner. Vaquez à vos occupations, je me débrouillerai seul.

Sa voix rude aux intonations singulières dissuada Angulo d'insister. Ils se séparèrent près de la porte en fer forgé, chacun ayant hâte de retrouver sa liberté : Larrea pour digérer ce qu'il venait de voir, et l'employé efflanqué pour trotter vite fait jusqu'au bistrot où, chaque jour, il échangeait les tuyaux et les renseignements obtenus grâce à son travail.

Angulo, avec son tempérament lymphatique et son regard torve, ne pouvait pas soupçonner que ce Mauro Larrea, malgré son assurance de riche colonial, sa fière allure et sa grosse voix, était aussi déconcerté que lui. Mille doutes s'entrechoquaient dans la tête du mineur quand il sortit dans la rue de la Tornería aux couleurs d'automne, mais il ne marmonna qu'une seule question en son for intérieur : Qu'est-ce que tu fiches là, mon vieux ?

Tout était légalement à lui, il le savait. Il l'avait gagné aux dépens du mari de Carola Gorostiza, devant des témoins dignes de foi, lorsque celui-ci, de sa propre initiative et en pleine connaissance de cause, avait décidé ce pari. Les obscures raisons d'une telle décision n'étaient pas de son ressort, mais le résultat, oui. Sacrément de son ressort ! Tel était le jeu en Espagne, dans les Antilles et dans le Mexique indépendant, dans les salons les plus chics et dans le plus sinistre des bordels. On pariait, on jouait, tantôt on gagnait et tantôt on perdait. Cette fois, la chance lui avait souri. Malgré tout, après avoir parcouru de long en large ce bâtiment désolé, il fut de nouveau assailli par le remords. Pourquoi as-tu été aussi fou, Gustavo Zayas ? Pourquoi as-tu couru le risque de ne jamais revenir ?

S'orientant au hasard, il traversa une place flanquée de quatre splendides palais, puis il franchit la porte de Sevilla et emprunta la rue Larga jusqu'au cœur de la cité. Arrête tes inepties, imbécile, pensa-t-il. Tu es le légataire légitime, et tu te contrefiches des combines entre les propriétaires précédents. Concentre-toi sur ce que tu viens de voir. Même en tenant compte de son état lamentable, cette demeure vaut à coup sûr son pesant d'or. À présent, ce que tu dois faire, c'est t'en débarrasser au plus vite, ainsi que du reste du patrimoine. Tu es ici pour vendre, empocher l'argent, retraverser l'Atlantique et rentrer chez toi.

Il continua à avancer en direction de l'étude, entre deux rangées d'orangers. Les attelages étaient rares – grâce à Dieu, songea-t-il en se rappelant les essaims menaçants de calèches dans les rues havanaises. Il était tellement absorbé par ses affaires, tandis qu'il longeait la rue Larga, qu'il ne prêta pas attention à l'atmosphère paisible et prospère de la vie locale. Deux pâtisseries et trois tailleurs, cinq barbiers, de nombreuses façades seigneuriales, deux pharmacies, un maroquinier et quelques modestes magasins de chaussures, chapeaux et comestibles. Et, au milieu, des dames élégantes et des messieurs vêtus à l'anglaise, des gamins et des petite bonnes, des écoliers, toutes sortes de passants et des braves gens de retour chez eux pour le déjeuner. Comparée au rythme effréné des villes d'outre-mer, Jerez dégageait une atmosphère feutrée, mais il ne s'en rendit pas compte.

En revanche, il remarqua l'odeur : une odeur soutenue qui survolait les toits et s'enroulait autour des grilles. Elle n'était ni humaine ni animale. Rien à voir avec les arômes persistants de maïs grillé des rues mexicaines, ni avec les effluves marins de La Havane. Bizarre, agréable à sa façon, différente.

Enveloppé dans ce parfum, il atteignit la rue de la Lancería, relativement calme elle aussi ; sans doute un quartier de bureaux et d'administrations. Le notaire, don Senén Blanco, l'attendait, à présent libéré de ses engagements.

— Permettez-moi de vous inviter à déjeuner à l'auberge de La Victoria, monsieur Larrea. Ce n'est plus l'heure de s'asseoir pour parler de choses sérieuses avec l'estomac vide.

Une dizaine d'années de plus que lui, et quelques doigts de moins en taille, estima Mauro tandis qu'ils se dirigeaient vers la Corredera. Vêtu d'une redingote de bon aloi, avec de longs favoris blancs et ce parler des habitants du Sud pas si différent des inflexions du Nouveau Monde.

Don Senén ne paraissait pas aussi fouineur que son employé, mais la même curiosité le taraudait. Lui aussi avait été frappé d'apprendre que l'ancien legs de la famille Montalvo se trouvait désormais entre les mains de cet *Indiano* à la suite de transactions insolites. Ce n'était ni la première fois ni la dernière qu'il aurait à certifier une opération inattendue en provenance d'outre-mer – jusque-là, tout était correct. Il avait néanmoins d'autres interrogations à ce sujet, et il attendait donc impatiemment que l'étranger lui révèle comment ces propriétés avaient échu entre ses mains, de quelle manière le dernier titulaire de ce patronyme était décédé aux Antilles, et tout autre détail que le nouvel arrivant voudrait bien lui confier.

Ils s'assirent près d'une baie donnant sur la voie publique et son va-et-vient de charrettes, de bêtes et d'êtres humains, réfugiés derrière un petit rideau couvrant le bas de la vitre. Face à face, séparés par la table et la nappe. Ils avaient à peine fini de s'installer lorsqu'un gamin d'une douzaine d'années, aux cheveux ternes maintenus en arrière grâce à un mélange d'eau et de mauvais savon et arborant un gilet de serveur, posa devant eux deux verres à pied. Plus hauts que larges, au col rétréci. Et vides, pour le moment. À côté d'eux il laissa une bouteille sans étiquette et un petit bol en faïence rempli d'olives.

Mauro Larrea déplia sa serviette et huma l'air ambiant. Comme s'il redécouvrait quelque chose qui l'avait accompagné jusqu'alors sans réussir à l'identifier.

— Ça sent quoi, don Senén ?
— Le vin, cher monsieur, répondit le notaire en désignant quelques tonneaux obscurs au fond de la salle à manger. Le moût, la cave, la lie, les tonneaux. Jerez a toujours cette odeur.

Puis il remplit leurs verres.

— La famille dont vous avez acquis les propriétés vivait de ça. Les Montalvo étaient des vignerons, oui, monsieur !

Mauro acquiesça, les yeux fixés sur le liquide doré, tout en approchant la main du verre à pied. Le notaire remarqua la longue cicatrice et les deux doigts abîmés, mais il n'osa pas le questionner.

— Et pourquoi ont-ils tout perdu, si vous me permettez cette indiscrétion ?
— En raison de ces aléas qui frappent souvent les familles, cher monsieur. Dans la basse Andalousie, dans l'Espagne entière, et aussi dans les Amériques, je suppose. L'arrière-arrière-grand-père, l'arrière-grand-père et le grand-père s'échinent pour constituer un patrimoine, puis arrive un moment où la chaîne se rompt : les enfants se laissent aller à leurs

caprices ou à leurs ambitions, ou bien une tragédie démolit tout, ou les petits-enfants perdent la tête, et c'est la fin.

Par chance pour Larrea, un autre garçon, lui aussi en gilet mais un peu plus âgé, s'approcha, lui évitant ainsi de penser à son fils Nicolás et à la probabilité de voir son héritage n'atteindre même pas la seconde génération.

— Nous sommes prêts, don Senén ? demanda le serveur.

— Prêts, Rafael, je t'écoute.

— Pour commencer, nous avons un ragoût aux haricots et aux marrons, des pois chiches avec des langoustines et une petite soupe aux vermicelles. Le plat principal, c'est comme d'habitude : viande ou poisson. Pour les bêtes à quatre pattes, aujourd'hui, il y a du veau lardé et du filet de porcelet en sauce. Pour celles qui piaillent, des tourterelles avec du riz. Et pour celles qui frétillent dans l'eau, de l'alose du Guadalete, du chien de mer en marinade et de la morue au paprika.

Le jeune homme avait débité le menu d'un seul jet. Mauro Larrea comprit à peine quatre ou cinq mots. En partie à cause de la prononciation fermée du serveur, en partie parce qu'il n'avait jamais entendu parler de certains des mets proposés. Que diable pouvaient bien signifier alose ou chien de mer ?

Pendant que le notaire choisissait pour eux avec l'assurance d'un habitué, il porta son verre à ses lèvres. La puissante saveur du vin lui emplit la bouche. Ses yeux parcoururent les tonneaux en bois et, dans l'agitation bruyante de l'heure du déjeuner, sans émettre de jugement, il se dit : c'est donc ça, Jerez.

— J'aurais été extrêmement heureux de vous inviter chez moi, mais il y a toujours mes trois filles et mes trois gendres à table, et je ne crois pas que ce soit le meilleur endroit pour préserver le caractère privé de vos affaires.

— Je vous en suis très reconnaissant, répliqua-t-il.

Pressé de recueillir des informations, il ouvrit les mains dans un geste qui signifiait : « Je vous écoute. »

— Bien, voyons voir... Je n'ai pas eu le temps de me plonger à fond dans les antécédents testamentaires car don Luis Montalvo a reçu son héritage il y a plus de vingt ans, et ces documents sont archivés dans un autre local. Cela dit, tout ce que vous m'avez présenté semble parfaitement en règle. Selon les documents que vous m'avez fournis, vous avez acquis des biens immobiliers consistant en une maison, une vigne et un chai transférés par Gustavo Zayas, lequel les avait hérités de don Luis Montalvo à sa mort, celui-ci étant le dernier propriétaire connu dans cette ville.

Le notaire ne paraissait avoir aucune difficulté à combiner l'absorption du vin avec la récitation monotone de son discours professionnel.

— Un acte de succession établi à La Havane et un autre dans la ville de Santa Clara, province de Las Villas, poursuivit-il, attestent officiellement de ces deux stipulations. Et ce qui est signé à Cuba, territoire de la Couronne espagnole, est immédiatement en vigueur dans la Péninsule.

Comme pour parachever ce qu'il avait débité de mémoire, le notaire fourra une olive dans sa bouche. Larrea en profita pour l'interroger :

— Gustavo Zayas et Luis Montalvo étaient cousins germains, n'est-ce pas ?

C'était ce que lui avait répété le représentant de Gustavo Zayas dans le bureau de Calafat, le lendemain de la partie de billard, quand il était venu formaliser, en son nom, la cession des biens. Un fait d'ailleurs corroboré par les patronymes apparaissant dans le testament qu'il avait présenté : Luis Montalvo Aguilar et Gustavo Zayas Montalvo. Dès que les formalités eurent été accomplies, et toujours favorisé par la chance, Mauro Larrea avait obtenu deux billets, pour lui et son domestique, à destination de Cadix, sur le vapeur *Fernando el Católico*, alors propriété du gouvernement espagnol. Don Julián les avait accompagnés jusqu'au quai. Il n'avait plus eu aucune nouvelle de Carola Gorostiza. Il conservait une dernière image de Gustavo Zayas : celle de son dos pendant qu'il vomissait dans un crachoir du salon de la Chucha, vidant son corps et son esprit, appuyé contre un mur.

— En effet. Le père de Luis Montalvo, qui s'appelait aussi Luis, et la mère de Gustavo Zayas, María Fernanda, étaient frère et sœur. Il y avait en outre un troisième, Jacobo, le père de deux fillettes, qui est mort également depuis longtemps. Luis père était l'aîné du grand don Matías Montalvo, le patriarche, et il a eu à son tour deux fils : Matías, qui est décédé très tôt, au désespoir de toute la famille, et Luisito, le plus jeune. Son frère aîné étant mort, Luisito est devenu le propriétaire des plus beaux fleurons du clan : le magnifique palais, la cave légendaire et la vigne... Enfin, les familles et leurs complications depuis que le monde est monde – vous en apprendrez peu à peu davantage sur la lignée avec laquelle vous venez de vous apparenter, si vous me permettez cette pointe d'ironie.

Le notaire s'interrompit brièvement pour remplir leurs verres, puis il reprit, témoignant d'une mémoire intarissable :

— Je vois que vous ne faites pas la fine bouche devant notre vin, monsieur Larrea, tant mieux... Gustavo Zayas, donc, est le fils de María Fernanda, la troisième des enfants du vieux don Matías et la seule de sexe féminin : une merveille de femme, autant que je m'en souvienne, à l'époque de ma jeunesse. Elle n'aurait reçu aucune propriété, apparemment, mais une dot loin d'être négligeable. Son mariage s'est mal passé, elle n'a pas eu beaucoup de chance, et elle a fini par partir d'ici, pour Séville si je me rappelle bien.

L'arrivée des premiers plats freina le débit du notaire. Pois chiches aux langoustines pour ces messieurs, annonça le garçon; vous allez vous en lécher les doigts. Et, en honneur de l'étranger, il détailla le contenu : les bestioles bien fraîches et étêtées, avec un petit peu de poivron haché, de l'ail, de l'oignon et une pincée de paprika. Tout en égrenant ces secrets culinaires il scrutait avec une pointe de sans-gêne l'invité du notaire, pour voir s'il parvenait à en tirer quelque renseignement. On l'avait déjà questionné à son sujet à d'autres tables. Rafaelito, qui est ce monsieur assis avec don Senén ? Je sais pas, don Tomás, mais en tout cas il est pas du coin, il parle d'une façon très différente. Comme à Madrid ? Je peux pas répondre, don Pascual, je suis jamais monté plus haut que Lebrija de toute ma vie, mais à mon avis, non, ce type vient de plus loin. Des Indes, peut-être ? Eh ben pourquoi pas, don Eulogio, peut-être que oui. Attendez un moment, don Eusebio, don Leoncio, don Cecilio, voyons si je réussis à entendre quelque chose pendant que je les sers, et je reviens tout de suite vous le dire.

— Enfin, question de parenté mise à part, je ne perçois aucun problème pour légaliser immédiatement le changement de nom du titulaire dans le registre, continua le notaire, étranger à la curiosité des convives. Néanmoins, et à titre personnel, j'ai noté un détail, monsieur Larrea, qui a retenu mon attention.

Ce dernier but lentement : il préférait prendre son temps car il devinait la question.

— J'observe qu'il s'agit d'une transaction gracieuse et non pas onéreuse : on n'indique à aucun endroit la somme payée pour les bâtiments.

— Cela pose-t-il un problème quelconque ?

— Pas le moins du monde. Simple curiosité de ma part. Ça m'a frappé car ce genre d'opération n'est pas courant chez nous. Il est rarissime qu'un transfert de propriété soit effectué sans qu'il y ait de l'argent.

On entendit le bruit des couverts sur la faïence et les conversations des tables voisines. Larrea n'était pas obligé de fournir des explications. Tout était correct et légal. Pourtant, il choisit de se justifier. À sa manière. Pour que la rumeur se répande.

— Voyez-vous, commença-t-il en posant soigneusement sa fourchette sur le bord de l'assiette, la belle-famille de don Gustavo Zayas est très étroitement liée à la mienne au Mexique. Son beau-frère et moi-même sommes sur le point de marier nos enfants. Pour cette raison, nous sommes convenus de certains accords commerciaux : certains échanges de propriétés, lesquels, en fonction des circonstances...

Impossible d'évoquer devant ce gentleman espagnol plein d'égards, dans cette très noble cité de Jerez, le café El Louvre et le défi audacieux de son compatriote Zayas, la nuit d'orage dans le bordel du Manglar ou la diabolique première partie sous les regards d'une horde de va-nu-pieds. Comment parler du banquier et de ses grosses moustaches, de la négresse Chucha avec son port de reine africaine, de l'extravagante salle de bains aux murs ornés d'obscénités où ils s'étaient mis d'accord sur les conditions de la revanche ? De son jeu féroce qui l'avait mené à la victoire ?

— Pour abréger cette longue histoire, résuma-t-il en soutenant le regard du notaire, disons que nous avons proposé une transaction privée et particulière.

— Je comprends, murmura don Senén, la bouche à moitié pleine, alors qu'il n'avait sans doute rien compris. En tout cas, j'insiste : ce n'est pas mon rôle de chercher des explications aux décisions humaines. Je dois seulement les attester. Dans un autre ordre d'idées, et si ce n'est pas indiscret de ma part, je souhaiterais vous poser une autre question.

— Allez-y.

— Sauriez-vous par hasard ce que Luis Montalvo fabriquait à Cuba ? Son absence a surpris tout le monde dans le coin. Personne n'a réussi à savoir quand il est parti et vers où. On a subitement cessé de le voir un jour, et plus de nouvelles.

— Il vivait seul ?

— Seul comme un chien, et il menait une vie, disons... disons un peu relâchée.

— Relâchée dans quel sens ?

L'alose arriva à cet instant précis, panée à l'extérieur, la chair blanche et savoureuse. Le serveur s'attarda un peu plus que nécessaire, dans l'espoir d'en découvrir davantage sur la provenance de l'étranger. Discret, le notaire interrompit la conversation jusqu'à ce que le garçon tourne le dos. Déçu, celui-ci esquissa une grimace destinée à sa clientèle de curieux.

— C'était un type assez bizarre, avec un problème physique qui l'avait empêché de mesurer plus que quatre pieds et demi – il vous serait arrivé plus ou moins à hauteur du coude, un mètre quarante environ. On l'avait surnommé Comino[1], vous imaginez ? Mais loin d'être complexé par sa taille, il avait décidé de compenser son défaut en se livrant à une vie de débauche. Bringues, femmes, chants, danses... Luisito Montalvo n'avait manqué de rien, insista le notaire, un brin ironique. Orphelin de père vers l'âge de vingt ans, et avec une mère souffrante qu'il avait fini par tuer peu après à force de chagrins, à mon avis, il a claqué tout seul la fortune dont il avait hérité.

— Il ne s'est donc jamais occupé de la cave et de la vigne ?

— Jamais, mais il ne s'en est pas débarrassé non plus. Il s'en est tout simplement désintéressé, à la surprise générale. Il les a laissé tomber.

Mauro Larrea évoqua alors sa visite à la demeure de la famille Montalvo une heure avant.

---

1. Littéralement : cumin, et familièrement : petit.

— D'après ce que j'ai constaté, la maison se trouve aussi dans une situation lamentable.

— Jusqu'au décès de doña Piedita, la mère de Luis, la résidence familiale s'est maintenue tant bien que mal. Quand il est resté seul, au contraire, on y rentrait et on en sortait comme dans un moulin. Il y avait de tout : amis, putains, truands, profiteurs... On raconte qu'il a bradé tous les objets de valeur : les tableaux, les porcelaines, les tapis, l'argenterie, même les bijoux de sa sainte mère.

— Il n'y a presque plus rien, en effet. Quelques meubles, à peine, difficiles à déplacer à cause de leur volume et qu'une main charitable a recouverts de draps.

Sachant ce qu'il savait de Luis Montalvo, Larrea avait du mal à l'imaginer s'embarrassant de telles précautions.

— On racontait que le Cachulo, un Gitan de Séville, s'arrêtait souvent devant chez lui. Il avait l'œil et beaucoup de bagout, et il revendait au plus offrant tout ce qu'il parvenait à lui soutirer.

Ce n'était pas la première fois que Mauro Larrea entendait parler d'héritages dilapidés à cause de la sottise et des goûts extravagants des descendants. Il avait connu un certain nombre d'histoires de ce genre dans les mines de Guanajuato et dans la capitale mexicaine, de même que dans la splendide Havane. Mais ce coup-ci, il était concerné : il écouta donc attentivement.

— Pauvre Comino, murmura le notaire avec un mélange de compassion et de moquerie. Ça n'a pas dû être facile pour lui, avec le physique qu'il avait, de tenir le rôle d'héritier prometteur d'une famille classieuse comme celle des Montalvo. Ses grands-parents formaient un couple impressionnant, beaux et élégants tous les deux ; je me les rappelle encore à la grand-messe. Et tous les autres dont je me souviens sortaient du même moule, il suffit de voir la cousine mariée à un Anglais qui est revenue ces jours-ci dans le coin. Gustavo, en revanche, je l'ai quasiment oublié.

— Grand, yeux clairs, cheveux clairs..., récita Mauro sans enthousiasme. Avec de la classe, comme vous dites.

Et bizarre, aurait-il pu ajouter. Bizarre non dans son aspect ni dans ses manières, mais dans son comportement et dans ses initiatives. Il se retint par pure prudence.

— En tout cas, monsieur Larrea, nous nous dispersons, et il me semble que vous n'avez pas encore répondu à ma question.

— Excusez-moi. Quelle était la question, don Senén ?

— Une question très simple que la moitié de Jerez va me poser dès que nous nous séparerons : que diantre Luisito Montalvo fichait-il à Cuba ?

Mauro ne fut pas obligé de mentir.

— À vrai dire, mon cher monsieur, je n'en ai pas la moindre idée.

26.

De nouvelles scènes de désolation : voilà ce qu'il découvrit lorsque le notaire l'emmena, après le déjeuner, à l'extérieur de la cave, rue du Muro. Il n'eut pas le temps d'entrer mais ce qu'il vit lui suffit : une imposante surface entourée de murs autrefois blancs et désormais couverts de moisissures, de taches d'humidité et de fissures. Il n'eut pas non plus la possibilité d'aller jusqu'à la vigne, mais grâce aux informations fournies par don Senén, elle ne lui parut pas du tout négligeable en termes de taille et de potentiel. Plus d'argent dans sa bourse quand il s'en séparerait, moins d'obstacles à son retour.

— Si votre décision est de tout mettre en vente immédiatement, monsieur Larrea, il faudra d'abord estimer la valeur actuelle des biens, conclut le notaire. Le plus raisonnable serait de confier l'affaire à un agent immobilier.

— Celui que vous me recommanderez.

— Je vous en chercherai un de toute confiance.

— Quand aurai-je tous les documents en règle ?

— Disons après-demain.

— Je resterai donc deux jours ici.

Ils avaient atteint la place de l'Arenal où l'attendait sa calèche de location. Ils échangèrent une poignée de main.

— À jeudi vers onze heures, avec les papiers et l'agent. Saluez de ma part don Antonio Fatou, le fils de mon bon ami, paix à son âme. Je suis sûr que chez lui vous êtes comme un coq en pâte.

Alors qu'il était déjà installé et que les sabots des chevaux commençaient à résonner sur les pavés, Mauro entendit une dernière fois le notaire :

— Mais vous auriez peut-être intérêt à quitter Cadix et à venir ici, à Jerez, en attendant que tout soit réglé.

Il partit sans répondre. La suggestion de don Senén continuait néanmoins à lui trotter dans la tête tandis que la voiture le transportait, à la nuit tombante, vers le Puerto de Santa María. Il y repensa dans le vapeur, sur les eaux noires de la baie endormie, et envisagea même d'en parler à Antonio Fatou, le correspondant gaditan du vieux don Julián, chez qui il logeait dans sa splendide maison de la rue de la Verónica. Ce dernier maillon d'une prospère dynastie de commerçants liés aux Amériques depuis plus d'un siècle s'était révélé être un trentenaire chaleureux. Au fil des ans, ses prédécesseurs avaient reçu les clients et amis de la famille Calafat comme s'ils avaient été les leurs, et avaient bénéficié en retour de la plus aimable réciprocité à La Havane.

— Ne songez même pas à chercher un autre hébergement, cher ami, avait dit Antonio Fatou à Mauro Larrea, à peine avait-il lu la lettre de recommandation. Ce sera un honneur pour nous de vous accueillir aussi longtemps que vos affaires l'exigeront. C'est la moindre des choses.

— Comment s'est passée votre visite à Jerez, mon cher don Mauro ? lui demanda son hôte le lendemain matin, quand ils furent seuls.

Ils avaient déjeuné d'un chocolat et de churros bien chauds, sous les regards attentifs de trois générations d'affréteurs des Indes dont les portraits étaient accrochés au mur de la salle à manger. Malgré l'absence d'ostentation, tout, autour d'eux, respirait la classe et l'argent bien gagné : la faïence de Pickman, la table ornée de marqueterie, les petites cuillers en argent gravées aux initiales entrelacées de la famille.

Paulita, la jeune épouse, voulant sans doute les laisser parler en toute discrétion, s'était excusée sous prétexte de quelques menues tâches domestiques. Elle avait un peu plus de vingt ans, de bonnes joues de petite fille, et s'efforçait de bien jouer son rôle de maîtresse de maison devant cet homme à l'allure impressionnante qui dormait à présent sous son toit. Un autre churrito, don Mauro ? Je fais réchauffer davantage de chocolat ? Un peu plus de sucre ? Tout va bien ? Vous avez besoin de quelque chose d'autre ? Le contraire de Mariana – d'un caractère entier et remplie d'assurance – mais, d'une certaine façon, elle la lui rappela : une nouvelle épouse, un nouveau logis, un nouvel univers pour une jeune femme.

Deux bonnes curieuses et indiscrètes passèrent la tête dans la salle à manger pour jauger l'hôte d'un coup d'œil. Beau gars, elle a pas tort, la Benancia, décréta l'une d'elles en portant les mains à son tablier. Beau gars et mignon, convinrent-elles derrière le rideau. Havanais ? Il paraît qu'il vient de Cuba, mais la Frasca a entendu ces messieurs hier soir, et ils parlaient aussi du Mexique. Va savoir d'où ça débarque, ces types, avec l'éclat et la dégaine qu'ils se payent ! Enfin, c'est ce que je dis, moi, ma chérie. Va savoir !

Étrangers aux commérages des deux femmes, les messieurs continuaient à bavarder à table.

— Tout est en bonne voie, heureusement, poursuivit Mauro Larrea. Don Senén, le notaire que vous m'avez indiqué, a été très aimable et extrêmement efficace. J'y retournerai demain afin de conclure les formalités et de rencontrer l'agent immobilier chargé de la vente.

Il ajouta quelques phrases anodines et deux banalités. Il n'était pas disposé à en dire plus pour le moment.

— J'en déduis que vous n'envisagez en aucun cas de reprendre vous-même l'affaire, n'est-ce pas ? nota Antonio Fatou.

Qu'est-ce qu'un mineur pourrait bien foutre au milieu des vignes et du vin ! faillit s'exclamer Mauro. Pourtant, il se retint.

— Quelques questions urgentes m'attendent au Mexique, d'où mon espoir de liquider au plus vite tous les bâtiments.

Pour justifier son propos, il évoqua deux ou trois obligations et autant de dates. Pure langue de bois pour cacher ses uniques soucis : verser la première échéance du prêt consenti par cette crapule de Tadeo Carrús, et traîner son fils jusqu'à l'autel, même s'il fallait l'attraper par l'oreille.

— Je comprends, bien sûr, acquiesça Fatou, mais c'est dommage. La production vinicole traverse en ce moment une période exceptionnelle. Vous ne seriez pas le premier à investir des capitaux d'outre-mer dans ce secteur. Mon père, paix à son âme, a lui aussi été tenté d'acheter quelques arpents de vigne, puis il est tombé malade et...

— Je vous propose les miens, et à un bon prix.

— Ce n'est pas faute d'envie... bien que je craigne que ce ne soit trop téméraire de ma part : je suis très pris par les affaires de la famille. En tout cas, qui sait ? Un jour, peut-être.

Les connaissances de Mauro Larrea en matière de vin étaient des plus limitées : il l'avait apprécié, à table, quand ses moyens lui avaient permis d'en acheter, et c'était tout. Mais il n'avait pratiquement rien à faire ce matin, sauf attendre, et Fatou n'avait pas non plus l'air d'être pressé. Il l'invita donc à continuer.

— Abuserais-je de votre bienveillance, don Antonio, si je me servais un peu plus de cet excellent chocolat ? Pendant ce temps, vous pourriez me parler du vin dans votre région.

— Bien au contraire. Ce sera un plaisir, cher ami. Permettez, s'il vous plaît.

Il remplit leurs tasses, les cuillers sonnèrent sur la faïence de la Cartuja.

— Laissez-moi d'abord vous confesser quelque chose. Bien que nous ne soyons pas tous propriétaires de caves, le négoce des crus de Jerez nous sauve pratiquement la vie. Nous sommes maintenus à flot grâce aux vins et aux chargements de sel. Notre situation s'est compliquée après l'indépendance des colonies américaines. Sauf votre respect, cher ami, vos compatriotes mexicains et leurs frères du Sud nous ont causé un tort immense avec leurs aspirations à la liberté.

Les paroles d'Antonio Fatou étaient dépourvues d'amertume ; elles exprimaient plutôt une pointe de cordiale ironie. Larrea haussa les épaules pour jouer le jeu, comme s'il disait : « Qu'y pouvons-nous ? »

— Par chance, continua Fatou, presque parallèlement à la réduction des échanges commerciaux avec les colonies, le secteur du vin est entré dans une ère de splendeur. Et ce sont les exportations en Europe, principalement en Angleterre, qui protègent du déclin notre maison en particulier, et aussi tout Cadix, pour une large part.

— Et en quoi consiste cette splendeur, si je puis me permettre cette question ?

— C'est une longue histoire, voyons si je suis capable de la résumer. Jusqu'à la fin du siècle dernier, les viticulteurs de Jerez ne produisaient que des jus et de simples moûts qui étaient embarqués à destination des ports britanniques. Des vins en puissance, pour que vous me compreniez bien, pas encore faits. Une fois là-bas, ils étaient vieillis et assemblés par les commerçants locaux pour les adapter aux goûts de leur clientèle. Plus doux, moins doux, plus de corps, moins de corps, teneur en alcool plus ou moins élevée. Vous savez de quoi je parle.

Non, il ne savait pas. Il n'en avait pas la moindre idée, ce qu'il dissimula.

— Depuis plusieurs décennies, cependant, le négoce est devenu infiniment plus dynamique, beaucoup plus prospère. La totalité du processus est à présent réalisée ici, à la source : c'est ici qu'on cultive la vigne, évidemment, mais on y effectue aussi l'élevage du vin et son assemblage selon les exigences des consommateurs anglais. De nos jours, le terme de vigneron est beaucoup plus large qu'avant, il recouvre toutes les phases de la production : les vendanges, l'élaboration du vin et même la commercialisation. Et nous, des quais de la baie et par l'intermédiaire de maisons telles que celle-ci, nous sommes chargés de faire parvenir leurs tonneaux jusqu'aux représentants ou agents des entreprises de Jerez dans la perfide Albion. Ou n'importe où ailleurs.

— Ainsi, la plupart des bénéfices restent sur cette terre.

— Exactement, sur cette terre paisible, grâce à Dieu.

Fichu Comino, songea Mauro en avalant une gorgée de son chocolat à présent refroidi. Comment as-tu été assez fou pour ruiner une affaire comme celle-ci ? Et toi, Mauro, qui es-tu pour faire des reproches à cet homme, toi qui a joué toute ta fortune sur un seul coup, le jour maudit où tu as croisé un gringo sur ta route ? Ça y est, encore en train de m'engueuler, Andrade ? Je viens juste te rappeler ce que tu ne devrais jamais oublier. Eh bien oublie-moi un peu, et laisse-moi m'informer sur ce négoce du vin. À quoi bon ? Tu n'auras pas l'occasion de fourrer ton nez là-dedans. Je sais, frère, je sais. Si seulement nous avions, toi et moi, les années et l'énergie d'autrefois ! Si seulement nous pouvions recommencer de zéro !

Le fantôme de son fondé de pouvoir s'estompa au milieu des capricieuses moulures du plafond dès qu'il eut reposé sa tasse sur la soucoupe.

— Et dites-moi, l'ami, ça représente quoi, en termes d'importance commerciale ?

— Le cinquième du volume total des exportations espagnoles, plus ou moins. Le fer de lance de l'économie nationale.

Grand Dieu ! Luisito Montalvo, espèce d'imbécile ! Et toi, Gustavo Zayas, roi du billard havanais, pourquoi n'as-tu pas regagné la mère patrie aussitôt après avoir hérité de ton cousin ? Tu aurais pu remettre en ordre le legs familial. Pourquoi tout risquer contre moi ? Pourquoi tenter le sort de façon si extravagante ?

Le caractère expansif de Fatou le tira heureusement de ses cogitations.

— Par conséquent, maintenant que les anciennes colonies espagnoles suivent leur chemin librement et que nous, les Espagnols, nous ne possédons plus que les Antilles et les Philippines, nous sommes uniquement préservés d'une faillite commerciale et portuaire par la reconversion des échanges avec l'outre-mer dans un trafic croissant avec l'Angleterre et avec l'Europe.

— Je vois...

— Bien sûr, si un jour les Anglais cessent de boire leur sherry et que, dans les Caraïbes et le Pacifique, il souffle également des airs d'indépendance, ou je me trompe ou nous plongerons tous sans rémission. Y compris Cadix. Longue vie au jerez, donc, ne serait-ce que pour cette raison..., conclut Fatou en levant sa tasse avec ironie.

Mauro l'imita, sans grand enthousiasme.

La toux du majordome interrompit le toast.

— Don Antoñito, don Álvaro Toledo vous attend au salon, annonça-t-il.

Cela mit fin à leur aimable conversation et chacun retourna vaquer à ses occupations. Le maître de maison gagna les dépendances du rez-de-chaussée pour reprendre en mains ses affaires. Quant à Mauro Larrea, il lui fallait tuer le temps et lutter de nouveau contre l'anxiété.

Il redescendit la rue de la Verónica, accompagné de Santos Huesos : le don Quichotte des mines et le Sancho chichimèque chevauchant, sans Rossinante ni baudet pour les soutenir. Seulement pour voir. Et, peut-être, pour penser.

Depuis qu'il était arrivé en Amérique, âgé de vingt et quelques années, avec deux enfants et un ou deux ballots de linge usagé, le nom de cette ville avait toujours résonné à ses oreilles. Cadix, la mythique Cadix, l'extrémité du cordon ombilical reliant encore le Nouveau Monde à sa mère patrie décrépite, bien que la quasi-totalité de ses rejetons lui eût déjà tourné le dos. Cadix, point de départ de tant de choses et destination de moins en moins fréquentée.

Il était parti du port de la Lune, à Bordeaux : les relations entre la métropole et sa vice-royauté rebelle étaient alors tendues, et, à cette époque où l'Espagne se refusait à reconnaître l'indépendance du Mexique, le trafic maritime était beaucoup plus fluide depuis les ports français. Il n'avait donc jamais su comment était cette légendaire porte d'entrée et de sortie du sud de la Péninsule. Par une matinée d'automne où le vent d'est soufflait en rafales sauvages des côtes africaines, quand il put enfin en fouler les recoins et la contempler tout entière, de haut en bas et de long en large, il resta sur sa faim. Dans son imagination, il avait idéalisé Cadix sous la forme d'une vaste métropole mondaine et imposante ; il eut beau la chercher, il ne la trouva pas.

Trois ou quatre fois moins peuplée que La Havane, infiniment moins opulente que l'ancienne capitale des Aztèques, et entourée par la mer. Discrète, coquette avec ses rues étroites, ses maisons d'une hauteur régulière et ses tours-miradors d'où l'on voyait les navires entrer dans la baie ou voguer vers d'autres continents. Sans ostentation ni éclat; paisible, gracieuse, arrangeante. Voilà donc Cadix, se répéta-t-il.

Il y avait pas mal de gens en mouvement, presque tous à pied et quasiment avec la même couleur de peau. Ils s'arrêtaient tranquillement, échangeaient une ou deux phrases, un message ou un ragot; pour se plaindre du vent fripon qui soulevait les jupes des femmes et volait aux hommes papiers et chapeaux. Négociants et commerçants s'accordant. Rien ne rappelait le vacarme et l'agitation débridée des villes d'outre-mer. Rien n'évoquait le charivari des indigènes mexicains annonçant à tue-tête leurs chargements, ni les esclaves noirs courant à moitié nus et trempés de sueur à travers la perle des Antilles, chargés d'énormes blocs de glace ou de sacs de jute.

En passant par la rue Isabel II et par la rue Nueva, Mauro n'aperçut aucun café aussi raffiné que La Dominica ou El Louvre; dans la rue Ancha, ne circulait pas le dixième des attelages de La Havane, et il ne vit nulle part des théâtres aussi grandioses que le Tacón. Pas d'églises monumentales non plus, ni d'armoiries ni de palais semblables à ceux des aristocrates du sucre ou des vieilles familles minières de la vice-royauté. Aucune place ne rivalisait avec l'immense Zócalo que lui-même traversait dans sa berline presque tous les jours, avant ses revers de fortune, et cette paisible Alameda qui s'ouvrait sur la baie avait peu de choses à voir avec les somptueuses promenades de Bucareli ou du Prado, où les créoles mexicains et havanais se pavanaient dans leurs calèches, observant et paradant. Aucune trace de la nuée de voitures, d'animaux, de gens et d'édifices peuplant les rues du Nouveau Monde qu'il venait d'abandonner. L'Espagne se repliait sur elle-même, et de ce glorieux Empire sur lequel le soleil ne se couchait jamais, il ne restait presque rien. Pour le meilleur et pour le pire, chacun devenait maître de son propre destin. Cadix, c'est donc ça, pensa-t-il à nouveau.

Ils entrèrent manger dans une friterie, on leur servit du poisson pané, puis ils s'approchèrent de la mer. Personne ne parut surpris de la présence de cet indigène à la chevelure brillante à côté d'un étranger : on était largement habitué à croiser des individus ayant une allure et un parler différents. Et avec le vent d'est agitant violemment leurs cheveux, les basques de son frac et le poncho bigarré de Santos Huesos, ils contemplèrent l'océan depuis la Banda del Vendaval.

Mauro Larrea eut alors une illumination. Que pouvait-il savoir, lui, un mineur ruiné, du passé ou du présent de Cadix, de la vie de ses rues et de ses quais au fil des siècles?

Du contenu des conversations et de ce qui se tramait derrière ses portes, dans ses bureaux et ses consulats ? Des combats pour sa défense, derrière ses tours et ses murailles ? Des serments prêtés dans ses églises, de son calme face à l'adversité, des marchandises embarquées et débarquées dans les navires prenant et reprenant sans cesse la route des Indes ? Que pouvait-il savoir de cette ville et de ce monde, puisque depuis des décennies il ne parlait ni ne pensait ni ne ressentait comme un Espagnol ? Où qu'il fût, il n'était qu'un étranger, un tissu d'ambiguïtés. Un expatrié de deux patries, le produit d'un double déracinement. Sans appartenir à un quelconque lieu et sans un foyer où revenir.

Le soir tombait quand il redescendit la pente douce de la rue de la Verónica vers la résidence des Fatou. Genaro, le vieux majordome dont le couple avait hérité en même temps que de la maison et du commerce, l'accueillit entre deux quintes de toux.

— Une dame est venue ce matin, juste après votre départ. Elle a demandé après vous, don Mauro, et elle est repassée vers trois heures.

Il fronça les sourcils, surpris, tandis que le vieillard lui tendait un petit plateau en argent. Sur celui-ci, une simple carte. Blanche, impeccable, raffinée.

Mrs Soledad Claydon
23 Chester Square, Belgravia, London

La dernière ligne avait été barrée d'un trait ferme ; une nouvelle adresse, réécrite à la main, apparaissait en dessous.

Plaza del Cabildo Viejo, 5, Jerez

27.

Ils se réunirent comme convenu à l'étude, un peu après onze heures. Le notaire, l'agent et lui. Le premier lui présenta le deuxième : don Amador Zarco, expert en transactions immobilières dans toute la province de Jerez. Un homme imposant d'un âge certain, gras, les doigts comme des boudins, avec un accent andalou à couper au couteau, habillé à la façon d'un paysan opulent, avec un chapeau à large bord et une grosse ceinture noire à la taille.

Sans autre préambule que les salutations initiales et les bruits provenant de la bouillonnante Lancería, l'agent détailla les propriétés et leur estimation. Quarante-neuf aranzadas de vigne avec ferme, puits, citernes et limites correspondantes, qu'il précisa à profusion. Une cave, sise rue du Muro, avec ses nefs, bureaux, magasins et autres dépendances, outre plusieurs centaines de tonneaux – vides pour la plupart, mais pas tous –, divers instruments et une tonnellerie. Une maison, rue de la Tornería, avec trois étages, dix-sept pièces, cour principale, cour de derrière, chambres de service, garage, écuries et une superficie d'environ mille quatre cents verges carrées, jouxtant à gauche, à droite et derrière divers bâtiments annexes ci-après détaillés.

Mauro Larrea écouta avec une concentration absolue et quand, après cette lecture monocorde, le dénommé don Amador annonça l'estimation globale de tous ces biens, il faillit donner un coup de poing sur la table, hurler de bonheur et serrer dans ses bras les deux hommes. Avec cet argent, il pourrait liquider d'un seul coup au moins deux des trois échéances de la dette contractée auprès de Tadeo Carrús et organiser un mariage en grande pompe pour Nico. Jerez était en pleine effervescence grâce au vin et à son commerce ; tout le monde le lui avait dit. Il aurait tôt fait de vendre d'abord la cave, et ce serait ensuite le tour de la vigne, ou bien le contraire. Pourquoi pas la maison et ensuite... La lumière, en tout cas. Il était sur le point de sortir du trou. De revoir enfin la lumière.

Tandis qu'il se livrait sans retenue à sa joie, le notaire et l'agent échangèrent un regard. Ce dernier toussota, le ramenant à la réalité.

— Il y a un point, monsieur Larrea, qui conditionne d'une certaine manière les procédures subséquentes.

— Je vous écoute.

Larrea essaya de deviner ce qu'il allait entendre. Que tout se trouvait dans un état lamentable et qu'il en résulterait sans doute une diminution du prix des bâtiments? Il s'en fichait, il était disposé à le baisser. Qu'un des biens exigerait davantage de temps que les autres pour être vendu? Aucune importance, on lui ferait parvenir l'argent le moment voulu. Entre-temps il rentrerait chez lui et renouerait avec sa vie là où il l'avait laissée.

Le notaire prit alors la parole :

— Voyez-vous, c'est un problème auquel nous ne nous attendions pas, que j'ai décelé quand nous avons enfin retrouvé une copie des dernières volontés de don Matías Montalvo, le grand-père de don Luis et de son cousin Gustavo Zayas. Il s'agit d'une clause testamentaire établie par le patriarche au sujet de l'indivisibilité des biens immobiliers de la famille.

— Précisez, s'il vous plaît.

— Vingt ans.

— Vingt ans quoi ?

— Par décision irrévocable du testateur, il est stipulé que vingt années doivent s'écouler, à partir de la date de son décès, avant que le patrimoine puisse être démembré et mis en vente en parties indépendantes.

Mal à l'aise, Mauro Larrea décolla son dos de la chaise et fronça les sourcils.

— Et combien de temps reste-t-il pour que ce soit possible ?

— Onze mois et demi.

— Presque une année, alors, dit-il sur un ton amer.

— Pas tout à fait, intervint l'agent immobilier, cherchant à être positif.

— D'après mon interprétation, en tout cas, reprit le notaire, c'est une façon de garantir la continuité de tout ce qu'avait bâti le défunt patriarche. *Testamentum est voluntae nostrae justa setentia de eo quod quis post mortem suam fieri velit.*

Foin de latineries ! faillit hurler Mauro. Il se contenta de se racler la gorge, de serrer les poings et de se taire en attendant des éclaircissements.

— Les Romains l'ont déjà dit, cher ami : le testament est la simple expression des volontés de quelqu'un après sa mort. La clause restrictive de don Matías Montalvo n'est certes pas très courante, mais ce n'est pas non plus la première fois que je la vois. Elle se produit en général lorsque le testateur n'est pas certain des intentions de continuer de ses légataires. Dans le cas présent, elle démontre que ce brave monsieur n'avait pas grande confiance en ses propres descendants.

— Récapitulons : cela signifie donc...

Ce fut l'agent qui lui répondit, avec son accent andalou prononcé.

— On est obligés de tout vendre en bloc, cher monsieur : demeure, cave et vigne. Ce qui ne sera pas facile du jour au lendemain, et j'espère me tromper. Pourtant nous vivons une bonne période par ici, l'argent engendré par le commerce du vin coule à flots, et on voit débarquer des gens d'un tas d'endroits que presque personne ne sait situer sur une carte. Mais le problème, c'est qu'il s'agit d'un lot inséparable. Il y aura toujours quelqu'un qui veut des vignes, mais ni maison ni cave. Ou bien une cave, mais ni vignes ni maison. J'en connais un qui cherche une maison, mais pas de vignes ni de cave.

— En tout cas, interrompit le notaire, essayant de calmer le jeu, ce n'est pas non plus si long...

Pas long, un an ? fut-il sur le point de lui crier au visage. Pas long, nom de Dieu ? Vous n'imaginez pas ce que représente une année en ce moment dans ma vie. Que pouvez-vous savoir de mes urgences et de mes contraintes ?

Il s'efforça de se contenir, il y parvint à grand-peine.

— Et louer ? demanda-t-il en frottant la cicatrice de sa main.

— Louer ? Je crains que ce ne soit également impossible : le testament le stipule en toutes lettres. Ni vendre ni louer. Dans le cas contraire, Luisito Montalvo n'aurait pas manqué de chercher des locataires et d'en tirer ainsi quelques revenus. Don Matías s'est révélé être un homme prévoyant : il a voulu s'assurer que les joyaux de son patrimoine resteraient en un lot *pro indiviso*. Ou tout ou rien.

Mauro avala de l'air rageusement, sans se cacher à présent. Puis il l'expulsa.

— Maudit vieillard ! s'exclama-t-il en se passant la main sur sa mâchoire.

— Si cela est susceptible de vous consoler, je doute fortement que don Gustavo Zayas ait eu connaissance de cette clause testamentaire lors de cette transaction.

Mauro se remémora en un éclair les boules en ivoire roulant, comme possédées, sur le tapis vert de la Chucha. Les coups brutaux, les doigts tachés de bleu et de talc. Les corps endoloris, la barbe naissante et les cheveux en bataille, les chemises ouvertes, la transpiration. Il doutait lui aussi que son adversaire eût pensé alors à une quelconque broutille légale.

— Bon, don Mauro, intervint l'agent, je me mets immédiatement au travail si vous le désirez.

— Quelle est votre commission, l'ami ?

— La commission normale est de dix pour cent.

— Je vous en donne quinze si vous liquidez l'affaire en un mois.

Le double menton de l'homme tremblota comme le pis d'une vieille vache.

— Ça me paraît très difficile, cher monsieur.

— Vingt si vous êtes capable de tout achever en deux semaines.

L'autre se passa la main derrière la nuque. Sainte Vierge ! Larrea le défia de nouveau.

— Ou le quart dans votre poche si vous m'amenez un acheteur avant vendredi prochain.

L'intermédiaire, enfonçant son chapeau sur sa tête, repartit tourneboulé. Tout en parcourant la rue de la Lancería, il pensait à ce qu'on racontait depuis tant d'années à propos des *Indianos*. Sûrs d'eux, décidés, voilà comment on décrivait les hommes de cette trempe : ces Espagnols devenus millionnaires dans les colonies et qui avaient pris le chemin du retour ces derniers temps ; qui achetaient terres et vignes comme on achète des lupins au marché.

— Ce type ne vient-il pas de m'offrir sans sourciller le plus grand pourcentage de ma vie ? lança-t-il à voix haute, incrédule, en s'arrêtant au beau milieu de la rue.

Deux femmes qui passaient par là le regardèrent comme s'il était fou ; il ne s'en rendit pas compte. Ce Larrea n'achetait pas, il vendait. Mais son attitude était fidèle à la légende. Ferme, audacieuse. Il cracha par terre. Quel sacré type, cet *Indiano*! s'écria-t-il. Avec une pointe d'envie. Ou d'admiration.

Étrangers aux réflexions de l'agent immobilier, Mauro Larrea et le notaire continuèrent à signer des documents et à parachever la rédaction des derniers actes. Arriva ensuite le moment des adieux, à peine une demi-heure après.

— Vous allez enfin vous décider à déménager à Jerez jusqu'à ce que tout soit résolu, cher ami ? Ou bien pensez-vous rester à Cadix ? Ou peut-être allez-vous retourner au Mexique en attendant des informations de ma part ?

— Je l'ignore encore, don Senén. Ces nouvelles bouleversent mes projets. Il faut que je réfléchisse sérieusement à la meilleure solution. Dès que j'aurai pris une décision définitive, je vous l'indiquerai.

Santos Huesos l'attendait à la porte de l'étude notariale. Ils commencèrent à marcher au milieu des flaques laissées par une ondée matinale aussi subite que brève. Ils passèrent devant le conseil municipal, par la place de la Yerba, puis par celle de Plateros, avant d'enfiler l'étroite rue de la Tornería.

— Tu as les clés, mon garçon ?
— Bien sûr, patron.
— Allons-y, alors.

Au fond, aucun d'eux ne savait dans quel but.

Contrairement à sa très longue promenade de la veille à travers Cadix, quand il avait tout observé et tout tenté d'analyser, Mauro prêta à peine attention à ce qui l'entourait. Il était absorbé dans ses pensées. Dans ce que venaient de lui communiquer l'agent immobilier et le notaire, essayant d'en tirer les conséquences. Ni les façades blanchies à la chaux, ni les grilles en fer forgé, ni les passants et leurs va-et-vient ne suscitèrent en lui le moindre intérêt. Une seule chose le tarabustait : cette fortune à portée de main et la maigre probabilité de s'en emparer.

— Va faire un tour, proposa-t-il à Santos Huesos pendant qu'il ouvrait le grand portail en bois clouté. Trouve un endroit où on pourrait manger.

Il retraversa le patio avec ses dalles crasseuses et ses feuilles mortes mêlées à l'eau qui était tombée quelques heures auparavant, remarquant de nouveau son état décrépit. Il parcourut encore lentement les pièces, l'une après l'autre, d'abord au rez-de-chaussée puis en haut. Les salons décadents, les chambres inhospitalières. La petite chapelle sans ornementations, froide comme un sépulcre. Ni autel, ni calice, ni burettes, ni clochette.

Il tournait le dos à l'escalier quand il entendit des pas sur les premières marches. Il demanda sans regarder derrière lui :

— Déjà de retour, mon garçon ?

Sa voix résonna dans la bâtisse vide tandis qu'il continuait à contempler l'oratoire. Pas le moindre crucifix accroché au mur. Il nota juste la présence d'un objet relégué dans un coin et recouvert d'un bout de tissu. Il tira dessus et sous ses yeux apparut un petit prie-Dieu. Avec sa tapisserie grenat à moitié mangée par les rats, plusieurs montants brisés et la taille exacte pour que s'y agenouille un enfant.

— Mon grand-père Matías l'avait commandé pour ma première communion.

Il se retourna net, déconcerté.

— Ce qu'il n'a jamais appris, c'est ce que nous avions fait la veille du grand jour, mes cousins, ma sœur et moi : nous avions forcé le tabernacle et mangé chacun quatre ou cinq hosties consacrées. Enchantée de vous connaître enfin, monsieur Larrea. Bienvenue à Jerez.

Son visage était fin, sa prestance harmonieuse. Et ses grands yeux noisette brillaient de curiosité.

— Soledad Claydon, ajouta-t-elle en lui tendant une main gantée. Bien que je me sois également appelée Soledad Montalvo à une époque de ma vie. Et j'ai vécu ici.

28.

Il tarda à réagir – il avait soudain l'impression d'être un intrus mais ne voulait pas apparaître comme tel.
Elle le devança.
— Il me semble que vous êtes le nouveau propriétaire.
— Je suis désolé de ne pas vous avoir rendu la politesse, madame. J'ai reçu votre carte tard, hier soir, et...
Elle haussa très légèrement le cou et cette mimique fut suffisante : ses excuses étaient inutiles.
— Je devais régler quelques affaires à Cadix, j'en ai profité pour venir vous présenter mes respects.
Les idées se bousculèrent dans la tête Mauro Larrea. Que peut-on répondre à une femme comme elle ? Une femme unie par les liens du sang à ce que tu possèdes à présent, grâce à une délirante partie de carambole. Quelqu'un qui te regarde comme si elle voulait plonger au plus profond de tes entrailles pour savoir qui tu es vraiment et ce que tu fiches dans cet endroit qui n'est pas à toi.
Faute de mots, il se réfugia dans les gestes. Ses larges épaules bien droites, le chapeau contre le cœur. Et un hochement de tête, un signe de gratitude fugace et ferme face à cette belle présence qui s'était glissée dans cette fin de matinée confuse. D'où sors-tu ? Que me veux-tu ? avait-il envie de lui demander.

Elle portait une courte cape en velours gris clair. En dessous, une robe d'un bleu très pâle, à la mode européenne. Une magnifique quarantaine, à peu de chose près, estima-t-il. Des gants en chevreau et des cheveux châtains harmonieusement ramassés. Un petit bibi orné de deux plumes de faisan était gracieusement accroché sur un côté. Aucun bijou visible.

— Je crois savoir que vous arrivez d'Amérique.

— On vous a bien informée.

— Et c'est mon cousin Gustavo Zayas qui vous aurait transféré ces biens ?

— En effet, c'est exact.

Ils s'étaient rapprochés. Il était sorti de la chapelle, elle avait laissé l'escalier derrière elle. La galerie inhospitalière, traversée, dans un passé glorieux, par les membres de la famille Montalvo, leurs amis, leurs domestiques, témoin de leurs tâches et de leurs amours, accueillait maintenant cette conversation inattendue entre le nouveau propriétaire et la descendante de ces lieux.

— Pour un prix raisonnable ?

— Disons que la transaction a été grandement avantageuse pour moi.

Soledad Claydon attendit quelques secondes sans dévier son regard de cet homme au corps solide et aux traits accusés, qui conservait devant elle une attitude mi-respectueuse, mi-arrogante. Lui resta impassible, dans l'expectative, s'efforçant de ne rien laisser transparaître du profond désarroi qui le rongeait sous son apparente sérénité.

— Et Luis ? Vous avez également connu mon cousin Luis ?

— Jamais.

Le ton était catégorique, pour qu'à aucun moment elle n'imagine son implication dans le voyage de cet homme aux Grandes Antilles et dans son triste destin. Il ajouta donc :

— Sa mort s'est produite avant mon arrivée à La Havane, je ne peux pas vous donner davantage de renseignements, je le regrette.

Les yeux de la femme se détachèrent alors des siens et se promenèrent alentour. Sur les murs écaillés, la saleté, la désolation.

— Dommage que vous n'ayez pas vu tout ça en d'autres temps !

Elle esquissa un léger sourire sans décoller les lèvres, une ombre de nostalgie amère suspendue à leurs commissures.

— Depuis que j'ai reçu, avant-hier, la nouvelle de l'achat de notre patrimoine par un prospère habitant du Nouveau Monde, je me suis demandé quel devrait être mon rôle.

— Nous venons juste de régler les formalités ; tout est parfaitement légal, dit-il, sur la défensive.

Le ton fut cassant, il le regretta. Il s'efforça donc d'adopter une intonation plus neutre pour préciser.

— Vous pourrez vous en assurer auprès de l'étude de don Senén Blanco.

Soledad Claydon ajouta une pointe d'ironie à son demi-sourire.

— C'est déjà fait, bien entendu.

Bien entendu, bien entendu. Qu'est-ce que tu t'imaginais, espèce de crétin ? Qu'elle laisserait dépouiller sa famille et qu'elle goberait tout ce que tu lui racontes ?

— Je pensais, dit-elle, donner à ce... ce transfert, si on peut l'appeler ainsi, un peu de solennité, si modeste soit-elle. Et un peu d'humanité, aussi.

Il ne voyait pas du tout où elle voulait en venir, mais il acquiesça.

— Tout ce que vous voudrez, madame.

Elle parcourut derechef d'un regard empreint de mélancolie le pathétique état de son ancien foyer, et il en profita pour l'observer. Sa prestance, son cran, son harmonie.

— Je ne vous demande pas de comptes, monsieur Larrea. Vous comprendrez que ce n'est pas une situation très agréable pour moi, mais je constate que vous respectez la légalité et je dois donc m'en satisfaire.

Il hocha de nouveau la tête, en signe de reconnaissance.

— Les choses étant ce qu'elles sont et faisant contre mauvaise fortune bon cœur, en qualité d'ultime descendante de la malheureuse lignée des Montalvo à Jerez, et avant que notre souvenir ne s'estompe à jamais, je vous rends visite dans un seul but : baisser symboliquement le drapeau et vous souhaiter bonne chance.

— Je vous remercie de votre amabilité, madame Claydon. Je dois néanmoins vous préciser que je n'ai pas l'intention de conserver ces biens. Je suis seulement de passage en Espagne. Je vais donc négocier leur vente et repartir.

— Ce n'est pas le plus important. Même si votre séjour est bref, il convient que vous en sachiez davantage sur ceux qui ont habité sous ce toit, à une époque plus faste qu'aujourd'hui. Venez avec moi, s'il vous plaît.

Ses pas décidés la conduisirent au salon principal. Il la suivit.

Avec le physique qu'il avait, Comino avait dû avoir bien du mal à trouver sa place dans cette famille de solides gaillards. Le notaire l'avait prévenu quand ils mangeaient ensemble à l'auberge La Victoria, deux jours auparavant. Cette femme séduisante, au port gracieux et à la silhouette longiligne, qui se déplaçait avec désinvolture entre les murs aux tapisseries en lambeaux, le confirmait. Mauro Larrea, l'*Indiano* prétendument puissant et opulent, se contenta de l'écouter en silence, soudain privé de toute réaction.

— Ici, on organisait les grandes fêtes, les bals, les réceptions. Les anniversaires des grands-parents, la fin des vendanges, nos baptêmes... Il y avait des tapis de Flandres et des rideaux damassés, et un immense lustre en bronze et en cristal. Une tapisserie était suspendue à ce mur, représentant une scène de chasse des plus extravagantes, et là, entre les balcons, étaient accrochés de magnifiques miroirs vénitiens, rapportés par mes parents de leur voyage de noces en Italie, qui reflétaient les lueurs des bougies et les multipliaient à l'infini.

Elle ne le regardait pas tandis qu'elle parcourait la pièce plongée dans l'obscurité ; son accent était enveloppant, avec une cadence andalouse adoucie par un probable usage fréquent de l'anglais. Elle s'approcha de la cheminée, observa un instant la colombe morte, puis se dirigea vers la salle à manger.

— À partir de dix ans, nous avions le droit de nous asseoir avec les grandes personnes. C'était une date importante, une espèce de bal des débutantes pour les enfants. À cette table, on buvait les meilleures cuvées de la cave, des vins français, beaucoup de champagne. À Noël, Paca, la cuisinière, tuait trois dindes, et après le dîner mon oncle Luis et mon père amenaient des Gitans avec leurs guitares, leur tambourins et leurs castagnettes. Ils chantaient des *villancicos*, des chants de Noël traditionnels, ils dansaient et ils emportaient ensuite les reliefs du repas.

Elle souleva un des draps recouvrant les rares chaises, puis un autre, puis un troisième, en vain. Ses lèvres émirent un très léger son de contrariété.

— Je voulais vous montrer les fauteuils des grands-parents, j'avais oublié qu'eux aussi se sont envolés. Les bras étaient sculptés en forme de pattes de lion. Quand j'étais petite, j'en avais une peur bleue, et ensuite ils m'ont fascinée. Lors du déjeuner de mon mariage, les grands-parents nous ont cédé leurs fauteuils, à Edward et à moi. C'est la seule fois qu'ils n'ont pas occupé leur place habituelle.

Mauro Larrea se fichait du prénom de son mari, qu'il oublia presque instantanément; en revanche, il absorba les bribes et les images d'un passé qu'elle égrenait d'une pièce à l'autre. Les chambres à coucher, elle les traversa presque sans aucun commentaire; les pièces moins nobles également. De retour dans un tronçon de la galerie par où ils étaient déjà passés, elle pénétra à l'intérieur de la dernière salle. Complètement nue et vide.

— Et voici la salle de jeu. Notre endroit favori. Avez-vous, monsieur Larrea, une salle de jeu chez vous, au…?

Trois secondes de silence séparèrent les deux parties de la phrase.

— Au Mexique. Ma maison est dans la ville de Mexico. Et oui, en effet, je possède une salle de jeu.

Ou du moins j'en ai possédé une, pensa-t-il. À présent, c'est moins sûr. Si surprenant que cela puisse paraître, que je la conserve ou non dépend de cette autre maison.

— Et vous y jouiez à quoi? demanda-t-elle d'un ton détaché.

— Un peu à tout.

— Au billard, par exemple?

Il cacha sa méfiance sous une fausse assurance.

— Oui, madame, nous jouions également au billard.

— Il y avait ici une magnifique table en acajou, reprit-elle en se plaçant au milieu et en étendant les bras.

Des bras longs, minces, harmonieux sous les manches en soie.

— Mon père et mes oncles y faisaient des parties magistrales qui duraient parfois jusqu'au petit matin. Ma grand-mère était folle de rage quand elle les voyait redescendre, le regard trouble et la tenue débraillée après une nuit d'excès.

Voyages en Italie, festivités avec des Gitans et des guitares, bringues nocturnes. Mauro commençait à comprendre les précautions du vieux don Matías, quand il avait fixé ce délai de vingt ans pour ses descendants.

— Quand nous avons été un peu plus âgés, poursuivit-elle, le grand-père a embauché un professeur de billard pour mes cousins, un Français à moitié givré qui faisait preuve d'une maestria impressionnante. Avec ma sœur Inés, nous nous faufilions pour les regarder. C'était beaucoup plus amusant que de s'asseoir pour broder au bénéfice des orphelins de la Casa Cuna, notre tâche obligatoire à l'époque.

C'est donc là que tu as acquis ton art, Zayas, songea-t-il en se remémorant le jeu de son adversaire – les coups complexes, les fioritures. Suivant le fil de sa mémoire, et devant ces yeux qui le scrutaient, essayant de savoir ce que cachait sa cuirasse d'homme inflexible venu d'autres mondes, il ne put s'empêcher de dire :

— J'ai eu l'occasion de jouer avec votre cousin Gustavo à La Havane.

Les yeux de Soledad Montalvo parurent s'assombrir, tel le soleil occulté par un nuage dense et plombé.

— Vraiment ? dit-elle.

Sa froideur était palpable.

— Une nuit. Deux parties.

Elle fit quelques pas en direction de la porte, comme si elle ne l'avait pas entendu, mettant ainsi fin à cette digression. Soudain, elle s'arrêta et se retourna.

— Il a toujours été le meilleur de tous. Il n'a jamais habité Jerez, j'ignore s'il vous l'a raconté. Ses parents, mes oncle et tante, se sont installés à Séville après leur mariage, mais lui venait passer de longs séjours ici avec nous : à Noël, pendant la Semaine sainte, pour les vendanges. Il adorait, pour lui c'était le paradis. Ensuite il est définitivement parti. Je l'ai perdu de vue depuis vingt ans.

Elle attendit un peu avant de demander :
— Comment va-t-il ?

Ruiné. Déchiré. Sans doute malheureux. Enchaîné à une femme détestable, qu'il n'aime pas. C'eût été la réponse exacte, toutefois il se retint.

— Bien, je suppose, mentit-il. Nous ne nous connaissons pas vraiment, nous nous sommes juste croisés à l'occasion de mondanités, et j'ai pu jouer avec lui une seule fois. Ensuite... ensuite plusieurs faits se sont produits entre nous, des circonstances diverses qui ont débouché sur cette opération, c'est-à-dire la transmission de ces biens.

Il s'était efforcé de rester vague sans sonner faux, convaincant en en révélant le moins possible. Et, en raison de son imprécision, il devina que ne tarderaient pas à venir les questions désagréables, auxquelles il n'avait pas de réponses. Sur un cousin, sur l'autre, peut-être sur la femme, le troisième élément du trio qu'ils avaient constitué à la fin de la vie de Luis.

La curiosité de Soledad Claydon emprunta cependant un autre chemin.

— Et qui a gagné ces parties ?

Bien qu'il luttât de toutes ses forces contre elle, la voix qu'il ne voulait pas entendre s'introduisit une nouvelle fois dans son esprit. Tu ne vas pas faire ça, espèce de fou ! Ferme-la ! Change immédiatement de conversation, sors de là, Mauro, sors de là ! Elías, tais-toi donc ; laisse-moi partager avec cette femme mon unique et misérable succès depuis très longtemps. Ne vois-tu pas que, malgré ses manières courtoises, je ne suis à ses yeux qu'un arriviste et un usurpateur ? Laisse-moi manifester un peu de fierté devant elle, mon ami. Je n'ai que ça, ne m'oblige pas à la ravaler aussi.

— C'est moi qui ai gagné.

Et pour éviter que Soledad Montalvo n'insiste pour en savoir plus sur son malheureux adversaire, il s'empressa de lui demander :

— Votre cousin Luis était-il également amateur de billard ?

La nostalgie se peignit de nouveau sur son visage.

— Il n'a pas pu. Il a toujours été un enfant petit et malingre, un être minuscule. Et à partir de onze ou douze ans, son développement a été freiné. D'innombrables médecins l'ont examiné, on l'a même emmené à Berlin, pour consulter un spécialiste soi-disant miraculeux. Il a subi mille atrocités : on l'étirait avec des appareils en fer, on le suspendait par les pieds à des courroies de cuir. Mais personne n'a trouvé la cause ni la solution.

La fin se perdit dans un soupir.

— J'ai encore du mal à croire que Cominillo soit mort.

Cominillo, avait-elle dit avec la grâce du parler populaire de sa terre pointant sous l'enveloppe de sophistication cosmopolite. Toute sa froideur en parlant de Gustavo s'était transformée en tendresse quand elle évoquait Luis, comme si les deux cousins occupaient des places diamétralement opposées dans son cœur.

— D'après le notaire, ajouta-t-il, personne ne savait qu'il était à Cuba. Ni qu'il y était décédé.

Elle sourit encore, un soupçon d'ironie sur les lèvres.

— Ceux qui devaient savoir le savaient.

Elle s'interrompit quelques secondes sans cesser de le regarder simplement, comme si elle se demandait s'il fallait assouvir la curiosité de cet étranger ou s'arrêter là.

— Nous n'étions que deux au courant, son médecin et moi. Nous avons appris sa mort il y a à peine quelques semaines, quand le docteur Ysasi a reçu une lettre de Gustavo. Maintenant nous attendons de recevoir l'acte de décès pour annoncer publiquement la nouvelle et nous charger des obsèques.

— Je suis désolé d'être le responsable de toute cette précipitation.

Elle haussa gracieusement les épaules ; que pouvons-nous y faire ? semblait-elle dire.

— Je suppose que l'arrivée des documents n'est qu'une question de jours.

Mêle-toi de ce qui te regarde, imbécile. N'y pense même pas. Les ordres claquèrent comme des coups de fouet dans son cerveau, mais il les esquiva par une ou deux feintes.

— À moins que votre cousin n'ait eu l'intention de venir à Jerez et de les apporter avec lui.

Les yeux de Soledad Claydon s'écarquillèrent, remplis d'incrédulité.

— C'était vraiment son intention ?

— Je crois qu'il l'a envisagé, avant de finalement y renoncer.

Ce qui sortit de sa superbe gorge fut à peine un murmure.

— Gustavo Zayas revenir à Jerez, *my goodness*...

On entendit des bruits en bas – Santos Huesos était de retour. Dès qu'il se rendit compte que son patron n'était pas seul, avec son flair capable de déceler les tensions à trois lieues, le domestique comprit qu'il était de trop et s'éclipsa en silence.

Soledad Claydon s'était ressaisie.

— Enfin, de sombres affaires de famille que je veux vous épargner, monsieur Larrea, dit-elle sur un ton de nouveau cordial. Il me semble que je vous ai fait perdre assez de temps ; ainsi que je vous l'ai indiqué en arrivant, c'était une visite de bienvenue. Et peut-être aussi des retrouvailles avec mon passé dans cette maison, avant de lui dire adieu à tout jamais.

Elle hésita, comme si elle doutait de la pertinence de ses paroles.

— Savez-vous que pendant des années nous avons cru que mes filles seraient les héritières de Luis ? C'est ce que stipulait son premier testament.

Un changement testamentaire de dernière heure, par tous les tourments de l'enfer ! Une modification imprévue au profit de Gustavo Zayas et de Carola Gorostiza... Et par extension au sien. Il sentit une sueur froide couler dans son dos. Largue les amarres, mon vieux. Prends tes distances, reste en marge. La garce de sœur du futur beau-père t'a assez compliqué la vie.

Il répondit avec la sincérité la plus absolue, en essayant de masquer sa gêne :

— Je n'en avais pas la moindre idée.

— C'est malheureusement vrai, je le crains.

Si Soledad Claydon avait été un autre type de femme, elle aurait sans doute éveillé en lui ne fût-ce qu'une once de compassion. Mais la dernière des Montalvo n'était pas du genre à engendrer de la pitié. Elle ne lui laissa pas le temps de réagir.

— J'en ai quatre, voyez-vous. L'aînée a dix-neuf ans, la benjamine vient d'en avoir onze. Mi-anglaise et mi-espagnole.

Une pause très brève puis une question qui, comme presque toutes les précédentes, le prit par surprise.

— Avez-vous des enfants, Mauro ?

Elle l'avait appelé par son prénom et cela lui fit quelque chose. Il y avait bien longtemps qu'aucune femme n'était entrée dans son intimité. Trop longtemps.

Il ravala sa salive.

— Deux.

— Et une épouse ?

— Non, depuis de nombreuses années.

— Je suis vraiment désolée. Mon mari est anglais. Nous habitions Londres mais nous effectuions des allers et venues relativement réguliers, jusqu'à ce que nous nous installions ici, il y a déjà près de deux mois. J'espère que vous nous ferez l'honneur de venir dîner à la maison un de ces soirs.

Avec cette invitation, qui laissait la porte ouverte mais n'engageait à rien, elle mit fin à sa visite. Elle se dirigea séance tenante vers le large escalier qui avait été autrefois l'un des joyaux de la maison et lança un regard dégoûté sur la rampe recouverte de crasse. Au vu de son état et pour éviter de se salir, elle décida de s'en passer et commença à descendre sans s'appuyer dessus, soulevant sa jupe pour que ses pieds ne se prennent pas dans le jupon et les détritus jonchant le marbre humide.

Il la rejoignit en trois enjambées.

— Attention, accrochez-vous à moi.

Il plia le bras droit et elle le saisit avec naturel. Et malgré les couches de vêtements qui les séparaient, il sentit son pouls et sa peau. Alors, mû par quelque chose qu'il ne pouvait s'expliquer, le mineur posa sa grande main meurtrie sur le gant de Soledad Claydon, de Soledad Montalvo, de la femme qu'elle était à présent et de la petite fille qu'elle avait été. Comme s'il voulait consolider son appui pour prévenir une chute lamentable. Ou comme pour lui garantir que, bien qu'il eût privé ses filles de leur patrimoine et bouleversé sa vie, cet individu étrange venu de l'autre rive de l'océan, avec sa dégaine d'*Indiano* opportuniste et ses demi-vérités, était un homme sur qui elle pouvait compter.

Ils descendirent ainsi, marche après marche, sans échanger un mot. Séparés par leurs mondes et par leurs intérêts, mais réunis par la proximité de leurs corps.

Elle murmura « Merci » en se détachant, il répondit par un rauque « Je vous en prie. »

Tandis qu'il contemplait sa silhouette svelte et le balancement de sa jupe sur les dalles du vestibule, Mauro Larrea fut convaincu que des ombres obscures habitaient l'âme de cette femme lumineuse. Et, avec un pincement au creux de l'estomac, il eut également l'intuition qu'il venait lui-même de pénétrer dans ces ombres.

Il la perdit de vue quand elle sortit dans la rue de la Tornería. Alors seulement il découvrit qu'il serrait encore le poing qui avait tenu sa main, comme s'il cherchait à la retenir.

29.

Ils bavardaient une fois de plus dans la salle à manger gaditane des Fatou, sous les regards attentifs des ancêtres accrochés aux murs, avec des churros bien chauds sur la table et du chocolat épais dans les tasses de la dot de la jeune mariée. Mauro venait de leur annoncer son installation à Jerez.

— Je crois que c'est le plus raisonnable. De là, il me sera plus facile de négocier avec les acheteurs potentiels et de remplir les obligations liées à la transaction.

— Dites-nous, don Mauro, si ce n'est pas impertinent, demanda courtoisement Paulita, cette résidence que vous allez occuper, il y a tout ce qu'il faut ? Car si vous avez besoin de quoi que ce soit...

Elle se tourna vers son mari avant de finir sa phrase, comme si elle avait besoin de son accord.

— ... il vous suffira de nous l'indiquer, conclut ce dernier. Ustensiles, meubles, tout ce qui pourrait vous être utile et que nous pourrions vous fournir. Nous avons de tout, dans nos débarras : les décès de plusieurs membres de notre famille nous ont obligés à vider trois maisons dernièrement.

Dieu qu'il serait facile de répondre oui ! Accepter l'offre sincère du jeune couple, bourrer à ras bord deux charrettes avec fauteuils, matelas, vaisseliers, paravents, armoires qui restitueraient un minimum de confort à sa nouvelle maison si triste. Mais il valait mieux ne pas nouer de relations, réduire au maximum les engagements mutuels.

— Je vous en suis infiniment reconnaissant, mais il me semble que j'ai déjà beaucoup abusé de votre amabilité.

Il était revenu seul à Cadix la veille au soir, Santos Huesos étant resté dans la bâtisse de la rue de la Tornería. Fais attention, mon garçon, lui avait-il dit en lui donnant de l'argent avant de partir. Les billets pour La Havane avaient déjà largement entamé une large part de ses modestes capitaux, il avait intérêt à se réfréner.

— Sors dans la rue dès le lever du jour et essaie de trouver de quoi aménager deux chambres pour nous. Nous fermerons les autres à double tour. Cherche des gens pour le nettoyage, achète le nécessaire et jette un coup d'œil aux reliques laissées par les anciens propriétaires et qui pourraient encore servir.

— Je veux pas vous contredire, patron, mais on va vraiment vivre ici, vous et moi?

— Que se passe-t-il, Santos Huesos? Tu es devenu très délicat. Et où as-tu poussé, toi? Ce n'était pas dans les pâturages de San Miguelito? Et moi, dans une misérable forge? Et les nuits de Real de Catorce passées en plein air à côté d'un feu de camp, tu les as oubliées? Et, récemment, le trajet de Mexico à Veracruz avec les *chinacos*? Dépêche-toi et arrête tes simagrées, tu ressembles à une vieille bigote, vaurien !

— C'est pas pour me mêler de ce qui me regarde pas, don Mauro, mais qu'est-ce qu'on va penser si vous habitez ce taudis, avec tous ces gens qui croient que vous êtes un millionnaire mexicain?

Un millionnaire extravagant en provenance d'outre-mer, exactement. C'était sa façade. Et il se fichait de l'opinion d'autrui; dès qu'il aurait liquidé ses affaires, il repartirait comme il était venu, et personne dans cette ville n'entendrait plus parler de lui.

Malgré son refus, le gentil toutou que Fatou avait pour épouse tint absolument à remplir son rôle. Elle avait vu sa mère et sa belle-mère se conduire ainsi de leur vivant et elle voulait reprendre le flambeau de la bonne gestion domestique dans son propre couple : c'était sans doute la première fois qu'elle jouait les hôtesses devant un inconnu d'une telle allure et d'une telle prestance. Au milieu de la matinée, donc, alors qu'il finissait de ranger et refermait les malles, se demandant de nouveau si ce déménagement n'était pas une folie, Paulita frappa timidement à sa porte.

— Pardon de vous envahir, don Mauro, mais j'ai pris la liberté de vous préparer plusieurs parures de lit et deux ou trois petites choses pour que vous vous installiez plus confortablement. Vous nous les rendrez à votre retour à Cadix pour embarquer. Si votre nouvelle résidence est fermée depuis très longtemps, comme vous nous l'avez dit, même s'il y a tout le nécessaire, tout doit être humide et sentir mauvais.

Dieu te bénisse, petite ! faillit-il lui répondre, tenté de lui pincer la joue en signe de reconnaissance, ou de lui caresser les cheveux comme on flatte un caniche. La bienséance l'emporta néanmoins.

— Puisque vous vous êtes donné cette peine, il serait très discourtois de ma part de ne pas accepter votre aimable proposition. Je vous promets de tout vous rendre en parfait état.

La toux du majordome Genaro retentit derrière lui.

— Excusez-moi de vous interrompre, madame. Don Antoñito m'a ordonné de remettre ceci à don Mauro.

— Don Antonio et son épouse, Genaro, chuchota Paulita, rappelant à l'ordre le vieux serviteur, sans doute pour la énième fois. Maintenant nous sommes don Antonio et son épouse, Genaro, combien de fois devrais-je vous le répéter ?

Trop tard pour changer ses habitudes, dut penser le vieux domestique sans perdre contenance : il les avait vus naître tous deux. Sans se préoccuper de la jeune femme, il déposa entre les mains de l'hôte un petit paquet avec des timbres havanais et la calligraphie soigneuse de Calafat.

— Je vous laisse à votre correspondance, je ne vous embête plus, conclut Paulita.

Elle aurait aimé lui expliquer en long et en large le contenu de ce qu'elle lui prêtait, pour qu'il se rende compte du soin qu'elle avait pris. Quatre paires de draps en fil, une demi-douzaine de serviettes en coton, deux nappes d'organdi brodées, le tout parfumé au camphre et au romarin. Plus plusieurs couvertures en laine de Grazalema, des bougies de cire blanche ainsi que des petites lampes à huile, et aussi...

Tandis qu'elle se répétait mentalement la liste, Paulita restait plantée dans la galerie, alors que Mauro s'était déjà retranché dans sa chambre. Faute d'un coupe-papier à portée de main, il déchira l'enveloppe avec les dents. Il avait hâte. Il avait hâte de savoir, que ce soit des informations directes du vieux banquier, ou que ce dernier lui fasse parvenir des nouvelles des siens, au Mexique. Il y eut heureusement de tout.

Il commença par Andrade, anxieux d'apprendre si celui-ci avait découvert le repaire de Nicolás. Localisé, lui disait-il. À Paris, effectivement. Une bouffée de soulagement envahit Mauro. Mariana te donnera des détails, lut-il. Venaient ensuite une mise à jour de ses déboires financiers et un tableau sommaire de l'état du pays. Les dettes étaient plus ou moins réglées, mais, à part la maison de San Felipe Neri suspendue à un fil, il ne restait même pas un balai de son généreux patrimoine. Quant au Mexique, il était toujours bouillant comme un chaudron : les bandes armées réactionnaires continuaient leurs exactions contre Juárez, les libéraux et les conservateurs ne signaient pas la paix. Ses amis et connaissances l'interrogeaient à son sujet : au café du Progreso, à la sortie de la messe à la Profesa, aux séances du Coliseo. À tous il répondait que ses affaires prospéraient à l'étranger. Personne ne soupçonne rien, mais dépêche-toi de trouver une solution, Mauro, je t'en supplie, sur la tête de tes ancêtres. Les Gorostiza planifient encore le mariage, bien que ton gamin paraisse ignorer quand il reviendra. Il rentrera, pourtant, dès qu'il aura dépensé le peu d'argent dont il dispose. Pour son bien ou pour son mal, nous ne pouvons plus lui expédier le moindre peso. Andrade terminait par un « Que Dieu te garde, mon frère », et un post-scriptum : pour le moment, rien à propos de Tadeo et Dimas Carrús.

Larrea lut ensuite une longue lettre de Mariana, avec les détails concernant Nicolás. Le frère du fiancé d'une de ses amies l'avait rencontré à Paris. Au cours d'une soirée place des Vosges, dans la résidence d'une dame chilienne de mœurs plutôt libertines. Entouré d'autres rejetons des jeunes républiques américaines, avec plusieurs coupes de champagne dans le sang et pas mal de doutes quant à son retour prochain au Mexique. Peut-être bientôt, avait-il dit. Ou bien non. Mauro faillit froisser la feuille entre ses doigts. Petit crétin, espèce de dépravé ! grommela-t-il. Et la fille des Gorostiza en train de se morfondre pour lui ! Calme-toi, imbécile, se raisonna-t-il. Au moins Nicolás était-il localisé et entier, c'était déjà ça. Comme l'avait noté son fondé de pouvoir, il devait maintenant manquer d'argent pour continuer la grande vie. Il serait obligé de rentrer, et les loups guetteraient de nouveau leur proie...

Il préféra en rester là et poursuivre la lecture de la missive de sa fille, riche en anecdotes et en bagatelles : son bébé poussait dans son ventre, il s'appellerait Alonso comme le père si c'était un garçon, et sa belle-mère insistait pour choisir Úrsula s'il s'agissait d'une fille. Elle-même était de plus en plus grosse, elle se bourrait toute la journée de sucreries. Il lui manquait beaucoup. Infiniment. Mauro regarda la date après avoir fini sa lecture. Il eut un pincement au cœur : d'après ses calculs, sa Mariana était sur le point d'accoucher.

Vint enfin le tour de Calafat. Le banquier lui envoyait des documents en provenance d'une ville de l'intérieur, reçus le lendemain de son départ de La Havane : la carte d'identité espagnole de Luis Montalvo et l'acte de décès puis d'enterrement à la Parroquial Mayor de Villa Clara. Les certificats qu'elle attend, pensa Mauro, songeant à Soledad Claydon. Il revit en un éclair son beau visage, sa distinction. Son ironie subtile, son élégante fermeté, son dos tandis qu'elle marchait. Continue à lire, reste concentré ! s'ordonna-t-il. Malgré l'absence de l'expéditeur, le banquier paraissait certain de l'origine de tout cela : c'était envoyé par Gustavo Zayas en personne depuis la province de Las Villas, là où était située sa plantation de café. Et le destinataire, non précisé non plus, n'était ni sa propre cousine ni ce médecin de Jerez dont elle avait parlé, mais Mauro Larrea lui-même. Au cas où il aurait à justifier un point quelconque, disait le vieillard. Ou pour les transmettre à qui de droit.

*

Mauro abandonna Cadix le lendemain matin dès l'aube, chargé de ses deux malles et de son coffre de linge ; le sac avec l'argent de la comtesse resta en sûreté chez les Fatou.

À son arrivée à Jerez, il trouva le vestibule et le patio moins dégoûtants que les jours précédents.

— Santos Huesos, quand nous reviendrons en Amérique, j'irai à cheval jusqu'à l'Altiplano Potosino et je demanderai ta main à tes parents.

Le Chichimèque s'esclaffa.

— J'ai juste distribué quelques petites pièces par-ci, par-là, patron.

La crasse avait partiellement diminué dans la cour, dans l'escalier et sur les dalles de la galerie ; en outre, les salons principaux avaient été balayés et lessivés, et les rares meubles auparavant disséminés dans les chambres et les greniers avaient tous été disposés dans l'ancienne salle de jeu, donnant à la pièce un semblant de confort.

— Je monte les bagages, alors ?

— Laissons-les plutôt tout l'après-midi près de la porte, à la vue des passants. Que tout le monde imagine qu'on est bien équipés : personne ne doit savoir que nous ne possédons que ça.

Et ainsi restèrent exposées les opulentes malles en cuir avec leurs ferrures en bronze, à portée du regard de tous ceux qui voudraient pointer leur nez à la grille, derrière le portail grand ouvert, jusqu'à la tombée de la nuit. Ils les chargèrent alors sur leur dos et les portèrent à l'étage.

Ils passèrent une première nuit sereine, grâce au linge de lit prêté par la tendre Paulita. Ils furent réveillés par le coq d'un poulailler voisin et les cloches de San Marcos les tirèrent du lit. Santos Huesos avait déjà préparé un tonneau à moitié rempli d'eau pour la toilette de Mauro dans l'arrière-cour, puis il lui servit le petit-déjeuner dans la pièce qui abritait autrefois le billard.

— Sur mes enfants, je te jure que tu vaux ton pesant d'or, mon salaud !

Le domestique sourit en silence tandis que son patron dévorait sans demander d'où provenaient le pain, le lait et cette vaisselle en faïence, présentable quoiqu'un peu ébréchée. Il ne se hâtait pas : il savait qu'ensuite il ne pourrait plus reporter ce qu'il ruminait depuis la veille. Incapable de prendre une décision par lui-même, il attrapa une pièce de monnaie – le hasard déciderait.

— Choisis une main, mon garçon, proposa-t-il en les cachant derrière son dos.

— Ça revient au même, je dis.

— Choisis, s'il te plaît.

— La droite, alors.

Il ouvrit sa main; elle était vide – il ne sut pas si c'était un bien ou un mal.

S'il avait opté pour l'autre, la gauche, celle qui tenait la pièce, il serait allé chez Soledad Claydon pour lui remettre les documents de son cousin Luis Montalvo, chose à laquelle il avait pensé depuis qu'il avait ouvert à Cadix le paquet de Calafat. En fin de compte, elle était sinon son héritière légale, du moins sa légataire morale. Elle l'avait appelé Cominillo... Et pour la énième fois, il se remémora son visage et sa voix, ses longs bras montrant l'endroit où se trouvait jadis la vieille table de billard, la légèreté de sa main, sa taille mince et sa démarche harmonieuse au moment de partir. Arrête de divaguer, imbécile, brailla-t-il à sa conscience sans ouvrir la bouche.

Mais Santos Huesos avait choisi la droite. Donc tu gardes ces papiers : ici tout le monde sait que le cousin est mort, et don Senén, le notaire, a toutes les garanties. Tu les gardes, même si tu ignores pourquoi et dans quel but.

— D'accord, Santos.

Il se leva, décidé.

— Je te laisse finir, moi, je vais aller faire un tour pour régler un certain nombre de choses.

Sa première visite à l'extérieur de la cave avait été en berline et en compagnie du notaire; maintenant, à pied, seul et désorienté, il eut du mal à se repérer. L'enchevêtrement du vieux Jerez arabe était formé d'un labyrinthe démoniaque de ruelles étroites, les vastes demeures anciennes ornées de blasons nobiliaires en jouxtaient d'autres plus modestes dans un singulier brouet architectural. Il fut obligé par deux fois de rebrousser chemin, il s'arrêta souvent pour interroger un passant; finalement, il réussit à tomber sur le chai. Plus de trente verges de mur en pisé, au coin de la rue du Muro, réclamant à grands cris une couche de chaux. Près du portail en bois, deux anciens étaient assis sur un petit banc en pierre.

— La paix de Dieu, déclara l'un.

— Nous attendons monsieur depuis plusieurs jours.

À eux deux, ils réunissaient moins de huit dents et plus d'un siècle et demi d'âge. Des visages à la peau tannée comme le vieux cuir et des sillons à la place des rides.

— Je vous souhaite une très bonne journée, messieurs.

— Il paraît que vous avez acquis les propriétés de don Matías, et nous voici donc à votre service.

— À vrai dire, je ne sais pas...

— Pour vous montrer l'intérieur de la cave et vous raconter tout ce que vous voudrez.

Ces gens de Jerez sont extrêmement courtois, pensa-t-il. Qu'ils prennent la forme de belles dames ou de corps desséchés au bord du tombeau, comme ces deux-là.

— Vous avez peut-être travaillé ici ? demanda-t-il en leur tendant la main.

Il devina que la réponse serait oui en touchant simplement leurs paumes rêches et calleuses.

— Votre serviteur a été maître de chai de la maison pendant trente-six ans, et lui, mon parent, un peu plus longtemps. Il s'appelle Marcelino Cañada et il est sourd comme un pot. Adressez-vous à moi, plutôt. Severiano Pontones, à vos ordres.

Ils portaient tous les deux des espadrilles usées par le pavement des rues, des pantalons en drap grossier et une large ceinture noire.

— Mauro Larrea, merci beaucoup. J'ai la clé.

— C'est inutile, cher monsieur, il suffit de pousser.

Un simple coup d'épaule fit céder le battant en bois, offrant ainsi la vue d'une grande esplanade flanquée de deux rangées d'acacias. Au fond, une construction surmontée d'un toit à deux pentes. Sobre et haute, elle avait dû être blanche en son temps, quand on la chaulait une fois l'an. À présent, sa partie basse était couverte de taches noires de moisissure.

— Les bureaux étaient de ce côté, c'était là qu'on tenait les comptes et la correspondance, dit le sourd en haussant la voix et en montrant la gauche.

Mauro s'approcha en trois enjambées et se pencha à l'une des fenêtres. Il ne vit à l'intérieur que des toiles d'araignée et de la saleté.

— Ça fait des années qu'on a embarqué tous les meubles.

— Pardon ?
— Je dis au nouveau maître que ça fait des années qu'on a fauché les meubles !
— Vierge Marie ! des années et des années...
— Et ici le bureau de don Matías, et celui du gérant.
— C'était la salle où on recevait les visiteurs et les clients.
— Et là derrière, l'atelier de tonnellerie.
— Comment ?
— L'atelier, Marcelino, l'atelier !

Mauro continua à marcher sans prêter attention aux cris et atteignit le bâtiment principal. Bien qu'il parût fermé, il devina que la grande porte céderait aussi facilement que le portail.

Il appuya sur elle le côté gauche de son corps et poussa.

Quiétude. Paix. Et un silence au milieu de la pénombre qui le saisit au plus profond de lui-même. Voilà ce qu'il perçut en entrant. Des plafonds très hauts traversés par des poutres en bois, un sol en terre battue, la lumière filtrée par des stores en sparte tressé accrochés aux fenêtres. Et l'odeur. Cette odeur. Le parfum du vin qui flottait dans les rues et qui ici était multiplié par cent.

Quatre nefs communiquaient par des arcades et des piliers aux formes stylisées. Des centaines de tonneaux en bois sombre dormaient à leurs pieds, sur toute la superficie, superposés en trois rangées.

Ordonnés, obscurs, sereins.

Derrière lui, comme en signe de respect, les vieux maîtres de chai cessèrent de parler.

30.

Il reprit ses activités, troublé, les pupilles et les narines encore emplies de la cave. Surpris, déconcerté par ses sensations.

Son chemin le mena ensuite à l'étude notariale de don Senén Blanco pour lui annoncer qu'il séjournerait désormais à Jerez. Et le trajet suivant le conduisit à nouveau jusqu'à l'étroite rue de la Tornería. De retour.

— On a eu de la visite, patron.

Santos Huesos lui remit quelque chose qu'il attendait plus ou moins : une enveloppe avec un cachet de cire bleue à l'envers. Dedans, un mot rédigé dans une écriture petite et ferme sur un épais papier ivoire. M. et Mme Claydon avaient l'honneur de l'inviter à dîner le lendemain soir.

— C'est elle qui est venue ?
— Elle a envoyé rien qu'une bonne, une étrangère.

Ils fermèrent le portail pendant l'après-midi, afin que personne ne voie l'*Indiano* retrousser ses manches et travailler côte à côte avec son domestique pour continuer à arranger la demeure. Torse nu, avec la vigueur d'autrefois quand ils descendaient dans les puits et traversaient des galeries souterraines, ils arrachèrent les mauvaises herbes, redressèrent des carreaux de céramique et posèrent des tuiles et des dalles. Ils se couvrirent de crasse et d'égratignures, maudirent, blasphémèrent, crachèrent. Finalement le soleil se coucha et ils furent obligés de s'arrêter.

La matinée suivante fut consacrée aux mêmes tâches. Impossible d'estimer la durée de leur séjour entre ces murs, il valait donc mieux aménager les lieux au cas où. Et au passage, travaillant de ses mains et de toutes ses forces, comme quand il extrayait de l'argent des profondeurs de la terre, Mauro Larrea s'occupait l'esprit et laissait les heures s'écouler.

La nuit tombait déjà quand il partit pour la place du Cabildo Viejo. On l'appelait aussi place des Escribanos, les écrivains publics accueillant dès le matin, à l'ombre de leurs échoppes, les quémandeurs, les plaignants, les mères de soldat et les amoureuses : quiconque avait besoin de retranscrire sur le papier les idées se bousculant dans sa tête ou dans son cœur. Avant, profitant des dernières lueurs du jour, à moitié nu dans l'arrière-cour, Mauro s'était consciencieusement frotté avec l'un des savons à la bergamote qu'avait glissés Mariana dans ses bagages, puis il s'était rasé devant un miroir ébréché récupéré par Santos Huesos dans l'un des débarras. Il revêtit ensuite son plus beau frac, retrouva même dans une malle un flacon d'huile de Macassar dont il répandit généreusement le contenu sur sa chevelure. Il y avait bien longtemps qu'il n'avait pas autant pris soin de sa personne. Calme-toi, abruti, se reprocha-t-il quand il comprit la raison de son comportement.

Les belles façades qui décoraient la place de jour – le Cabildo Renaissance, San Dioniso au style mudéjar et les magnifiques hôtels particuliers – étaient devenues des ombres à cette heure où l'effervescence des rues n'avait pas encore tout à fait disparu mais commençait à diminuer. À Mexico, Mauro Larrea n'aurait jamais eu l'idée de se rendre à un dîner à pied ; il y allait toujours dans sa berline, son cocher Laureano engoncé dans une spectaculaire livrée et ses juments luxueusement harnachées. Maintenant il foulait les rues tortueuses de la vieille cité arabe, perclus de douleurs après avoir travaillé comme un forcené et les mains dans les poches. Humant l'odeur du vin, esquivant les flaques et les chiens vagabonds, enveloppé dans un halo d'étrangeté. Malgré tout, il était très loin de se sentir mal.

Il était ponctuel, pourtant on tarda à répondre aux coups du somptueux heurtoir en bronze. Enfin apparut un majordome chauve et guindé qui le fit entrer. Une splendide rose des vents composée d'incrustations en marbre ornait le sol du vestibule. *Good evening, sir, please, come in.* Il fut conduit à un cabinet situé à droite du patio central – une belle cour recouverte d'une verrière, à la différence de la sienne, au Mexique, et de celle de sa résidence actuelle à Jerez.

Personne ne vint le recevoir après que le majordome se fut éclipsé. Sans doute une coutume étrangère, pensa-t-il. Aucun serviteur non plus, ni les bruits de l'agitation domestique préalable à un dîner, ni les voix ou les pas de l'une des quatre filles de la famille.

Avec pour seule compagnie le lourd tic-tac d'une superbe pendule sur la cheminée allumée, il observa avec une certaine curiosité l'habitation de l'ultime descendante des Montalvo. Les huiles et les aquarelles accrochées aux murs, les tissus épais, les vases remplis de fleurs coupées sur des pieds d'albâtre. Les tapis moelleux, les portraits, les lampes à huile. Plus de dix minutes étaient passées quand il entendit enfin ses pas dans l'entrée. Elle apparut en toute hâte et rayonnante de grâce, finissant d'ajuster les plis de sa jupe et s'efforçant de sourire et de faire bonne figure.

— Vous pensez sans doute, à juste titre, que nous sommes d'affreux malotrus dans cette maison. Je vous prie de nous excuser.

Sa présence soudaine le saisit et l'enveloppa à tel point que son esprit n'enregistra rien d'autre pendant un instant. Sa robe du soir était en velours vert, ses belles épaules nues, sa taille bien prise et son décolleté profond – d'une grande élégance.

— Je vous supplie surtout de pardonner à mon mari. Des affaires imprévues l'ont obligé à s'absenter de Jerez. Je le déplore énormément, mais je crains qu'il ne puisse nous rejoindre ce soir.

Il faillit répondre : « Pas moi. Je ne le regrette pas, chère madame, je ne le regrette pas du tout. » Il s'agissait probablement d'un homme intéressant. Ayant voyagé, cultivé, distingué. Et riche. Un vrai gentleman anglais. Mais même comme ça.

Il opta néanmoins pour la courtoisie.

— Dans de telles circonstances, vous préférez peut-être annuler ce dîner... nous aurons d'autres occasions.

— Pas du tout, en aucun cas, pas question, pas question..., insista Soledad Claydon un peu nerveusement.

Elle s'interrompit, comme si elle avait soudain pris conscience de la nécessité de retrouver son calme. À l'évidence, quelque chose l'avait absorbée jusqu'alors, et elle en subissait encore le contrecoup. Les interrogations sur l'absence de son époux, peut-être une dispute entre ses deux filles, ou bien un différend avec les domestiques.

— Notre cuisinière, ajouta-t-elle, m'en voudrait beaucoup. Nous l'avons ramenée avec nous de Londres, et jusqu'ici elle n'a pas eu souvent l'occasion de montrer ses talents devant nos invités.

— Dans ce cas...

— En outre, si vous avez peur de vous ennuyer en passant la veillée seul avec moi, je vous préviens que nous aurons de la compagnie.

Il fut incapable de deviner si ses paroles étaient ironiques : quelqu'un entra précisément à cet instant dans le salon, sans qu'il eût entendu le heurtoir de la porte.

— Enfin, Manuel, *my dear*.

Son intonation dénotait le soulagement.

— Le docteur Manuel Ysasi est notre médecin : un très vieil et très cher ami de la famille, comme l'ont été aussi son père et son grand-père. C'est lui qui s'occupe de toutes nos indispositions. Et Mauro Larrea, mon cher, est...

Il préféra la devancer.

— L'intrus arrivé d'au-delà des mers. Enchanté.

— Très heureux de faire votre connaissance, on m'a déjà mis au courant.

Et moi également, pensa Mauro en serrant la main que le médecin lui tendait. Tu as été le médecin de Comino, et le seul à qui Zayas a annoncé sa mort. À toi seul, et pas à la cousine germaine des deux. Pour quelle raison ?

Une petite bonne, dans un uniforme immaculé, apporta alors un plateau prêt pour l'apéritif. La conversation s'en tint à des futilités. Les relations devinrent plus détendues : le docteur Ysasi, maigrichon à la barbe noire comme du charbon, ne fut plus que Manuel, alors que Larrea se transforma définitivement en Mauro pour ses deux interlocuteurs. Comment trouvez-vous Jerez ? Combien de temps pensez-vous rester ? Comment est la vie dans le Nouveau Monde émancipé ? Des questions anodines et des réponses sans consistance. Jusqu'à ce que le majordome annonce le dîner dans son anglais le plus châtié.

— *Thank you*, Palmer, répliqua Soledad.

Puis, à voix basse et complice, cette fois destinée à eux seuls, elle ajouta :

— Il a un mal fou à apprendre l'espagnol.

Ils traversèrent le vaste vestibule et grimpèrent à l'étage noble où se trouvait la salle à manger. Des murs tapissés de scènes orientales, des meubles Chippendale. Dix chaises autour de la table, une nappe en fil, deux candélabres et trois couverts.

Le mouvement commença derrière le dos de Mauro, on servit les vins dans des carafes en cristal taillé, avec le bec et l'anse en argent, les plats, les mots et les sensations se succédèrent.

— Et à présent, avec la volaille, indiqua le moment venu l'hôtesse, ce que les palais avertis de Jerez conseilleraient, c'est un bon *amontillado*. Mais mon mari avait prévu de sortir quelque chose de différent de notre cave. J'espère que vous aimez le bourgogne.

Elle leva sa coupe avec délicatesse ; la lumière des bougies arracha à son contenu d'intenses reflets rubis qu'elle-même et le docteur contemplèrent avec admiration. Mauro, en revanche, en profita pour l'observer sans être vu. Ses épaules nues qui contrastaient avec le velours couleur mousse de sa robe. Son long cou, ses clavicules bien marquées. Ses pommettes hautes, sa peau.

— Romanée Conti, poursuivit-elle. Notre préféré. Cela fait quatre ans qu'Edward a obtenu, après de très longues négociations, d'être leur représentant exclusif pour l'Angleterre. C'est quelque chose qui nous honore et nous remplit de fierté.

Ils le dégustèrent, admiratifs devant son corps et ses arômes.

— Magnifique, murmura Mauro, sincère, quand il l'eut goûté. Et puisque nous parlons de ça, madame Claydon...

— Soledad, s'il vous plaît.

— Puisque nous parlons de ça, Soledad, j'ai l'impression, et je vous prie d'excuser ma curiosité et mon ignorance, que vous ne faites plus de vin, ce qui était le négoce de votre famille, mais que vous vendez celui des autres.

Elle posa sa coupe sur la nappe, se laissa servir la viande avant de répondre. Alors, elle haussa le ton de sa voix enveloppante :

— Plus ou moins. Edward, mon mari, est ce qu'on appelle en anglais un *wine merchant*, une activité qui n'a pas d'équivalent exact en Espagne. En général, il ne vend pas des vins pour leur consommation directe, c'est... disons un agent, un négociant. Un importateur qui dispose de connexions internationales et cherche, et trouve souvent, je dois le reconnaître, d'excellents crus dans différents pays. Il se charge ensuite de les faire parvenir en Angleterre dans les meilleures conditions possibles. Portos, madères, bordeaux-clairets. Il représente également plusieurs caves françaises, en priorité de Champagne, Cognac et Bourgogne.

— Et bien entendu, l'interrompit le docteur, il s'occupe de la distribution de nos vins de Jerez sur les bords de la Tamise. D'où son mariage avec une habitante d'ici.

— À moins que ce ne soit le contraire, le reprit-elle avec un humour teinté d'ironie, pour la plus grande gloire de nos cuvées. Et maintenant, Mauro, c'est à votre tour de répondre, si vous le voulez bien. Au-delà des transactions immobilières qui vous ont amené ici, à quoi vous consacrez-vous exactement, si vous me permettez ?

Il récita son discours pour la énième fois, en s'efforçant d'être cohérent et vraisemblable. Les tensions internes au Mexique et les frictions avec les pays européens, son intérêt pour diversifier ses affaires et tout un bla-bla-bla inventé grâce aux lubies de l'extravagante belle-mère de sa fille – c'était à elle qu'il devait cette trame, crédible aux oreilles de tous, à sa grande surprise.

— Et avant de vous développer en dehors du Mexique, que faisiez-vous ?

Ils continuaient à déguster le faisan accompagné de châtaignes et de ce vin somptueux, portant à leurs lèvres les serviettes en fil, bavardant en toute simplicité. La cire blanche des bougies fondait lentement, il ne fut plus question de l'époux tandis que la cheminée crépitait et que la soirée s'écoulait agréablement. Sans doute pour cette raison, à cause de cette sensation momentanée de bien-être qu'il n'avait plus ressentie depuis fort longtemps, et bien qu'il devinât que ses paroles provoqueraient la colère lointaine de son fondé de pouvoir, il se laissa aller.

— En réalité, je n'ai jamais été qu'un mineur favorisé par la chance à une certaine époque de sa vie.

La fourchette de Soledad Claydon resta suspendue à mi-chemin entre son assiette et sa bouche, puis elle la posa sur la porcelaine de Crown Derby, comme si le poids du couvert l'empêchait de se concentrer. Elle comprenait à présent les deux facettes déconcertantes du nouveau propriétaire du legs familial. D'un côté, le frac impeccable qu'il portait ce soir et son élégante redingote en drap fin quand elle l'avait vu la première fois, sa décision ferme d'acheter et de vendre, ses bonnes manières et son bon goût, son aisance. De l'autre, ses épaules larges et massives, les bras puissants qui l'avaient soutenue dans l'escalier, les mains grandes et marquées par les stigmates de sa vie, l'intense virilité qu'il dégageait.

— Entrepreneur minier, je suppose, intervint le docteur Ysasi. Ceux qui investissent leurs capitaux dans les forages.

— Au cours de ces dernières années, en effet. Mais avant j'ai appris le métier au fond des puits, cassant des cailloux dans les ténèbres, suant sang et eau six jours par semaine pour un salaire de misère.

Voilà, c'est dit, mon vieux, annonça-t-il mentalement à Andrade. Tu peux gueuler tant que tu veux, maintenant. Mais il fallait que je le sorte : vu que mon présent est enveloppé dans un mensonge immense, admets que j'exprime ma vérité sur le passé.

— Très intéressant, affirma le docteur d'un ton sincère.

— Notre cher Manuel est un vrai libéral, Mauro, un libre-penseur. Il flirte dangereusement avec le socialisme. Il voudra certainement connaître de fond en comble votre histoire.

Le dessert arriva pendant que la conversation, poursuivant son cours animé, abordait les détails les plus scabreux qui avaient conduit Mauro jusqu'à Jerez : Gustavo Zayas, la mort de Comino, son obscure transaction commerciale.

— Charlotte russe à la vanille, la spécialité de notre cuisinière, déclara Soledad.

Et en accompagnement la douceur d'un Pedro Ximénez dense et sombre comme l'ébène.

Ils passèrent ensuite à la bibliothèque : encore une discussion détendue accompagnée de tasses d'un café savoureux, de coupes d'armagnac, de friandises turques fourrées à la pistache et de superbes cigares des Philippines, que Soledad leur offrit en désignant un petit coffre sculpté.

— Sentez-vous libres de fumer, je vous en prie.

Il fut surpris que cette autorisation soit nécessaire et, tout en coupant son cigare, il se rendit compte qu'il n'avait pas vu une seule femme avec un cigare ou une cigarette à la bouche depuis son arrivée. On était bien loin de Mexico et de La Havane, où les représentantes du sexe faible consommaient le tabac à la même vitesse que leurs homologues mâles, et avec un plaisir identique.

— Et vos enfants, Mauro ? poursuivit-elle. Racontez-nous.

Il parla d'eux sans entrer dans les détails. Ils étaient tous les trois installés dans des fauteuils confortables, entourés de livres reliés plein cuir derrière des portes vitrées. Il évoqua le bébé de Mariana qui allait bientôt naître, le séjour en Europe de Nico et son prochain mariage.

— C'est dur de les savoir si loin, n'est-ce pas ? Même si c'est pour leur bien, du moins dans notre cas. Tu n'as pas à subir cela, mon cher Manuel, toi qui es un vieux garçon patenté.

— Vos filles sont donc encore en Angleterre ? demanda Mauro Larrea sans laisser répondre le médecin.

Les pièces du puzzle s'assemblaient : il comprenait mieux la quiétude surprenante de la maison.

— En effet. Les deux petites sont internes dans une école catholique dans le Surrey, et les deux aînées à Chelsea, à Londres, chez de bons amis. Elles ne voudraient rater pour rien au monde les agréments de la grande ville, vous voyez : les bals, les spectacles, les premiers prétendants.

— À propos, où en est l'espagnol des fillettes ? s'enquit Ysasi.

Elle répliqua par un éclat de rire qui fit monter de plusieurs degrés la température agréable de la pièce.

— Brianda et Estela. Leur niveau est scandaleusement mauvais, je dois l'avouer à ma grande honte. Elles sont totalement rétives à la prononciation du « r » et à l'emploi du tutoiement et du vouvoiement. J'avais eu beaucoup moins de mal avec les grandes, Marina et Lucrecia : je passais beaucoup de temps avec elles et je tenais à ce que mes enfants ne perdent pas une part substantielle de leur identité. Avec les benjamines, pourtant… enfin, les choses ont mal tourné, et je crains qu'elles ne soient plus sensibles au *Rule, Britannia !* qu'aux sonorités des *bulerías*. Elles descendent beaucoup plus de la reine Victoria que de notre Isabelle.

Ils rirent de bon cœur, onze heures sonna, le docteur suggéra alors de partir.

— Il me semble qu'il est temps de laisser notre hôtesse se reposer, ne croyez-vous pas, Mauro ?

Ils descendirent l'escalier côte à côte, cette fois sans se frôler. Le majordome leur apporta leurs effets ; en l'absence du maître de maison, elle les raccompagna pratiquement jusqu'au vestibule. Elle lui tendit la main, il l'approcha de ses lèvres, la frôla à peine. En touchant et en sentant sa peau, il ressentit un léger frémissement.

— Ç'a été une soirée très agréable.

Il vit du coin de l'œil le docteur Ysasi qui, sans leur prêter attention, récupérait sa trousse quelques mètres plus loin. Palmer, le majordome, tenait son pardessus tout en prononçant dans sa langue plusieurs phrases incompréhensibles auxquelles le médecin acquiesçait.

— Tout le plaisir a été pour moi, j'espère que nous pourrons recommencer au retour d'Edward. Quoique avant, peut-être… Je crois que vous ne connaissez pas encore la Tempérance, je me trompe ?

De la tempérance, voilà ce dont son esprit avait besoin : beaucoup de tempérance, de la tempérance à foison. Mais il doutait qu'elle fît allusion à cette vertu cardinale dont il manquait depuis un certain temps. Il haussa donc les sourcils.

— La Tempérance, notre vigne, précisa-t-elle. Ou plutôt la vôtre, maintenant.

— Excusez-moi, j'ignorais que la vigne possédait un nom.

— Comme les mines, je suppose.

— Vous avez raison, nous avons aussi l'habitude de les baptiser.

— Eh bien c'est pareil, ici. Permettez-moi de vous y accompagner, pour votre gouverne. Nous pourrions emprunter ma calèche. Demain matin vous conviendrait-il ? Vers dix heures ?

Elle baissa alors la voix, et ce fut ainsi que Mauro Larrea découvrit que les crus français et le dessert russe, l'absence de questions indiscrètes, les cigares de Manille et, surtout, la séduction dégagée par tous les pores de cette femme, tout cela aurait finalement un prix.

— Il faut que je vous demande quelque chose en privé.

31.

— Les messieurs d'outre-mer ont-ils l'habitude de se coucher tôt, ou bien je vous offre un dernier verre ?

La lourde porte des Claydon venait de se refermer derrière leur dos, et ce fut Manuel Ysasi qui formula cette invitation une fois à l'extérieur.

— Avec grand plaisir.

Le médecin s'était révélé un excellent convive, un type intelligent et sympathique. Et lui-même apprécierait de boire un peu d'alcool pour finir d'absorber les paroles surprenantes de Soledad Montalvo, qui résonnaient encore à ses oreilles. Une femme en quête d'une faveur. De nouveau.

Ils traversèrent la rue Algarve et rejoignirent la rue Larga, qu'ils parcoururent tout du long jusqu'à la porte de Sevilla.

— Cela ne vous embête pas de marcher ? J'ai hérité de mon père un vieux phaéton pour les urgences nocturnes ou d'éventuelles consultations dans une ferme, mais en général je préfère me déplacer à pied.

— Bien au contraire, cher ami.

— Je vous préviens, nous n'allons pas rencontrer beaucoup d'agitation nocturne. Malgré son essor économique, Jerez reste une petite ville qui conserve encore une grande partie de son passé maure. Nous ne sommes que quarante mille habitants, ce qui ne nous empêche pas d'avoir une quantité formidable de caves : on en a recensé plus de cinq cents. La plupart des gens vivent directement ou indirectement du vin, je suppose que vous le savez déjà.

— Et ils s'en accommodent plutôt bien, me semble-t-il, nota Mauro en montrant l'un des magnifiques hôtels particuliers.

— Ça dépend de la place que vous a désignée le sort. Demandez donc aux ouvriers journaliers des vignes et des propriétés agricoles. Ils travaillent du lever au coucher du soleil pour quatre sous, mangent de misérables gaspachos faits de pain noir, d'eau et d'à peine trois gouttes d'huile, et dorment sur un banc de pierre jusqu'au lendemain à l'aube, moment où ils retournent au boulot.

— Sachez qu'on m'a mis au courant de vos sympathies socialistes, l'ami, dit-il avec une pointe d'ironie qui n'altéra pas la bonne humeur du médecin.

— Il y a beaucoup de positif aussi, pour être sincère. Je ne veux en aucun cas que vous conserviez une mauvaise image par ma faute. Par exemple, nous bénéficions d'un éclairage public au gaz, comme vous pouvez le remarquer, et le maire a annoncé la prochaine arrivée de l'eau courante en provenance de la source du Tempul. Nous avons également un chemin de fer qui sert avant tout à transporter les tonneaux jusqu'à la baie, bon nombre d'écoles primaires et un établissement d'enseignement secondaire. On trouve même une *Sociedad Económica del País* pleine d'hommes importants et un hôpital plus que correct. Le Cabildo Viejo, près de chez Soledad Montalvo, a été transformé récemment en bibliothèque. Il y a beaucoup de travail dans les vignes et, surtout, dans les caves : maîtres de chai, contremaîtres, tonneliers...

Mauro Larrea observa qu'Ysasi appelait Soledad Claydon par son nom de jeune fille, malgré les lois anglaises qui en dépossédaient les femmes mariées dès leur « oui » à l'autel. Soledad Montalvo, avait-il dit, exprimant ainsi, à son insu, leur intimité et leur longue amitié.

Tandis qu'ils conversaient, ils croisèrent en chemin les derniers êtres humains de la journée. Un cireur de chaussures, une vieille pliée en deux qui leur proposa des allumettes et du papier à cigarettes, quatre ou cinq voyous. Les boutiques, les cafés et les tavernes du centre avaient fermé leurs portes ; la plupart des habitants étaient désormais rentrés chez eux, autour du brasero à charbon. Un *sereno*, chargé de surveiller les rues et d'ouvrir les portes des immeubles, avec son bâton ferré et sa lanterne à huile, les salua à cet instant d'un *Ave Maria Purísima* de dessous sa cape en drap brun.

— Nous disposons même d'une surveillance armée la nuit, vous voyez.

— C'est un bilan loin d'être mauvais, mon Dieu !

— Le problème, Mauro, ce n'est pas Jerez. Ici, nous sommes en quelque sorte des privilégiés. Le problème est ce pays désastreux dont, par chance pour elles, toutes les vieilles colonies se sont détachées.

Larrea n'avait pas la moindre intention de se laisser entraîner dans des discussions politiques par ce bon docteur – ses centres d'intérêt étaient tout autres. Puisque celui-ci avait déjà décrit la ville à grands traits, le moment était venu d'entrer dans les détails. Du général au particulier. Il l'interrompit donc.

— J'aimerais que vous me précisiez un point, Manuel, si vous êtes d'accord. Je suppose que la fructueuse activité des viticulteurs a un rapport avec tous ces progrès.

— Évidemment. Jerez a toujours été une cité de paysans et de vignerons, mais ce sont la haute bourgeoisie des grands propriétaires de caves et les capitaux importants investis ces dernières décennies qui sont à l'origine de son développement actuel. Les nouveaux producteurs sont en train de bâfrer, si vous me permettez l'expression, la vieille aristocratie des grands propriétaires de la zone : celle qui possédait terres, palais et titres nobiliaires depuis le Moyen Âge. À présent, la vieille noblesse, qui doit affronter la fougue et la puissance financière de cette nouvelle classe, lui offre toutes sortes d'alliances, y compris matrimoniales. Les Montalvo ont été, d'une certaine façon, un bon exemple de la convergence finale entre ces deux mondes étrangers.

C'était là que je souhaitais en arriver, l'ami, pensa Mauro en cachant sa satisfaction. À cette famille complexe à laquelle ce fichu destin m'a lié. Au clan de la femme qui m'a invité à dîner, déployant tous ses charmes, avant de se dévoiler et de me convoquer pour Dieu seul sait quelle raison. Allez-y, docteur, lâchez-vous !

Ce ne fut pas possible. Pas tout de suite, du moins. Ils venaient juste d'arriver au bout de la rue Larga et se trouvaient non loin du nouveau domicile de Larrea.

— Vous voyez ? Un autre échantillon de l'essor croissant de cette ville, le Casino Jerezano.

Devant eux se dressait une grandiose construction baroque, ornée de grandes baies et d'élégantes vérandas. La superbe façade était composée de deux parties en marbre blanc et rouge, flanquées de colonnes salomoniques et surmontées d'un magnifique balcon.

Ils s'arrêtèrent un instant, admirant le bâtiment sous les étoiles.

— Imposant, n'est-ce pas ? C'est l'ancien palais du marquis de Montana ; le pauvre homme n'a pu en profiter que pendant sept années avant de mourir. Il est loué tant que le futur siège n'est pas terminé.

— Quand irons-nous ?

— Un autre jour. Aujourd'hui, je vous emmène dans un endroit à la fois similaire et différent.

Ils se dirigèrent vers la rue du Duque de la Victoria, dont le tracé suivait le chemin de ronde de la vieille muraille.

— Le Casino Jerezano réunit la petite et la moyenne bourgeoisie. On y tient des réunions intéressantes et ses appétits culturels sont loin d'être négligeables. Mais c'est un autre endroit qui accueille les grands patrimoines et la haute bourgeoisie : les géants qui commercent avec la moitié du globe, la véritable aristocratie du vin qui porte les noms de Garvey, Domecq, González, Gordon, Williams, Lassaletta, Loustau ou Misa. Il existe même un Ysasi parmi ses membres, mais il n'est pas de ma branche. Quelque cinquante familles, plus ou moins.

— Beaucoup d'entre eux ont l'air étrangers...

— Certains sont d'origine française, mais les racines britanniques prédominent. On les appelle parfois la *Sherry royalty*, c'est pourquoi les vins de Jerez sont connus en tant que sherry hors d'Espagne. Et il y a eu également des personnages de légende, des *Indianos*, comme vous, qui sont rentrés au pays. Pemartín et Apezechea, par exemple, malheureusement décédés l'un et l'autre.

« *Indiano*, rentré », saleté d'étiquette qu'on lui collait dessus. Quoique, au fond, ce n'était pas un si mauvais masque derrière lequel se cacher.

— Voici, mon cher Mauro, le casino d'Isabelle II, annonça enfin le médecin en s'arrêtant devant un autre splendide édifice. Le plus riche et le plus sélect de Jerez. Monarchique et patriote jusqu'à la moelle, ainsi que l'indique son nom. En même temps très anglophile dans ses goûts et dans ses manières, presque semblable à un club londonien.

— Et c'est à ce cercle réduit qu'appartient un homme ayant vos idées, docteur? demanda Mauro d'un ton légèrement moqueur.

Ysasi s'esclaffa en lui cédant le passage.

— Je veille sur leur santé et sur celle de leur abondante progéniture, ils daignent donc, en ce qui les concerne, me traiter comme l'un des leurs. Comme si je vendais des tonneaux de vin au pape lui-même, à Rome. Il va sans dire que vous auriez droit au même traitement, Mauro, si vous repreniez l'affaire des Montalvo.

— Je crains fort que mes projets me mènent ailleurs, mon cher ami, marmonna Larrea en entrant.

Rien ne rappelait l'effervescence nocturne des cafés mexicains et havanais, néanmoins l'on respirait une ambiance détendue parmi les fauteuils en cuir et les tapis. Conversations, presses espagnole et anglaise distribuées sur les tables, une partie disputée dans le calme, les derniers cafés. Rien que des hommes, bien sûr; pas la moindre trace de féminité.

L'odeur était agréable : bois poli à la cire de carnauba, tabac cher et lotions de rasage étrangères. Ils s'installèrent sous un grand miroir, un serveur s'approcha bientôt.

— Brandy? proposa le médecin.

— Parfait.

— Laissez-moi vous faire une surprise.

Ysasi demanda quelque chose que Mauro ne réussit pas à comprendre. Le garçon acquiesça puis revint presque aussitôt avec une bouteille sans étiquette. Il remplit deux verres qu'ils portèrent à leur nez avant de boire. Arôme intense, d'abord, puis onctueux au palais. Ils contemplèrent de nouveau le ton caramel de la liqueur à la lueur des bougies.

— Ce n'est pas exactement l'armagnac d'Edward Claydon.
— Mais ce n'est pas mal du tout. Français, aussi ?

Le médecin esquissa un sourire narquois.

— Nullement. De Jerez, pur produit local. Fabriqué dans une cave à trois cents verges d'ici.

— Ne vous moquez pas de moi, docteur.

— Promis. Eau-de-vie vieillie en fût, dans les mêmes tonneaux en chêne où l'on a élevé le vin. Certains producteurs entreprenants commencent à la commercialiser. On raconte qu'ils sont tombés dessus par hasard, une commande hollandaise impayée qui a vieilli dans les barriques sans être livrée. Mais je suis convaincu que ce n'est qu'une légende parmi tant d'autres, et qu'il y a davantage de réflexion dans cette affaire qu'un simple coup de chance.

— Moi, je le trouve très convenable, quelle que soit son origine.

— Cognac espagnol, voilà le nom qu'on commence à lui donner. Je doute que ça fasse plaisir aux Français.

Ils savourèrent de nouveau la liqueur.

— Pourquoi Luis Montalvo a-t-il tout laissé s'effondrer, Manuel ?

Peut-être fut-ce la chaleur du brandy qui le poussa à exprimer spontanément sa curiosité. Ou bien la confiance engendrée par ce médecin svelte à la barbe noire et aux idées libérales. Il avait déjà posé la question à ce brave notaire le jour où ils s'étaient connus, sans obtenir une réponse précise. Soledad Claydon, lors de leur première rencontre, l'avait entraîné presque à son insu dans une évocation nostalgique de la splendeur du clan, mais elle s'était bien gardée de lui fournir le moindre détail. Le médecin de la famille, plus scientifique et plus cartésien, l'aiderait sans doute mieux à creuser au plus profond de cette lignée.

Ysasi avala une autre gorgée avant de répondre, puis il s'enfonça dans son fauteuil.

— Parce qu'il ne s'est jamais considéré digne de cet héritage.

Avant qu'il eût fini sa phrase, un individu âgé surgit derrière son dos – distingué, avec une barbe frisée et blanche qui lui arrivait au milieu du plastron.

— Bien le bonsoir, messieurs.

— Bonsoir, don José María, salua le docteur. Permettez-moi de vous présenter...

Il ne put terminer sa phrase.

— Bienvenue chez nous, monsieur Larrea.

— Don José María Wilkinson, poursuivit Ysasi, nullement surpris que le nouvel arrivant connaisse le nom du mineur, est le président du casino et l'un des viticulteurs les plus réputés de Jerez.

— Et le supporter numéro un des soins médicaux efficaces prodigués par notre apprécié docteur.

Tandis que ce dernier répondait au compliment par un simple geste de gratitude, don José María fixa son attention sur Mauro.

— Nous avons déjà entendu parler de vous et de vos liens avec les anciennes propriétés de don Matías Montalvo.

Malgré son patronyme, le dénommé Wilkinson parlait sans aucune trace d'accent anglais. Comme le médecin, le mineur répondit d'un hochement de tête ; il préférait ne pas entrer dans les détails.

Décidément, les nouvelles se répandaient comme une traînée de poudre, dans cette ville, cette poudre avec laquelle Tadeo Carrús s'apprêtait à faire sauter sa maison de San Felipe Neri.

— Il paraît que vous n'avez pas l'intention de rester. Cependant, sentez-vous libre de profiter de nos installations pendant votre séjour à Jerez.

Larrea le remercia et crut que cela mettrait fin à cette interruption, mais le président ne semblait pas pressé de les quitter.

— Et au cas où vous changeriez d'opinion et décideriez de relancer la vigne et la cave, vous pouvez compter sur nous, et croyez bien que je parle au nom de tous les membres. Don Matías a été l'un des fondateurs de ce casino et, en sa mémoire et en celle de sa famille, rien ne nous plairait davantage que voir renaître la splendeur de ce que lui et ses aïeux ont bâti avec opiniâtreté et amour.

— Ces viticulteurs appartiennent à une race particulière, Mauro. Vous les connaîtrez peu à peu, intervint Manuel Ysasi. Sur les marchés, il existe une concurrence féroce, mais ils s'entraident, se défendent, s'associent et vont même jusqu'à marier leurs enfants ensemble. Ne mésestimez pas cette offre : ce n'est pas une promesse vaine mais une authentique main tendue.

Comme si je n'avais rien de mieux à faire que de me fourrer dans une affaire désastreuse, pensa-t-il. Heureusement, Wilkinson passa à autre chose.

— En tout cas, et pour que vous ne quittiez pas Jerez sans partager nos activités, je demanderai à notre membre et ami Fernández de Villavicencio de vous envoyer une invitation pour son bal annuel dans son palais de l'Alcázar. Nous fêtons tous les ans un événement significatif lié à l'un d'entre nous. Cette fois-ci, ce sera en l'honneur du couple Claydon, à l'occasion de son retour. Soledad, son épouse...

— Est la petite-fille de don Matías Montalvo, je sais, compléta-t-il.

— Je devine alors que vous vous êtes rencontrés. Parfait. C'est dit, mon cher monsieur Larrea, nous comptons vous y voir avec le docteur.

Ysasi remplit leurs verres après que le président à la grande barbe se fut retiré.

— Vous et moi constituerons certainement un excellent couple, à ce bal, Mauro. Que préférez-vous ? La polka ou la polonaise ?

Plusieurs têtes se retournèrent en entendant l'éclat de rire sonore de l'*Indiano*.

— Cessez vos sottises et continuez, pour voir si je comprends une bonne fois pour toutes cette famille, nom d'un chien !

— Où en étions-nous ? Ah ! Permettez-moi de dresser un portrait à grands traits. Les Montalvo ont toujours paru immortels. Riches, beaux, amusants. Tous bénis par le sort, y compris Luisito, malgré ses handicaps. Il était l'éternel bébé de la maison. Aimé, cajolé, élevé dans du coton au sens littéral du terme. C'était le benjamin de tous les cousins, et à ce titre, et à cause de son état physique, il n'avait jamais imaginé être finalement le légataire de la fortune du grand don Matías. Mais la vie nous surprend parfois avec ses carambolles et bouleverse notre destin quand nous nous y attendons le moins.

Comme si je ne le savais pas, mon vieux ! Étranger aux pensées du mineur, Manuel Ysasi poursuivit :

— En tout cas, le déclin était prévisible une fois qu'on avait fait la connaissance des fils de don Matías, Luis et Jacobo, les pères respectifs de Luisito et de Soledad.

— Ceux qui amenaient des Gitans au repas de Noël et jouaient au billard jusqu'à l'aube ?

Le médecin s'esclaffa de bon cœur.

— Soledad vous l'a raconté, n'est-ce pas ? C'était l'image familiale des deux frères, celle que les enfants, les neveux et les amis adoraient. Ils étaient follement sympathiques, intelligents, élégants, pleins d'esprit, désinvoltes. Ils se ressemblaient comme deux gouttes d'eau, pour le physique et le tempérament. Dommage qu'ils aient également possédé, outre ces vertus, d'autres caractéristiques moins flatteuses : ils étaient dépensiers, indolents, joueurs, hommes à femmes, irresponsables et la tête farcie de fadaises. Don Matías n'est jamais parvenu à les remettre dans le droit chemin, et pourtant lui était un type honnête et intègre. Le petit-fils d'un *montañes* qui s'était fait lui-même dans une épicerie de Chiclana, où son père avait grandi derrière le comptoir, en vendant des plateaux de légumes et des vins bon marché. Les *montañeses*, permettez-moi de vous le préciser, sont des gens du Nord de la Péninsule qui sont venus...

— Ils sont aussi allés au Mexique.

— Vous saurez alors de quelle race je parle : des hommes tenaces et travailleurs, qui sont partis de rien et se sont consacrés au commerce. Certains, comme le grand-père de don Matías, ont investi leurs bénéfices dans la vigne et ont bientôt roulé sur l'or. Et une fois la famille installée à Jerez, avec un bon capital devant soi et le négoce plus que consolidé, l'héritier a demandé la main d'Elisa Osorio, fille du marquis de Benaocaz, ruiné, une belle jeune fille dont la noblesse était inversement proportionnelle à ses biens. Ainsi ont été réunis haute lignée et moyens financiers, une situation plutôt fréquente par ici ces derniers temps.

— La prospère bourgeoisie viticole mariée à l'antique aristocratie appauvrie, n'est-ce pas ?

— Je vois que vous avez parfaitement saisi, mon ami. Un autre verre ?

— Volontiers, répondit Mauro en faisant glisser le sien sur le marbre de la table.

Et dix si nécessaire, à condition qu'Ysasi continue à parler.

— En résumé : don Matías a suivi les traces de ses prédécesseurs, il s'est échiné au travail, il a été visionnaire et intelligent, et il a multiplié par cent ses investissements et son capital. Mais il a fini par commettre une erreur monumentale.

— Il a négligé ses enfants, devina Mauro.

L'ombre de Nico plana sur sa tête.

— Exactement. Il était tellement obsédé par sa réussite qu'ils lui ont échappé. Quand il s'en est rendu compte, ils s'étaient transformés en deux balles perdues, et il était trop tard pour redresser leur trajectoire. Doña Elisa s'est alors bercée d'illusions : elle a réussi à les marier à deux petites jeunes filles du meilleur monde, qui à leur tour n'avaient ni dot ni force de caractère à apporter à leurs époux ou à mettre dans la balance. Aucun des deux frères ne s'est même installé dans sa propre demeure : ils ont tous habité jusqu'à la fin la bâtisse de la Tornería. Et pour la belle María Fernanda, la fille, ç'a été à peu près pareil : un mariage désastreux avec Andrés Zayas, un ami sévillan de ses amis, désargenté mais frimeur.

Doucement, Ysasi, doucement. Gustavo Zayas et ses affaires représentent un sujet à part ; suivons l'ordre et gardons-le pour plus tard. Heureusement, le médecin avala une gorgée et reprit son récit par le bon bout :

— Enfin, considérant ses fils comme des causes perdues, don Matías s'est mis à faire confiance à la troisième génération. Concrètement, à l'aîné de son aîné, qui lui aussi s'appelait Matías. Il semblait être fait d'une autre pâte malgré son glorieux fêtard de père. Élégant et charismatique comme son géniteur, mais avec davantage de cervelle. Petit, il aimait déjà accompagner son grand-père à la cave, il parlait anglais car il avait été interne deux ans en Angleterre, il connaissait tous les employés par leur prénom et commençait à assimiler les finesses du négoce.

— Ce devait être un de vos amis, je suppose.

Le médecin leva son verre avec un rictus mélancolique, portant un toast à quelqu'un qui n'habitait plus le monde des vivants.

— Mon bon ami Matías, oui, Mauro. En réalité, nous formions tous une bande depuis l'enfance : nous avions pratiquement le même âge, et je passais tout mon temps avec eux. Matías et Luisito, les deux frères, Gustavo, quand il venait de Séville, Inés et Soledad. J'étais fils unique, ma mère était morte ; par conséquent, quand je n'y allais pas avec mon grand-père, pour soigner les maux de doña Elisa, j'accompagnais mon père, qui traitait les autres membres de la famille. Je restais déjeuner ou dîner, parfois même dormir. Si je m'amusais à compter les heures de mon enfance et de ma jeunesse passées chez les Montalvo, elles seraient beaucoup plus nombreuses que celles que j'ai vécues chez moi. Puis tout est tombé en quenouille.

Cette fois-ci, ce fut Mauro Larrea qui attrapa la bouteille et les servit tous deux. Il constata qu'ils en avaient bu plus de la moitié.

— Exactement deux jours après le mariage de Soledad et d'Edward.

Ysasi se tut quelques secondes, comme s'il revenait en arrière mentalement.

— Ça s'est passé pendant une chasse, dans le Coto de Doñana : un accident terrible. Imprudence ou horrible hasard, Matías a pris une balle de plomb dans le ventre et on n'a rien pu faire pour lui.

Seigneur ! Un fils mort éventré, fauché en pleine jeunesse. Mauro pensa à Nico, il pensa à Mariana, et il eut un haut-le-cœur. Il aurait voulu en apprendre davantage, savoir s'il y avait eu un coupable, mais le médecin, la langue déliée par l'alcool, et sans doute aussi par la nostalgie, ne s'arrêtait plus.

— Je ne dis pas que tout s'est subitement effondré comme si une bombe de l'époque des Français leur était tombée dessus, non, mais après l'enterrement du petit-fils, la situation a périclité jusqu'au désastre. Luis, le père, s'est plongé dans la plus absolue hypocondrie, Jacobo a continué de mener sa vie de débauche en solitaire, avec une force désormais amoindrie, le grand-père, don Matías, a vieilli d'un coup, comme si cent années lui étaient tombées sur la tête, et les femmes de la maison ont pris le deuil et se sont confites en prières et en jérémiades sur leurs maladies.

— Et vous, les plus jeunes ?

— C'est une longue histoire. Disons que chacun avait déjà sa voie plus ou moins tracée. Soledad s'est installée à Londres avec Edward, ainsi qu'ils l'avaient prévu, et elle a fondé sa propre famille. Elle venait de temps à autre à Jerez, mais de moins en moins souvent. Gustavo, de son côté, a embarqué pour l'Amérique et on n'a plus guère entendu parler de lui. Inés, la sœur de Soledad, a prononcé ses vœux chez les Augustines. Et moi j'ai poursuivi mes études à la faculté de médecine de Cadix, puis j'ai effectué mon doctorat à Madrid. Finalement, le groupe s'est désintégré. Et ce paradis où nous avions grandi en nous sentant à l'abri de tout, tandis que Jerez se développait et devenait prospère, s'est totalement estompé.

— Luis est le seul qui soit resté.

— Au début, après la mort de Matías, on l'a envoyé au Colegio de la Marina, à Séville, mais il est bien vite revenu. Finalement, il a été l'unique spectateur de la décadence familiale. Et il a enterré tous ses aînés. Par chance ou par malheur pour Comino, ils n'ont pas traîné. Puis quand il s'est retrouvé seul, après des années, enfin, je crois que vous connaissez la suite...

Ils furent les derniers à quitter le casino. Il n'y avait plus âme qui vive dans les rues quand ils franchirent la porte de Sevilla. Ysasi insista pour raccompagner chez lui Mauro.

En arrivant, il contempla la façade sans la moindre lueur, comme s'il voulait l'absorber tout entière avec ses yeux.

— Quand Luis est parti à Cuba, il était pleinement conscient qu'il n'y aurait plus jamais de retour.

— Que voulez-vous dire, Manuel ?

— Luis Montalvo était mourant et il le savait. La fin était proche.

32.

— Je pensais venir en calèche, ainsi que je vous l'avais dit, mais il fait un temps si magnifique que j'ai changé d'avis.

Elle avait parlé sans descendre de sa monture, vêtue d'une élégante tenue noire de cavalière qui, malgré son allure masculine, ajoutait une note de séduction supplémentaire à sa silhouette. Veste courte ajustée à la taille, chemise blanche à haut col, jupe large afin de faciliter les mouvements et haut-de-forme orné d'un petit voile sur ses cheveux ramassés. Grande, bien droite, d'un style imposant. À côté d'elle, un valet tenait par la bride un autre splendide spécimen ; Mauro supposa qu'il était pour lui.

Ils quittèrent Jerez, parcoururent des routes secondaires, des chemins et des sentiers sous le soleil matinal. Leur destination était la Tempérance ; ils y parvinrent en traversant des collines dégagées remplies de silence et d'air pur. Des centaines, des milliers de plants de vigne formaient des quadrillages parfaits. Noueux, sans feuilles ni fruits, plantés dans une terre blanchâtre et poreuse.

— En automne, les vignes semblent mortes, avec les ceps desséchés et d'une couleur différente. Mais elles ne sont qu'endormies, elles se reposent. Puisent cette force qui montera ensuite des racines. Se nourrissent pour reprendre vie.

Ils allaient bon train tout en bavardant et c'était elle qui parlait la plupart du temps.

— Elles ne sont pas disposées au hasard, poursuivit-elle. Les vignes ont besoin de la bénédiction des vents, de l'alternance entre les airs marins du ponant et les airs secs du levant. Veiller sur elles est un art compliqué.

Ils avaient atteint un endroit qu'elle appela la maison de la vigne, elle aussi dans un état désastreux. Ils mirent pied à terre et laissèrent reposer les chevaux.

— Vous voyez? Les nôtres, ou plutôt les vôtres, sont abandonnées depuis des années, et regardez le résultat.

En effet, des feuilles mortes, des sarments jonchaient le sol.

Elle égrenait ses paroles en guettant l'horizon, une main en guise de visière. Il contempla de nouveau son cou élancé et la naissance de ses cheveux châtains. Quelques mèches s'étaient échappées à la suite de la cavalcade et elles brillaient à présent sous la lumière de la mi-journée.

— Quand nous étions enfants, nous adorions venir ici à l'époque des vendanges. Nos parents nous laissaient souvent y dormir. La nuit, nous allions au séchoir, là où les grappes sont déposées après le ramassage. Nous écoutions discuter et chanter les journaliers.

Il aurait été courtois, de la part de Mauro, de manifester davantage d'intérêt pour ce que Soledad Claydon racontait. Et, de fait, il était curieux d'en savoir plus sur les vignes et les raisins, sur tout ce qui arrivait de la terre et qui lui était si inconnu. Mais il n'oubliait pas qu'elle avait d'autres intentions quand elle l'avait attiré hors de Jerez. Et comme il devinait que ça n'allait pas lui plaire, il était impatient de les connaître.

— Les vendanges ont lieu généralement début septembre, lorsque les températures commencent à baisser. Mais c'est le vignoble qui fixe les échéances : sa hauteur, son ondulation et même ses effluves détermineront le moment où le raisin aura atteint sa maturité. Parfois, on attend aussi que la lune soit décroissante, car on pense que le fruit sera alors plus tendre et plus sucré. Ou bien, s'il pleut avant, on repousse la cueillette jusqu'à ce que les grappes se remplissent à nouveau de pruine, cette poussière blanche qui les enveloppe, car cela accélère ensuite la fermentation. Si on rate le bon moment, le vin sera de moins bonne qualité, à la longue. Les cuvées seront faibles en alcool si on vendange trop tôt, et abondantes et charnues, pleines, si on calcule bien.

Elle restait debout, élégante dans son costume de cavalière, absorbant la lumière et la campagne. Sa voix dégageait de la nostalgie mais aussi une connaissance évidente de son environnement. Et il devinait qu'elle voulait attendre le plus longtemps possible avant de se dévoiler.

— En dehors de l'agitation intense des vendanges, même dans les moments les plus paisibles, comme en automne, il y avait toujours du mouvement, par ici. L'arpenteur, le gardien, les ouvriers... Ça amuse toujours beaucoup mes amis de Londres quand je leur dis que les vignes sont cultivées avec plus de soin que les roseraies anglaises.

Elle s'approcha de la porte de la maison, mais sans la toucher.

— *My goodness,* c'est dans un état... ! Vous essayez d'ouvrir ?

Il s'exécuta, comme dans la cave, d'un coup d'épaule. L'intérieur respirait la désolation. Les pièces vides, pas de cruches sur les étagères, le garde-manger sans rien à garder. Pourtant, Soledad ne perdit pas de temps, cette fois-ci, à évoquer des souvenirs ; elle se contenta de fixer deux chaises en osier, vieilles et déglinguées.

Elle en saisit une avec l'intention de l'emporter.

— Laissez, vous allez vous salir.

Mauro Larrea souleva les deux et les sortit à la lumière. Il les dépoussiéra avec son mouchoir et les plaça devant la façade, tournées vers l'immensité des vignes nues. Deux humbles chaises basses, dont l'osier s'effilochait, où les journaliers avaient dû s'asseoir un jour sous les étoiles, après de longues heures de labeur, ou bien le gardien et sa femme pour bavarder, ou les enfants de la maison, dans ces heures magiques fleurant bon les vendanges que Soledad Montalvo conservait dans sa mémoire. Des chaises témoins d'existences modestes, du cours inéluctable des heures et des saisons dans son extrême simplicité. À présent, c'étaient eux qui les occupaient, incongrus, avec leurs vêtements coûteux, leurs vies compliquées et leurs dégaines de personnages importants étrangers à la terre et à ses tâches.

Elle leva le visage vers le ciel, les yeux fermés.

— À Londres, on me prendrait pour une toquée si on me voyait m'exposer ainsi au soleil, assise à Saint James's ou à Hyde Park.

Une tourterelle roucoula, la girouette rouillée grinça sur le toit, et ils prolongèrent un peu ce moment de paix. Mauro Larrea savait cependant que sous ce calme apparent, sous cette tempérance qui avait donné son nom à la vigne et derrière laquelle son interlocutrice feignait de se réfugier, il se tramait quelque chose. La femme déconcertante qui s'était glissée dans sa vie depuis peu ne l'avait pas amené dans cet endroit isolé pour lui parler des vendanges de son enfance, ni ne lui avait demandé de sortir les chaises afin de contempler avec lui la beauté sereine du paysage.

— Quand allez-vous me dire ce que vous attendez de moi ?

Elle ne changea pas de position et n'ouvrit pas les yeux. Elle laissa seulement les rayons de ce matin d'automne lui caresser le visage.

— Vous est-il arrivé une fois dans votre vie de prendre une grande décision erronée, Mauro ?

— Souvent, je le crains.

— Une décision qui a eu certaines conséquences sur les autres, qui les a mis en danger ?

— Oui, j'en ai bien peur.

— Et jusqu'où pourriez-vous aller pour redresser votre erreur ?

— Pour le moment, j'ai traversé l'océan et atterri à Jerez.

— Alors j'espère que vous me comprendrez.

Elle décolla son visage du soleil, tourna son torse svelte vers lui.

— Il faut que vous vous fassiez passer pour mon cousin Luis.

À un tout autre instant, la réponse immédiate de Mauro Larrea aurait été un rabrouement ou un éclat de rire acerbe. Mais ici, au milieu du silence de cette terre aride et de ces ceps nus, il perçut aussitôt que cette demande n'était pas une parole en l'air, une extravagance, mais qu'elle avait été longuement soupesée. Il ravala donc sa stupéfaction et la laissa continuer.

— Je me suis mal comportée il y a un certain temps, sans que les personnes concernées l'apprennent. Disons que j'ai effectué diverses transactions commerciales malheureuses.

Ses yeux s'étaient de nouveau tournés vers l'horizon, fuyant le regard intrigué de son interlocuteur.

— Il est inutile de vous fournir des détails. Sachez seulement que j'ai voulu protéger mes enfants, et aussi moi-même, dans une certaine mesure.

Elle parut retrouver le fil de ses pensées, écarta une mèche de son visage.

— J'étais consciente du risque, mais je comptais sur l'aide de Luis si, par malheur, survenait ce qui est sur le point d'arriver. En revanche, je n'avais pas prévu sa disparition le moment venu.

Des transactions commerciales malheureuses, avait-elle dit. Et elle demandait sa collaboration. Encore une femme inconnue essayant de le convaincre d'agir derrière le dos de son mari. La Havane, Carola Gorostiza, le jardin de la demeure de son amie, Casilda Barrón, au Cerro, une présence hautaine vêtue d'un jaune éclatant, juchée sur sa calèche, tandis que la mer ondulait doucement devant la baie remplie de yachts, de brigantins et de goélettes. Après une expérience aussi néfaste, une seule réponse était possible.

— Je le regrette infiniment, chère Soledad, mais je ne suis pas la personne adéquate.

La réponse jaillit tout de go. À l'évidence, elle l'avait préparée.

— Avant de refuser, n'oubliez pas qu'en contrepartie je peux vous aider. Je possède de nombreux contacts dans les milieux du vin dans toute l'Europe, je vous trouverai un acheteur beaucoup plus solvable que tous ceux du gros Zarco. Et sans la commission exorbitante que vous lui avez promise.

Il esquissa un sourire ironique. Elle était donc au courant de ses tractations.

— À ce que je vois, les nouvelles vont vite.

— À tire-d'aile, comme les hirondelles.

— En tout cas, j'insiste : il m'est impossible d'accepter. La vie m'a prouvé depuis longtemps que chacun doit régler ses propres affaires sans interventions extérieures.

Elle utilisa de nouveau sa main en guise de visière et observa les coteaux blanchâtres – elle reprenait son souffle avant l'offensive suivante. Il se concentra sur le sol et le remua du bout du pied, sans penser à rien. Puis il caressa sa cicatrice.

De nouveau retentit le crissement de la girouette rouillée au-dessus de leurs têtes.

— J'ai bien noté, Mauro, que votre histoire renferme également des côtés obscurs.

Il réprima un éclat de rire brutal et amer.

— C'était le but de votre invitation d'hier soir, m'évaluer ?

— En partie. J'ai mené mon enquête par-ci, par-là.

— Et qu'avez-vous trouvé ?

— Pas grand-chose, à dire vrai. Mais assez pour susciter certains doutes.

— À propos de quoi ?

— À propos de vous et de vos raisons. Par exemple, que fait un prospère entrepreneur mexicain si loin de ses mines d'argent, arrangeant de ses propres mains les tuiles d'une bâtisse abandonnée dans ces confins du monde ?

Il faillit encore s'esclaffer.

— Vous avez envoyé quelqu'un me surveiller de près ?

— Bien entendu, rétorqua-t-elle en soulevant le bas de sa jupe pour éviter qu'elle ne prenne trop de poussière. J'en déduis que vous êtes prêt à vivre comme un sauvage, sans meubles et au milieu des gouttières, jusqu'à ce que vous ayez vendu à bas prix des propriétés qui ne vous ont pas coûté un sou.

Maudit notaire qui n'a pas su tenir sa langue ! maugréa-t-il en son for intérieur. Ou maudit gratte-papier, pensa-t-il en se rappelant Angulo, l'employé mielleux qui l'avait accompagné à la maison de la Tornería la première fois. Il s'efforça néanmoins de répondre d'une voix sereine :

— Pardonnez ma franchise, madame Claydon, mais il me semble que mes affaires personnelles ne vous regardent pas.

Il l'avait appelée par son nom de femme mariée afin de rétablir une distance. Quand elle détacha les yeux de l'horizon et se retourna vers lui, son visage dégageait une ferme lucidité.

— J'ai encore beaucoup de mal à admettre qu'il ne nous reste rien de notre grand patrimoine familial, ni un brin d'herbe, ni un tonneau, ni un misérable sarment. Acceptez au moins que je sois curieuse, que j'aie enquêté pour en apprendre davantage sur l'homme qui a tout raflé, tout ce que nous espérions, à tort, conserver. Pourtant, je m'intéresse à vous surtout parce que j'ai besoin de vous.

— Pourquoi moi ? Vous ne me connaissez pas. Vous avez sans doute des amis, quelqu'un de plus proche, de plus digne de confiance.

— Je pourrais vous répondre que c'est pour une raison sentimentale, puisque vous disposez à présent du legs des Montalvo. Que cela crée forcément un lien entre nous, et vous transforme en une espèce d'héritier de Luis. L'explication vous convient-elle ?

— J'en préférerais une autre plus crédible, si ce n'est pas trop vous demander.

Le vent souffla en rafales, soulevant un tourbillon de poussière blanche et agitant les mèches de cheveux de l'épouse du *wine merchant* anglais. La seconde raison, la vraie, elle la lui donna sans le regarder, les yeux fixés sur les vignes, sur l'immensité de l'horizon, ou dans le vide.

— Et si je vous dis que je suis désespérée, et que vous avez eu l'air de tomber du ciel au moment le plus opportun ? Car bien entendu vous allez disparaître dès que vous serez arrivé à vos fins, n'est-ce pas ? Et si ça tourne mal, ça sera très difficile de vous suivre à la trace.

Un *Indiano* insaisissable, une ombre furtive, songea Mauro, amer. Ce foutu sort t'a transformé en ça : en un support où accrocher le nom d'un mort, ou bien pour aider une belle femme à cacher ses traîtrises à son époux.

Étrangère à ces réflexions et voulant qu'au moins il l'écoute, elle poursuivit :

— Vous auriez juste à passer pour mon cousin devant un avocat londonien qui ne parle pas espagnol.

— Ce n'est pas une simple farce, et vous le savez aussi bien que moi. Il s'agit d'un délit, que ce soit en Espagne, en Angleterre ou aux Amériques.

— Vous devriez juste vous montrer courtois, peut-être l'inviter à boire un verre, lui laisser vérifier que vous êtes bien ce que vous prétendez et répondre affirmativement à ses questions.

— Quel genre de questions ?

— Si vous avez réalisé une série de transactions avec Edward Claydon au cours des derniers mois. Des transferts d'actions et de propriétés.

— Et votre cousin les a vraiment réalisées ?

— En réalité, c'est moi. J'ai falsifié les documents, les comptes et les signatures des deux : celle de Luis et celle de mon mari. J'ai ensuite transmis une partie de ces avoirs à mes filles. D'autres, en revanche, restent au nom de mon défunt cousin.

Une pensée traversa subitement son esprit. Quel type de femme es-tu, Soledad Montalvo, pour l'amour de Dieu ! De son côté, elle conservait son sang-froid : elle s'était sans doute faite à cette situation.

— L'avocat est en route. Je pressens même qu'il va bientôt arriver. On doute, à Londres, de l'authenticité de ces transactions et on l'envoie s'en assurer. Il vient en compagnie de notre administrateur, une personne de toute confiance et d'une discrétion absolue.

— Et votre époux ?

— Il ignore tout, et croyez moi, ça vaut mieux pour tout le monde. Il passera quelques jours en dehors de Jerez, il a des obligations. Mon intention est de le laisser dans l'ignorance.

Quand ils quittèrent la Tempérance, le ciel n'était plus limpide. Moins agréable, encombré de plus de nuages. Le vent continuait à soulever des tourbillons de poussière blanchâtre au milieu des vignes. Un silence tendu régna entre eux jusqu'à l'entrée de la ville, et ils furent soulagés d'entendre le grincement des roues sur les pavés, les cris des laitiers et parfois, derrière une grille, des bribes de couplet chantonnées par une gamine occupée à des tâches domestiques.

Ils pénétrèrent dans l'écurie des Claydon ; Mauro Larrea n'attendit pas l'intervention d'un valet : il sauta prestement de cheval puis aida Soledad à descendre. Avec sa main dans la sienne. Encore une fois.

— Prenez au moins le temps d'y réfléchir, je vous en supplie.

Ce furent les derniers mots de Soledad, à bout d'arguments. Le cheval hennit, comme pour les souligner.

En guise de réponse, il toucha le bord de son chapeau. Ensuite il se retourna et partit à pied.

33.

Il poussa le portail en bois sans avoir réussi à calmer sa colère. Il était bien décidé à étouffer dans l'œuf cette proposition extravagante avant que Soledad Montalvo ne se fasse trop d'illusions. Il irait chercher les documents du cousin Luis que Calafat lui avait envoyés de Cuba, il les porterait chez elle, et c'en serait fini de leur relation.

Il entra dans sa chambre, qui ne contenait que le strict nécessaire : un lit en laiton avec un matelas à moitié défoncé, un fauteuil bancal appuyé contre le mur, une armoire à laquelle il manquait une porte. Dans un coin, ses malles.

Il ouvrit hâtivement la première, fouilla à l'intérieur; en vain. Sans prendre la peine de la refermer, il s'attaqua à la seconde, éparpillant tout autour l'absurde attirail domestique prêté par la douce Paulita Fatou. Des serviettes brodées volèrent dans l'air, des draps en fil de Hollande, même un dessus-de-lit en satin, sacredieu! Finalement, il tomba sur ce qu'il cherchait, tout au fond.

Il glissa les papiers contre sa poitrine et en moins de dix minutes il se retrouva près de San Dioniso, observant l'entrée de la demeure des Claydon, parmi les baraques bariolées des écrivains publics et la foule qui remplissait la place. Un instant après, il actionna le lourd heurtoir en bronze.

Palmer, le majordome, arriva beaucoup plus vite que la veille au soir et l'invita à entrer avant même d'avoir complètement ouvert la porte. Un simple regard lui permit de vérifier que rien n'avait changé depuis sa première visite, à part la lumière du soleil filtrant à travers la verrière du patio. La rose des vents était toujours plantée sur le sol du vestibule, comme les plantes luxuriantes dans leurs pots orientaux.

Il n'eut pas le loisir de s'attarder : comme si elle s'attendait à une visite, elle apparut aussitôt. Mince et élégante, elle portait encore sa tenue de cavalière, excepté le chapeau ; mais il perçut un changement en elle dès qu'elle s'approcha. Le visage décomposé, les yeux éteints, le long cou rigide et une pâleur intense : le sang semblait ne plus affluer sous la peau. Un danger imminent la menaçait, telle une biche acculée par les chasseurs.

Leurs regards se croisèrent, magnétiques.

À travers la porte entrouverte qu'elle venait de franchir, on entendait des voix. Des voix d'hommes, sobres, étrangères. Un murmure sourd sortit de sa bouche.

— L'avocat du fils d'Edward est arrivé plus tôt que prévu. Il est déjà là.

Mauro Larrea fut soudain envahi d'une envie irrationnelle de la serrer contre lui. De sentir son corps chaud et de plonger son visage dans ses cheveux, de lui susurrer au creux de l'oreille : Soledad, de toute façon, ça va bien se passer. Mais dans sa tête, avec la violence dont il usait autrefois pour extraire le minerai, il ne se répétait qu'un seul mot : Non, non, non.

Il fit quelques pas avant de se retrouver devant elle.

— Ce n'est sans doute pas le bon moment pour discuter ; il vaut mieux que je m'en aille.

En guise de réponse, il n'obtint qu'un regard rempli d'anxiété. Soledad Claydon n'était pas femme à mendier une faveur, il savait qu'aucune supplique ne jaillirait de sa bouche. Néanmoins, il lut dans le désespoir de ses yeux les paroles que ses lèvres refusaient de prononcer. Aidez-moi, Mauro ! crut-il comprendre.

Ses méfiances et ses objections, son entêtement à rester prudent et sa froide détermination à ne pas se laisser entraîner, tout cela disparut comme par enchantement.

Il la prit par la taille, l'obligea à se retourner vers la pièce d'où elle était sortie ; il lui dit :

— Allons-y !

Tous les hommes présents se turent en voyant entrer le couple d'un pas décidé. Solide, plein d'assurance. En apparence.

— Messieurs, une très bonne journée. Je m'appelle Luis Montalvo et il paraît que vous souhaitez me rencontrer.

Il se dirigea vers eux sans autre préambule et leur tendit une main énergique. Celle qu'il avait si souvent utilisée pour traiter des affaires quand il gérait des tonnes de minerai d'argent ; celle dont il s'était servi pour affronter la fine fleur de la société mexicaine et signer des contrats juteux. La main de l'homme de poids qu'il avait été un jour et qu'il feignait d'être en ce moment. À cette différence près qu'il empruntait frauduleusement l'identité d'un défunt.

L'entrevue se déroulait dans un endroit qui lui était inconnu, un bureau ou un cabinet particulier, peut-être le lieu où le maître de maison s'occupait de son négoce. Mais personne n'était installé dans le fauteuil en cuir du fond, tous se trouvaient dans la partie proche de la porte, autour d'une table ronde entièrement recouverte de documents.

Les deux individus qui étaient debout se présentèrent, sans parvenir à dissimuler complètement la surprise provoquée par leur irruption. Soledad répéta leurs noms sur-le-champ, précisant leur fonction afin que Mauro puisse les identifier. Mr Jonathan Wells, avocat, en représentation de M. Alan Claydon, et Mr Andrew Gaskin, administrateur de l'entreprise familiale Claydon & Claydon. Du troisième, un simple secrétaire jeune et novice, ils ne retinrent que le nom tandis qu'il se levait, hochait courtoisement la tête puis se rasseyait.

Se remémorant rapidement leur conversation de la Tempérance, Mauro Larrea déduisit que le premier – la quarantaine, blond, élancé et avec de longs favoris – était pour ainsi dire l'adversaire. Le second – plus petit et chauve, frisant la cinquantaine –, l'allié. Le mentionné et absent Alan Claydon était à l'évidence le fils du mari de Soledad. Quelqu'un, à Londres, doutait de l'authenticité des transactions, lui avait-elle déclaré dans la vigne. Il le connaissait désormais. Et pour défendre ses intérêts, il y avait cet avocat.

Les deux messieurs étaient vêtus avec distinction : redingotes confectionnées dans un drap de bonne qualité, chaînes de montre en or, bottines luisantes. Qu'attendent-ils d'elle ? Quel risque court-elle ? Comment espèrent-ils la punir ? Voilà ce qu'il aurait aimé demander à cet Anglo-Saxon aux cheveux clairs. Entre-temps, tandis que ces questions trottaient dans son esprit, Soledad, qui avait recouvré son sang-froid, prit la parole en effectuant des acrobaties entre l'anglais et l'espagnol.

— Don Luis Montalvo, expliqua-t-elle en s'agrippant à son bras avec une intimité feinte, est mon cousin au premier degré. Vous savez probablement que mon nom de jeune fille est également Montalvo. Mon père était le frère du sien.

Un silence lourd envahit la pièce.

— Et pour preuve, ajouta-t-il en s'efforçant de rester impassible au contact de la jeune femme, permettez-moi de...

Il leva lentement la main droite et l'appuya contre son cœur. On entendit, à hauteur de sa poitrine, le crissement du papier. Ensuite, il introduisit sa main sous la redingote, jusqu'à atteindre la poche intérieure. Du bout des doigts, il frôla les documents pliés qu'il avait tirés de la malle, ceux que lui avait expédiés Calafat. Il évalua leur épaisseur sous les regards ahuris des présents. Le plus gros était le certificat de décès et d'inhumation, celui qu'il devait cacher. Et le plus mince, un simple feuillet, la carte d'identité utilisée par Comino pour partir aux Antilles.

Il avait prévu de tout donner à Soledad pour lui signifier son refus de s'immiscer dans ses affaires. Tenez : je me désengage ainsi de tout ce qui concerne votre famille, pensait-il lui dire. Je ne veux plus rien savoir de vos cousins vivants ou morts, ni de vos sombres machinations derrière le dos de votre mari. Je ne veux plus perdre mon temps avec des femmes perfides. Vous ne me convenez pas, je ne vous conviens pas.

Maintenant, en revanche, sa fermeté avait cédé devant l'angoisse de cette dernière. Et alors que quatre paires d'yeux stupéfaits attendaient le geste suivant, lui, parcimonieux, attrapa entre le pouce et l'index le document nécessaire et lentement, très lentement, il le sortit de sa cachette.

— Pour qu'il ne subsiste aucune équivoque et que mon identité soit établie à toutes fins utiles, veuillez lire et vérifier, s'il vous plaît.

Il le remit directement à l'avocat anglais. Celui-ci, quoique incapable de comprendre le moindre mot, l'étudia soigneusement avant de le glisser à l'employé, chargé d'en copier exactement et proprement le contenu. Don Luis Montalvo Aguilar, natif de Jerez de la Frontera, domicilié rue de la Tornería, fils de don Luis et de doña Piedad...

Tous observaient attentivement la scène, en silence. Une fois le document examiné, le représentant légal le passa à l'administrateur qui le plia et le rendit sans piper mot à son propriétaire supposé. Soledad respirait à peine.

— Bien, messieurs, dit le faux Luis Montalvo en reprenant la parole. À partir de maintenant, je suis à votre entière disposition.

Elle traduisit et les invita à prendre place autour de la table, comme si elle devinait que cette partie de l'entrevue serait très longue.

— Je peux vous offrir quelque chose ? demanda-t-elle en montrant une desserte bien approvisionnée avec des liqueurs, un splendide samovar en argent et quelques sucreries.

Ils refusèrent, elle se servit une tasse de thé.

Les questions furent nombreuses, souvent incisives et embarrassantes. L'avocat était à l'évidence bien préparé. Vous déclarez vous être réunis avec M. Edward Claydon à la date du...? Vous indiquez avoir eu connaissance de...? Vous affirmez avoir signé...? Vous reconnaissez avoir reçu...? Subrepticement, Soledad lui soufflait ses réponses en profitant de la traduction. Ils nouèrent ainsi entre eux une complicité presque physique, sans la moindre faille ni divergence : on aurait dit qu'ils avaient toujours vécu et fait des tours de passe-passe ensemble.

Il endura les coups de boutoir avec aplomb, tandis que le scribe notait scrupuleusement ses répliques avec sa plume d'oie. Oui, monsieur, vous avez raison. C'est ça, monsieur, ça s'est passé exactement comme ça. En effet, monsieur, je confirme ce point. Il se permit même d'ajouter certaines précisions de son propre cru. Oui, monsieur, je me souviens parfaitement de ce jour. Comment aurais-je pu oublier un tel détail ? Bien sûr que oui.

Des silences tendus s'intercalaient entre chaque question ; on n'entendait alors que le grattement de la plume sur le papier et les bruits de la rue à travers les fenêtres du rez-de-chaussée. L'administrateur se versa une tasse de thé à un moment, Soledad laissa la sienne pratiquement intacte, l'avocat, l'employé et le prétendu cousin ne se mouillèrent même pas les lèvres. Souvent, elle était concernée par la demande ; elle intervenait alors le dos bien droit, le ton serein et les mains posées sur la table. Mauro Larrea fixa son attention sur ces mains pendant les temps morts de l'interrogatoire : sur ses poignets fins émergeant de la dentelle à l'extrémité des manches de sa veste, sur ses longs doigts ornés seulement de deux bijoux à l'annulaire gauche. Un superbe diamant et un simple anneau, sans doute la bague de fiançailles et l'alliance de mariage. Le mariage avec un homme à qui elle avait juré amour et loyauté, et qu'elle trompait à présent, grâce à lui, le dépouillant morceau par morceau de sa fortune.

Il fallut près de trois heures pour clore la réunion. Soledad Claydon et le faux Luis Montalvo conservèrent leur sang-froid jusqu'au bout : totalement maîtres d'eux-mêmes, faisant preuve en permanence d'une assurance absolue. Personne n'aurait pu imaginer qu'ils venaient de longer, les yeux bandés, un bassin rempli de crocodiles.

L'avocat et l'employé commencèrent à ranger leurs papiers tandis que Mauro Larrea manipulait distraitement la carte d'identité du cousin entre ses doigts. Debout devant l'une des fenêtres, Soledad et l'administrateur échangeaient quelques phrases en anglais.

Les participants prirent congé, l'administrateur âgé avec chaleur, le jeune avocat avec une courtoisie non exempt de froideur. Le secrétaire se contenta de nouveau d'un hochement de tête. Elle les raccompagna jusqu'au vestibule et lui resta dans la pièce, un peu perdu, encore incapable de prendre de la distance et surtout de mesurer les conséquences éventuelles de la situation. La seule certitude qu'il tirait de tout cela, c'était que Soledad Montalvo, aussi habile qu'opiniâtre, avait pratiquement déplumé son mari, en transférant au nom de son cousin des actions, des biens immobiliers et des actifs de l'entreprise d'Edward.

La voix d'Andrade, un hurlement lointain, se mêla alors aux dernières bribes de phrases prononcées par les Anglais. Tu es le crétin le plus grandiose de l'univers, mon vieux.

Tu es impardonnable. Il se leva, pour ne pas avoir à l'affronter, se servit une coupe de brandy dont il but la moitié d'un trait. Soledad revint juste à cet instant-là.

Elle ferma derrière elle, appuya son dos contre la porte ; ensuite, elle posa ses deux mains sur sa bouche, la couvrant complètement pour réprimer un immense cri de soulagement. Et ainsi, avec la partie inférieure de son visage cachée, elle le regarda intensément. Jusqu'à ce que Mauro lève sa coupe en hommage à leur magnifique interprétation.

Enfin, elle détacha son corps de la porte et s'approcha.

— Je manque de mots pour vous exprimer ma gratitude.

— J'espère que désormais tout ira mieux.

— Savez-vous ce que je ferais, maintenant, si ce n'était pas incongru ?

L'étreindre, rire aux éclats, lui donner un baiser infini. Ce fut du moins la réponse à laquelle il pensa. Dans une tentative inutile pour adoucir l'onde de chaleur qui lui brûlait les entrailles, il avala d'un coup le restant de brandy.

De son côté, comme inspirée par le nom de sa vigne, Soledad Montalvo, la déloyale épouse du riche négociant en vins, montra de la tempérance : fidèle aux bonnes manières, elle parvint à se dominer.

— C'est bien loin d'être fini, Mauro. Ça n'a été qu'une bataille dans une grande guerre livrée contre le fils aîné de mon mari. Mais je ne l'aurais jamais remportée sans vous.

34.

Le jour s'était levé depuis une demi-heure à peine et il finissait déjà de nouer sa cravate, avant d'enfiler sa redingote en drap bleu. Insomniaque, il avait décidé de passer la journée à Cadix. Il avait besoin de s'éloigner, de prendre de la distance, de réfléchir.

La tête de Santos Huesos apparut à la porte.

— Il y a quelqu'un qui veut vous voir dans le vestibule, patron.

— Qui?

— Il vaut mieux que vous veniez.

Peut-être Zarco, l'agent immobilier. Un pincement d'anxiété lui tordit le ventre tandis qu'il descendait l'escalier.

Il s'était trompé : c'était un couple inconnu. Humble, de toute évidence, et d'un âge indéfini ; en tout cas plus de la soixantaine. Maigres comme des clous, la peau du visage et des mains craquelée par de longues années de labeur. Elle, vêtue d'une jupe grossière, d'un châle en flanelle brune et les cheveux blancs ramassés en un chignon ; lui, avec un pantalon et un gilet en drap ordinaire et une large bande de laine à la taille. Ils baissèrent la tête en signe de respect quand ils le virent.

— Bien le bonjour ! Je vous écoute.

Ils se présentèrent avec un accent andalou très prononcé : c'étaient les anciens domestiques de la maison, ils étaient venus présenter leurs respects au nouveau maître. Une larme coula sur le visage flétri de la femme quand elle mentionna le défunt Luis Montalvo. Puis elle se moucha.

— Et nous sommes également ici au cas où le jeune monsieur aurait besoin de nous.

Il devina que le jeune monsieur n'était autre que lui-même, avec ses quarante-sept ans bien sonnés. Mais il n'avait guère envie de rire en cette matinée de vague à l'âme.

— Merci beaucoup mais je ne suis ici que temporairement, juste le temps nécessaire.

— Ce n'est pas grave : nous pouvons repartir comme nous sommes arrivés, selon votre bon vouloir. La Angustias est une bonne cuisinière et moi je fais tout ce qu'on me demande. Les enfants sont casés et ça nous fera pas de mal de mettre un peu de beurre dans les épinards.

Mauro se frotta le menton, dubitatif. Plus de frais et moins d'intimité. Toutefois, il était vrai qu'ils apprécieraient d'avoir quelqu'un pour laver leur linge et leur préparer des repas plus élaborés que ceux de Santos Huesos – des morceaux de viande que celui-ci grillait accroupi devant un feu de bois dans l'arrière-cour, comme s'ils vivaient en pleine montagne ou dans les campements miniers d'autrefois. Quelqu'un qui surveillerait l'entrée, qui leur donnerait un coup de main pour aménager cette ruine de maison. Soledad Claydon lui avait dit qu'il vivait comme un sauvage. Elle n'avait pas tort.

— Santos ! Qu'est-ce que tu en penses ? demanda-t-il en haussant la voix sans se retourner.

Son serviteur n'était pas en vue mais Mauro le savait tout près, écoutant comme une ombre dans une encoignure.

— Eh ben, je dis que ça serait plutôt bien, patron.

Il se décida après une brève hésitation.

— Restez là, alors. Sous les ordres de cet homme, Santos Huesos Quevedo Calderón, dit-il en assenant une tape sonore sur l'épaule de son nouvel employé. Il vous indiquera ce qu'il faut faire.

Les domestiques – Angustias et Simón – baissèrent encore la tête en signe de gratitude, non sans observer du coin de l'œil le Chichimèque. Ils n'étaient pas conscients de l'ironie de ses patronymes, ceux de deux fameux écrivains du Siècle d'or, et c'était la première fois de leur vie qu'ils apercevaient un Indien. Avec ses cheveux longs, son poncho et son grand couteau à portée de main. En plus il va nous commander, elle est gratinée, celle-là ! grommela le mari en son for intérieur.

Mauro Larrea gagna la gare en entrant par la place de la Madre de Dios : il s'était résolu à prendre le train. Au Mexique, malgré les multiples plans et concessions, le chemin de fer n'était pas encore une réalité ; à Cuba, en revanche, oui, surtout pour transporter le sucre depuis les raffineries de l'intérieur jusqu'aux côtes, afin de l'exporter partout dans le monde. Pourtant, pendant son court passage dans l'île, il n'avait pas eu l'occasion d'emprunter cette nouvelle invention. À tout autre moment de sa vie, ce bref voyage initiatique, pour lequel il avait payé huit réaux, lui aurait rempli la tête de projets ; il aurait à coup sûr flairé la bonne affaire. Ce matin, cependant, il se contenta d'observer le va-et-vient des passagers, pas très nombreux, et l'agitation infiniment plus intense des tonneaux de vin provenant des caves et en route vers la mer.

Installé en première classe, il atteignit le port du Trocadero, puis il emprunta un vapeur jusqu'à la ville. Ce chemin de fer – le troisième d'Espagne, disait-on – fonctionnait depuis cinq ans, depuis que ses quatre locomotives avaient commencé à tirer des wagons de marchandises et de passagers, et que Jerez avait célébré ce progrès par une grande cérémonie dans la gare et bon nombre de festivités populaires : fanfares dans les arènes, combats de coqs dans les rues, l'opéra *Il Trovatore* de Verdi au théâtre et deux mille miches de pain distribuées aux miséreux. On se gobergea même à la prison et à l'hospice municipal, ce jour-là.

Une fois arrivé à Cadix, il expédia d'abord son courrier. Il était parvenu tant bien que mal à écrire à Mariana et à Andrade. À sa fille, avec un nœud à l'estomac en se rappelant la mort en couches d'Elvira, il souhaitait force et courage pour mettre son enfant au monde. À son fondé de pouvoir, il racontait, comme toujours, des demi-vérités : je suis sur le point de conclure une grande opération qui réglera tous nos problèmes, je reviendrai prochainement, nous paierons à temps Tadeo Carrús, nous marierons Nico comme il faut, nous reprendrons le cours d'une vie normale.

Il vagabonda ensuite à travers la ville : des quais à la porte de la Caleta, de la cathédrale au parc Genovés, non sans ressasser les idées qu'il voulait à la fois chasser et conserver dans son esprit : comment avait-il pu, poussé par Soledad Claydon, transgresser les normes les plus élémentaires de la sagesse et de la légalité ?

Il acheta du papier à lettres dans une imprimerie de la rue du Sacramento, mangea la seiche aux pommes de terre qu'on lui servit dans une taverne de la placette du Carbón, l'arrosa de deux verres d'un vin sec et clair qu'il huma avant de le boire, comme il l'avait vu faire par le notaire, le médecin et Soledad en personne. L'arôme puissant lui rappela le vieux chai des Montalvo, silencieux et désert, le grincement de la girouette rouillée sur le toit de la maison de vigne de la Tempérance, la silhouette d'une femme déconcertante, assise à côté de lui sur une chaise déglinguée en osier, contemplant un océan de terre blanchâtre et de ceps noueux, lui proposant, impassible, la plus extravagante de toutes les extravagances qui avaient jalonné sa vie.

— Foutu imbécile ! maugréa-t-il tandis qu'il laissait quelques pièces de monnaie sur le comptoir.

Ensuite il sortit et inspira une bouffée d'air marin.

Les lieues qu'il avait mises entre Jerez et Cadix ne lui avaient guère été utiles. Il avait toujours l'esprit confus et ses questions restaient sans réponses. Lassé de son errance, il décida de rentrer, mais il voulut d'abord passer saluer Antonio Fatou chez lui, rue de la Verónica. Simplement pour finir la journée en échangeant quelques mots avec un être humain, rien de plus.

— Mon cher Mauro, l'accueillit aimablement son jeune amphitryon qui vint à sa rencontre dès qu'on lui eut annoncé sa présence. Quelle joie de vous avoir de nouveau parmi nous ! Et quel heureux hasard !

Il fronça les sourcils. Hasard ? Rien de ce qui lui arrivait dernièrement n'était le fruit du hasard. Fatou interpréta cette mimique comme une interrogation et s'empressa de la lever.

— Genaro me disait, il y a juste un instant, qu'on a demandé après vous. Une autre femme, semble-t-il.

Il faillit esquisser un geste de complicité : vous avez une sacrée chance, l'ami, avec toutes ces dames qui vous poursuivent ! Mais il en fut dissuadé par la mine renfrogné de Mauro Larrea.

— La même que la dernière fois ?

— Aucune idée. Attendez, nous allons tout de suite le vérifier.

Le vieux majordome pénétra d'un pas fatigué dans les dépendances de l'entreprise, secoué comme d'habitude par une quinte de toux.

— Don Antonio m'a dit que quelqu'un me cherchait, Genaro. De qui s'agit-il, s'il vous plaît ?

— Une dame, don Mauro. Il y a moins d'une heure qu'elle est repartie par cette porte.

Il répéta sa question.

— La même que la dernière fois ?

— Je dirais que non.

— Elle a laissé sa carte ?

— Impossible. Pourtant j'ai insisté.

— A-t-elle au moins indiqué son nom, ou alors ce qu'elle me voulait ?

— Rien de rien.

— Et vous lui avez donné ma nouvelle adresse ?

— Non, monsieur, car je l'ignore et M. Antoñito n'était pas dans le coin.

Face à cette absence de détails, le maître de maison renvoya le majordome à ses tâches en lui ordonnant de leur faire apporter deux tasses de café. Ils bavardèrent brièvement et le mineur prit bientôt congé, en fonction des horaires du vapeur puis du train pour retourner à Jerez.

À peine avait-il parcouru une dizaine de pas dans la rue de la Verónica qu'il rebroussa chemin. Mais cette fois il n'alla pas dans les bureaux en quête du propriétaire ; il se faufila jusqu'à la porte et trouva derrière elle celui qu'il cherchait.

— J'ai oublié de vous poser une question, Genaro, dit-il en glissant sa main dans une poche de sa redingote et en en extirpant un magnifique havane de Vueltabajo. Cette dame qui est venue pour moi, comment était-elle, exactement ?

Avant que le vieil employé n'eût ouvert la bouche, le cigare, provenant de la boîte que Calafat avait offerte à

Mauro lors de son embarquement à La Havane, reposait déjà dans la poche du gilet en piqué du majordome.

— Elle avait de l'allure, oui, monsieur, une tenue qui en jette et des cheveux noirs de jais.

— Et comment parlait-elle ?

— Différemment.

Il fut interrompu par une quinte de toux rauque avant d'ajouter :

— À mon avis, elle venait des Amériques, comme vous. Ou de par là-bas.

Mauro rejoignit le quai à grandes enjambées, dans l'intention de retourner au Trocadero le plus vite possible, mais ce fut en vain : figé, la respiration coupée et les mains sur les hanches, il contempla l'embarcation qui s'éloignait à contre-jour.

— Putain de malchance ! pesta-t-il, et pas précisément pour lui-même.

Peut-être n'était-ce qu'un mauvais tour de son imagination, mais sur le pont, au milieu des passagers, il crut distinguer une silhouette familière assise sur une petite malle.

Il prit le vapeur suivant et arriva à Jerez en pleine nuit. Sitôt qu'il fut parvenu à sa bâtisse de la Tornería, sa voix rauque retentit dans le vestibule.

— Santos !

— À vos ordres, patron, répondit le serviteur depuis l'une des arcades de l'étage supérieur.

— Avons-nous reçu une autre visite ?

— Eh ben, je dirais plutôt que oui, don Mauro.

Il eut l'impression de recevoir un coup de poing dans l'estomac. Finalement, personne n'avait eu trop de mal à découvrir sa nouvelle adresse. Sa dégaine d'*Indiano* tombé du ciel et ses liens avec Luis Montalvo l'avaient transformé en l'événement le plus sensationnel de ces derniers jours.

— Allez, accouche !

Mais les paroles du domestique prirent un autre tour.

— Le gros qui se charge de la vente désire vous voir demain matin. Au café de la Paz, rue Larga. À dix heures.

La sensation d'un coup de poing dans les tripes se répéta.

— Quoi d'autre ?

— Juste ça. P'têt bien qu'il nous a déjà trouvé un acheteur.

*

Quand il vit apparaître la masse imposante de l'agent immobilier, Mauro Larrea avait déjà lu de long en large *El Guadalete*, fait astiquer ses chaussures par un consciencieux cireur de bottes borgne et bu la moitié de son troisième café. Il s'était levé à l'aube, prévoyant ce qu'Amador Zarco allait lui raconter et toujours taraudé par cette vision de la veille au soir avant de quitter Cadix : cette silhouette s'éloignant au milieu des vagues à bord d'un vapeur.

— Je vous souhaite une bonne journée, don Mauro.

Séance tenante, il laissa tomber sur une chaise contiguë son chapeau et s'assit en face de lui, des bourrelets de chair débordant largement de son siège.

— Content de vous voir, répondit-il sèchement.

— On dirait que le temps est plus frais. Comme l'affirme le proverbe : « Si l'hiver va son chemin, il commence à la Saint-Martin. » Même si ma pauvre mère, que Dieu ait son âme, le disait bien : il faut se méfier des proverbes, vous savez ce qui arrive, après.

Mauro tambourina sur le marbre de la table du bout des doigts sans se cacher, une façon de signifier à son interlocuteur : Dépêche-toi, mon brave, allez ! Face à l'évidente impatience de l'*Indiano*, l'agent en arriva enfin au fait :

— Je ne voudrais pas chanter victoire trop tôt, mais, avec un peu de chance, on pourrait peut-être voir le bout du tunnel.

Un jeune serveur les interrompit à cet instant précis.

— Je vous apporte votre petit café, don Amador.

Il posa également une bouteille sur la table, à côté de la tasse.

— Que Dieu te bénisse, mon garçon !

Ce dernier n'était pas encore reparti que le gros poursuivit :

— Il y a des gens de Madrid qui sont déjà en pourparlers pour une grosse vente à Sanlúcar, ça fait deux mois qu'ils visitent des affaires dans le coin.

Tout en parlant, Zarco déboucha la bouteille et, à la stupeur du mineur, il en versa une giclée dans le café.

— C'est du brandy, pas du vin, précisa-t-il.

Mauro Larrea montra qu'il s'en contrefichait. Son interlocuteur pouvait gâter son café comme ça lui chantait. Et maintenant continue, s'il te plaît.

— Je leur ai parlé de vos propriétés et j'ai piqué leur curiosité.

— Combien sont-ils, pourquoi utilisez-vous le pluriel ?

La petite tasse en faïence disparaissait presque entre les doigts boudinés d'Amador Zarco. Il la but d'un trait.

— Deux : un qui fournit l'argent et l'autre qui le conseille. Un richard et son secrétaire, pour que vous me compreniez bien. Ils n'y connaissent rien en matière de vignes et de vin, mais ils savent que c'est un marché en pleine croissance et ils sont disposés à investir.

L'agent le fixa d'un œil bovin.

— Ça va être difficile, don Mauro, je vous préviens d'ores et déjà. Ils ont presque conclu l'autre achat et ce ne sont pas les propositions qui manquent. Par conséquent, au cas improbable où vos biens finiraient par les intéresser, sûr qu'ils vous mettront la pression. Mais on ne perd rien à tenter le coup, n'est-ce pas ?

Amador Zarco avait dit tout ce qu'il avait à dire et Mauro n'insista pas : sa commission se situant encore dans la limite de vingt pour cent, l'intermédiaire avait tout autant intérêt que lui à vendre vite et bien.

Ils abandonnèrent ensemble le café, après être convenus d'un prochain rendez-vous dès que les clients potentiels arriveraient à Jerez. Soudain, alors qu'ils échangeaient les dernières phrases devant la porte, Mauro Larrea distingua Santos Huesos parmi les passants de la rue Larga.

Peut-être à cause de la distance, il prit conscience, pour la première fois, de l'incongruité de son fidèle domestique dans cette basse Andalousie où les peaux sombres brûlées par le soleil et par plusieurs siècles de domination maure étaient légion. Mais personne ne possédait la couleur bronze de cet Indien, ni ses longs cheveux noirs et raides, ni sa carrure. Nul ne s'habillait comme lui, avec son foulard attaché sur la tête sous un chapeau à large bord et son éternel poncho bigarré. Il était à ses côtés depuis plus de quinze ans, depuis l'époque où il était un gamin mince et éveillé se faufilant à travers les galeries des mines avec l'agilité d'une couleuvre.

Il se sépara enfin de Zarco et attendit que son serviteur s'approche, inquiet des nouvelles qu'il pourrait lui apporter.

— Alors, Santos ?

— Juste quelqu'un qui vous cherchait.

Mauro inspira de l'air, une boule d'anxiété dans l'estomac, puis il regarda à droite et à gauche : la déambulation quotidienne des gens, les voix, les façades, les orangers. Jerez.

— Une dame que tu connais ?

— Eh ben oui et non, répliqua Santos Huesos en lui tendant une petite enveloppe.

Cette fois-ci, sans doute à cause du manque de temps, elle n'était pas cachetée. Mauro reconnut l'écriture et l'ouvrit. «Veuillez me rejoindre chez moi au plus vite.» En guise de signature, deux initiales : S. C.

Soledad Claydon requérait de toute urgence sa présence. Tu espérais quoi, crétin ? Que tes folies n'entraîneraient aucune conséquence ? Au milieu du vacarme matinal, il ne sut pas si cette voix furieuse qui le morigénait était la sienne ou celle d'Andrade.

— D'accord, Santos, je suis au courant. Mais toi, tiens-toi prêt, on peut encore recevoir une autre visite. Si c'était le cas, qu'elle patiente dans la cour, ne la laisse pas entrer. Et tu ne lui sors même pas une chaise, compris ? Qu'elle attende, un point c'est tout.

Il partit d'un pas rapide mais s'arrêta au début de la Lancería, quand il se souvint d'une question en suspens ; quelque chose qu'il avait oublié avec les péripéties des derniers jours. Et il résolut donc de la régler aussitôt, malgré la hâte de Soledad. Ce serait rapide, et mieux valait le faire tout de suite que le remettre à plus tard, afin d'éviter d'autres désagréments.

Il jeta un regard autour de lui et aperçut le portail entrouvert d'un immeuble étroit. Il pointa son nez, personne en vue. C'était parfait. Il avisa alors un gamin, lui montra l'office de don Senén Blanco et lui donna quelques pièces et diverses indications. Trois minutes plus tard, Angulo, l'employé trop bavard qui l'avait accompagné le premier jour pour visiter sa maison, pénétra, curieux, sous le portail obscur, sans même avoir ôté ses manchettes en percaline.

C'était Soledad qui l'avait mis en garde, à son insu. Les fuites au sujet de son appropriation sans contrepartie financière des biens des Montalvo et de l'éventualité d'une transaction douteuse venaient de l'étude notariale. Il savait par ailleurs que don Senén Blanco était un individu digne de confiance, incapable de bavarder à tort et à travers. Du coup, il subodorait l'origine des ragots. D'où l'action qu'il se préparait à accomplir.

D'abord, il coinça l'employé contre les carreaux de céramique, puis proféra l'avertissement :

— Si tu l'ouvres encore ne serait-ce qu'une fois à propos de moi ou de mes affaires, je te casse en deux.

Il l'attrapa alors par le cou et le sang afflua au visage du pauvre diable.

— C'est clair, vaurien ?

Comme il n'obtint pour réponse qu'un son étouffé, il cogna sa nuque contre le mur et lui serra le gosier un peu plus fort.

— Tu es sûr d'avoir bien compris ?

La bouche épouvantée du gratte-papier laissa juste échapper un filet de bave et un son minuscule qui ressemblait à un oui.

— Eh bien, espérons que nous n'aurons pas à nous revoir !

Il le lâcha ; l'autre tenait à peine debout et toussait comme un âne. Avant qu'il n'ait eu le temps de réagir, Mauro Larrea était ressorti dans la rue ; il arrangea les poignets de sa chemise et fit un clin d'œil au gamin stupéfait.

Soledad l'attendait, elle lui ouvrit la porte et il éprouva de nouveau la sensation indicible qui lui parcourait la peau chaque fois qu'il la voyait. Elle portait une tenue cerise, l'inquiétude voilait de nouveau ses traits harmonieux.

— Je regrette infiniment de vous ennuyer encore une fois, Mauro, mais il me semble que nous avons un autre problème.

Un autre problème. Pas celui d'il y a deux jours, agrandi, multiplié, aggravé ou résolu. Un problème différent. Et elle avait dit « nous avons » – au pluriel. Ce n'était donc plus un problème qui ne concernait qu'elle et pour lequel elle réclamait de l'aide. C'était une affaire liée à tous les deux, depuis le début.

Sans un mot de plus, elle le conduisit dans le salon où il l'avait attendue le premier soir.

— Entrez, je vous en prie.

Le canapé, alors vide, était à présent occupé. Par une femme. Affalée, les yeux clos et deux coussins sous la nuque, pâle comme de la cire. Entièrement habillée de couleur sombre, avec sa chevelure noire répandue autour d'elle. Une jeune mulâtresse d'une maigreur évanescente éventait continûment son décolleté généreux.

Il entendit un murmure derrière lui :

— Vous la connaissez, n'est-ce pas ?

— Je crains bien que oui, répondit-il sans se retourner.

— Cela fait à peine une heure qu'elle est arrivée, elle est souffrante. J'ai envoyé chercher Manuel Ysasi.

— Elle a parlé ?

— Elle a juste eu le temps de se présenter comme l'épouse de mon cousin Gustavo. Tout le reste était incohérent.

Ils ne quittaient pas l'ottomane des yeux, lui tout près et Soledad Claydon un peu derrière, lui chuchotant au creux de l'oreille.

— Elle vous a aussi nommé. Plusieurs fois.

Son inquiétude fut proportionnelle au trouble provoqué par le corps de Soledad collé au sien, par la chaleur qui émanait d'elle et sa voix.

— Elle a dit mon nom, et quoi d'autre ?

— Des phrases sans queue ni tête, des mots. Un fatras incompréhensible. Une histoire de pari, d'après ce que j'ai cru comprendre.

35.

Le docteur Ysasi prit son pouls, palpa son estomac et son cou à l'aide de deux doigts. Puis il examina sa bouche et ses pupilles.

— Rien d'inquiétant. Un peu de déshydratation et de fatigue ; des symptômes courants après une longue traversée en mer.

Il sortit un flacon de laudanum de sa mallette, demanda qu'on lui prépare un jus de citron pressé avec trois cuillerées de sucre. Ensuite il s'occupa de la jeune esclave, répétant les mêmes examens. Il avait fait tirer les épais rideaux et le salon, protégé de la lumière matinale qui illuminait la place, était plongé dans une semi-pénombre. Le mineur et la maîtresse de maison observaient la scène de loin, debout, le visage soucieux.

— Elle a juste besoin de repos, conclut le médecin.

Mauro Larrea se tourna vers Soledad et lui chuchota entre ses dents :

— Il faut la sortir d'ici.

Elle acquiesça d'un hochement de tête.

— Je suppose que ça concerne l'héritage de Luis.

— Sûrement. Et ça ne convient à aucun de nous deux.

— Terminé, annonça le docteur, étranger à leur conversation. Je conseillerais de ne pas la bouger pour l'instant, qu'elle reste allongée. Et cette gamine, ajouta-t-il en désignant la jeune esclave, qu'on lui donne à manger, elle tombe d'inanition.

Soledad agita sa clochette, une domestique apparut ; anglaise, comme tout le personnel. Après avoir reçu les ordres, elle repartit en direction de la cuisine accompagnée de la petite mulâtresse.

— Malheureusement, Edward est toujours absent, et je préférerais ne pas rester seule avec elle. Ça vous dérangerait beaucoup de déjeuner avec moi ?

Le plus sage, songea Mauro Larrea, serait de partir, de gagner du temps pour réfléchir à la suite. Même si elle se reposait calmement, maintenant, il était certain que l'épouse de Zayas débarquait en Espagne en nourrissant de mauvaises intentions ; il ne savait que trop ce dont elle était capable. Elle pérorerait à qui mieux mieux devant qui voudrait l'écouter, déformerait la réalité, rendrait publique la façon extravagante dont son mari avait été dépossédé de ses biens andalous ; elle pourrait même entreprendre des actions légales pour réclamer les propriétés perdues lors du pari. Il était pratiquement sûr que Zayas ne récupérerait rien et que la loi finirait par lui donner raison, à lui, Mauro. Mais Carola obtiendrait ce que le mineur n'était pas prêt à supporter : l'enlisement dans de multiples procès et diatribes, l'ajournement de ses projets et, en définitive, l'impossibilité, pour lui, de parvenir à ses fins. Le temps jouait contre lui, implacable : il avait déjà consommé près de deux mois sur les quatre que lui avait accordés Tadeo Carrús. Il devait absolument trouver la manière de contrecarrer les plans de la Mexicaine. De la neutraliser.

Il jeta un regard en coin vers Soledad tandis que celle-ci, à son tour, observait, inquiète, la femme évanouie. Si cette dernière commençait à avancer ses pions, il ne serait pas la seule victime : au cas où elle se mettrait à enquêter sur les propriétés de Luis Montalvo, elle entraînerait également Soledad dans la chute.

— J'accepte ton invitation avec grand plaisir, chère Soledad, déclara Ysasi en rangeant ses instruments dans sa mallette. Tes talents de cuisinière me séduisent davantage que ceux de ma vieille Sagrario, qui a du mal à sortir de ses sempiternels ragoûts. Permets-moi avant de me laver les mains.

Malgré les réticences qui se bousculaient dans sa tête, Mauro Larrea sauta sur l'occasion.

— Je me joins à vous, si vous n'y voyez pas d'inconvénient.

Le médecin quitta la pièce. Ils restèrent enveloppés dans cette étrange lumière de la mi-journée filtrée par les lourds rideaux de velours, debout l'un et l'autre, les yeux toujours fixés sur le corps étendu de la nouvelle arrivante. Quelques instants d'un calme apparent s'écoulèrent – on pouvait presque entendre le fonctionnement des rouages de leur cerveau.

Soledad fut la première à rompre le silence.

— Pourquoi a-t-elle tellement envie de vous retrouver ?

Il savait que tout mensonge était désormais inutile.

— Parce qu'elle n'est sans doute pas d'accord avec la façon dont Gustavo Zayas et moi avons réalisé le transfert des propriétés de votre cousin Luis.

— Et il existe des motifs réels pour un tel mécontentement ?

Il savait également qu'il était obligé d'aller au fond des choses.

— Ça dépend si vous acceptez ou non que votre mari joue son héritage sur une table de billard.

*

Les mets et les crus furent à nouveau excellents, la porcelaine, splendide, le cristal, délicat. Pourtant, l'ambiance cordiale de la première nuit s'était évanouie.

Bien qu'il sût qu'il n'avait pas à se justifier devant quiconque, il tint bon, pour une fois, dans sa décision d'être sincère. Soledad lui avait déjà révélé ses propres égarements. Et il n'avait guère à craindre du brave docteur.

— Voyez-vous, je ne suis ni un truand ni un arriviste dépourvu de scrupules, mais simplement un homme totalement dédié à ses affaires, pour qui tout est allé de travers à un moment donné. Et tandis que je m'efforçais de remonter la pente, après ce désastre dont je n'étais pas responsable, je me suis retrouvé devant une situation qui a tourné en ma faveur. Et celle qui a créé cette situation en forçant son mari à agir, c'est Carola Gorostiza.

Ni Manuel Ysasi ni Soledad ne posèrent de questions, mais leur curiosité silencieuse, palpable, planait au-dessus d'eux telles les ailes d'un oiseau.

Mauro hésita : que devait-il dire ou cacher ? Jusqu'où aller ? Tout était trop confus, trop invraisemblable. La commission d'Ernesto Gorostiza pour sa sœur, sa recherche désespérée d'une bonne affaire à La Havane, le bateau congélateur, le négoce abject du négrier. Trop compliqué à rapporter au cours d'un déjeuner. Il décida donc d'être le plus concis possible.

— Elle a fait croire à son mari qu'elle avait une liaison avec moi.

La fourchette à poisson de Soledad s'immobilisa au-dessus d'un morceau de bar, sans parvenir à le frôler.

— Celui-ci m'a alors défié : une espèce de duel sur un tapis vert avec des queues de billard en bois et des boules en ivoire.

— Et maintenant elle vous réclame des comptes, ou bien elle veut essayer de tout annuler, en conclut le médecin.

— C'est ce que je suppose. La connaissant, je ne serais pas surpris qu'elle vérifie au passage si Luis Montalvo ne possédait pas quelque chose d'autre. Après tout, Gustavo était son légataire universel en bonne et due forme.

— Là, au moins, elle tombera sur un os : le pauvre Luisito n'avait plus un sou.

Face à l'affirmation de Manuel Ysasi, Mauro Larrea et Soledad portèrent ensemble leur fourchette à leur bouche, baissèrent les yeux de concert et mâchèrent leur bouchée de poisson plus lentement que nécessaire. Comme si leur désarroi était mêlé à la chair blanche et tendre du bar et qu'ils voulaient ainsi le réduire en miettes.

Ce fut elle qui prit la parole.

— Vois-tu, Manuel, à vrai dire, Luis possédait peut-être d'autres biens à son insu.

Le visage du médecin trahit son ébahissement quand elle lui décrivit la réalité : dissimulations, signatures falsifiées, magouilles illicites. Et l'interprétation indispensable et sublime, par Mauro Larrea, du personnage de Luis Montalvo devant un avocat anglais.

— Par tous les diables ! J'ignore lequel de vous deux est le plus inconscient. Le mineur qui s'empare de l'héritage d'autrui à l'occasion d'un pari extravagant, ou la fidèle et distinguée épouse dépouillant sa propre entreprise familiale.

— Il existe des situations qui dépassent celles que nous croyons pouvoir contrôler, rétorqua alors Soledad en levant enfin son regard serein. Des situations qui nous poussent à bout. J'aurais volontiers conservé ma confortable vie à Londres, avec mes quatre ravissantes filles, mes affaires bien en main et mes nombreuses occupations mondaines. Je n'aurais jamais imaginé enfreindre les lois si Alan, le fils d'Edward, n'avait pas décidé de nous attaquer.

Aucun des deux hommes n'osa l'interrompre, malgré la curiosité suscitée par ses propos.

— Il a persuadé son père, par la ruse, de l'associer à son négoce derrière mon dos, il a pris des décisions catastrophiques sans le consulter, il l'a trompé, et il a préparé le terrain pour que mes filles et moi-même soyons dans une position très fragilisée le jour où Edward viendrait à disparaître.

Cette fois, elle ne porta pas le vin à ses lèvres mais but une longue gorgée d'eau, peut-être pour l'aider à diluer le mélange de rage et de tristesse qui était apparu sur son visage.

— Mon mari a des problèmes très graves, Mauro. Le fait que personne ne l'ait vu depuis notre déménagement ne s'explique pas par des voyages forcés ou d'inopportunes migraines. Ce sont là des mensonges que je m'emploie à répandre. Malheureusement, c'est beaucoup plus compliqué. Et tant qu'il ne sera pas en état de riposter aux offensives de son aîné contre les petites Gitanes du Sud, comme son fils nous appelle, mes filles et moi, la responsabilité de les défendre m'incombe. Et voilà pourquoi j'ai été obligée d'agir.

— Mais pas en bafouant la loi de cette façon, mon Dieu ! Soledad ! s'exclama Ysasi.

— Avec l'unique méthode possible, mon cher docteur. En ruinant la société de l'intérieur ; je ne vois pas comment faire autrement.

Un bruit retentissant coupa net leur conversation, comme si quelque chose de volumineux était tombé par terre ou avait heurté un mur quelque part dans la maison. Les verres vacillèrent doucement sur la nappe et les pendeloques en cristal du lustre suspendu au-dessus de la table émirent un subtil tintement en s'entrechoquant. Soledad et Mauro esquissèrent le geste de se lever, le médecin les stoppa.

— Je m'en charge.

Il sortit promptement de la salle à manger.

Peut-être Carola Gorostiza s'était-elle effondrée en essayant de se redresser, pensa Mauro Larrea. Mais il devina que ce n'était pas le cas. Probablement quelque incident domestique, le faux pas d'une bonne.

— Ce n'est rien, ne vous inquiétez pas, dit Soledad pour le rassurer.

Elle reposa alors les couverts sur son assiette et fixa sur lui des yeux remplis de tristesse.

— Tout m'échappe des mains, tout part à vau-l'eau.

Il eut beau creuser au plus profond de son répertoire, il ne trouva pas de mots pour lui répondre.

— N'y a-t-il pas des jours où vous voudriez que le monde s'arrête de tourner, Mauro ? Qu'il nous accorde un répit ? Qu'il nous laisse immobiles comme des statues, et qu'ensuite nous n'ayons plus à penser, à décider ni à trouver de solutions ? Que les loups cessent de nous montrer les dents ?

Bien sûr, qu'il avait connu ce genre de journée dans sa vie. Des tas, ces derniers temps. En cet instant, sans aller chercher plus loin, il aurait tout donné pour prolonger éternellement ce déjeuner avec elle : assis à sa gauche, seul avec elle dans cette salle à manger ornée de chinoiseries, contemplant son visage harmonieux aux pommettes hautes, son cou gracile. Résistant à la tentation d'allonger le bras et d'attraper une de ses mains, comme lors de leur première rencontre, pour la serrer bien fort et lui dire : « Sois sans crainte, je suis avec toi, tout va bientôt s'arranger. Vite et bien. » Se demandant comment, après avoir tant vécu, alors qu'il se croyait à l'abri de toute nouvelle surprise, il était soudain en proie à ce vertige.

Étant donné qu'il était impossible de lui faire partager ces sensations, il préféra s'orienter dans une direction différente.

— Vous avez eu d'autres nouvelles de l'avocat anglais ?

— Je sais seulement qu'il est à Gibraltar. Il n'est pas encore retourné à Londres.

— Et c'est inquiétant ?

— Je l'ignore, reconnut-elle. Vraiment. Peut-être que non. Soit il n'a pas trouvé de place dans l'un des vapeurs de la P & O à destination de Southampton, soit il a d'autres affaires à traiter que les miennes.

— Ou...?

— Ou il attend quelqu'un.

— Le fils de votre mari, par exemple ?

— Je l'ignore également. Je serais heureuse de pouvoir vous répondre que tout se déroule normalement, et que notre farce a bien fonctionné sans la moindre faille. Mais à vrai dire, je suis de plus en plus dubitative au fil des jours.

— Donnons du temps au temps. En plus, nous avons un autre problème à régler.

La poularde rôtie servie après le bar avait refroidi dans leurs assiettes : ils avaient perdu l'appétit mais non l'envie de parler.

— Pensez-vous que Gustavo Zayas ait encouragé cette folie de sa femme, cette décision de venir de Cuba sans lui ?

— Je suppose que non. Elle s'est peut-être débrouillée pour qu'il ne soit pas au courant. Elle a dû inventer quelque chose, un voyage à Mexico ou Dieu sait quoi.

Il devina qu'elle souhaitait lui poser une question sans parvenir à la formuler. Elle porta la coupe à ses lèvres, comme pour s'encourager.

— Dites-moi, Mauro, dans quelle situation était mon cousin ? demanda-t-elle enfin.

— Personnelle ou économique ?

Elle hésita, avala une autre gorgée de vin.

— Les deux.

Mauro Larrea continuait à noter la froideur de Soledad à l'encontre de Zayas, la distance prudente qu'elle maintenait vis-à-vis de lui. Il comprit néanmoins que, cette fois, c'était l'aspect humain qui l'intéressait.

— Je l'ai à peine fréquenté, mais j'ai l'impression qu'il était bien loin d'être heureux.

On enleva les assiettes presque intactes, on apporta le dessert. Les domestiques se retirèrent.

— Et croyez-moi si je vous assure qu'il n'y a eu aucune relation sentimentale entre Carola Gorostiza et moi.

Elle acquiesça d'une léger mouvement du menton.

— La vérité, c'est qu'il existe entre elle et moi un autre lien.

— Ah bon? murmura-t-elle d'un ton peu agréable, puis elle avala une cuillerée de crème brûlée.

— Son frère est un de mes amis à Mexico et il sera bientôt lié à ma famille. Sa fille va se marier avec mon fils Nicolás.

— Ah bon! murmura-t-elle de nouveau, cette fois avec moins d'âcreté.

— Voilà pourquoi j'ai fait sa connaissance à La Havane : son frère Ernesto m'avait chargé de lui remettre de l'argent. C'est ainsi que je suis rentré en contact avec elle, et dès lors tout le reste s'est enchaîné.

— Et comment est cette dame, quand il ne lui prend pas l'idée de s'évanouir?

Elle paraissait avoir un peu récupéré l'éclat de ses yeux de biche, de même que la pointe d'ironie qui émaillait en général sa conversation.

— Arrogante. Froide. Insolente. Plus d'autres épithètes que je tais par pure courtoisie.

— Savez-vous qu'elle a passé les dernières années à écrire à Luisito, insistant lourdement pour qu'il traverse l'océan et leur rende visite? Elle lui parlait des fastes de la vie havanaise, de la grande plantation de café qu'ils possédaient, de l'immense satisfaction qu'éprouverait Gustavo en le revoyant après si longtemps, des nombreuses fois qu'elle s'était interrogée sur ce cousin espagnol si lointain. Et même, si vous me permettez d'être mauvaise langue, je crois qu'elle lui a fait du gringue dans certains passages. Gustavo n'avait sans doute jamais parlé à son épouse des handicaps physiques de ce pauvre Comino.

— Vous avez parfaitement le droit d'avoir l'esprit mal tourné, et je suis convaincu que vous n'avez pas tort. Comment avez-vous découvert tout cela?

— Grâce aux lettres qu'elle lui a envoyées, que je conserve dans un tiroir de mon secrétaire. Je les ai rapportées de chez lui avec le reste de ses affaires personnelles, avant votre installation.

C'était donc Carola Gorostiza qui avait attiré Luis Montalvo à Cuba, sachant qu'il était célibataire et sans descendance, uni par les liens du sang à son mari. Et pour cette raison elle avait manigancé, insisté, persévéré et jamais renoncé avant qu'il ne rédige un nouveau testament qui déshériterait ses nièces et désignerait comme unique légataire universel son cousin germain Gustavo, perdu de vue depuis deux décennies. Maligne, Carola Gorostiza. Maligne et opiniâtre.

Ils furent interrompus par le retour du médecin.

— Tout est en ordre, murmura-t-il en s'asseyant.

Soledad ferma brièvement les yeux et acquiesça. Elle n'avait pas besoin d'en savoir davantage. Mauro Larrea les regarda à tour de rôle et toute la confiance accumulée au cours du repas et des journées précédentes se fissura soudain devant le spectacle de leur complicité. Que me cachent-ils ? De quoi veulent-ils m'écarter ? Qu'arrive-t-il à ton époux, Soledad ? Qu'est-ce qui vous éloigne de Gustavo ? Qu'est-ce que je fous ici, nom de Dieu, entre vous deux ?

Manuel Ysasi renoua le fil de la conversation, et Mauro fut obligé de ravaler ses soupçons.

— J'ai jeté un coup d'œil sur notre dame, et je lui ai administré une bonne dose d'hydrate de chloral pour la calmer. Elle ne va pas se réveiller avant plusieurs heures. Il va falloir décider de ce que vous allez en faire.

Je propose de la jeter au fond d'une mine désaffectée, aurait aimé dire le mineur.

— La renvoyer d'où elle vient, suggéra-t-il. Quand pourra-t-elle entreprendre ce voyage, d'après vous ?

— Je pense qu'elle ne tardera pas à se remettre.

— En tout cas, il faut absolument la sortir d'ici et s'en débarrasser.

Le silence s'installa autour de la table tandis qu'ils cherchaient une issue. L'expédier à Cadix seule pour attendre l'embarquement présentait des risques excessifs. La retenir dans la bâtisse délabrée de la Tornería paraissait être une absurdité, et la loger dans un établissement public, une formidable sottise.

Finalement, Soledad Claydon formula sa proposition, et celle-ci résonna comme un caillou lancé contre une vitre.

36.

Ils débattirent des avantages et des inconvénients dans la bibliothèque, devant trois tasses de café noir.

— Vous êtes en train d'envisager une folie !

Le commentaire d'Ysasi s'adressait autant à Soledad qu'au mineur.

— Avons-nous un autre choix ?

— Et si vous essayiez de lui parler calmement, de la faire réfléchir ?

— Pour lui dire quoi ? répliqua Soledad, exaspérée. Nous lui demandons, avec de douces paroles, d'avoir l'immense amabilité de rentrer à La Havane et de s'écarter de notre chemin ? Nous la persuadons gentiment de nous ficher la paix ?

Elle se leva de sa chaise avec l'agilité d'une chatte en furie, fit trois ou quatre pas sans but précis puis se retourna vers eux.

— Ou bien nous lui racontons la vérité ? Qu'il existe, au nom de Luis Montalvo, des actions et des titres pour une valeur de plusieurs centaines de milliers de livres sterling, dont elle-même et Gustavo Zayas hériteront dès qu'ils auront effectué les formalités nécessaires ? Et si on ajoutait que cet argent est le patrimoine de ma famille, arraché à la cupidité sans bornes du demi-frère de mes propres filles grâce à mes sordides et crapuleuses manigances ?

Elle avait les pommettes enflammées et les yeux brillants ; elle refit quelques pas, balayant du bas de sa jupe les arabesques du tapis, jusqu'à se retrouver près du fauteuil d'où Mauro Larrea la contemplait, les jambes croisées, absorbé dans ses pensées.

— À moins qu'on ne lui explique que ce monsieur est si galant et si généreux qu'il a décidé d'annuler la grosse dette de jeu de son mari, pour ne pas gâcher sa grotesque visite à la mère patrie ? Qu'il lui rendra, sans contrepartie, les propriétés perdues par son crétin, lâche et irresponsable époux pendant une partie de billard ?

Afin de donner plus de poids à ses paroles, consciemment ou non, elle avait posé la main droite sur l'épaule du mineur. Et au lieu de la retirer à mesure que sa colère augmentait, alors qu'elle se répandait en invectives contre Zayas, elle y enfonçait ses doigts ouverts avec force. Traversant presque le tissu de la redingote, s'agrippant à sa peau, à sa chair et à ses os : là où le bras rejoint l'épaule, à côté du cou. À l'endroit le plus judicieux pour qu'une irrépressible rafale de désir parcoure les entrailles de Mauro Larrea.

— Qui plus est, Manuel, nous parlons de Gustavo. De notre très cher Gustavo. Ne l'oublie pas.

Même avec Soledad enserrant son épaule et cette réaction inattendue qui l'ébranlait corps et âme, Mauro perçut le ton sarcastique et amer de cette dernière phrase. Notre très cher Gustavo... comme chaque fois qu'elle le mentionnait, il n'y avait pas une once de chaleur dans ses paroles.

Manuel Ysasi intervint alors, résigné :

— Bien, dans ce cas, et malgré ma conviction de commettre une erreur immense, je suppose que vous ne me laissez aucune autre issue.

— Tu acceptes donc de la garder chez toi ?

La main de Soledad se détacha de l'épaule du mineur, qui éprouva une soudaine sensation d'abandon.

— Je veux que vous sachiez, l'un et l'autre, que je risque de perdre la plupart de mes patients si on apprend cette histoire à Jerez. Et que je ne dispose pas d'un prospère commerce de ventes de vin ou de mines d'argent pour assurer ma subsistance. Je ne vis que de mon travail, et seulement quand je réussis à me faire payer.

— Ne nous porte la poisse, Manuelillo ! le coupa-t-elle, moqueuse. Nous n'allons séquestrer personne ; nous nous contentons d'offrir quelques jours d'hospitalité gratuite à une invitée indésirable.

— Je l'emmènerai personnellement à Cadix et je l'embarquerai dès que vous me direz qu'elle est en état de voyager, conclut Mauro Larrea. D'ailleurs, je vais tout de suite m'informer sur la date de départ du prochain vapeur pour les Antilles.

Ysasi mit un terme à cette conversation d'un ton froidement ironique.

— Il y a bien longtemps que j'ai cessé de croire à l'intervention d'un être suprême dans nos humbles affaires terrestres, mais que Dieu nous protège si quelque chose cloche dans ce plan démentiel !

*

Ils installèrent Carola dans la résidence du médecin, rue Francos, dans la vieille demeure héritée de son père et de son grand-père, où il vivait avec les mêmes meubles et avec la même domestique qui avait servi trois générations de sa famille. Ils choisirent une chambre du fond donnant sur une cour fermée, avec une fenêtre étroite convenablement éloignée des maisons contiguës. L'esclave Trinidad fut logée dans la chambre voisine, afin qu'elle soit aux petits soins pour doña Carola. Soledad donna ses instructions à Sagrario, la vieille servante. Des bouillons de poule et des omelettes, du ris d'agneau, beaucoup de carafes d'eau fraîche, de fréquents changements de draps et de pots de chambre, et un non radical et absolu à toute tentative de sortie.

Santos Huesos fut chargé de monter la garde au début du couloir et de conserver la clé.

— Et si elle se met en colère, patron, en l'absence du docteur ?

— Tu envoies la vieille me chercher.

Ensuite il désigna d'un geste discret la hanche droite de l'Indien : là où il portait toujours son couteau. Après avoir attendu que tous les autres fussent descendus à l'étage inférieur, il précisa son ordre :

— Et si elle exagère, tu la calmes. Juste un petit peu.

Soledad se retira dès que tout fut terminé. Elle devait sans doute régler un certain nombre de problèmes liés aux affaires de son mari. Ou bien n'avait-elle tout simplement plus la force d'être toujours sur la brèche.

Sagrario, la domestique usée par la tâche et à moitié boiteuse, arriva en traînant les pieds. Elle lui apporta sa cape, ses gants et son élégant chapeau orné de plumes d'autruche, une tenue plus appropriée pour fréquenter les rues mondaines du West End londonien que pour parcourir de nuit les étroites ruelles de Jerez.

Sa calèche l'attendait dehors, Mauro la raccompagna jusqu'au vestibule.

— Vous vous chargerez donc de vérifier les prochains départs pour Cuba ?

— Demain matin à la première heure.

Le porche était presque plongé dans l'ombre, seule une faible bougie éclairait les traits de leurs visages.

— J'espère que tout sera bientôt fini, déclara-t-elle en enfilant ses gants.

Pour dire quelque chose, sans faire le moindre effort pour paraître convaincue.

Que tout finisse vite. Tout : un grand sac sans fond contenant mille problèmes différents et communs. C'était trop demander à la chance qu'ils soient tous ensemble réglés d'un coup.

— Pour notre part, nous ferons en sorte qu'il en soit ainsi.

Et pour cacher son propre manque d'assurance, il ajouta :

— Savez-vous que j'ai appris, ce matin même, l'existence d'éventuels acheteurs pour les propriétés de votre famille ?

— Ah bon ?

Impossible, pour elle, de manifester moins d'enthousiasme.

— Des gens de Madrid. Ils ont déjà pratiquement conclu ailleurs mais ils semblent également disposés à étudier mon offre.

— Surtout si votre prix est avantageux.

— Je crains de ne pas avoir le choix.

Entre les murs ornés de carreaux de céramique de l'ancienne demeure d'Ysasi et dans la semi-obscurité, avec son chapeau et ses gants désormais enfilés, et sa cape sur ses épaules harmonieuses, elle esquissa un sourire las.

— Vous êtes pressé de rentrer à Mexico, n'est-ce pas ?
— En effet.
— Vous y êtes sans doute attendu par votre maison, vos enfants, vos amis... peut-être même par une femme.

Il aurait pu répondre par oui ou par non, et il aurait dit la vérité dans les deux cas. Oui, bien sûr que oui : mon magnifique palais colonial de la rue de San Felipe Neri m'attend, comme ma merveilleuse fille Mariana devenue une jeune mère, et Nicolás, mon jeune fils, sur le point de s'allier à la meilleure société dès qu'il rentrera de Paris ; mes nombreux amis puissants et prospères aussi, de même que plusieurs dames ravissantes qui se sont toujours montrées enclines à m'ouvrir leur lit et leur cœur. Ou non, bien sûr que non. En réalité, bien peu de choses m'attendent là-bas. Telle aurait pu être également sa réponse. Les documents de ma maison sont entre les mains d'un usurier qui m'étrangle avec des échéances inflexibles, ma fille vit sa propre vie, mon fils est un irresponsable qui fera toujours ce qui lui plaira. Mon ami Andrade, qui est à la fois ma raison et mon frère, je l'ai bâillonné, dans ma conscience, pour ne pas l'entendre me hurler que je me conduis comme un écervelé. Et pour ce qui est des femmes, pas une seule, de toutes celles qui m'ont croisé, n'est jamais parvenue à m'attirer, ou à m'émouvoir, ou à me perturber, contrairement à vous, Soledad Montalvo, qui m'avez attiré, ému et perturbé dès votre apparition à la mi-journée dans la bâtisse délabrée de votre propre famille.

Sa réponse, néanmoins, fut beaucoup plus concise, exempte d'informations et de sentiments, infiniment plus neutre.

— C'est là où je dois être.
— Vous en êtes certain ?

Il la regarda, perplexe, ses épais sourcils froncés.

— La vie nous entraîne, Mauro. Moi, elle m'a arrachée en pleine jeunesse à cette terre et elle m'a expédiée dans une ville froide et immense, dans un monde étranger. Plus de vingt ans après, alors que je m'étais résignée à cet univers, les circonstances m'ont ramenée ici. Des vents inattendus nous poussent parfois dans un sens et parfois dans un autre, et souvent cela ne sert à rien de nager à contre-courant.

Elle leva une main gantée et posa ses doigts sur ses lèvres, pour l'empêcher de la contredire.

— Pensez-y.

37.

Chocs de verres et de bouteilles, rumeur sourde des conversations et quelques arpèges d'une guitare. À peu près une douzaine et demie d'hommes et pas plus de trois femmes. Trois Gitanes. L'une, très jeune et très maigre, roulait des cigarettes en baissant le regard tandis qu'une autre, plus dodue, écoutait sans grand intérêt les flatteries d'un jeune bourgeois. La plus âgée, le visage ridé et sec comme un raisin de Málaga, somnolait, yeux entrouverts et tête appuyée contre le mur.

Ils étaient presque tous dépourvus des vêtements et des bonnes manières du médecin et de Mauro Larrea ; malgré tout, l'arrivée de ces derniers dans cette boutique de vin du quartier de San Miguel ne parut pas du tout surprendre la clientèle, bien au contraire. On leur souhaita le bonsoir plusieurs fois dès qu'ils eurent franchi la porte. Bonsoir, docteur, bonsoir la compagnie. Ça fait plaisir de vous revoir par ici, don Manué.

Après un dîner frugal chez le médecin, ils avaient vérifié que Carola Gorostiza continuait à dormir, que la petite mulâtresse se reposait à côté et que Santos Huesos se tenait dans le couloir, prêt à veiller toute la nuit. Convaincus l'un et l'autre que rien d'inattendu ne se produirait, du moins jusqu'au lendemain matin, Manuel Ysasi avait proposé à Mauro de sortir prendre l'air.

— Vous avez lu dans mes pensées, docteur ?

— Vous connaissez déjà les lieux de distraction de la société la plus respectable. Si je vous montrais à présent l'autre Jerez ?

Voilà pourquoi ils avaient atterri dans cette taverne de la place de la Cruz Vieja, dans un quartier autrefois à la périphérie et maintenant faubourg du sud de la ville.

Ils s'assirent à l'une des rares tables vides, chacun sur un banc, à la lueur des lampes à huile, près du comptoir. Derrière celui-ci, une large étagère couverte de bouteilles et de tonneaux de vin, et un gamin qui ne devait pas avoir vingt ans et qui essuyait la vaisselle, muet et sérieux, tout en lançant des regards mélancoliques à la jeune Gitane. Elle, continuait à rouler son tabac sans lever les yeux de sa tâche.

Le garçon arriva bientôt avec deux verres étroits remplis d'un liquide ambré, qu'ils n'avaient pas eu besoin de commander.

— Comment va ton père, mon petit ?

— Bof ! Plus ou moins bien. Il n'arrive pas à se requinquer.

— Dis-lui de passer me voir lundi. Qu'il continue les cataplasmes de moutarde et se fasse des inhalations aux aiguilles de pin.

— Je lui transmettrai le message, don Manuel.

Le serveur ne s'était pas encore éloigné qu'un homme jeune, aux épais favoris noirs et aux yeux pareils à des olives, s'approchait de leur table.

— Deux autres verres pour le docteur et son ami, Tomás, aujourd'hui j'ai de quoi payer.

— Non, Raimundo, ce n'est pas la peine..., rétorqua le médecin.

— Comment non, don Manué, avec tout ce que je vous dois ?

Et, s'adressant à Mauro Larrea :

— Je lui dois la vie de mon fils, à cet homme, mon cher monsieur, au cas où vous ne le sauriez pas. La vie tout entière de mon chérubin. Il était malade, très malade...

À cet instant, une femme pénétra dans la taverne tel un ouragan, les cheveux tirés en arrière et en pantoufles, la tête couverte d'une grossière mantille en flanelle. Elle jeta des regards anxieux à droite et à gauche et, découvrant celui qu'elle cherchait, elle se planta devant lui en trois enjambées.

— Aïe, don Manué, don Manué! Venez vite chez moi, juste un petit moment, je vous en supplie. On m'a dit que vous étiez ici et c'est vous que je cherchais, docteur. Mon Ambrosio est à moitié mort. Il était en train de fabriquer tout tranquillement des paniers en osier cet après-midi, et puis ça l'a pris d'un coup...

Elle planta alors ses doigts sur la main du médecin et la tira vers elle.

— Rien qu'un petit moment, don Manué, par pitié, il est tout près, à côté de l'église...

— J'ai eu une fichue idée de vous amener jusqu'ici, Mauro, marmonna le docteur en se libérant brusquement. Vous m'excuserez un quart d'heure?

À peine eut-il le temps de répondre: «Bien entendu» que Manuel Ysasi enfilait sa cape et se dirigeait vers le porte, derrière la femme éperdue. Le fils du patron avait repris sa tâche, ses regards mélancoliques toujours rivés sur la jeune Gitane, après avoir posé deux nouveaux verres de vin sur la table. Le père reconnaissant, quant à lui, avait rejoint le groupe du fond, où l'un continuait à gratouiller sa guitare, un autre tapait mollement des mains et le dernier chantonnait le début d'une copla sur des amours malheureuses.

Mauro éprouva une certaine satisfaction à se retrouver seul et à pouvoir ainsi apprécier le vin sans parler avec quiconque. Sans feindre, sans mentir.

Ce bonheur fut bref, cependant.

— J'ai appris que vous aviez hérité de la maison du Comino.

Il était tellement absorbé dans ses pensées, son verre entre les doigts et le regard fixé sur les reflets acajou du vin, qu'il n'avait pas vu arriver la vieille Gitane traînant son tabouret en jonc. Sans demander ni attendre sa permission, elle s'assit à un coin de la table. Elle semblait encore plus âgée de près que de loin, son visage paraissait avoir été taillé à coups de couteau. Sa chevelure était clairsemée et huileuse, ramenée au sommet du crâne en un petit chignon compact. Deux grandes boucles en or et corail étiraient les lobes de ses oreilles plus bas que le menton.

— Et don Luisito a cassé sa pipe, d'après ce qu'on m'a dit. Que Dieu l'ait en sa sainte garde ! Il avait beau être tout nabot, il aimait bien bambocher, mais il paraissait moins guilleret, ces derniers temps. Il venait souvent par ici, vers la petite place. De temps en temps tout seul ou bien avec des amis, ou avec don Manué. C'était une personne en or, le Comino, ah ça oui ! on pouvait compter sur lui, déclara-t-elle sur un ton solennel.

Et pour corroborer ses dires, elle posa un pouce osseux sur un index tout aussi sale et déformé, formant une croix qu'elle embrassa avec un bruit de ventouse.

Mauro avait du mal à la comprendre : édentée, la voix éraillée et un accent à couper au couteau, avec des expressions qu'il n'avait jamais entendues dans sa vie.

— Vous me payez un petit verre, monsieur, et je vous lis tout de suite votre avenir dans la paume de la main.

À un tout autre moment, il se serait débarrassé sans la moindre hésitation de la Gitane. Fichez-moi la paix, dehors, s'il vous plaît ! se serait-il exclamé. Ou bien même sans le « s'il vous plaît ». Il s'était conduit de la sorte bon nombre de fois au Mexique, avec ces miséreux qui promettaient de lui dévoiler les mystères de l'âme en échange d'une menue monnaie, ou avec les Noires qui l'avaient accosté, cigare au bec, dans les rues de La Havane, voulant à tout prix lui lire son sort dans les noix de coco ou les coquillages.

Mais ce soir-là, peut-être fut-ce la faute de l'*oloroso* puissant et rond qui lui réchauffait déjà les entrailles, ou de cette journée mouvementée, ou des sensations confuses qui agitaient dernièrement son corps. Le fait est qu'il accepta.

— Allez-y, dit-il en lui tendant la paume de sa main. Voyons ce que vous découvrez dans mon destin !

— Mais vous parlez d'une main d'*Indiano* plein aux as, mon pauvre ! Vous avez plus de marques qu'un journalier après les vendanges ! Ça va être dur de dire la bonne aventure.

— Eh bien, laissez tomber.

Il regretta aussitôt d'avoir consenti à cette stupidité.

— Non, monsieur, non. Même si elles sont cachées derrière toutes ces cicatrices, je vois beaucoup de choses...

— Bon, continuez, alors.

Du fond de la taverne s'élevait toujours le son étouffé des claquements de mains, des accords de guitare et de la voix évoquant en cadence les trahisons, les vengeances et les chagrins de l'amour.

— J'observe que dans votre vie vous avez eu beaucoup d'affaires qui ont foiré.

Elle n'avait pas tort. Ce père qu'il n'avait pas connu, un forain de passage dans sa bourgade qui ne lui avait même pas légué son patronyme. L'abandon de sa propre mère dans sa petite enfance, le laissant à la charge d'un grand-père avare de paroles et d'affection, qui avait toujours pleuré son Pays basque natal, sans jamais s'habituer à son aride exil castillan. Son mariage avec Elvira, le départ en Amérique, sa ruine finale... Tout s'était brisé à un moment ou à un autre de sa trajectoire. Il y avait bien peu de continuité, la Gitane ne faisait pas fausse route. Pourtant, songea-t-il, on retrouvait sans doute le même genre de situation parmi les êtres humains ayant vécu aussi longtemps. La vieille enjôleuse avait probablement répété cette phrase des centaines de fois.

— Je vois également qu'il y a une chose à laquelle vous vous raccrochez, en ce moment, et si vous ne jouez pas serré, elle risque de disparaître.

Et s'il s'agissait de la bâtisse des Montalvo et de leurs autres propriétés ? se dit-il. Et si cette disparition se produisait en échange d'une grandiose quantité d'onces d'or ?

— Et est-il également écrit que cette chose à laquelle je me raccroche me sera ôtée des mains par des messieurs de Madrid ? demanda-t-il avec une pointe de moquerie en pensant à ses acheteurs éventuels.

— Ça, une vieille comme moi ne peut pas le savoir, mon cœur. Je vous conseille seulement de bien utiliser votre ciboulot, lui répondit-elle en portant son pouce crasseux à sa tempe. Parce que, si j'en crois ce que je vois, vous allez peut-être hésiter. Et vous connaissez le proverbe : un tiens vaut mieux que deux tu l'auras.

Il faillit éclater de rire devant tant d'éloquence.

— Parfait. Je perçois désormais mon avenir avec une clarté absolue, dit-il en tenant pour close la séance divinatoire.

— Un petit moment, cher monsieur, juste un petit moment, il y a un machin qui devient de plus en plus limpide.

Mais je vais d'abord avoir besoin d'une petite gorgée. Allez, Tomasito, sers un verre de *pajarete* à cette grand-mère. Sur le compte de monsieur, n'est-ce pas, votre seigneurie ?

Elle n'attendit même pas que le garçon eût posé le vin sur la table. Elle le lui arracha des mains et l'avala d'un trait. Puis elle baissa la voix, sérieuse et directe.

— Une gadji vous a embobiné, mon bon monsieur.

— Je ne comprends pas.

— Vous êtes tout gaga à cause d'une femelle. Mais elle n'est pas libre, vous le savez.

Il fronça les sourcils, ne répondit rien. Rien.

— Vous voyez, poursuivit-elle en passant un ongle malpropre sur sa paume ouverte. C'est dit bien clairement. Ici, dans ces trois traits, voilà le triangle. Et quelqu'un va bientôt en sortir. Au milieu de l'eau ou du feu, j'en vois partir un.

Une sacrée clairvoyance, maudite vieille, faillit-il grommeler, furieux, avec un mélange de lassitude et de désarroi. Il s'imaginait déjà embarqué depuis des jours, cap sur Veracruz, il n'avait besoin de personne pour le lui rappeler. Le visage fouetté par les embruns et la brise de l'Atlantique, contemplant du haut du pont d'un vapeur comment Cadix, si blanche et si lumineuse, rapetissait dans le lointain jusqu'à se transformer en un point perdu à l'horizon. Se séparant de cette vieille Espagne et de Jerez qui, d'une façon imprévisible, lui avaient fait revivre des sensations enfouies au plus profond de sa mémoire. Entreprenant de nouveau le chemin du retour. Retournant à un monde, à sa vie. Seul, comme toujours.

— Et je voudrais dire une dernière chose à monsieur. Rien qu'une petite chose que je vois ici.

La porte de la taverne s'ouvrit soudain et Ysasi apparut de nouveau.

— Mais enfin, Rosario, qu'est-ce qui se passe ? Je sors à peine dix minutes et tu en profites pour embrouiller mon ami avec tes bêtises. Si ton père apprend, Tomás, que tu laisses cette Gitane s'installer ici tous les soirs, il va te flanquer une raclée dès qu'il aura guéri de sa coqueluche. Allez, vieille baratineuse, fiche-nous la paix et au lit ! Et emmène tes petites-filles, ce n'est pas une heure pour traînasser encore toutes les trois.

La femme obéit sans protester; parmi ces gens, personne ne jouissait d'une autorité équivalente à celle de ce médecin à la barbe noire qui soignait, par pur altruisme, leurs chagrins et leurs douleurs.

— Je regrette énormément d'avoir été obligé de vous abandonner.

Mauro répondit d'un simple haussement d'épaules, comme s'il cherchait à étouffer, au passage, l'écho de la voix de la Gitane. Le docteur s'assit et ils se remirent aussitôt à boire et à converser. « Ce quartier de San Miguel et ses habitants... deux autres verres... la convalescence de Carola Gorostiza... encore deux, Tomás. » Et, comme d'habitude, à la fin, la conclusion inévitable de tous les sujets : Soledad.

— Vous allez sans doute penser, peut-être à juste titre, que je me mêle de ce qui ne me regarde pas, mais il me manque une information pour finir de mettre en place toutes les pièces du puzzle.

— Pour le meilleur ou pour le pire, Mauro, vous êtes déjà fourré jusqu'au cou dans la vie des Montalvo et ses prolongements. Questionnez en toute liberté.

— Qu'en est-il exactement du mari?

Manuel Ysasi inspira profondément, remplissant ses joues et modifiant ainsi l'apparence de son visage aigu. Puis il expira, prenant le temps de remettre ses idées en ordre.

— Au début, on a pensé qu'il s'agissait d'un simple épisode mélancolique : ce mal qui se loge dans le cerveau et paralyse la volonté. Des accès de tristesse, des bouffées d'angoisse qui poussent au découragement et au désespoir.

Des déséquilibres de l'esprit et du tempérament, c'était donc ça! Mauro commençait à comprendre. Et à reprendre le fil de l'histoire.

— C'est pourquoi Soledad dit que son beau-fils a abusé de la faiblesse de son époux pour l'obliger à agir, dans les affaires familiales, contre les intérêts de sa femme et de ses filles, remarqua-t-il.

— Probablement. En tout cas, je suis absolument convaincu que, dans des conditions normales, Edward n'aurait jamais rien fait qui puisse leur nuire.

Le docteur esquissa un sourire nostalgique.

— J'ai rarement vu un homme aussi attaché que lui à son épouse.

La taverne était pleine à craquer, une autre guitare avait rejoint la première et leurs cordes résonnaient avec davantage de vigueur. Le chant timide qu'ils avaient entendu à leur arrivée s'était transformé en une clameur de claquements de mains et de pieds, de notes et de voix. L'établissement tout entier vibrait.

— Je me souviens du jour de son mariage, poursuivit Ysasi, étranger plutôt qu'habitué à ce vacarme. Avec son allure de Normand aristocratique, si grand et si blond, toujours si altier. Et soudain il était là, dans la collégiale, deux fois plus élégant que d'habitude, recevant les félicitations et attendant notre Soledad.

Si Mauro Larrea avait su ce qu'était la jalousie, s'il l'avait déjà ressentie dans sa propre chair, il aurait reconnu sur-le-champ cette sensation, quand une douleur indicible lui transperça les entrailles alors qu'il imaginait une Soledad Montalvo rayonnante disant « oui dans le bonheur et dans les épreuves, dans la santé et dans la maladie » devant le maître-autel. Espèce de crétin, lui chuchota sa conscience, tu commences à devenir sentimental. Et il devina son ami Andrade se tordant de rire à distance.

— À vrai dire personne n'aurait pu soupçonner la suite : à peine deux jours après ce dimanche ensoleillé de début octobre, Matías, le petit-fils, est mort, et tout s'en est allé à vau-l'eau.

— Personne ne se souciait non plus de son départ de Jerez ? Qu'elle soit emmenée à Londres par un inconnu, que... ?

— Un inconnu, Edward ? Non, non ! Je me suis sans doute mal expliqué, ou bien j'oublie que vous ignorez certains détails que je tiens pour acquis. Edward Claydon était presque de chez nous, quelqu'un de très proche de la famille : celui qui gérait leurs affaires en Angleterre, l'homme de confiance de don Matías dans l'exportation de son sherry.

Quelque chose clochait, ne collait pas entre l'image du fringant jeune homme redescendant la nef de l'église au son de l'orgue, la belle Soledad accrochée à son bras, et les solides relations commerciales du patriarche. Il décida donc de ne pas interrompre le docteur, dans l'attente de précisions.

— Il faisait des séjours à Jerez depuis plus d'une décennie, toujours logé par la famille. À cette époque, il n'avait rien à voir avec Soledad, ni... Ni avec Inés.

— Inés est cette sœur qui est devenue nonne, n'est-ce pas ?

Manuel Ysasi acquiesça, puis il répéta le prénom. Inés, oui. Rien de plus. Mauro Larrea s'efforçait toujours de faire s'emboîter les pièces dans son cerveau, en vain. En arrière-fond, davantage de claquements de mains, d'encouragements, d'accords de guitares et de coups de talons sur le plancher.

— Enfin, l'ami, je suppose que c'est la loi de la vie.

— Qu'est-ce que la « loi de la vie », docteur ?

— Qu'avec l'âge nous sommes victimes d'une décrépitude irréversible.

— De l'âge de qui me parlez-vous ? Excusez-moi, je suis de plus en plus perdu.

Le médecin fit claquer sa langue et posa son verre sur la table d'un geste sec, une moue résignée dessinée sur le visage.

— C'est vous qui devez m'excuser, Mauro. C'est probablement ma faute ou celle du vin : j'ai cru que vous le saviez.

— Que je savais quoi ?

— Qu'Edward Claydon a près de trente ans de plus que sa femme.

38.

Il venait de se lever et se tenait dans la cuisine, le cheveu en bataille, comme s'il s'était battu avec un démon, vêtu seulement d'un pantalon sans ceinture et d'une chemise fripée et entrouverte. Il essayait d'allumer le feu pour faire bouillir l'eau pour le café quand il entendit Angustias et Simón, ses deux vieux domestiques, entrer par la porte de l'arrière-cour. Il n'avait guère eu l'occasion de les croiser, mais la maison avait largement bénéficié de leur présence : le patio et les escaliers étaient plus propres et les chambres plus présentables malgré leur aspect décrépit. Ses chemises blanches séchaient sur une corde après avoir été lavées puis apparaissaient dans les armoires magiquement impeccables. En outre, quelle que fût l'heure où il arrivait, il restait toujours une trace de chaleur dans les cheminées et un petit quelque chose à manger quelque part.

La matinée était encombrée de nuages épais et le froid et la semi-obscurité régnaient encore dans la cuisine quand il entendit retentir les « Bonjour, que Dieu vous bénisse » du couple.

— Vous allez voir ce qu'on vous apporte, monsieur, annonça la femme. Mon cadet l'a chassé hier, regardez cette merveille.

Elle souleva fièrement un lapin à la fourrure grise en l'attrapant par les pattes de derrière.

— Vous allez déjeuner ici, don Mauro ? Sinon, je vous le garde pour le dîner. J'avais pensé le préparer avec une sauce à l'ail.

— Je ne sais pas du tout ce que je ferai pour le déjeuner, et ne vous inquiétez pas du dîner, je ne serai pas là.

L'invitation que lui avait lancée le président du casino plusieurs jours avant n'avait pas tardé à se concrétiser. Un bal donné dans le palais de l'Alcázar, résidence des Fernández de Villavicencio, ducs de San Lorenzo. En l'honneur de M. et Mme Claydon, d'après le carton. Une réunion chic et détendue avec la meilleure société de Jerez. Il aurait pu y échapper, rien ni personne ne l'obligeait à y assister. Mais il avait accepté, peut-être par respect ou par simple curiosité pour cet univers insolite de propriétaires terriens et de viticulteurs de haute lignée qu'il connaissait à peine.

— Eh bien, je vous le laisse sur le feu dans une casserole, et vous verrez vous-même.

— Où est l'Indien ? l'interrompit son mari.

— L'Indien a un nom, Simón, rétorqua Angustias, réprobatrice. Il s'appelle Santos Huesos, au cas où tu l'aurais oublié, et il est bon comme du bon pain, malgré ses cheveux aussi longs que ceux du Christ de l'Expiration et sa peau d'une couleur différente.

— Cette nuit, il n'a pas dormi à la maison, il avait des affaires à résoudre ailleurs, précisa Mauro sans entrer dans les détails.

Bon comme le bon pain, avait dit la femme. S'il n'avait pas eu le cerveau si embrouillé, il aurait éclaté de rire, mais il se contenta de demander :

— Vous me prépareriez un grand pot de café bien noir, Angustias ?

— J'allais m'y mettre tout de suite, ce n'est même pas la peine que vous demandiez. Et dès que j'ai fini, je commence à dépouiller le lapin, il va être délicieux. Le pauvre don Luisito s'en léchait les doigts chaque fois que je le faisais : avec son petit ail, son filet de vin et sa petite feuille de laurier, et je le lui servais ensuite avec des croûtons de pain frit...

Mauro abandonna la femme livrée à ses souvenirs culinaires et sortit se laver dans le patio avec une serviette sur l'épaule.

— Attendez que je chauffe un peu d'eau, don Mauro, vous pouvez attraper une pneumonie !

Il avait déjà la tête plongée dans l'eau glacée du petit matin.

Il s'était réveillé très tôt, en dépit de l'heure tardive de son retour, la tête encore martelée par le vin *amontillado* et les claquements de mains et de talons. La journée s'annonce plutôt difficile, prévit-il en pensant à Carola Gorostiza tout en essuyant l'eau qui lui dégoulinait sur le torse. Il vaut donc mieux l'attaquer au plus vite.

On sonnait la messe de neuf heures à San Marcos quand il partit, les cheveux encore humides, en direction de la rue Francos. Manuel Ysasi l'attendait devant chez lui, fourrant un stéthoscope dans sa trousse, prêt à commencer ses visites.

— La nuit s'est bien passée ?

— Bien, avant que j'ouvre l'œil, vers sept heures. D'après votre domestique, notre invitée s'est un peu agitée, mais je viens de l'examiner et, mis à part son fichu caractère, elle va bien. Cela dit, elle n'a pas l'air de vous porter dans son cœur, à en juger par les douceurs dont elle vous a gratifié.

Ils échangèrent quelques phrases devant la grille avant de se séparer ; le médecin partait pour Cadix, où l'attendaient diverses obligations professionnelles qu'il lui détailla sans que Mauro se rappelle un seul mot. Son esprit était ailleurs, anticipant sa première confrontation avec l'ouragan havanais.

En entendant son nom, Santos Huesos sortit de la chambre contiguë à celle de la Gorostiza, suivi comme son ombre par la petite mulâtresse. Celle avec laquelle il l'avait laissé sur la Plaza de Armas, la nuit où sa maîtresse lui avait fixé un rendez-vous dans l'église, songea Mauro fugacement. Mais ce n'était pas le moment d'évoquer tous ces souvenirs lointains ; il devait d'abord régler le cas de cette femme.

— Pas d'inquiétude, patron, elle est calmée.

— Elle s'est beaucoup énervée ?

— Juste un tout petit peu quand, au réveil, au lever du soleil, elle s'est rendu compte qu'elle pouvait pas sortir de la chambre, mais ça lui est passé.

— Tu as été obligé d'entrer ? Tu as parlé avec elle ?

— Bien sûr que oui.

— Et elle t'a reconnu ?

— Carrément oui, don Mauro. Elle se souvenait de m'avoir vu avec vous à La Havane. Et si vous me demandez si elle a voulu avoir de vos nouvelles, la réponse est oui, monsieur. Mais je lui ai dit que vous étiez très occupé, que peut-être vous pourriez pas venir la voir aujourd'hui.

— Et comment tu l'as trouvée ?

— Je dirais que point de vue santé, elle va pas mal, patron. Par contre, avec son foutu caractère, je sais pas comment vous pourrez la garder en cage.

— Elle a mangé quelque chose ?

Sagrario, la vieille servante, s'approchait à cet instant, clopin-clopant dans le couloir.

— Quelque chose, monsieur ? Elle s'est jetée sur la nourriture comme une meurt-de-faim.

— Et après elle s'est rendormie ?

— Non, monsieur.

C'était la douce Trinidad, muette jusqu'alors derrière Santos Huesos, qui avait répondu.

— Ma maîtresse est sur son trente-et-un comme une jeune mariée, il ne reste plus qu'à la coiffer. Presque prête à partir.

Prête à partir nulle part, songea le mineur tandis qu'il se dirigeait vers la porte du fond.

— La clé, Santos, ordonna-t-il en tendant la main.

Deux tours et il entra.

Elle l'attendait debout, alertée par sa voix derrière la porte. Furieuse, comme c'était prévisible.

— Mais vous imaginiez quoi, espèce d'imbécile ? Je vous somme de me laisser sortir d'ici immédiatement !

Il ne lui trouva pas mauvaise mine, en effet, malgré le contraste entre la simplicité de la chambre et sa robe magenta couronnée par sa chevelure épaisse et noire qui lui retombait jusqu'à mi-dos.

— Je crains que ce ne soit impossible avant plusieurs jours. Ensuite je vous conduirai à Cadix et je vous embarquerai pour La Havane.

— N'y songez même pas !

— Venir jusqu'ici de Cuba a été une véritable folie, madame Gorostiza. Je vous prie de bien vouloir reconsidérer votre comportement et d'attendre sereinement quelques jours. Votre départ sera organisé dans les plus brefs délais.

— Sachez que je n'ai pas l'intention de bouger de cette ville avant d'avoir obtenu jusqu'à la plus infime portion de terre de ce qui me revient. Par conséquent, cessez de m'envoyer des Indiens et des charlatans, et réglons nos affaires une bonne fois pour toutes.

Il remplit ses poumons d'air, s'efforçant de garder son calme.

— Il n'y a rien à régler : tout a été réalisé ainsi que nous en étions convenus, votre mari et moi. Tout est en ordre, ratifié par un acte authentique. Votre obstination à récupérer ce que vous avez perdu n'a ni queue ni tête, madame. Réfléchissez-y et assumez-le.

Elle le regarda de ses yeux si noirs et si sournois. Sa bouche émit un bruit semblable à celui d'une noix qu'on casse, comme si un rire amer lui était resté en travers de la gorge.

— Vous ne comprenez rien, Larrea, vous ne comprenez rien.

Il leva les mains en signe de résignation.

— Je ne comprends rien, vraiment. Rien du tout à vos manigances et à vos extravagances, et d'ailleurs je m'en fiche. La seule chose que je sais, c'est que vous n'avez rien à faire ici.

— Il faut que je voie Soledad.

— Vous voulez parler de Mme Claydon ?

— La cousine de mon mari, la responsable de tout.

À quoi bon écouter ses lubies, si cela ne menait à rien ?

— Je ne pense pas que cela l'intéresse et je vous conseille de l'oublier.

Cette fois-ci le rire jaillit de sa bouche, rempli de méchanceté.

— Elle vous a emberlificoté vous aussi ? Hein ?

Du calme, mon vieux, se dit-il. N'entre pas dans son jeu, ne la laisse pas t'embrouiller.

— Sachez que j'ai l'intention de vous dénoncer.

— Si vous avez besoin de quelque chose, indiquez-le à mon domestique.

— Et que j'informerai mon frère de votre comportement.

— Essayez de vous reposer et de préserver vos forces : la traversée de l'Atlantique, vous ne l'ignorez pas, peut se révéler tempétueuse.

En voyant Mauro Larrea se diriger vers la porte, la laissant de nouveau enfermée, l'indignation de Carola Gorostiza se transforma en colère et elle esquissa le geste de se jeter sur lui. Pour l'empêcher de sortir, pour le gifler, pour lui montrer sa fureur. Il la repoussa en tendant le bras.

— Attention, la prévint-il d'un ton sévère. Ça suffit.

— Je veux voir Soledad ! exigea-t-elle d'une voix coupante.

Il attrapa la poignée comme s'il ne l'avait pas entendue.

— Je reviendrai dès que possible.

— Après avoir provoqué tous les malheurs de mon couple, cette maudite femme refuse de me parler ?

Mauro fut incapable d'interpréter cette phrase surprenante, pas plus qu'il ne jugea nécessaire de préciser certains points contredisant son accusation. Par exemple, les propres machinations de Carola, qui avaient dépossédé les filles de Soledad de leur futur héritage. Ou bien les artifices qu'elle avait déployés pour que son cousin, Luis Montalvo, un pauvre diable malade et affaibli, abandonne son monde et s'en aille mourir dans une terre étrangère. Les reproches de Soledad à son encontre étaient beaucoup plus justifiés que le contraire. Mais il préféra ne pas aborder ce sujet.

— Il me semble que vous commencez à divaguer, madame. Vous avez besoin de repos, lui conseilla-t-il, un pied déjà dehors.

— Vous ne réussirez pas à vous débarrasser de moi.

— Un peu de tenue, je vous en prie !

Le dernier cri transperça la porte qu'il venait de refermer, accompagné d'un coup de poing rageur sur celle-ci.

— Vous êtes un misérable, Larrea ! Une sale engeance, et un... un... !

Les dernières injures n'atteignirent pas ses oreilles – il était concentré sur un autre objectif.

*

Deux mille six cents *reales* en cabine, ou mille sept cents sur le pont, c'était le prix de l'expédition de Carola Gorostiza à La Havane. Et le double avec l'esclave à ses côtés. Une agence de transport de marchandises et de passagers lui avait indiqué cette somme et il en sortait en maudissant le sort : non content de devoir se libérer de cette présence indésirable, il était également obligé d'écorner ses maigres économies.

Le courrier *Reina de los Angeles* allait quitter Cadix dans cinq jours, avec des escales à Las Palmas, San Juan de Puerto Rico, Santo Domingo et Santiago de Cuba ; on lui fournit même cette information imprimée. Quatre ou cinq semaines de voyage, voire six, cela dépendait des vents, lui dit-on. Il avait une telle envie de la voir s'éloigner qu'il faillit réserver le billet sur-le-champ, mais le bon sens l'emporta. Attends un peu, au moins un jour. Il conclurait l'affaire le lendemain matin, selon le déroulement de la journée. Dès lors, et tant que les Madrilènes n'auraient pas pris leur décision, il serait obligé de faire ce qu'il voulait éviter à tout prix : puiser dans l'argent de la belle-mère de sa fille, et non pas pour des investissements fructueux, comme elle l'avait demandé, mais pour subvenir à sa propre survie.

— Mauro ?

Tous les raisonnements et prévisions qu'il avait échafaudés dans sa tête s'écroulèrent d'un coup : la seule présence derrière lui, place de la Yerba, de Soledad Montalvo les avait balayés. Soledad, toute de grâce sous les arbres dénudés et le ciel plombé de cette matinée maussade d'automne. Avec sa cape couleur lavande et la curiosité peinte sur le visage, se dirigeant vers la rue Francos.

— Vous l'avez vue ?

Il lui résuma leur rencontre à grands traits, tandis qu'ils se tenaient face à face au milieu de la petite place pleine d'allées et venues à cette heure où les commerces étaient ouverts et l'activité à son comble.

— J'aimerais lui parler. C'est la femme de mon cousin, après tout.

— Vous feriez mieux de l'éviter.

Elle rejeta son avertissement d'un hochement de tête.

— Il y a quelque chose que je dois savoir.

— Quoi ? rétorqua-t-il sans ambages.
— À propos de Luis.

Elle détourna les yeux vers le sol jonché de feuilles mortes et baissa la voix.

— Comment se sont passées ses dernières journées, les retrouvailles avec Gustavo.

La matinée était toujours aussi agitée : les passants se dirigeaient vers les places de los Plateros ou de l'Arenal, s'écartant au passage d'une charrette, se saluant, s'arrêtant un instant pour demander des nouvelles d'un parent ou se plaindre du mauvais temps. Deux dames très distinguées s'approchèrent soudain, faisant éclater la bulle de mélancolie qui l'avait momentanément protégée.

— Soledad chérie, quel plaisir de te voir, comment vont tes filles ? et Edward ? Tu ne sais pas à quel point nous regrettons la perte de Luis, tu nous préviendras de la date des obsèques. Nous nous reverrons chez les Fernández de Villavicencio, à l'Alcázar, n'est-ce pas ? Enchantées d'avoir fait votre connaissance, monsieur Larrea. Au plaisir de vous revoir. À ce soir, au plaisir.

— Vous n'allez rien en tirer de bon, croyez-moi, dit-il en reprenant leur conversation dès qu'elles eurent disparu.

Un monsieur à l'allure plus que respectable les interrompit. Nouvelles salutations, nouvelles condoléances, un compliment galant.

— À ce soir, ma chère. Très honoré, monsieur Larrea.

Ces présences importunes constituaient peut-être des signaux d'avertissement : mieux valait changer de stratégie. C'est ce que pensa le mineur et que parut également comprendre Soledad, qui modifia du tout au tout son comportement.

— Manuel m'a dit qu'on vous avait invité au bal. Il ne sait pas s'il pourra venir, il est pris par ses obligations à Cadix. Vous vous y rendrez comment ?

— Je n'en ai pas la moindre idée.

— Je vous attends chez moi, nous irons ensemble dans ma calèche.

Deux secondes de silence. Trois.

— Et votre mari ?

— Il est toujours absent.

Il savait qu'elle mentait. À présent qu'il était conscient du grand âge et des nombreux égarements du négociant en vins, il devinait qu'il ne pouvait guère être loin de sa femme.

Et elle savait qu'il ne l'ignorait pas. Mais les deux firent comme si de rien n'était.

— Je viendrai donc, si vous le jugez opportun, dans mes plus beaux atours d'*Indiano* opulent.

L'expression de Soledad se transforma enfin, et il ressentit une espèce de fierté ridicule et puérile d'être parvenu à lui arracher un sourire. Ce que tu peux être bête ! ronchonna Andrade, ou sa conscience. Fichez-moi la paix ! Du vent !

— Et pour que vous ne me reprochiez pas de vivre comme un sauvage, je vous annonce que j'ai engagé des domestiques.

— Très bien.

— Un couple âgé, qui avait travaillé pour votre famille.

— Angustias et Simón ? Ça alors ! Et vous en êtes content ? Angustias est la fille de Paca, la vieille cuisinière de mes grands-parents. Elles avaient toutes les deux un bon tour de main.

— Elle s'en vante. Aujourd'hui, elle me préparait justement...

Soledad le coupa, désinvolte :

— Vous n'allez pas me dire qu'Angustias vous mijote son légendaire lapin à l'ail ?

Mauro faillit lui demander d'où elle tirait ses informations, quand une vague soudaine de lucidité l'interrompit. Bien sûr qu'elle était au courant, imbécile, évidemment ! Soledad Claydon connaissait la présence du couple de serviteurs chez lui puisque c'était elle-même qui les avait envoyés ; elle qui les avait chargés de rendre présentable la bâtisse décrépite de sa famille pour qu'il y mène une vie relativement confortable, qui avait ordonné qu'on lui prépare des repas chauds et qu'on lave son linge, qui s'était assurée des bonnes relations entre la vieille domestique et Santos Huesos. Soledad Montalvo savait tout : pour la première fois de sa vie, ce mineur énergique et riche d'expérience, couturé par mille batailles, avait croisé en chemin une femme qui, tout en préservant ses propres intérêts, avait toujours plusieurs coups d'avance sur lui.

39.

L'après-midi s'annonçait pluvieux.
— Santos !

L'écho de son nom vibrait encore contre les murs quand Mauro se rappela l'inanité de son appel : son domestique montait la garde devant la porte de Carola Gorostiza.

Il avait vainement fouillé dans les malles en quête d'un parapluie. En temps normal, il se serait fiché de se mouiller, mais pas ce soir. Sa présence aux côtés de Soledad Claydon, au palais de l'Alcázar, était assez insolite comme ça, nul besoin d'être en plus trempé jusqu'aux os.

Il songea à en emprunter un à Angustias ou à Simón puis changea d'idée en se dirigeant vers la cuisine. Il en trouverait peut-être un au grenier, ayant appartenu à Comino ou à n'importe qui. C'était de là que Santos Huesos et lui-même avaient tiré les rares meubles et ustensiles qu'ils utilisaient à présent, des vieux matelas de laine jusqu'aux bougeoirs en terre cuite. En tout cas, ça ne coûtait rien d'essayer.

Il se mit à retourner les armoires et les tiroirs entre des murs qui témoignaient du passage du temps : écaillés, parsemés d'empreintes de mains sales, d'entailles et de centaines de taches d'humidité. Il y avait même de grossières inscriptions griffonnées à l'aide d'un morceau de charbon ou gravées grâce à quelque objet pointu, le bout d'une clé ou l'arête d'un caillou. « Que Dieu nous garde », là où se trouvait autrefois une tête de lit, ou « maman », dans une écriture malhabile. Au fond d'un couloir bas de plafond, dans une pièce où gisaient deux berceaux et un cheval de bois à la crinière clairsemée, il découvrit derrière la porte, au niveau de son torse, grand comme deux mains ouvertes, un cœur.

Il se pencha pour le regarder de près sans bien savoir pourquoi. Peut-être la sensation qu'une petite bonne énamourée d'un maigre journalier n'aurait jamais dessiné ce symbole d'une façon aussi précise ; ou bien à cause de l'aspect raffiné et incongru de l'obscure substance utilisée pour le peindre : de l'encre ou de la peinture à l'huile.

Le cœur, victime d'un amour juvénile, était traversé par une flèche, dont les extrémités s'ornaient de plusieurs lettres : les majuscules, tracées d'un trait vigoureux, et les minuscules, nettes et concises. À gauche du cœur, près de la queue de la flèche, un nom qui commençait par un G. À droite, frôlant la pointe, un S. G pour Gustavo et S pour Soledad.

Il eut à peine le temps de digérer cette trouvaille à la fois déconcertante et naïve : la voix d'Angustias, depuis le rez-de-chaussée, l'obligea à se redresser. Elle l'appelait à grands cris, anxieuse.

— Je vous cherchais partout, monsieur ! Comment j'aurais pu deviner que vous étiez en train de farfouiller dans les combles ? s'exclama-t-elle, soulagée, en le voyant redescendre.

Elle ne le laissa pas s'enquérir des motifs d'une telle hâte.

— Il y a un homme dans le vestibule, déclara-t-elle. Il a l'air pressé, mais je n'y entends goutte à ce qu'il raconte, et en plus Simón est parti chercher une pince-monseigneur chez le forgeron, alors je vous en supplie, don Mauro, venez voir ce que veut cet individu.

Il a dû se passer quelque chose rue Francos, pensa-t-il tandis qu'il traversait la galerie puis dévalait le grand escalier en marbre. Carola Gorostiza a sans doute déraillé, Santos Huesos est resté avec elle et a envoyé quelqu'un le prévenir.

La présence qui l'attendait néanmoins provenait d'autres latitudes.

— Mister Larrea aller maison Claydon immédiatement, *please. Milord and milady* avoir des problèmes. Docteur Ysasi pas en ville. Vous venir vite.

C'était Palmer, le majordome, s'exprimant dans sa langue approximative.

Mauro fronça les sourcils. *Milady...* et *milord*, aussi. Il ne s'était pas trompé : Edward Claydon n'était pas en voyage d'affaires, mais sous le même toit que son épouse.

— Quel est ce problème, Palmer ?

— Fils de *milord* ici.

Alan Claydon avait donc fini par apparaître. Tout se corsait, décidément.

Le majordome le mit rapidement au courant pendant le trajet dans son sabir quasiment incompréhensible. *Milord and milady* retenus dans la chambre de M. Claydon. Fils empêcher de sortir. Porte fermée dedans. Amis de fils attendre dans le bureau.

Ils entrèrent par l'arrière, par le portail qu'ils avaient emprunté à cheval, Soledad et lui, lorsque celle-ci, sous prétexte de visiter la Tempérance, l'avait mêlé à sa vie d'une façon irréversible. Dans la cuisine, ils croisèrent une cuisinière aux allures de matrone et deux servantes, plus anglaises que le thé de cinq heures, dont les visages trahissaient le désarroi.

L'arrière-plan de la situation n'exigea pas d'explications supplémentaires : le beau-fils de Soledad avait décidé de se passer d'intermédiaires et d'agir par lui-même, et avec des méthodes plutôt agressives. Deux options s'offraient donc à Mauro Larrea. L'une, attendre patiemment le dénouement : Alan Claydon déciderait seul de cesser de harceler son père et la femme de ce dernier, il ouvrirait la pièce de l'étage supérieur où il les gardait enfermés, puis, en compagnie des deux amis qu'il avait probablement amenés avec lui de Gibraltar, il remonterait dans son attelage et repartirait par où il était venu. Ensuite, une fois tout achevé, et derrière le dos de son mari, comme d'habitude, lui-même pourrait tendre son mouchoir à Soledad pour qu'elle sèche les larmes causées par ce désagrément. Ou son épaule, pour qu'elle y apaise sa détresse.

C'était la première solution, la plus raisonnable.

Pourtant, Mauro choisit la seconde, quoique moins rationnelle et beaucoup plus risquée.

— Rue Francos, 27. Santos Huesos, l'Indien. Allez le prévenir, qu'il vienne tout de suite.

Cette consigne s'adressait à l'une des bonnes. L'injonction suivante fut pour le majordome.

— Expliquez-moi exactement où ils sont.

Étage supérieur. Chambre à coucher. Porte fermée par le fils. Deux fenêtres sur l'arrière-cour. Fils arrivé maison avant midi, quand madame dehors. Madame revenir vers une heure, fils empêcher elle ressortir. Pas manger. Pas boire. Rien pour *milord*. Peu de mots, à part cri de *milady*. Un ou deux bruits, aussi.

— Montrez-moi les fenêtres.

Ils gagnèrent ensemble le patio, en silence, tandis que les domestiques restaient dans la cuisine. Collés contre le mur pour ne pas être vus d'en haut, ils levèrent la tête vers les ouvertures des étages supérieurs. Presque toutes grillagées, de taille moyenne – plutôt inattendues pour l'endroit où le propriétaire de cette prospère résidence était censé dormir. Mais ce n'était pas le moment de s'interroger sur les raisons qui avaient poussé Edward Claydon à occuper l'une de ces modestes chambres, ni de se demander si son épouse partageait sa couche avec lui toutes les nuits ; une idée qui traversa pourtant l'esprit du mineur. Concentre-toi, se dit-il, les yeux toujours fixés sur le second étage. Débrouille-toi pour grimper là-haut.

— Où est-ce que ça donne ?

Il montra une lucarne sans protection. Étroite, mais suffisante pour pénétrer à l'intérieur. S'il réussissait à l'atteindre.

Palmer se frotta énergiquement les bras, mimant la toilette. Mauro en déduisit qu'il s'agissait d'une salle de bains.

— Près de la chambre à coucher ?

Le majordome joignit les mains : les deux pièces étaient contiguës.

— Il existe une porte entre les deux ?

L'autre acquiesça.

— Fermée ou ouverte ?

— *Closed.*

Quel manque de bol ! faillit-il s'exclamer. Mais le majordome exhibait déjà un trousseau auquel étaient accrochées plus d'une douzaine de clés. Il en prit une et la lui remit, sans presque la regarder ; Mauro Larrea la rangea dans une poche.

Il chercha alors de possibles points d'appui. Un rebord, une corniche, un saillant : un endroit où s'agripper.

— Tenez, dit-il en dénouant sa cravate.

Il n'y avait pas de temps à perdre : le ciel était nuageux et la nuit ne tarderait pas à tomber. Il pourrait même pleuvoir, ce qui serait pire.

Tandis qu'il abandonnait sa redingote et son gilet, il élabora un plan dans son cerveau, comme si souvent autrefois, quand il creusait la terre en direction des veines d'argent parcourant ses entrailles. Sauf qu'à présent il devrait se mouvoir en hauteur, à la verticale et presque sans points d'appui.

— Voici ce que je vais faire, expliqua-t-il en arrachant son col dur et ses boutons de manchette.

En réalité, peu lui importait que le majordome connût les détails de son escalade ; en les exprimant à voix haute, il procurait une certaine consistance matérielle à ce schéma qu'il n'était pas en mesure, à cet instant précis, de tracer sur le papier.

— Je grimperai par là, puis, si j'y arrive, je continuerai par là, dit-il pendant qu'il roulait les manches de sa chemise sur ses avant-bras. Et ensuite, j'essaierai d'atteindre ce côté.

Il désigna les endroits de l'index, Palmer hocha la tête en guise d'acquiescement. Andrade bougea les lèvres quelque part dans les tréfonds de sa tête, comme pour l'avertir, mais sa voix ne lui parvint pas.

En se débarrassant de ses vêtements inutiles, deux objets qu'il avait attrapés précipitamment avant de sortir de chez lui apparurent, collés à son corps. Son Colt Walker six coups et son coutelas mexicain à manche en os : il les avait toujours eus sur lui, ce n'était pas le moment de s'en séparer. Il s'en était saisi par pur instinct. Au cas où.

— Fils de *milord* pas gentil avec sa famille. *But be careful, sir*, murmura le domestique sans se formaliser.

Malgré leur apparente froideur, ses paroles exprimaient une certaine inquiétude. Faites attention, monsieur.

Trois fois, Mauro faillit tomber. Les conséquences de la première auraient sans doute été bénignes ; à la deuxième, il aurait pu se casser une jambe ; et quant à la troisième, due à une erreur de calcul à plus de cinq *varas* de hauteur et dans la pénombre, il se serait sans doute fendu le crâne. Il s'en tira de justesse. Pour éviter la chute, et malgré sa vigueur et sa souplesse, il s'érafla les paumes des mains, s'enfonça un bout de fer dans la cuisse et s'égratigna le dos à une gouttière suspendue. Mais il réussit. Une fois arrivé en haut, il cassa une vitre d'un coup de poing, glissa la main pour tourner la poignée et pénétra à l'intérieur, en recroquevillant son corps pour le faire passer par l'étroite ouverture.

Il parcourut rapidement les lieux du regard : une grande baignoire en marbre veiné, une cuvette de W.-C. en porcelaine et deux ou trois serviettes pliées sur une chaise. Rien d'autre : ni miroirs ni objets de toilette personnels. Une pièce austère, totalement nue. Presque médicale. Avec une porte à droite, fermée, ainsi que l'avait prévu le majordome. Il aurait bien aimé un peu d'eau pour se rafraîchir la gorge et nettoyer la crasse et le sang qui tachaient ses mains. Conscient du fait que le temps jouait contre lui, il se contenta de frotter ses paumes contre son pantalon.

Il n'avait pas la moindre idée de ce qu'il allait trouver derrière la porte, mais il préféra ne pas perdre une seconde : on avait peut-être entendu la vitre se briser de l'autre côté de la cloison. Il introduisit la clé dans la serrure, la tourna d'un mouvement rapide et ouvrit la porte d'un coup de pied.

Pas d'autre éclairage que celui du soir tombant à travers la fenêtre. Ni bougie ni lampe à huile. Malgré tout, il distingua la chambre et ses occupants dans le clair-obscur.

Soledad, debout. Elle portait la même tenue que le matin, mais quelques mèches s'échappaient maintenant de sa coiffure, ses manches et son col étaient déboutonnés et, faute d'effets personnels pour combattre le froid, elle avait enveloppé ses épaules d'une écharpe d'homme en mohair.

Ensuite il décela la présence d'un homme à la peau claire et aux cheveux blond pâle. Frisant la quarantaine, avec une barbe également blonde et des favoris proéminents; sans veste, la cravate dénouée. Il donnait l'impression de s'être étendu mollement sur un canapé devant lequel s'amoncelaient de nombreux documents épars. Il se redressa subitement en entendant la porte s'ouvrir, surpris par l'irruption d'un étranger aux vêtements déchirés, aux mains ensanglantées et à l'abord des plus rébarbatifs.

— *Who the hell are you ?* hurla-t-il.

Larrea n'eut pas besoin d'un traducteur pour comprendre la question.

— Mauro... chuchota Soledad.

Le troisième, époux et père à la fois, n'était pas en vue. On devinait cependant qu'il était là, caché derrière un paravent recouvert d'ottoman, à l'intérieur d'un espace parallèle dont Mauro Larrea ne perçut que les pieds d'un lit et une litanie sourde de sons incompréhensibles. Le fils de Claydon, désormais debout, semblait hésiter à l'affronter. Il était grand et corpulent, mais sans robustesse. Mauro l'avait imaginé plus jeune, peut-être de l'âge de Nicolás, en oubliant la vieillesse de son père. Son visage décomposé reflétait un mélange de colère et d'incrédulité.

— *Who the hell is he*? s'écria-t-il en s'adressant à présent à sa belle-mère.

Mauro Larrea intervint sans attendre la réponse de celle-ci :

— Il parle espagnol ?

— À peine.

— Il est armé ?

Il posait ces questions à Soledad, sans quitter Alan Claydon des yeux. Elle, entre-temps, restait tendue, dans l'expectative.

— Il a une canne près de lui, avec une poignée en ivoire.

— Dis-lui de la jeter par terre, vers moi.

Elle lui transmit le message en anglais et obtint un rire nerveux pour toute réponse. Mauro décida donc d'agir devant ce manque de bonne volonté. Il fut devant l'homme en quatre enjambées, l'attrapa par le plastron et le plaqua contre le mur.

— Comment va ton mari ?

— Il est relativement calmé. Et absent, par chance.

— Et ce salopard, que veut-il ?

Ses yeux étaient fixés sur le visage ébahi de l'Anglais tandis que ses mains le maintenaient immobile.

— Il n'a pas compris que quelqu'un a remplacé Luis, mais il est à la recherche du reste : ce qui est au nom de nos filles et ce que j'ai moi-même déposé dans un endroit qu'il ignore. Il veut en plus mettre son père sous tutelle et se débarrasser de moi.

Mauro continuait à ne pas la regarder, serrant l'Anglais de plus en plus rouge, dont la bouche marmonnait des phrases inaudibles.

— Tous ces documents servent à ça ? demanda-t-il en montrant du menton les papiers éparpillés au pied du canapé.

— Il exigeait que je les signe avant de me laisser sortir.

— Il a réussi ?

— Rien, pas même un gribouillis.

Il faillit sourire, malgré la tension ambiante. Elle était dure, Soledad Montalvo. Dure à manœuvrer.

— Finissons-en. Que veux-tu que j'en fasse ?

— Attends.

Personne ne s'était rendu compte de la disparition de leur vouvoiement habituel ; ils se tutoyaient, sans savoir qui avait commencé. À peine deux secondes plus tard, il sentit le corps de Soledad pratiquement collé contre son dos. Les mains sur ses hanches, les doigts en mouvement. Il retint son souffle pendant qu'elle fouillait dans l'étui en cuir qu'il portait sur le flanc, à gauche, l'entendant respirer, sentant le frôlement de ses doigts. Il ravala sa salive. La laissa agir.

— Tu sais comment Angustias dépouille les lapins, Mauro ?

Il comprit ce qu'elle attendait de lui en posant cette question saugrenue : d'un mouvement énergique, il détacha le beau-fils du mur, se glissa derrière lui, bloquant ses bras et offrant son torse à Soledad. Alan essaya de se dégager. Mauro tira si fort sur son épaule qu'il faillit la lui disloquer. L'autre hurla de douleur, se rendit compte de sa situation exacte et opta pour l'attitude la plus sage : se tenir tranquille.

Le coutelas que Soledad venait de brandir s'approcha alors, menaçant, de l'entrejambe de l'Anglais. Puis il commença à se déplacer, lentement, très lentement.

— D'abord, elle les attache par les pattes arrière et les accroche à un crochet en fer. Et après elle fend la fourrure de haut en bas. Comme ça.

Tandis qu'Alan se mettait à transpirer abondamment, la lame parcourait ses vêtements. Le long de ses parties génitales, de l'aine, du bas-ventre. Doucement, sans hâte. Mauro, les muscles tendus, muet, observait sans cesser sa pression sur l'intrus.

— Quand nous étions petits, nous l'aidions à tour de rôle. C'était à la fois répugnant et fascinant, murmura Soledad d'une voix altérée.

Elle avait encore des mèches en bataille et les manches de sa robe déboutonnées à partir du coude ; son châle était tombé par terre, ses yeux brillaient dans la semi-obscurité. Le métal se promenait à présent lentement sur l'estomac. Ensuite il atteignit le sternum, enfin la gorge, où il entra en contact avec la chair blanchâtre.

— Il ne m'a jamais acceptée aux côtés de son père, j'ai toujours représenté un obstacle.

Réduit à l'impuissance et toujours en nage, l'Anglais ferma les yeux. La pointe du couteau parut s'enfoncer dans sa pomme d'Adam.

— Et plus encore quand mes filles sont nées.

La lame s'attarda finalement sur la mâchoire. De gauche à droite puis de droite à gauche, à la façon d'un barbier.

— Ce crétin mériterait de subir le sort d'un lapin, mais il vaut mieux le laisser s'en aller, pour éviter des problèmes majeurs, déclara-t-elle d'une voix décidée.

Elle ponctua ces mots en éraflant sa joue, à peine, juste au-dessus de la naissance de la barbe, comme un ongle passant sur une feuille de papier. Un filet de sang jaillit de l'incision.

— Sûr ?

— Sûr, confirma-t-elle en lui tendant l'arme.

Avec une élégance extrême, elle paraissait lui rendre un coupe-papier en malachite au lieu d'un couteau rustique. L'Anglais respira bruyamment.

Soledad lui lança un dernier regard provocant avant de lui cracher au visage. Un mélange d'épouvante et de stupéfaction empêcha son beau-fils de réagir. La salive troublait la vue de son œil droit. Elle se mêla, parmi les poils de sa barbe blonde, à la sueur et au sang coulant de la coupure. Le cerveau embrumé, Alan s'efforçait de comprendre les événements qui s'étaient déroulés depuis cinq minutes dans cette chambre, alors qu'il avait tout parfaitement contrôlé cinq heures durant. Qui était cette brute qui s'était frayé un passage à coups de pied et lui avait presque brisé le bras ? Pourquoi cette complicité entre lui et l'épouse de son père ?

Au même instant, on entendit crisser des bouts de verre dans la salle de bains.

— Santos ! Tu tombes à pic, s'écria Mauro Larrea.

Il écarta aussitôt l'Anglais d'une poussée, comme s'il se débarrassait d'un colis malodorant. L'homme trébucha, heurta une console, faillit la renverser et s'écrouler sur elle. Il rétablit à grand peine son équilibre tout en frottant ses poignets endoloris.

Santos Huesos était apparu dans la pièce, prêt à recevoir des ordres.

— Retiens-le et prépare-toi à le sortir d'ici rapidement, lui dit le mineur en même temps qu'il ramassait la canne de Claydon et la lançait à son domestique. Moi, je descends m'occuper de ses amis.

Pendant ce temps, Soledad s'était rapprochée du paravent isolant son mari. Elle vérifia que l'altercation ne l'avait pas perturbé outre mesure : on ne percevait qu'un chapelet de sons sourds et inintelligibles provenant de la bouche d'un homme autrefois fringant, vigoureux, actif.

— Heureusement que je lui ai administré une triple dose de médicaments avant qu'on soit enfermés par ce misérable, dit-elle sans se retourner. J'en ai toujours sur moi, avec une seringue. C'est la seule façon de le calmer, mais ça ne marche pas toujours.

Mauro Larrea l'observa dans la pénombre depuis la porte, tandis qu'il s'essuyait le front avec sa manche. Elle poursuivit :

— Cette canaille a dépouillé son père. Avec sa part d'héritage, il s'est installé dans la colonie du Cap et il a créé son propre négoce de vin, accumulant des pertes que notre propre argent n'a pas cessé de combler. Finalement, il a coulé son affaire sans rémission, et quand il a appris l'état d'Edward, il a quitté l'Afrique et a planifié son retour en Angleterre, avec l'intention de nous déposséder de tout ce que mon mari, d'abord, puis moi avions bâti au fil des ans.

Soledad fit demi-tour, une main toujours appuyée sur le paravent.

— Les spécialistes hésitent toujours sur le diagnostic. Certains évoquent un désordre psychotique, d'autres un dérèglement des facultés ou une démence sénile...
— Et toi ? À quoi penses-tu ?
— À la folie, tout simplement. Sa tête s'est égarée dans les ténèbres de l'aliénation.

40.

Un attelage anglais traversait une demi-heure plus tard les rues de Jerez. Vers le sud, vers la baie ou le territoire de Gibraltar, flanqué d'un homme à cheval. Quand ils eurent franchi la côte d'Alcubilla et cessé d'apercevoir les dernières lueurs de la ville, le cavalier accéléra, passa devant et obligea le cocher à s'arrêter.

Sans mettre pied à terre, il ouvrit la portière de gauche, prêta l'oreille.

— Tout va bien, patron.

Santos Huesos lui rendit alors le pistolet grâce auquel il avait maîtrisé les voyageurs pendant le trajet. Mauro Larrea, du haut de l'alezan des Claydon, fléchit le torse et pencha la tête, assez pour que les occupants aperçoivent son visage. Les deux accompagnateurs du beau-fils s'étaient révélés être un maigre Britannique et un Gibraltarien à l'accent impénétrable. Las d'attendre depuis des heures, ils avaient abusé des liqueurs du maître de maison jusqu'à tituber, à moitié ivres. Ils n'avaient donc pas opposé la moindre résistance lorsque Mauro leur avait ordonné de sortir et d'attendre dans la voiture ; sans doute étaient-ils heureux de mettre fin à cette assommante péripétie familiale qui ne les concernait en rien.

Ce fut une tout autre affaire avec le beau-fils. Une fois surmontée sa confusion initiale, après la scène de la chambre, son comportement était redevenu provocant. En reconnaissant, dans l'obscurité du chemin, les traits de l'étranger qui avait fichu en l'air ses projets, il le prit à partie.

Mauro Larrea ne comprit rien à ses paroles, mais sa réaction était sans équivoque. Furibard, violent, haussant le ton.

— Hé, l'Indien ! Tu piges quelque chose à ce que dit ce crétin ?

— Pas un mot, patron.

— Qu'est-ce qu'on attend, alors, pour qu'il la boucle ?

Ils agirent de concert, en silence. Le mineur arma son revolver et frôla la tempe pâlotte de l'Anglais du bout du canon. Santos Huesos lui attrapa une main. Craignant ce qui allait suivre, les deux compères de Claydon retinrent leur souffle.

D'abord on entendit l'os se briser, puis un hurlement.

— L'autre aussi, ou bien non ?

— Je dirais que oui, au cas où il aurait envie de continuer à nous chercher noise.

Il y eut un second craquement, comme si on cassait une poignée de noisettes. Le beau-fils beugla de nouveau. À mesure que son cri s'éteignait, il n'y eut plus ni attitude bravache ni posture agressive ; juste un geignement long et assourdi, tel celui d'un animal blessé à mort.

L'arme regagna alors la ceinture de son propriétaire et Santos Huesos grimpa sur la croupe du cheval, derrière son patron. Ce dernier tapa deux fois sur le toit de l'attelage pour l'inviter à filer droit. Il savait néanmoins que tout n'était pas réglé. Les deux pouces cassés étaient une raison suffisante pour se tenir à carreau, mais ce type d'individu revenait toujours tôt ou tard, en personne ou par l'intermédiaire de quelqu'un d'autre.

Mauro Larrea repassa par la rue Francos, afin de confirmer que tout était en ordre et de déposer Santos Huesos. Le médecin n'était pas encore rentré de Cadix, Carola Gorostiza n'avait pas fait des siennes, Sagrario, la domestique, battait des œufs dans la cuisine aidée de Trinidad. De là, il ne lui fallut que le temps d'un soupir pour rejoindre la place du Cabildo Viejo.

Soledad, toujours dans la même robe fripée, les manches encore déboutonnées, le col entrouvert, décoiffée, contemplait le feu, assise dans son cabinet, une pièce de la maison inconnue de Mauro et à laquelle l'avait conduit Palmer. Ni métier à broder, ni fil perlé, ni chevalets sur lesquels peindre de doux paysages : les éléments féminins et les ornementations étaient rares dans cet espace rempli de dossiers attachés avec des rubans rouges, de livres de comptes, de cahiers de factures et de classeurs. Les encriers, les plumes et les buvards occupaient les places où on aurait trouvé, chez toute autre dame de sa condition, des cupidons et des pastoureaux en porcelaine ; les documents et les boîtes de correspondance remplaçaient les romans d'amour et les anciens numéros de revues de mode. Quatre portraits ovales de belles jeunes filles ressemblant à leur mère constituaient ses uniques concessions au conformisme mondain.

— Merci, murmura-t-elle.

N'en parlons plus, ça ne m'a pas coûté de gros efforts. De rien, il n'y a pas de quoi. Mauro aurait pu employer n'importe laquelle de ces formules rebattues, mais il préféra ne pas être hypocrite. Ça lui avait coûté des efforts, bien sûr que oui. Et de la fatigue. Et de la tension. Pas seulement à cause de l'escalade téméraire où il avait failli se briser le crâne, ni du fait de ce violent affrontement avec un être méprisable. Pas même parce qu'il s'était vu obligé de menacer ce fils de pute de son pistolet, ou de donner un ordre impitoyable à Santos Huesos sans que sa voix tremble. Ce qui l'avait troublé au plus profond de lui-même, c'était une autre chose, moins fugace et moins évidente, mais beaucoup plus douloureuse : la solidité sans faille de la relation entre Soledad et Edward Claydon ; la certitude qu'entre eux, en dépit des circonstances, il existait une alliance colossale et invulnérable.

Sans attendre d'y être invité, sale et dépenaillé comme il était, il déboucha une carafe posée sur un plateau à proximité, se servit un verre et s'installa dans un fauteuil. Ensuite, il traduisit ce qu'elle avait souhaité lui indiquer, d'après lui, en le recevant dans cette pièce.

— C'est donc toi qui as repris les commandes de l'affaire.

Elle acquiesça sans écarter son regard des flammes, entourée de ce vaste déploiement de tous ses outils de travail, comme s'il s'agissait du bureau d'un comptable ou d'un financier.

— J'ai commencé à m'y intéresser dès les premiers symptômes d'Edward, peu après être enceinte de notre benjamine, Inés. Il existait, paraît-il, dans sa famille une tendance à... disons à l'extravagance. Dès qu'il s'est rendu compte qu'il avait peut-être hérité de la forme la plus atroce de cette maladie, il s'est chargé de ma formation, pour que je prenne la tête de l'entreprise quand il n'en serait plus capable.

Elle saisit distraitement le bouchon de cristal de la carafe, le fit tourner entre ses doigts.

— J'habitais alors Londres depuis plus d'une décennie, m'occupant de mes filles et plongée en permanence dans l'agitation d'une vie mondaine. Au début, j'ai eu un mal infini à m'adapter. Me retrouver aussi loin de Jerez, des miens, de cette terre du Sud et de la lumière. Tu n'imagines pas combien de journées j'ai passées à pleurer sous ce ciel plombé, regrettant mon départ, mourant d'envie de revenir. J'ai même plusieurs fois songé à m'enfuir : à fourrer deux ou trois vêtements dans une valise et à embarquer en cachette dans l'un des *sherry ships* en partance pour Cadix afin d'y charger des tonneaux de vin.

On aurait dit que le feu crépitait au rythme de son rire triste tandis qu'elle se remémorait cette idée extravagante qui lui avait traversé l'esprit, lors des moments aigres-doux de sa jeunesse.

— Mais il n'est pas difficile de succomber aux charmes d'une métropole de trois millions d'habitants quand tu possèdes les contacts nécessaires, de l'argent sonnant et trébuchant et un mari aux petits soins. Je me suis donc acclimatée, au sens propre et au sens figuré. Je suis devenue une habituée des soirées, achats, mascarades et salons de thé, comme si mon existence se réduisait à un interminable carrousel de vanités.

Elle se leva, s'approcha de la fenêtre. Elle promena son regard sur la place presque déserte, éclairée par les lueurs d'une poignée de becs de gaz, mais elle n'était peut-être pas capable de voir au-delà de ses propres souvenirs. Elle tenait toujours le bouchon en cristal, frôlant ses arêtes du bout des doigts tandis qu'elle poursuivait :

— Un jour, Edward m'a proposé de l'accompagner lors de l'un ses voyages en Bourgogne. Tandis que nous parcourions les vignobles de la côte de Beaune, il m'a annoncé qu'il devait me préparer à ce dénouement inexorable. La fête était terminée, le moment était venu d'affronter la plus cruelle et la plus lamentable des réalités. Ou je prenais les rênes, ou c'était la catastrophe. Par chance, au début, ses crises ont été espacées, j'ai ainsi pu me mettre au courant peu à peu. Sous sa direction, j'ai appris les rudiments du métier, j'ai découvert les coulisses, noué des relations. À mesure que son état se dégradait, j'ai commencé à tirer les ficelles dans l'ombre. Ça fait près de sept ans que tout est entre mes mains. Et ça aurait pu continuer sans...

— Sans le retour de ton beau-fils.

— Pendant que je me trouvais au Portugal pour conclure l'achat d'un grand lot de porto, et que j'inventais de nouveau mille excuses pour justifier l'absence de mon mari, Alan en a profité. Edward n'avait plus toute sa tête et ne mesurait plus les conséquences de ses actes ; en outre, il avait oublié que son fils avait déjà reçu son héritage. Celui-ci a donc abusé de la situation et lui a fait signer des documents qui en faisaient un associé à part entière de la compagnie et lui accordaient de solides responsabilités et privilèges. Dès lors, comme tu le sais, j'ai été obligée d'entrer en action et de me salir les mains. Et quand la santé mentale d'Edward s'est dégradée de façon irréversible, j'ai décidé de rentrer chez moi.

Elle restait debout devant la fenêtre. Mauro s'était levé et rapproché d'elle. Leurs visages se reflétaient dans la vitre. Sobres l'un et l'autre dans leurs propos, épaule contre épaule, proches et séparés par cent univers.

— Je me suis fait des illusions : j'ai cru que Jerez serait le meilleur refuge, un endroit sûr. J'ai pensé à réorganiser radicalement le négoce, à me passer des fournisseurs continentaux et à me concentrer exclusivement sur l'exportation du sherry. En même temps, je tenais Edward à l'écart de toutes les intrusions. J'ai pris des mesures draconiennes : laisser de côté les clairets bordelais, les marsalas siciliens, les bourgognes, les portos, les vins de Moselle et les champagnes. Revenir à l'essence même de notre affaire depuis le début : le jerez. C'est une excellente période pour nos vins, en Angleterre : la demande augmente en flèche, les prix grimpent dans la même proportion et la conjoncture ne peut pas être plus favorable.

Elle se tut pendant quelques secondes, le temps de mettre ses idées en ordre.

— J'ai même envisagé de relancer l'exploitation de la Tempérance et de la cave familiale, de m'occuper personnellement des vendanges, de la production et du stockage. Innocente que j'étais, j'ignorais que mes filles n'hériteraient pas de ce patrimoine à la mort de mon cousin Luis. En tout cas, j'ai organisé temporairement le séjour de mes filles dans des internats ou chez des amis, avec l'intention de les ramener ici plus tard, j'ai fermé notre maison de Belgravia et j'ai entrepris le chemin du retour. Mais j'ai commis une erreur. J'ai sous-estimé Alan, je n'ai pas compris jusqu'où il serait capable d'aller.

Ils fixaient toujours leurs reflets sur la vitre ; dehors, il tombait une pluie fine.

— Pourquoi me racontes-tu tout ça, Soledad ?

— Pour que tu connaisses mes côtés clairs et obscurs avant que chacun de nous poursuive sa route. Pour Edward et pour moi, je ne sais pas encore ce qu'il en sera, mais il faut que je me décide tout de suite. Impossible de continuer ainsi, exposés que nous sommes aux attaques d'Alan par le biais d'avocats ou d'intermédiaires, ou par sa propre présence, risquant un scandale public et une aggravation de la santé mentale de son père déjà précaire. J'ai été folle d'imaginer que c'était une bonne solution.

— Que vas-tu faire, alors ? Retourner à Londres ?

— Surtout pas, nous serions de nouveau à sa portée, totalement vulnérables. J'y réfléchissais précisément quand tu es arrivé. Nous pourrions nous réfugier à Malte, nous y avons un grand ami, un marin haut gradé affecté à La Valette. C'est relativement simple de s'y rendre depuis Cadix et nous bénéficierions ainsi d'une protection militaire qu'Alan n'oserait pas défier. Ou bien nous installer dans le Bordelais, dans un château perdu au milieu des vignes, là où nos contacts professionnels se sont transformés, au fil des ans, en de solides amitiés. Peut-être même...

Elle s'interrompit, reprit son souffle.

— En tout cas, Mauro, je souhaite avant tout ne plus te mêler à nos turpitudes. Tu en as largement assez fait pour nous, je ne veux pas que nos problèmes te portent préjudice. Je regrette de t'avoir suggéré de peser le pour et le contre de la vente de tes propriétés. Je me trompais. J'ai cru à tort que... que si tu restais ici et les remettais en marche... Enfin, à présent ça revient au même. Je voulais juste te dire que nous allons bientôt partir. Et que tu devrais toi aussi disparaître au plus vite.

Tant mieux. Tant mieux pour tout le monde. Chacun de son côté, dans sa propre direction : vers une destination qu'ils n'avaient pas choisie mais que les aléas de la vie leur avaient imposée.

Elle s'écarta de la fenêtre, séparant le reflet de leurs deux corps.

— Et maintenant, *life goes on*. Dépêchons-nous ou nous allons arriver en retard.

Il la regarda, incrédule.

— Tu es sûre ?

— Même si je suis obligée de justifier une énième fois l'absence d'Edward par un mensonge, le bal est donné en notre honneur. Presque tous les propriétaires de vignobles y seront, les vieux amis, ceux qui ont assisté à mon mariage et aux enterrements de la famille, je ne peux pas leur faire l'affront de ne pas venir. En mémoire de l'ancien temps et pour fêter le retour de la fille prodigue, malgré l'inutilité désastreuse de ce retour.

Elle lança un coup d'œil à l'horloge de la cheminée.

— Il faut qu'on y soit dans un peu plus d'une heure. Je passerai te prendre.

41.

Il pleuvait doucement. On entendit le claquement de langue du cocher suivi d'un coup de fouet. Les chevaux reprirent aussitôt leur marche. Soledad l'attendait à l'intérieur de la berline, enveloppée dans une cape couleur de nuit bordée d'hermine, son cou svelte emmitouflé dans la fourrure et ses yeux brillant dans l'obscurité. Distinguée et gracieuse, comme toujours; dissimulant les lourds nuages noirs sous un visage adroitement poudré et cachant son désarroi derrière un séduisant parfum de bergamote. Aux commandes de la situation, sûre d'elle-même. Ou puisant au plus profond de son cœur le courage nécessaire pour le simuler.

— Ça ne fera pas bizarre si tu apparais avec un nouveau venu inconnu?

Elle s'esclaffa avec une pointe de moquerie, ses longues boucles d'oreilles en diamant dansèrent dans la pénombre, éclairées par un bec de gaz.

— Inconnu, toi? À présent, tout le monde sait qui tu es, d'où tu viens et ce que tu trames dans le coin. On connaît le lien qui nous unit à travers nos anciennes propriétés, de même qu'on ne s'étonnera pas d'un problème de santé imprévu pour un monsieur de l'âge d'Edward, le mensonge que je servirai à droite et à gauche. En tout cas, ce sont tous des gens bien élevés et ils tolèrent les excentricités des étrangers. Au regard de nos vies actuelles, et en dépit de nos origines, nous le sommes tous deux.

La façade du palais baroque de l'Alcázar resplendissait, illuminée par les flambeaux fixés dans des anneaux de fer sur les jambages de l'entrée. Ils furent pratiquement les derniers à arriver, provoquant, sans qu'ils le désirent, une concentration des regards sur eux. La petite-fille expatriée du grand Matías Montalvo, vêtue d'une spectaculaire robe bleu de Prusse qu'elle dévoila quand elle laissa glisser sa cape de ses épaules; l'*Indiano* de retour dans la mère patrie, avec un frac impeccable et la dégaine d'un prospère habitant du Nouveau Monde.

Si imaginatif fût-il, aucun des présents n'aurait pu se figurer que cette dame, au port élégant et à l'allure cosmopolite, qui maintenant se laissait baiser la main et les joues au milieu des sourires chaleureux, des compliments, des formules de politesse et des louanges, s'amusait, quelques heures auparavant, à promener le tranchant d'un coutelas sur le corps pantelant de son beau-fils. Ou que ce riche mineur, à l'accent d'outre-mer et aux tempes grisonnantes, occultait, sous des pansements et des gants immaculés, des mains abîmées pour avoir escaladé une paroi.

Il y eut donc des salutations et des éloges dans une atmosphère aussi raffinée que cordiale. Soledad, ma chérie, quelle joie immense de te revoir parmi nous! Monsieur Larrea, c'est un très grand honneur de vous recevoir à Jerez. Sourires et flatteries par ici, congratulations par là. Si quelqu'un se demanda ce que pouvaient bien ficher ensemble l'ultime descendante du vieux clan et ce parvenu qui avait raflé les possessions de la famille, il n'en laissa rien paraître.

Sous trois magnifiques lustres en bronze et en cristal, la salle de bal accueillait l'élite locale : l'oligarchie du vin et l'aristocratie latifundiaire. Les somptueux miroirs dorés à l'or fin ornant chaque mur multipliaient les images à l'infini. Les satins, les soies et les velours des dames chatoyaient à la lumière; les bijoux, discrets mais impressionnants, scintillaient. Parmi les messieurs, des barbes bien taillées, des tenues de soirée, des parfums d'Atkinsons d'Old Bond Street et bon nombre de décorations. En définitive, de la sophistication et de la sobriété dans le luxe, sans ostentation : moins opulent qu'à Mexico, moins exubérant qu'à La Havane. Et même ainsi dégageant des effluves de beau monde, d'argent, de bon goût et de savoir-vivre.

Un quintette jouait des valses de Strauss et de Lanner, des polkas et des mazurkas dont les danseurs marquaient le rythme à coups de talons. Ils saluèrent les maîtres de maison ; Soledad fut bientôt sollicitée de son côté et à cet instant précis José María Wilkinson, le président du casino, s'approcha de Mauro, affable.

— Suivez-moi, cher ami, permettez-moi de vous présenter.

Mauro conversa avec d'élégants messieurs dont les patronymes fleuraient bon le vin – González, Domecq, Loustau, Gordon, Pemartín, Lassaletta, Garvey... –, à chacun il répéta ses demi-mensonges et ses demi-vérités. Les avatars politiques qui étaient censés avoir provoqué son départ de la République mexicaine, les perspectives offertes par la mère patrie à ses enfants expatriés désormais de retour les poches pleines, et mille autres boniments similaires. Tous l'écoutèrent avec la plus grande attention ; on lui posa des questions, il répondit, on lui prodigua les informations élémentaires au sujet de ce monde de terres blanches, de vignes et de caves.

Finalement, après qu'ils eurent circulé séparément de groupe en groupe pendant plus de deux heures, Soledad parvint à rejoindre le cercle masculin au milieu duquel il bavardait.

— Je suis certaine que notre invité apprécie énormément votre conversation, mes amis, mais je crains qu'il n'oublie la danse qu'il m'a promise.

Bien entendu, chère Soledad, entendit-on dans plusieurs bouches. Nous ne vous retenons plus ; je vous en prie, monsieur Larrea ; excuse-nous, Soledad ; bien sûr, grand Dieu ! bien sûr.

— Mon père n'aurait jamais raté une seule polonaise un soir comme celui-ci. Et je dois maintenir haut son prestige, en digne fille de Jacobo Montalvo : le plus prodigue en affaires et le plus leste dans les salons, ainsi que vous vous le rappelez affectueusement.

Des rires bienveillants saluèrent cette déclaration, dont personne ne perçut l'ironie.

L'accueil chaleureux des vignerons contribua sans doute à détendre Mauro Larrea, à lui faire momentanément oublier les péripéties désagréables de l'après-midi. À moins que ce ne fût encore l'attrait de Soledad, ce mélange de grâce et de fermeté qui l'avait accompagnée dans tous les tourments et les naufrages de sa vie. Le fait est que tout se volatilisa autour de lui, comme par magie, dès qu'ils se retrouvèrent au milieu du salon : les obsessions qui hantaient son esprit, l'existence de ce beau-fils méprisable, la musique. Tout parut s'évaporer quand il enlaça Soledad et sentit l'empreinte légère de son bras sur son dos. Et il aurait pu rester ainsi jusqu'au Jugement dernier, son corps contre son corps, sa main dans sa main, son torse frôlant son décolleté somptueux et son menton caressant la peau nue de son épaule. Humant son parfum et la serrant contre lui, sans se soucier du passé frénétique qu'il avait laissé derrière lui ni du sombre avenir qui l'attendait. Sans se dire que c'était peut-être la première et la dernière fois qu'ils dansaient ensemble. Chassant de son esprit le départ imminent de Soledad pour protéger un mari fou qu'elle n'avait sans doute jamais aimé passionnément, mais auquel elle resterait fidèle jusqu'à son ultime souffle.

Il fut ramené à la réalité par la soudaine apparition de Manuel Ysasi, en tenue de ville. Il les observait, le visage contracté, depuis l'une des grandes portes ouvertes du salon, attendant que l'un des deux remarque sa présence. Peut-être fut-ce Soledad la première, ou bien lui. En tout cas, leur regard à tous deux finit par croiser celui du docteur, tandis qu'ils tournaient à la cadence d'un morceau qui leur parut dès lors interminable. Quelques mimiques discrètes suffirent à leur transmettre le message : « Il se passe quelque chose de grave, il faut qu'on parle. » Puis Ysasi disparut.

Une demi-heure plus tard, après maintes excuses et formules de congé, ils quittaient ensemble le palais sous un large parapluie et grimpaient dans la voiture des Claydon, où le médecin les attendait impatiemment.

— Je ne sais pas qui est le plus fou, ce pauvre Edward ou vous deux.

Mauro sentit ses muscles se tendre, Soledad redressa la tête, hautaine, mais ni l'un ni l'autre ne prononça une seule syllabe tandis que l'attelage démarrait. Ils préférèrent écouter le docteur, qui poursuivit :

— Je revenais de Cadix, il y a quelques heures, et je me suis arrêté pour dîner dans une petite auberge avant d'arriver à Las Cruces, à un peu plus d'une lieue de Jerez. Et c'est là que je l'ai trouvé, avec deux acolytes.

Inutile de mentionner Alan Claydon pour qu'ils comprennent de qui il parlait.

— Mais vous ne vous connaissez pas, objecta Soledad.

— Exact. Nous ne nous étions vus qu'une seule fois, le jour de ton mariage, quand je n'étais qu'un jeune étudiant et lui un adolescent mal élevé, furieux du remariage de son père. Mais il a une certaine ressemblance avec ce dernier. Et il s'exprime en anglais. Et ses amis l'appelaient par son nom, et ils t'ont nommée sans arrêt. Par conséquent, pas besoin d'être très malin pour deviner.

— Tu t'es présenté ? l'interrompit-elle de nouveau.

— Sans donner mon nom ni évoquer notre relation, mais j'ai dû leur indiquer que j'étais médecin, vu son état pitoyable.

Soledad lui jeta un regard interrogateur, Mauro Larrea se racla la gorge.

— Une espèce de brute lui a cassé les deux pouces.

— *Good Lord !* s'écria-t-elle, la voix brisée.

Mauro se tourna vers la portière droite, comme s'il s'intéressait davantage à la nuit inclémente qu'à leur conversation.

— Il avait aussi une coupure sur la joue gauche. Superficielle, heureusement.

Cette fois-ci, ce fut elle qui détourna la tête vers la gauche. Le docteur, assis en face d'eux, interpréta parfaitement leurs réactions respectives.

— Vous vous êtes conduits comme des sauvages irresponsables. Vous avez fait croire à un avocat qu'un défunt était toujours vivant, vous m'avez manipulé pour que je garde chez moi la femme de Gustavo, vous avez maltraité le fils d'Edward.

— Pour ce qui est de l'imposture de Luisito, il n'y a pas eu de suites, le coupa Soledad sans le regarder.

— Carola Gorostiza embarquera vers La Havane sous peu et repartira comme elle est venue, ajouta Mauro.

— Quant à Alan, avec un peu de chance, demain il sera à Gibraltar.

— Avec un peu de chance, demain matin vous éviterez peut-être la prison à Belén et on se contentera de vous demander des explications à la caserne de la Garde civile.

Ils consentirent enfin à se retourner vers lui, dans l'attente d'éclaircissements sur ce sinistre pronostic.

— Alan Claydon n'a pas du tout l'intention de repartir à Gibraltar. Après que je lui ai mis des attelles aux doigts, il m'a interrogé sur le nom et l'adresse du représentant de son pays à Jerez. Je lui ai répondu que je l'ignorais, mais c'est faux : je sais qui est le vice-consul et où il habite. Et je sais aussi que ton beau-fils souhaite le trouver, exposer les faits et exiger son assistance pour porter plainte au pénal contre toi, Soledad.

— Elle n'a rien à voir avec l'agression, s'interposa Mauro.

— Ce n'est pas du tout ce qu'ils semblent penser. Il est vrai que l'ami de Gibraltar a mentionné un Indien, ton domestique, Mauro, et un homme à cheval, violent et armé. Je suppose qu'il s'agit de toi. Mais ce n'est pas le plus grave, pour le moment.

— Alors quoi ? s'exclamèrent-ils à l'unisson.

L'attelage s'était arrêté, ils étaient place du Cabildo Viejo. Leurs propos n'étaient plus couverts par le fracas des roues et des sabots sur les flaques et les rues pavées. Ysasi baissa la voix.

— Le fils d'Edward veut alléguer que son père, sujet britannique, malade, est retenu contre sa volonté dans un pays étranger, séquestré par sa propre épouse et l'amant de celle-ci. Il va donc requérir une médiation diplomatique de toute urgence, ainsi que l'intervention des autorités de son pays à partir de Gibraltar. De fait, ses accompagnateurs sont partis ce soir même, en berline, en direction du Rocher, pour porter ce cas à la connaissance de qui de droit. Lui est resté seul à l'auberge, dans l'intention de revenir ici demain. Il est furieux et semble prêt à remuer ciel et terre pour arriver à ses fins.

— Mais, mais..., mais c'est inadmissible, ça surpasse..., ça...

La colère de Soledad dépassait sa capacité de raisonnement immédiate. Bouleversée, indignée, elle se laissait emporter par sa fureur dans l'étroit habitacle du véhicule.

— J'en parlerai moi-même avec le vice-consul à la première heure. Je ne l'ai jamais rencontré, je sais juste qu'il occupe cette charge depuis peu, mais j'irai le voir et je lui raconterai tout. Je, je...

— Écoute, Soledad, essaya de l'amadouer Ysasi.

— Je lui expliquerai en détail tout ce qui s'est produit aujourd'hui, l'arrivée d'Alan et son...

— Soledad, écoute-moi, insista le médecin.

— Et ensuite...

À ce moment-là, Mauro Larrea l'attrapa fermement par les poignets. Il ne s'agissait plus du contact sensuel du bal, ni de la caresse d'une peau contre une autre peau ; il fut cependant de nouveau troublé au plus profond de lui en sentant sa fine ossature sous ses doigts tandis que leurs regards se croisaient dans l'obscurité.

— Ensuite, rien. Calme-toi et obéis à Manuel, s'il te plaît.

Elle ravala sa salive, puis elle ferma les yeux, s'efforçant de récupérer son sang-froid.

— Tu ne dois parler à personne pour le moment, tu es trop impliquée, poursuivit Ysasi. Il faut qu'on s'adresse au vice-consul d'une façon plus subtile, plus indirecte.

— Nous pouvons arrêter Claydon, l'empêcher de revenir à Jerez, suggéra Mauro.

— En aucun cas à ta façon, Larrea, lui rétorqua le médecin. J'ignore comment on règle ce genre d'affaires entre mineurs mexicains ou dans ce légendaire Nouveau Monde d'où tu viens, mais ici les choses ne fonctionnent pas de cette manière. Ici, les gens respectables ne braquent pas leur pistolet sur leurs adversaires, pas plus qu'ils n'ordonnent à leurs domestiques de jouer les briseurs d'os.

Mauro leva la paume droite. Ça suffit, message bien reçu, mon vieux, je n'ai pas besoin d'un sermon. Il se rendit soudain compte de l'absence d'Andrade dans sa conscience depuis un bon bout de temps, et il comprit pourquoi : le docteur Ysasi, qui le tutoyait à présent comme il le faisait avec son amie d'enfance et l'avait fait avec tous les Montalvo, avait

381

pris le relais pour lui enseigner le droit chemin de la sagesse. Quant à savoir s'il l'écouterait ou non...

— Mais, toi, Manuel, insista Soledad, tu peux témoigner que les choses ne se passent pas ainsi...

— Je peux certifier cliniquement du véritable état mental d'Edward. Je peux garantir que tu as toujours agi dans son intérêt et que tu l'as veillé jour et nuit pendant des années. Je peux assurer également que son fils s'est mal conduit vis-à-vis de vous, qu'il vous a soutiré de l'argent, qu'il t'a tout le temps méprisée et qu'il a abusé de la déchéance psychique de son père pour exécuter bon nombre de magouilles financières. Mais mon témoignage ne vaudrait pas tripette. Rien de rien. Je suis totalement discrédité dans cette affaire du fait de l'amitié qui nous unit.

L'argument était irréfutable ; et ce n'était pas tout.

— Au sujet de votre prétendue relation sentimentale, je peux aussi jurer mes grands dieux que cet homme n'est pas ton amant, malgré l'acquisition mystérieuse des propriétés des Montalvo. Malheureusement, tout Jerez vous a vus arriver et repartir ensemble du palais de l'Alcázar ; on vous a vus danser ce soir-là en parfaite harmonie, on a été témoins de votre complicité. Des douzaines de personnes de bonne foi savent que vous avez fréquenté quotidiennement la maison de l'un et de l'autre en toute liberté. Si quelqu'un veut déformer la réalité, les preuves ne manqueront pas. On considérera à coup sûr que vous avez scandaleusement bafoué les règles de la décence entre une honnête mère de famille et un étranger libre comme l'air.

— Arrête, Manuel ! On dirait que...

— Je ne porte aucun jugement moral sur votre conduite, mais ici nous ne sommes pas dans une grande capitale comme Londres, Soledad, ou comme Mexico ou La Havane, Mauro. Jerez est une petite ville du Sud de l'Espagne catholique, apostolique et romaine, où certains comportements publics ne sont pas acceptables et entraînent parfois des conséquences désagréables. Vous devriez le savoir autant que moi.

Le médecin n'avait pas tort, force leur était de le reconnaître. Protégés par leur qualité d'étrangers et la sensation réconfortante de ne pas appartenir à la vie locale, ils s'étaient sentis libres d'agir à leur guise dans la recherche désespérée de solutions à leurs problèmes. Et même s'ils étaient sûrs d'avoir toujours fait preuve d'une parfaite rectitude morale dans leur relation personnelle, les apparences jouaient contre eux.

— Je crains beaucoup que vous ne soyez seuls au bord du gouffre, conclut le docteur. Et vu la situation, décidons au plus vite de ce qu'on va faire.

Ils n'avaient pas quitté l'obscurité protectrice de la voiture, parlant à voix basse en face du portail tandis que le crachin caressait les vitres. Ysasi conservait une mine renfrognée, Soledad baissa la tête et se couvrit le visage de ses mains, comme si la proximité de ses longs doigts pouvait l'aider à réfléchir.

— Pas de preuves, pas de délit, déclara soudain Mauro Larrea. Il faut avant tout sortir M. Claydon de cette maison, le cacher dans un endroit où on ne pourra pas le trouver.

42.

Ils étaient enfermés dans la bibliothèque depuis un long moment, essayant vainement d'élaborer un plan sensé. La pendule marquait deux heures dix du matin. L'omniprésente bouteille d'alcool était à moitié vide.

— C'est une folie.

Ysasi réagissait ainsi, par un rejet solennel, définitif, à l'initiative de Soledad.

Celle-ci avait subitement eu une idée pour transférer son mari en lieu sûr, et elle l'avait exprimée avec un mélange de peur et d'euphorie. Accoudé au manteau de la cheminée et attentif à la conversation, Mauro éclusait son troisième verre de brandy.

— Personne ne pourrait jamais imaginer qu'Edward est dans un couvent, insista-t-elle.

— Le problème, ce n'est pas le couvent...

Ysasi s'était levé de son fauteuil et déambulait dans la pièce.

— Le problème, c'est...?

— ... le problème, c'est Inés, ta sœur, tu le sais aussi bien que moi.

Cartésien et raisonnable, à son habitude, le docteur se tut pour donner plus de poids à son argument ; il leur tournait le dos, abîmé dans ses pensées. Soledad s'approcha de lui, posa une main sur son épaule.

— Plus de vingt années ont passées, Manuel. C'est la seule solution, il faut tenter le coup.

Elle insista d'autant plus qu'il continuait à se taire.

— Peut-être qu'elle acceptera, qu'elle y consentira.

— Par charité chrétienne ? ironisa le docteur.

— Pour Edward lui-même. Et pour toi, et pour moi. Pour tout ce que nous avons représenté pour elle à un moment dans sa vie.

— J'en doute. Elle a même refusé de connaître tes filles à leur naissance.

— Si, elle l'a fait.

Ysasi se retourna, une moue de surprise sur le visage.

— Tu m'as toujours affirmé qu'elle ne s'est plus jamais montrée.

— En effet, mais je les ai amenées, à tour de rôle, dans mes bras, à l'église du couvent chaque fois que je suis venue en Espagne, quelques mois après l'accouchement.

Mauro observa pour la première fois un tremblement dans la voix de Soledad, d'ordinaire si forte, si maîtresse d'elle-même.

— Je me suis assise dans l'église vide, seule avec chacune de mes filles, devant les statues de sainte Rita de Casia et de l'Enfant Jésus. Je suis sûre qu'elle m'a vue depuis un recoin, quelque part.

Plusieurs minutes s'écoulèrent, denses, silencieuses. Ils luttaient l'un et l'autre contre une cohorte de souvenirs douloureux. Mauro devina que l'évocation de la sœur et de l'amie ne se réduisait pas à celle d'une pieuse jeune fille décidant un jour de prendre le voile pour servir le Seigneur.

Le médecin fut le premier à reprendre ses esprits.

— Elle ne nous permettrait en aucun cas de le lui demander.

En rattachant des bribes de ce dialogue à certains détails pêchés pendant ces derniers jours à Jerez, Mauro Larrea tenta de se faire une idée de la situation. En vain. Il lui manquait des faits, des éléments, des éclaircissements pour comprendre ce qui s'était passé autrefois entre Inés Montalvo et les siens ; pourquoi elle avait coupé toute relation avec eux après s'être isolée du monde. Le moment était néanmoins mal choisi pour jouer aux devinettes, ou bien pour demander des explications sur un sujet qui ne le concernait en rien. Ce qui s'imposait, c'était l'urgence, l'obligation de trouver une issue. Il intervint donc dans ce tir croisé.

— Et si vous me laissiez le lui proposer ?

*

Il parcourut à grandes enjambées des ruelles obscures et étroites, encore vêtu de sa redingote et enveloppé dans sa cape en drap de Querétaro. La pluie avait cessé, mais il restait des flaques qu'il ne parvenait pas toujours à éviter. Il marchait, concentré, sur ses gardes, pour ne pas se tromper entre les balcons, les fenêtres à barreaux et les stores servant de persiennes. Il n'avait pas droit à l'erreur, il n'y avait pas une minute à perdre.

Tout Jerez était endormi quand trois heures sonnèrent à la tour de la Colegiata. Il était presque arrivé à la place Ponce de León. Il la reconnut grâce au balcon en coin de rue que lui avaient décrit Ysasi et Soledad. Renaissance, lui avaient-ils dit. Très beau, avait-elle ajouté. Mais ce n'était pas le moment d'admirer l'architecture. Cette œuvre d'art n'avait qu'un seul intérêt : elle marquait la fin de son trajet. Il lui restait juste à trouver la porte du couvent de Santa María de Gracia : la maison des Augustines, ces femmes recluses dans la prière et dans la contemplation, en marge de l'agitation du monde.

Il la découvrit à proximité, frappa du poing contre le bois. Rien. Il insista. Toujours rien. Finalement, la lune transperça brièvement les nuages et il aperçut une corde à sa droite. Sans doute actionnait-elle une cloche à l'intérieur. Il tira dessus sans hésiter ; quelqu'un accourut bientôt derrière la porte et fit coulisser un verrou en fer, ouvrant une petite lucarne grillagée sans se laisser voir.

— Ave María Purísima !

La sonorité était âpre dans la nuit déserte.

— Conçue sans péché, répondit une voix effrayée et somnolente de l'autre côté de la porte.

— Il faut que je parle de toute urgence à mère Constanza. Il s'agit d'une grave affaire familiale. Ou vous lui dites de venir immédiatement, ou dans dix minutes je commence à sonner la cloche et je n'arrête pas avant d'avoir réveillé tout le quartier.

La lucarne se referma ipso facto, de même que le verrou, et il attendit les effets de sa menace. Tandis qu'il patientait, enveloppé dans sa cape et dans l'obscurité d'un ciel sans étoiles, il eut enfin le temps de songer aux événements l'ayant conduit à troubler le sommeil d'une poignée de nonnes innocentes au lieu de se glisser entre ses draps. Il ignorait encore ce qu'il y avait de juste dans les paroles du médecin quand il leur avait reproché, à Soledad et à lui, leur comportement en public. Il n'avait peut-être pas tort. Car à présent leur complicité évidente leur portait préjudice et risquait de leur coûter cher.

À cet instant, alors qu'il était plongé dans le doute, il entendit de nouveau le bruit du verrou.

— Je vous écoute.

La voix était basse mais nette ; il ne parvint pas à distinguer le visage.

— Il faut que nous parlions, ma sœur.

— Mère. Révérende mère, si vous le voulez bien.

Ce premier échange très bref permit à Mauro Larrea de deviner à qui il avait affaire : la femme avec laquelle il devrait négocier était bien loin d'être une nonne candide occupée à chanter matines et à cuisiner des petits gâteaux au jaune d'œuf pour la plus grande gloire de Dieu. Prudence, donc : ce serait un bras de fer d'égal à égal.

— Révérende mère, c'est ça. Excusez ma maladresse. En tout cas, je vous supplie de m'écouter.

— À quel sujet ?

— Au sujet de votre famille.

— Je n'ai pas d'autre famille que le Très-Haut et cette communauté.

— Vous savez comme moi que c'est inexact.

Le silence de la ruelle déserte était si profond qu'ils entendaient leurs respirations respectives de part et d'autre de la lucarne.

— Qui vous envoie ? Mon cousin Luis ?

— Votre cousin est décédé.

Il attendit une réaction, une question sur la cause ou la date de la mort de Comino. Ou qu'elle prononce au moins une formule pour le repos de son âme. Vainement. Après quelques secondes, il continua :

— Je viens au nom de votre sœur Soledad. Son époux se trouve dans une situation critique.

Dis-lui que je la supplie de m'aider, que je le lui demande en mémoire de nos parents et de nos cousins, de tout ce que nous avons partagé un jour, de ce que nous avons été... Soledad lui avait transmis son message en s'efforçant de retenir ses larmes, les mains si serrées que ses phalanges en blanchissaient. Il se sentait l'obligation absolue de remplir sa mission.

— Je vois difficilement comment je pourrais intervenir dans ces affaires, étant donné qu'ils habitent hors de nos frontières.

— Plus maintenant. Ils sont à Jerez depuis un certain temps.

De nouveau, un silence tendu en guise de réponse. Il poursuivit :

— Ils ont besoin d'un refuge pour lui. Il est malade et on veut abuser de sa faiblesse.

— De quoi souffre-t-il ?

— Un profond désordre mental.

Il est fou, sacrebleu ! faillit-il s'écrier. Et sa femme est désespérée. Aidez-les, au nom du ciel.

— Je crains que cette humble servante du Seigneur ne soit pas en mesure de faire grand-chose. Dans cette demeure, on ne s'occupe pas d'autres angoisses et tribulations que celles de l'esprit en face du Tout-Puissant.

— Seulement quelques jours.

— Les auberges ne manquent pas ici.

— Voyons, madame...

— Révérende mère, le coupa-t-elle de nouveau.

— Voyons, révérende mère, reprit Mauro en se dominant, je sais que vous n'entretenez plus de relations avec les vôtres depuis des années, et que ce n'est pas à moi d'intervenir sur ces questions ni de vous demander de passer l'éponge. Je ne suis qu'un pauvre pécheur, très peu versé dans les liturgies et l'observation des préceptes, mais je me rappelle que le curé de mon village prêchait, dans mon enfance, sur ce qu'était un bon chrétien. Parmi ces quatorze règles, corrigez-moi si la mémoire me fait défaut, se trouvaient des critères tels que soigner les malades, donner à manger à l'affamé, donner à boire à l'assoiffé, offrir un logis au pèlerin...

La réplique fut acérée.

— Je n'ai pas besoin qu'un *Indiano* impie vienne au petit matin m'enseigner les devoirs de miséricorde.

Le ton de la réponse de Mauro fut encore plus tranchant.

— Je n'attends qu'une seule chose de vous : si l'Inés Montalvo que vous avez été un jour n'est pas prête à traiter humainement son beau-frère, l'Inés Montalvo d'aujourd'hui devrait considérer cela comme son devoir, nom de Dieu !

— Le Seigneur me pardonnera si je vous dis que vous n'êtes qu'un hérétique et un blasphémateur.

— Vous avez raison, madame, mon âme brûlera en enfer. Mais la vôtre aussi, si vous refusez de tendre une main secourable à ceux qui réclament votre aide.

La lucarne se referma avec un bruit sec qui retentit jusqu'au fond de la ruelle. Mauro resta sur place, devinant que ce n'était pas fini. Il en eut la confirmation quelques minutes plus tard en entendant la même voix qui l'avait accueilli au début.

— La révérende mère Constanza vous attend à la porte du jardin, à l'arrière de la maison.

S'étant retrouvés à l'endroit indiqué, la nonne et le mineur se mirent en marche d'un pas rapide. Il la regarda du coin de l'œil : elle avait à peu près la taille de Soledad ; cependant, sous l'habit et la coiffe, il lui fut impossible de distinguer si leur ressemblance s'arrêtait là.

— Je vous prie d'excuser mes manières un peu brusques, ma mère, malheureusement, la situation l'exige.

Contrairement à l'éloquence habituelle de Soledad, l'ancienne Inés de Montalvo ne semblait pas disposée à échanger le moindre mot avec l'irrévérencieux mineur. Malgré tout, ce dernier préféra préciser son rôle dans cette affaire. Si elle ne parlait pas, peut-être écoutait-elle.

— Permettez-moi de me présenter : je suis le nouveau propriétaire des biens de la famille. Pour abréger une longue histoire, votre cousin Luis Montalvo les avait légués, avant sa mort à Cuba, à son cousin Gustavo, qui réside depuis longtemps dans l'île. Et Gustavo me les a transmis.

Il omit les détails de la transaction. En fait, il décida de se taire face au silence obstiné de la religieuse, tandis qu'ils continuaient à traverser la nuit, leur cape gonflée par le vent de la course, parcourant les rues obscures parsemées de flaques. Finalement, elle brisa la tension en atteignant la porte des Claydon.

— Je veux m'occuper seule du malade. Faites-le savoir à qui de droit.

Mauro Larrea entra dans la maison, en quête de Soledad ou du médecin, pendant que mère Constanza attendait, sombre et dans la pénombre, sur la rose des vents du vestibule.

— Elle refuse de vous voir, annonça-t-il, abrupt, mais elle accepte de le recevoir.

Le désarroi se dessina sur leurs visages. Deux larmes roulèrent sur les joues de Soledad ; ému, Mauro regarda le médecin sans réussir à distinguer ses traits, puis il préféra lui tourner le dos.

Ils furent bien obligés de se plier à l'exigence d'Inès. Ils se turent, fermèrent les portes, et Palmer, le majordome, fut le seul autorisé à accompagner la nonne jusqu'à la chambre à coucher d'Edward.

Elle passa trois quarts d'heure avec le négociant en vins, à la faible lueur d'un bougeoir. Parlèrent-ils? Se comprirent-ils de quelque manière? Peut-être qu'Edward ne sortit à aucun moment du sommeil ou de la vésanie. Ou peut-être que si. Peut-être l'esprit torturé du vieillard distingua-t-il, dans la silhouette qui se penchait sur son lit au milieu de la nuit, lui attrapait une main, s'agenouillait près de lui pour pleurer et prier, peut-être distingua-t-il, dans un bref éclair de lucidité, la belle jeune fille à la taille fine et à la longue chevelure châtain qu'avait été Inès Montalvo autrefois, quand elle ne s'était pas encore rasé la tête pour se soustraire au monde. À cette époque où la bâtisse de la Tornería était remplie d'amis, de rires et de promesses qui s'étaient consumés au fil du temps.

Dans la bibliothèque, en compagnie d'un feu qui s'éteignait peu à peu dans la cheminée sans que personne n'essaie d'en raviver les flammes, chacun bataillait selon ses moyens contre ses propres fantômes. Quand enfin ils aperçurent le port altier de mère Constanza sous le linteau de la porte, ils se levèrent tous ensemble.

— Au nom du Christ et pour le salut de son âme, je consens à le recueillir dans une cellule de notre demeure. Nous devons partir immédiatement, afin d'être de retour avant le début des laudes.

Ni Soledad ni le docteur ne furent capables de prononcer le moindre mot : ils étaient frappés de stupeur devant cette silhouette vêtue de noir aussi solennelle qu'étrangère. Aucun ne parvint à tisser mentalement un fil, si mince fût-il, reliant la fillette chérie de leur enfance à cette imposante religieuse qui, sous sa coiffe lugubre et chaussée d'une solide paire de sandales, les fixait, les yeux rougis de douleur.

Sa première décision fut de n'accepter aucune compagnie.

— Nous nous rendons dans une sainte maison de Dieu, non dans une auberge.

La dureté d'Inés Montalvo coupa court à toute amorce de rapprochement de la part des siens.

Fumant près d'un pilier en albâtre, Mauro Larrea les observait d'un recoin discret de la bibliothèque. Lorsqu'il aperçut enfin le visage de la religieuse sous une lumière ténue, il eut du mal à trouver une ressemblance quelconque entre les deux sœurs : difficile de séparer leurs traits de leurs atours. Pour Soledad, une chevelure brillante élégamment coiffée et la somptueuse robe d'un bleu de nuit profond qu'elle portait encore et qui découvrait ses épaules, sa gorge, ses clavicules, ses bras et son dos : de larges portions d'une chair ferme et lisse et d'une peau séduisante. Pour Inés, au contraire, quelques toises de drap noir et grossier et un peu de toile blanche lui enserrant le front et le cou. Fards et soucis mondains chez l'une, la marque d'années de retraite et d'isolement chez l'autre. Il s'en tint là, la rencontre avait à peine duré une minute.

Soledad, malgré tout, fut incapable de résister.

— Inés, je t'en supplie, attends. Parle-nous une minute, rien de plus...

La religieuse fit volte-face et sortit, impitoyable.

La maison se mit alors en mouvement et les préparatifs commencèrent. Mauro Larrea avait rempli sa mission : convaincre mère Constanza. Il se tint à l'écart, immobile dans la bibliothèque, enveloppé dans la fumée de son havane, tandis que les autres réglaient en toute hâte les problèmes de logistique. Il se sentait un intrus au milieu du va-et-vient et des échanges verbaux de ce clan étranger, mais il savait qu'il ne pouvait pas s'en aller. Plusieurs questions importantes restaient en suspens.

Finalement les sabots des chevaux et les roues de l'attelage familial résonnèrent dans le silence de la place déserte, puis Soledad et Manuel réapparurent dans la bibliothèque, leur visage reflétant un désespoir absolu. Elle retenait ses larmes à grand-peine et appuyait son poing contre sa bouche, s'efforçant de reprendre ses esprits ; le médecin affichait une mine défaite et tourmentée.

— Il faut nous décider au sujet du vice-consul.

La remarque de Mauro Larrea était âpre et dépourvue de tact, insolente, même, dans ces circonstances délicates, mais il obtint le résultat espéré : les aider à franchir le pas, les obliger à ravaler la boule d'amertume qui leur obstruait la gorge depuis qu'ils avaient vu repartir l'époux et l'ami vulnérable sous la protection d'une austère servante de l'Église, derrière laquelle se cachait, méconnaissable, la tendre jeune fille de jadis.

— Si Claydon fils a l'intention de revenir à Jerez, il ne va pas tarder, ajouta-t-il. Supposons qu'il soit là vers dix heures du matin, et qu'il commence par tâtonner pendant une heure avant de croiser quelqu'un qui le comprenne ; ensuite, il faut qu'il trouve le nom et l'adresse du vice-consul et qu'il y aille. Il sera alors onze heures, au maximum onze heures et demie. Voilà le temps dont nous disposons.

— Moi, je lui aurai déjà parlé, déclara Soledad. Grâce à Manuel, je sais qu'il s'agit de Charles Peter Gordon, un Écossais qui habite place du Mercado, un descendant des Gordon. Je suis sûre qu'il a connu ma famille, c'est peut-être un ancien ami de mon grand-père ou de mon père...

— Je t'ai déjà dit que ce n'était pas une bonne idée.

Manuel Ysasi venait de prendre la parole, mais Soledad fit comme si de rien n'était.

— J'irai tôt, je le mettrai au courant. Je lui dirai qu'Edward est à Séville, ou... ou à Madrid, ou n'importe où, en cure à Gigonza, ou alors non, plutôt qu'il est retourné à Londres pour affaires urgentes. Je le préviendrai des manigances d'Alan, j'espère qu'il m'écoutera davantage que lui.

— *Excusatio non petita, accusatio manifesta,* insista Manuel. Ça n'a aucun sens, de te défendre contre des accusations que personne n'a encore formulées ! C'est totalement imprudent, Soledad.

Elle consentit à le regarder, elle ressemblait à une biche aux abois. Ne me laisse pas tomber, aide-moi, imploraient ses yeux. Une fois encore.

— Je regrette, Soledad, mais tu dois y renoncer.

Ne me trahis pas, Mauro. Pas toi.

Son regard lui brûla les entrailles, lui rappelant les tenailles chauffées au fer rouge de la forge de son grand-père. Il fallait cependant qu'elle les écoute, et il n'avait qu'une seule arme : la froideur.

— Le docteur a raison.

L'arrivée soudaine de Palmer détourna leur attention, et Mauro éprouva un soulagement infini à ne plus lire dans les yeux de Soledad son appel au secours. Tu es un lâche, se reprocha-t-il.

Elle se leva brusquement, s'approcha du majordome et lui posa une question en anglais. Celui-ci répondit brièvement, avec un flegme qui dissimulait mal son abattement. Tout est en ordre, *milord* est bien arrivé, il est désormais derrière les murs du couvent. Elle, toujours sous le choc, l'autorisa dans un murmure presque inintelligible à se retirer. Lui souhaiter une bonne nuit aurait semblé grotesque.

— Passe chez moi à la première heure, Mauro, pour voir la nuit qu'aura passée la femme de Gustavo, murmura Manuel. Moi, je partirai chercher le fils d'Edward dès qu'il fera jour, avant que Soledad se lève. Je tâcherai de le convaincre en lui disant la vérité, ensuite il décidera ce qu'il voudra. Je vous supplie seulement de vous tenir à l'écart : la situation est bien assez pourrie comme ça. Essayons de nous reposer, à présent, en espérant que le sommeil nous redonnera un peu de sérénité.

43.

Lorsque Mauro Larrea sortit sur la place du Cabildo Viejo, la journée s'annonçait une fois de plus grisâtre. Les portes commençaient à s'ouvrir, les fumets matinaux s'échappaient des cuisines. Quelques lève-tôt battaient déjà le pavé : un laitier fustigeant sa vieille mule chargée de cruches en terre cuite, un curé avec soutane, calotte et cape qui se rendait à la messe, plusieurs petites bonnes, presque des fillettes, les yeux bouffis de sommeil, en chemin vers les maisons de la haute pour y gagner leur humble salaire journalier. La plupart se retournèrent sur lui : il n'était pas fréquent de voir un homme de son envergure et vêtu ainsi à l'heure où les coqs étaient las de chanter et où la ville s'éveillait à peine. Il pressa donc le pas, mû par l'urgence.

Il fit une toilette rapide dans le patio, à l'eau froide, se rasa avec son couteau et aplatit ses cheveux en bataille après cette nuit pleine de tensions. Il enfila des vêtements propres : pantalon en coutil, chemise blanche, cravate impeccablement nouée, casaque couleur noix. Quand il descendit à la cuisine, il y régnait une odeur capable de ressusciter un mort.

— Dès que je suis entrée, j'ai remarqué que monsieur s'était levé tôt, le salua Angustias au lieu du sempiternel « bonjour ». Le petit-déjeuner vous attend, au cas où vous seriez pressé de partir.

Il faillit lui attraper la tête de ses mains pour déposer un baiser sur ce front tanné par le soleil des champs, les années et les chagrins. En échange, il se contenta de lui dire : « Dieu vous bénisse. » Il avait une faim de loup, en effet, mais l'idée qu'il valait mieux se remplir le ventre avant de se mettre en marche ne lui avait pas traversé l'esprit.

— Je vous le monte tout de suite, don Mauro.
— Pas question.

Dans la cuisine, prenant à peine le temps de s'asseoir, il dévora trois œufs au plat accompagnés de tranches de jambon, plusieurs tartines encore chaudes et deux grands bols de café au lait. Il marmonna un au revoir, la bouche encore à moitié pleine, laissant sans réponse la question sur sa présence pour le déjeuner.

Si seulement tout était réglé à ce moment-là ! pensa-t-il en traversant le patio. Le docteur se serait entendu avec Claydon fils et tout serait redevenu normal. Mais non, songea-t-il. Rien n'avait été normal depuis son arrivée à Jerez, depuis qu'il avait croisé Soledad Montalvo, depuis qu'il s'était laissé entraîner dans son monde, poussés l'un et l'autre par des motifs complètement différents ; il n'y avait aucune raison pour que ça change. Elle avait obéi à des besoins impérieux, et lui... Il préféra ne pas mettre de nom sur ses sentiments : à quoi bon ? Il décida de se débarrasser de ses pensées comme il l'avait fait des rites matinaux : sans ménagement, presque avec brusquerie. Mieux valait parer au plus pressé ; la matinée était déjà avancée et il y avait des questions urgentes à résoudre.

La porte de la maison de la rue Francos était entrouverte, de même que la grille en fer forgé séparant le vestibule du patio. Surpris, il entra prudemment, et entendit alors des bruits, de l'agitation, des cris, puis des pleurs aigus et d'autres cris.

Il grimpa les escaliers quatre à quatre, parcourut la galerie à grandes enjambées. La scène qu'il découvrit était confuse mais éloquente. Deux femmes se crêpant le chignon. Aucune des deux ne le vit arriver, ce fut sa voix qui les fit s'arrêter et tourner la tête.

Sagrario, la vieille, recula ; l'esclave Trinidad apparut, en larmes. La panique et la stupeur se dessinèrent sur leurs visages quand elles l'aperçurent.

Une porte était ouverte en arrière-plan. Celle de la chambre de Carola Gorostiza. Grande ouverte.

— Don Mauro, je n'ai pas..., bafouilla la servante.

Il l'interrompit sèchement :

— Où est-elle ?

Les deux bouches semblèrent chuchoter quelque chose, mais sans répondre vraiment.

— Où est-elle ? répéta-t-il.

Il avait essayé de ne pas adopter un ton trop brusque, en vain.

La vieille reprit la parole d'une voix effrayée :

— Nous ne le savons pas.

— Et mon domestique ?

— Il est parti à sa recherche.

Le mineur s'adressa alors à l'esclave :

— Ta maîtresse, où elle est allée ? beugla-t-il.

Elle pleurait, la tignasse ébouriffée, la mine défaite, et muette. Il l'attrapa par les épaules, reposa la question de plus en plus durement, jusqu'à ce que la peur l'emporte.

— Je sais pas, Votre Grâce, comment je pourrais le savoir ?

Du calme, se dit-il, du calme. Il faut que tu apprennes ce qui s'est passé, et ce n'est pas en terrorisant cette grand-mère et cette gamine que tu y arriveras. Maîtrise-toi.

Pour récupérer son sang-froid, il respira un grand coup. La seule chose importante, c'était la fuite de Carola Gorostiza. Si Santos Huesos ne l'avait pas encore rattrapée, Carola devait à cette heure déambuler dans les rues, cherchant à lui créer de nouveaux problèmes.

— Bon, chacun reprend ses esprits pour que je comprenne la situation.

Les deux têtes acquiescèrent dans un silence respectueux.

— Trinidad, arrête, s'il te plaît. Tout va bien, elle reviendra. Dans deux jours, vous serez toutes les deux en route pour La Havane, de retour chez vous. Et dans quatre à cinq semaines, tu te promèneras sur la Plaza Vieja et tu te bourreras de bananes frites. Mais d'abord, tu dois m'aider, compris ?

En réponse, il n'obtint qu'un bafouillis inintelligible.

— Qu'est-ce que tu racontes, petite ?

Impossible de déchiffrer le sens de ce bredouillement entremêlé de larmes et de hoquets, jusqu'à l'intervention de Sagrario.

— La mulâtresse ne veut pas repartir avec sa maîtresse, monsieur. Elle refuse de retourner à Cuba, même de force. Elle ne veut rien d'autre que rester avec l'Indien.

Une pensée traversa l'esprit de Mauro. Santos Huesos, vaurien, qu'est-ce que tu as bien pu fourrer dans le cerveau de cette gamine ?

— Chaque chose en son temps, reprit-il en réalisant un effort surhumain pour ne pas s'énerver de nouveau. Pour le moment, il faut que je sache exactement ce qui s'est passé. Comment et quand elle a décampé de sa chambre, qu'est-ce qu'elle a emporté, si quelqu'un a une idée de l'endroit où elle s'est sauvée.

La vieille s'avança clopin-clopant.

— Je vous explique, monsieur. Don Manuel est sorti à l'aube sans même avoir défait son lit, il devait avoir une urgence. Quand je me suis levée, je me suis dirigée directement vers la cuisine et ensuite je suis allée chercher du bois pour le feu. En revenant, j'ai remarqué que la porte de la rue était ouverte, mais j'ai cru que c'était lui qui ne l'avait pas bien refermée. Ensuite, j'ai préparé le petit-déjeuner pour notre invitée, et j'ai vu qu'elle s'était envolée comme un moineau quand je suis montée la servir.

— Et toi, Trinidad, tu étais où ?

Les sanglots de l'esclave redoublèrent de plus belle.

— Où étais-tu, Trinidad ? répéta Mauro.

Aucun d'eux ne s'était aperçu du retour d'un Santos Huesos furtif, comme à son habitude, et ce fut lui qui répondit :

— Dans la chambre d'à côté, patron, dit-il sans reprendre son souffle.

La jeune fille parvint enfin à articuler des mots compréhensibles.

— Avec lui sous les draps, avec la permission de votre seigneurie.

La vieille se signa, scandalisée par la mention d'une telle turpitude. Le regard furieux de Mauro Larrea exprima tout ce qu'il aurait hurlé à son domestique s'il avait pu se défouler en toute liberté. Gredin ! vous avez forniqué comme des bêtes toute la nuit, et Carola Gorostiza s'est enfuie au pire moment.

— Je lui ai volé à minuit la clé de la chambre de ma maîtresse dans sa poche, et j'ai ouvert sa porte quand il faisait pas attention, confessa Trinidad d'une traite. Ensuite je l'ai rangée au même endroit, il a rien vu. Dès qu'elle a entendu le docteur partir, elle a attendu un petit peu et elle l'a suivi.

La présence soudaine de Santos Huesos paraissait avoir rassuré Trinidad ; la proximité de l'homme avec lequel elle avait partagé corps à corps, chuchotements et complicité lui avait redonné du courage.

— Ne l'accusez pas, votre seigneurie, je suis la seule coupable.

Ses yeux se remplirent encore de larmes, mais maintenant elles étaient d'une autre nature.

— Ma maîtresse m'a promis..., ajouta-t-elle avec son délicieux accent caribéen. Elle m'a promis de me donner mon acte d'affranchissement si je lui trouvais la clé, et moi je serais plus esclave, et je pourrais m'en aller n'importe où avec lui. Mais si je le faisais pas, elle m'expédierait à la plantation de café une fois rentrées à Cuba, et elle m'attacherait elle-même au pilori sur le ventre, et le contremaître me donnerait vingt-cinq coups de cravache si forts que le sang éclabousserait jusqu'au ciel. Et je ne veux pas être fouettée, votre seigneurie.

Cela suffisait, Mauro en savait assez pour l'instant. Sagrario, épouvantée par ce traitement inhumain, entoura de ses bras les épaules de la jeune fille afin de la réconforter. Encore essoufflé par sa course, Santos Huesos regardait son maître droit dans les yeux, assumant pleinement son erreur monumentale.

Ce qui était fait était fait, inutile d'insister davantage. Mauro déclara :

— Allez, mon garçon, partons à sa recherche. On en reparlera toi et moi le moment venu. Il ne faut pas perdre une seconde de plus.

Il envoya d'abord son serviteur place du Cabildo Viejo, au cas où la femme de son cousin aurait eu l'idée d'y retourner. Carola avait dit que Soledad était la responsable de tous les malheurs de son couple. Et Mauro se rappelait le cœur gravé sur le mur. Le G, le S.

De son côté, il loua une calèche, prêt à visiter toutes les auberges et pensions ; la Mexicaine avait peut-être loué une chambre en attendant d'agir. Mais ses recherches furent vaines dans les gîtes de la Corredera, dans ceux de la rue de Doña Blanca et ceux de la place de l'Arenal. Il se rendit à l'étude notariale de la Lancería, en quête d'une aide supplémentaire.

— Une de mes vieilles amies vient d'arriver de Cuba, don Senén, et elle est perdue, expliqua-t-il au notaire. Elle est un peu folle et beaucoup d'idioties peuvent sortir de sa bouche. Si par hasard vous avez de ses nouvelles, retenez-la si possible et avertissez-moi.

Il était sur le point de s'en aller quand ses yeux se posèrent sur le clerc fouineur qu'il avait remis à sa place quelques jours avant. Le pauvre homme se faisait tout petit, le nez dans un livre relié en cuir et feignant d'écrire sous le regard menaçant de l'*Indiano*. Le mineur s'arrêta devant son bureau et lui murmura d'une voix presque inaudible mais éloquente :

— Descendez immédiatement. Débrouillez-vous comme vous pourrez pour vous libérer de vos tâches. Vous devez aller partout là où se trouve une autorité quelconque susceptible de recevoir une plainte formelle ou informelle. Ou là où on peut dégoiser n'importe quoi devant quelqu'un ayant du pouvoir. Compris ? Pouvoir civil, militaire ou ecclésiastique, ça revient au même.

Tremblant, le gratte-papier chuchota un simple :

— À vos ordres, mon cher monsieur.

— Vérifiez si une certaine Carola Gorostiza est passée par là ce matin, et si elle a dit quelque chose à mon sujet. S'il n'y a pas de résultat, placez une sentinelle devant chaque porte. Je m'en fiche, si c'est un mendiant manchot ou un général : tous feront l'affaire à condition qu'ils aient les yeux bien ouverts et qu'ils soient capables d'intercepter et de retenir une dame surexcitée, aux cheveux noirs et au parler exotique.

— Oui, oui, oui, oui, bégaya le malheureux Angulo, étique, jaunâtre, se tordant les doigts.

— Si vous tombez sur elle, trois *duros* d'argent vous attendent. Si en revanche j'entends parler d'un mot de trop, je vous envoie mon Indien pour qu'il vous arrache vos dents de sagesse. Et à votre place, je me méfierais des instruments qu'il utilise pour ce genre d'opération.

Il prit congé en lui tournant le dos, après un vague : « Vous me trouverez, je traînerai par là. » Santos Huesos le rejoignit au coin de la rue.

— Retournons à la Tornería. J'en doute beaucoup, mais peut-être qu'elle y est allée.

Ni Angustias ni Simón n'avaient aperçu une personne d'une telle allure.

— Cherchez-la, je vous en serais reconnaissant. Si vous la croisez, ramenez-la ici, même en la traînant. Et puis vous me l'enfermez dans la cuisine. Si elle le prend de haut, menacez-la avec le pique-feu pour qu'elle ne s'avise pas de s'enfuir.

Ils abandonnèrent la calèche au bout de la rue Larga qu'ils parcoururent à pied, au milieu des orangers et de l'agitation matinale. L'un à droite et l'autre à gauche. Ils entrèrent dans les boutiques, les bistrots et les cafés. Rien. Mauro crut la reconnaître, vêtue d'un jupe grise, à un coin de rue, ensuite sous un chapeau noir, plus tard dans la silhouette d'une dame avec un petit manteau brun sortant d'un magasin de chaussures. Il se trompa à chaque fois. Où peut-elle bien se cacher, cette fichue bonne femme ?

Il regarda sa montre, onze heures moins vingt. Allons chez le docteur Ysasi, vite. Il a dû rentrer avec des nouvelles d'Alan Claydon.

À sa grande surprise, il n'y avait aucun attelage à proximité de la résidence de la rue Francos. Ni le vieux phaéton du médecin ni la voiture anglaise qui avait amené à Jerez le beau-fils de Soledad : nul n'était encore arrivé. Nouveau coup d'œil à sa montre : la matinée avançait inexorablement. Le médecin, perdu dans la nature ; la Mexicaine, introuvable.

— Tu as demandé place de l'Arenal si elle a loué un attelage, n'est-ce pas ?

— Pendant que vous cherchiez dans les auberges, patron.

— Et ?

— Et rien.

— Normal. Où veux-tu qu'elle aille seule, cette espèce de toquée, sans son esclave, sans ses bagages, et sans avoir fini de régler ses comptes avec moi ?

— Eh ben, moi je crois que oui.
— Oui quoi?
— Que madame pourrait bien s'être envolée. Qu'elle a une peur bleue de vous. Et m'est avis qu'elle a dû faire tout ce qu'elle pouvait pour filer loin d'ici et trafiquer à distance.

Peut-être. Pourquoi pas? Carola Gorostiza savait que, dans cette ville, il la retrouverait tôt ou tard. Elle n'avait aucun lieu sûr où se réfugier et ne connaissait personne lié à Cuba : sa marge de manœuvre était plus que réduite. Elle savait aussi qu'il l'enfermerait dès qu'il mettrait la main sur elle. Et elle n'était pas du tout disposée à se laisser faire.

— À la gare, fissa!

Il y avait un seul train sur les voies quand ils arrivèrent, déjà vide.

Parmi les passagers qui en étaient descendus, il en restait un seul. Un jeune homme entouré de malles. Grand, élancé, beau garçon, ses cheveux sombres ébouriffés par le vent et vêtu à la mode des grandes capitales. De trois quarts dos, il consultait un employé olivâtre qui lui arrivait à l'épaule, attentif à ses explications.

— Jure-moi sur tes morts, Santos, que je ne suis pas en train de perdre le peu de jugement qui me reste.
— Vous avez toute votre tête, don Mauro. Au moins pour le moment.
— Alors tu vois la même chose que moi?
— De mes propres yeux qui seront bouffés par les asticots, patron. En ce moment je contemple notre petit Nicolás.

44.

Les embrassades furent enthousiastes. Nicolás était là, le responsable des insomnies de son père quand il avait la scarlatine ou la rougeole, celui qui l'avait autant inquiété qu'il l'avait fait rire, lui avait procuré autant de satisfactions que de tracas, aussi imprévisible qu'un revolver entre les mains d'un aveugle.

Les questions se bousculèrent des deux côtés. Où ? Quand ? Comment ? Puis ils s'étreignirent de nouveau. Mauro était ému au plus profond de lui-même. Tu es vivant, coquin ! Vivant, sain et sauf et transformé en un homme. Un soulagement infini le submergea.

— Comment as-tu réussi à me retrouver, espèce de voyou ?

— Notre planète est de plus en plus petite, papa. Tu ne croirais pas la quantité de découvertes qu'on commence à voir par-ci, par-là. Le daguerréotype, le télégraphe...

Deux porteurs se mirent à charger ses volumineux bagages sous la houlette de Santos Huesos, non sans que ce dernier eût lui aussi serré bruyamment dans ses bras le benjamin de la famille.

— N'essaie pas de noyer le poisson, Nico. Nous parlerons plus tard de ta fuite de Lens et de la mauvaise impression que tu as laissée à Rousset.

— Alors que j'étais à Paris, répliqua le jeune homme, feignant d'ignorer le ton menaçant de son père, j'ai été invité à une réception boulevard des Italiens, une rencontre entre patriotes mexicains qui conspiraient contre Juárez au milieu des effluves de Houbigant et des bouteilles de champagne frappé. Tu t'imagines la scène ?

— Va droit au but, fiston.

— J'y ai retrouvé plusieurs de tes vieux amis : Ferrán López del Olmo, le propriétaire de la grande imprimerie de la rue des Donceles, et Germán Carrillo, qui visitait l'Europe avec ses deux plus jeunes fils.

Mauro fronça les sourcils.

— Ils savaient où j'étais ?

— Non, mais ils m'ont dit que l'attaché commercial les avait prévenus : s'ils m'apercevaient, ils devaient m'indiquer qu'une lettre m'attendait à l'ambassade.

— Une lettre d'Elías, je suppose.

— Tu supposes bien.

— Et quand tu n'as plus eu un peso en poche, tu es allé la chercher et, à ta grande surprise, il ne t'envoyait presque pas d'argent.

Ils avaient quitté le quai et se dirigeaient vers la calèche.

— Non seulement il me demandait de faire des miracles avec la misère qu'il m'envoyait, mais en plus il m'interdisait de rentrer au Mexique avant ton arrivée. Il me précisait que tu faisais des affaires dans la mère patrie et qu'il fallait que je contacte un certain Fatou, à Cadix, si je désirais avoir de tes nouvelles.

— Je subodore qu'il voulait parler d'un contact par la poste, il ne pensait pas que tu finirais par venir.

— Seulement j'ai préféré, et comme je ne pouvais pas me payer un billet correct, j'ai embarqué au Havre dans un bateau charbonnier qui passait par Cadix. Et me voilà.

Mauro le regardait du coin de l'œil tout en marchant, en proie à des sentiments contradictoires. D'un côté, il était immensément rassuré d'avoir près de lui le chétif marmot devenu à présent un désinvolte jeune homme à l'allure mondaine et passablement débrouillard. De l'autre, cette arrivée intempestive bouleversait le fragile équilibre sur lequel tout reposait. Et vu la situation ce matin-là, il ne savait fichtre pas quoi faire de son fils.

Nico le tira de ses pensées en posant sa main sur son épaule.

— Il faut que nous ayons une conversation sérieuse, monsieur Larrea.

Malgré le caractère moqueur de la formule employée, Mauro devina que son fils ne plaisantait pas.

— Tu dois m'expliquer ce que tu fiches dans ce coin perdu du Vieux Monde, ajouta Nicolás. Et je souhaiterais aussi te révéler certaines choses à mon sujet.

Bien sûr qu'ils devaient parler. Mais le moment venu.

— D'accord. En attendant, va avec Santos t'installer. Moi, je vais louer une autre voiture pour régler une question en suspens. On se reverra dès que je pourrai.

Il tourna les talons et s'éloigna, sourd aux protestations de son fils.

— Rue Francos, ordonna-t-il au cocher du premier attelage qu'il croisa à la sortie de la gare.

Un calme plat régnait près du domicile d'Ysasi. Aucun véhicule, mis à part la charrette d'un brocanteur et les bourricots de deux porteurs d'eau. Il regarda l'heure, midi vingt. Le médecin aurait déjà dû arriver, avec ou sans l'Anglais. Il y a un os, grommela-t-il.

Il repartit alors à la recherche de la Mexicaine, au cas où elle serait encore à Jerez. Passez par là, dit-il au cocher. Entrez là, tournez ici, continuez tout droit, arrêtez-vous, attendez, démarrez, stoppez ici. Son imagination lui joua de nouveaux tours : il crut la distinguer sortant de l'église de San Miguel, pénétrant dans San Marcos, descendant de la Colegiata. Mais non. Elle n'apparaissait nulle part.

En revanche, il vit le clerc de notaire dans la rue de la Pescadería. Il bruinait, pourtant Angulo veillait devant la porte d'une boutique, au coin de la rue de l'Arenal, guettant le passage éventuel de l'*Indiano*. Un simple mouvement de tête permit au mineur de s'informer sans avoir à mettre pied à terre. Rien pour le moment. L'employé bavard n'avait encore rien trouvé. Continuez, lui intima-t-il.

Sa destination suivante fut la place du Cabildo Viejo. Il fut très surpris d'y découvrir le grand portail clouté ouvert.

Il sauta de l'attelage avant l'arrêt complet du cheval. Qu'est-il arrivé, sacrebleu ?

Palmer vint au-devant de lui avec une mine d'enterrement. Il n'eut pas le temps de donner des explications dans son espagnol pitoyable : le médecin apparut aussitôt derrière son dos avec une mimique de découragement absolu.

— J'arrive juste et je repars. Tout est inutile. Le fils d'Edward a changé d'avis, il a quitté l'auberge avant l'aube. En direction du sud, d'après le tenancier.

Mauro Larrea préféra retenir les jurons qui lui vinrent aux lèvres.

— J'ai parcouru plusieurs lieues sans parvenir à le rattraper, poursuivit Manuel Ysasi. La seule certitude, c'est qu'il a modifié ses plans pour une raison quelconque et qu'il a finalement renoncé à revenir à Jerez. Au moins pour l'instant.

— Eh bien ça fait déjà deux sales coups en même temps.

— Soledad m'a averti : l'épouse de Gustavo s'est échappée de chez moi. Je m'y rends tout de suite.

Le mineur voulut lui fournir quelques détails mais le médecin l'interrompit :

— Entre dans le cabinet sans perdre une seconde.

Mauro fronça les sourcils en signe d'interrogation. La réplique fut immédiate.

— Tes acheteurs potentiels sont là.

— Ceux de Zarco ?

— Je les ai croisés dans le vestibule et, d'après leur tête, je dirais qu'ils sont plutôt réticents. Mais tu as dû offrir au gros Zarco une commission bien grasse s'il trouvait preneur ; il est prêt à rester un mois sans manger de lard plutôt que de laisser ses clients repartir à Madrid sans t'avoir vu. Et notre chère Soledad ne lâchera pas ses proies avant de te savoir arrivé.

Le beau-fils, disparu. La Mexicaine, envolée. Nicolás, tombé du ciel en pleine gare. Et à présent ses possibles sauveurs – peut-être les seuls capables de lui déblayer le chemin du retour – débarquaient, rattrapés par les cheveux et au pire des moments ! Bon Dieu, ce que la vie peut se montrer parfois vache et traîtresse !

— On se partage les tâches, proposa Ysasi, qui ajouta, en dépit de ses faibles croyances religieuses : et à la grâce de Dieu !

Trois hommes attendaient Mauro Larrea dans le cabinet de réception où il s'était fait passer pour le défunt Luisito Montalvo, sauf que, dans ce cas, ce n'étaient plus des étrangers mais des Espagnols. Un habitant de Jerez et deux Madrilènes. Ou du moins venaient-ils de la capitale et avaient-ils hâte de la regagner. Ces deux messieurs distingués se levèrent courtoisement pour le saluer. Maître et acolyte, songea Mauro. L'un fournissait l'argent et écoutait les conseils ; l'autre conseillait et proposait. Zarco, quant à lui, n'eut pas à se lever : il était déjà debout, le visage rouge et le cou caché par son double menton.

Entre eux, Soledad. Sereine, dominatrice, éblouissante dans son costume en taffetas bleu ciel. Elle avait fait disparaître comme par magie toute trace de fatigue et de tension sur son visage. Ses yeux n'étaient plus ceux d'une biche acculée : il s'en dégageait à présent une froide détermination. Que pouvait-elle bien leur raconter ?

— Vous êtes enfin là, monsieur Larrea. Vous vous joignez à nous au bon moment, juste quand je finissais d'exposer à M. Perales et à M. Galiano les caractéristiques des propriétés que nous leur proposons.

Elle parlait d'un ton ferme, presque professionnel. La responsable et la complice de ses folies, la femme dont la simple proximité réveillait dans son corps d'indomptables pulsions primaires, l'épouse loyale et protectrice d'un autre homme que lui avait cédé la place à une nouvelle Soledad Montalvo que Mauro Larrea ne connaissait pas encore. Celle qui vendait, achetait et négociait, celle qui se battait d'égale à égal dans un monde masculin d'intérêts et de transactions, dans un territoire réservé aux mâles dont elle avait hérité sans le vouloir et dans lequel, poussée par le plus élémentaire instinct de survie, elle avait appris à se mouvoir avec l'agilité d'une trapéziste parfois obligée de sauter sans filet.

Elle ne devait pourtant pas avoir envie de contribuer à l'acquisition par ces inconnus des biens dont elle avait toujours imaginé qu'ils lui reviendraient, pensa-t-il, tandis qu'il échangeait avec ces étrangers des salutations sans enthousiasme. Enchanté, très heureux, bienvenu. Il nota qu'elle avait recommencé à le vouvoyer.

— Pour vous mettre au courant, monsieur Larrea, je viens de décrire à ces messieurs la situation des magnifiques parcelles inscrites au cadastre au lieu-dit Macharnudo et destinées à la culture de la vigne. Je les ai également informés de l'existence de l'hôtel particulier entrant dans le lot de la vente de façon indivisible. Et maintenant il est temps de nous mettre en route.

Il l'interrogea du regard : pour aller où ?

— Nous allons vous montrer le chai, à l'origine, jusqu'à il y a peu, de nos célèbres crus hautement réputés sur les marchés internationaux. Veuillez nous suivre, s'il vous plaît.

Tandis que le gros échangeait quelques phrases avec les acheteurs potentiels en se dirigeant vers la porte, Mauro retint Soledad par le coude. Il se pencha vers elle, de nouveau troublé par son odeur et la tiédeur de sa peau.

— La femme de Gustavo est toujours introuvable, lui chuchota-t-il au creux de l'oreille.

— Raison de plus, répondit-elle en desserrant à peine les lèvres.

— Pour quoi ?

— Pour te pousser à sucer ces imbéciles jusqu'à la moelle, et que toi et moi puissions décamper d'ici avant que tout s'effondre.

45.

Ils descendirent des attelages près du grand mur longeant le bâtiment, autrefois d'un blanc lumineux et oscillant à présent entre le brun et le gris verdâtre, presque noir à certains endroits, fruit d'années d'abandon. Mauro Larrea ouvrit le portail d'un coup d'épaule, comme la fois précédente. Les gonds rouillés grincèrent, et ils accédèrent à la grande cour centrale flanquée de rangées d'acacias. Il pleuvait encore ; les Madrilènes et Soledad s'abritaient sous de grands parapluies, le gros Zarco et lui-même se contentaient de leur chapeau. Il fut tenté d'offrir son bras à Soledad pour lui éviter un faux pas sur les pavés glissants, mais il s'abstint. Mieux valait préserver la façade d'une froide relation d'intérêts purement commerciaux qu'elle avait décidé d'afficher. Mieux valait aussi qu'elle reste aux commandes.

Il n'y avait pas si longtemps, pourtant cela lui paraissait une éternité, il était ici en compagnie des deux vieux maîtres de chai, lors d'une journée ensoleillée et infiniment moins amère. Rien n'avait changé. Les hautes tonnelles autrefois touffues et à présent dépouillées et tristes, les bougainvilliers sans le moindre bourgeon, les pots de fleurs vides. Des filets d'eau coulaient des tuiles brisées transformées en gouttières.

Si Soledad fut choquée devant la décadence de son radieux passé, elle se garda bien de le montrer. Enveloppée dans sa cape, la tête couverte d'une capuche bordée d'astrakan, elle s'employa à leur signaler des endroits et à leur énumérer des mesures d'une voix assurée et à l'aide de gestes précis, fournissant des informations importantes et évitant tout sentimentalisme. Tant de verges de surface et tant de pieds de longueur. Observez, messieurs, la magnifique réalisation et les excellentes matières premières utilisées pour la construction ; à quel point il serait facile, et simple, de redonner à cet ensemble sa splendeur d'autrefois.

D'une poche de sa cape, elle tira un trousseau de vieilles clés.

— Veuillez ouvrir les portes, s'il vous plaît, dit-elle à l'agent immobilier.

Ils pénétrèrent alors dans d'obscures dépendances que Mauro ne connaissait pas encore, où elle se mouvait comme un poisson dans l'eau. Les bureaux, précisa-t-elle, où les employés, dotés de bonnets et de manchettes, avaient effectué les tâches administratives quotidiennes, et dont il ne restait que quelques factures jaunies et piétinées. Le local destiné aux visiteurs et aux clients, avec pour toutes reliques deux chaises boiteuses reléguées dans un coin. Les salles du personnel plus qualifié, aux fenêtres béantes. Enfin, le bureau du patriarche, le fief du légendaire don Matías, transformé en un antre nauséabond. Aucune trace de l'écritoire en argent, ni des bibliothèques vitrées, ni de la superbe table en acajou recouverte de cuir lustré. Ne subsistaient que la crasse et la désolation.

— En tout cas, ça ne représente pas grand-chose : quelques milliers de réaux lui redonneraient son apparence initiale en peu de temps et sans aucune difficulté. Ce qui est vraiment important, c'est la suite.

Elle signala, sans s'arrêter, d'autres bâtiments au fond.

— Le lavoir, l'atelier de tonnellerie, la pièce des échantillons, précisa-t-elle en passant.

Ensuite, elle les conduisit vers la haute bâtisse de l'autre côté de la cour centrale : là où l'avaient emmené les deux vieux maîtres de chai. Aussi vaste et imposante que Mauro se la rappelait, mais moins éclairée en cette journée de pluie. En revanche, l'odeur était identique. Humidité, bois, vin.

— Comme vous l'avez sans doute remarqué, ajouta-t-elle depuis le seuil, en laissant retomber sur son dos la capuche de sa cape, la cave a été construite face à l'Atlantique, afin de recueillir les vents et de bénéficier au maximum des avantages des brises marines. De ces airs qui soufflent de la mer dépendra dans une large mesure la qualité des vins, pour qu'ils deviennent vigoureux et limpides. De ces airs et aussi, bien entendu, de la patience et du savoir-faire de ceux qui les élaborent. Suivez-moi, je vous prie.

Tous obéirent en silence tandis que sa voix résonnait entre les arcades et les murs.

— Observez le magnifique dépouillement de cet ouvrage, une simplicité architecturale qui a traversé les siècles. Toujours au-dessus du niveau du sol, avec un toit à deux pentes pour minimiser les effets du soleil et des murs très épais pour conserver la fraîcheur.

Ils parcouraient d'un pas lent l'espace entre les rangées de fûts empilés par trois ou par quatre, disposition permettant de transvaser le contenu du haut vers le bas et d'apporter de l'homogénéité au vin. Elle ôta un bouchon de liège, en huma le bouquet, les yeux fermés, le remit en place.

— C'est dans le chêne que se réalise ce miracle que nous appelons ici la fleur : un voile naturel de micro-organismes qui se forme à la surface du vin, le protège contre l'oxydation et le nourrit. Grâce à cette fleur, on remplit les exigences des cinq F, condition indispensable pour obtenir de bons vins, prétendait-on autrefois : *fortia, formosa, fragantia, frigida* et *frisca*. Fort, beau, parfumé, frais et tonique.

Les quatre hommes étaient attentifs aux paroles et aux mouvements de l'unique femme du groupe, tandis que l'eau, dégoulinant des capotes et des parapluies, formait des petites flaques sur le sol blanchâtre.

— J'imagine néanmoins que vous en avez plus qu'assez de m'entendre discourir : nous ne sommes pas les premiers, je suppose, à avoir tenté de vous vendre sa cave en affirmant que c'était la meilleure. Le moment est donc arrivé, messieurs, d'en venir à l'essentiel : la rentabilité du placement. À ce que nous sommes en mesure de vous proposer et à ce que vous êtes susceptibles de gagner.

Après Soledad Montalvo, distinguée demoiselle andalouse, élevée au milieu de la dentelle, des nurses anglaises et des messes du dimanche matin, après l'exquise et mondaine

Soledad Claydon, adepte des emplettes chez Fortnum & Mason, des premières du West End et des salons de Mayfair, elle dévoilait à présent un nouvel aspect de sa personnalité : la femme d'affaires chevronnée, négociatrice retorse, fidèle disciple de son courtier en vins d'époux et de son vieux renard de grand-père, héritière de l'âme des anciens Phéniciens qui, trois millénaires auparavant, avaient planté ces premiers ceps sur ces terres qu'ils dénommèrent Xera et que les siècles transformèrent en Jerez.

Son ton devint plus catégorique.

— Nous sommes au courant de vos allées et venues depuis des semaines, nous savons que vous avez visité de nombreuses vignes et caves à Chiclana, à Sanlúcar, au Puerto de Santa María et même au Condado. En ce moment, vous étudiez sérieusement plusieurs offres dont le prix est inférieur au nôtre et peuvent donc vous séduire de prime abord. Toutefois, permettez-moi de vous dire, messieurs, que vous risquez de commettre une grosse erreur.

Les Madrilènes ne parvinrent pas à cacher leur trouble ; Zarco suait à grosses gouttes. Quant au mineur, il fit un immense effort pour cacher sa stupéfaction devant ce mélange de courage et de culot : l'arrogance sans faille d'une caste pétrie de qualités disparates mais complémentaires. Tradition et esprit d'initiative, élégance et hardiesse, attachement à ses valeurs et aptitude à voler de ses propres ailes. L'essence même de la légendaire Jerez vigneronne, qu'il commençait seulement à apprécier dans toute sa plénitude.

— Compte tenu de votre intérêt pour investir dans le monde du vin, je suis persuadée que vous avez fait preuve de prudence et que vous vous êtes informés des difficultés inhérentes à la dernière étape du processus. La première, devenir propriétaire récoltant, est aisée à franchir : il suffit d'acheter de bonnes vignes et de s'assurer de la qualité du travail des employés. La deuxième, l'élaboration et la conservation du vin, ne représentera pas non plus un obstacle si vous trouvez une cave parfaitement adaptée, un grand maître de chai et du personnel qualifié. En réalité, la plus complexe, c'est la troisième : l'exportation. Pour des gens comme vous, cela revient à s'aventurer sur un terrain glissant, et c'est là que nous intervenons pour vous faciliter un accès immédiat aux meilleurs réseaux de commercialisation externe.

À l'écart, cinq pas derrière les autres, Mauro continuait à la contempler – les bras croisés, bien campé sur ses jambes, les yeux fixés sur ces mains éloquentes, sur ces lèvres qui offraient garanties et gratifications avec une aisance stupéfiante, en l'incluant dans ce pluriel qu'elle employait à tout moment. Grand Dieu ! elle se les mettait dans la poche : le dénommé Perales et son secrétaire étaient subjugués, il fallait les voir se chuchoter à l'oreille, se racler la gorge, échanger des regards et des mimiques. Zarco, lui, était sur le point de faire éclater les boutons de sa veste en pensant à la juteuse commission qui l'attendait si la dame parvenait à ses fins.

— Le prix de ces propriétés est élevé, nous en sommes pleinement conscients. Je regrette néanmoins de vous indiquer qu'il n'est pas négociable : nous ne le baisserons pas d'un iota.

Mauro avait en Soledad une confiance aveugle, pourtant il faillit éclater de rire. La folie de ton époux aurait-elle déteint sur toi, ma chère ? aurait-il pu lui demander. Bien sûr qu'il était prêt à diminuer ses exigences, à considérer toute offre, à accorder toutes sortes de facilités à condition de rafler une bonne petite somme et de prendre la poudre d'escampette. Mais, se rappelant le coriace négociateur qu'il avait été en ses jours de gloire, il appréciait en connaisseur le coup d'audace. Et décida donc de se taire.

— Contacts, agents, importateurs, distributeurs, négociants. Je représente moi-même l'une des principales firmes londoniennes, la maison Claydon & Claydon, sur Regent Street. Nous contrôlons la demande et sommes en permanence avertis de la moindre fluctuation en matière de prix, de goûts et de qualités. Et nous sommes prêts à vous fournir cette expertise. Le prospère marché britannique est en pleine expansion, les vins espagnols représentent aujourd'hui quarante pour cent du secteur. Il existe néanmoins des adversaires sérieux et agressifs. Les éternels portos, les tokays hongrois, les madères, les hocks et les vins de Moselle allemands, voire les crus du Nouveau Monde, de plus en plus présents dans les îles. Et, bien entendu, les légendaires et toujours actifs vignerons des multiples régions françaises. La concurrence est féroce, messieurs. A fortiori pour celui qui découvre cet univers aussi fascinant que glorieusement complexe.

Personne n'osa piper mot. Quant à elle, elle avait presque fini son numéro.

— Vous connaissez déjà le prix par le biais de notre intermédiaire. Réfléchissez-y et décidez-vous, messieurs. Maintenant, si vous le permettez, j'ai d'autres affaires urgentes à régler.

Dormir quelques heures après l'une des nuits les plus tristes de ma vie, par exemple. Savoir comment se porte mon mari, enfermé dans une cellule monacale. Retrouver une Mexicaine en fuite et mariée avec quelqu'un cher à mon cœur à une certaine époque de mon existence. Découvrir la prochaine manigance d'un beau-fils pervers qui veut me déposséder de mes biens. Toutes ces pensées se bousculaient dans la tête de Soledad Montalvo tandis qu'elle se dirigeait vers la sortie, silencieuse.

Mauro Larrea tendit alors la main aux acheteurs.

— Je n'ai rien à ajouter, messieurs, tout est dit. Vous savez où nous trouver pour toute nouvelle prise de contact.

Quand il sortit à son tour pour la rejoindre, il avait l'estomac noué. Pourquoi es-tu incapable de te réjouir, malheureux ? Tu es sur le point d'obtenir ce que tu désirais si ardemment, tout près d'atteindre ton but, et tu ne réussis pas à saliver comme un chien famélique devant un morceau de viande fraîche.

Un chuchotement le tira de ses méditations. Il tourna la tête à droite et à gauche. Non loin de là, en partie cachée entre les grands fûts obscurs, il découvrit une présence inattendue.

— Qu'est-ce que tu fiches ici, Nico ?

— Je tue le temps pendant que mon père décide si oui ou non il peut me prêter attention.

Touché. Il n'avait certainement pas traité son fils comme il convenait après une si longue séparation. Mais il était pris à la gorge, comme la fois où il avait failli se noyer dans la mine de Las Tres Lunas et laisser orphelin le garçon qui lui reprochait à présent sa négligence ; ou bien quand Tadeo Carrús lui avait fixé, pour rembourser sa dette, un délai impératif de quatre mois dont la moitié s'était déjà écoulée.

— Je suis vraiment désolé. Je le regrette du fond du cœur, mais la situation s'est compliquée de la façon la plus inopportune qui soit. Accorde-moi une journée, juste une journée, pour que je parvienne à la démêler. Après, nous prendrons le temps de nous asseoir et d'avoir une longue conversation. Il faut que je te raconte diverses choses qui te concernent, et mieux vaut le faire dans le calme.

— Je suppose que je n'ai pas le choix, acquiesça Nicolás.

Retrouvant son sens de l'humour habituel, il ajouta :

— Je dois dire que je suis fasciné par ce nouveau virage dans ta vie. La vieille Angustias m'a raconté que tu étais désormais propriétaire d'une cave. Je suis venu par simple curiosité, sans savoir que tu traînais dans le coin. Ensuite je vous ai aperçus à l'intérieur et je n'ai pas voulu vous interrompre.

— Tu as eu de la jugeote, ce n'était pas le bon moment.

— C'est exactement ce que je souhaitais te conseiller.

— Quoi ?

— De faire travailler ton cerveau.

Mauro ne put éviter une grimace sarcastique. Son fils lui conseillant de ne pas commettre de sottises : le monde à l'envers.

— J'ignore de quoi tu me parles, Nico.

Ils traversaient le patio d'un pas rapide, épaule contre épaule, sous la bruine. Quiconque les aurait vus de dos, de profil ou de face aurait distingué chez eux la même stature et la même prestance. Plus solide et plus affirmé, le père. Plus souple et plus élancé, le fils. Beaux l'un et l'autre, chacun à sa manière.

— Ne les laisse pas t'échapper.

— Je ne te comprends toujours pas.

— Ni cette cave ni cette femme.

46.

Quelque chose changea dans le comportement de Nicolás après qu'il eut été témoin de la prestation de Soledad Montalvo. Comme sous l'emprise d'une sagesse soudaine, il comprit que ce n'était pas le moment d'exiger une attention immédiate. Contre toute attente, il déclara qu'il avait des lettres urgentes à écrire. Il mentait, bien sûr. Il voulait seulement ficher la paix à son père afin que ce dernier règle ses propres affaires et ses soucis, et redevienne l'homme qu'il était quelques mois auparavant, quand ils avaient pris congé l'un de l'autre dans le palais de San Felipe Neri.

De son côté, le mineur devina que le garçon lui cachait la véritable raison de sa venue à Jerez – il flairait le problème de loin. Il préférait donc ne pas l'interroger pour le moment, afin de retarder l'inévitable mauvaise nouvelle et de ne pas avoir davantage de contrariétés sur le dos.

Ils jouèrent chacun leur rôle, complices. Nico resta à la Tornería et Mauro Larrea, après être passé rue Francos et avoir constaté, à son grand dam, l'absence de la Mexicaine, courut au seul endroit au monde où il avait envie d'aller.

Soledad le reçut sans cacher son irritation devant l'attitude de sa sœur Inés : celle-ci avait refusé de l'accueillir quand elle s'était rendue au couvent. Elle lui avait interdit de voir son mari et lui avait fait dire que c'était un lieu de recueillement et de prière, et non un établissement balnéaire, qu'Edward allait bien, qu'il était serein et gardé en permanence par une novice. Point final.

Elle s'était réfugiée de nouveau dans son cabinet, cette tanière à partir de laquelle elle tirait dans l'ombre les ficelles de son négoce. Seulement dix-sept heures s'étaient écoulées depuis la première visite de Mauro Larrea dans cette pièce, mais le temps paraissait avoir accompli un bond formidable : la veille au soir, elle lui avait annoncé sa décision de quitter Jerez et à présent, au milieu de cette journée lourde de nuages menaçants, aucun des deux, fatigués, frustrés et perplexes, ne voyait poindre la moindre lueur à l'extrémité des sombres tunnels qui s'ouvraient devant eux.

— J'ai donné l'ordre aux domestiques de préparer les bagages. À quoi bon attendre davantage ?

Mue par la même hâte qu'elle avait insufflée à son personnel, elle se mit à ranger le désordre de sa table. Debout, à quelques pas, Mauro l'observait en silence tandis qu'elle empilait des feuillets couverts de notes et des lettres en plusieurs langues et jetait un coup d'œil sur divers documents avant de les déchirer rageusement, bouillonnante de fureur contenue. Elle organisait son départ définitif. Elle s'éloignait de plus en plus.

— Dieu seul sait où sont fourrés en ce moment mon ignoble beau-fils et la femme de mon cousin, ajouta-t-elle sans regarder Mauro, obnubilée par son rangement. La seule chose sûre, c'est qu'il va revenir montrer ses crocs tôt ou tard, et que nous devrons être partis.

Pour éviter de se torturer en pensant à un monde où il cesserait de la voir tous les jours, Mauro Larrea se contenta de demander :

— Malte, finalement ?

Elle fit non de la tête en continuant à s'acharner sur une poignée de fiches pleines de chiffres.

— Le Portugal. Gaia, près de Porto. Je crois que c'est l'endroit le plus accessible par bateau depuis Cadix, et où je serai en même temps proche de chez moi et de mes filles.

Elle s'interrompit brièvement, baissant la voix :

— De Londres, je veux dire.

Puis elle reprit, avec énergie :

— Nous serons accueillis par des amis qui travaillent dans le vin, des Anglais eux aussi. Nous avons des liens très forts, ils feraient n'importe quoi pour Edward. La plupart des navires britanniques y font escale, nous obtiendrons vite des billets. Nous n'emmènerons que Palmer et l'une des bonnes ; nous nous débrouillerons comme ça. En attendant d'avoir terminé les préparatifs, et au cas où Alan reviendrait, je ne bougerai pas d'ici et Edward restera sous la garde d'Inés.

Les interrogations s'accumulaient en une masse informe dans l'esprit de Mauro ; les derniers événements avaient été si compliqués, avaient exigé tant de temps et d'attention, qu'il n'avait pas disposé du moindre répit pour se poser les questions nécessaires. À présent, en revanche, seuls et hésitants tous deux, dans cette pièce grisâtre où nul n'avait pensé à allumer une lampe à huile, tandis qu'une pluie fine continuait à tomber sur la place vidée de ses étals, de ses écrivains publics et de sa clientèle, le moment était peut-être venu de chercher à savoir.

— Pourquoi ta sœur agit-elle ainsi ? Qu'a-t-elle contre le passé, contre toi ?

Il s'installa dans le fauteuil qu'il occupait déjà la veille, sans attendre qu'elle l'y invite, et ce simple geste paraissait signifier : « Assieds-toi près de moi. Cesse de décharger ta colère contre ces bouts de papier. Viens, parle-moi. »

Les yeux de Soledad se perdirent un instant dans le vide tandis qu'elle s'efforçait de trouver une réponse. Elle avait encore des documents plein les mains, qu'elle jeta sur le fouillis du bureau ; ensuite, elle s'approcha comme si elle avait lu dans ses pensées.

— Cela fait plus de vingt ans que j'essaie de comprendre son attitude et je n'y suis toujours pas parvenue, dit-elle en occupant un siège en face de lui. De l'animosité ? De la rancœur ? Ou simplement une douloureuse déception ? Une déception amère et immense, et probablement irrémédiable ?

Elle se tut, comme pour choisir la plus judicieuse de ses hypothèses.

— Elle considère que nous l'avons abandonnée au pire des moments, après l'enterrement de notre cousin Matías. Manuel avait alors terminé ses études de médecine à Cadix, moi, je suis partie avec Edward, Gustavo s'en est allé en

Amérique. Inés s'est retrouvée seule tandis que nos aînés s'effondraient sans rémission. La grand-mère, ma mère et les tantes avec leurs deuils permanents, leurs laudanums et leurs rosaires lugubres. Le grand-père rongé par la maladie. L'oncle Luis, le père de Matías et de Luisito, plongé dans un désespoir dont il ne sortirait plus jamais, et notre noceur de père, Jacobo, de plus en plus perdu dans les bouges et les lupanars.

— Et Luisito, Comino ?

— On l'a d'abord envoyé en internat à Séville : il avait quinze ans et semblait en avoir à peine plus de dix. La mort de son grand frère l'avait profondément bouleversé et il est entré dans une période d'abattement maladif qu'il a mis très longtemps à surmonter. Inés était donc la seule à vivre dans cet enfer, en compagnie d'une bande de cadavres vivants. Elle nous a suppliés de l'aider, mais personne ne l'a écoutée : nous avons tous fui. Fui la désolation, le désastre de notre famille, la fin amère de notre jeunesse. Et elle, qui jusqu'alors n'avait à aucun moment manifesté une piété particulière, a préféré s'enfermer dans un couvent plutôt que de supporter son sort.

Une triste histoire, en effet, songea Mauro sans cesser de regarder Soledad. La vie d'un jeune homme prometteur fauchée en pleine gloire et, par voie de conséquence, un clan tout entier abîmé dans une peine insondable. Triste, certes, toutefois un point le chiffonnait : était-ce suffisant pour déclencher une tragédie collective d'une telle ampleur ? Sans doute parce que ce récit n'était pas totalement convaincant et qu'ils en étaient conscients l'un et l'autre, Soledad reprit la parole après quelques instants de silence.

— Que t'a raconté Manuel au sujet de cette partie de chasse de Doñana ? demanda-t-elle en joignant les extrémités de ses doigts sous son menton.

— Qu'il s'agissait d'un accident.

— Un coup de feu anonyme et involontaire, n'est-ce pas ?

— C'est ce dont je me souviens.

— Ce que tu sais n'est qu'une vérité maquillée, la version officielle. En réalité, le tir qui a tué Matías ne venait pas de n'importe quel fusil, mais d'une arme qui appartenait à l'un de nous.

Elle fit une pause, déglutit.

— À Gustavo, en fait.

L'image des yeux clairs de son rival s'imprima fugacement dans la mémoire de Mauro. Les yeux de la soirée du Louvre. Ceux du bordel de la Chucha. Impénétrables, hermétiques, d'un bleu délavé. Voilà donc ce qui pesait sur ta conscience, l'ami, songea-t-il. Et, pour la première fois, il ressentit une forme de compassion pour son adversaire.

— C'est la raison de son départ pour l'Amérique : la culpabilité, poursuivit Soledad. Personne n'a jamais prononcé le mot assassin, mais cette idée ne nous a jamais quittés. Gustavo avait tué Matías. Le grand-père lui a alors donné une somme considérable et lui a ordonné de disparaître de nos vies. D'aller aux Indes ou en enfer. De cesser d'exister, en quelque sorte.

Son pari téméraire, les intuitions de Calafat, les boules en ivoire s'entrechoquant sur le tapis à l'occasion de leur duel infernal... tout commençait à revêtir une signification.

La voix de Soledad l'arracha à La Havane et le ramena à Jerez.

— Quoi qu'il en soit, il existait déjà des tensions. Nous avions constitué un clan pendant l'enfance, mais nous avions grandi et le groupe se désintégrait. Dans cet éternel paradis domestique où nous vivions, nous nous étions mille fois juré union et fidélité jusqu'à la nuit des temps. Tout petits, innocents créateurs de chimères, nous avions échafaudé un avenir parfait : Inés et Manuel se marieraient, Gustavo serait mon époux, quant à Matías, toujours absent de ces fantaisies mais qui menait la danse en qualité d'aîné, nous lui trouverions une belle et agréable demoiselle. Enfin Luisito, Cominillo, célibataire et loyal à nos côtés. Nous resterions toujours unis, nous aurions moult enfants et les portes de notre maison commune seraient ouvertes en permanence pour quiconque voudrait être le témoin de notre bonheur perpétuel.

— Puis la réalité a tout remis à sa place, suggéra-t-il.

Une moue d'ironie et d'amertume se dessina sur les lèvres de Soledad.

— Le grand-père a conçu pour chacun de nous des projets radicalement différents. Avant même que nous comprenions qu'il existait, au-delà de nos murs, un monde rempli de femmes et d'hommes avec lesquels nous allions devoir cohabiter, il a commencé à bouger les pions sur l'échiquier.

Mauro Larrea se rappela alors les paroles d'Ysasi au casino. Le saut générationnel.

La bonne au visage laiteux entra à cet instant dans le cabinet, portant un plateau qu'elle posa près d'eux : des tranches de viande froide disposées sur un napperon en fil, des petits sandwiches, une bouteille, deux verres en cristal taillé. Elle prononça quelques mots en anglais dont Mauro ne saisit que « *mister Palmer* » – une initiative du majordome, donc, puisque tout le monde avait laissé passer l'heure du déjeuner depuis un bon moment. La domestique montra alors une lampe sur une table en gaïac, puis demanda probablement si madame souhaitait qu'elle l'allume. La réponse fut un catégorique : « *No, thank you.* »

Ils ne touchèrent pas à la nourriture. Soledad faisait renaître son passé et il n'y avait pas de place pour le vin ou le magret de canard. Tout au plus pouvait-elle remâcher une amère nostalgie et en partager les restes avec l'homme qui l'écoutait.

— Ses petits-enfants sont devenus son point de mire et il a concocté pour eux un plan sophistiqué, en particulier le mariage de l'une des filles avec son agent anglais. Il consoliderait ainsi une partie essentielle de son négoce : l'exportation des vins. Peu importaient nos âges : Inés avait alors dix-sept ans, moi seize, et Edward, avec un fils adolescent, aurait pu être notre père. Notre grand-père ne s'est pas inquiété de notre incompréhension lorsque cet ami de la famille, que nous connaissions depuis l'enfance, nous rapportait de Londres des marmelades d'oranges de chez Gunter's, nous emmenait promener dans la Alameda Vieja et s'obstinait à nous faire lire à voix haute les odes mélancoliques de Keats afin de corriger notre accent anglais. C'était la bonne idée du patriarche, qu'Edward choisisse l'une de nous deux. Et cette proposition n'avait pas déplu à celui-ci. C'est ainsi que, alors que je n'avais pas dix-huit ans, je me suis retrouvée à prononcer le « oui » fatidique sous un spectaculaire voile en Chantilly, avec une ignorance absolue, une naïve confinant à stupidité de ce qui m'attendrait par la suite.

Refusant de l'imaginer ainsi, Mauro préféra dévier la conversation.

— Et ta sœur?

— Elle ne me l'a jamais pardonné.

Elle décroisa ses jambes, les recroisa.

— Quand nous avons pris conscience de la situation, et comme Edward ne semblait a priori rebuté par aucune de nous deux, Inés s'est beaucoup plus impliquée que moi. Elle a commencé à se faire des illusions; elle était persuadée qu'étant l'aînée, la plus solide et la plus sage, peut-être même la plus belle, elle finirait par être l'élue de notre prétendant. À vrai dire, la situation nous avait tous amusés au début. Tous sauf lui.

— Sauf ton grand-père?

— Sauf Edward, corrigea-t-elle aussitôt. Pour lui, choisir son épouse était quelque chose de très sérieux. Sa première femme, orpheline d'un riche importateur de fourrures canadien, était morte de la tuberculose neuf années auparavant. C'était alors un veuf quadragénaire, passionné de vin et propriétaire d'une prospère maison de commerce héritée de son père. Il passait sa vie à voyager à travers le monde et à conclure des affaires. Son fils était élevé chez des tantes de la branche maternelle, dans le Middlesex, des vieilles filles qui en firent un petit monstre égoïste et insupportable. Quand Edward venait à Jerez, deux fois par an, il trouvait chez nous un foyer, une atmosphère de fête permanente. Le grand-père était son allié le plus fidèle en matière de négoce, mes fêtards de père et d'oncle, ses amis les plus chers en dépit de sa morale victorienne, il ne lui restait plus qu'à mêler son sang au nôtre par les liens du mariage.

Elle décroisa de nouveau les jambes, cette fois pour se lever du fauteuil. Elle s'approcha de la table que la servante avait montrée précédemment, celle qui soutenait un quinquet délicat dont la tulipe s'ornait de branches et d'échassiers. Elle sortit une longue allumette en cèdre d'une boîte en argent, alluma la lampe. Toujours debout, elle éteignit d'un léger souffle l'allumette et poursuivit, en la tenant encore dans la main :

— Il n'a pas tardé à se décider pour moi, je ne lui ai jamais demandé pourquoi.

Elle se dirigea vers la baie vitrée, parlant de dos, peut-être de peur de croiser le regard de Mauro alors qu'elle lui ouvrait son cœur.

— Ce qui est sûr, c'est qu'il s'est employé à abréger le plus possible ce mauvais moment, conscient de la perversité de cette situation : deux sœurs mises à l'encan, obligées malgré elles d'entrer en concurrence à un âge où nous étions encore dépourvues de la maturité nécessaire pour comprendre un certain nombre de choses. Finalement, la veille des noces, avec la maison pleine de fleurs et d'invités étrangers, et ma robe de mariée accrochée au chandelier, Inés, qui, aux yeux de tous, avait paru accepter sans drame ce choix inattendu, s'est effondrée en larmes. Dans son lit à côté du mien, dans cette chambre que nous avions toujours partagée et qu'à présent tu occupes, elle a pleuré, inconsolable, jusqu'à l'aube.

Soledad revint vers son fauteuil, se pencha. Bien qu'elle continuât à égrener des souvenirs qui la touchaient de près, cette fois, elle le regarda en face.

— Je n'étais pas amoureuse d'Edward, mais naïvement séduite par ses multiples attentions. Et aussi par la sensation qu'il mettait le monde à mes pieds, je suppose. Grand mariage à la Colegiata, splendide trousseau, un hôtel particulier à Belgravia. Retour à Jerez deux fois l'an, toujours à la dernière mode et croulant sous les nouveautés. Le paradis pour la jeune femme irréfléchie, choyée et romantique que j'étais alors, une gamine candide qui n'avait pas imaginé l'amertume du déracinement, la difficulté, au cours des premières années, de cohabiter avec un étranger si loin des miens, un étranger qui avait trente ans de plus que moi et qui, en outre, mêlait un fils odieux à notre vie conjugale. Une écervelée qui avait complètement oublié que cet engagement l'amputerait à jamais de sa relation avec l'être dont elle avait été le plus proche depuis sa naissance.

Mauro Larrea l'écoutait, absorbé par son récit. Sans boire, sans manger, sans fumer.

— Malgré tout, je me suis mise peu à peu à aimer Edward. Il n'a jamais manqué d'attraits, il a toujours été attentionné et généreux, avec un extraordinaire sens du contact, une conversation agréable, un grand vécu et des manières impeccables. Cependant, je sais aujourd'hui que je ne l'ai pas aimé comme j'aurais aimé un homme que j'aurais moi-même choisi.

Elle parlait d'une voix détachée mais néanmoins troublante.

— Un homme dans ton genre, par exemple.

Il gratta sa cicatrice presque jusqu'au sang.

— Pourtant, il a toujours été un magnifique compagnon de route. À ses côtés, j'ai appris à nager en eaux calmes et en eaux troubles, et je suis devenue la femme que je suis grâce à lui.

À son tour, Mauro se leva. Il se refusait à en entendre davantage. À quoi bon se torturer en imaginant qu'il aurait pu passer toutes ces années avec Soledad ? Se réveiller près d'elle chaque matin, accomplir ses rêves à son côté, engendrer leurs filles dans son ventre fécond.

Il s'approcha de la baie vitrée dont elle s'était éloignée quelques instants auparavant. Il ne pleuvait plus, le ciel gris commençait à s'éclaircir. Sur la place, une poignée de gamins en haillons pataugeaient dans les flaques, mêlant courses et éclats de rire.

Finis-en une bonne fois pour toutes, mon vieux. Détache-toi d'un passé sans retour en arrière et cesse de te projeter dans un avenir qui n'existera jamais. Renoue le fil de ta vie là où tu l'as laissée. Retourne dans ta pathétique réalité.

— Mais où cette idiote peut-elle bien se cacher avec ses manigances ? grommela-t-il.

Avant que Soledad ait réagi à ce brusque changement de ton, une voix retentit dans la pièce.

— Je crois le savoir.

Ils se retournèrent, surpris. Nicolás se tenait sur le seuil, en compagnie de Palmer.

— Santos Huesos a continué à battre le pavé à sa poursuite, c'est lui qui me l'a raconté.

Il entra, désinvolte, les vêtements humides.

— Il m'a dit qu'il cherchait désespérément une parente des Gorostiza qui venait de Cuba, une dame qui se remarquait car très différente de celles d'ici. Je n'ai pas eu besoin de plus d'informations pour me souvenir d'elle : je l'ai croisée à... Santa María del Puerto ?

— Le Puerto de Santa María, rectifièrent-ils à l'unisson.

— Ça revient au même. Je l'ai rencontrée ce matin très tôt, sur le quai, en partance pour Cadix sur le vapeur dont je venais de débarquer.

47.

La nuit était tombée depuis longtemps quand il actionna le heurtoir de bronze en forme de couronne de laurier. Il ajusta le nœud de sa cravate, elle arrangea le ruban de son chapeau. Puis ils toussotèrent presque de concert, chacun dans sa tonalité, pour s'éclaircir la voix.

— Il semblerait que la dame d'outre-mer qui est venue à ma recherche soit dans le coin.

Genaro, le vieux majordome, les conduisit sans un mot jusqu'à la salle de réception réservée à la clientèle, là où Mauro avait lui-même été reçu quand il s'était rendu chez Fatou, avec une lettre d'introduction de Calafat. Depuis lors, il n'avait plus jamais remis les pieds dans cette pièce destinée aux transactions. Par la suite, il était devenu un invité chaleureusement accueilli, disposant d'une confortable chambre à coucher, du salon de la famille et de la salle à manger, où chaque matin on lui servait un excellent chocolat et des churros bien chauds, sous les portraits à l'huile d'aïeux barbus et impassibles. À présent, néanmoins, il était retourné à la case départ, et il se retrouvait là : assis sur le même siège tressé et environné des mêmes brigantins pétrifiés sur leurs lithographies. Il était redevenu un étranger ; l'unique différence avec la première fois, c'était la présence de cette femme à côté de lui, dans le local faiblement éclairé.

— Notre Fatou est armateur, quatrième génération, précisa-t-il à voix basse. Il transporte des marchandises à travers l'Europe, les Philippines et les Antilles, en particulier du jerez. Il possède ses propres bateaux et entrepôts, et il est en outre bailleur de fonds dans les grandes opérations, commissionnaire et fournisseur officiel du gouvernement.

— Impressionnant !

— Le cinquième me suffirait amplement !

Ils faillirent éclater de rire en dépit de la tension. Un rire inopportun, sonore et impertinent, qui les libérerait de l'inquiétude accumulée, leur redonnerait le courage nécessaire pour affronter leur avenir incertain. L'arrivée soudaine du propriétaire de la maison les en empêcha.

Celui-ci ne le salua pas d'un affable « Mauro », selon son habitude. Il se contenta d'un sobre : « Bonsoir madame, bonsoir monsieur » qui annonçait une discussion serrée. Soledad Claydon lui fut ensuite présentée comme étant la cousine par alliance de Carola Gorostiza, et Fatou, à l'évidence pincé et mal à l'aise, prit place devant eux. Avant de parler, il arrangea méticuleusement la fine flanelle rayée de son pantalon sur ses genoux, se concentrant sur cette tâche dérisoire qui ne servait qu'à lui faire gagner du temps.

— Bien...

Mauro préféra mettre fin à ces atermoiements.

— Je déplore infiniment, mon cher Antonio, la gêne occasionnée par cette malheureuse affaire.

L'emploi du prénom n'était pas un hasard, bien sûr – il essayait ainsi de rétablir dans la mesure du possible leur complicité antérieure.

— Nous sommes venus dès que nous avons soupçonné la présence ici de Mme Gorostiza.

Où se serait-elle réfugiée à Cadix, cette folle, sinon ? avait-il pensé en apprenant sa destination grâce à Nicolás. Elle ne connaît personne dans cette ville, elle possède juste un nom et une adresse qu'elle a notés sur un bout de papier à La Havane avant de partir à ma recherche. Chez les Fatou, on lui a donné de vagues indications sur mon domicile à Jerez, et c'est le seul endroit où elle était susceptible de revenir, d'où leur décision de s'y rendre sans perdre une minute. Quant à Nico, qui mourait d'envie de les accompagner ne serait-ce que pour avoir une occupation, ils l'avaient envoyé prévenir Manuel Ysasi, accaparé par ses consultations et ses visites quotidiennes, et attendre aussi la réponse éventuelle des Madrilènes.

— C'est vital pour nous, fiston, l'avait-il prévenu en lui serrant l'avant-bras alors qu'il s'en allait. Fais très attention, notre avenir à tous deux dépend de leur décision finale.

Soledad et lui avaient soupesé les différentes façons d'agir et choisi la plus simple : démontrer que Carola Gorostiza était cupide, extravagante et indigne de confiance. C'était avec cette idée en tête qu'ils s'étaient rendus rue de la Verónica et qu'ils avaient attendu dans la pénombre de cette pièce.

Avant de pouvoir livrer à Fatou leur propre version de l'histoire, ils durent écouter ce que le Gaditan avait à leur dire.

— Ce n'est pas très clair, en effet. Et vous me placez dans une situation franchement compromettante, comme vous pouvez l'imaginer. Cette dame a porté des accusations très graves contre vous, Mauro.

Il employait de nouveau son prénom et un ton cordial. Un point en faveur du mineur – de peu d'utilité, néanmoins, quand il essuya un feu nourri d'invectives.

— Séquestration. Appropriation illicite de biens et de propriétés appartenant à son époux. Manipulation frauduleuse de documents testamentaires. Opérations illégales réalisées dans une maison de tolérance. Et même traite négrière.

Dieu tout-puissant ! Cette folle avait fourré dans le lot le bordel du Manglar et les ignobles magouilles du faïencier Novás. Mauro sentit Soledad se tendre à côté de lui et préféra ne pas la regarder.

— J'ose espérer que vous n'en avez pas cru un mot.

— J'aimerais vraiment ne pas douter de votre honnêteté, cher ami, mais il y a de nombreux arguments en votre défaveur, et plutôt convaincants.

— La dame vous a-t-elle également expliqué où elle voulait en venir avec ces récriminations extravagantes ?

— Elle m'a simplement prié de l'accompagner demain pour déposer une plainte contre vous auprès d'un tribunal.

Mauro pouffa, incrédule.

— J'imagine que vous n'en ferez rien.

— Je l'ignore encore, Larrea. Je l'ignore encore.

Celui-ci nota qu'Antonio Fatou l'appelait de nouveau par son patronyme.

Des pas se rapprochèrent et la porte que Fatou avait pris la précaution de fermer s'ouvrit soudain.

Carola portait une robe discrète, couleur vanille, au décolleté nettement moins généreux que d'habitude. Ses cheveux noirs, souvent détachés et ornés de bouclettes, de fleurs et de colifichets, étaient maintenant tirés en arrière et sobrement enroulés sur la nuque. Seuls subsistaient ces yeux que Mauro connaissait bien : étincelants, empreints d'une détermination sans faille pour accomplir quelque folie.

Elle avait fait irruption, jouant un rôle qu'il n'avait pas prévu : celui de la pauvre victime endolorie. Satanée menteuse, gronda-t-il en son for intérieur.

Elle omit de le saluer, comme si elle ne l'avait pas vu. Elle scruta quelques instants Soledad depuis le seuil de la porte

— Bonsoir, madame. J'imagine que vous êtes Soledad.

— Nous nous sommes déjà rencontrées, bien que vous l'ayez oublié, répliqua cette dernière avec aplomb. Vous vous êtes évanouie chez moi à peine arrivée. Je vous ai soignée pendant un long moment, je vous ai mis des compresses d'alcool de romarin sur les poignets et je vous ai frotté les tempes avec de l'huile de stramoine.

Paulita, la jeune épouse de Fatou, essayait de forcer l'entrée, mais Carola Gorostiza l'en empêchait, campée sous le linteau.

— Je doute fortement que ce malaise soit le fruit du hasard, reprit la Mexicaine en pénétrant enfin dans la pièce avec des mimiques d'héroïne maltraitée. Je suis sûre que c'est vous qui l'avez provoqué pour me retenir. Après, vous m'avez enfermée dans une chambre immonde. Vous vous croyiez à l'abri, à tort, comme vous pouvez le constater.

Elle s'installa dans l'un des fauteuils, bien droite, sous le regard stupéfait de Mauro Larrea. Il s'attendait à retrouver la Carola Gorostiza habituelle : arrogante, combative, imposante. Une adversaire à lequelle se mesurer face à face, à grands cris si nécessaire. Et dans cette hypothèse, il était à peu près certain de l'emporter. Mais la femme de Zayas avait largement eu le temps de méditer sa stratégie ; elle avait donc choisi l'option la moins prévisible, et sans doute la plus intelligente : passer pour une martyre. Pure victimisation. Un grandiose déploiement d'hypocrisie lui permettant peut-être de gagner haut la main s'il n'y prenait pas garde.

Il se leva inconsciemment, pressentant sans doute que, lui debout, ses mots auraient plus de poids. Comme s'il suffisait de changer de position pour affronter le feu roulant de perfidies qu'elle avait préparé.

— Croyez-vous vraiment, mes amis, qu'un homme comme moi, un prospère entrepreneur minier en qui votre correspondant cubain, don Julián Calafat, a déposé toute sa confiance, a été capable...

— ... capable de commettre les pires forfaits, l'interrompit-elle.

— Capable de commettre de telles folies à l'encontre d'une dame que je connais à peine, qui a traversé l'Atlantique à ma poursuite sans aucune raison sensée et qui se trouve être, de plus, la sœur cadette du futur beau-père de mon fils ?

— Mon imprudent de frère ignore à quelle famille il va s'unir s'il consent au mariage de sa fille avec quelqu'un de votre engeance.

Les Fatou déjeunaient quand on leur avait annoncé l'arrivée d'une étrangère en larmes. Elle implorait de l'aide, en appelait à ses relations avec les Calafat de Cuba, et même avec l'épouse et les filles du banquier, avec lesquelles, jurait-elle, elle fréquentait la meilleure société de La Havane. Elle fuyait Mauro Larrea, avait-elle déclaré entre deux hoquets. Cette brute sans cœur. Ce sauvage. Et elle avait ajouté à son sujet des détails qui avaient ébranlé le couple. N'est-il pas étrange qu'il soit venu d'Amérique seulement pour vendre des propriétés qu'il ne connaissait pas ? N'est-il pas suspect qu'il s'en soit emparé sans savoir en quoi elles consistaient ? Quelques heures plus tard, lorsque le mineur était apparu, la recherchant, elle s'était déjà mis la tendre épouse dans la poche et tenait son conjoint sur la corde raide, plongé dans l'incertitude.

— Savez-vous, mes chers amis, ce que cet individu cache sous sa bonne apparence et ses vêtements chics ? L'un des plus infâmes truands qu'ait jamais vu l'île de Cuba. Un aventurier ruiné, un Caribéen sans scrupule, un... un...

Mauro Larrea étouffa un rauque «pour l'amour de Dieu!» tout en passant les doigts sur sa vieille cicatrice.

— Il rôdait dans les rues de La Havane en quête de la plus misérable opportunité de gratter quelques sous. Il a tenté de me soutirer de l'argent derrière le dos de mon mari pour une entreprise louche, ensuite il l'a poussé à jouer son patrimoine dans une partie de billard.

— Tout est faux, répliqua-t-il fermement.

— Il l'a entraîné dans un lupanar, dans un quartier habité par la racaille et ces fripouilles de Nègres, il l'a déplumé par la ruse et il s'est vite embarqué pour l'Espagne avant que quiconque puisse l'arrêter.

Mauro se dressa devant elle : il ne tolérait pas qu'elle plante ainsi ses dents dans sa dignité, tel un renard famélique, et qu'elle le secoue à sa guise, le traînant dans la boue sans le lâcher.

— Si vous cessiez de dire des bêtises?

— Je le suis depuis Cuba pour une seule raison, poursuivit Carola Gorostiza, les yeux fixés sur lui tels deux poignards : exiger qu'il nous rende ce qui nous appartient.

Le mineur reprit son souffle, une boule d'anxiété au creux de l'estomac. Impossible d'en rester là; il fallait qu'il garde son calme pour ne pas lui donner raison.

— Tous les actes de propriété sont à mon nom, authentifiés par un notaire public, l'interrompit-il. Jamais, à aucun moment, en aucun cas et en aucune façon, je n'ai commis la moindre illégalité. Pas même la moindre immoralité, et je ne suis pas certain que vous puissiez en dire autant. Sachez, mes amis...

Avant de faire valoir ses arguments, il parcourut la pièce d'un regard rapide. Le jeune couple assistait à la scène sans ciller : ébahi, effrayé par l'âpre bataille qui paraissait souiller tout ce qui les entourait – les tapis, les rideaux et les murs tendus de tissu. Rien d'étonnant à cela; les Fatou avaient mille raisons d'être stupéfaits devant cette altercation plus appropriée à un bouge portuaire qu'à cette respectable demeure gaditane.

En revanche, il fut choqué par la réaction du troisième témoin. Celle de Soledad. À sa grande stupeur, le visage de celle-ci n'exprimait pas ce à quoi il s'attendait. Son attitude était inaltérable : elle se tenait assise, en alerte, droite, pratiquement immobile depuis leur arrivée, mais l'expression de ses grands yeux avait changé. Une modification qu'il perçut aussitôt. Une ombre de méfiance et de doute semblait planer là où auparavant il existait une complicité sans faille.

Les priorités de Mauro Larrea se transformèrent à cet instant précis. Ses précédentes craintes cessèrent soudain de le hanter : la possible accusation devant un tribunal espagnol, la menace d'une ruine définitive, et même le misérable Tadeo Carrús et ses maudites échéances. Tout cela passa au second plan en l'espace d'une seconde, car il avait désormais un impératif beaucoup plus urgent, infiniment plus précieux : reconquérir une confiance brisée.

Ses muscles se tendirent, son menton se contracta, il serra les dents.

Sa voix retentit alors tel un coup de tonnerre.

— Ça suffit !

Les vitres même parurent trembler.

— Faites comme bon vous semble, madame Gorostiza, et que cette affaire soit réglée par qui de droit. Accusez-moi en bonne et due forme, présentez devant un juge les preuves à mon encontre et je verrai comment me défendre. Mais je vous interdis de continuer à porter atteinte à mon intégrité.

Un lourd silence se répandit dans la pièce, bientôt écorché par la voix stridente de l'épouse de Zayas.

— Désolée, mais c'est non, monsieur !

Elle oubliait peu à peu son rôle de martyre outragée pour reprendre sa vraie nature.

— Ça ne suffit pas encore. J'ai beaucoup plus de choses à dire sur vous. Beaucoup de choses que personne ne connaît par ici et que je vais me charger de divulguer. Les affaires avec le faïencier de la rue de la Obrapía, par exemple. Sachez, mesdames et monsieur, que cet individu infâme a pactisé avec un trafiquant d'esclaves pour s'enrichir grâce à l'ignoble commerce de chair africaine.

Même s'il s'était plié aux exigences de la Gorostiza, celle-ci n'aurait pas cessé de débiter ses calomnies. Elle ne voulait plus se contenter de récupérer l'héritage de son mari, elle souhaitait aussi se venger du traitement qu'elle avait subi à Jerez.

— Il a débarqué sans un traître sou en poche, ne serait-ce que pour se payer une calèche ou n'importe quelle carriole pour ses déplacements, comme le font les gens honnêtes à La Havane, poursuivit-elle en déployant toute son exubérance.

Son sage chignon s'était défait, libérant sa chevelure, ses joues étaient rouges et sa volumineuse poitrine jusque-là comprimée retrouvait son opulence.

— Il se présentait à des soirées où il était inconnu de tous, il logeait chez une quarteronne, l'ancienne poule d'un péninsulaire avec laquelle il partageait des verres de rhum et Dieu seul sait quoi d'autre.

Tandis qu'elle répandait son venin, le monde paraissait s'être arrêté de tourner pour Mauro Larrea, qui ne se souciait que d'un regard.

Sans prononcer une parole, il voulait transmettre l'unique message important à cet instant de sa vie : Ne doute pas de moi, Soledad.

Jusqu'à ce que cette dernière décide d'intervenir.

48.

— Bien, il me semble que ce lamentable spectacle n'a que trop duré.

— Vous ouvrez la bouche, maudite créature ! Qu'allez-vous oser dire de moi ? Parce que je ne suis pas disposée à tolérer quoi que ce soit de votre part, savez-vous ? Cet individu n'est pas le seul responsable de mes malheurs. Longtemps avant qu'il entre dans ma vie, vous y étiez déjà, vous.

La Mexicaine, perdant finalement son sang-froid, avait interrompu Soledad en hurlant. La longue nuit d'insomnie dans l'attente de sa fuite, les journées où elle était restée enfermée, le désarroi... Elle en payait maintenant le prix : son personnage de victime soumise crevait telle une bulle de savon.

La tension s'empara de nouveau de la pièce.

— Rien de tout ça ne serait arrivé si vous n'étiez pas tout le temps fourrée dans la tête de mon mari. Gustavo avait tellement peur de ses retrouvailles avec vous qu'il s'est laissé arracher son héritage.

La mémoire de Mauro Larrea s'envola vers le salon turquoise de la Chucha et de nombreuses images se superposèrent : Zayas jouant son retour en Espagne avec une queue de billard et trois boules, livrant son sort au verdict d'une partie contre un inconnu. Bataillant avec rage pour vaincre tout en aspirant à la défaite. Ayant toujours présent à l'esprit le souvenir d'une femme qu'il n'avait pas revue depuis plus de vingt ans mais qu'il avait regrettée à jamais depuis qu'il avait traversé l'océan. Un comportement étrange : s'en remettre à la chance. S'il gagnait, il revenait, riche et sûr de lui, là d'où on l'avait chassé après avoir provoqué un drame ; un retour auprès des vivants et des morts. Un recommencement avec Soledad. S'il perdait, s'il n'obtenait pas l'argent nécessaire, il cédait à son adversaire les propriétés familiales, s'en lavait les mains et, en se débarrassant à jamais de la maison de ses aïeux, de la vigne et du chai, se libérait également de la culpabilité et du passé. Et surtout d'elle. Une façon singulière de prendre des décisions, en effet. Tout ou rien. Risquer son avenir à pile ou face.

Carola Gorostiza se mit à chercher vainement un mouchoir dans les poignets de sa robe ; Mme Fatou, serviable, lui tendit le sien, qu'elle porta au coin de l'œil.

— J'ai passé la moitié de ma vie à lutter contre ton fantôme, Soledad Montalvo. Une moitié de vie en espérant que Gustavo ressente une part infime de ce qu'il a toujours éprouvé pour toi.

Elle avait adopté le tutoiement pour dévoiler une intimité jusqu'alors inconnue de tous ; un tutoiement neutre afin d'étaler les malheurs d'un long mariage sans tendresse et la sourde plainte d'une femme mal aimée.

Soledad Claydon sentit un frémissement en elle, mais elle se garda bien de le manifester. Elle se tenait telle une statue, le dos très droit, les pommettes hautes et les doigts entrecroisés dans son giron, laissant à découvert ses deux bagues : celle de ses fiançailles, quand elle avait cédé aux exigences du grand don Matías et anéanti ainsi la passion juvénile de son cousin ; celle qui l'avait unie à l'étranger et arrachée à sa sœur et à son monde. Soledad Montalvo resta donc impassible, en apparence, devant ce chagrin, malgré sa pitié.

Finalement, sereine et sombre, elle prit la parole :

— J'aurais préféré ne pas en venir là, mais je me vois contrainte, en raison des circonstances, de m'adresser à vous avec une douloureuse franchise.

À ces mots, ils esquissèrent tous une moue intriguée.

— Ainsi que vous avez pu le vérifier pendant tout ce laps de temps où nous l'avons laissée se défouler, la santé mentale de Mme Zayas est largement détériorée. Par chance, mon cousin a prévenu la totalité de la famille.

— Toi et ton cousin à nouveau ensemble contre moi, derrière mon dos !

Soledad feignit de ne rien entendre et poursuivit sans se démonter :

— C'est pour cette raison que nous avons décidé de l'enfermer dans sa chambre à coucher, ces jours-ci, conformément aux prescriptions médicales. Malheureusement, lors d'un moment d'inattention du personnel et en proie à son obsession maniaque, elle s'est enfuie et a réussi à venir jusqu'ici.

Carola Gorostiza, frappée de stupeur et folle de rage, fit mine de se lever de son siège. Antonio Fatou la stoppa sèchement, témoignant d'une brusquerie inattendue.

— Du calme, madame Gorostiza. Continuez, madame Claydon, je vous en prie.

— Votre invitée, mes chers amis, souffre d'un profond déséquilibre émotionnel : une névrose qui bouleverse sa vision de la réalité, la déforme capricieusement et la pousse à adopter des comportements extrêmement excentriques, comme celui auquel vous avez assisté.

— Mais qu'est-ce que tu racontes, idiote ? beugla la Mexicaine, décomposée.

— Pour ce motif, et à la demande de son époux...

Soledad glissa l'une de ses longues mains dans le sac qu'elle tenait sur ses genoux. Elle en tira un étui en daim couleur tabac qu'elle commença à ouvrir avec une lenteur inquiétante, puis elle posa sur le marbre de la table une petite fiole en verre à moitié remplie d'un liquide trouble.

— Il s'agit d'un composé de morphine, d'hydrate de chloral et de bromure de potassium, précisa-t-elle à voix basse. Cela l'aidera à surmonter sa crise.

Mauro faillit s'étrangler. C'était plus qu'une feinte ingénieuse ou son fier surenchérissement face aux Madrilènes dans la cave... c'était une authentique folie. À tout hasard, elle transportait toujours avec elle les médicaments de son mari, lui avait-elle expliqué le jour où son beau-fils les avait retenus. Maintenant, sous prétexte d'apaiser la fureur insensée de ce cyclone féminin, elle voulait inoculer ces substances dans un organisme complètement différent.

Carola Gorostiza, hors d'elle, se leva enfin et s'avança, prête à lui arracher le flacon. Mauro Larrea et Antonio Fatou, comme mus par un ressort, l'arrêtèrent aussitôt en l'attrapant fermement par les bras tandis qu'elle résistait de toutes ses forces ; elle paraissait possédée par les démons de l'enfer.

De son côté, Soledad avait extrait une seringue de l'étui puis fixé au bout de celle-ci une aiguille métallique creuse, avec l'assurance de quelqu'un ayant effectué cet acte mille fois.

Les deux hommes immobilisèrent la Mexicaine sur le canapé. Dépeignée, la poitrine jaillissant pratiquement du décolleté et les yeux étincelants de fureur.

— Relevez la manche de sa robe, s'il vous plaît, ordonna Soledad à Paulita.

La jeune épouse obéit, tremblante.

Soledad s'approcha, deux grosses gouttes coulèrent de l'extrémité de l'aiguille.

— L'effet est immédiat, dit-elle. C'est une question de vingt ou trente secondes, elle restera endormie. Paralysée. Inerte.

Le visage de Carola Gorostiza, qui exprimait tant de colère, se figea dans une grimace de terreur.

— Elle perdra connaissance, ajouta Soledad.

Épouvantée, la Mexicaine cessa de s'agiter. Elle haletait, les lèvres transformées en deux minces lignes blanches, la sueur perlant à son front. Soledad était prête à tout pour l'empêcher de nuire – en dépit des sentiments démentiels mais sans doute véridiques de Gustavo Zayas à son égard, et en employant au besoin les armes dont elle se servait pour contrer le mal qui dévastait le cerveau de son mari et au passage sa propre vie.

— Puis elle entrera dans une torpeur profonde et durable.

La stupéfaction se répandit dans la salle telle une brume épaisse. Mme Fatou contemplait la scène, atterrée, tandis que les hommes guettaient la suite.

— À moins que…, murmura Soledad, tenant la seringue tout près de la chair de la prétendue démente.

Elle laissa passer quelques secondes de tension.

— À moins qu'elle ne parvienne à se calmer d'elle-même.

Le résultat de ses paroles ne se fit pas attendre.

Carola Gorostiza ferma les yeux avant d'acquiescer d'un léger mouvement du menton qui suffit à exprimer sa résignation.

— Vous pouvez la lâcher.

Épouvantée à l'idée d'être neutralisée à l'aide de substances chimiques, la Mexicaine avait préféré échapper au concentré de drogues que l'organisme d'Edward Claydon absorbait depuis des années pour combattre son désordre mental.

Mauro et Soledad évitèrent de se regarder tandis que celle-ci rangeait scrupuleusement ses instruments dans leur étui. Ils savaient l'un et l'autre qu'ils s'étaient livrés à une manœuvre méprisable et indigne, mais n'était-ce pas la seule issue, l'unique carte qu'ils pouvaient jouer ?

Ou tu arrêtes ou je te réduis à l'impuissance, voilà ce qu'avait voulu dire Soledad à la femme de son cousin. Et cette dernière, malgré sa fureur et sa soif de revanche, l'avait compris. Désormais inoffensive après son acceptation silencieuse, Carola Gorostiza se laissa conduire à l'étage supérieur. Les dames la regardèrent grimper l'escalier depuis le patio central. Digne et raide, se mordant la langue pour ne pas continuer à leur tenir tête. Fière, en tout cas, en dépit de la monumentale estocade qu'elle avait subie. Soledad passa un bras autour des épaules de la pauvre Paulita : en proie à un mélange de peur et de soulagement, celle-ci avait éclaté en sanglots. Les hommes escortèrent la Mexicaine jusqu'à une chambre d'amis, fermèrent la porte à clé, et Fatou distribua quelques ordres au personnel.

— Il faudra la garder à l'isolement, bien que je doute d'une nouvelle crise. Elle dormira calmement et demain elle sera pleinement détendue, assura Soledad quand ils redescendirent. Je viendrai à la première heure la surveiller moi-même.

— Restez chez nous cette nuit si vous le souhaitez, proposa la jeune maîtresse de maison avec un filet de voix.

— C'est très aimable de votre part mais on nous attend, mentit Soledad.

Le couple n'insista pas, encore sous le coup de l'émotion.

— Je lui obtiendrai un billet sur le prochain bateau pour les Antilles, ajouta Mauro Larrea. Il me semble qu'il y aura bientôt un courrier. Mieux vaut qu'elle rentre le plus vite possible.

— Le *Reina de los Ángeles*, mais seulement dans trois jours, précisa peureusement l'épouse, se tamponnant toujours le coin de l'œil de son mouchoir pour sécher ses larmes.

De toute évidence, elle était terrorisée à l'idée d'avoir cette bombe aussi longtemps sous son toit.

— Je suis au courant car des amies à moi l'emprunteront pour se rendre à San Juan.

Ils bavardaient dans la cour, tandis que Soledad et Mauro Larrea enfilaient cape, gants et chapeau, prêts à filer comme le vent.

Antonio Fatou hésita quelques secondes puis se résolut à parler :

— Une de nos frégates est ancrée à Cadix, avec un fret de deux mille *fanegas* de sel. Elle appareillera après-demain à l'aube, soit dans un peu plus de vingt-quatre heures, à destination de Santiago de Cuba et de La Havane.

Mauro Larrea réprima un hurlement de joie. Même si elle atteignait les Caraïbes transformée en salaison, il convenait d'expédier au plus vite cette femme loin de Cadix.

— En principe, le bateau n'admet que des marchandises, poursuivit le Gaditan, mais dans le temps il lui arrivait aussi de transporter des passagers. Il me semble qu'il possède deux petites cabines dotées de vieilles couchettes qu'on pourrait aménager. Le navire ne fait escale ni aux Canaries ni à Porto Rico, il arrivera donc bien avant le courrier.

Soledad et Mauro se retinrent de l'embrasser. Grand, grandissime Antonio Fatou ! Digne héritier d'une légendaire bourgeoisie gaditane. Un vrai gentilhomme de la tête aux pieds.

— Sera-t-elle en condition de... ? Peut-être qu'elle devrait consulter un médecin, suggéra prudemment Paulita.

— Fraîche comme une rose, ma chérie. Elle va être en pleine forme à partir de maintenant, vous verrez.

Ils convinrent d'achever les derniers préparatifs le lendemain, puis le couple les raccompagna jusqu'au vestibule : les femmes devant, les hommes derrière. Soledad embrassa sur les deux joues la jeune épouse, Fatou serra la main de Mauro Larrea, non sans s'excuser d'avoir osé mettre en doute son honorabilité.

— Ne nous inquiétez pas, cher ami, répondit sans vergogne celui-ci. Vous en avez assez fait en supportant dans votre propre maison cette sale affaire qui ne vous concernait en rien.

Ils aspirèrent à pleins poumons l'air marin pendant que le majordome les éclairait avec une lampe à huile.

— Bonne nuit, Genaro, et merci beaucoup pour votre aide.

En guise de réponse, deux raclements de gorge et une inclination de la tête.

Ils se mirent en marche : deux crapules, deux traîtres sans le moindre scrupule déambulant à travers les rues nocturnes et désertes, pensèrent-ils l'un et l'autre. À peine avaient-ils fait quelques pas qu'ils entendirent la voix du vieillard derrière leur dos.

— Don Mauro, madame.

Ils se retournèrent.

— L'auberge des Cuatro Naciones, place de Mina, vous y serez très bien reçus. Je garde un œil sur l'étrangère et sur mes maîtres, soyez sans crainte. Que Dieu vous bénisse !

Ils s'éloignèrent, muets, incapables de retirer la moindre satisfaction de cette victoire qui leur avait laissé un sentiment de malaise et un arrière-goût amer au fond de la gorge.

49.

Mauro fut brutalement réveillé par des coups sur la porte. La lumière et les bruits du début de la matinée se faufilaient déjà à travers les rideaux entrouverts.

— Que se passe-t-il, Santos, d'où sors-tu ?

Dès qu'il eut prononcé ces paroles, les événements des deux dernières journées firent irruption dans sa tête, en commençant par la fin.

Quand ils étaient arrivés à l'auberge, on leur avait donné deux chambres contiguës sans leur poser aucune question et servi un dîner frugal dans un coin de la salle à manger dénuée de charme. De la viande froide, du jambon cuit, une bouteille de manzanilla, du pain. Ils avaient peu parlé, bu encore moins et à peine mangé malgré leurs estomacs vides depuis le petit-déjeuner.

Ils avaient grimpé l'escalier côte à côte et longé ensemble le couloir, chacun avec sa clé dans la main. En atteignant leurs portes respectives, ils avaient été incapables de se souhaiter une bonne nuit : la phrase était restée bloquée au fond de leur gorge. Faute de paroles, Soledad s'était approchée de lui. Elle avait appuyé le front sur sa poitrine et plongé son visage dans les revers de sa redingote, en quête d'un refuge ou d'une consolation, ou de la solidité dont ils commençaient à manquer et qu'ils parvenaient à étayer seulement ensemble, en s'appuyant l'un sur l'autre. Il avait enfoui le nez et la bouche dans sa chevelure, l'absorbant comme s'il aspirait son dernier souffle. À l'instant où il allait la serrer dans ses bras, Soledad avait reculé d'un pas. Il avait approché la main de son menton, l'avait caressé une fraction de seconde. Puis le bruit d'une clé dans une serrure. Elle avait disparu derrière la porte, il avait eu l'impression qu'on lui arrachait brutalement la peau.

Malgré la fatigue, il avait eu beaucoup de mal à s'endormir. Peut-être parce que les scènes, les voix et les visages inquiétants se bousculaient dans son cerveau ; ou peut-être parce que tout son corps convoitait la présence qui, de l'autre côté du mur, se dépouillait silencieusement de ses vêtements, laissait retomber son épaisse chevelure sur ses épaules nues et se réfugiait sous les couvertures, inquiète du sort d'un homme qui était bien loin d'être lui-même.

La frôler, sentir son haleine, se réchauffer dans cette aube sinistre. Il aurait tout donné, le peu qu'il possédait à présent et tous les biens d'autrefois, et tout ce que la fortune capricieuse daignerait lui octroyer à l'avenir, pour passer cette nuit enlacé à la taille de Soledad Montalvo. Pour la parcourir de la paume des mains et du bout des doigts, s'enrouler entre ses jambes et l'étreindre. Pour se plonger en elle, entendre son rire, sa bouche dans la sienne, et se perdre dans ses replis, et goûter sa saveur.

Il tomba finalement dans les bras de Morphée alors que trois heures et demie sonnaient au clocher voisin de San Francisco, et il n'était pas huit heures quand Santos Huesos pénétra dans sa chambre et le tira de son sommeil sans ménagement.

— Le docteur Ysasi vous réclame à Jerez.

— Pourquoi ? demanda-t-il en se redressant sur son lit en désordre.

— L'Anglais est réapparu.

— Dieu soit loué ! Où traînait-il, cette fripouille ?

Il s'habilla en hâte, son pied gauche enfilait déjà une jambe du pantalon.

— Don Manuel l'a récupéré hier soir à la porte de l'hôpital. Il semble avoir été agressé.

Le mineur ne put s'empêcher de maugréer :

— Il ne manquait plus que ça !

— Je vais vous chercher un broc d'eau, déclara le serviteur. Vous avez pas l'air très en forme, aujourd'hui.

— Du calme, attends. Et où est-il en ce moment ?

— Je crois qu'il a passé la nuit chez le docteur, mais j'en suis pas sûr, je suis venu ici tout de suite quand je l'ai appris.

— Il était gravement blessé ?

— Pas trop. C'est plus la peur qu'autre chose.

— Et ses affaires ?

— Dans les besaces des agresseurs, je suppose. Où ça, sinon ? Il avait plus un sou. On lui a même fauché ses bottes et son chapeau.

— Et ses documents, ils se sont aussi envolés ?

— Vous m'en demandez beaucoup trop, vous croyez pas, patron ?

Santos Huesos lui apporta enfin de l'eau et une serviette.

— Va me chercher une plume et du papier.

— Si c'est pour transmettre un mot à doña Soledad, c'est pas la peine.

Mauro le regarda dans le miroir, tout en tentant de démêler sa tignasse avec ses doigts.

— Elle s'est levée plus tôt que vous, je l'ai croisée en entrant. Elle m'a dit qu'elle allait chez Fatou, juste là où j'avais demandé après vous.

Mauro éprouva un peu de honte alors qu'il se chaussait rapidement. Tu aurais dû être plus prompt, espèce d'imbécile ! pensa-t-il.

— Tu lui as raconté, à propos de son beau-fils ?

— De A à Z.

— Et qu'a-t-elle dit ?

— Que vous vous en chargiez avec don Manuel. Qu'elle s'occupait de doña Carola. Que vous lui envoyiez ses bagages dans les plus brefs délais, pour l'embarquer au plus vite.

— Eh bien, allons-y !

Santos Huesos, avec ses cheveux lustrés et son poncho à l'épaule, resta planté sur la dalle qu'il occupait.

— Elle a aussi mentionné autre chose, don Mauro.

— Quoi ?

— Que je lui expédie la mulâtresse.

— Et alors ?

— Trinidad veut pas y aller. Et la doña lui a promis.

Mauro se rappela l'accord singulier évoqué par l'esclave au milieu d'un flot de larmes : si elle aidait Carola à s'échapper, celle-ci lui accorderait la liberté. Connaissant Carola Gorostiza, il doutait fortement de son intention d'accomplir sa part du marché. Mais la candide gamine y croyait dur comme fer. Et Santos Huesos aussi, semblait-il.

— Garces de femmes...

— Excusez-moi, mais ces temps-ci vous êtes mal placé pour me donner des leçons.

C'était exact, en effet. Ni à lui ni à quiconque. Surtout depuis que l'aubergiste lui avait annoncé que la dame avait payé la note. Son orgueil masculin en avait encore pris un sacré coup.

Il se sentait toujours mal à l'aise quand ils empruntèrent la rue Francos quelques heures plus tard.

— L'Anglais ne t'a pas vu, n'est-ce pas ?

— Même pas de profil, je vous le jure.

— Alors mieux vaut qu'il ne me voie pas non plus.

Une pièce de monnaie fut la solution : celle que Mauro donna à un garçon qui se promenait dans la rue, apparemment oisif, pour qu'il se rende chez le médecin.

— Dis à don Manuel que je l'attends au café du coin. Et toi, Santos, pars à la recherche de Nicolás.

Ysasi arriva à peine trois minutes plus tard, sourcils froncés, manifestant à nouveau sa contrariété devant la situation. Ils s'informèrent mutuellement des dernières péripéties à la table la plus éloignée du comptoir, assis devant une assiette d'olives décortiquées et deux verres d'un vin de pays opaque. Le médecin n'eut pas besoin d'employer le fastidieux jargon médical pour décrire l'état de santé d'Alan Claydon.

— Roué de coups mais rien de trop grave.

Il raconta ensuite ce qui s'était passé : les mêmes faits que Santos Huesos dans une version plus détaillée.

— Il a été victime d'une banale bande de détrousseurs, de ceux qui opèrent tous les jours sur les routes du Sud. Ils ont dû saliver en apercevant le magnifique attelage anglais qui l'amenait de Gibraltar sans la moindre escorte : le malheureux sujet de la reine Victoria ignore encore nos travers nationaux. On l'a complètement nettoyé, jusqu'à la crasse des ongles, voiture et cocher compris. Ils ont laissé le beau-fils à moitié nu au fond d'un ravin, parmi les agaves et les figuiers. Par chance, un charretier qui passait par là à la tombée de la nuit a entendu ses appels au secours. Il n'a compris que deux mots : Jerez et médecin. L'Anglais a mimé ma barbe et ma maigreur, et l'homme, qui me connaissait parce que je l'avais soigné pour un typhus dont il a guéri par miracle, a eu pitié de lui et l'a transporté à l'hôpital.

— Et les documents ?

— Quels documents ?

— Ceux que Claydon voulait faire signer à Soledad.

— Ils flambent probablement dans le feu qui réchauffe la pitance des rois du tromblon. Ces vandales ne savent même pas signer avec le doigt, tu imagines alors à quel point ils sont intéressés par de la paperasse en anglais. Quoi qu'il en soit, avec ou sans papiers, le fils d'Edward dispose de quantité d'autres façons d'inculper Soledad. Cet incident retarde ses intentions les plus immédiates, mais il contre-attaquera dès son retour en Angleterre.

— Mieux vaut donc qu'il rentre le plus tard possible.

— En effet, sauf qu'on ne doit pas le retenir à Jerez. Il faut le renvoyer à Gibraltar. Le temps qu'il y arrive, se remette et organise son voyage à Londres, on aura gagné les quelques jours nécessaires pour que les Claydon se mettent à l'abri.

Il était près de midi, et la clientèle commençait à envahir le bistrot aux poutres apparentes et au sol en terre battue. Le ton des voix et les bruits de verres montaient au milieu des affiches de corrida. Derrière le comptoir en bois et s'escrimant entre la rangée de tonneaux superposés, deux garçons, la craie sur l'oreille, servaient à foison les vins des caves voisines.

— Pas de nouvelles du père, je suppose.

— Je suis allé au couvent hier soir et j'y suis retourné ce matin. Inés refuse de me voir.

L'un des serveurs s'approcha de la table avec deux autres verres et un plat de graines de lupin, de la part d'un autre patient reconnaissant. Ysasi adressa un signe de gratitude à celui-ci.

— Soledad m'a expliqué en gros pourquoi. Mais rien ne paraît en mesure d'entamer ce mur de pierre qu'est sa sœur.

— Elle a simplement décidé de nous exclure de sa vie. C'est tout.

Manuel Ysasi leva son verre comme s'il portait un toast.

— Au magnétisme des sœurs Montalvo, cher ami, ajouta-t-il, ironique. Elles entrent à l'intérieur de toi et impossible de les en chasser.

Mauro Larrea s'efforça de cacher son trouble en avalant une bonne gorgée de vin.

— Ce que tu ressens aujourd'hui pour Soledad, poursuivit Ysasi, je l'ai ressenti pour Inés dans ma jeunesse.

Le liquide ambré brûla le gosier de Mauro. Ça alors, docteur !

— Elle m'a dit oui, ensuite non, puis encore oui, et finalement elle m'a repoussé. Elle croyait être amoureuse d'Edward, mais c'était trop tard. Il avait déjà choisi.

— Soledad m'a mis au courant.

Le grand-père s'en fichait, que l'élue soit l'une ou l'autre de ses petites-filles : l'important, c'était de consolider sa position sur le marché anglais. Vieille crapule !

— Quand l'histoire de Matías s'est produite à Doñana, quelques jours après le mariage d'Edward et de Soledad, et que tout a explosé dans la famille, Inés m'a supplié de ne pas l'abandonner. Elle a juré qu'elle avait commis une erreur en s'entichant du futur mari de sa sœur, qu'elle éprouvait des sentiments contradictoires, qu'elle s'était laissé entraîner par une idée folle. Elle a pleuré des après-midi entiers à côté de moi, assise sur un banc de l'Alameda Cristina. Elle viendrait vivre avec moi à Cadix, promettait-elle. À Madrid, au bout du monde.

Une ombre de mélancolie voila les yeux noirs du médecin.

— Je continuais à l'aimer de tout mon cœur, mais mon pauvre orgueil blessé était plus indomptable qu'un taureau sauvage. J'ai d'abord refusé, puis j'ai réfléchi. Quand je suis retourné à Jerez pour Noël, prêt à lui dire oui, elle avait déjà prononcé ses vœux, je ne l'ai plus revue jusqu'à il y a deux soirs.

Il acheva son verre d'un trait, se leva et reprit d'un ton radicalement différent :

— Je vais m'occuper de l'Anglais et faire en sorte qu'on t'apporte les bagages de l'épouse de Gustavo à la Tornería.

Espérons qu'entre-temps tu aies une de tes idées loufoques pour le sortir de chez moi et qu'on en finisse une bonne fois pour toutes avec cette mauvaise comédie.

Il posa d'un geste brusque son verre sur la table, puis il s'en alla sans prendre congé.

Une demi-heure plus tard, Mauro Larrea déjeunait avec Nicolás dans l'auberge de la Victoria. Le notaire l'avait amené là, le jour de son arrivée en ville, quand il n'était pas encore pris dans cette épaisse et inextricable toile d'araignée. Et il y revenait avec son fils, à la même table et devant la même fenêtre.

Il le laissa s'extasier sur les merveilles de Paris tandis qu'ils partageaient un poulet en daube. Il se serait bien passé de ce repas pour se consacrer aux urgences qui l'attendaient : se rendre au couvent pour voir s'il serait plus chanceux qu'Ysasi, décider du sort du beau-fils, retourner à Cadix et vérifier si tout était en ordre chez les Fatou. Organiser l'embarquement de Carola sur le transport de sel, rejoindre Soledad. Toutes ces obligations l'assaillaient tel le vautour survolant une charogne, mais il était également conscient de ne pas avoir revu son fils depuis cinq mois et que ce dernier réclamait un minimum d'attention.

Il acquiesçait donc à ce que Nico lui racontait et posait de temps à autre une question sur quelque détail afin de cacher que sa tête était ailleurs.

— À propos, je t'ai dit que j'avais croisé Daniel Meca à la Comédie-Française ?

— L'associé de Sarrión, celui des diligences ?

— Non, son fils aîné.

— Mais le gamin ne travaillait pas déjà dans l'entreprise ?

— Seulement au début.

Mauro porta à sa bouche la fourchette sur laquelle était piquée une moitié de pomme de terre, tandis que Nico poursuivait :

— Après il est venu en Europe. Commencer une nouvelle vie.

— Pauvre Meca, dit le mineur sans une once d'ironie en se rappelant leurs nombreuses rencontres au café du Progreso. Il a dû être sacrément déçu en voyant s'enfuir son héritier.

Les nouvelles concernant de vieilles connaissances mexicaines lui firent un instant oublier ses problèmes.

— Ç'a sans doute été douloureux, convint le garçon, quoique également compréhensible.

— Qu'est-ce qui est compréhensible ?

— Que les enfants finissent par briser les espoirs.

— Les espoirs de qui ?

— De leurs parents, évidemment.

Mauro leva les yeux de son assiette et observa son fils, à la fois curieux et inquiet. Il était en train de louper quelque chose.

— Où veux-tu en venir, Nico ?

Le garçon avala une longue gorgée de vin, certainement pour se donner du courage.

— À mon avenir.

— Et par quoi commence ton avenir, si on peut savoir ?

— Par ne pas épouser Teresa Gorostiza.

Ils se regardèrent droit dans les yeux.

— Arrête tes imbécilités ! murmura Mauro d'une voix rauque.

La voix jeune, au contraire, avait un son limpide.

— Je ne l'aime pas. Et ni elle ni moi ne souhaitons nous lier par un mariage malheureux. C'est la raison de ma venue, pour te l'annoncer.

Du calme, mon vieux, du calme. Voilà ce que Mauro se répétait à lui-même tout en essayant de contenir à grand-peine son envie de taper du poing sur la table et de hurler, de toute la force de ses poumons : Tu es devenu complètement fou, ou quoi ?

Il parvint à se refréner. Et à parler sereinement. Au début, du moins.

— Tu ne te rends pas compte de ce que tu racontes. Tu ignores ce qui t'attend si tu renonces à cette union.

— À sa tendresse ou à la fortune de son père ? demanda Nicolás, railleur.

— Aux deux, nom de Dieu ! cria son père en donnant une grande claque sur la nappe.

Comme mus par un ressort, les occupants des tables voisines tournèrent instantanément la tête vers les fringants *Indianos* qui avaient accaparé l'attention de la clientèle depuis leur entrée. Ces derniers se turent, gênés. Tout en continuant à s'observer en chiens de faïence. Alors seulement Mauro Larrea découvrit quelqu'un qu'il n'avait pas vu auparavant. Alors seulement il commença à comprendre.

Il n'avait plus en face de lui l'être fragile des premiers mois après la mort d'Elvira, ni le petit garçon surprotégé qu'il fut durant l'enfance, ni l'adolescent impulsif et enthousiaste qui le remplaça. Lorsqu'il réussit à ranger dans un recoin de son cerveau ses propres soucis et qu'il fut capable de jeter sur son fils un regard enfin attentif, il trouva, assis devant lui de l'autre côté de la table, un jeune homme pourvu, à tort ou à raison, d'une détermination sans faille. Un homme qui ressemblait en partie à sa mère et en partie à son père, en partie aussi à personne d'autre qu'à lui-même, doté d'un caractère intrépide qui n'hésitait plus à s'affirmer.

Malgré tout, il manquait au fils une donnée fondamentale : il devait apprendre ce que son père avait voulu lui cacher à tout prix. Bien que cela n'eût plus beaucoup d'importance à présent.

Mauro posa donc les couverts sur son assiette, projeta son corps en avant et dit, en détachant rageusement les mots :

— Tu-ne-peux-pas-stopper-ce-mariage-nous-sommes-ruinés. Ruinés.

Il cracha presque les dernières syllabes, mais son fils ne parut pas du tout affolé. Il l'avait deviné, ou bien il s'en fichait.

— Tu as des propriétés, ici, rentabilise-les.

Mauro Larrea poussa un soupir de colère contenue.

— Ne sois pas buté, Nico, je t'en supplie. Réfléchis un peu, prends ton temps.

— J'y pense depuis des semaines et ma décision est prise.

— Les bans sont déjà publiés, la famille Gorostiza guette ton retour au grand complet, la petite a déjà accroché la robe de mariée dans sa penderie.

— Il s'agit de ma vie, papa.

Un silence tendu s'installa de nouveau entre les deux hommes, que les occupants des tables voisines remarquèrent. Finalement, Nicolás le brisa.

— Tu ne me demandes pas ce que j'ai en tête ?

— Continuer à mener grand train, je suppose. Sauf que tu n'en as plus les moyens.

— Peut-être que tu te trompes, peut-être que j'ai un projet.

— Où ça, si on peut savoir ?

— Entre Paris et Mexico.

— En faisant quoi ?

— En créant une affaire.

Mauro Larrea s'esclaffa aigrement. Une affaire ! Une affaire, son Nico ! Grand Dieu !

— Commerce d'objets d'art et de meubles anciens entre les deux continents. On appelle ça des antiquités. En France, les gens dépensent des fortunes. Et les Mexicains en sont fous. J'ai noué des contacts, j'ai un associé en vue.

— Formidables perspectives, en effet... murmura Mauro, tête basse, en feignant de prendre le plus grand soin à séparer la peau de la cuisse du poulet.

— Et je suis également dans l'attente, poursuivit le garçon comme s'il ne l'avait pas entendu.

— Dans l'attente de quoi ?

— Je suis tombé amoureux d'une femme. Une Mexicaine expatriée qui rêve de rentrer, si ça peut te rassurer.

— Eh bien, vas-y. Marie-toi avec elle, fais-lui quinze marmots, sois heureux, rétorqua Mauro, sarcastique, tout en s'échinant sur son poulet.

— Impossible pour le moment, je le crains.

Mauro leva enfin les yeux, mi-curieux et mi-irrité.

— Elle est sur le point d'épouser un Français.

Il s'en fallut de très peu que sa fureur ne se transformât en éclat de rire. Pour comble, Nico aimait une femme promise à quelqu'un d'autre. Décidément, mon pauvre fils, tu n'en loupes pas une !

— J'ignore pourquoi tu t'étonnes de mon choix, ajouta Nicolás avec une pointe de persiflage. Au moins, elle n'est pas passée devant l'autel, ni n'a un mari malade enfermé dans un couvent, ni quatre filles qui l'attendent dans une autre patrie.

Mauro aspira une grande bouffée d'air, comme si celui-ci contenait des fragments de la patience dont il avait tellement besoin.

— Ça suffit, Nico. Ça va.

Le garçon posa sa serviette sur la table.

— Il vaut mieux terminer cette conversation à un autre moment.

— Si tu cherches mon approbation pour tes bêtises, n'y compte pas. Ni maintenant ni après.

— Je m'occuperai donc seul de mes affaires, ne t'inquiète pas. Tu as assez de soucis comme ça, avec le pétrin dans lequel tu t'es fourré.

Mauro vit partir Nico d'un pas énergique et rageur. Et quand il se retrouva seul à table, devant une chaise vide et des os de poulet à moitié rongés, il fut envahi par un sentiment qui ressemblait à de la désolation. Il aurait tout donné pour que Mariana fût près de lui. Quelle idée il avait eue d'expédier son fils en Europe juste avant le mariage ! Qu'est-ce qu'ils fichaient tous deux sur cette terre étrangère chargée d'incertitudes ? Comment et quand avait commencé à se briser la solide complicité qui depuis toujours l'unissait à son fils ? Malgré ses défis juvéniles, c'était la première fois que Nicolás remettait en cause son autorité paternelle. Il le faisait en outre avec la force d'un boulet catapulté contre ses dernières et précaires défenses.

Et parmi tous les moments inopportuns possibles, il avait choisi le pire.

50.

Après avoir laissé sur la table une somme généreuse, Mauro se dépêcha de regagner sa bâtisse. Les bagages de Carola Gorostiza l'attendaient dans le vestibule.

— Attrape-les par là, Santos, moi, je les soulève par ici.

Dans la situation où il était, il se moquait qu'on l'aperçoive en train de charger des colis tel un vulgaire portefaix. Ho, hisse! Un, deux, trois! Ça y est. Tout allait à vau-l'eau, tout lui glissait des mains, un peu de déshonneur en plus ou en moins, quelle importance?

Avant de partir, il envoya le vieux Simón porter un mot chez le médecin. « Je te prie de conduire l'intéressé à Cadix. Place de Mina. Auberge des Cuatro Naciones », avait-il écrit. « Nous nous y retrouverons ce soir pour décider de la suite. »

Il était convaincu que Fatou les aiderait à embarquer au plus vite l'Anglais à destination de Gibraltar et, en attendant ce moment, il n'avait trouvé qu'une seule solution : loger le beau-fils dans une chambre d'hôtel. Qu'il patiente jusqu'à son départ à proximité des quais tandis qu'ils expédiaient Carola Gorostiza à La Havane dans son cargo. Et à la grâce de Dieu!

Lorsqu'ils arrivèrent à Cadix, à la tombée de la nuit, Trinidad continuait à pleurer toutes les larmes de son corps. Santos Huesos, renfrogné comme jamais, avait répondu par des monosyllabes aux questions de son patron pendant tout le trajet. Juste ce qui me manquait, marmonna celui-ci intérieurement.

— Faites un tour, dites-vous adieu, leur conseilla-t-il en approchant du portail clouté de la rue de la Verónica. Et débrouille-toi comme tu voudras pour qu'elle se calme, Santos. Je ne tolérerai aucune scène quand elle verra sa maîtresse.

— Mais elle me l'avait promis..., hoqueta de nouveau Trinidad.

Elle éclata alors en sanglots, des sanglots si stridents qu'ils firent tourner plusieurs têtes parmi les passants. Le spectacle était des plus pittoresques : une mulâtresse coiffée d'un turban d'un rouge flamboyant pleurait comme si on allait l'égorger, tandis qu'un indigène avec de longs cheveux dans le dos s'efforçait vainement de la rassurer. Plusieurs oriels s'ouvrirent dans les élégantes maisons voisines.

Mauro Larrea lança un regard assassin dans cette direction. La dernière chose dont il avait besoin dans ces circonstances, c'étaient des contretemps inutiles. Et s'il n'y mettait pas fin rapidement, ce numéro de vaudeville en pleine rue était sur le point d'y parvenir.

— Fais-la taire, Santos, maugréa-t-il avant de leur tourner le dos. Qu'elle la ferme, bon Dieu !

Ce fut encore Genaro et ses quintes de toux qui l'accueillit.

— Entrez, don Manuel, on vous attend.

Cette fois-ci, il n'eut pas droit à la salle réservée à la clientèle mais au séjour de l'étage principal. La pièce des soirées conviviales devant le poêle allumé, avec le café et les liqueurs. La pièce de la famille. Le couple, dont les visages reflétaient toujours du désarroi malgré leurs efforts pour le cacher, occupait un divan en damas sous deux natures mortes à l'huile représentant des miches de pain, des pots en terre cuite et des perdrix tout juste chassées. À côté d'eux, assise dans un fauteuil, Soledad, apparemment sereine, leur adressa un discret signe de bienvenue qu'il fut le seul à percevoir. Sous cette quiétude forcée, Mauro Larrea savait qu'elle continuait à combattre ses démons intimes.

Partons, partons d'ici, chercha-t-il à lui dire lorsque leurs regards se croisèrent. Lève-toi, laisse-moi te serrer dans mes bras, laisse-moi te sentir contre moi et humer ton parfum et frôler tes lèvres et baiser ton cou et caresser ta peau. Et ensuite attrape bien fort ma main et allons-nous-en. Embarquons dans un bateau, n'importe lequel, à condition qu'il nous emmène au loin, à l'abri des épreuves. En Orient, aux Antipodes, vers la Terre de Feu, vers les mers du Sud. Loin de tes problèmes et de mes problèmes ; de nos mensonges et de nos tromperies. Loin de ton mari dément et des relations chaotiques avec mon fils. De mes dettes et de tes tricheries, de nos échecs et du passé.

— Bonsoir, mes chers amis, bonsoir, Soledad, fut ce qu'il dit à la place.

Il eut l'impression qu'elle lui répondait avec une moue presque imperceptible : si je pouvais ! Si je n'avais ni fardeaux ni attaches ! Mais telle est ma vie, Mauro. Et où que j'aille, mes charges me suivront partout.

— Bien, il semble que tout se résout peu à peu.

Les paroles d'Antonio Fatou le ramenèrent à la froide réalité.

— J'ai hâte de vous écouter, déclara-t-il en s'asseyant. Je vous prie d'excuser mon retard, j'avais quelques affaires importantes à régler à Jerez.

Il fut mis au courant des préparatifs : dès qu'on avait fini de transvaser le gros sel des marais de Puerto Real, Fatou avait ordonné d'aménager les cabines et s'était occupé des fournitures nécessaires. Nettoyage à fond, matelas, couvertures, de l'eau et de la nourriture en abondance. Et même quelques gâteries dues à la main miséricordieuse de Paulita : du jambon blanc, des biscuits anglais, des griottes au sirop, de la langue truffée. Sans oublier un grand flacon d'eau de Cologne Farina. Tout cet ensemble afin d'atténuer l'inconfort d'un vieux navire de charge, dont on n'aurait jamais imaginé qu'il transporte dans ses entrailles une noble dame que tout le monde souhaitait envoyer au diable comme si elle souffrait de la gale.

L'appareillage aurait lieu le lendemain matin, mais on avait décidé de l'embarquer le soir même. Sans lumière, pour qu'elle ne découvre pas la réalité avant que Cadix se soit estompée dans le lointain.

— Elle ne jouira pas des commodités d'une passagère de cabine dans un bateau conventionnel, certes, cependant ce sera une traversée relativement supportable. Le capitaine est un Biscayen de toute confiance et l'équipage est peu nombreux et pacifique : personne ne l'ennuiera.

— Et, bien entendu, elle voyagera avec sa domestique, nota Soledad.

— Son esclave, rectifia Mauro.

La gamine qui suppliait de rester avec Santos Huesos. Celle qui sanglotait pour obtenir une liberté qu'un accord aussi fragile que le verre lui avait octroyée.

— Son esclave, confirmèrent les autres, gênés.

— Les bagages sont prêts, aussi, annonça-t-il.

— Dans ce cas, ajouta Fatou, nous pouvons procéder au départ.

— Me permettrez-vous avant de parler avec elle en privé ? J'essaierai d'être bref.

— Bien sûr, Mauro, je vous en prie.

— Et je vous serais reconnaissant de me prêter de quoi écrire.

Carola Gorostiza l'accueillit, apparemment impassible. Avec la même robe que la veille et les cheveux de nouveau tirés en arrière – sans les fards ni la poudre de riz auxquels elle était habituée à Cuba. Assise près du balcon dans la chambre d'amis tapissée de toile de Jouy, à la faible lueur d'une lampe à huile.

— Ce serait hypocrite de ma part de vous exprimer mes regrets que vous n'ayez pas atteint vos objectifs.

Elle détourna le regard vers le soir tombant, au-delà des rideaux et des vitres, comme si elle ne l'avait pas entendu.

— En tout cas, j'espère que vous arriverez sans anicroches à La Havane.

Elle restait imperturbable, même si elle bouillait sans doute intérieurement et rêvait de l'envoyer au diable.

— Il y a deux points cependant que je veux aborder avec vous avant votre départ. Vous pouvez accepter ou non, mais l'état dans lequel vous débarquerez dépend de votre réponse. Je suppose que vous n'êtes pas séduite par l'idée d'atteindre le môle de Caballería transformée en une loque sale et épuisée, sans avoir changé de vêtements pendant des semaines, et sans un sou en poche.

— Qu'est-ce que ça signifie, espèce de fripouille ? demanda-t-elle enfin, brisant sa fausse apathie.

— Que tout est prévu pour votre embarquement, mais que je ne vous rendrai pas vos bagages tant que vous n'aurez pas accédé à mes demandes.

Cette fois-ci, elle le regarda.

— Vous êtes un fils de pute, Larrea.

— Étant donné que ma mère m'a abandonné avant mes quatre ans, je ne peux pas vous contredire, rétorqua-t-il en s'approchant d'un petit bureau dans un coin de la pièce.

Il y déposa le papier, la plume bien taillée, l'encrier en cristal et le buvard fournis par Fatou.

— Bien, moins de temps on perdra, mieux ce sera. Veuillez vous asseoir et vous préparer à écrire.

Elle fit mine de résister.

— Je vous rappelle que ce n'est pas seulement votre garde-robe qui est en jeu. Il s'agit aussi de l'argent de votre héritage cousu à l'intérieur des jupons.

Dix minutes et quelques insultes plus tard, après de multiples refus et reproches, il parvint à lui faire transcrire un à un les mots qu'il lui dicta.

— Poursuivons, ordonna-t-il quand il eut séché l'encre en soufflant sur le papier. La seconde question est liée à Luis Montalvo. Toute la vérité, madame. Voilà ce que j'ai hâte de connaître.

— Encore ce fichu Comino..., répliqua-t-elle aigrement.

— Je veux savoir pourquoi il a finalement nommé votre mari légataire.

— En quoi ça vous regarde ? demanda-t-elle, furieuse.

— Si vous continuez ainsi, toute La Havane sera au courant de votre état lamentable au retour de votre grand voyage dans la mère patrie.

Elle serra les poings et ferma les yeux, comme si elle voulait retenir sa colère.

— Parce que ce n'était que justice, dit-elle finalement.

— Quelle justice ? Et envers qui ?

Hésitant à parler ou à se murer dans le silence, Carola Gorostiza se mordit la lèvre. Mauro la contemplait, les bras croisés, debout, implacable, en attente.

— Envers mon époux qui, depuis vingt ans, assume une faute qu'il n'a pas commise. Et qui, à cause d'elle, a souffert de l'exil, du mépris des siens et de l'isolement. Ça ne vous paraît pas suffisant ?

— Tant que vous ne me direz pas de quelle faute il s'agit, je ne pourrai pas vous répondre.

— Celle d'avoir provoqué la mort de son cousin.

Elle s'interrompit un instant, puis elle comprit qu'elle était obligée d'aller jusqu'au bout.

— Ce n'est pas lui qui a tiré.

Elle détourna les yeux, regarda de nouveau à travers les vitres.

— Continuez.

Elle serra les lèvres au point de leur faire perdre leur couleur.

— Continuez, insista-t-il.

— C'était Luis.

Mauro eut l'impression que la flamme du quinquet frémissait. Quoi ?

— Le petit garçon de la maison, le maladif, le benjamin, bredouilla la Mexicaine d'un ton cynique. C'était lui, l'auteur du coup de feu assassin contre son frère.

Les pièces se mettaient en place, sur le point de s'emboîter.

— Matías et mon mari étaient en train de se disputer. Ils avaient abandonné leurs fusils, hurlaient, s'injuriaient comme jamais. Le petit Luisito, qui se contentait de les accompagner, désarmé, a pris peur et a voulu intervenir. Il a empoigné une des armes dans l'intention de tirer en l'air, ou de les effrayer, ou Dieu sait quoi. Quand les chasseurs les plus proches sont arrivés, la carabine de Gustavo était par terre, encore chaude, Matías gisait dans une mare de sang et Comino pleurait, victime d'une crise de nerfs, au-dessus du corps. Mon mari a essayé de se justifier mais tout était contre lui : ses cris et ses insultes pendant la querelle avaient été entendus de loin et l'arme lui appartenait.

Il n'eut pas besoin d'insister pour qu'elle poursuive : elle semblait à présent détendue.

— En voyant l'état de son grand frère, le nain a perdu son sang-froid et est resté mutique. Au lieu d'être considéré comme l'assassin qu'il était vraiment, on l'a traité comme une seconde victime. Aucune plainte n'a été déposée contre Gustavo, l'affaire a été réglée en famille. Le grand-père lui a donné une bourse remplie d'argent et l'a banni.

Comino n'a jamais cru qu'il méritait le patrimoine dont il avait hérité. C'est ce que lui avait répondu Manuel Ysasi au casino, quand Mauro l'avait interrogé sur les extravagances et la vie dissolue de Luisito Montalvo, sur son manque d'intérêt pour le négoce et les propriétés familiales. À l'époque, il n'avait pas su interpréter les propos du médecin. Maintenant, si.

— Et comme vous m'extirpez les mots tel l'arracheur de dents de la rue de la Merced, à La Havane, laissez-moi ajouter quelque chose. Vous voulez connaître la raison de leur altercation ?

— Je l'imagine, mais allez-y.

Elle s'esclaffa, amère.

— Ben voyons ! Toujours au milieu, la grande Soledad. Gustavo était désespéré car elle venait d'épouser l'Anglais, il accusait son cousin de n'avoir rien fait pour l'empêcher en son absence – il habitait alors Séville. Il l'a traité de fourbe, de judas. Il lui a reproché d'avoir collaboré avec le grand-père pour que la cousine, dont il était amoureux depuis toujours, s'écarte de lui.

Carola Gorostiza parlait désormais comme si plus rien n'avait d'importance maintenant qu'elle avait commencé à dévider son écheveau.

— Vous voulez que je vous dise, Larrea ? De l'eau a coulé sous les ponts depuis que mon époux m'a raconté tout ça : quand les fantômes le réveillaient la nuit, quand il me parlait encore et feignait de m'aimer ne serait-ce qu'un petit peu, malgré l'ombre maudite de cette femme toujours entre nous deux. Mais je n'ai jamais oublié que la vie de Gustavo avait été brisée à ce moment-là, et j'ai donc écrit régulièrement à Luis Montalvo au fil des ans. J'ai mis notre maison et nos biens à sa disposition en parente affectueuse, en lui disant que mon mari rêvait de retrouvailles alors que celui-ci était à mille lieues de soupçonner mes manigances. Je souhaitais simplement lui redonner du courage, qu'il revive après avoir supporté si longtemps le poids du crime d'un autre. Et j'ai pensé y parvenir en lui restituant les décors de ce monde heureux dont les siens l'avaient chassé à coups de pied. La maison familiale, la cave, les vignes de son enfance. C'est comme ça que j'ai d'abord réussi à attirer hors d'Espagne Comino, pour qu'ils sympathisent, et ensuite, sans que mon mari le sache, je l'ai convaincu de modifier son testament. Rien de plus.

Son visage esquissa une moue pleine d'aigreur.

— Ça ne m'a coûté que quelques larmes hypocrites et l'intervention d'un notaire public peu scrupuleux : vous n'imaginez pas à quel point il est facile, pour une femme bien pourvue, d'abuser d'un moribond qui n'a pas la conscience tranquille.

Mauro, pressé d'en finir, préféra ignorer son ton sarcastique. Les Fatou et Soledad attendaient à côté, tout était prêt. Néanmoins, impliqué jusqu'à la moelle dans les drames familiaux des Montalvo, il se refusait à laisser partir Carola avant d'avoir tout compris.

— Poursuivez, ordonna-t-il de nouveau.

— Que voulez-vous encore savoir ? Pourquoi mon époux a été assez fou pour jouer le tout pour le tout dans une partie de billard contre vous ?

— Exactement.

— Parce que je me suis trompée de bout en bout, admit-elle avec un rictus de regret. Parce que sa réaction n'a pas été celle que j'escomptais, parce que je n'ai pas réussi à le faire rêver. Je me croyais capable de lui proposer un avenir heureux pour nous deux : vendre nos propriétés à Cuba et rentrer ensemble en Espagne, commencer une nouvelle vie sur cette terre qui lui avait tellement manqué. Pourtant, bien loin de mes prévisions, le fait d'hériter à la suite du décès de son cousin l'a plongé dans un abîme d'indécisions au lieu de le réconforter, a fortiori quand il a appris le retour de sa cousine à Jerez avec son mari.

Des bruits retentirent à l'extérieur, des pas, des présences ; la nuit avançait, quelqu'un venait à sa recherche. Il décida cependant de ne pas interrompre Carola.

— Vous savez le pire, Larrea ? Le plus triste pour moi ? La confirmation qu'il m'avait chassée de ses projets : qu'il ne m'emmènerait pas avec lui s'il se décidait à rentrer. Voilà pourquoi il n'a pas envisagé de vendre nos propriétés à Cuba, ni la maison ni la plantation de café : pour que je puisse subsister seule, sans lui. Et vous devinez à quoi il pensait en m'écartant ?

Elle ne le laissa pas émettre d'hypothèses.

— Son unique objectif, son unique raison, c'était reconquérir Soledad. Pour cela il lui fallait quelque chose qu'il n'avait pas : de l'argent liquide. De l'argent pour revenir d'un pas ferme et non en gueux éploré. Pour débarquer avec un programme, avec un plan exaltant : renflouer le patrimoine, relancer l'affaire.

Mauro se souvint de Carola le soir du bal chez Casilda Barrón, quand elle quémandait sa complicité, au milieu de la luxuriante végétation du jardin, tout en jetant des regards inquiets vers le salon.

— C'est pour ça que je ne voulais pas qu'il sache ce que vous m'apportiez de Mexico : c'était juste ce dont il avait besoin pour franchir le dernier pas. Un capital initial pour un retour triomphal et non piteux. Pour briller à ses yeux et m'abandonner.

Des larmes, cette fois-ci sincères, coulaient sur son visage.

— Pourquoi avez-vous décidé de m'associer à vos machinations, si ce n'est pas trop vous demander ?

Une mimique pleine de cynisme se mêla aux sanglots amers.

— Ç'a été ma grande erreur. Vous fourrer au milieu, inventer une liaison entre nous... j'aurais dû y réfléchir à deux fois. Je souhaitais simplement détourner l'attention de Gustavo, voir s'il réagissait à la remise en question de sa dignité d'époux.

Son visage se figea.

— La seule chose que j'aie obtenue, c'est de lui fournir la corde pour se pendre.

Enfin. Tout concordait. Toutes les pièces étaient réunies et s'emboîtaient dans ce jeu complexe de mensonges et de vérités, de passions, de défaites, de manigances et d'amours frustrées et impérissables malgré les années et les océans.

Désormais, il savait tout ce qu'il voulait savoir. Et le temps était écoulé.

— J'aurais aimé vous répondre, madame, mais compte tenu de l'heure, je crois qu'il vaut mieux vous préparer.

Elle regarda de nouveau le balcon.

— Je n'ai plus rien à dire moi non plus. Vous avez ruiné mon avenir, de même que Soledad détruit mon présent depuis des décennies. Vous pouvez être contents, tous les deux.

Mauro sortit en direction du séjour, chamboulé, mal à l'aise. Mais il fallait se hâter. Allons-y! dirait-il à Fatou. Il réfléchirait plus tard. Pourtant il ne put avancer : un obstacle l'en empêchait. Une forme recroquevillée au sol, parmi les ombres du couloir. La jupe répandue sur le plancher, le dos voûté appuyé au mur. La tête enfoncée entre les épaules, les bras autour, la protégeant. Les sanglots d'une autre femme. Soledad.

Les pas qu'il avait entendus dans le couloir, lorsque Carola Gorostiza déversait ses malheurs, étaient les siens. Elle venait le prévenir de l'urgence et elle était restée derrière la porte, à écouter les paroles de l'épouse de son cousin.

Maintenant, pelotonnée telle une orpheline par une nuit de cauchemar, elle pleurait sur ce passé qu'elle avait ignoré. Pour les fautes d'autrui et les siennes. Pour ce qu'on lui avait caché, pour les mensonges. Pour autrefois, pour les moments heureux ou déchirants, selon les années et les époques. Pour ceux qui n'étaient plus là, pour tout ce qu'elle avait perdu en chemin.

51.

Le quai était obscur et silencieux, rempli de navires attachés par de gros cordages aux bittes d'amarrage, les voiles repliées contre les mâts et sans une ombre de vie humaine. Goélettes et felouques en pleine torpeur, sloops et chebecs endormis. Presque plus aucune trace, tout autour, des amoncellements habituels de caisses, de tonneaux et de colis en provenance d'autres mondes, ni des dockers vociférants ni des charrettes et des bêtes de somme qui entraient et sortaient chaque jour par la Puerta del Mar. Juste le clapotis de l'eau sombre contre les coques des navires et les pierres de la jetée.

Fatou, Mauro et son serviteur accompagnèrent les femmes dans la chaloupe jusqu'au bateau salinier. Paulita resta chez elle, préparant un punch aux œufs, avait-elle dit, pour quand ils rentreraient frigorifiés par l'humidité.

Soledad, de son côté, regarda les silhouettes s'éloigner cachée derrière les persiennes de l'une des pièces du premier étage. Mauro Larrea l'avait aidée à se relever en la serrant contre sa poitrine, puis l'avait conduite dans une chambre voisine. S'efforçant de résister aux élans de son corps et de ses sentiments, de garder la tête froide et d'écouter la raison.

— Je m'occupe de tout, je reviens, lui avait-il murmuré au creux de l'oreille.

Elle avait acquiescé.

Elle n'avait échangé aucun mot avec Carola Gorostiza – elle n'en avait pas eu le temps. Ou peut-être n'y avait-il rien à ajouter. À quoi bon envoyer un message à Gustavo par le biais de son épouse ? Comment effacer par de simples phrases, et dans la précipitation, plus de deux décennies de culpabilité, pleines d'une amertume aussi cruelle qu'atrocement injuste ? Elle avait donc décidé de se tenir à l'écart. Le bout des doigts appuyé sur les vitres et les yeux embués de larmes, sans dire adieu à la femme qui, en dépit des liens du mariage et des années de cohabitation, n'avait jamais réussi à la supplanter dans le cœur de cet homme ; un homme à qui, en d'autres temps et en un autre lieu, elle ne s'était pas donné la peine de dire adieu.

Carola Gorostiza, conservant une attitude digne, n'ouvrit pas la bouche pendant la brève traversée ; pas plus que la mulâtresse Trinidad, qui paraissait s'être résignée à son sort. Quant à Santos Huesos, il garda le regard fixé sur les lueurs de la ville.

Si, en passant de la barque au vieux cargo, la Mexicaine estima que ce mode de transport ne convenait pas à une dame de son rang, elle n'en montra rien, dédaigneuse. Elle se contenta d'un sommaire « Bonne nuit » à l'adresse du capitaine et exigea que ses affaires soient immédiatement portées dans sa cabine. Ce ne fut que quand elle fut enfermée dans son réduit minuscule et oppressant malgré les efforts de Fatou qu'on entendit du pont un hurlement de rage.

Mauro Larrea était sur le point de se débarrasser d'un fardeau qui pesait lourdement sur ses épaules, mais il n'éprouvait pas de soulagement. Depuis qu'il lui avait arraché par la ruse et la tricherie ses secrets les plus intimes, quelque chose avait changé dans sa perception de cet être qui avait bouleversé son existence avec ses manigances et ses mensonges. Cette femme qui entamerait son retour vers le Nouveau Monde dès l'aube, la responsable de la partie de billard qui avait fait chavirer son destin, lui paraissait toujours complexe, comédienne et égoïste, mais il savait désormais que ses actes dissimulaient une réalité qu'il avait été incapable de percevoir. Davantage que le simple intérêt matériel qu'il leur avait attribué au début. Un sentiment qui en quelque sorte la rachetait et l'humanisait, et déclenchait chez lui un profond malaise : le désir désespéré de se sentir aimée par un mari qui lui aussi, à présent, apparaissait sous un aspect différent, avec ses douloureuses épines plantées dans le cœur.

Il était désormais inutile d'analyser les causes et les conséquences de tout ce qui était arrivé entre la Mexicaine et lui depuis leur première rencontre. Une fois qu'elle fut inconfortablement installée dans sa cabine rudimentaire, il ne restait plus à Mauro qu'une chose à faire. Tandis que Fatou et le capitaine mettaient au point les détails de la traversée près du poste de commandement, Mauro Larrea appela Santos Huesos. Le domestique feignit de ne pas l'entendre et s'assit à la proue sur un rouleau de cordages. Mauro l'appela encore, en vain. Finalement il s'approcha, l'attrapa par le bras et l'obligea à se lever.

— Tu vas m'écouter, oui ou non, espèce d'idiot?

Ils se dressaient face à face, les jambes écartées pour garder l'équilibre malgré une mer d'huile, mais le domestique refusait de lever les yeux.

— Regarde-moi, Santos.

Celui-ci fixait obstinément les eaux noires.

— Regarde-moi.

Santos Huesos n'avait jamais désobéi à son patron tout au long des années passées à son côté. Sauf cette fois.

— Ça vous embêterait vraiment de me ficher la paix, pour une fois?

— Tant pis pour toi si tu ne veux pas savoir que la dame a tenu parole.

L'Indien redressa la tête, les yeux brillant dans l'obscurité.

— La gamine est libre, poursuivit Mauro en portant une main à sa poitrine et en palpant le papier rangé dans la poche intérieure de sa redingote. Je vais confier au capitaine le document écrit qui fait foi, il se chargera de le transmettre à don Julián Calafat.

«Au nom de Dieu tout-puissant, amen. Je soussignée María Carola Gorostiza y Arrellano de Zayas, en pleine possession de toutes mes facultés au moment où je rédige ce document, je libère de toute sujétion, captivité et servitude María de la Santísima Trinidad Cumbá et sans second patronyme, laquelle dite liberté je lui accorde à titre gracieux et sans aucune rétribution, pour qu'elle dispose en personne libre de tous ses droits et de sa volonté. »

Voilà ce que Mauro avait obligé Carola à écrire sur le bureau de sa chambre : l'affranchissement de la jeune fille, cause du chagrin de son fidèle Santos Huesos.

— Quand vous voudrez, Mauro.

La voix de Fatou retentit derrière son dos avant que le domestique ne puisse réagir.

— Va vite annoncer à Trinidad qu'elle se précipite chez le banquier à peine débarquée à La Havane, ajouta-t-il en baissant la voix. Il lui indiquera comment faire dès qu'il aura lu ce document.

L'Indien en était bouche bée.

— On verra ensuite comment vous pourrez vous retrouver le moment venu, dit finalement Mauro en donnant une tape vigoureuse sur l'épaule de son serviteur, comme pour l'aider à reprendre ses esprits. Maintenant, grouille-toi et allons-nous en.

*

Personne n'était censé les attendre sur le quai, or ils découvrirent une silhouette obscure portant une lanterne. Un jeune homme, distinguèrent-ils en approchant. Un porteur en quête du dernier transport de la journée, ou un vaurien des rues, ou un soupirant contemplant la noirceur de la baie en pleurant ses amours malheureuses. Rien à voir avec eux, à coup sûr. Jusqu'à ce qu'ils l'entendent, alors qu'ils débarquaient.

— L'un de ces messieurs répond-il au signalement de Larrea ?

— Votre serviteur, répondit Mauro quand il eut posé ses deux pieds sur la terre ferme.

— On vous réclame à l'auberge de Las Cuatro Naciones. Tout de suite, si possible.

Ysasi devait avoir un problème avec l'Anglais – il n'eut pas besoin de poser la question.

— Nous sommes obligés d'y aller, mon cher ami, dit-il en tendant hâtivement la main à Fatou. Je vous suis infiniment reconnaissant de votre générosité.

— Voulez-vous que je vous accompagne ?

— J'ai déjà trop abusé de vous, mieux vaut que vous rentriez chez vous. Je vous prie néanmoins de prévenir Mme Claydon. Et maintenant, excusez-moi, je dois m'absenter immédiatement, je crains que ce ne soit grave.

— Par là, monsieur, indiqua le garçon en faisant trembloter la lumière.

Il s'impatientait : il avait ordre de les amener au trot à l'auberge et il n'était pas disposé à rater la pièce qu'on lui avait promise. Le mineur lui emboîta le pas à grandes enjambées, suivi de Santos Huesos encore décontenancé.

Ils sortirent du port, parcoururent la rue du Rosario puis la ruelle du Tinte, sans croiser âme qui vive à l'exception de quelque malheureux en haillons pelotonné contre une façade. Mais ils n'atteignirent pas l'auberge : ils en furent empêchés par une silhouette qui surgit place de Mina et les arrêta au milieu des ombres des ficus et des palmiers.

— Tiens, dit Ysasi en tendant une pièce au garçon. Laisse-nous la lampe et fiche le camp.

Ils attendirent qu'il se soit éclipsé dans l'obscurité.

— Il s'en va. Il a trouvé un bateau qui le ramène à Bristol.

Mauro savait que le médecin se référait à Alan Claydon. Et il savait aussi que c'était une très mauvaise nouvelle, car cela signifiait que le beau-fils se retrouverait à Londres dans huit jours, tout au plus dix, et qu'il recommencerait à empoisonner la vie de la famille. Soledad et Edward auraient à peine le temps de se mettre à l'abri.

— Je l'ai ramené de Jerez et il avait l'intention de se rendre à Gibraltar quand nous avons eu la malchance de croiser trois Anglais dans la salle à manger de l'auberge ; trois importateurs de vin qui fêtaient par un bon dîner le dernier soir de leur séjour en Espagne. Ils étaient à quelques tables de nous, ils parlaient de barriques et de gallons de vins *oloroso* et *amontillado*, des excellentes opérations qu'ils avaient réalisées, de qualité et de prix, et de leur hâte pour tout placer sur le marché.

— Et il les a entendus.

— Pas seulement. Il s'est levé de table et s'est approché d'eux.

— Et il leur a demandé de l'emmener direct en Angleterre.

— Dans un *sherry ship* prêt à appareiller bourré de tonneaux jusqu'au grand mât. Ils ont rendez-vous à cinq heures du matin.

— Saleté de guigne !

— C'est exactement ce que j'ai pensé.

Quel crétin je suis ! songea Mauro. Quelle fichue idée ! Suggérer au médecin de loger le beau-fils dans un établissement public, alors que la ville regorgeait d'Anglais. Il était tellement obsédé par le départ de Carola Gorostiza, par la vente éventuelle de ses propriétés et par les exaspérantes décisions de Nicolás qu'il avait négligé ce détail... Et le détail s'était transformé en une monumentale erreur.

Ils discutaient dans la pénombre de la place, l'ancien jardin du couvent de San Francisco, debout et à voix basse, engoncés dans leurs capes, sous les grilles où s'enroulaient les bougainvilliers sans fleurs.

— Il ne s'agit pas de simples commerçants de passage : ces Anglais appartiennent au négoce et possèdent de solides contacts dans le coin, poursuivit Ysasi. Ils ont bien connu Edward Claydon, ils opèrent dans le même circuit. Pendant la traversée, ils auront tout le temps d'écouter Alan, qui n'hésitera pas à débiter ses calomnies.

— Bonsoir.

La voix féminine, tout près, le fit frissonner. Soledad approchait, enveloppée dans sa cape de velours ; elle marchait vite, décidée, inquiète, Antonio Fatou à son côté. Les saluts furent brefs, d'une voix étouffée, sous l'ombre des jardins. L'endroit le plus sûr, sans doute. Ou le moins compromettant.

Dès qu'ils furent proches, Mauro Larrea distingua dans les yeux de Soledad les stigmates de son chagrin. En surprenant les déchirantes confessions de Carola au sujet de Gustavo, elle avait vu s'effondrer d'un coup les fondements sur lesquels sa famille avait érigé une cruelle et injuste version de la réalité. Ce n'était sans doute pas facile pour elle d'assumer une vérité aussi bouleversante vingt ans après. Mais la vie continue, Mauro, parut-elle lui souffler dans un fugace dialogue muet. La douleur et le remords ne peuvent pas me paralyser en ce moment; je les affronterai plus tard. Maintenant, je dois aller de l'avant.

D'accord, lui fit-il discrètement comprendre. Et ensuite, également par gestes, il lui demanda le motif de la présence de Fatou. Nous l'avons assez ennuyé comme ça, nous lui avons raconté assez de mensonges et nous nous sommes trop exposés devant lui, signifiait sa mimique. Elle le rassura en haussant la courbe de l'un de ses harmonieux sourcils. Parfait, répliqua-t-il d'un léger mouvement du menton. Si tu l'as amené, c'est que tu as tes raisons.

Le médecin résuma en quelques phrases le nouveau problème.

— Ça rend caduc ce que nous avions prévu, murmura Soledad en guise de réponse.

Tu parles qu'on avait prévu quelque chose! pensa-t-il. Avec la fichue journée qu'il passait, il n'avait rien, mais alors rien du tout eu le temps de prévoir.

Les paroles de Fatou justifièrent alors sa venue.

— Pardonnez-moi de me mêler de cette affaire qui ne me regarde pas, mais Mme Claydon m'a mis au courant de sa malheureuse situation familiale. Pour l'aider, j'avais trouvé une solution : embarquer son beau-fils pour Gibraltar à bord d'un bateau de cabotage. Mais, dans tous les cas, il n'est pas prévu qu'il appareille avant après-demain.

Alors c'est pour ça que tu es là, mon cher ami Fatou, songea le mineur en cachant une grimace sarcastique. Toi aussi tu as le sang chaud, et tu es tombé sous le charme de notre Soledad.

Comme toujours, c'était la dernière des Montalvo qui menait la danse. Il saisissait à présent pourquoi elle avait passé la journée entière à Cadix : pour avancer en jaugeant Antonio, en le persuadant subtilement, en le séduisant comme elle l'avait séduit lui-même. En subjuguant finalement le commerçant dans l'unique but de régler au plus vite le destin d'Alan Claydon. Et donc le sien et celui de son mari. Bien entendu.

Ils se turent. Pendant que, de l'un des côtés de la place, le veilleur de nuit, avec son bâton ferré et sa lanterne, annonçait minuit moins le quart, quatre cerveaux réfléchissaient de concert et vainement sous les étoiles.

— Je crains beaucoup que tout ça ne nous échappe des mains, conclut Ysasi avec sa tendance naturelle à ne voir que le verre à moitié vide.

— Pas du tout ! s'écria Soledad.

La tête qui émergeait des plis veloutés d'une élégante cape parisienne venait de prendre une décision.

52.

Dès lors, tout fut mouvement. Allers et retours, grandes enjambées, ordres qui se croisent et moult cavalcades. Méfiance et désarroi. Incertitudes, reproches. Sans doute était-ce une véritable folie, la façon la plus aventureuse de se débarrasser d'Alan Claydon pendant une longue période, mais avec l'aube qui pointait, de plus en plus menaçante, ou bien ils agissaient prestement, ou bien les gens de Bristol arriveraient en premier.

Les tâches et les rôles furent immédiatement distribués. La jeune Paulita fut priée, rue de la Verónica, de préparer de toute urgence un sommaire trousseau de voyage avec quelques vieilles hardes masculines. On tira quatre marins de confiance de leur sommeil et le vieux Genaro confectionna plusieurs colis de nourriture supplémentaire. Il était près d'une heure quand le médecin entra de nouveau dans l'auberge.

— Veuillez réveiller le sieur anglais de la chambre numéro six, s'il vous plaît.

Le gardien de nuit lui jeta un regard somnolent.

— J'ai déjà été averti, monsieur, mais pour quatre heures et demie.

— Faites comme si elles venaient de sonner, dit le médecin en lui glissant un *duro* sur le comptoir.

Claydon n'avait aucune possibilité de connaître l'heure exacte : par chance pour eux, sa montre était le premier objet que lui avaient volé les brigands.

Le beau-fils mit à peine quelques minutes pour arriver dans la cour centrale. Ses pouces étaient bandés, il avait une balafre sur la joue et la peau auparavant claire et soignée de son visage portait les marques d'une journée effroyable passée au fond d'un ravin : des preuves tangibles des épreuves que lui avait fait subir ce pays du Sud fanatique et extravagant, dont son père avait eu la mauvaise idée d'épouser l'une des natives – à son grand dam. Tous les événements qui s'étaient produits en Espagne avaient été violents, brutaux, démentiels : l'irruption à coups de pied dans la chambre à coucher de l'amant supposé de sa belle-mère, l'indigène qui lui avait broyé les pouces en conservant un visage impassible, l'agression de plusieurs bandits de grand chemin qui l'avaient détroussé. À en juger par son pas décidé lorsqu'il rejoignit Ysasi, il devait avoir une immense envie de quitter au plus vite cette terre funeste.

Il sembla néanmoins désagréablement surpris par l'absence des marchands de Bristol.

Le docteur le rassura.

— Ils viennent de partir pour le quai afin de régler les dernières formalités, expliqua-t-il dans un anglais appris auprès des institutrices des Montalvo. L'heure d'embarquement ayant été avancée en raison des conditions météorologiques, je vous accompagnerai moi-même.

Une ombre de suspicion se dessina sur le visage de Claydon, mais avant qu'il n'ait pu s'interroger sur les paroles du médecin, celui-ci le gratifia d'un ferme : « *Come on, my friend.* »

En principe, seuls Ysasi et Fatou devaient se joindre à lui. Le médecin était un solide garant car il avait déjà gagné la confiance de l'Anglais ; quant au jeune héritier de la compagnie de navigation, sous le charme de l'habile Soledad, il avait décidé de se ranger aveuglément de son côté à elle, malgré les mille objections que lui soufflaient tant son épouse que le bon sens.

Deux chaloupes amarrées les attendaient dans le port, chacune avec deux rameurs arrachés à leur paillasse, se demandant quelle mouche avait piqué M. Antonio pour qu'il leur propose un *duro* en argent par tête de pipe s'ils prenaient la mer à cette heure-ci. Bien entendu, Fatou ne se présenta pas au beau-fils sous son nom; en revanche, il agit avec le plus grand sérieux, communiquant avec lui dans l'anglais correct qu'il utilisait tous les jours dans ses affaires, pour expédier ses marchandises de la Péninsule à la perfide Albion. Quatre ou cinq vagues allusions à un changement de vent et à une improbable brume matinale, deux observations sur ces gentlemen *from* Bristol qui avaient déjà gagné le *sherry ship* ancré dans la baie, et la nécessité pour *mister* Claydon de les y suivre au plus vite. Un énergique *shake-hand, thank you* par-ci et *thank you* par-là. N'ayant plus la possibilité de douter ou de revenir en arrière, Alan grimpa tant bien que mal sur la barque. L'obscurité de la nuit n'empêcha pas Ysasi et Fatou de voir la confusion encore peinte sur ses traits lorsqu'on largua les amarres. Ils l'observèrent du quai alors que les marins se mettaient à souquer ferme. Que Dieu vous protège, l'ami! *God bless you. May you have a safe voyage.*

On lui laissa quelques minutes d'avance pour ne pas lui gâcher tout de suite son embarquement. En réalité, il était expédié vers la Grande Antille, sans égards et à son insu. Vers une île caribéenne turbulente, chaleureuse, agitée et palpitante, où l'Anglais ne serait qu'un intrus mal accueilli et d'où, sans contacts ni argent, il aurait un mal fou à s'échapper. Dès qu'ils eurent estimé qu'il était à une distance prudente, le reste de la troupe surgit des coulisses au milieu des ténèbres pour interpréter le dernier acte. Le majordome Genaro et un jeune domestique de la maison transportèrent jusqu'à la deuxième chaloupe le ravitaillement. Davantage de barriques d'eau et de nourriture, deux matelas supplémentaires, trois couvertures, une lampe à huile. Soledad se joignit à Antonio Fatou et à Manuel Ysasi pour échanger leurs ultimes impressions. Pendant ce temps, Mauro Larrea demandait à Santos Huesos de le retrouver près de la muraille.

— Laissez-moi rien qu'un petit moment, patron, que je finisse d'aider.

— Il n'y a pas de petit moment qui vaille.

L'Indien approcha, encore chargé d'un sac de haricots.

— Tu pars avec eux.

Il lâcha le sac par terre, décontenancé.

— Je n'ai aucune confiance dans l'Anglais.

— Vous me dites pour de vrai d'aller à Cuba sans vous ?

Son point d'appui, sa place dans le monde, son guide... Le mineur était tout cela à la fois pour son domestique ; c'était lui qui l'avait tiré des profondeurs des mines d'argent quand il n'était qu'un gamin furtif et osseux à la peau cuivrée.

— Je veux que tu surveilles ce fils de pute pendant toute la traversée, les yeux bien ouverts, poursuivit Mauro en attrapant son serviteur par les épaules. Occupe-toi de lui au maximum et évite si possible tout contact entre lui et Carola Gorostiza. Et au cas où ils parleraient ensemble, ce dont je doute car aucun des deux ne connaît la langue de l'autre, tu ne les lâches pas. Compris ?

Santos Huesos acquiesça d'un geste, incapable de piper mot.

— Une fois à La Havane, Trinidad et toi, disparaissez de la circulation. Calafat te dira où vous pourrez aller, remets-lui cette missive dès ton arrivée.

« Je vous prie par la présente, cher ami, de protéger mon serviteur ainsi que la mulâtresse affranchie en les logeant en dehors de la ville. » Tel était le message griffonné sur un bout de papier. « Le moment venu, je vous informerai sur le lieu de mon séjour et vous dédommagerai dûment pour le service rendu. » Le mot s'achevait par un clin d'œil moqueur, que le vieux banquier saurait interpréter. « En vous remerciant par avance, votre filleul, le *gachupín*[1]. »

— Et emporte ça aussi.

Le reste de l'argent de Mauro, conservé jusqu'alors chez les Fatou, passa d'une main à l'autre : désormais, ou bien Mauro Larrea vendait rapidement son patrimoine, ou bien les coups de canif au pécule de la comtesse deviendraient irrémédiables.

— C'est à toi, dit-il en lui fourrant la bourse dans une poche sans que Santos Huesos puisse réagir. Utilise-le à bon escient, c'est tout ce que j'ai. Et attention avec la gamine tant que vous êtes à bord : espérons que la chaleur de vos entrejambes ne vous joue pas de nouveau un sale tour. Ensuite vis

---

1. Terme péjoratif employé au Mexique pour désigner les Espagnols émigrés en Amérique.

ta vie, mon garçon, mène-la où tu voudras. Tu auras toujours une place à mes côtés, mais je serai aussi d'accord si tu décides de rester aux Antilles.

Les yeux du Chichimèque s'embuèrent à la lueur de la lune croissante.

— Pas de sentimentalisme, mon garçon, renchérit Mauro avec un éclat de rire destiné à soulager leur tristesse mutuelle. Je n'ai jamais vu un homme de la montagne de San Miguelito verser ne serait-ce qu'une demi-larme. Tu ne serais quand même pas le premier, espèce d'idiot !

L'accolade fut aussi brève que sincère.

— Allez, monte dans la barque. Reste toujours sur le qui-vive, pas de crise de cafard. Fais bien attention à toi. Et à elle.

Mauro Larrea se détourna dès qu'il entendit le premier clapotement des rames : il préférait ne pas contempler comment, le cœur rongé par une tristesse aussi vaste que le ciel, ce garçon, qui était devenu un homme sous son aile, s'éloignait, bercé par le va-et-vient des eaux noires, en direction du navire ancré dans la baie. Il avait eu son compte d'amertume à midi, avec l'attitude de Nicolás : nul besoin de s'infliger deux coups de poignard de suite dans les entrailles.

Le petit groupe repartit en silence vers la rue de la Verónica, chacun ressassant les implications du mauvais coup qu'ils venaient de perpétrer. Finalement, en empruntant la rue du Correo, Soledad ralentit le pas et sortit quelque chose des plis de sa robe.

— Deux lettres sont arrivées ce matin. Paula m'a demandé de te les remettre, au cas où elle ne te verrait pas.

Immobile sous la lueur d'un lampadaire, Maura distingua les marques palpables de l'usure de ces deux missives qui avaient traversé vallées, montagnes, îles et océans avant de lui parvenir. L'une portait la calligraphie impeccable de son fondé de pouvoir, Andrade, l'autre, la mention obscure de l'expéditeur, Tadeo Carrús.

Il glissa celle-ci dans une poche, puis décacheta sans hésiter la première. Elle datait d'un mois.

« Après une journée et demie d'un accouchement laborieux, indiquait-elle, ta Mariana a mis au monde une fillette radieuse qui est née en criant à pleins poumons, comme son grand-père. Malgré l'obstination de la belle-mère, Mariana s'est refusée à la prénommer Úrsula. Elle s'appellera Elvira, le prénom de sa mère. Que Dieu les bénisse et qu'il te bénisse aussi, mon frère, où que tu sois ! »

Mauro leva les yeux vers les étoiles. Les enfants qui partaient et les enfants des enfants qui naissaient : le cycle de la vie, presque toujours incomplet et presque toujours aléatoire. Pour la première fois depuis bien longtemps, Mauro Larrea fut envahi par une immense envie de pleurer.

— Tout va bien ? entendit-il alors près de son oreille.

Une main légère se posa sur son bras. Il ravala d'un coup sa mélancolie et revint à la réalité de la nuit portuaire et à l'unique certitude qu'il conservait intacte alors que toutes ses défenses s'étaient écroulées.

Cette fois-ci, il fut incapable de se maîtriser. Attrapant Soledad par le poignet, il l'entraîna – un coin de rue, à l'abri des regards. Il entoura son visage de ses longues mains abîmées, glissa ses doigts autour de son cou délicat, s'approcha. Dans un élan irrépressible ses lèvres s'unirent à celles de Soledad Montalvo, en un baiser grandiose que celle-ci accepta sans réserve – un baiser empreint de tout le désir enlisé au fil des jours, de toute l'angoisse abyssale qui étranglait son âme et de tout le soulagement du monde car au moins une chose, une seule chose parmi les mille catastrophes qui le guettaient, avait connu un dénouement heureux.

Ils continuèrent de s'embrasser, protégés par l'aube chargée de sel marin et le clocher de San Agustín, appuyés contre la pierre constellée de coquillages de l'une des nombreuses façades. Libérés, passionnés, irresponsables, agrippés l'un à l'autre tels deux naufragés sous les tours et les terrasses de cette ville étrangère, bafouant les règles les plus élémentaires des convenances sociales. La native de Jerez, distinguée, cosmopolite et ayant fait un beau mariage, et l'*Indiano* ramené par les vents d'outre-mer, enlacés à la lueur des réverbères tels une simple femme sans attaches et un mineur rude et indomptable, momentanément débarrassés de leurs craintes et de leurs cuirasses. Rien que soif, entrailles. Pores, salive, ardeur, chair et haleine.

Sa bouche avide parcourut la clavicule de Soledad jusqu'à se nicher dans le creux de l'épaule, sous la cape, aspirant à s'y réfugier pour les siècles des siècles, tandis qu'il prononçait son nom d'une voix rauque et qu'un désir violent se lovait entre ses jambes, dans son ventre et dans son cœur.

La toux asthmatique de Genaro retentit à quelques pas. Sans les apercevoir, il leur indiquait discrètement qu'il était venu les chercher.

Les longs doigts de Soledad cessèrent de caresser sa mâchoire où commençait déjà à poindre une barbe drue.

— On nous attend, murmura-t-elle.

Mais il savait que c'était faux. Rien ni personne ne l'attendait nulle part. Il y avait un seul endroit au monde où il voulait rester à jamais : dans les bras de Soledad Claydon.

53.

Personne ne s'endormit pendant le retour en dépit de la fatigue accumulée. Soledad, bercée par les cahots des roues sur les nids-de-poule du chemin, penchait sa tête contre l'une des parois latérales de la voiture, les yeux fermés. À côté d'elle, Mauro Larrea essayait vainement de reprendre ses esprits. Et entre eux, à l'abri des fronces de la jupe et de l'obscurité, dix doigts entrelacés. Phalanges, extrémités, ongles. Agrippés comme de nouveaux convertis à une foi intime et commune, tandis qu'au-dehors, derrière les vitres, le monde était trouble et grisâtre.

Assis en face, Manuel Ysasi, sévère avec sa barbe noire et ses éternelles pensées secrètes.

Ils avaient prévu d'arriver à Jerez à l'aube, lorsque la ville ouvrait à peine ses yeux bouffis de sommeil avant de se déployer comme un matin quelconque – les travailleurs entrant dans les grandes maisons ou dans les caves, ou bien partant aux champs, le carillon des cloches d'église résonnant dans l'aube, les mules et les chariots entamant leurs tournées quotidiennes. Il leur restait à peine une demi-lieue à effectuer pour se joindre à cette routine quotidienne lorsqu'ils furent brutalement ramenés à la réalité.

Au début, ils ne prirent conscience de rien, protégés qu'ils l'étaient par l'habitacle de la berline et les rideaux en toile cirée. Ils n'entendirent pas la galopade fébrile qui s'approchait d'eux en soulevant un nuage de poussière, pas plus qu'ils n'identifièrent le visage du cavalier qui les croisa au milieu de la route. Ils comprirent qu'il se passait quelque chose lorsque leurs bêtes ralentirent brusquement ; ils tirèrent alors les rideaux, regardèrent à l'extérieur. Mauro Larrea ouvrit une portière. Au milieu de la poussière, des hennissements et de la confusion, il reconnut un cavalier complètement incongru en ces lieux.

Il sauta à terre et claqua la portière derrière lui, isolant Soledad et Manuel Ysasi de ce qu'il allait entendre de la bouche de Nicolás.

— Le couvent...

Le garçon montra le nord. Une fumée obscure montait au-dessus des toits de Jerez.

Soledad ouvrit alors la porte.

— Peut-on savoir ce qui...? demanda-t-elle en mettant pied à terre.

Face aux regards pétrifiés du mineur et de son fils, elle se tourna vers la même direction. Un rictus d'angoisse se peignit sur son visage. Ses doigts auparavant tendrement noués à ceux de Mauro se fichèrent à présent dans son bras telles des griffes acérées.

— Edward, murmura-t-elle.

Il acquiesça.

Il y eut un moment de stupeur ; finalement le médecin, lui aussi descendu de l'attelage et mis au courant de ce qui arrivait, commença à poser des questions : Quand? Où? Comment?

— Ça a débuté après minuit, dans l'une des cellules, sans doute à cause d'une bougie ou d'une lampe à huile, répondit Nico.

Ses cheveux, son visage et ses bottes étaient couverts de cendres.

— Les voisins ont aidé pendant toute la matinée. Par chance, le feu ne s'est pas propagé dans l'église, en revanche il s'est attaqué aux dépendances des religieuses. Quelqu'un a prévenu la résidence des Claydon. Ne sachant pas à qui s'adresser, le majordome m'a tiré du lit et je l'ai suivi là-bas. À nous deux on a essayé... essayé... Il est déjà pratiquement éteint, conclut-il, passant du coq à l'âne.

— Edward, répéta faiblement Soledad.

— On a réussi à sauver les nonnes, on les a emmenées chez des particuliers, poursuivit le garçon. Il n'en manque qu'une, semble-t-il.

Il baissa le ton.

— Personne n'a parlé d'un homme.

L'image d'Inés Montalvo, de mère Constanza, surgit dans la froideur matinale.

— Mieux vaut ne pas perdre de temps, dit Mauro afin que tous remontent dans la voiture.

Mais Soledad restait figée sur place.

— Allons-y, viens, insista Manuel en lui passant un bras autour des épaules.

Elle ne réagit toujours pas.

L'alezan sur lequel Nicolás était arrivé se mit alors à hennir. C'était celui de l'écurie des Claydon qu'elle montait lors de leur première visite à la Tempérance. En l'entendant, elle sursauta légèrement, ferma puis rouvrit les yeux, et parut revenir à la réalité. Pour reprendre les rênes. Littéralement.

Elle s'approcha de l'animal, tapota sa croupe. Les trois hommes comprirent immédiatement ses intentions et aucun n'osa s'y opposer. Nico l'aida à enfourcher sa monture. À peine se fut-elle mise au trot, cape au vent, qu'ils s'élancèrent vers l'attelage en pressant le cocher. Ils partirent à sa poursuite, assourdis par le vacarme des sabots et des roues sur les pavés, tandis que la svelte silhouette de Soledad Montalvo diminuait au loin ; elle entrait seule dans la ville, saisie à la gorge par une angoisse aussi visqueuse et noire que la poix.

Lancé au grand galop, l'alezan l'emporta haut la main sur les chevaux d'attelage, et bientôt ils la perdirent de vue.

Ils arrivèrent enfin près du couvent. Malgré leurs efforts, leurs tentatives et leurs cris, ils ne réussirent pas à entrer avec l'équipage dans la petite cour bourrée à craquer. Ils descendirent d'un saut ; le père, le fils et le médecin se frayèrent un passage à travers la foule massée depuis l'aube. Tandis qu'ils avançaient à coups d'épaules, ils apprirent que trois caves avaient fourni des pompes à eau pour combattre l'incendie. On avait ainsi évité que le feu gagne l'église, comme l'avait indiqué Nicolás. Mais il n'en était pas de même pour le couvent.

Ils trébuchaient sur les obstacles éparpillés parmi les flaques et les tas de décombres : des seaux en bois renversés, des cruches en terre cuite et même des cuvettes provenant des cuisines que les voisins atterrés s'étaient passés de main en main dès le lever du soleil, formant de longues chaînes humaines à partir des puits des cours attenantes. Ils finirent non sans mal par atteindre la façade : brûlée, noircie, dévastée par le feu dont ne subsistaient que des braises. Devant celle-ci, un espace s'était ouvert au milieu du tumulte : un Palmer harassé et sale y tenait les rênes du cheval exténué, aux naseaux frémissants. À côté de lui, paralysée face à la catastrophe, Soledad.

Jerez était un petit monde où tous se fréquentaient et où les vies se déroulaient en parallèle. On y avait toujours des connaissances communes. C'est pourquoi, devant cette dame distinguée contemplant ce terrible décor les poings serrés et le visage voilé par l'angoisse, les commérages allaient bon train. D'abord de simples murmures, qui s'enflèrent sans retenue. C'est la sœur de l'une des nonnes, se disait-on en se donnant des coups de coude dans les reins. Des dames du gratin : regarde l'allure qu'elle a, tu as vu ses vêtements ? Sa cape en velours coûte au moins trois cents réaux. Petites-filles d'un producteur de vin très important, filles d'un drôle d'oiseau. Vous ne vous en souvenez pas ? Je suis sûre que c'est celle qui a épousé l'Anglais. Peut-être que c'est la sœur de la mère supérieure. Ou de celle qui a disparu, va savoir.

Les trois hommes l'entourèrent telle une garde prétorienne : Ysasi à sa droite, les Larrea à sa gauche. Épaule contre épaule devant cette désolation. Haletants, en nage, aspirant l'air souillé, le souffle court, encore incapables de mesurer l'ampleur et les conséquences du désastre. Des volutes de fumée noire et de cendres ondulaient au-dessus de leurs têtes, et leurs pieds crissaient sur les dernières braises. Aucun ne fut en mesure de prononcer le moindre mot ; peu à peu, les voix des voisins et des curieux, les remarques à voix basse et les chuchotements s'éteignirent. Le silence recouvrit la scène tel un grand voile de saisissante quiétude.

Soudain, on entendit un bruit terrifiant, comme la rupture des branches d'un arbre gigantesque. Puis le son de pierres et de gravats roulant et s'entrechoquant.

— Une partie du cloître s'est effondrée, annonça à grands cris un gamin qui arrivait en courant de l'un des côtés.

Soledad serra de nouveau les poings, tendit le cou. Mauro Larrea l'observa du coin de l'œil, devinant la suite.

— Non ! s'écria-t-il fermement.

Et, en guise de barrière, il étendit un bras à l'horizontale devant son corps, l'empêchant de faire le pas en avant qu'elle mijotait.

— Il faut que je le trouve, il faut que je le trouve, il faut que...

Cette litanie s'échappait de ses lèvres à une cadence accélérée. Consciente qu'elle était bloquée par le bras du mineur, elle se tourna vers le médecin.

— Je dois entrer, Manuel, je dois entrer.

Son ami réagit de façon identique par un « non » sans appel.

Les deux hommes avaient raison : les flammes n'étaient plus aussi intenses qu'auparavant, mais tout danger n'était pas écarté.

Soledad se dégagea du bras de Mauro et l'attrapa de toutes ses forces par les poignets, l'obligeant à la regarder en face. Le moment était on ne peut plus mal choisi, pourtant le corps et l'esprit du mineur, sous l'effet d'un élan irrésistible, furent de nouveau envahis de mille sensations. Le baiser profond qui les avait unis quelques heures auparavant, vorace et glorieux parmi les ombres. Sa bouche qui la parcourait, affamée. Elle, livrée tout entière, les mains agrippées à sa nuque, caressant son visage, frôlant ses yeux, s'ouvrant un passage à travers les tempes pour s'enfouir dans ses cheveux, descendre le long de son cou et se poser sur ses épaules, sa poitrine et son torse – pour toucher à son essence et à son être. Les entrailles et le désir de Mauro Larrea, étrangers à la froideur chirurgicale exigée par les circonstances, se rallumèrent tel un feu attisé par un grand soufflet en cuir. Arrête de dérailler, imbécile ! s'ordonna-t-il brutalement.

— Il faut que je le trouve.

Il n'eut aucun mal à deviner ce qu'elle allait lui demander. Quelque part dans le couvent, dans un endroit pieusement préservé des flammes, il est possible qu'Edward se raccroche encore à une bribe d'espoir. Il est peut-être vivant, Mauro. Trouve-le pour moi puisque tu m'interdis d'entrer.

— Mais tu es devenu fou, toi aussi, malheureux? tonna Manuel.

54.

— Un seau d'eau ! hurla-t-il.

Le cri fut répercuté. Un seau d'eau, un seau d'eau, un seau d'eau. Il en eut trois à ses pieds en un clin d'œil. Il se débarrassa alors de sa redingote et de sa cravate, trempa son mouchoir, le mit devant sa bouche et son nez. Tout au long de sa vie, il avait été le témoin de bon nombre d'incendies spectaculaires : le feu était consubstantiel aux mines. Au fond des galeries ou des puits, des amis, des camarades et des employés avaient péri, des équipes entières avaient souvent été englouties par les flammes, brûlées, asphyxiées ou écrasées sous l'effondrement des étais. Lui-même en avait réchappé de justesse plus d'une fois. Il savait donc comment agir et mesurait parfaitement l'énormité du risque.

Le médecin s'efforçait de le dissuader, en vain. Les voisins lui lançaient des avertissements. Faites attention, monsieur, le feu est traître. Certaines femmes se signèrent, une autre entama un « Je vous salue Marie », une vieille contrefaite se débattit au milieu de la foule pour tenter de le frôler avec une image de la Vierge. Nico décida de l'accompagner et commença à se dévêtir.

— Arrière ! cria Mauro Larrea, obéissant à l'instinct animal le plus primaire, celui qui pousse le père à protéger sa descendance contre les coups du sort et les pièges de ses ennemis.

Le garçon, en dépit de sa récente rébellion, sut qu'il était inutile d'insister.

Avant de pénétrer dans les ténèbres, le mineur conserva une dernière image sur sa rétine : les yeux horrifiés de Soledad.

Il avança au milieu de la fumée, ses pieds écrasant les braises, s'enfonçant dans des tas de cendres encore chaudes. Il n'était guidé que par son instinct, sans aucun repère : les ouvertures étaient minuscules et laissaient à peine entrer la lumière. Ses yeux commencèrent bientôt à le brûler. Il grimpa sur un amoncellement de décombres, faillit tomber, parvint à se retenir à une colonne en pierre, lâcha un juron en sentant la chaleur qu'elle dégageait. Il traversa ensuite ce qui avait dû être la salle capitulaire, avec une partie du plafond écroulée et le banc qui en parcourait tout le périmètre entièrement carbonisé. Il ôta le mouchoir humide qui lui protégeait le bas du visage, inspira avec force, expulsa l'air, puis continua sa progression.

Il estima qu'il se rapprochait sans doute de la zone la plus privée du couvent. Il foula des éboulements, des gravats et des vitres brisées. En baissant la tête, il traversa ce qui restait des cellules des nonnes. Mais pas l'ombre d'une présence humaine : juste des débris de porcelaine, des squelettes de lits et, de temps en temps, par terre, un livre de prières en lambeaux ou un crucifix renversé. Il atteignit l'extrémité d'un long couloir en respirant par à-coups avant de rebrousser chemin.

Soudain, il entendit un vacarme assourdissant derrière son dos. Il ne se retourna pas, préférant ne pas voir le mur de maçonnerie qui venait de s'effondrer, découvrant un large pan de ciel. Il s'en était fallu de quelques secondes pour qu'il soit enseveli.

Il regagna les parties communes. Il était trempé de sueur, sa respiration bourdonnait dans ses oreilles. Après le réfectoire, avec sa longue table et ses bancs calcinés, il pénétra presque à l'aveuglette dans les cuisines. Son mouchoir s'était couvert d'une poussière épaisse, il commença à tousser. Il essaya vainement de trouver à tâtons une bassine d'eau pour y plonger la tête. Une cloison qui s'était écroulée sur une étagère avait répandu une grande quantité d'huile sur les dalles en terre cuite ; il glissa, rebondit contre un pilier, tomba de côté sur le coude gauche, hurla de douleur.

La souffrance lui coupa le souffle. En se traînant sur la flaque poisseuse, il eut le plus grand mal à s'asseoir, le bras replié contre le torse, avant d'appuyer le dos au reste d'un mur à demi effondré. Il se palpa avec précaution, gémit de nouveau : il s'était démis le coude. Il arracha la manche de sa chemise à l'aide de ses dents, la tordit entre ses doigts, en fit une boule qu'il mit dans sa bouche et mordit de toute la force de ses mâchoires. Encore haletant et soufflant par le nez, il commença à manipuler son avant-bras gauche, d'abord d'un mouvement lent et délicat ; au bout de quelques secondes, quand il eut plus ou moins apprivoisé la douleur, il tira dessus sauvagement. Ses yeux s'emplirent de larmes et il fut obligé de tourner la tête pour cracher le bout de chiffon. Ensuite, pris d'une violente nausée, il vomit.

Il laissa passer plusieurs minutes, les yeux fermés et les jambes étendues sur le sol huileux, une odeur de brûlé dans les narines, le dos contre le muret, ses vomissures à une paume de distance et un bras soutenant l'autre. La position exacte d'autrefois, quand il berçait Mariana ou Nico en proie à des cauchemars. Ou bien comme il tiendrait le petit corps tiède d'Elvira, lorsqu'un sort contraire se serait lassé de le harceler.

Ses tempes cessèrent peu à peu de battre, sa respiration redevint régulière et le monde recommença à tourner rond. L'os disloqué était de nouveau en place. À ce moment-là, alors qu'il tentait de se relever, il lui sembla entendre quelque chose. Un bruit différent de ceux qui l'avaient accompagné depuis qu'il était entré dans le couvent.

Il se rassit, ferma les yeux et aiguisa son ouïe. Il fronça les sourcils en l'écoutant une deuxième fois. Il n'eut plus de doutes à la troisième : le son affaibli mais reconnaissable entre tous qui lui parvenait était celui d'un être vivant luttant pour sortir à l'air libre.

— Il y a quelqu'un ? cria-t-il.

Pour toute réponse, il perçut l'écho de faibles coups donnés contre du bois.

Il réussit enfin à échapper à l'huile visqueuse, se dirigea laborieusement vers l'endroit d'où provenaient les bruits, au détour d'un couloir qui faisait probablement communiquer la cuisine avec une de ses dépendances – le garde-manger, l'atelier ou le lavoir. L'accès avait disparu : une barrière de décombres empêchait d'ouvrir la porte.

Il réussit d'abord à déplacer les poutres en les bougeant dans l'obscurité, pouce par pouce, s'aidant d'une épaule ou de l'autre, selon leur emplacement. Ensuite il s'attaqua aux pierres à l'aide d'un seul bras.

Impossible d'estimer le temps qu'il lui fallut pour libérer l'entrée, peut-être une demi-heure, ou trois quarts d'heure, ou une heure et demie. En tout cas, il parvint à ses fins. Aucune voix ne s'était manifestée de l'autre côté et il préféra ne pas s'interroger sur l'identité de la victime. Il n'entendait que les sons espacés d'un poing anxieux de retrouver la lumière.

— Je suis là, prévint-il avant d'enlever les derniers gravats.

Il n'eut pas besoin de le faire : avant même qu'il l'ait touchée, la porte s'ouvrit dans un grincement déchirant. Un visage émacié sous des cheveux très courts apparut alors, un rictus d'angoisse infinie gravé sur ses traits.

— Sortez-moi de là, je vous en supplie.

La voix était sourde et la bouche réduite à deux rayures blanchâtres.

— Et lui ?

Elle fit non de la tête en serrant ses paupières. Sa peau était cireuse et une brûlure profonde balafrait sa pommette.

— Je ne sais pas, murmura-t-elle. Que le Seigneur me pardonne dans sa bonté infinie, mais je n'en sais rien.

55.

Des exclamations de joie fusèrent parmi la foule. Miracle, miracle ! criaient en chœur les femmes en joignant les mains à hauteur de la poitrine et en levant les yeux au ciel. La bienheureuse Rita de Casia a fait un miracle ! Le Niño de la Cuna de Plata a fait un miracle ! On entendit des applaudissements, on entendit des louanges. Les gamins bondissaient et sifflaient dans des noyaux de pêches creux. Un vendeur de crécelles actionnait frénétiquement ses instruments.

En revanche, Soledad Claydon et ses compagnons conservaient un silence pétrifié et retenaient leur respiration.

Les silhouettes émergèrent de l'obscurité, de plus en plus nettes. Mauro Larrea, torse nu et d'une saleté repoussante, tenait mère Constanza. Ou Inés Montalvo, c'est selon. Il l'aidait à franchir des résidus calcinés et des braises qui fumaient encore, afin d'éviter qu'elle se brûle les pieds. Pour maintenir son bras blessé, il avait improvisé une écharpe avec les lambeaux crasseux de sa chemise. Tous deux clignèrent des yeux à la lumière matinale.

Non, répondit-il d'un hochement de tête à l'interrogation muette et angoissée de Soledad. Je n'ai pas trouvé ton mari. Ni vivant ni mort. Il n'est pas là.

Il lâcha la religieuse, observa l'accueil euphorique de Nico près de lui. On lui tendit un broc d'eau froide qu'il avala goulûment. Son fils lui versa ensuite un seau entier dessus, le débarrassant d'une couche de cendres mêlées à de l'huile et à de la transpiration. Le désarroi resta néanmoins incrusté dans les pores de sa peau.

Pendant tout ce temps, il n'avait pas cessé de regarder Soledad. Ou plutôt de les regarder. Elles deux. Quelques pas, l'amour d'un homme et plus d'une demi-vie placée sous des signes différents séparaient les sœurs Montalvo. L'une portait des vêtements élégants, l'autre une grossière chemise de nuit à moitié calcinée. L'une avait de longs cheveux ramassés en un chignon pratiquement défait, mais qui dénotait sa distinction naturelle. Le crâne de l'autre, qui avait perdu sa coiffe, était pratiquement rasé, son visage présentait une brûlure que le temps transformerait en une vilaine cicatrice.

Malgré leurs aspects radicalement opposés, il distingua enfin leur parfaite ressemblance.

Elles se scrutaient, immobiles. Soledad fut la première à réagir. Elle s'approcha lentement d'Inés : un pas, un deuxième, puis un troisième. L'espace s'était libéré autour d'elles, tous se taisaient. Manuel Ysasi ravalait ses angoisses comme une potion amère. Palmer paraissait sur le point de perdre son flegme du fait de l'absence de nouvelles de *milord*. Nicolás, étranger à la quasi-totalité de cette histoire, essayait de nouer des fils sans y parvenir. Mauro Larrea, l'eau d'un second seau encore ruisselante sur ses cheveux et sa poitrine, soutenait son coude, tenaillé par la douleur, en se demandant où avait bien pu se fourrer l'époux détraqué.

La gifle résonna tel un coup de fouet, suivie de cris de stupeur. Inés Montalvo, le visage tourné par la violence du choc, commença à saigner du nez. Quelques instants d'une tension extrême s'écoulèrent, jusqu'à ce que sa tête reprenne sa position initiale, face à Soledad. La nonne ne bougea plus, ne toucha pas sa joue rougie, n'émit ni protestation ni plainte. Elle savait ce que cela signifiait, la raison de cette rage irrépressible. De grosses gouttes de sang coulèrent sur sa chemise de nuit.

Alors Soledad, délivrée de sa fureur, ouvrit les bras. Ces longs bras qui le captivaient et le séduisaient, et qu'il ne se lassait jamais de contempler. Ceux qui l'avaient étreint à Cadix, au petit matin, à l'abri du clocher de San Agustín, ceux qui s'étaient déployés comme des ailes de goéland pour lui montrer la salle de jeux des Montalvo et qui s'étaient posés sur son dos quand ils avaient dansé ensemble des valses et des polonaises, il y avait déjà un siècle. Ou peut-être juste deux soirées. Ses bras, en tout cas. Fatigués, à présent, engourdis par la nervosité des derniers jours et des dernières heures. Elle enlaça sa grande sœur et elles éclatèrent en sanglots l'une et l'autre, se protégeant mutuellement, submergées par les douleurs du passé et les souffrances du présent.

— Il faut que vous veniez tout de suite, don Mauro.

Il se retourna. Une masse compacte de cendres mêlées à de la salive lui obstruait encore la gorge.

C'était Simón, son vieux domestique, qui avait surgi derrière lui.

— Sans attendre, monsieur.

Les cheveux en bataille et la peau burinée comme une outre centenaire, Simón paraissait atterré.

— Venez immédiatement chez vous, je vous en supplie.

Mauro Larrea crut le comprendre. De plus en plus épaisse, la boule restait bloquée au niveau de sa glotte.

— Il faut que le docteur nous accompagne ?

— Ça vaut mieux.

Ils sortirent de la place en jouant des épaules et avancèrent en silence, gardant toute leur énergie pour presser le pas. Certains passants se retournèrent, stupéfiés par leur aspect. Rue de la Carpintería, de la Sedería, place du Clavo. La Tornería, enfin.

Angustias les guettait dans le vestibule. Décomposée. À côté d'elle, trois hommes dont la présence semblait la déranger : à l'évidence, le vieux serviteur n'était pas parti le chercher à cause d'eux.

— Mon cher Larrea, vous voilà enfin ! Nous avons de bonnes nouvelles pour vous !

La bouche charnue de l'agent immobilier esquissait un sourire triomphal qui s'effaça en découvrant son allure. Derrière lui, les Madrilènes se figèrent. Mon Dieu ! Qu'est-il arrivé à l'*Indiano* ? D'où sort-il, avec cette allure innommable ? Pas de chemise sous sa redingote, trempé, dégoulinant de sueur et de graisse. Les yeux rouges comme des blessures ouvertes, et puant le roussi. Nous allons vraiment conclure une affaire avec cet individu ? parurent-ils se dire en échangeant des regards.

Lui, pour sa part, essayait de se rappeler leurs noms. En vain.

— J'ai déjà indiqué à ces messieurs que ce n'était pas le bon moment pour vous parler, monsieur, s'excusa maladroitement Angustias. Qu'ils reviennent plus tard, qu'aujourd'hui nous devons... nous devons nous occuper d'autres tâches.

S'il avait disposé de quelques minutes pour réfléchir, Mauro Larrea se serait peut-être comporté différemment. Mais l'accumulation des soucis lui joua un mauvais tour. Ou bien l'épuisement. Ou le destin, déjà écrit.

— Débarrassez le plancher !

Le double menton de l'intermédiaire se mit à trembloter.

— Voyons, don Mauro, ces messieurs se sont décidés et ils ont les sous.

— Dehors !

L'acheteur potentiel et son secrétaire le contemplaient, bouche bée. Qu'est-ce que c'est que ça ? grommelèrent-ils. Qu'est-il arrivé à cet individu ? Il avait l'air tellement sûr et solvable.

Le visage de Zarco était écarlate, des gouttes de sueur perlaient à son front.

— Voyez-vous, don Mauro..., répéta-t-il.

Mauro se rappela alors que cet homme n'était qu'un honnête commerçant dont il avait lui-même requis les services. Mais sans doute était-ce dans une autre vie. Il y avait une éternité.

L'intermédiaire s'approcha de lui et baissa la voix, comme pour gagner sa confiance.

— Ils sont prêts à payer l'intégralité de la somme fixée par la dame, chuchota-t-il. L'achat le plus important qu'on ait réalisé par ici depuis longtemps.

Il aurait pu lui parler en araméen, le résultat eût été identique.

— Sortez, s'il vous plaît.

Mauro regagna la cour sans ajouter un mot. Il entendit vaguement le secrétaire murmurer à l'oreille du riche Madrilène :

— Je me demande où il a pris cette cuite. On dirait qu'il s'est échappé d'une porcherie.

Ce furent les derniers mots qu'il perçut. Et il s'en fichait éperdument.

Derrière son dos, l'acheteur déçu manifesta son irritation sans se cacher. Voici comment ils sont, ces Américains de nos vieilles colonies. Ça ne leur a pas réussi, de rompre avec la mère patrie. Ils sont lunatiques, superficiels, vantards. Ce serait une tout autre chanson s'ils n'avaient pas été si rebelles.

Sous le choc, le gros essuyait sa transpiration avec un grand mouchoir.

Le médecin fut le dernier à intervenir.

— Allez vous rafraîchir un peu, mon brave, vous risquez une attaque. Et vous, mes amis, vous avez entendu M. Larrea. Je vous prie de respecter sa volonté.

Ils partirent, furibonds, emportant avec eux tous les projets de Mauro Larrea, tous ses espoirs. Le capital pour retourner au Mexique, pour récupérer ses biens, son statut, son passé. Pour marier ou ne pas marier Nico. Pour redevenir fièrement l'homme qu'il avait été. À coup sûr, dès qu'il retrouverait ses esprits, il regretterait son acte. Mais il n'avait pas le temps de réfléchir maintenant au bien-fondé de sa décision : il était bousculé par d'autres urgences.

— Ferme la porte, Simón ! s'écria Angustias.

Malgré l'arthrose et ses os perclus de douleurs, elle s'élança dans les escaliers, bondissant tel un lièvre, soulevant ses jupons avec les mains et découvrant ses mollets nus et décharnés.

— Vite, messieurs ! Vite, vite...

Ils grimpèrent les marches quatre à quatre. La vieille domestique stoppa brutalement en atteignant l'ancienne salle à manger. Elle se signa sous le linteau et baisa bruyamment la croix formée avec son pouce et son index. Ensuite elle s'écarta et les laissa contempler la scène.

Il était assis, dos à la porte. Bien droit, à l'une des extrémités de la longue table des Montalvo. La table où avait été servi le déjeuner de son mariage, celle où il avait conclu des affaires avec le vieux don Matías en dégustant le meilleur *oloroso* de la maison. La table où il avait ri aux éclats aux plaisanteries de ses amis, les fantasques Luis et Jacobo, et échangé des regards complices avec deux beautés quasi adolescentes parmi lesquelles il choisirait sa future femme.

Les hommes pénétrèrent dans la pièce à pas lents. D'abord, ils le virent de côté : le profil patricien, anguleux, au nez aquilin et à la bouche entrouverte. Un aristocrate anglo-saxon, tel que l'avait décrit le médecin. Il conservait une crinière de cheveux blonds mêlée de quelques mèches argentées ; pas une once de graisse dans son corps osseux, à peine recouvert d'une chemise de nuit chiffonnée. Les mains, nerveuses et fanées, reposaient sur la table, parallèles, les doigts nettement écartés. Ils approchèrent dans un silence respectueux.

Ils l'aperçurent enfin de face.

Ses yeux ouverts étaient profondément enfoncés dans leurs orbites. Des yeux clairs, vitreux, hallucinés.

Sur la poitrine, des flots de sang. Dans la gorge, un éclat de verre.

Le médecin et le mineur sentirent leur cœur se glacer.

Edward Claydon, libéré des entraves de la logique et de la lucidité, victime de sa folie ou d'une impulsion irrationnelle, s'était ôté la vie en sectionnant sa jugulaire avec une précision chirurgicale.

Ils le contemplèrent pendant quelques secondes infinies.

— *Memento mori*, murmura Ysasi.

Il fit alors un pas en avant, ferma délicatement les paupières du mort.

Mauro Larrea sortit dans la galerie.

Il appuya ses mains sur la balustrade, fléchit son corps et posa la tête sur la pierre. Il eut une sensation de fraîcheur. Il aurait payé très cher pour être capable de prier.

Je vois quelqu'un qui s'en va, dans l'eau ou dans les flammes, lui avait affirmé une vieille Gitane édentée en lisant les lignes de sa main. Quand ? Quelle importance ! Le mari de Soledad avait provoqué un incendie effroyable puis s'était enfui pour entreprendre, dans cette bâtisse en ruine où jadis il avait été heureux, un chemin sans retour vers l'obscurité. Privé de conscience, de raison, de peur. Ou non.

Mauro Larrea chercha un mouchoir dans ses poches sans se redresser, mais il ne trouva qu'un torchon de papier trempé et illisible. À la place de l'expéditeur, là où auparavant on lisait Tadeo Carrús, il ne restait qu'une tache floue d'encre et d'huile. Il l'émietta entre ses doigts, laissa tomber les morceaux par terre.

Il sentit une main sur son dos, il n'avait pas entendu les pas. Ensuite, la voix du médecin.

— Allons-y.

56.

Septembre lui apporta ses premières vendanges et la cave débordait de vie. Des charrettes remplies de moût de raisin franchissaient les portails toujours ouverts, le sol était constamment mouillé et résonnait sans cesse le bruit des voix, des corps et des pieds en mouvement.

Une année s'était écoulée depuis que ces *gringas* habillées comme des corbeaux avaient débarqué au Mexique, dans cette maison qui n'était plus la sienne, pour lui annoncer sa ruine et dévier sa route vers l'inconnu. Quand il regardait en arrière, il lui semblait néanmoins qu'il s'était passé des siècles entre cet hier et son présent.

Malgré ses réticences initiales, l'argent de la belle-mère de sa fille l'avait finalement aidé à effectuer ses premiers pas pour relancer l'héritage des Montalvo : la vieille comtesse souhaitait un investissement au rendement maximal, et il était prêt à lui verser des dividendes le moment venu. Mariana, pour sa part, l'avait soutenu à distance. Ne cherche pas à redevenir ce que tu as été, jette un œil neuf sur ton avenir. Où que tu arrives, nous serons fières de toi de ce côté-ci du monde.

Tadeo Carrús était mort trois jours après la date limite de cette première échéance de quatre mois que Mauro n'était pas parvenu à tenir. Contrevenant aux menaces de l'usurier, son fils Dimas n'avait pas réduit en miettes les fondations de la maison ; il n'avait pas même cassé une vitre ou un carreau. Une semaine après avoir donné à son géniteur une sépulture misérable, et à la stupéfaction générale, il s'était installé dans l'ancien palais du vieux comte de Regla avec son bras handicapé et ses chiens étiques, prêt à jouir désormais de sa nouvelle demeure.

Mauro Larrea prit possession de la Tempérance à la fin de l'automne. En décembre, il embaucha des employés, janvier fut le mois des ceps, les jours s'allongèrent en février, la pluie tomba en mars, et en avril les bourgeons commencèrent à apparaître. Le mois de mai couvrit les terres blanchâtres de feuilles de vigne tendre, juin apporta la taille, tout au long de l'été on redressa les ceps pour aérer les grappes et éviter qu'elles frôlent la terre brûlante, et en août il assista au miracle du fruit mûr.

En même temps que sa rétine s'imbibait de ces collines blanches quadrillées par les rangées de pieds de vigne, il acquit peu à peu ses premières lettres de noblesse dans la culture du raisin, selon les phases et les méthodes centenaires. Il apprit à différencier les terres des nuages, à distinguer entre les journées où le chaud et redoutable levante africain bouleverse la paix des vignes et celles où souffle un poniente humide, arrivant doucement de l'Atlantique chargé de sel marin. Au rythme des saisons, des tâches et des vents, il fit appel aux conseils et à la sagesse populaire. Il écouta les vieux, les ouvriers journaliers et les propriétaires. Avec certains, il partagea du tabac à rouler dans les éternels bistrots à vin, dans les gargotes et les épiceries ; il en rencontra d'autres en s'asseyant à côté d'eux à l'ombre d'une treille, tandis qu'ils pilaient les ingrédients du gazpacho dans un mortier. Rarement, très rarement, quand il avait besoin de réponses ou était pris de doutes, il s'accordait des notes de piano et des verres en cristal taillé chatoyants dans les salons tendus de tissu des grandes familles du vin.

Ses yeux, qui pendant des décennies avaient percé les ténèbres du sous-sol, s'habituèrent aux longues heures d'une impitoyable clarté solaire ; ses mains, creusant autrefois les profondeurs de la terre en quête de veines argentifères, se faufilaient entre les pieds de vigne pour évaluer la maturité des grappes ; son esprit, jadis occupé à concevoir de multiples projets, ne poursuivait qu'un seul et unique objectif : reconstruire sur cet amas de ruines et aller de l'avant.

Il acheta un cheval arabe sur lequel il parcourut sentiers et chemins, il récupéra toute la vigueur de son bras meurtri dans le couvent, se laissa pousser une barbe drue, adopta deux chiens faméliques et, bien qu'il se fût rendu un soir au casino pour bavarder un instant avec Manuel Ysasi, il vécut la plupart du temps dans la pureté d'un silence qui lui convenait parfaitement.

Il fit de la vieille maison de vigneron de la Tempérance son foyer, après avoir fermé à double tour la bâtisse de la Tornería, et quand vinrent les premières chaleurs, il lui arriva souvent de dormir à la belle étoile, sous ce même firmament constellé de points brillants qui, sous d'autres latitudes, veillait sur ces présences qu'il s'efforçait en vain d'oublier. Il s'accoutuma ainsi à d'autres lumières, à d'autres airs et à d'autres lunes, et adopta peu à peu ce recoin d'un Vieux Monde où il n'avait jamais imaginé revenir.

C'était l'avant-dernière matinée des vendanges et il écoutait attentivement son contremaître, dans la bruyante cour empierrée de la cave, dos au portail, les manches de sa chemise retroussées, les mains sur les hanches et les cheveux ébouriffés par ses perpétuelles allées et venues. Soudain, au milieu d'une phrase sur l'entrée des charretées de raisins, l'ancien employé de don Matías, d'un âge canonique et la taille ceinte d'une large bande, qui travaillait à présent pour lui, regarda par-dessus son épaule et s'interrompit net. Mauro Larrea se retourna.

Plus de neuf mois s'étaient écoulés depuis que Soledad était sortie de Jerez et de sa vie. Son mari n'était plus là, elle n'était plus obligée de se cacher près de l'embouchure du Duero, ou à La Valette, face à la Méditerranée, ou dans quelque château français à l'écart. Elle avait donc choisi la solution la plus simple et la plus raisonnable : elle était repartie pour Londres, dans son monde. Quoi de plus normal ? Ils n'avaient même pas pu prendre congé l'un de l'autre au milieu de ces confuses journées de deuil et de désarroi qui avaient suivi la mort d'Edward Claydon ; en guise d'adieux, Mauro n'avait reçu que l'un des impersonnels faire-part de décès bordés de noir qu'elle avait envoyé à ses connaissances et amitiés pour les remercier de leurs condoléances. Deux ou trois jours plus tard, accompagnée de ses fidèles domestiques, de ses nombreuses malles et ployant sous son immense douleur, elle s'en était allée, tout simplement.

Elle se dirigeait à présent vers lui de son pas élégant, contemplant autour d'elle l'agitation des employés, les moûts et les barriques, la renaissance de la vieille cave. La dernière fois qu'il l'avait vue, au cours de la messe des funérailles, à San Marcos, elle était vêtue de noir de la tête aux pieds et un voile épais lui couvrait le visage. Elle était entourée de son ami Manuel Ysasi et des membres des grandes familles productrices de vin auxquelles elle avait appartenu un jour. Lui s'était tenu à l'écart, seul au fond de l'église, debout, le coude en écharpe. Il n'avait parlé à personne, s'était éloigné dès que le prêtre eut prononcé le *requiescat in pace*. Au yeux de la ville et grâce aux fausses déclarations du médecin, le vieux négociant anglais était décédé dans son propre lit et de mort naturelle. Le mot de suicide, si diabolique, ne fut jamais prononcé. Inés Montalvo n'avait pas assisté à cet ultime adieu ; il apprit par la suite qu'elle s'était réfugiée dans un couvent castillan sans en informer quiconque.

Soledad avait échangé sa tenue de grand deuil contre une robe en chintz gris clair boutonnée devant ; elle ne portait plus de voile mais un chapeau d'une sobre distinction. Ils ne se touchèrent pas et restèrent à distance, conformément aux strictes convenances. Elle s'agrippait au pommeau en ivoire de son ombrelle, il gardait une attitude digne, malgré le nœud dans son estomac et son cœur battant la chamade.

Pour échapper aux souffrances que lui infligeait le souvenir de cette femme et se libérer de cette nostalgie poignante, se consoler de cette absence, Mauro s'était entièrement consacré à son travail. Douze, treize, quatorze heures par jour, jusqu'à tomber d'épuisement. Pour ne pas se torturer en songeant aux moments passés ensemble ; pour ne pas imaginer leurs deux corps serrés l'un contre l'autre les nuits d'hiver ou faisant lentement l'amour devant une fenêtre ouverte sur une matinée printanière.

— Des vendanges glorieuses cette année, m'a-t-on appris.

En effet, aurait-il pu lui répondre. Et bien que les vents aient joué un rôle essentiel dans ce miracle, comme tu me l'as appris, j'y ai collaboré de toutes mes forces. Après avoir envoyé paître les acheteurs madrilènes et renoncé à tout ce que je possédais à Mexico, j'ai décidé de ne pas retourner chez moi, mais si tu me demandes pourquoi, j'aurais du mal à te l'expliquer. Peut-être par pure lâcheté : pour ne pas avoir à me confronter à mon ancienne image. Ou bien avec l'espoir de relever un nouveau défi alors que je pensais avoir perdu toutes mes batailles. Ou enfin pour ne pas quitter ce territoire où tu es toujours présente, à tout moment, à chaque son, dans toutes les odeurs et à tous les coins de rue.

— Bienvenue, Soledad, se contenta-t-il de lui dire.

Elle tourna de nouveau la tête, admirant l'activité environnante. Ou feignant de l'admirer.

— C'est une vision réconfortante.

Le mineur l'imita, laissant errer son regard autour de lui. Tous les deux essayaient sans doute de gagner du temps. Finalement, il rompit le silence.

— J'espère que tout s'est arrangé au mieux.

Elle haussa les épaules avec cette grâce naturelle qui lui était propre. Les mêmes yeux expressifs, les mêmes pommettes, les mêmes bras élancés. Il remarqua une seule différence : ses doigts. L'un, en particulier. L'annulaire gauche nu, dépourvu de ces deux alliances qui auparavant attestaient de ses liens.

— J'ai subi quelques pertes importantes, mais je suis enfin parvenue à me débarrasser de tout mon fatras de manigances et de fraudes avant le retour d'Alan. À partir de ce moment-là, comme je l'avais prévu, j'ai recentré mon activité uniquement sur le sherry.

Il acquiesça, bien que ce ne fût pas exactement ce qui l'intéressait. Comment vas-tu, toi, Soledad ? Comment te sens-tu ? Comment as-tu vécu ces mois passés loin de moi ?

— Par ailleurs, je vais bien, plus ou moins, ajouta-t-elle, comme si elle avait lu dans ses pensées. J'ai été très occupée par les affaires et par l'effervescence de mes filles. Elles m'ont aidée à rendre plus supportable l'absence des morts et des vivants.

Il baissa la tête et passa une main sale sur son cou et sa nuque sans savoir si, parmi ces absences, elle évoquait la sienne.

— Cette barbe te va bien, continua-t-elle, changeant de ton et de sujet. Mais je t'assure que tu as l'air d'un sauvage.

Il discerna une pointe d'ironie à la commissure de ses lèvres. Elle avait raison, néanmoins. Son visage, ses bras et son torse recuits par sa vie au milieu des vignes et sous un soleil implacable le démontraient amplement. La chemise entrouverte, le pantalon étroit afin de se mouvoir facilement et les bottes éculées pleines de terre ne contribuaient pas non plus à lui donner un aspect respectable.

— Je te vole juste une minute, frérot...

Un homme mûr, chauve, aux fines lunettes à monture d'or, s'approcha d'eux. Les yeux fixés sur une liasse de documents, il avait l'air très pressé. Quand il vit Soledad, son regard se fit interrogateur.

— Que madame me pardonne, dit-il. Je suis désolé de vous interrompre.

— Ce n'est pas grave, je vous en prie, rétorqua-t-elle cordialement tout en le laissant lui baiser une main.

C'est donc elle, pensa Elías Andrade en l'observant du coin de l'œil. La voilà de nouveau. Sacrée bonne femme! Je commence à comprendre.

Il s'esquiva aussitôt, sous prétexte de l'urgence.

— Mon fondé de pouvoir et mon ami, précisa Mauro tandis qu'ils le regardaient partir. Il a traversé l'océan à ma recherche pour me convaincre de revenir, mais vu son échec, il passe un peu de temps près de moi.

— Et qu'en est-il de ton fils et de Santos Huesos?

— Nico est encore à Paris. Il est venu me voir il n'y a pas très longtemps, avant d'aller à Séville, en quête de tableaux baroques pour un client. En dépit de mes pronostics pessimistes, ça marche bien. Il s'est associé à l'une de mes vieilles connaissances quand il a lancé son commerce d'antiquités et a rompu pour la énième fois. Santos, de son côté, s'est installé à Cienfuegos. Il a épousé la mulâtresse Trinidad et ils ont déjà eu un enfant. À mon avis, ils l'ont conçu sous le toit de notre bon docteur.

Un éclat de rire cristallin résonna au milieu de ce chœur de voix viriles, de ces bruits de corps d'hommes en mouvement et de cette activité frénétique, puis Soledad redevint sérieuse.

— Tu as eu des nouvelles de Gustavo et de sa femme?

— Pas directement, mais grâce à Calafat, mon correspondant cubain. Je sais qu'ils sont toujours ensemble. Entrant, sortant, ayant des aventures. Survivant.

Elle réfléchit un moment, hésitante.

— J'ai écrit à mon cousin, dit-elle finalement. Une longue lettre, un plaidoyer pour le pardon, en mon nom et au nom de nos aînés.

— Et alors?

— Il ne m'a jamais répondu.

Ils se turent tandis qu'autour d'eux les travailleurs poursuivaient leurs tâches. L'ombre d'un homme aux yeux délavés rôda quelques instants entre eux. Celui qui avait poursuivi des chimères impitoyablement anéanties par un sort cruel; qui avait joué le tout pour le tout sur une partie de billard et brûlé ainsi sa dernière cartouche.

— Si nous entrions? dit enfin Soledad.

— Bien sûr, excuse-moi, bien entendu.

Bouge-toi un peu, crétin! s'ordonna-t-il en lui cédant le passage sous le porche en bois obscur, tout en s'essuyant les mains sur son pantalon. Surveille tes manières; elle va penser que tu es devenu une bête à force de vivre en dehors de la société.

Dans la cave, ils furent accueillis par une fraîcheur odorante qu'elle aspira avec nostalgie, les paupières à demi fermées. Moût, bois, espoir d'un vin pleinement accompli. Il en profita pour l'examiner furtivement. Elle était de nouveau ici, la femme qui avait surgi dans sa vie un automne et qu'il croyait ne plus jamais revoir; elle retrouvait les arômes, les constantes et les présences du monde où elle avait grandi.

Ils commencèrent à parcourir dans la pénombre les longues allées flanquées de tonneaux superposés. Les murs, de la hauteur d'une cathédrale, arrêtaient la chaleur de cette fin de matinée grâce à leur épaisseur et à la chaux; les taches de moisissure près du sol attestaient de la perpétuelle humidité.

Ils échangèrent quelques banalités tandis qu'ils foulaient la terre mouillée et que leur parvenait, amorti, le vacarme extérieur. L'absence de pluie jusqu'à présent a été une bonne chose; il a fait une chaleur horrible à Londres, en juillet; il semble que les fûts de ton grand-père vont donner un vin magnifique. Finalement, ils ne surent quoi dire. Ce fut lui qui se lança, cette fois-ci, les yeux baissés et remuant la poussière de la pointe de sa chaussure.

— Pourquoi es-tu revenue, Soledad ?

— Pour te suggérer de réunir à nouveau nos destins.

Ils s'arrêtèrent.

— Le marché anglais est envahi par une concurrence infâme, ajouta-t-elle. Sherries australiens, italiens et même du Cap, tu te rends compte ? Des succédanés qui discréditent les vins de cette terre et hypothèquent son commerce. Une véritable horreur.

Mauro Larrea s'appuya sur l'une des vieilles barriques peintes en noir et croisa les bras sur sa poitrine. Avec la sérénité de celui qui croyait que tout était perdu. Avec la patience remplie d'espoir de celui qui aperçoit une lueur à l'extrémité du tunnel.

— Et en quoi cela me concerne-t-il ?

— À présent que tu as décidé de devenir vigneron, tu appartiens à ce monde. Et nous avons tous besoin d'alliés lorsque la guerre est déclarée. Je viens donc te demander de combattre avec moi.

Il se sentit frémir. Elle voulait qu'ils soient de nouveau complices, camarades : qu'ils se battent ensemble, chacun avec ses propres armes. Elle avec toute son intuition et lui avec ses rares certitudes, pour relever côte à côte d'autres défis et affronter d'autres situations, tournés vers l'avenir.

— Il paraît que les services postaux de la Grande-Bretagne sont extrêmement efficaces. Sans doute à cause de la proximité de Gibraltar, déclara-t-il.

Elle cligna des yeux, déconcertée.

— Je veux dire que pour me proposer un accord commercial, une lettre aurait suffi.

Soledad tendit une main vers l'un des grands fûts. Elle le frôla distraitement du bout des doigts ; ensuite, elle reprit son sang-froid, prête enfin à se livrer sans aucune retenue.

— Dieu sait que pendant tous ces mois j'ai lutté contre moi-même, de toutes mes forces, pour te chasser de ma tête. Et de mon cœur.

Le contremaître poussa un hurlement, les gens qui travaillaient sous ses ordres laissèrent échapper un soupir de soulagement. La matinée était terminée : le moment était venu de déjeuner, d'essuyer sa transpiration et de relâcher ses muscles. C'est pourquoi les phrases que prononça ensuite Soledad se perdirent dans le brouhaha des outils abandonnés par terre et des voix masculines et affamées passant près de là.

Sous les hautes arcades, seuls quelques mots subsistèrent, empreints d'arômes de vin vieux et de moût nouveau. Mauro réussit néanmoins à les saisir au vol. Avec toi, moi, ici. Là-bas, toi, avec moi.

Ainsi fut forgée, parmi les amoncellements de tonneaux, une alliance entre l'*Indiano* qui traversa deux fois l'océan de force et l'héritière devenue négociante par nécessité. Ce qu'il ajouta, ce qu'elle répondit, ce qu'ils réalisèrent ensemble se traduisit ensuite par une activité intense et par les étiquettes des bouteilles produites annuellement à partir de ce mois de septembre. Montalvo & Larrea, Fine Sherry, y lisait-on. À l'intérieur, tamisé par le verre, ces bouteilles renfermaient le fruit des terres blanches du Sud regorgeant de soleil, de douceur de vivre et de brise du ponant, et l'aboutissement de la persévérance et de la passion d'un homme et d'une femme.

Remerciements

Dans ce livre qui traverse un océan, survole le temps et s'intéresse à des mondes profondément différents et presque toujours disparus, nombreuses sont les personnes qui m'ont tendu la main pour m'aider à reconstruire le passé et à doter le langage, les décors et les trames de rigueur et de crédibilité.

En suivant le déroulement géographique de la narration, je voudrais d'abord exprimer ma gratitude à Gabriel Sandoval, directeur éditorial de Planeta México, pour sa disponibilité immédiate et affectueuse; à l'éditrice Carmina Rufrancos pour ses bons conseils linguistiques et à l'historien Alejandro Rosas pour ses précisions documentaires. Au directeur de la Feria del Libro du vieux Palacio de Minería dans le district fédéral, Fernando Macotela, pour m'avoir invitée à découvrir tous les recoins de ce superbe bâtiment néo-classique que Mauro Larrea a parcouru un jour.

Pour avoir révisé les chapitres cubains d'un œil havanais, à la fois aiguisé et nostalgique, je désire remercier Carlos Verdecia, journaliste chevronné, ancien directeur d'*El Nuevo Herald* de Miami, et aujourd'hui mon complice pour des projets littéraires qui se matérialiseront peut-être dans l'avenir. Et ma collègue Gema Sánchez, professeure du département des Langues modernes de l'Université de Miami, pour m'avoir permis l'accession au fonds de la Cuban Heritage Collection et m'avoir invitée à manger du mahi-mahi dans la chaude nuit du Sud de la Floride.

Retraversant l'Atlantique, j'exprime ma reconnaissance envers les professeurs de l'Université de Cadix Alberto Ramos Santana et Javier Maldonado Rosso, spécialistes des questions historiques liées au commerce du vin dans le cadre de Jerez, pour leurs magnifiques travaux de recherche et pour avoir répondu à mes mille interrogations. Et à mon amie Ana Bocanegra, directrice du service des Publications de cette même institution, pour avoir facilité notre rencontre en dégustant des omelettes aux crevettes et des anémones de mer.

En approfondissant l'étude de cet univers qui a peut-être enveloppé un jour la famille Montalvo, je veux témoigner de ma gratitude envers un certain nombre d'habitants de Jerez de souche liés à ces mythiques viticulteurs du XIXe siècle. À Fátima Ruiz de Lassaleta et à Begoña García González-Gordón pour leur enthousiasme contagieux et leurs innombrables précisions ; à Manuel Domecq Zurita et à Carmen López de Solé, pour leur hospitalité dans le splendide palais de Camporreal ; à Almudena Domecq Bohórquez, pour m'avoir emmenée parcourir ces vignes parmi lesquelles aurait bien pu se trouver la Tempérance (la Templanza) ; à Begoña Merello, pour avoir tracé des parcours littéraires et su conserver des secrets ; à David Frasier-Luckie, pour m'avoir laissée imaginer que sa merveilleuse maison était celle de Soledad et pour sa disponibilité permanente. Et, plus particulièrement, à deux personnes dont la complicité et le soutien se sont révélés indispensables pour dévoiler toute la magie de ce monde de Jerez : Mauricio González-Gordon, président de González-Byass, qui m'a chaleureusement accueillie dans sa cave légendaire, en privé ou en groupe, en qualité de maître des cérémonies de ma première initiation ; et Paloma Cervillo, qui a orchestré ces rencontres avec enthousiasme et m'a démontré, avec sa généreuse discrétion, que l'amitié prévaut par-delà le zèle journalistique.

Au-delà des contacts personnels, il existe aussi de nombreux travaux dont je me suis nourrie afin d'en extraire parfois des portraits panoramiques et parfois d'infimes détails qui pimentent ce récit. J'en oublie peut-être quelques-uns involontairement, mais en tout cas les titres suivants m'ont été très utiles : *Por las calles del viejo Jerez*, d'Antonio Mariscal Trujillo ; *El Jerez de los bodegueros*, de Francisco Bejarano ; *El Jerez, hacedor de cultura*, de Carmen Borrego Plá ; *Casas y palacios de Jerez de la Frontera*, de Ricarda López ; *La viña, la bodega y el viento*, de Jesús Rodríguez et *El Cádiz romántico*, d'Alberto González Troyano. Au sujet du sherry et de sa grandiose dimension internationale, les classiques *Sherry*, de Julian Jeffs, et *Jerez-Xérez-« Sherish »*, de Manuel María González Gordon m'ont été absolument indispensables. Je me dois aussi de mentionner les évocations du grand écrivain de Jerez José Manuel Caballero Bonald dont la prose magistrale fait le bonheur de tous ses lecteurs. Et pour parcourir toutes ces atmosphères et ces milieux d'un œil féminin aussi gourmand et étranger que le mien, je veux citer les volumes remplis d'humour et de sensibilité de quatre femmes d'une autre époque qui, elles aussi, se sont laissé séduire par ces mondes si attachants : *Life in Mexico, 1843*, de Frances Erskine Inglis, marquise de Calderón de la Barca ; *Viaje a La Habana*, de Mercedes Santa Cruz y Montalvo, comtesse de Merlín ; *Headless Angel*, de Vicki Baum ; *The Summer of the Spanish Woman*, de Catherine Gaskin.

De retour dans la réalité, un clin d'œil comme toujours à ma famille : à ceux qui sont encore présents dans ma vie quotidienne et à ceux qui nous ont quitté tandis que je rédigeais ce roman, laissant dans notre cœur un vide immense que nous ne pourrons jamais combler. Aux amis qui ont parcouru avec moi certains de ces décors ; à ceux qui tapent des mains quand ils entendent une bouteille se déboucher, et à tous ceux à qui j'ai volé prénoms, noms, origines ou comportements pour les donner à plusieurs de mes personnages.

À Antonia Kerrigan, qui envisage désormais de convertir à la dégustation des crus de Jerez des lecteurs du monde entier, et à toute l'équipe compétente de son agence littéraire.

Il se trouve que j'écris ces remerciements quelques jours à peine après que José Manuel Lara Bosch, président du Grupo Planeta, nous a dit adieu. Sans sa vision et sa ténacité, cette histoire ne serait peut-être jamais arrivée aux rayons des librairies ; elle l'aurait en tout cas fait d'une façon radicalement différente. À lui, donc, *in memoriam*, et à tous ceux à qui il a fait confiance pour soutenir des centaines d'écrivains et les aider à faire naître leurs livres, je veux exprimer ma plus profonde gratitude. À l'équipe éditoriale qui me soutient avec sa nouvelle configuration : Jesús Badenes, Carlos Revés, Belén lópez, Raquel Gisbert et Lola Gulias, merci du fond du cœur pour leur qualité humaine et leur immense professionalisme. Par le biais du téléphone, des e-mails quotidiens et sous la lumière matinale de la place de la Paja, dans les bureaux de Madrid et de Barcelone et au cours des promenades à travers Cadix, Jerez et le D. F.; et même au petit matin, dans les inimitables bars de Guadalajara, ils ont toujours été là, accessibles, solides, complices. À Isa Santos et Laura Franch, attachées de presse, pour avoir de nouveau mis en place une magnifique campagne de promotion et transformé en voyage de plaisir ce qui aurait pu être une obligation exténuante. Aux merveilleuses équipes de conception et de marketing, au réseau commercial avec lequel j'ai partagé maintes surprises. Au peintre Merche Gaspar pour avoir doté d'une consistance corporelle Mauro Larrea et Soledad Montalvo grâce à sa superbe aquarelle.

À tous les lecteurs mexicains, havanais, de Jerez et de Cadix, qui connaissent parfaitement les lieux fréquentés par mes personnages, en espérant qu'ils me pardonneront certaines petites licences et libertés nécessaires pour donner plus de fluidité et d'agrément à l'action.

Et, enfin, à tous ceux liés d'une façon ou d'une autre à ces mondes des mines et du vin. Bien, qu'il s'agisse du début à la fin d'une fiction, ce roman veut aussi rendre un hommage sincères aux mineurs et aux viticulteurs, petits et grands, d'hier et d'aujourd'hui.

Table

I. Mexico 9

II. La Havane 117

III. Jerez 225

Remerciements 503

La photocomposition de cet ouvrage
a été réalisée par
Graphic Hainaut
30, rue Pierre Mathieu
59410 Anzin

cet ouvrage
a été achevé d'imprimer
sur roto-page
par l'imprimerie floch
à mayenne en avril 2017

Dépôt légal : mai 2017
N° d'édition : 56052/01 – N° d'impression : 91023

Imprimé en France